FONGHONG
U0896510

FONGHONG

止狩台

肆

刘媛 著

江苏凤凰文艺出版社
JIANGSU PHOENIX LITERATURE AND ART PUBLISHING

图书在版编目(CIP)数据

止狩台. 第四部 / 刘媛著. -- 南京 : 江苏凤凰文艺出版社, 2024.7

ISBN 978-7-5594-8590-8

Ⅰ. ①止… Ⅱ. ①刘… Ⅲ. ①长篇小说-中国-当代 Ⅳ. ①I247.5

中国版本图书馆CIP数据核字(2024)第074538号

止狩台. 第四部

刘 媛 著

责任编辑	周颖若
策划编辑	彭亭亭
特约编辑	曹红凯
出版统筹	孙小野
出版发行	江苏凤凰文艺出版社 南京市中央路165号，邮编：210009
网　址	http://www.jswenyi.com
印　刷	河北鹏润印刷有限公司
开　本	700毫米×1000毫米 1/16
印　张	26
字　数	493千字
版　次	2024年7月第1版
印　次	2024年7月第1次印刷
书　号	ISBN 978-7-5594-8590-8
定　价	65.00元

江苏凤凰文艺版图书凡印刷、装订错误，可向出版社调换，联系电话025-83280257

目录

第七十八章

帝王家事

1

淫雨连月不解，护宫河水节节涨高，浪花漫过了龙首桥，龙朔宫像一座湿气蒸腾的孤岛，天不见日，地不见人，午后暗如子夜。这日，卫熹在中和殿内批阅奏章，秋怀意进门禀道：“陛下，太后来了。”

卫熹便放下朱笔等着。秋怀意道：“我朝以孝治天下，陛下该降阶相迎。”

卫熹毫发不动。

稍后，门外宣道：“皇太后至。”

两行宫人护着崔太后步入殿门，卫熹起身行礼道：“母亲来了。”

崔太后一落座，便向众宫人道：“都出去，我有话与圣上说。”

宫人齐告了退，关闭了殿门，只剩卫熹与太后，一个站着，一个坐着。崔太后笑道：“陛下一年未去如意宫了。陛下不去看母亲，母亲只好冒昧打扰陛下。”

卫熹道：“国事繁重，误了晨参暮省，母亲见谅。”

崔太后遂问：“陛下在忙什么国事？”

卫熹道：“二月以来，白鸢江、浊沙河同发春汛，江水泛滥，五州水灾，诸方奏报昏晓不绝。”

崔太后道：“如此严重的水患，十年未见了。陛下如何治理？”

卫熹道：“前日端木相公召集工部、兵部、户部应对，决定征调工役四万，疏泄水患。今日我派了唐御史巡按章、皖、润三州，遍视灾荒，措置赈济。”

崔太后道：“有端木相公和唐御史为陛下分忧，陛下可安心了。”

卫熹道：“不安心。”

崔太后的眉梢一挑，笑问："有何不安？"

卫熹道："母亲心里清楚，我这一年都不安心。"

崔太后问道："可是因为如禋叛乱？"

卫熹冷然。

崔太后道："陛下一年不见母亲，是因为崔如禋？陛下在怨什么？怨母亲未能连坐？既如此，请陛下下诏降罪于我。"

卫熹问道："为何任命崔如禋为芦州节度使？上官晋行阻止如禋叛乱，为何把上官调离？涅火军镇反，为何阵前下令不许杀如禋？"

崔太后不语。

卫熹愤懑形于色，说道："一年来，我时常梦见两军交战，梦见无数人在战场上口口相传：'太后不许伤如禋！'我还梦见崔如禋在笑。涅火军胜了，可我输了，输给了如禋。在母亲心里，我比不上他。或许我不是个好皇帝，不该坐在这里，我该把位子让给表兄表弟们，他们会比我做得好。"

崔太后道："我对如禋委以重任，是想让他保护陛下。天子，是天下最孤单的人，文臣武将、内侍外藩，谁可信？涅火军、各州军，谁可靠？我不信外人，只信家人。卫崔两家，都是陛下至亲骨肉，可卫家人才凋零，我只能在崔家选出如禋，寄望他成为天子臂膀。如禋反后，我也自责，是我惯坏了他，可我不愿自家孩子死在外人手里，他要死，只能由陛下杀！陛下若认定母亲与如禋合谋，那便把我、把崔家上下都关到牢里去，该流则流，该杀则杀，如此，陛下便再无肘腋之忧！"

卫熹默然良久，脸色转为戚然，开口道："我有两位帝师，从前是唐鸣玉，如今是端木先生，他们都曾教我为君之道，一曰明，二曰仁。我时常在想，做明君太难了，要善谋、善断、善察、善驭，可做仁君容易：善恕，便是仁。我若做不了明君，便做个仁君罢了。为了这御座，父亲杀了无数人，如禋杀了无数人，我不想再杀了。如禋之事，我不再追究，舅父依然是我舅父，母亲也依然是我母亲，只是有两件事，我要和母亲说明白。"

崔太后道："陛下请讲。"

卫熹道："其一，撤帘还政。"

崔太后道："我本就许久不上朝了。"

卫熹道："要有诏书，公示天下！"

崔太后道："好！我们即请凤阁拟诏，布告四海：大焉皇帝亲政了。"

卫熹道："其二，中宫易主。"

崔太后先是一怔，后笑道："我早该搬出如意宫了，那原是皇后住的。"

卫熹道："兴王之主，无不内有贤助，大焉也该有皇后了。"

崔太后便问："陛下欲立谁为后？"

卫熹道："骁翊卫大将军王宗业孙女。"

崔太后想了想，道："两年前，母亲曾与陛下议过立后之事，陛下说，与十四表妹有青梅之好，待表妹及笄，必以千乘彩舆迎入中宫，陛下忘了？"

卫熹道："母亲就当我变心了。"

崔太后问："变心？陛下可曾见过王宗业孙女？"

卫熹不语。

崔太后道："一面未见，陛下谈何倾心？"

卫熹依然不语。

崔太后道："朝野内外，传得沸沸扬扬，皆言崔王两家争后宫之位，是我与长公主争外朝之权，如今我已还政于陛下，陛下还有何疑？长公主为何力荐王家小女，我不得而知，而我希望陛下娶崔家女，是因为陛下对她有千舆之诺！贵为天子，当娶自己意中人。崔女思韵，养在深闺，如禋逆反，与她无涉，陛下纵然怨我、怨如禋，而思韵何错之有？"

卫熹道："长公主没有逼我，母亲也别逼我，我娶谁家女儿，我自己说了算。"

崔太后换了一个坐姿，长长叹了声气。半晌又道："不如这样：后日是端午节，我们设下家宴，请两家人来聚一次，两位小女也请来，陛下和她们都见一见，之后，无论陛下要娶谁，母亲都依陛下。"

卫熹略一思索，便道："好。"

2

崔太后对崔思韵有信心，不只因为这位十四侄女相貌姣好、性情淑柔，更因为卫熹与她本是竹马之交，彼此早有情愫，这是两家大人都知道的事。崔如禋叛乱，使卫熹对后戚生了防范之心，崔太后只能期望卫熹再见思韵后，能忆起旧事、拾起旧情，把人接到中宫去，如此，崔如禋留下的阴影才算真正消弭了。至于王家小女，崔太后早打听过了，颜色不及思韵，待两人站在一起，卫熹作为成年男子，必然会做出正确的选择。

转眼便是端午，日昳之时，一行宫人来到崔家，把崔思韵与父亲崔徽、母亲李夫人一同接进了龙朔宫。是时，卫熹正在蓬莱殿开御宴，宴请一班亲族元老，崔徽夫妇也被邀去，思韵不便前往，便被宫人暂送到清晖阁，以待天子召见。

小小一间绮阁，只有四名宫女侍立在后，也不言语。窗外是太澄湖，湖对岸便是蓬莱殿，隐闻雅乐齐奏，想来宫筵正酣。崔思韵坐着想心事，不知过了多久，门帘开了，她抬眸一看，屏风后影影绰绰，之后，一个少女走了出来，身后也伴着四个宫女。宫女们引座，请那少女坐在了思韵对面。

崔思韵悄悄看那少女，可巧那少女也在看她，四目相对，两人都略觉尴尬，各自把目光移开了。过了一阵，思韵还是忍不住看了过去。那少女不算美，也不算丑，上挑的柳叶眉，吊梢的丹凤眼，想来二十年后，也必是恩威并重的大家主母，不过此时年纪尚轻，还存有几分稚气。那少女察觉到思韵在看自己，便将她回看，思韵又扭头看窗外。那少女把思韵从上看到下，最后看她手腕上系的长命缕，目不转睛。思韵不免问道："你在看什么？"

那少女道："你的长命缕打得好看，像龙鳞。"

思韵道："是我阿娘打的，我本来不想戴的，阿娘说端午节一定要戴这个，辟邪去灾。"

少女拉起衣袖，露出自己的长命缕："我是家里的婢女打的。"

思韵道："也好看的，像画里的凤凰尾。"

那少女道："好看吗？年年都这样打，我看习惯了，倒不觉得。"

思韵便道："'入芝兰之室，久而不闻其香'，所以自己的总不如别人的好看。"

那少女笑道："那咱们换着戴。"

思韵便大大方方解下来，那少女索性坐到她身边，也解下自己的，两人互相戴上了。思韵问："你叫什么名字？"

那少女道："王璎宁。"

思韵道："长公主是你的婶娘？"

璎宁点头道："我是随长公主和驸马进宫的。"

思韵细声问："那你知不知道，进宫所为何事？"

璎宁不自觉翻了个白眼，道："自然是圣上选后了。"

思韵见她神色竟似有些抵牾，便道："圣上若选中了你，你便是大焉皇后了。"

璎宁轻轻冷笑，两番想开口，因为宫女也在，怕被听去，忍了好一会儿，才贴着思韵耳朵道："我才不愿被他选。我又不是东西市的货品，为何要等人选？若不是一家人围着我说了大半天，我才不来呢。"

思韵吓了一跳，低声道："那可是天子！"

璎宁道："天子又如何？要全天下女子都爱他吗？不想做皇后的也多。"

思韵问："你……当真不想？"

璎宁截然道："不想。"

思韵似乎轻舒了一口气，可眼中的忧愁又增加了。璎宁问："你想做皇后？"

思韵点头。璎宁问："也是你家人逼你的？"

思韵道："是我自己想。"

璎宁道："你是想要那个位置，还是想要那个人？"

思韵道："他是我表哥，每年他都会去我家做客。有时候，我们几个在书房里上课，他也会去听，他跟我坐一桌，听杜先生授课。先生教的，我有些听不懂，散课后他会再教我一遍，他一说，我便明白了。"

璎宁轻轻"哦"了一声，说道："我不会和你抢的，一会儿见到圣上，我便告诉他，我不想嫁他，你想嫁他，他应该娶你。"

思韵道："这也不是你说了算的。"

璎宁一笑，又和思韵咬起耳朵来："我就说了算。我有喜欢的人，我要嫁他的。"

思韵问："是谁？"

璎宁道："是我们家的一个护卫。"

思韵讶然道："护卫？"

璎宁道："他在我们家很多年了，我很小就喜欢他了。"

思韵问："那他知不知道你喜欢他？"

璎宁叹息道："他不知道。他有妻室了，我若嫁他，只能是妾——可是，他若不喜欢我，不愿纳我为妾呢？还有，阿爹阿娘一定不准的，我也不敢让他们知道。"

思韵也跟着叹气。两个相同年纪的少女，怀着不同的愁绪，都陷入了沉默。房中花烛瑟瑟地燃，窗外湖风泠泠地吹，不知何时，对岸泛商流羽之乐渐渐熄灭。须臾，一个内侍监沿着湖岸一路跑来，进了清晖阁，向守在门边的宫女耳语了两句，宫女便近前，躬身向两位少女道："圣上请二位娘子去凝香阁。"

3

凝香阁坐落于太澄湖后岸，不及蓬莱殿宏敞大气，是座精精巧巧、幽幽静静的别院，更适宜与家人小聚。卫熹在蓬莱殿送走了宾客，把朝服换成常服，之后移驾到了凝香阁，单单宴请崔徽、恩和两家。

崔思韵和王璎宁到了阁外，立被宫人引了进去。卫熹与崔太后坐北，恩和与王驸马坐东，崔徽与李夫人坐西。卫熹见两人进门，亲自起身迎接，崔思韵、王璎宁行面圣之礼。待两位小娘子起身，卫熹先看着思韵笑道："十四表妹，我一年多不见你了。"

思韵道："表哥许久不曾去思韵家了。"

卫熹道："我心中时念舅父母和诸表兄妹，可是宫深似海，生离亲属，几如死别。"

在场的崔家人闻此言，暗自惴栗。崔太后道："国事虽重，骨肉岂可疏？待春汛过后，陛下是该回舅父家看看了。"

卫熹问思韵："表妹近日在念什么书？"

思韵回："在念《尚书·立政篇》。"

卫熹笑道："《尚书》乃理国安民之典学，表妹莫不是想入朝为官，治国平天下？"

思韵低头不语，王璎宁忍不住道："她不是想当官，是想辅佐陛下。"

卫熹便看向王璎宁，道："璎宁，我常听恩和姑姑说起你，百闻不如一见。"

恩和公主开口问道："璎宁近日在读什么书？"

璎宁道："我在读《玄怪录》。昨夜读到皮囊精的故事，说一座古宅里有好多张虎皮、马皮、熊皮，天长日久，皮囊成了精，把人吞下去又吐出来。这些皮囊精被烧掉的时候，还会流血，会喊冤……"

崔太后道："子不语怪力乱神。小小年纪，怎么读这些书？长公主该多加教引才是。"

恩和道："志怪传奇包罗万象，有风俗，有人伦，有儒释道法，有文章经济。如欲博览百家，不可不读志怪。《玄怪录》乃中唐名臣牛僧孺所撰，我推荐她看的。"

卫熹笑道："我也喜读志怪传奇。从前鸣玉先生曾讲授《鬼魅求见孔子》，我还记得文中那句'勇者不惧，智者不惑'。"

崔太后不说话了。卫熹请两人入座。璎宁坐到恩和身边，恩和将她严厉一瞟。思韵坐到母亲李夫人身边。

两个内侍抬来一张高桌，放在殿中央；一个宫女端来一盘剥好的粽子粉团，放在桌上。卫熹道："我想起有一年，端午节在外祖父家过，我们兄弟姐妹几个射团，人人都射中了，只有思韵表妹，射了十多箭也没中，都急哭了，后来是如祺表哥射了一个给你。如今射术长进了没有？"

思韵道："去年端午我射中了。"

卫熹便笑道："你现在试试。"

宫女呈上一张小弓，一支半尺长的无锋箭。思韵起身走到殿中，引箭上弦，瞄了一阵，把箭射了出去，正中一只红豆粽。卫熹笑道："果然长进了。"宫女上前，把红豆粽放到金盘里，送给思韵。卫熹转向璎宁道："璎宁爱吃粽子，还是粉团？"

璎宁道："回陛下：糯米做的我都不爱吃。"

恩和又扭头看她，笑道："那你射一个来，我吃。"

宫女如旧呈上弓箭，璎宁接过来，起身张弓便射，无锋箭轻啸而出，眼见是冲那盘粉团去的，却高了三寸，直直越桌而过，径向卫熹飞去，内侍监们忙叫：“护驾！”纷纷冲了上来，却晚了一步，小箭正中卫熹的翼善冠，冠冕歪了，箭落了地，在场众人大惊失色，除太后外，皆离席而跪。

卫熹扶正头冠，拾起坠地的箭，向璎宁走来。璎宁也吓得不轻，谢罪道：“我不是故意的。”

卫熹道：“我没有怪你。”他把箭递出去，“你再射一次。”

崔太后劝道：“陛下小心。”

卫熹把箭举到璎宁面前：“射一个来，我吃。你不爱吃糯米，我爱。”

璎宁看向思韵，思韵也在看她。璎宁道：“我又射不中，陛下还是请思韵……”

卫熹道：“十次不中，便二十次、三十次！”

他的语调骤然升高，众人皆听出了怒意，王昭逸轻声道：“璎宁，不可忤逆圣上。”

王璎宁不得已接过了箭。卫熹忽然走到她身后，以左手握左手，以右手握右手，举起弓搭起箭，在她耳边道：“我教你射。”璎宁在他怀抱中不敢动弹，手指随着他的手指松了，箭再度离弦，“嗖”的一声，射中了最顶上的莲子粉团。卫熹走过去，取下粉团咬了一口，坐回了自己的位置。

璎宁看了思韵一眼，思韵低着头。恩和向璎宁招手，璎宁只得坐了回去。

李夫人笑向卫熹道：“多日不见，陛下清瘦了些，想是忧劳万机之故，还望陛下保重龙体。”

卫熹也笑道：“多谢舅母关心。我虽瘦了，却觉得神安气爽，远胜从前。”

李夫人道：“年前，家里得了几张犀牛皮，其中一张是白犀，颇为珍奇，思韵知晓后，便要了去，我们问她拿去做什么，她也不说。前几日才给我们看，是做了一条腰带，缀了于阗玉的。今日带进宫来了。陛下的衣冠带饰，都是天下能工巧匠做的，只怕思韵做的比不上。”

卫熹便问：“思韵，是给我做的吗？”

思韵点头。

卫熹道：“拿来看看。”

思韵便取出白犀玉带，上前呈给卫熹。卫熹接过来，当众解了旧的，换上新的。思韵鼓起勇气抬头看他。卫熹道：“我听说，上月表妹行了及笄礼。”

思韵道：“我们原送了请柬来的，可表哥太忙了，没有去。”

卫熹笑道：“表妹长大了。及笄之后，可以婚嫁了。”

思韵的心轻轻一跳。

卫熹道：“京城之中，多的是公卿之子，要不要表哥为你选佳婿？”

思韵的脸突地发白，眼眶却红了。卫熹猛一转身，举起酒爵，向崔太后、崔徽夫妇、崔思韵一一示意，高声道：“此酒，谢母亲，谢诸舅父母，谢诸表兄妹，谢崔家后戚！卫熹乃独子，所赖者，惟诸位而已。从今往后，还望崔家忠心翼佐卫家，荣辱进退，两姓共之！”言毕，把酒一饮而尽，崔家众人同饮，惟思韵木然不动。

卫熹重斟了酒，走到恩和夫妇席前，恩和、王昭逸起身。卫熹向恩和道：“这一年，姑姑为我做了太多事，我都记在心上了。”

恩和道：“我亲眼见过陛下的祖父救国运于危亡，也见过陛下的父亲征伐四方，现在，陛下别让姑姑失望。”

卫熹举杯与恩和夫妇同饮而尽，之后，他走到王璎宁面前，先看她的脸，后看她的手，道：“你戴了长命缕。”

璎宁道：“端午节，人人都戴，没什么稀奇。”

卫熹把手一伸，露出自己的长命缕。璎宁正不知所以，卫熹已拉过她的手，摘下她的长命缕，戴在自己腕上，又取下自己的戴回她的手腕。璎宁大惊，卫熹转身向众人道：“定情之信已换，王璎宁是大焉皇后了！”

满殿宫人拜倒在地，齐声贺喜；恩和夫妇也行大礼；崔徽夫妇只得离席而拜。崔太后端坐不动。一阵热烈的贺声之后，突又一片寂静，仿佛羽毛落地都会被听见。卫熹大步向座位走去，脚步声响彻殿中，忽听璎宁高声道：“我不做皇后！”

卫熹吃了一惊，立刻回身，伏地的众人也抬头讶异地看她。璎宁容色大异，指着思韵道：“想嫁陛下的人是她！她为何不能做皇后？”

恩和低声叱道：“璎宁住口！”

璎宁道：“偏不！天子又如何？我不想嫁，他就不能逼我！”

卫熹火道：“天子又如何？天子也被千万人所逼！”

璎宁道：“谁逼你娶我了？谁逼你不能娶她？你心里想娶的也是她，那为何选我？”

忽然，崔思韵转身向外逃去，璎宁冲过去一把抓住她，急道：“你去和圣上说！你自己说！”

思韵凄然摇头，璎宁便质问卫熹：“你知道她的心意，为何不娶她？”

卫熹也在看着思韵，却无法回答。璎宁向诸人问道：“这是为何？为何偏要我当皇后？为何不让想当的人去当？”

恩和不答，王昭逸也不答，崔太后、崔徽、李夫人皆不答。璎宁大声道：“你们说话！为何是我，不是她？”思韵急道：“你别问了！”一开口，泪落如雨。

各怀心思的成年人们看着两个少女站在殿中央，一个惶急，一个悲伤，却不上前帮助与安慰。而卫熹的心情，却是另一种挫折，他看了很久思韵，又看向璎宁，自言自语道:“古往今来，有被拒绝的天子吗？”他又斟了一杯酒，饮干了，自往殿外去了。

4

王昭逸去王家看了两次，璎宁母亲都说她还在闹脾气不见人，昭逸回家便对恩和言:“她父母劝不听，你再去好好说说，她素日还肯听你的。”这日黄昏后，恩和便去王府见璎宁。

推开闺门，只见璎宁坐在床上生闷气。她从前见了恩和，必是笑吟吟上前迎接的，今日见了，竟把头扭了过去。恩和笑道:“别人家出了皇后，都是敲锣打鼓欢天喜地的，我们家出了皇后，这气氛比贬官夺职还惨淡。不知道的，还道是璎宁远嫁塞外，与西戎和亲呢。”

璎宁嗔道:“婶娘，我不想当皇后！”

恩和道:“我是看着你长大的，知道你是要强的孩子，难道不想母仪天下？上下数千年，才几个皇后？你今后便是其中之一了。”

璎宁道:“我不喜欢他！”

恩和笑道:“他年轻，长得也标致，性情也还温柔，还是九五至尊，怎么就不喜欢了？”

璎宁道:“他千好万好，就要全天下的女子都喜欢他？有一个喜欢他便够了，我偏不喜欢。”

恩和道:“休任性！你是大人了，该懂事了。婚姻大事，不只关系你一个人，还关系王家，关系长公主府，你要学会为家门着想了！”

璎宁恼道:“从前没有出过皇后，家里不也好好的？怎么现在偏要委屈我呢？”

恩和道:“怎么就委屈了？我又不是要你嫁什么老朽丑怪、什么庶民匹夫，那是少年天子！”

璎宁想起一个人来，泛着泪水道:“我倒是想嫁庶民匹夫呢！”

恩和的心一提，细揣璎宁的神色，隐然猜到了几分，问道:“你想嫁哪个庶民？”

璎宁又把头扭了过去。

恩和问:“你有意中人了？”

璎宁不答，恩和便道:“你不说，这事便解决不了。”

璎宁犹豫了一阵，只得点头。

恩和又问:“是谁？”

璎宁道:“我们家的。”

恩和问："哪个？"

璎宁小声道："我们家的卫士。"

恩和陡然一惊，道："卫士？那不就是家奴？"

璎宁道："家奴便家奴！我宁嫁家奴，不嫁天子！"

恩和问："你们私订终身了？"

璎宁道："没有。他都不知道！"

恩和暗暗松了口气，笑道："想来一个护卫高高大大、锦衣配刀的，你便悄悄恋上人家了。他叫什么名字？"

璎宁不敢说，恩和道："既然要嫁，怎么又不说是谁？"

璎宁道："我说了，你们准不准我嫁？"

恩和道："你说是谁，我立刻叫他来，问他愿不愿娶你。若你们一个愿娶、一个愿嫁，我再无二话；若人家不愿娶，你乖乖地给我进宫去。"

璎宁的心"咚咚"地跳了起来，好像盼了多年的未来突然近在眼前。恩和道："告诉婶娘，他叫什么？"

璎宁便小声道："叫尹恒。"

恩和高声唤进随从，吩咐："我听说府里有个护卫叫尹恒的，立刻去叫他来。"

随从应声出了闺阁。恩和打量璎宁，见她半是忐忑半是期待的模样，心中不免又怜爱又好笑，因问："他是护卫，平时你又见不着他，怎么就看上他了？"

璎宁道："我五岁便见过他了。"

恩和道："你记性倒好。五岁的时候怎么了？"

璎宁道："盂兰盆节那天，我们全家出城去家祠祭祖，那天晚上就住村里。大人们在厅里说话，我听说三姐姐她们去枣林玩儿去了，我也要去，婢女们说我还小，不许我去。我就躲开她们，带小堂弟小堂妹悄悄出门去了，她们谁也没看见。"

恩和问："后来呢？"

璎宁道："出了村子，才发现枣林好远。我白天和大人们去过的，明明一会儿就到了，晚上却要走那么久，后来村子都看不见了，枣林也找不到了，我们就迷路了。后来还下了雨，地上全是泥，我带着小堂弟小堂妹到处走，走到一片泥塘里，腿陷进去了，拔不出来，再也走不动了，小堂弟先开始哭，我也哭了，我们三个站在泥塘里哭了好久。"

恩和道："自然是卫士们把你们找到了。"

璎宁道："他把我从泥塘里背出来的。"

恩和笑着摇头，道："从此，王小娘子看他就和别人不一样了。小女儿的心思，在我们这些过来人眼里，又天真又好笑。你当他是英雄，其实他不过是仰赖我们生存的奴婢。”

璎宁恼道：“如何好笑了！婶娘不也是从小女儿过来的！”

恩和便住了口。

隔了两三顿饭的工夫，随从回来，在外禀道：“人在院子外候着了。”

恩和问：“怎么去了这么久？”

随从笑道：“他过了中庭便不敢走了，说论规矩，侍卫不能进内府。我说：‘那要不你定个地方，长公主移驾去见你？’他才进来了。”

恩和也笑了，说道：“传他来。”

须臾，门外出现一个男子，低着头跪下了，恭恭敬敬地问安。恩和命他抬头，细看他的脸和身材，果然相貌堂堂，遂问：“你便是尹恒？”

尹恒忙应道：“回殿下：小人是尹恒，王府卫士。”

恩和问：“多大年纪？”

尹恒道：“小人年二十五。”

恩和又问：“可曾婚娶？”

尹恒暗吃一惊，忙回：“小人有妻，育有一儿一女。”

恩和看了璎宁一眼，又问尹恒：“你要不要换个妻子？”

尹恒一面揣意，一面小心回道：“小人不明白殿下的意思。”

恩和笑道：“休了你的妻，娶我们家璎宁，如何？”

尹恒大恐，连忙叩头在地：“长公主休说笑，小人担不起！”

璎宁忙道：“不是说笑！我就想嫁给你！”

尹恒惊得不敢应话，只把头抵在地上。璎宁道：“你记不记得，我五岁那年走丢了，是你把我背回去的？”

尹恒道：“小人记得，只是……只是……”

璎宁道：“我想嫁给你，想了好些年了！”

尹恒头不敢抬起半寸。恩和道：“你若不娶，她便要嫁给天子了。”

尹恒吓得直抖，忙道：“小人有妻室，不值得贵人抬举！”

璎宁道：“那做妾、做妾也好！”

恩和厉声道：“只能是妻！”

尹恒道：“小人不休妻，也不纳妾！”

璎宁呆住了。恩和一笑，向尹恒道：“你且去，权当今日没来过。”尹恒忙叩头谢恩，倒退着走了。

恩和向璎宁道：“他有一点好：自知之明。他知道，婚姻是要门当户对的，他若娶了你，是你的不幸，也是他的灾难。”

璎宁猛然起身，躲进纱橱里去了，半晌不出一声。恩和等着她平静心绪。过了一炷香，恩和方进纱橱，见她坐在床上默默流泪，便挨着她坐了，徐徐开解道：“嫁给爱的人，未必是幸；嫁给不爱的人，未必是不幸。多少女子嫁的都不是想嫁的那个，未必过得不好了。你爱的是他骑良马、佩宝刀的模样，若是朝夕相处了，知道他也不过是个卑俗男子，一辈子困于柴米油盐，后悔还来得及吗？不是你不好，他不肯要你；是你太好，他不敢要。不许再哭了，是要当皇后的人了！”

璎宁哭着问：“当年婶娘嫁给叔叔，也是不情不愿的，对吗？”

恩和一怔，反问：“怎么说到我身上来了？”

璎宁道：“人家都说你喜欢那个……那个御史台的唐御史，最后却嫁给了我叔叔，你没嫁想嫁的人，你又是什么心情？”

恩和看了璎宁半晌，淡然道：“这些年我过得很好。若嫁的是别人，不会有如今这样好。我和唐御史都是刚强之人，他需要一个能迁就他的，我需要一个能包容我的，他找到了，我也找到了。十年夫妻恩深似海，在我心里，谁也不如昭逸好，谁也不如他重要。”

璎宁想着这些话，泪痕渐渐干了。恩和用帕子轻轻擦拭她的脸颊，柔声道：“我希望你也过得好，希望有人与你相敬如宾、举案齐眉。这个人，便是天子。”

5

七日后的夜，璎宁母亲来到闺房，向女儿笑道：“龙朔宫来了使者，问嫁衣是宫里做还是我们自家做。那使者倒谦逊，说：‘倘是别人家，不用问，嫁衣自然是宫里做了，王家却不同，贵府锦绣罗绮之工，未必逊于尚衣局，因此奴等不敢擅专，特来请娘子示下。’我来问问你的意思，是要宫里给你做，还是咱们家的绣娘给你做？”

璎宁坐在窗边，看着窗外，天上彩云追月，月下花枝横斜，好个良宵美景，可惜她要走了，再无赏夜之人了。母亲见她怅然，便有些担忧，道：“乖女儿，有什么事，跟母亲说，别堵在心里。”

璎宁便道：“我还想见一见他，有些话，我自己和他说。”

母亲问：“哪个他？尹恒？”

璎宁道：“我要再问他一遍，他若再不愿意，我便死心了。”

母亲却道：“他不在府里当值了。”

璎宁回头问道：“不在府里了？去了哪儿？”

母亲道："你父亲给了他一百两金子，命他搬离京城，终身不许进未离原一步。前日便启程了，至于去了哪儿，我们便不知道了。"

璎宁问："他愿意走？"

母亲道："收了金子，道了谢便走了。"

璎宁叹息一声，又扭头看窗外。母亲试探着问："那嫁衣，还是让自家的绣娘做？"

璎宁道："哪里做不一样呢？"说罢，伸手关上了窗。

第七十九章

天子巡河

1

桃之夭夭，灼灼其华；之子于归，宜其室家。可偏偏是桃花凋谢的时节，王璎宁出嫁了。她从前想过自己出嫁的情景：若是妻，便坐四匹骏马拉的墨车，他骑马走在前头；若是妾，阿爹阿娘不喜欢，那便坐他自己的红鬃马，由他牵着去。奈何如今都不是。

升舆吉时到了，天公不作美，下起了霏霏愁雨。着皇后冠服的璎宁出了厅堂，见十六人抬的凤舆候在阶下，女官、内侍、内臣、命妇站在雨中。璎宁从前听说，新郎迎娶新娘的时候，会抱一只大雁来，行“奠雁礼”，而此刻，既没有大雁，也没有新郎。新郎在龙朔宫太初殿等她自己去呢。

女官恭请璎宁升舆。母亲送到舆下，便不能再送了，只能含泪向女儿挥手，口中轻道珍重，璎宁也洒泪辞别。凤舆缓缓启程，走出王家正门，祖父、父亲与族中男子皆跪在门外，头冠触地，不顾地上积水成洼。璎宁猛然意识到，从此自己是君，父母是臣了。

迎亲队走上街头，开元城已是万人空巷。大焉五十年不曾有天子御婚了，百姓们兴高采烈地挤在大道两旁，看迎娶皇后是怎样的景象。璎宁透过纱帘，看见一群群红男绿女、慈老稚童，个个都在欢笑；一回头，凤舆后浩浩荡荡的马队，是龙朔宫、凤阁、礼部、太常寺、宗正寺的礼官；再回过头来，凤舆前开路的，是威风凛凛的骁禁卫，衣衫都湿了一片，璎宁看了一会儿卫士们的背影，垂下了眼帘。

凤舆过了龙首桥，迎接璎宁的是两列仪马和驯象。大象身披彩帛，朝天翘着长鼻，恭迎凤舆从身前走过。正仪门开了，皇后一生只有一次能独自走正仪门，便是今日。

穿过深深的门洞，丹陛下奏着仪平之乐，广场上，文武百官分列西东，还有来自洛国、瑶国、沅国和荆国的使节。御道很长，迎亲队伍走得也很慢，璎宁忽然想起，按礼仪，御道上应该铺红毯的，可之前，宫里使者传天子的话，说如今内有水灾、外有边患，诚宜爱惜物力，问她是否愿意一切从俭，她是同意了的，所以此刻，道路和从前没什么两样。徐徐走了八百步，走到丹陛之下，女官悄声道："天子在上。"璎宁抬头一看，丹陛尽头站着天子卫熹，然而凤舆并没有停留，而是向右一转，继续前行，璎宁便只能透过纱帘和雨幕，和自己的夫君远远对视了一瞬间。

凤舆绕过太初殿，又走了两炷香的工夫，才稳稳当当地停了下来，女官上前，恭请璎宁降舆。璎宁从凤舆下来，眼前是一座丹凤呈祥之殿，名曰"如意宫"。宫女们扶着璎宁进了宫，入了红椒洞房。龙烟细细，兰香幽幽，花烛排排只待萧郎。宫女们把璎宁扶到红绸百子帐里坐了，便侍立一旁不再出声。

过了很久，天黑了，雨又从远方来了，哗哗啦啦，像一群豆子在跳舞，在屋顶跳，在窗边跳，在屋檐下跳，跳得人心烦意乱，突然一个惊雷炸响，吓得璎宁一激灵，宫女柔声安慰道："娘娘别担心，圣上就要来了。"

又过了一阵，一个少监喘吁吁进门，拍手道："上合卺宴了。"众人便知，天子将至。一行内侍端着御膳进来，摆在宝座上，是一盘拌熏鸡丝，一盘焖鱼翅，一盘烹虾米，一盘蒸酱肉，一盅八仙汤，还有两碗长寿面，璎宁忽然觉得饿了。幸好没等多久，殿外便叫："圣人至！"

前呼后拥的卫熹进了殿来，宫人齐齐参拜，璎宁忘了先前命妇们如何教的，不知此刻自己该不该拜，便站了起来，怔怔然不知所措。卫熹一笑，自去左席坐了，宫女们扶璎宁过来，坐了右席。

内臣捧来一个卺，一剖为二，斟了合卺酒，一瓢给帝，一瓢给后。卫熹举瓢向璎宁，璎宁就着他的手抿了一口，而后卫熹一饮而尽；璎宁双手把自己的酒递过去，卫熹也饮了一口，余下璎宁尽饮。简简单单的合卺礼结束了，宫人鱼贯而退。

人没了，雨声愈显得大，卫熹看着璎宁不说话。璎宁问："你、你吃不吃饭？"

卫熹道："不能称'你'，要称'陛下'。"

璎宁便问："那，陛下吃不吃饭？"

卫熹道："你先吃。"

璎宁舀了一匙虾米，拌在长寿面里埋头便吃，卫熹一直看着，忽然叹了声气，璎宁抬起头问："怎……陛下怎么了？"

卫熹道："今夜之前，我很孤单，今后不会了。"

璎宁道："皇帝也会孤单？每天那么多人陪着。"

卫熹道："他们不是陪我，是陪坐这个位置的人，换成别人来，他们一样会陪的。我信不过他们，但我信得过你。"

璎宁问："信我？为何信我？"

卫熹道："因为我们是夫妻。夫妻共牢而食、合卺而饮，我若败了，你便败了，我若成了，你便成了，夫妻是一体，所以我信得过你。姑姑说，你天生就是做皇后的料，今后，请你帮我。"

璎宁有些迷糊："帮什么？怎么帮？"

卫熹道："慢慢你便知道了。我也不知道如何做皇帝，以前我也做不好。父亲驾崩在白鸢江畔的时候，我才九岁，在灵前哭得很厉害，当着文武大臣们哭，因为怕，因为不知道今后怎么走。母亲带着我走了这些年，可我不能让她带一辈子。谁家的孩子都要长大，卫家的也要长大。以后，是我和你一起走了。"

璎宁心事重重地放下筷子，卫熹见还剩半碗面，便端过来吃了。

2

次日早晨，璎宁去拜见崔太后。太后让出如意宫后，选择了东北角的宜秋宫居住，远离了天子政殿与寝殿。新妇见翁姑，皇家与民间也无甚分别，璎宁净了手，跪地为太后上金酒玉馔。太后饮了半口酒，略微吃了几口白龙臛，之后，她笑向璎宁道："你坐过来，咱们娘俩说说话。"璎宁便在太后身边侧着半个身子坐了。

崔太后笑道："你不必拘束，这里是你的家。"

璎宁欲言又止，崔太后道："你有什么话，想说便说，我也是你的母亲了。"

璎宁便问："太后原先是不是想让思韵做皇后？"

崔太后笑问："你在记怨？"

璎宁道："不是，璎宁是怕太后不喜欢璎宁。"

崔太后道："我做的一切，都是为了圣上。我尊重他的选择。实不相瞒，我与圣上之间，有裂痕，因为他以为我不尊重他。站在母亲的境地，我担心他做错，担心他不会，担心老谋深算的朝臣们欺他年幼，所以我替他把许多事都做了，可站在他的境地，这是不尊重。母亲们总担心孩子失败，担心孩子在外受欺，却不知，孩子们不怕失败、不怕受欺，他们自己能成长、能承担，他们只怕在母亲眼里，自己无能。母亲不肯放手，是以为孩子不会走路，儿已弱冠，我当放手了，所以我搬来了宜秋宫，从此不问朝事。如意宫主人是你了，辅成帝业的责任也在你了，皇后可不是好做的，你还年轻，要慢慢学。"

璎宁笑道："依璎宁看，也没什么难的，如何做人，便如何做皇后。也不只皇后，皇帝也好、臣民也好，只要做个好人，就差不到哪里去。"

崔太后把这话一品，点头笑道："早知如此简单，这些年我就不必如此累了。"

璎宁又问："太后，思韵怎么办？她还好吗？"

崔太后道："我会给她找个好归宿。我打心眼儿里感谢她，因为她喜欢我养育的孩子，但从今往后，希望我感谢的人是你。"

3

六月的一个晚间，璎宁去勤政殿看望卫熹，卫熹正在批阅如山的奏章，无暇顾她。璎宁自远远地在旁坐了。过了两盏茶的时分，内侍监来换烛的工夫，卫熹才歇了口气，饮了杯茶，一抬眼，看见璎宁坐在对面，便道："怎么坐那么远？过来。"

璎宁过来坐在卫熹身畔，两眼不住地瞧各色奏章，卫熹道："你想看便看，不用拘束。"

璎宁道："我听宫人说，近日雨灾更重了，这些奏疏是不是在说这个？"

卫熹道："白鸢江、浊沙河都泛滥了，芦州、章州、皖州、润州、宁州、平州全受了灾，六十二县禾稼涝损。十万吏民在固护河堤，昼夜不休。各地各部，每日都有奏报来，我要尽数阅览一遍，才稍微安心。六日前，皖州报白鸢江堤有险情，这六日，我的心一直悬着，不知今日是否解危。明日，你随我去止狩台祭天，请上苍佑我子民。"

璎宁应了，半晌又笑道："依璎宁看，去止狩台祭天，不如去受灾之地巡阅一遍。"

卫熹道："巡阅？天子出京巡阅？"

璎宁道："是。"

卫熹笑着摇头道："我岂能出京。"

璎宁道："为何不能呢？陛下方才说，十万吏民正在白鸢江、浊沙河上抗御水患，若天子亲临，赈灾济民，岂不大振士气、大慰民心？"

卫熹道："赈济之事，自有朝廷命官受天子之命，代天子行事。唐御史已奉旨去了东方三州巡察，有他在，不会出乱子。"

璎宁便不说话了。卫熹随手递给她一卷奏章，道："你看，宁州长丰县的浊沙河决口了。溃了四十多丈，县城外水深三尺。"

璎宁接过来细看。卫熹道："为这个决口，御史台和沧山又吵起来了。"

璎宁奇道："因何而吵？"

卫熹拿来两份奏疏，摆在她的面前："这一份，是宁州观察使令狐宴上的；这一份，是宁州监察御史顾临上的。”

璎宁道：“监察御史是御史台的官，那观察使便是沧山的官？”

卫熹点头道：“两家皆有谏官驻于州郡，互相牵制，时不时便吵一吵。”

璎宁把两份奏疏都看了一遍。卫熹问：“你可看懂了？”

璎宁道：“令狐宴说，决堤是县令张楚材的过失，顾临却说不该怪罪张楚材。”

卫熹问：“依你看，谁说得对？”

璎宁道：“我们坐在宫里，浊沙河在宁州，岂知谁对谁错？”

卫熹道：“也是，我们该另派可靠的人去查。”

璎宁道：“陛下何不亲自去？”

卫熹一顿，道：“你为何总想让我出宫呢？”

璎宁道：“古人云：‘皇帝之明，临察四方。’我听说升明元年，章州大旱，景帝亲赴赤地，与灾民同食草木，国人由此归心；桓帝更不用说，战必身先士卒，所以三军愿为之效死。陛下亲政，如何立威信？下罪己诏，何如去受灾之地走一遭？”

卫熹道：“宁州有洪水，有灾民，边境还有项兵。天子乃万金之躯，若有闪失，是要动摇国本的。”

璎宁道：“我是在宫外长大的，风雷雨电都经历过，何曾伤了一丝一发？陛下不该把宫外想得太可怕。至于项兵，西项内战刚止，浊沙河也在项国境内泛滥，他们已自顾不暇。再者，焉军将士依然守在边关，他们都不怕，天子怎能怕呢？”

卫熹不语。

璎宁道：“璎宁愿陪陛下同往。”

卫熹勉强笑道：“好，我听皇后的。”

4

六月十四，御驾出了龙朔宫，向西而去。天子此行秘而不发，朝野极少有人知晓，护卫军是五百骁禁卫。车驾两日后进宁州，过宗山城后，到了浊沙河边，但见长河激浪，黄水横流，菽麦禾黍尽化衰草。一路经六县，官民皆在治堤救水，几忘寝食。每经一县，卫熹皆密会县令，一行慰问，二行赈济，三行赏赐。至于寻常百姓，只知有大官自京城来巡视，到底其人是谁，却众说纷纭，不可确知。

沿浊沙河走了十日，车驾到了长丰境内，此地离焉项边境仅百里。太守侯士贞出城相迎。卫熹先去视察大河决堤之处。四十丈宽的决口已经弥合，长堤还在加固当中，兵卒民夫来来往往。侯士贞禀道：“有八百多人伤亡，还有七十多个没找到。堵决口损了八十多个兵、一百多个民夫。现有宁州兵三千、民夫五千治堤。”

卫熹问：“县令张楚材何在？”

侯士贞道：“失踪两日了。”

卫熹吃了一惊，问：“失踪了？”

侯士贞道：“决堤之后，令狐宴要抓张楚材去沧山，顾临拦着。两日前，张楚材下落不明，一说是被令狐宴拘押了，一说是被顾临藏起来了，府里正在追查，可令狐宴不承认，顾临也不承认。”

卫熹便问：“令狐宴与顾临现在何处？”

侯士贞道：“应当都在县衙。”

卫熹便命去县衙。长丰县城离浊沙河不过十余里，一盏茶的工夫便进了城，到了县衙门口，迎面出来一个怒气冲冲的御史，口中正骂：“尖耳黄毛小野狐，你啖狗屎！你啖狗肠！”忽见门外这大阵仗，不免吃了一惊，再定睛细看，马上坐着皇帝，忙过来拜见。侯士贞向卫熹介绍：“这是宁州监察御史顾临。”卫熹道：“顾御史曾任殿中侍御史，朕见过。”便命顾临平身，请他随众人进县衙。

到了大堂，趁上茶的工夫，侯士贞悄声向亲随道：“去请令狐宴来，就说我有事请教。”

亲随去了，稍后回来，小声回道：“令狐观察说，正在监督赈粮发放，没空。”

侯士贞只好道：“告诉他，天子已巡察至此，速来。”

亲随又去了。

卫熹向顾临道：“顾御史的上疏，朕看到了。御史说，大河决堤，错不在张楚材？”

顾临道：“回陛下：张楚材任长丰县令四年，奉公履正，有口皆碑；岁修河堤，无所怠驰。此次洪灾，百年不遇，张楚材率军民抗御春夏两季，方告失守，实因人力难以胜天。”

卫熹道：“那为何令狐宴说张楚材失职？”

顾临道：“陛下当召令狐宴以对。”

正说着，侯士贞的亲随回来，禀道：“令狐宴至，待天子宣。”

卫熹道：“宣。”

内侍监去了门边，道：“宣宁州观察使令狐宴面圣。”

门边冒出一顶獬豸冠，探出半个脑袋，一只狐疑的眼睛把堂内瞧了瞧，上头坐的少年在龙朔宫见过，确是天子，侯士贞并未诓人，这才趋步进门，叩拜道：“宁州观察使令狐宴拜见陛下。”

卫熹道：“令狐观察，可知朕为何亲巡长丰？”

令狐宴道：“为张楚材。”

卫熹道：“你上疏说，‘大河决堤，楚材首罪’，有何凭据？”

令狐宴道：“决口出在长丰境内，他是长丰县令，当然是首罪。”

顾临道：“臣有异议！”

令狐宴向卫熹道：“顾临身为监察御史，包庇失职命官，臣提议同案查处。”

顾临道：“禀陛下：浊沙河堤在长丰县内长一百七十里，隐患十九处，张楚材征役夫二千，轮守十九处，把这些地方都守住了，可河堤偏在不该溃之处溃了，此谓‘人算不如天命’。决堤当日，张楚材与上千吏民亲补决口，但洪水湍急，绝非人力可救，张楚材已尽本职，决不能被令狐宴带上沧山！”

令狐宴道：“今日不惩处张楚材，明日县县都决堤了，怎么办？御史台是不是要办庆功宴？”

卫熹问道：“张楚材人在何处？”

几乎同时，令狐宴道：“被顾临藏起来了。”顾临道：“被令狐抓起来了。”

话音落地，令狐宴斜瞟顾临：“大丈夫做事敢做敢当，藏了人，还不敢认？”

顾临道：“我是御史台派下宁州的监察御史，走明堂正道！”

令狐宴道：“这话不阴不阳的。御史台走明堂正道，沧山难道走歪门邪道？”

顾临道：“走没走歪路，再走一阵便知道了！”

两人不管不顾地斗起口来，侯士贞忙上来拉两人的袖。卫熹道：“着侯太守追查张楚材行踪。两日内，朕要张楚材站到朕的面前。”

侯士贞领旨。顾临与令狐宴告退。出门去远了，堂中犹听两人在争吵，一个道：“再不把人交出来，咱们沧山见。法吏们可在路上了。”另一个道：“哪怕沧山倾巢而出，顾某何惧！你快回去把沧山上的铜獬豸推了，它不配你，立个铜野狐算了！”

5

傍晚，王璎宁去看望受灾的百姓。城里的洪水退了，数千无家可归的灾民被安置在城北一片大木棚里，每日县司以粥济之。到了大棚门口，领路的县吏道：“棚内十分腌臜，只恐熏着娘娘。”璎宁径直进去了。

男女老少乌压压挤满了棚子，或坐或躺，面皆有颓然之色。县吏向众人道：“这是京城来的贵人，到咱们县赈寒济贫的。”众人便抬头张望，看会给些什么。宫人们逐个分发钱粮，每人一袋粟米、两个胡饼、一壶清水和十文铜钱。璎宁在棚中穿行，不时出言解慰灾民，忽见一个女子坐在草席上，与自己一般年纪，可怀里抱着个婴儿，腿上枕着个男童，身边还偎着个女童，已然是三个孩子的母亲了。璎宁因问："只有你一个人吗？"

女子点头。璎宁问："孩子父亲呢？"

女子道："被县里征去填河坝，一直没回来。"

璎宁见她母子可怜，便想再帮她一些，可皇后出行是不带钱的，今日连妆饰都省了，发髻上只有一支玳瑁簪，她取下来递过去，宫人忙笑劝："只怕太贵重了些。"璎宁道："贵重？此时此地，也只能换三五餐而已。"宫人便不再劝。女子道谢接了。

角落里突然响起棍棒敲击声，只听一人拖着声音唱道："长铗归来乎——食无鱼，长铗归来乎——出无舆——"

众人循声望去，一个青年男子窝在破椅子里，右腿大喇喇地挂在扶手上，荡来荡去，左手拿着一根木棒，一边敲椅子腿，一边唱，颇有些玩世不恭。县吏先喝道："何人如此不尊！"

男子笑问："她是谁，多大的来头？小人们连唱歌都不准？"

两个县吏过去架起男子，二话不说便往外拖。那男子路过璎宁身边，璎宁与他对视，暗自一惊：他的瞳仁颜色极淡，近乎与眼珠融为一色，都是浅淡的黄，明明在看自己，却又似找不到目光的落点，像两颗诡异的透明琥珀。璎宁背过身去，那男子犹笑道："送一袋粟也太小气，何不请我们吃鱼？"

县吏押着人出了木棚，余人向璎宁请罪，一个道："村夫野民，鄙俚不堪，县司必严惩之！"

璎宁问："他是本县人？"

县吏回："灾民都是附近的。"

璎宁却觉得，那男子的气度与别的灾民不一样，遂道："查清他是哪里人，来告诉我。"

县吏们应了。璎宁出棚而去。

6

因宫人一再叮嘱，一忌招摇、二忌铺张，侯士贞便只把县衙礼堂的两间左厢房收拾出来，供天子夫妇下榻。夜间，卫熹、璎宁共枕而卧，卫熹问："依你看，张楚材到底有没有错？"

璎宁道："璎宁看，重要的不是张楚材，而是令狐宴和顾临。"

卫熹不解："张楚材不重要？"

璎宁道："张楚材之事，是两台之争。陛下若赞成令狐，便是支持沧山和薛让；若赞成顾临，便是支持御史台和唐瑜。"

卫熹道："我自然支持唐鸣玉。"

璎宁道："我也听说陛下和唐御史亦师亦友，情谊深厚。"

卫熹微笑道："鸣玉先生从芦州回来后，我曾与他长谈。我们坐在太澄湖畔，谈这些年彼此经历的事，不知不觉，从夜晚谈到天明，一直到太阳从宫墙上升起来。这样的彻夜有过两次，另一次是在桃影河边，我们听一群纤夫讲话，也是听了一晚上。他和你有些像，总想让我出宫去走一走。我们虽然分别了五年，可他还是和从前一样，一点都没变。我依然信任他，他什么都会帮我。"

璎宁道："那张楚材之事，陛下已知道如何判了。"

卫熹道："当务之急是把人找到。我不知道令狐和顾临谁在撒谎，到底谁把人藏起来了。"他轻轻叹气，"明察忠奸，真不是件容易事。"

璎宁道："陛下且静等两日，侯太守或许有办法。"

忽然门外有人来，宫人便出去询问，须臾回来，向璎宁禀道："县衙查出来了，那人是长丰县西河乡的草民，和几十个灾民一起来县城的。县吏们把人打了一顿，关起来了。"

璎宁有些不信，问道："当真是草民？西河乡的？"

宫人道："他自家说的。几个乡都受了洪灾，灾民都往县城跑，一时也没有公验查证。小人明日吩咐县衙去西河乡查。"

卫熹便问："什么事？"

璎宁笑道："也没什么。今日去看望灾民，有个人疯疯癫癫的，不识礼数，像个白丁，却又会唱古书上的歌谣。我见他有些异相，便顺口问问是何方人士。"她转向宫人道，"就此罢了，不用查问了。县衙这些日子太忙了，不要再给他们添麻烦。"

宫人应声退了，卫熹随口又问："什么异相？"

璎宁道："他的眼睛长得奇怪，不像人眼睛。"

卫熹道："不像人眼睛，那像什么？"

璎宁道："我也说不上来……大概，像沙漠。"

7

夜半，棚里的灾民都疲惫地睡了，横七竖八，像一条条干鱼。女子哄睡了三个孩子，自己也带着忧愁入眠。昏昏不知过了多久，一只有力的手掌捂住了她的口鼻，女子猛然惊醒，一个低沉的声音在她耳边道："今日收的东西，拿出来。"女子瑟瑟问道："什么？"那男子道："那夫人给你的东西。"

女子忙从怀里取出玳瑁簪，男子一把夺过来，起身去了，女子不敢声张。男子出了木棚，走到无人处，借着黯淡的月光，把簪子久久端详。无声无息中，十一个身形同样壮硕的男子从黑暗里现身，走到他的身边。一个问道："看出什么了？"

这男子笑道："这一回，咱们要打大蛇了。"

一人问："多大的蛇？"

男子将玳瑁簪抛过去："这是东瑶贡品。这条蛇和龙一样大。"

第八十章

弘福寺

1

卫熹命侯士贞寻找张楚材的下落，侯士贞心想，若能找到，早找到了，何必拖到你来。虽然知道没戏,也只能硬着头皮应承。他把县吏抽了一半去找人,找了两夜两天，一无所获。天亮便要向天子复命了，侯士贞成了热锅上的蚂蚁，近午夜，他来到顾临的住处，劈头便道："大宪官，你跟我掏心窝子说句实话——到底把人藏起来没有？"

顾临道："侯太守且想一想：顾临藏人做什么？即便是我藏了，如今圣上亲自来找人，我岂敢不给？御史台的职责是纠察百官，不是挟持百官，犯不着把个大活人关在柜子里。另一个台就不一定了，从上到下，乌眼斗鸡似的，举朝一至九品都是仇人，不赶尽杀绝不算完，太守仔细问问令狐宴才是正经。"

侯士贞一想有理，回头便去隔壁找令狐宴。门是关着的，侯士贞伸手推，没推开，里面上了闩。令狐宴在内问："谁？"

侯士贞道："我。"

令狐宴道："要找张楚材，问顾临就是了，问不出来就上点手段，不怕他不招。"

顾临隔着一堵墙听见了，高声道："上什么手段？你过来试试！说用刑便用刑，说妄杀便妄杀，猖狂到了何等地步！"

令狐宴道："张楚材渎职，放在哪朝哪代都要问责的，偏偏当今的御史台要硬保，圣上要人都不交，若说猖狂，我们甘拜下风！"

侯士贞跺脚道："一见面就吵，不见面也吵！能不能消停！令狐观察，这件事圣上亲自过问的，怎么定，圣上说了算，你藏人有什么用？赶紧交出来，不要为难我。"

令狐宴"哐"的一声把门打开了，又转回去跷二郎腿坐着，口中道："太守不信，只管搜，搜到了我就认。”

顾临道：“他还能把人藏屋里？天知道在哪个犄角旮旯！”

令狐宴道：“藏你胳肢窝里了！你抬起手来找找！”

顾临气呼呼地冲过来，挽起宽袖便要动手，侯士贞和下属们忙拦着，令狐宴道：“有辱斯文。太守别拦，让他进来！我倒要回京去问问，唐御史是养了一群御史，还是一群打手？”

顾临也喝道：“薛让又养了一群什么？别急，清算沧山的日子快了！”

令狐宴冷笑：“想扳倒沧山的人多着呢。我们倒了，牛鬼蛇神便要横行霸道了！”

顾临道：“横行霸道的正是山中狐鼠！”

一班府吏赶来，好说歹说，把顾临拉回了屋里，替他关上了门。令狐宴问：“太守要不要进来查？不查我可要睡了。”

侯士贞叹了口气，转身便走。令狐宴冷笑着过来用脚踢上了门。

2

次日清早，侯士贞来到左厢房门口跪着，把六品官服摆在身前。卫熹醒后，宫人便进来禀报：“侯士贞没找到张楚材，在外面跪着请罪。”

卫熹顿时火起，道：“堂堂朝廷命官，说失踪便失踪了？生不见人，死不见尸，太守如此无能！”

璎宁忙做了个“悄声”的手势，劝道：“这些时日，他们又是修河堤，又是安抚灾民，又是筹措赈济，我们亲眼看见的，那些县吏一日两餐都没空吃，还要腾出手找人，找不到，也是情有可原，陛下别寒了这方官吏的心。”

卫熹强忍着不言语。璎宁吩咐宫人出去为侯士贞穿衣戴冠，送人回去休息。侯士贞走后，卫熹犹在生气，璎宁便好言相劝，卫熹劈头问道：“若是先帝在此，命他们找人，他们也会找不到？”

璎宁无辞以对。卫熹道：“我不信他们找不到！就是换成太后，他们也不敢找不到。只有我，他们才敢回‘找不到’！”

璎宁只能陪他坐着。过了一刻，卫熹道：“我们回宫！我累了。”不待璎宁回答，卫熹向宫人道，“准备启程回京。”宫人应声去了。

3

当日下午，卫熹一行踏上归程。二百禁卫先行开路，隔了一炷香，又有二百禁卫护着帝、后行进，再过一炷香，又有百人殿于其后。雨季总算过了，天上一轮金乌时隐时现，与地上长队逆向而行，逐渐西下。

黄昏时候，卫熹夫妇出了长丰地界，路过一个小村庄。大河决堤时，黄水裹挟淤泥冲进村子，冲垮了许多房屋，此刻死沉沉不闻鸡鸣犬吠，不见人丁炊烟。夕阳如火，烧红了漫天晚霞，孤村、枯树、古道皆笼罩在一团静谧的血色当中，使路过的行人徒增几分萧瑟之感。

绕过村庄，六尺宽的古村道还在向前延伸，队伍却缓缓停了下来。村道正中，站着一个青年壮汉，整个人沉浸在浓热腥红的景色里，脸上带着怪异的笑。

队伍不能再前进，一个禁卫便拍马出列，走到那汉子跟前，傲然道："劳驾，请让路。"

汉子只是扯着嘴角笑，看似不疯不傻，却又不言不语。禁卫高声道："马前何人？为何拦路？"

汉子收了笑，换了一副轻蔑的面容。禁卫扬手把鞭子一抽，喝道："让开！"

马鞭抽在汉子头上，他的脸一沉，向前迈了一步，禁卫的马似乎嗅到不对，想往后退，禁卫却不知觉，又一鞭抽下来，道："还不让开？我把你……"话未说完，汉子突然擒住他的手，将他拉下马来，一拳打在脸上，直直打凹陷进去，一张脸瞬间烂了，眼眶、鼻梁、牙齿全碎了，禁卫厉声惨叫，马儿长嘶而逃，队列霎时惊了，一个个急忙抽刀，将军秦天碧高呼道："护驾！护驾！"汉子闻言，向左右大笑，口中"哦哦啊啊"的，似乎是个哑巴。

十余个手持弯刀的男子出现在村道两边，眼光盯着卫熹。秦天碧忙命一百禁卫护住帝后，一百禁卫向两边杀去，另有三骑来截杀拦路的汉子。那汉子迎向当先一骑，挥刀劈砍，禁卫被扫下马来，汉子竖刀刺下去，刺穿禁卫身体，把人生生钉在地上，之后的两匹战马大恐，拔蹄后撤，任骑手如何呵斥，都不敢上去，汉子徒步追来，大劈大砍，凶悍无匹，眨眼把人马都击杀在地，那些男子都给他叫好，笑道："焉人好不经打！中焉必亡，大项必兴！"

骁禁卫无不大惊，纷纷道："是项人！是西项刺客！"众男子几乎同声道："是大项黑山军！"语声落，刀光起，一团团马鬃毛、一只只人手、一片片血水同时飞入夕阳光幕中，晚霞愈发鲜红，大地上凌乱一片。这些骁禁卫，多数是勋贵子弟，生于潭府之内，长于深宫之中，既不曾踏足沙场，也不曾决生决死，在蹈沙履刃的项兵面前，与婴童无异，交锋不过七八回合，十多个禁卫栽落马下，余下的不免怯了，步步后退。

十二个项兵，把上百人的包围撕得粉碎，从三面向卫熹杀去，口中呼道：“擒焉天子，当万户侯！”

璎宁在环卫之中又看见了那黄色瞳仁的男子，与同伴们越杀越近。黄瞳儿在搏杀时还抬起头来，隔着人群向她一笑。秦天碧打马斜冲过去，扬刀劈下，黄瞳儿引刀一格，发觉力重难敌，便跳开了。他似乎是头领，一遇险，即有两个项兵从左右来救，缠住了秦天碧，他转而去斗别的禁卫。他专挑那些十七八岁的少年斗，一交手便知力与技皆不如己，三五刀一个，杀得马背空了，越杀越气壮。

卫熹和璎宁的保护圈越来越小，从九重削为七重，又成五重。忽而项兵们一阵喝彩，众人看去，是秦天碧连人带马倒在地上，马身上插着刀，人头上插着匕首。将军战死，禁卫们越发急了，一骑长嘶而出，向战场外冲去，项兵齐道：“他要搬救兵！杀！杀！”黄瞳儿恰在马行路上，挥刀砍向马腿，那禁卫怒叱一声，一刀抛出，直击人脸，黄瞳儿闪身一让，马儿电驰而过，他再刺禁卫的腿，禁卫反手一鞭，他又闪开了。禁卫去远，他过来道：“赶紧抓皇帝！他们援兵要来了！”

原本散斗的十二项兵瞬间结成一队，前后左右互为照应，向禁卫群猛攻而去，犹如一把大斧劈进了棉花团。卫熹眼看项兵越打越近，连脸上纹路都看得清了，便想打马逃走，却被禁卫们围着，不知该往何处去，突然项兵掷出一刀，直冲卫熹飞来，卫熹一下子滚落马鞍，摔在地上，身边乱纷纷全是马蹄，禁卫们大叫：“救圣上！救圣上！”卫熹为了躲开马蹄，在地上爬了几步，两个宫人赶来，卫熹忙道：“是马惊了！马惊了！”宫人把卫熹扶上马。卫熹见周围人都在看自己，又道：“是马惊了！”璎宁纵马赶来，道：“援军就在半里内，转瞬即至！”忽闻一人笑道：“喂！我请你吃鱼！”璎宁转头望去，那黄瞳儿已近在二十步内，向她抛来一件物事，璎宁下意识伸手一接，却是自己的玳瑁簪，不免一愣，黄瞳儿又叫道：“跟我走！”

璎宁高声道：“项人无礼，见焉天子为何不拜！”

项兵们回道：“我们只拜项王！”

璎宁道：“焉天子乃天下共主，历载三百年，诸侯臣服！项王见天子亦拜，项民安敢不拜！”

黄瞳儿道：“三百年，天子该换了！咱们今日把焉天子拉下马，改日随项王打进龙朔宫！”

正说话时，远方马蹄声乱，两支禁军同时赶来了，骁禁卫士气大振。项兵向黄瞳儿道：“人多了！”一个打得正酣，奋然道：“打打试试！”黄瞳儿却笑道：“走了！赶紧走！”一转身抢先向南逃去，项兵们只好给他殿后，挡住骁禁卫，然后逐个南去。南边是一大片农田，被洪水冲成了泥塘，是事先踏勘过的退路，项兵们连跑带爬，穿田翻陌，逃得比兔子还快，追来的马儿一下田，便陷在泥里拔不出蹄了，禁卫们下马去追，费力地蹚过三四片田，项兵已从四面八方散得无影无踪。

待两支禁军赶到时，一切已结束了，地上留着四十二具骁禁卫尸体、一具项兵尸体，大家沉默着收拾残局。皇帝遇刺，是滔天之祸，在场诸人人人自危，都在揣测着、担忧着。卫熹突然转身，一把抄向璎宁的手，将玳瑁簪夺过来，厉声问道：“这是什么？”

璎宁道：“是我给灾民的……”

卫熹道：“我还道是定情信物！”

璎宁霎时脸如火烧、心如冰浇，再也说不出话来。卫熹将玳瑁簪扔在地上，自行纵马向东急奔，大半的骁禁卫追随而去，只有少数人留在原地，等着璎宁。

璎宁出了一会儿神，怅然叹了声气，轻轻打起马儿，缓缓也向东去。

4

卫熹遇刺的消息传回长丰县，侯士贞吓得魂飞魄散，立马带人赶了过去。官吏们先打探天子夫妇是否安好，再打探出事的地点，得知是鹿家村，刚出长丰地界，是玉水县的地盘后，便悄悄地额手相庆。可天子到底是从长丰离开的途中遇刺的，追究起来还是撇不清，县吏们便立刻锁关封城，开始清查人丁、追捕入境项兵，以求将功补过。

令狐宴一直留在长丰，不找到张楚材不罢休，得知此事后，他开始了昼伏夜出的生活——白日只在屋里睡觉，到了夜半丑时，他佩剑出门，去城外的粮仓守着，守到天明方走。第八日，寅初，正是夜最深、人最困的时候，令狐宴坐在粮仓外的草丛里，眼观六路耳听八方。不久，一个人影出现在远处，悄悄向粮仓走近。令狐宴的眼睛发出了光。那人身高八尺余，落脚却轻如麻雀，悄无声息走到粮仓前，守仓的力役睡得正死，毫无知觉。令狐宴在心中记了一笔，天明后要算账。那人在仓门口拨弄几下，弄开锁，钻了进去，须臾出来，左手多了一个麻袋，沉甸甸的约二十来斤粮食，他依旧把锁挂上，循路而去。待人影消失，令狐宴起身去追，不久便追上了。两人相隔百余步，从城郊走到荒野，那男子数次回头，都被机敏的令狐宴躲了过去。

走了约一个时辰，两人一前一后进入一座荒山，林中穿行许久，到了一座孤寺外。寺门上书“弘福寺”，门下站着一人，是在守卫警戒。男子与守卫打了声招呼，径直入内，少时，有人在内唤了一声，这守卫也进去了。

令狐宴进了弘福寺，遍地是残渣，有鸟兽骨头，有煮烂的树叶草根，有未烧尽的焦黑木柴。人都在大雄宝殿里，令狐宴一面观察窗上影子的动向，一面走近，窥听里面的动静。果然是项兵，在煮偷来的黍米，有说有笑。令狐宴听了许久，把这群人的来踪去迹听明白了。

这些项兵是西项黑山军，驻守在云宁边境。浊沙河泛滥后，大焉忙于治水救灾，边防一时疏忽，他们便趁虚而入，混进宁州，扮成灾民，流窜于各县各村，不过干些偷金窃银的勾当。领头的叫贺兰叱奴，他原想劫持宁州边县县令，打探焉军的驻防虚实，却未能得手。项兵们到了长丰县，在一个雨夜凿开了河堤，放出了洪水猛兽。又一个深夜，县令张楚材独自从灾区回城，项兵们半道把人劫了，带到寺里，逼问焉国军政的诸般情况。张楚材受尽毒打，始终未将国家机密泄露半分，项兵已打算灭口走人了，偏又发现有极尊贵之人来到长丰。贺兰家在项国有爵位，叱奴见过无数贡品，从玳瑁簪推断出来者是大焉天子，旋即谋划刺杀。行刺失败后，宁州各县封城，边防锁死，项兵们回不去了，只能躲在这座废弃的寺庙里，要待这阵风头过后，再伺机出境。

令狐宴听闻殿内一人道："这清汤寡水的，怎么不弄些肉来？"

男子道："给灾民吃的，哪有肉？"

便有人笑道："梵钟下面有肉，想吃，便去杀。"

一个道："我去。"似乎站了起来，另一个却将他拉住："三更半夜的，别闹腾了，要杀，也等天亮了杀。"

项兵们把粥喝完后，一个个打着哈欠躺下了，还有一人道："你们睡，我放哨。"

人影向门走来，令狐宴躲去了转角。一个项兵开门出来，去了寺门口。荒山遗寺总算安静了。从此处极目远眺，平野上的浊沙河皎皎有光。大河收敛了暴戾的模样，柔顺地流淌，可它并不是被人征服了，它只是在休憩，为来年的爆发积蓄力量。风自天阙而来，吹动了万木，吹动了佛塔上的风铃，也吹动了人的衣裾。放哨的项兵倚着门，抱着胸，对着空阔的天地出神，意兴索然。忽然，他仰天发出长啸，拟狼的啸声，苍凉绵长，只有常与狼打交道的人，才会学得如此之像。他向着西方天际，唤了一声又一声，倘若被人听见了，必以为是只无计归乡的独狼。三啸之后，他又沉默了。

令狐宴悄悄去找寺庙的钟楼，在东边找到了，一进去，便见铜钟像一口大锅倒扣在地上，他过去轻叩钟壁，叩了三次，里面才响起疲惫的人声："谁？"

令狐宴低声道："张明府？我是令狐宴。"

钟里的人似乎动了起来，语气又惊又喜，问道："令狐观察，你怎会在这里？"

令狐宴道："我来抓你去见顾临，看这小子还如何诬赖我。"

张楚材道："这里有项贼，万不可被他们发现。"

令狐宴道："我先带你回去，明日叫官兵来，把这伙贼子一网打尽。"一边说，一边挽起袖子，弯腰去抬那铜钟，刚要发力，又顿住了，"咱们丑话说在前头：你出去了，可要去沧山受审。"

张楚材道："张楚材愿死于沧山，不愿死于项贼之手。"

令狐宴道："就凭项贼说你嘴巴撬不开，也算将功折罪了，我必请薛台令为你减刑。"便去抬那铜钟，一抬不动，二抬也不动。这口铜钟重逾千斤，仅凭个人之力自是难以撼动，令狐宴绕了一圈，试了两三处，哪处都抬不起来，低声骂道："这些秃驴，念经不行，打坐不行，庙倒搞得讲究！"忽然耳朵一竖，听了听，立刻转身面向楼外的树丛，一边拔剑，一边低喝道："谁？"

一棵松树后转出一个人来，令狐宴借着星光看清人脸，冷笑道："顾御史一路跟踪令狐宴来的？"

顾临道："多谢令狐观察带路。"

令狐宴道："尾随三十里，未知未觉，回头我得罚自己。"

顾临道："罚，越重越好。"说着走过来，令狐宴看见他身后藏着一根又粗又长的棒子，立马又握紧了剑。顾临走到铜钟边，道："你去搬块石头来。"

令狐宴立刻了悟，出去寻到一张石凳子，吭哧吭哧推了回来。二人以石为支点，以棍为杆，合力去撬铜钟的底，勉强撬起十寸高，便再也撬不动了，张楚材从缝隙里伸出手来，令狐宴去拉，只觉这双手像两枝树桠，毫无血肉之感，不免暗中叹气，他转念一想，趴在地上往钟里挤，挤不动，便吩咐顾临："再撬！"顾临用力再撬起二寸，令狐宴把自己挤到铜钟下，脊背顶着钟底，用力向上拱，以全身之力把钟拱起来，张楚材艰难地爬了出来，顾临伸出一只手去扶，力松了三分，钟又压了下去，令狐宴险些要破口大骂，低声啐道："姓顾的，顾头不顾尾！趁现在压死我，不然有你好看！"

顾临连忙撬起铜钟，令狐宴壁虎似的爬了出来。两人一同扶起张楚材，但见他眼破鼻断，衣不蔽体，身上皮肤被削成鱼鳞状，又片片刮得翻转，竖起的硬皮像一身的倒刺，整个人被摧残得只剩半条命，令狐宴叹道："诸佛菩萨！好手段。回去你把项贼的手段细细说给我听，沧山用得着。"顾临猛地瞪他。两人扶着张楚材转身，正要动步，一抬头，顿时冷汗冒了一身：钟楼外早站了一个人，正眈眈盯着他们。

这放哨的项兵不知来了多久，一直没出声，只提着弯刀，在三人必经之路上等着。星光照不亮那双淡黄而近透明的眸子，眼睛看起来空蒙蒙的，却又明明白白地落在三人身上。令狐宴悄声问顾临："你会不会武功？"顾临摇头，令狐宴便道："文官误事，诚不我欺。"说着，自己拔出剑，走出钟楼，顾临却先开口问道："敢问阁下名讳？"

那项兵道："贺兰叱奴。"

顾临道："贺兰？听闻西项有将军贺兰焘，名震海内，可是将军族人？"

叱奴道："是我爷爷。"

顾临拱手道："将门之后，失敬。"

叱奴点头。

顾临道："项兵为何越境来我大焉？"

叱奴道："我们驻地也遭洪灾了，来这边逛逛，讨点营生。"

顾临道："张县令何辜，竟遭如此凌虐？"

叱奴赞道："他是条汉子。"

顾临道："阁下若是义士，当放张县令归去。"

叱奴问："你是谁？"

顾临道："大焉宁州监察御史顾临。"

叱奴又指着令狐宴问："他是谁？"

顾临道："大焉宁州观察使令狐宴。"

叱奴空洞的眼睛似乎突然被光填满了，嘴边也有了一丝笑意。令狐宴问："你笑什么？"

叱奴笑道："你们可都是钱。"

令狐宴冷笑道："想拿我们人头回西项领赏？"

叱奴道："你们这三颗人头，可换十副铠甲。"

顾临道："阁下是名将之后，断不至于为钱财失道义！"

叱奴冷笑，半晌道："我家的名头，你们也知道。'黑山下，贺兰家，十渡黄河，百战黄沙'，我爷爷是死在焉军刀下的，父亲也是，两位伯、三位叔都是。老项王称我家'满门忠烈'，曾许诺赐恤十万两黄金，至今一两没兑现。老项王退位了，我去找小项王要钱，他连我的面也不见。我家代代出将军，为国家浴血奋战，如今我连自己都养不活，还要养全家老老小小十几个寡妇。"他一面说，一面挥起弯刀，"家道中落了，一个人头十两金子，我收了！"话音落，刀如闪电直击令狐宴的心窝，令狐宴举剑相挡，乍一接，便觉雷击一般，半只手臂都麻了，下一刀又扑面而来，令狐宴双手握剑，勉强格住，大呼道："三百金！"

叱奴正要反手再劈，闻言一顿，问："什么？"

令狐宴道："杀了我们，只有三十金，放了我们，给你三百金！"

叱奴问："你有三百两黄金？"

令狐宴道："天子巡幸长丰，赐我梨花白玉笏，勉我'知而必谏'。笏长八寸，阔三寸，整面昆仑玉雕成，一无瑕疵，遇到识货的，卖千金有何难！"他看了看叱奴手中的刀，叹道，"看来项军这两年是不好过，刀柄都磨发光了，还是没钱换。这兵器，战涅火军难！三十金，武装十人，三百金，武装一百人，阁下想想哪个合算！"

叱奴将信将疑看了三人几眼。令狐宴道："你若不信，我留下为质，他们天明必回，到时一手交玉笏，一手交人！”

叱奴道：“若天明他们带来一百个官兵，我岂不是上了大当？”

令狐宴道：“他们不敢。”

叱奴追问：“为何不敢？”

令狐宴傲然道：“我是薛台令派来宁州的观察使！你可听说过薛台令？”

叱奴道：“没听说过。”

令狐宴道：“御宪台令权倾天下，你竟不识？若有人出卖我，害我死在此地，便是与沧山结仇，薛台令绝不会放过他！”说着，他看向顾临：“玉笏在我枕头下压着，你们去拿来，换我！”

叱奴上下看了令狐宴好几眼，转问顾临：“他的话，你都听明白了？”

顾临缓缓点头。叱奴道：“天明辰正，你拿玉笏来赎人。只能你一人来，但凡多一个影子，他必死。”

令狐宴催道：“快去快回！”

顾临搀着张楚材转身去了。令狐宴看着两人的背影投入夜色，收剑回鞘，笑道：“坐等天明。可有宵夜待客？”话音未落，风声自后而来，他一惊，后脑已被重重一击，顿时两眼发黑，扑在地上，剧痛之中，他隐约听见叱奴道：“拿到玉笏，再杀你和他，便是三百二十金！”

5

顾临和张楚材赶回长丰城，直奔令狐宴下榻之处。门是锁着的，顾临找来一把斧头，砍断锁扣，两人闯进屋去。张楚材趔趔趄趄冲向卧榻，顾临却在椅子上疲倦地坐了。张楚材掀开枕头，却见枕下空无一物，不免一怔，忙一把掀开被子，下面还是什么都没有，他翻开床单和褥子，一层层都翻遍了，道：“不在这里。他是不是记错了？”顾临摇头。张楚材又去衣柜里找，书架上找。顾临看他翻箱倒柜的样子，不禁悲从中来，开口道：“没有玉笏。”

张楚材闻言一愣，问：“没有？”

顾临道：“圣上没有赐玉笏。”

张楚材惊道：“怎会没有？”

顾临道：“我和他一同参见圣上的，什么也没赐。他也没钱。”

张楚材问：“那我们拿什么换人？”

顾临叹息。张楚材颓然倒在椅子里。几个县吏正巧路过，一眼看见张楚材，忙进来道："张明府！如何在这里？"

张楚材未及开口，顾临抬头问道："眼下县内有多少兵？"

张楚材猛转头看他。顾临道："能调多少兵，便调多少兵，立刻围剿弘福寺。"

一吏惊问："项贼在弘福寺？"

顾临点头道："辰正之后，项贼必然一去不返，我们要快！"

张楚材道："那令狐观察……"

顾临沉默了片刻，道："他也没打算活。"

张楚材一口鲜血吐出，县吏们忙上前扶住，高声叫人。更多的官吏赶来，顾临起身向县丞道："顾临以御史台侍御史、宁州监察御史之名，请长丰境内各军即往弘福寺剿贼，若误大事，必重劾之！"

6

天明了，长丰境内二百驻兵、五百宁州军急赴弘福寺剿贼。山是平原上的孤山，四下皆无遮挡，官兵以八方合围之势，将山圈住，再步步收紧。离山脚尚远，便听山中响起尖利的狼啸，先是一声起，继而数声应之，此起彼伏，又见寺中、林中有影闪动，似有无数只惊狼在奔逃。焉军吹起号角，把啸声压了下去，赶到山下，五百步兵张弓拔弩，登山入林，又有二百骑兵围山巡驰，谨防有人逃走。须臾，林中千百只飞鸟逃出，狼啸声又从各处响起，或在山顶，或在山腰，或在寺外，或在寺中，彼此越离越远，越行越快，焉军分成数队，逐狼声而去，刀光剑影遍布山林。

顾临也进了山，直奔山寺。到了寺门下，听见林子里一声长啸，转身一看，已有十多支箭追了过去，啸声顿止，焉兵在叫："有一个了！"又是铁器交鸣之声。顾临进了寺庙寻找令狐宴。一进大殿，见铁锅里还在煮粥，人却没有，转身出来再去钟楼，见那口铜钟还在地上扣着，他忙冲过去拍钟壁，叫道："令狐宴！令狐宴！"

钟内无人应他。石凳子和木棒还在原地，顾临又支起木棒撬大钟，一面撬，一面叫："你到底在不在！不在，我就不白费力气了！"

还是一片安静。顾临奋力撬起一线，稍稍弯腰一看，看见钟内有一角衣衫，更是惊慌，叫道："令狐宴！说话！"

远处十多个焉兵听见，连忙跑来帮忙，众人合力将铜钟掀翻，现出里面的人来。果是令狐宴，只是咽喉被割断了，头戴的獬豸冠被打得稀烂，袍子上浸的血还未干。顾临心一颤，拜伏下去，叩头及地，再也无力抬起来。

过了午后，日头高照，山寺又归于平静。许多脚步声从远处来，静止在钟楼外。

顾临如一场噩梦方醒，缓缓抬起头，上百个将士在等着他。领头校尉道：“捉到九个，都死了。”顾临问：“在哪里？”校尉指了指正殿方向。

顾临到了正殿外，见太阳底下晒着九具项兵尸体，皆是苦战而死，伤痕累累。他一个个看过去，说道：“还差两个，其中一个叫贺兰叱奴。”焉兵们不吭声，顾临便知是逃脱了，又问：“我们的人呢？”那校尉道：“损了六十几个。”

顾临呆住了。焉兵们抬起尸体无声往山下走去。

7

张楚材养了三日的伤，远未痊愈，便与顾临护着令狐宴的灵柩离开长丰，同往开元城。七月十六进未离原，十七，两人分道而行，张楚材护灵向东，去沧山见薛让；顾临独自向北，在黄昏时进了开元城，径直前往崇仁街佩鱼巷。

到了唐府门口，看门奴见顾临疲然而来，急忙下阶相迎。顾临问：“唐御史可归家了？”

看门奴回：“一个时辰前才从章州回来。”

顾临从鞍上滚下来，说道：“我要立刻见唐御史。”

第八十一章

肆杀

1

七月十八卯时，唐瑜到了御史台，见门外有数十人佩剑巡行，这些人见了唐瑜，便驻足而视。看门小吏迎下阶，行礼道："唐御史回来了。"接过马缰，又低声言，"是沧山法吏。"唐瑜下马进了府。

唐瑜自四月启程巡按章、皖、润三州，今日始回，台院、殿院、察院的主官相继谒见，将这三个月的朝台大事悉禀之，又有许多公文请他过目签字。上午弹指而过。午后，唐瑜欲入宫面圣，先遣小吏上书求见，小吏去了一趟回来，禀道："圣上对文武臣僚一概不见，宫人带出话来：'御史台诸事，一任唐御史裁夺；如有不决，与端木相公商议即可。'"唐瑜只得作罢。稍后，他欲前往凤阁见端木拙，小吏忽然来报："御宪台令薛让来了。"唐瑜问："在何处？"小吏回："就在门外。"唐瑜便起身去见。

步出正门，只见薛让袖手立在阶下，正在打量门边立的两座石獬豸。唐瑜降阶相迎，微笑道："薛台令，今日何有清暇至此？"

薛让眼睛只看着石像，道："百姓家门前立狮，两台门前立獬豸。听说石狮分雌雄，不知獬豸可分阴阳？"

唐瑜道："辨曲直，不在雌雄之较；纪正邪，岂囿阴阳之分。"

薛让笑了。两人并肩入府，许多官吏在窗后悄然观望。进了办公堂，唐瑜向书吏示意，书吏们便退了出去，关上了门。两人分宾主而坐。

薛让先开口道："昨日，长丰县令张楚材自投沧山，供诉了弘福寺的首尾。唐御史可知此事？"

唐瑜道："顾御史昨日回京，已将此事告知唐瑜。"

薛让道："为救张楚材，令狐宴和顾临潜入弘福寺，惊动了项兵。项兵原是要杀三人的，但令狐宴提出以玉赎人，项兵答应了，顾临方得与张楚材下山。次日，顾临返回弘福寺，带的不是玉，是兵，项兵因此将令狐宴割喉，遗尸梵钟。"

薛让说完，便等唐瑜回应，而唐瑜似无开口之意。

薛让等了半炷香的工夫，又道："薛让想和唐御史谈谈令狐宴其人。令狐宴祖籍湘州，不是汉人，是蒲人。三岁被拐子拐出湘州，卖到了未离原。养父是永宁县的县尉，姓丁，买他那年，四十二岁，给他取的名字是丁宴。丁宴十岁时，他的亲生父亲找来了。父亲是走了五万里，找了七年，才在永宁县把人找到。生父要带他走，养父不放人，争夺时，养父把生父打死了，当着他的面打死的。法吏们抓捕了丁县尉，当年秋天斩杀于西市口，丁宴当时在场，又眼看着养父死了。之后，丁宴改回自己的姓——令狐，丁家人知道这孩子养不熟了，将他撵出家门，沧山一个法官收留了他。十五岁，令狐宴成了下狱狱卒。沧山上下，人人惧我，唯独令狐宴大不敬，他时常来找我，要律书读，要看卷宗，问些千奇百怪的问题。二十岁，令狐宴对我说，他要考科举。六年后，南院放榜，法吏们告诉我，令狐宴进士及第了，殿试二十五名。之后他回沧山，我任命他为湘州观察使，他便去了湘州。次年，湘州安南县令何邈暴亡，家人和医师都说是疟疾，匆匆将尸体烧了，可令狐宴查了十日，查出何邈是被毒死的，杀人者是妻弟。唐御史可知，令狐宴是如何查出来的？"

唐瑜便道："请台令赐教。"

薛让道："他去了何家的厕坑，从人畜泄物中查出了乌头汁。何县令妻弟在他的茶里放乌头汁，一连十日。起因，是何县令查盗用公印案，追到了自家妻弟的头上。"他顿了一下，又道，"至于令狐宴如何从一坑秽物中找出排泄的毒汁，唐御史大概不想知道。"

唐瑜沉默。

薛让又道："上半年，沿河诸州水灾，我把他从湘州调到了宁州。去宁州前，他回沧山见了我一面，说，生母还在湘州，待水患平息，他要把母亲接到开元城来。"

薛让依然等唐瑜回话，但唐瑜依然不打算开口。

薛让终于问道："唐御史，顾临现在何处？"

唐瑜道："杀害令狐宴的是项兵，不是顾临。"

薛让道："动手的是项兵，逼项兵动手的是顾临。"他重复问道，"顾临现在何处？"

唐瑜道："顾临已被安顿在妥善之所，唐瑜理当护之安全。"

薛让道："原来被唐御史窝藏了。看来沧山要费些精力找人了。"

唐瑜道："唐瑜也想对台令说说顾临。"

薛让道："请讲。"

唐瑜道："顾临家世不俗，其父也曾是朝廷命官。他入仕后，曾有两条路可选：一是进凤阁，任中书舍人，二是进御史台，任殿中侍御史。中书舍人乃掌诰之官，近天子，亲宰相，有地位，有清望，但顾临选了御史台。他和别的御史不同。他曾说，不想做震慑百官的御史，而要做给百官以尊严的御史。他曾见过官欺压吏、吏欺压役，六品官见七品官则盛气凌人，见五品官则俯首摇尾，他想正此风气，想让一品官和九品官有同等尊严。他任侍御史时，有一日朝会，圣上驳回凤阁奏章，将奏书扔在地上，端木相公当着文武百官，弯腰屈膝去捡，顾临便面斥圣上：'国将兴，必贵师而重傅；国将衰，必贱师而轻傅。'唐瑜任开元府尹时，曾被御史台传唤，顾临主审，后唐瑜为御史大夫，台院曾有人劝他离开御史台，以免遭报复，顾临则言：'御史大夫必是清直之士，何况我与唐瑜本无私怨。'他留在了御史台，是我最信任的下属。顾临任宁州御史，是我的安排，因为他还年轻，且一直是京官，他了解京师，却不了解大焉的郡、县、乡、村，我希望他能见庙堂之高，也能涉江湖之远，待他真正自上而下认识了国家，我还有更重的责任交给他。"

薛让看着唐瑜，如看泛泛的风物，看了半晌，起身道："话不投机，薛让便告辞。"唐瑜起身相送。

薛让走到门边，回身道："圣上回京后，命薛让彻查项兵入境案。项兵自益兴入境，一路袭扰济阳、长丰和玉水，这四县官吏，加之郡府、州府和驻防的宁州军将卒，有多少人该为鹿家村之事负责？"

唐瑜闻言一凛，问道："薛台令想要多少人？"

薛让反问："唐御史想保多少人？一个，还是一千个？"

唐瑜严声道："薛台令，项兵行刺天子，焉项两国已然宣战，狼烟将起，台令何忍起衅于萧墙？"

薛让冷然道："此决于唐御史，不决于薛让。"

2

五百人被关进了沧山上狱。狱中不分官吏，一切人等乌糟糟挤在六间牢笼内。第一间关的是益兴县的县令、县丞、主簿、六司佐官及仆役随从。薛让走到笼外，问道："谁是县令？"

铁牢深处一人道："是我，向曦。"

薛让道："向县令，项兵自益兴入境，是县令自家查出、自家上报的，既无隐瞒，也无推脱，是直臣。”

向曦道：“我纵想隐瞒，薛台令早晚也能查出来。”

薛让道：“云宁边境纵长四百里，有六个县，项兵偏偏自益兴而入，县令是运不济，还是力不济？”

向曦道：“洪水和项兵，向曦只挡住了一个。”

薛让继续往前走。下一间是济阳县官吏，县令王尧就在门下。薛让问：“王县令双目还好？”

王尧不知其意，只得答道：“还好。”

薛让又问：“双耳还好？”

王尧道：“也还好。”

薛让便问：“项贼在济阳窜行三日，盗劫七八家，村寨早传言有贼自外方来，王县令为何视而不见、听而不闻？”

王尧道：“洪灾之后，流民甚多，是我大意了。”

薛让又向下一间去。长丰县令张楚材关在里头，薛让看了他一晌，没说话，继续往前走，走到玉水县的牢笼前，向满地官吏道：“诸位的运气差了些。项兵自益兴入，窜于济阳，匿于长丰，却在玉水的鹿家村行刺。我听说鹿家村离两县交界仅百步，若项兵早一百步动手，也与玉水无关了。你们最是无辜，偏偏要担最大的责。”

县令牟长虹问道：“我们是什么罪？是死，还是流？”

薛让不答，走到下一间，里面关着平陵郡的官吏，太守侯士贞亦在其中。薛让道：“这四个县，都是平陵郡的辖区，县令们失职，当然是太守掌领无方。”

侯士贞道：“我请面见圣上。”

薛让冷笑：“今日御史大夫想见圣上，尚被拒之门外，侯太守问问自己，比御史大夫如何？”

侯士贞道：“我等固然有罪，只是罪在几等，伏望天子圣断。”

薛让道：“诸位都以为天子仁爱、沧山暴酷，所以都想天子来裁断，给诸位留条生路。”

侯士贞默认。薛让道：“侯太守不妨换一面想想——天子为何要把此案交给薛让？”

侯士贞的脸一下翻得惨白。薛让再往前走，最里面这间，只关着十个人，气势却与先前的官吏不一样，都是壮健的青年郎，个个站着，等待薛让走近。薛让到了牢门前，向内道：“我听说领头的中郎将叫王镇戎，是哪位？”

一个青年便道：“是我。”

薛让道：“王镇戎，恰是镇守西边的战士，好名字。你在边境驻守多久了？”

王镇戎道：“十二年。”

薛让道：“十二年西御强敌，不容易。为何这次把项兵放进来了？”

王镇戎道：“没什么好说的，是从我的防区过来的。千军万马能挡，跳蚤难捉。”

薛让道：“昨日唐之盈将军来信，说沧山胆敢重判宁州军将士，便要让薛让好看。眼下大战在即，唐将军乃顶国柱石，他的话自然有分量。”

王镇戎道：“死罪，你只管判，但我要死在战场上！”

薛让赞道：“壮士。”说完转身往回走，走到大牢中间，向这五百囚徒道：“大焉天子遇刺，取辱边邦，总归要有个说法。项兵的足迹，是实打实从诸位的地盘上过的，谁也不必叫冤。项贼从何处开始作乱，薛让便从何处开始审判。”

法吏们打开了宁州兵的牢门，王镇戎带头，十人慢慢从牢里走了出来。

薛让道：“六月初六中夜，宁州暴雨，十二项兵乘浮木在浊沙河上漂游三十里，潜入宁州，在龙门渡登岸，驻守龙门渡的六百宁州兵不察，而后项兵横行数县，如入无人之境。龙门营中郎将王镇戎，你可认罪？”

王镇戎道：“我说了，罪，我认，但我不能死在这里，我要去杀项贼！”

薛让道：“有人替你们去杀，如今你们只能做一件事。”

王镇戎问：“什么？”

一名法官拿着卷宗和笔墨印泥走上来，把笔递给王镇戎。王镇戎问：“画了押，又将如何？”

薛让道：“天明报与天子，斩决。”

“斩决”二字一出，大牢化入死寂，五百人同时停住了呼吸，身体却都在打颤。王镇戎厉声道：“我等岂是贪生怕死之辈？只求血染疆场而已！换个死法，为何不可？”

薛让冷然道：“触律法者，必死于律法。”

三十余名佩剑法吏悄然从四面逼近，把十个宁州兵隐隐包围了。法官又递过印泥来，王镇戎伸手推开，向手下道：“我们走！”

法吏们的剑“铮”的一声全出了鞘。王镇戎刚迈步，那法官用竹笔直插他的双眼，王镇戎右掌拍开，左拳打在法官肩头，法官将印泥一洒，湿黏黏的红泥全洒在他脸上，糊住了眼睛。宁州兵一人来护王镇戎，一人去攻薛让，还有七人冲向法吏，先图夺剑。也有两个法吏来护薛让，挡住冲上来的兵，薛让冷冷瞧着，待那兵近在五步，长鞭方破袖而出，缠住士兵脖颈，鞭刺扎入皮肉。薛让一面退一面拽，欲将士兵拽倒在地，士兵抓住长鞭，立地如石，薛让未能拽动半分。两剑向士兵刺去，士兵徒手夺过一剑，斩断长鞭，薛让赞道：“不愧守边之军！”那士兵虽被另一剑刺中，却不纠缠，一心只杀薛让，薛让连退三步，退到牢笼前，背抵笼槛，再无可退，士兵一剑刺出，离薛让心口只差二寸时，突觉双目一花，脖子一裂，被扎伤处渗出丝丝鲜血来，口中苦味、腥味齐出，他惊道：“鞭子有毒！”两个法吏追上来，双剑齐出，士兵勉强挡了几手，两眼彻底黑了，一剑袭来洞穿腹部，身子便如沉重的麻袋坠落于地。

九个宁州兵已夺下七八支剑，结成环阵，背抵同伴，面对法吏，以王镇戎带头，边杀边往外走。法吏们素日打的是手无寸铁的吏民，面对千锤百炼的兵将，自是难以匹敌，打一步，退一步。狱丞李昱闻讯赶来，一进门，见十多个法吏死在地上，怒不可遏，向门外挥手，冲进来十多人，人人手持弩弓，弦上早填满了短箭。王镇戎知道牢房空旷，无处可退，遂高呼：“冲出去！夺弓箭！”宁州兵随他往前冲。三十支箭呼啸而出，与迎面而来的九个兵撞了正着，箭射入人身，犹如射在铁板铜墙上，“铎铎”作响。每个宁州兵都中了四五箭，毒汁从伤口渗入血液，流向全身，麻痹了心脏和四肢，士兵们一个接一个倒下，再眨眼，只剩王镇戎一人站着了，十张弩弓又抬了起来，王镇戎知道逃不掉了，遂以剑为杖，一步步挪到薛让面前，奋力举剑，颤颤劈下，薛让岿然不动，李昱赶来，拔剑划破王镇戎的颈，鲜血喷涌如注，王镇戎高呼一声，重重倒在地上，吼声在牢内回荡不绝。

不多时，又一群法吏进来，把三十多具尸体抬了出去，而后捡拾残剑、洒扫地面，一切有条不紊，半炷香后，牢中再看不见一个死人，好似什么也不曾发生过。五百人挤在牢中，却无半点声音。

薛让依然袖着双手，神态自若。他缓缓迈开步，走到第一间牢笼前，开口问道：“向县令何在？”

向曦低声道：“我在。”

薛让道：“项兵过龙门渡后，便到了益兴县。”

法官继续捧着卷宗、笔墨和印泥过来。牢房内响起哭声。

3

寅正，朝日未出，唐瑜打马往龙朔宫去。未过龙首桥，城上禁卫已闻见马蹄声，纷纷转首观望。马行至正仪门下，一个校尉高声问道：“唐御史，有何吩咐？”

唐瑜道：“唐瑜求见天子！”

校尉道：“圣上意不适，已辍朝多日。”

唐瑜道：“请奏天子：朝纲将紊，祸根已滋，天子当立见唐瑜！”

那校尉便转身去了，唐瑜驻马静等。待到红日东出，校尉回来了，在城头道：“圣上说，此事与唐御史无干，请御史速回！”

唐瑜只得打马往回走，上了龙首桥，正见一骑飞驰而来，骑手是沧山法吏的装束，两骑交错而过，唐瑜下了桥再回首，看见宫门开了，法吏跳下马，急步进了龙朔宫。

唐瑜转而向凤阁去。卯正，端木拙面见唐瑜，两人闭门倾谈，端木拙道："从宁州回来后，圣上便不见人了，别说宫外，就是宫内的太后、皇后，也难见他一面。"

唐瑜问："圣上可是受了伤？"

端木拙点着心口道："是心伤。回京当日，我去接的驾，圣上一见我，便问我是否知晓遇刺之事，我自然回'知晓了'，又问百官是否都知晓了、百姓是否都知晓了，我也只能回'都知晓了'，圣上便说，他丢了脸，成了大焉的笑谈。后来我又听说，圣上在宫中发脾气，说天下列国的君王臣民也在笑他。之后，一阁六部九寺的官，谁也见不着圣上了。圣上已命沧山查案，便只见沧山的人。"

唐瑜道："圣上想借沧山立威，而沧山执法无度，再查下去，只怕士气沮、民心离、国隙生。圣上自闭视听，我等如何谏正？"

端木拙尚未答言，忽听门外喧议纷纷，有人道："快快报与相公！"

端木拙忙抬声问："何事？"

一官匆匆而入，禀道："回相公、唐御史：龙朔宫传出消息，沧山今早将结案书报了圣上——五百官吏，尽数斩决，圣上已准！"

端木拙陡然起立，拐杖没抓紧，几乎俯倒，唐瑜忙上前扶住。那官员道："今日便要斩十个，正午，在西市口。"

端木拙道："薛让……薛让入魔了。"

许多官吏进堂来，个个神情凝重。端木拙闭目沉思，过了许久，睁眼道："圣上不见我，薛让总要见我。我去和他谈谈。"

4

正午，唐瑜来到西市口，人头攒动。老柳下的行刑台已经搭好，台上一字跪着十人，围观百姓正在窃窃私语："中间那个便是益兴县令。"

其实已分不出谁是官、谁是吏了，十人都被除去了冠服，披头散发，五花大绑任人打量。唐瑜看向中间那位，确是儒雅士子的模样。这样的人，本是唐瑜最熟悉的那一类人：十年寒窗苦心习学，廷试对策大展经纶，曲江宴饮春风得意，荷任一方报国宁家。他或许和别的士子一样，还有更大的抱负，可惜只能走到此时了。监斩法官大步上台，九人栗栗颤抖，只有向曦抬起头，监斩官问："向县令有何话说？"

向曦道："转告薛台令：火炎崐山之冈，玉石俱被焚烧。以我十人性命抵罪，足矣，勿再滥杀。”

行刑法吏扛着刀上了台，唐瑜转身欲去，忽听身边有人骂粗话：“哈麻皮，薛獠子亮獠牙了。”

话虽粗鄙，语声却又轻又柔，不像市井人，唐瑜便侧头看了一眼，那人却是官员装束，还带着两个随从，他也正在看唐瑜，四目相对，他先拱手笑道：“唐御史。”

唐瑜想起是刑部侍郎李仙烈，便还礼道：“李侍郎来观刑？”

李仙烈冷笑不已，道：“没有经过刑部，便把人拉上刑场，裴尚书气了个倒仰，吩咐我来看看。看有个麻花用？”

百姓们开始惊叹，唐瑜便拱手告辞。他一边往人群外挤，一边听见沉闷的“咚、咚”声，是有物件落在了行刑台上。

5

午后，法官送来明日处决的十人名单。薛让审阅时，法官道：“恐怕张楚材不用去刑场了。”

薛让猛抬头问：“怎么？”

法官道：“已经不行了，只剩一口气了。”

薛让即放下笔吩咐：“带他来。”

少时，法吏抬进一张竹椅来，气若游丝的张楚材躺在上头。薛让掀开他的衣衫一角，见伤口尽皆溃烂了，便向法吏道：“莨菪二两四钱，八仙、鬼针、鼠曲各三两六钱，丁香、花椒各一两一钱，和四枚密陀僧，熬成膏。”法吏去了。

张楚材道：“左右是死，何必浪费薛台令的药？”

薛让道：“五百个人，唯独你不能死。”

张楚材惊问：“这是为何？”

薛让道：“令狐宴为救你而死，你要替他活。”

张楚材一时竟不知当悲当喜，愣了片刻，叹了声气。膏熬成了，法吏端来，薛让亲自为其上药。稍后一吏进门，禀道：“台令，宰相来了。”

薛让出了直辨堂，见端木拙拄着鸠杖站在门下，问道：“端木相公有何见教？”

端木拙举杖指了指山路：“薛台令有空否？陪老朽走一走。”

薛让走下阶来。两人不带随从，薛让落后端木拙半步，一起往山上去。端木拙环视这旷谧的山景，叹道：“我在朝为官多年，‘沧山’二字，昼夜有闻，却从未登临过。”

薛让冷然道：“君子洁身，不陷于邪，先生当然不屑上沧山。”

端木拙笑道：“荀子云：‘君子不耻见污’。御宪台乃激浊扬清之司，当然难免染垢沾疾。治国如理家，负重玷污之事总要有人做，若人人自洁其身，则家必狼藉、国必蒙尘。薛台令与诸法官、法吏多年来攻贪浊、除邪佞，是以国法明而朝章举。洁其身者，惟一己之毁誉是恤；忠于国者，惟天下之治乱是忧。”

薛让的脸色缓和了。端木拙问道：“薛台令任御宪台令多少年了？”

薛让道：“十八年。”

端木拙道：“今日之薛台令，比十八年前之薛台令如何？”

薛让反问：“相公以为如何？”

端木拙道：“十八年前，薛台令为不法者所惮，十八年后，薛台令为守法者所惮！”

薛让问：“谁是守法者？放项兵入境的王镇戎、向曦，还是纵项兵劫掠的王尧、侯士贞？”

端木拙道：“王镇戎、向曦等人已伏法。大焉素来以礼责官，重德轻刑，余下官吏，或贬、或免、或流，可矣，五百人皆一条鞭判死，酷烈滋甚，恐朝野危惧，变生于内也。”

薛让道：“相公来任御宪台令，便可由相公判决。”

换作别人，听此话自然怒了，端木拙却不然，依旧婉婉道：“老朽乃当朝宰辅，统摄百官百司，薛台令审理有误，岂不当言之？”

薛让道：“我还以为是唐御史请相公来说情的。”

端木拙道：“五百官吏，无一人与唐瑜相识，何须老朽求情？”

薛让道：“顾临岂不与唐瑜相识？”

端木拙沉默了。两人继续在山路上散步，鸠杖点在路上，沉闷地响。忽而杖尖杵到一块圆石，滑了出去，端木拙不免一个踉跄，险些跌倒，薛让伸手一扶，把人扶稳了，而后一直搀着他的臂，缓缓行走。端木拙道：“令狐宴已追封乡侯，赐其母布帛千匹，台令为何还不肯释怀？”

薛让斩然道：“顾临死，或五百官吏死。”

端木拙素来仁厚，不会与人激辩，便再也无话可说了。薛让忽然问道：“相公执宰多少年了？”

端木拙道：“这是第十三年了。”

薛让道：“十三年吏治修举，政肃民安，天下咸称良相，薛让对相公也深为敬重。听朝中传闻，相公常思隐退，不知是真是假？”

端木拙道：“年八十有五，早该归隐还乡了，无奈三次上表乞休，圣上皆驳回了，只能勉力支撑而已。”

薛让道：“既已思退了，便该以保全自身为上。天子遇刺，相公还是置身事外为好。”

端木拙肃然道："只要还在凤阁一日，便不敢置身事外。"

薛让笑道："城门将闭，相公早日回家休息。"便拉着端木拙的臂转了身。远远地，一行凤阁官吏寻了来，薛让放了手，自有两个小吏趋步上前，搀住端木拙，无声而去。

6

一夜之间，西市口的老柳下成了京城最热闹的地方。正午又快到了，百姓们已堆了一层又一层，互相询问："今日要斩谁？"有说张楚材的，有说侯士贞的，人言人殊。直到十个人被拉上台，监斩法官开始念判词了，人们才恍然大悟："是济阳县令王尧。"

判词念完了，行刑法吏扛着大刀上台，鞋子踩得木台"咚咚"响。王尧听见脚步声一步步踏近，忽然泪如雨下，向台下乞求："谁去向薛台令求情，救我一命？台令最听百姓之言。"

一个汉子哂笑道："从前都是草民们去求官老爷，今日成了官老爷求草民，薛台令做得好！"众人都轰然叫好，王尧的泪愈发不可收拾，只觉一只大手撩开了颈后的发，他乱抖起来，口中说着自己也听不清的胡话，正在此时，远处有人道："宰相来了！"

王尧忙抬头，一辆马车驰了过来，百姓让开一条路。凤阁小吏把端木拙扶下车，沧山官吏不免下台来迎，端木拙从袖中掏出一卷黄麻纸，交给那监斩法官，道："这是凤阁下的赦书，暂缓行刑，沧山奉敕而行！"

监斩法官看了一眼，不接，只问："可有圣上画敕？"

端木拙道："已送往龙朔宫了。"

法官道："圣上未画敕，沧山不奉行。"

凤阁官吏斥道："这是宰相下的令！"

法官厉声道："凤阁越过龙朔宫私发敕书，是大逆！"

官吏道："敕书已呈了龙朔宫！"

法官道："那便请天子画敕！无敕之书，与废纸何异？"

端木拙的须眉上都在滴汗，拿着敕书的手垂了下去。法官转身往行刑台上走，高声道："未得天子亲令，沧山执法不移！行刑！"

王尧忙呼道："相公救……"一语未了，行刑法吏手起刀落，干干脆脆砍下了他的头颅。头落在台上，唇犹在动，泪还在流。百姓又惊叹起来。法吏一个个砍过去，血色溅在烈日的光芒中，端木拙老眼一花，手松了拐杖，向后倒去，官吏们忙扶住，连声叫："快救相公！"

7

端木拙不记得自己是如何从西市回到凤阁的，只模糊觉得榻前几番人来人往，一时嘈杂，一时静默。再睁眼时，屋里已点了灯。几个官员守在榻边，见人醒了，忙端上药汤，轻声道："奉御来看过了，是暑气攻心。"端木拙推开药碗，怅然叹息。过了一阵，堂外一个声音道："宫里来人了！"

官员们只得搀起端木拙去迎，出了大门，见无数宫马驰来，当先的是内侍少监秋怀意。端木拙为首，众官吏一起行礼，秋怀意翻身下马，也不还礼，只把端木拙看了一眼，叹了声气，径自往里去了。众人见此情景，越发忐忑。秋怀意到了办公堂，先坐了上首，端木拙站在地上。小吏奉茶来，秋怀意抬手挡了回去，问道："听说相公中了热暑，可有大碍？"

端木拙道："已无妨了。"

秋怀意又问："相公今日去了刑场？"

端木拙道："是。"

秋怀意道："相公给御宪台下敕书，可有圣上画敕？"

端木拙道："敕书已呈圣上了。只是救命要紧，未等圣上画敕，便先行事了。"

秋怀意叹气。

端木拙道："我如今也难见圣上一面……"

秋怀意道："圣上今日龙颜大怒，差小奴来问相公三句话。"

端木拙忙道："少监请讲。"

秋怀意道："他日相公是否要用无敕之诏书任免六部尚书？"

端木拙忙回："臣不敢。"

秋怀意道："他日相公是否要用无敕之诏书任免十州节度使和刺史？"

端木拙依然回："臣不敢。"

秋怀意道："他日相公是否要用无敕之诏书调大焉兵、遣大焉将？"

端木拙慌忙下跪道："端木拙不敢！"

官吏们纷纷跪地："凤阁下敕，实属无奈！京城血流成河，天子何以称仁？"

秋怀意道："薛台令昨日已劝过相公了，相公当爱惜羽毛，如何不听呢？"

端木拙道："老臣救人，救的是朝纲，救的是圣上！"

秋怀意叹道："今日一闹，相公在凤阁是待不下去了。"

此言一出，众人无不一凛。秋怀意起身，从袖中取出敕书，高声道："圣上有旨：端木拙迁昭陵令，从五品，为桓帝守陵！"

端木拙听见“桓帝”二字，不禁抬起头来。秋怀意缓和了语气，道：“相公曾是先帝之师，圣上也是念两代恩情，才请相公去给先帝做伴，也算是好归宿了。”

端木拙的眼里浮起浊泪，喃喃道：“好、好，谢圣上！”双手接过敕书。秋怀意道：“小奴斗胆劝一句：相公早些启程，是非之地不可久留。”

端木拙道：“明日便走、明日便走。”

秋怀意告辞而去。待宫人的身影尽数消失，端木拙的两行热泪才流了下来。众官吏上前劝慰，端木拙却一面退，一面摆手道：“勿连累诸君！”他退到门槛边，转身出了门，双手捧着敕书，蹒跚走入黑暗中。

8

七月二十三，端木拙被贬去守陵的消息从京城传到了军营。黄昏，校军场的练兵结束了，士兵们三五成群地散了，孙牧野问：“唐珝呢？”

士兵们便一叠声地叫唐珝，孙牧野道：“叫他到我房里来。”说完先回房等着。坐不多会儿，唐珝进来了，精神有些不振。孙牧野吩咐：“把门关上。”唐珝依言关了门。

孙牧野问：“今日西市还在杀人，你听说了没有？”

唐珝叉着腰叹气：“满天下都听说了。”

孙牧野道：“他们还在抓骁禁卫。抓了文官不够，抓了宁州军也不够。五百多个人，还是不够。”

唐珝道：“骁禁卫？自然是鹿家村那些了。”他一说起此地便摇头，“千想万想，谁会想到鹿家村有项贼？”

孙牧野道：“这一场仗，我们输了先手。”

唐珝不能不点头。孙牧野道：“项军一直在往云州调兵，我们也在调，没多久就是大战了，可现在，朝里乱成这样。”

唐珝欲言又止，孙牧野问：“你想说什么？”

唐珝道：“薛让是冲着唐二去的，唐二不交人，他就一直杀。”

孙牧野道：“我听说了。沧山已经把话放出去了。”

唐珝道：“现在许多人骂唐二，还有官给他施压，要他交人，他这几日都没合眼，我在想如何帮他。要不，我带兵上沧山！”

孙牧野道：“那就是反了。”

唐珝嘀咕道：“这样的天子，反了也就反了。”

孙牧野又看了他一眼，有些严厉，是不准再说的意思，唐珝便不说话了。

孙牧野道：“我放你半天假，你回去看看你兄长，顺道带一句话给他。”

唐珝问：“什么话？”

孙牧野道：“要我们做什么，他说。”

唐珝顿时心里有了底，大声道：“我这就去！”

9

天又亮了，唐瑜策马从玄武大道一路北上，径往龙朔宫去，未至卯时，路上行人不多，倒总有官员从北而来，皆是求见天子被拒的大臣。行至阙楼下，唐瑜遇见了礼部尚书申寒峻，两骑交颈，申寒峻神色凝重地摇头，唐瑜只略微点头示意，随即打马而过。上了龙首桥，对面也驰上数骑，是刑部尚书裴向京与随从。裴向京一脸怒气，见了唐瑜便道：“你又来碰什么钉子？转回去！”唐瑜却问：“尚书去何处？”裴向京道：“回刑部！天子不上班了，臣子还要上！”唐瑜道：“好。晚些时候，唐瑜要去刑部拜访尚书。”说着挥鞭前行。裴向京看着他往宫门去，余怒未消，自顾自道：“他不见我，难道就见你了？”与随从飞奔而去。

宫城上的禁卫这几日拒了无数大臣，遥见唐瑜赶来，先道：“唐御史，圣上已不许通报觐见之事了，请御史转马！”

唐瑜勒马高声道：“唐瑜求见中宫皇后！”

禁卫们一愣，唯恐自己没听清，问道：“御史求见谁？”

唐瑜道：“求见皇后！请禁卫通报如意宫！”

禁卫们聚成一团商量。几个宦官闻讯赶来，打头的道：“不可通报，当心圣上怪罪。”

当值的校尉把他看了一眼，反问：“你不怕皇后怪罪？”

那宦官倒是想说“不怕”，但说出口便是大逆不道了，只好不言。校尉一扬手，吩咐属下：“立刻去报！”

第八十二章

止杀

1

王璎宁尚未接见过朝臣，在等待唐瑜进宫的时候，她亦是忐忑不安，因问女官："我是该穿朝服，还是常服？"

女官回道："这不是朝会，娘娘穿便宜些也无妨。"

璎宁道："唐御史是世家公子，我怕错了礼仪，惹他笑话；何况他又是御史，若弹劾我失仪，那可如何是好？"

女官道："娘娘多心了。唐御史雅重，待下士尚谦和有加，岂会取笑娘娘？他此来，必为朝中大事，断不会在衣冠上做文章。"

璎宁方才心安。须臾，宫人进门禀道："御史大夫唐瑜待娘娘宣。"

璎宁道："宣。"宫人便转身出去，把唐瑜领了进来，唐瑜行臣礼，璎宁忙命免礼，一边好奇地把他打量，一边问："唐御史因何要见我？"

唐瑜道："殿下居深宫，可知西市口之事？"

璎宁点头道："我知道。宫人们都说，血顺着青石板缝一直流，一条街都染红了，虫蝇像乌云一样，满天都是。"

唐瑜道："百官欲见圣上而不能，唐瑜不知殿下可能见圣上？"

璎宁沉吟顷刻，向宫人道："你们且去殿外等候。"宫人皆趋步退了出去。

只剩两人了，璎宁方道："从宁州回来后，圣上便不见我了，他怪我让他去宁州，害他遇险，害他惹天下笑话。他如今只见沧山的人，只有薛台令才能进宫。我给他写了信，可他没有回信，或许根本没看。"璎宁说完便叹气，心里幽幽自语："世上哪有近在咫尺却要鸿雁传书的夫妻呢？"

唐瑜道："朝阳已现，屠戮未止。圣上拒不纳谏，能救苍生者，唯殿下而已。"

璎宁一惊，问道："我？"

唐瑜道："帝后同为大焉之主，如意宫之令，朝野莫敢不从！"

璎宁忙问："我如何救？"

唐瑜道："皇后玉玺能救。请殿下授臣敕书，以救沧山之囚。"

璎宁迟疑道："圣上本已疏远了我，我若下此诏，只怕……"

唐瑜道："圣上追究时，请殿下悉数推在臣身上，如此，圣上才会见臣。"

璎宁道："若他依然不见你，不容你辩一句呢？我……我怕御史步相公的后尘。"

唐瑜道："圣上与臣有同舟之谊，事发之后，圣上必召臣以对，能面圣，则臣谏必成。"

璎宁心乱如麻，不由站起身来，左右徘徊。唐瑜看着少年皇后，其实想提醒她，他和她皆有不可轻视的力量，他们身后有涅火军和宁州军，有公主府和骁翊卫，万不得已时，他们有自保之力，可她毕竟是卫熹的妻子，这些话又不可说得太明白，唐瑜只能道："道义所在，殿下有千万人辅之，何须迟疑？"

璎宁抬头看了看，窗露红光，日已高起，她深深吸了口气，道："先救人要紧。"便唤来女官，吩咐："取皇后玉玺来。"

女官大吃一惊，问："娘娘这是……"

璎宁道："这几日，你们总求我去劝圣上，可你们却不告诉我，我是大焉的皇后，我也可以下诏！"

女官忙跪地道："后宫干政，只恐圣上不喜。"

璎宁道："圣上曾对我说，要我帮他，我现在便是帮他！"

女官不敢再答，璎宁肃然道："取玉玺来。"

女官匆匆去了，唐瑜长揖在地。一炷香后，宫人用檀香木盘托了皇后玉玺进来。后玺与帝玺全无异样，青白玉质，方正三寸，上纹祥龙瑞谷。璎宁挥笔写就敕书，盖上玺印，交与唐瑜，唐瑜伏地承诏。璎宁坦然道："救人之后，圣上最先见的必然是我，还好，我也早想见他了。"

2

巳初，薛让又开始审核今日要上刑场的十人，一卷名册尚未看完，法吏来报："有百余人马上了沧山。"

薛让问："什么人？"

法吏回："像是刑部的。"

薛让将名册审阅完毕，用红笔一一勾了。又一法吏进门道：“刑部侍郎李仙烈来了，就在直辨堂外。带着一百多个皂隶，都佩了刀。”

薛让收好名册，交给监斩法官，吩咐：“可以押走了。”

法官走到门口，正遇一人进门，只好退了一步。那人慢悠悠迈进门，法官便行礼道：“李侍郎。”

李仙烈看了看他手中的册子，问：“去西市口？”

法官道：“是。”

李仙烈道：“大暑天的，不必白跑一趟了。”

法官回头看薛让，薛让在喝茶。李仙烈找了张椅子坐了，问：“茶呢？”

法吏从茶钵里分出半碗凉茶，放在李仙烈手边。李仙烈啜了一口，抬头道：“把鹿村案的名册找来，我喝完茶就清点，点完就带走。”

薛让问：“李侍郎是要劫狱，还是劫刑场？”

李仙烈颇为不悦：“劫？劫你个锤子。我可是奉命来的。”

李仙烈说话总是不急不躁。他惯说粗话，但说粗话的语气绵绵缓缓的，听的人竟不觉得刺耳。薛让问：“奉谁的命？”

李仙烈道：“皇后的命。”他从袖中取出敕书，打开看了几眼，笑道，“听说还是皇后亲自写的。你看这字，一看就是闺阁手笔。”说着走到薛让跟前，把敕书展开，还假意和他一同品鉴，“文辞都是大白话，不矫情，比那伙中书舍人写的像人话，你觉得呢？”

薛让顺势一瞟，看清了全文，是着御宪台向刑部移交囚犯，此案转由刑部、御史台两司会审，再看文尾，盖着后印，便道：“薛让也有一封诏书，盖的是帝印。”

李仙烈道：“你奉君之命行事，我也奉君之命行事，都没毛病。”他把敕书卷了，塞在薛让手里，“把人提来，我还赶着回去。”

薛让道：“转告中宫：无天子诏，薛让不敢撤案。”

李仙烈向四周道：“你们出去，我和他说几句贴心话。”

刑部的人先出去了，沧山的人看薛让，薛让点头，这才告退。没别人了，李仙烈换了神色语气，道：“我和你说两件事。”

薛让听着。

李仙烈道：“其一，你在牢中虐杀宁州兵，唐之盈气个半死，这几日宗山城的粮仓全开了，都在往军营里运；其二，前些天，涅火军调了一万五千兵往西线去，刚出未离原，你就开始杀人，这一万五千兵忽然不动了，就停在宁州境内，回来也就两三天的事。”

薛让道："李侍郎的意思，有人要谋反？"

李仙烈又不悦了："哈麻皮……你单知道谋反，不知道另一种出师之名，叫'清君侧'？"

薛让冷笑。

李仙烈道："唐瑜好说歹说，才说得唐之盈孙牧野暂时不动，毕竟动兵是大忌，稍微调个一兵一卒，引起误会，就不好收场了。大家其实都不想动，你非逼他们动。你以为有天子当靠山，可退一步想想，真到了'清君侧'的地步，你猜，天子是帮你对付千军万马，还是把你交出去？"

薛让开始饮凉茶。李仙烈伸出手肘，用极熟络的态度碰了碰他的肩："你想逼唐瑜交出顾临，我也知道。你不给令狐宴报仇，在沧山就没法混了，可唐瑜若交出顾临，他在御史台也没法混了。凡事讲个'适可而止'，如今你已杀了四十个，气也出了，天子的气也出了，再杀下去，事情就搂不住了。这样，剩下的人，交给我们，沧山也有台阶下，御史台也有台阶下，不就结了？"

等了一会儿，薛让依然不置可否，李仙烈便把敕书塞他手里，满脸堆笑出了门。刑部的人迎上来，沧山的人在观望。李仙烈向法官法吏点头笑道："薛台令答应移交了，我们这就去上狱接人。"

几个法官半信半疑，回来找薛让，薛让饮完茶，吩咐："把张楚材叫来。"

顷刻，法吏们抬了凉榻进来，榻上的张楚材气色比往日好多了。薛让揭开他的衣衫，继续为他上药，细心如故。张楚材动容道："从弘福寺至今，我时刻悬在濒死边缘，从未指望能活到今日，可偏偏活了下来，薛台令对张楚材有救命之恩。"

薛让上完药，转身去净手，口中道："你的命还长得很，御史台和刑部把你们救了。救命之恩不必算在我身上，算在令狐宴身上，你要报恩，便要记得赡养他母亲。"

张楚材道："必当生母以待。"

薛让自去了。张楚材被法吏扶出门，看见同案官吏都从上狱那边来了，皆除去了囚衣、镣铐和枷锁，刑部的人一路跟着。两个皂隶见张楚材有伤，便上来扶着。张楚材步入人群中，出了直辨堂，往沧山下走去。

3

璎宁一直在如意宫等。午后，女官来报："刑部报，涉案官吏已悉数接回来了。"又过了半炷香，再报："薛让进宫了。"璎宁的心便跳得厉害了。之后再无动静。挨过四个时辰，到了夜晚亥初，有宦官来了，禀道："圣上请娘娘去承香殿。"璎宁便起身随宦官们去了。

到了承香殿外，宦官们止了步，只请璎宁一人入内。璎宁轻步进殿，殿门在身后关上了。殿内只点了一盏灯，没有宫人，卫熹独自坐在台阶上，披着发，右手似乎拄着一根木杖，璎宁走到十步之内，才看清那不是杖，而是剑。璎宁向卫熹行礼，卫熹缓缓道：“皇后出息了，会下诏以令朝臣了。”

璎宁道：“璎宁是为陛下着想。”

卫熹问：“怎么说？”

璎宁道：“新婚之夜，陛下说过，要璎宁相助。如今璎宁想问一句，是助陛下成仁君，还是成昏君？若是成昏君，璎宁是不该管；若是成仁君，那陛下做错了，璎宁岂能置身事外？”

卫熹喝道：“他们放项贼进来行刺，我为何不能杀？”

璎宁道：“朝臣想见陛下，陛下不见；朝臣上书，陛下不看；朝臣想陛下下诏赦免，陛下不下；若将来，朝臣不再求见陛下，不再上书劝谏，不再奉陛下之诏，陛下岂不成了亡国之君！”

卫熹把剑一提，道：“天子之怒，伏尸百万，流血千里！我手中有剑，谁敢不见我，谁敢不听我的话？”

璎宁道：“一人不听天子号令，可杀；千万人不听天子号令，如何杀？”

“铮”的一声，卫熹把剑抽出了鞘，璎宁吓得一颤。卫熹问：“是你自己下的令，还是有人逼你？”

璎宁退了两步，卫熹一个箭步上来，喝道：“说！谁让你下诏的！”长剑扬起，璎宁避之不及，摔在地上，剑尖直指她的心口，停在一寸之远。卫熹又道：“别以为我不知道，唐瑜今日去如意宫了，是不是他指使的？”

璎宁凛然道：“是我自己决定的！”

卫熹叫道：“你为何反我！天下谁都可以反，唯你不许反！”剑身抖动，似要刺下，璎宁慌忙起身逃开，卫熹又追上去，一手扯住人，一手举起剑，璎宁喝道：“你杀了我，必有大乱！”

殿外宦官听得不妙，急忙冲进殿来，不住地求情。卫熹盯着璎宁问：“你方才说什么？”璎宁叱道：“你若敢杀我，便离覆亡不远了！”卫熹勃然大怒，一剑把宦官挑翻，又冲璎宁刺来，宦官们忙挡在中间，死命拦着，又劝又哭。秋怀意匆匆进殿，高呼：“陛下，有臣在正仪门下求见！”

卫熹气得眼红身热，不思索便道：“不见！”

秋怀意道：“是左将军孙牧野！”

卫熹一愣。秋怀意道："大战将至，关系存亡，陛下不可不见！"

卫熹手一垂，剑落了下来。秋怀意暗暗向宦官们使眼色，宦官们推着璎宁走了几步，见卫熹毫无反应，便拥着人出殿去了。秋怀意向外道："圣上宣孙牧野觐见。"一面扶卫熹坐下，给他整衣、束发、戴冠，还收走了地上的剑和鞘。

两炷香过去，卫熹的心情勉强平复了，孙牧野也来了。两厢见过，卫熹依然坐在台阶上，孙牧野便站在阶下。卫熹问："这么晚了，将军为何事而来？"

孙牧野道："就是想见见陛下。"

卫熹不冷不热地笑了一声。孙牧野见他脸色不好，便想着如何开口，卫熹先问："西边动静如何？"

孙牧野道："最后一支项军正在王城集结，是项王的亲军。粮草齐后，项王会亲自领军往十字关来。"

卫熹问："几时会来？"

孙牧野道："立冬前后。"

卫熹问："眼下十字关有多少焉军？"

孙牧野道："五万宁州军，两万涅火军。"

卫熹又问："将军几时去十字关？"

孙牧野道："霜降前后。"

卫熹道："好。到时候，朕在止狩台为将军送行。"

孙牧野道："若是朝中不稳，将士们在外打不了胜仗。"

卫熹便一笑，道："朕就知道将军要说这个。"

孙牧野道："陛下读的书比臣多，也比臣懂治国安邦的道理。我们行军打仗，都知道要多听多看。要听士兵怎么说，校尉怎么说，斥候怎么说，当地百姓怎么说，有时还要听俘虏怎么说。若不听，就什么都不知道，只能瞎打。陛下也要多听，听听百官的话，听听百姓的话，不能只听一个人的。"

卫熹道："杀那些人，是我自己的主意。"

孙牧野道："这主意错了，现在改还来得及。"

卫熹火道："我做什么事，你们都说我错！若是先帝在此，你们也敢说他错？"

孙牧野道："若是先帝，他会向西项宣战。十二个项兵行刺，他便要打败十二万项兵。他不会滥杀大焉的兵和大焉的官。"

卫熹脑中"轰"的一声，似被敲了一棒，满腔的气泄了下去。孙牧野道："陛下想成为先帝那样的人，就该把朝廷稳下来，让我们放心去远征。"

卫熹垂下头，刚束好的发不知为何又散了，几缕乱发覆面，形容颓唐。孙牧野看了半晌，问："陛下是不是还有心结？"

卫熹摇头。孙牧野道："臣是粗人，不会谈心，陛下不愿对臣说，也可以找唐御史，他会开解陛下。"

卫熹还是摇头。孙牧野等了又等，说道："外间都说，孙牧野是托孤之臣。当年在白鸢江，先帝是把陛下托付了臣。这些年，臣不怎么进宫见陛下，因为臣与陛下不是一类人，话说不到一起。大家都说陛下亲信唐御史，所以在臣心里，是把陛下托付给了他。每次见他，臣都会问陛下的近况，他说陛下很好，还在学，在理政，臣就放心了。近些日子，陛下连他也不见了。陛下若还有心事，不愿对臣说，便请对唐御史说，他会帮助陛下。"

又等了半晌，卫熹抽噎起来，孙牧野愈发不知该怎么问了。卫熹忽然抬起头，含泪看着孙牧野："项贼冲过来的时候，我从马背上摔下去了，我……我心里很怕，想逃，就没坐稳，摔在了地上。项贼看见了，皇后看见了，禁卫们也看见了。"

孙牧野道："从马背上摔下来是常事。行军的时候，冲锋的时候，都有人摔下来，只要还能爬起来，翻上马背再冲就是，没什么丢脸的。"

卫熹道："可我是天子！我知道，背地里，你们都觉得我怯懦。以前我是孩子，文武大臣可以容忍我，现在我成年了，我必须变强，可是，我摔下来了！"

孙牧野道："胆子都是练出来的，陛下生来就在君王家，被保护得太好了。"

卫熹泣道："我也想像父亲那样统率千军万马，南征北战，可我、我真的不行！"

孙牧野不知不觉叉起了腰，看着卫熹哭，他心里也知道卫熹不行，没法安慰下去了。卫熹自己哭够了，擦干眼泪，轻声道："我依然想做个好皇帝。若再来一次，我不会摔下马了。"

孙牧野道："今日龙朔宫下诏，从沧山解救了几百人，朝野都说圣上开明了。陛下是可以做好皇帝的。"

卫熹不语。

孙牧野道："陛下方才说，再来一次，不会再摔下马了。"

卫熹道："绝不会了！"

孙牧野便问："陛下想不想再出宫走走？"

卫熹一惊，问："又出宫？"

孙牧野道："陛下把自己关太久了，该出去透透气了。"

卫熹问："去哪儿？"

孙牧野道："洪武围场。秋天到了，是行猎的时节。先帝从前爱围猎，臣也想陪陛下猎一次。"

卫熹低下头思量，孙牧野便等着。良久，卫熹道：“好。”

孙牧野暗暗松了口气，道：“臣这就去安排。”

卫熹道：“请唐御史随我们去。”

孙牧野道：“好。”

两人议定了日子与行程，孙牧野告辞而去。稍后，秋怀意趋步进来，又伺候卫熹挽发，悄声道：“陛下可累了一日了，要不要宵夜？”

卫熹点头。

秋怀意问：“是汉宫棋，还是箸头春？”

卫熹沉默了一阵，道：“两碗汉宫棋，一碗送到皇后那里去。”

4

洪武围场在经过三季的寂寥后，等来了一个喧闹的秋。千骑卷过平岗，大地震动，惊出无数飞禽走兽。一马当先的是天子卫熹，唐瑜随行于左，孙牧野随行于右，身后是涅火军最忠勇的骑兵。猎马飞驰，疾风扑面，卫熹几乎睁不开眼，他紧紧拉着马缰，在心中不断默念：“不能掉下去！决不能掉下去！”马背十分颠簸，但他终究是坐稳了。

猎队自西而进，原野上的野兽纷纷窜逃。骏马排排，如同篦子，把那些兔儿、野鸡都放掉了，遇见羊、鹿、豺狼之类的大物，便收拢篦齿，骑手们挥舞马槊，把想逃走的给逼回去。天上，皇家驯养的鹞子、鹰鹘展翅巡弋，地下，半月形的猎队如一张开口的网，撵着猎物往东走。轰轰烈烈十余里后，队伍将收罗的数百只兽类撵至饮马湖边。猎网从西、北、南三面收拢，东面是大湖，野兽们惊慌失措，左右撞突。骑士们已挽弓在手，却不松弦，要等天子放第一箭。卫熹取出雕弓，递给唐瑜，笑道：“唐先生箭术如何？让我瞧瞧。”唐瑜依命接了弓，引箭上弦，看中一只云狐，一箭射去，那狐逃开三步，箭坠了地，唐瑜自己先笑了，把弓还给卫熹，卫熹转而递给孙牧野，笑道：“唐先生是文官，犹可宽谅；孙将军是武将，不许放空！”孙牧野便接了弓，放箭过去，中了一只野羊后腿。野羊负箭逃窜，天上一只海东青俯冲下来，利爪扣住羊背，振翅一飞，把羊抓上了天，再扔下来，摔在卫熹马前，众人欣然叫好。卫熹大喜，率先扬鞭向兽场冲去。

百兽惊恐，如一支溃散的军。食草的野畜抢先奔逃，被外围驰骋的猎手拦了回来；食肉的猛兽被长刀砍中，不得已开始反击，咆哮之声响彻猎场。卫熹射中了一只鹿，鹿身负一箭拼命地逃，卫熹乘胜追击，眼看要追上了，突然一个黑影扑上马鞍，竟是一头豹子，尖牙近在咫尺，他惊慌失措，身子一歪，又摔下马去，豹子追下来，卫熹忙挥刀，豹子退了两步。秋怀意魂飞魄散，大叫："护驾！护驾！"急忙打马过来，孙牧野却横冲出来，把他给拦住，秋怀意急道："圣上……圣上……"孙牧野也看向卫熹和那头豹。

那是头未成年的文豹，长约三尺，重约百斤，它捕杀的本领尚未成熟，看见卫熹手中的刀，便略显踌躇。卫熹鼓起勇气先向豹子攻去，豹子退了一步，他再出一刀，未中，豹子反扑而来，一口衔住卫熹衣袖，秋怀意又吓得大呼小叫，卫熹反手连劈两刀，豹子又松口退了。赶来的猎手越围越多，孙牧野依然不许妄动，自己下马，抽刀走至五步之内盯着。豹子自知身陷重围，再无可逃，便怒咆一声，再度向卫熹扑来，卫熹扬刀挥去，豹子用爪一拍，刀飞了，扑下来将卫熹压住，张口便咬，卫熹大叫，奋力一拳打在豹鼻上，豹子吃痛，逃开两步，卫熹扯住豹的后腿，起身一摔——这野兽竟比他想象的轻许多——把豹子摔在地上，猎手们轰然叫好，卫熹底气更足，双手抓住豹腿又摔一次，豹子转头欲咬，卫熹在刹那间腾不出手来，眼看要中招，一张猎网从天而降，将它罩在其中。孙牧野收了刀，束起猎网，道："这是陛下的猎物。养一阵子，它就会陪陛下打猎了。"猎手们举槊向天，山呼万岁。卫熹接过猎网，转头找到唐瑜，欣然笑道："唐先生，我也有自己的豹了！"唐瑜也贺道："伏虎降豹，显兹武功；帝载景业，复隆于今。"

临近黄昏，卫熹累了，与唐瑜到短岗上休息，把猎场留给了涅火军。天子不在，猎手们没了束缚，纵马奔腾，把猎场当作战场，或围杀野猪，或追截群鹿，好不火热。卫熹瞧见一个骑手驰骋在前，马背上驮着一只猞猁狲，身后跟着两只猎狗，正撞见几只黄羊，骑手打了个呼哨，猞猁狲跳下马，与猎狗同去捉捕，那骑手挥鞭指引三只宠物如何围、如何攻，笑容爽朗。卫熹看得有趣，不由问道："那是谁？"唐瑜笑回："是唐三郎。"

卫熹瞧着这些矫健勇毅的身影，渐渐入神。这些战士，不久便要西征，与项军决一死战了——当初在鹿家村，若是他们护卫自己，还会那般狼狈吗？若他们在，就不会败了，哪怕是面对百万项兵，涅火军都不会败的，他们从未败过，即将来临的这场战役，亦必如此。卫熹想到前几日孙牧野说的话："内朝不稳，将士们在外打不了胜仗"，是了，若有后顾之忧，又岂能一往无前？内朝是自己的责任，自己要把朝局稳下来，不然，涅火军输了，便是大焉输了，是自己输了。恍然间，卫熹想起西市口的无数身影，那些事应该远去了。

日落后，狩猎结束，御帐中举行晚宴，卫熹命孙牧野、唐瑜和唐珝相陪。开宴前，先对猎手们论功行赏。两人猎得野猪，各赏良马一匹、冬衣三件；五人猎得野狼，各赏精甲一具、冬衣两件；猎得狐、羊、鹿者，各赏酒二斛、棉布两匹、棉花两斤。赏赐完毕，晚宴方开。宫人依次斟了酒，卫熹举杯，众人同饮。酒一入口，唐瑜便笑了，卫熹道：“知道唐先生爱纪叟酒，所以我让宫人从京城买了来。”

唐瑜躬身致谢，又道：“纪叟酒绵软，恐不合牧野将军心意。”

卫熹便向孙牧野致歉：“我还不知将军喜好何酒。”

孙牧野道：“什么酒都喝。”

卫熹又向唐珝道：“三郎的口味自然是随二郎了。”

唐珝笑了笑，欲言又止。卫熹便道：“看来我猜错了。”

唐珝道：“我瞧他也未必是喜爱纪叟酒，是因为这酒性淡，不易醉，他才喝的。”

卫熹拊掌笑道：“我也觉得唐先生酒量不好。”

唐珝道：“若喝金陵春、竹叶春，一杯便倒了；喝这纪叟酒，像喝黍米汤，千杯不醉，他才敢放心喝。”

卫熹道：“以唐先生之风仪，自然是从不饮醉的。”便问唐瑜，“先生可曾醉过？”

唐瑜回道：“升明六年春，唐瑜殿试前夜，在半语楼与父亲共进晚餐。在此之前，唐瑜从未与父亲对饮。父亲素重仪表，从不当着我和三郎饮酒；我和三郎在外会友引杯，也不敢让父亲知晓。但那日，父亲取了家藏珍酒，与我对饮畅谈。酒有四斤，父子共分，父亲醉了，我也醉了。次日清晨去殿中应策，还觉得不甚清醒。”

卫熹笑道：“不甚清醒，便中了探花郎，若是清醒，岂不是状元？”

唐瑜躬身逊谢。卫熹又问孙牧野：“将军上次喝醉是几时？”

孙牧野不想说，唐珝笑道：“是在元宵节！殷虚将军出灯谜叫他猜，若猜不中，便要罚，他输了。”

卫熹好奇问：“什么灯谜？”

唐珝道：“殷将军说，打校军场上的一样东西：‘形如兔猻目如豺，校场参禅坐莲台。地崩山摧浑不动，月明星稀独往来。’”

卫熹想了半日，想不出是什么，便问唐瑜：“唐先生猜是什么？”

唐瑜猜着了，却不说，只笑回：“唐瑜也不知。”

唐珝拍手笑道：“孙将军也猜不出来，殷将军便拿了面镜子放在他面前，说：‘就在镜子里。’”

卫熹一听，看向孙牧野，笑了。唐珝道：“殷将军说，既没猜中，要么跳胡旋舞，要么喝十斤齐地鲁酒，他喝了四斤就倒了，眼下还欠着六斤呢——换作我，宁可跳舞！”

孙牧野也笑了笑。其实当时他听出了殷虚是在揶揄自己，但若答出来，无异于承认自己像兔猻，是以闭口不言，宁愿被罚。

卫熹笑完了，自饮一杯，缓缓道：“我上次喝醉，是在孙将军入宫见我之前。从宁州回来后，夜夜醉，天天醉。”

话说及此，帐中沉默了，唐瑜和孙牧野不约而同拿起酒杯，抿了一口。卫熹道：“我知道唐先生常在宫外求见，他想让我清醒，可我不愿清醒。后来孙将军进了宫，对我说了一番话，我便知道不能再醉下去了。回想这一个月，浑浑噩噩，就像一场梦。围场比龙朔宫宽广多了，打马跑了一阵，好像风把一切烦恼都吹走了。”他顿了一会儿，说道，“那些官吏还关在刑部吗？我想下诏大赦。”

唐瑜忙避席称颂。卫熹又笑道：“我还有一事，想与诸位商量。”

大家便听着。卫熹道：“我想改元，以示万物更始之意，诸位以为如何？”

年号改不改，孙牧野和唐珝皆不关心，只有唐瑜道：“荡涤秽流，时势然也；励精更始，圣者日新。”

卫熹得到唐瑜肯定，愈发开心，笑道：“回朝之后，我便召礼部和国子监拟年号，先生也拟一个来。”

唐瑜欣然领命。

晚宴至亥初，卫熹已醉，还在连声叫取酒，秋怀意死命劝住不许再饮，方才作罢。待宫人扶卫熹去休息了，三人方出帐。

孙牧野和唐珝要去涅火军营地，唐瑜则独自住在东边，于是两厢道别。唐瑜回到独居小帐，点了一盏灯，洗漱之后，倚在床上看书，看了小半个时辰，油灯将灭，他便欲睡了，忽听帐外唐珝在叫：“唐二，睡了没有？”

唐瑜应了一声，起身出帐。唐珝站在星光下，道：“走，带你吃涅火军的宵夜。”

唐瑜笑道：“筵席刚散，还不知足？”

唐珝道：“那几样斯斯文文的小菜，不够塞牙缝的，我请你吃大菜。”

唐瑜不想去，却还是动了步，随着唐珝往西走。

唐珝在前，边走边道：“唐二，我今日才发觉，你的逢迎功夫挺厉害，什么伏虎降豹，什么圣者日新，一串儿接一串儿的，亏你立马想得出来。”

唐瑜道：“那不叫‘逢迎’。”

唐珝便问：“叫什么？”

唐瑜想了想，自己先笑了：“叫‘人情练达’。”

唐珝“噗嗤”一声笑了，回过头来等他，两人并肩而行。到了涅火军营地，但见十多处篝火，将士们烹羊解牛，嬉嬉闹闹，十分自在。唐珝把兄长带到一处篝火边，几个士兵正烤着半扇野猪，见唐瑜来了，便把最好的里脊肉盛在盘子里给唐珝，唐珝撒了一把胡椒，递给唐瑜。唐瑜拈了一片浅尝，把余下的还了回去。他与士兵们闲谈了几句，不经意转头，见十步外的树下坐着孙牧野，便走了过去。

孙牧野背倚树干，手中握着葫芦酒，时不时抿上一口，身边的烤肉却未动。唐瑜笑问："将军喝的什么酒？"

孙牧野道："剑南烧春。"

唐瑜道："是西南名酒。"

孙牧野点头。唐瑜亦在树下盘膝而坐，问道："将军今日狩猎几何？"

孙牧野便从身边捡起一个笼子给他看，里面关着六只活蹦乱跳的小兔子，唐瑜笑道："必是给家眷带的小宠物。"

孙牧野道："我只要一对，另两对是唐琊要的。"

唐瑜即明白了，欠身致谢，又道："大焉臣民皆该向将军道谢。将军救了朝纲，也救了圣上。"

孙牧野喝了一口酒，道："幸好，他把大家的话都听进去了，将来又会如何，我就不知道了。秋季一过，我们要往西走，京城的事，就托付给唐御史了。"

唐瑜道："安政抚民，守臣之职，将军不必有后顾之忧。"

孙牧野问："端木相公已去了帝陵？"

唐瑜道："改日回程，唐瑜会请圣上去帝陵，迎相公回朝。"

孙牧野问："若他不肯回来，谁任宰相？"他直视着唐瑜，唐瑜迎住他的目光。

许久，唐瑜道："惟唐瑜继之。"

孙牧野道："好。"

孙牧野得到了想要的回答，唐瑜也得到了想要的回应。须臾，孙牧野又问："薛让，怎么办？"

唐瑜道："将军若有指教，请明示。"

孙牧野道："刺杀案后，薛让必然失势了。他和唐御史有新仇旧怨，唐御史或许想清算，可依我见，大焉还缺不了薛让。"

唐瑜等着孙牧野继续说。

孙牧野道："一旦开战，便要征运军需，要粮草，要甲胄，要武器，还要军饷。若征粮不足，战士们便要挨饿，若刀剑不利，战士们便会吃败仗，若有人克扣军饷，军心便要动摇。后方这些事，要有人盯着、督着，保证每一粒粮、每一文军饷都能送到前线去。事务牵扯了百家衙门、千万官吏，只有御史台的御史不够，还要沧山和薛让。"

唐瑜轻轻点头。孙牧野抬手指了指远处，唐瑜顺着看去，篝火之间，几只猎犬和猎豹在闲走。孙牧野道："薛让就是豹，打猎物必须靠它，可若放任它，就会伤人，所以要给它上铁嘴套。无论景帝、桓帝还是太后，都明白这道理，薛让才能历经三朝不倒。圣上做错了一点，就是放权太重。先帝和太后都懂用人之术，唐御史自然也懂。"

说话间，唐珝牵了猎豹过来，向孙牧野要肉吃，孙牧野把烤肉放在掌心，猎豹就在他掌中觅食，十分乖顺。唐瑜将豹头轻抚了几下，便告了夜深，向二人道别，自回营帐休息了。

5

四日后，行猎结束，还跸京师。落日时分，队伍进入未离原，唐瑜打马至卫熹身边，轻声提醒："南去十六里，便是帝陵，陛下当谒陵，请回端木相公。"卫熹应允，队伍随即掉头向帝陵而去。

孝陵卫大将军秦函把卫熹迎入帝陵。穿过森森柏城，二十座陵墓星落平野，卫熹谒拜了祖父的阳陵和父亲的长陵，供奉了此次猎获的白狼赤兔，以及米酒、果蔬、衣扇等物。谒毕，卫熹问："端木先生在何处？"秦函道："先生住在柏树林里，只有一个书童相伴。"便引卫熹前往。

在林中穿行了约二百步，但见古柏苍松掩映之中，有一间茅舍，竹篱相绕，柴门紧闭，卫熹走过去，轻叩门扉，三响之后，茅屋的门"吱呀"一声开了，一个七八岁的童子走出来，颇有出尘脱俗之姿，隔着院子向卫熹行礼，道："端木先生已知天子来了。先生说，君臣缘尽，相见无宜，天子当去。"

卫熹高声道："先生曾教导学生：'人谁无过？过而能改，善莫大焉。'卫熹已知错而改了，先生为何不肯见谅？"

那童子以老成的语气说道："君能补过，衮不废矣。望陛下从此行仁义，法先圣，亲贤任能，则社稷固也。"

卫熹道："请端木先生亲自与卫熹说！"

童子道："先生决意谢客，虽天子不可夺志。"

卫熹道："好！我在站在这里等，先生不见，卫熹不走！"他有意提高声音，是要屋内的端木拙听见。

唐瑜向童子道："下走唐瑜，请见端木先生。"

童子把唐瑜看了一眼，又看他身后的武将，问道："那位可是牧野将军？"

孙牧野点头。童子道："先生也有话带给两位：定天下者，武功；兴天下者，文治。江山之重，承于两位，当同心而谋、协力而行，共匡社稷。"唐瑜和孙牧野齐行大礼，那童子便回屋去了。

卫熹寸步不动，众人只好陪他等着。日落得快，半炷香后，林子暗了下来，蚊蛾虫蚁渐渐多了，屋内亮起了烛，窗户却空空的，照不出一个人影。秋怀意劝道："陛下不爱惜龙体，也该体谅唐御史、两位将军和诸卫士。一年半载后，相公气消了，何愁无相见之时？”

卫熹心知与端木拙隔阂难除，遂放声道：“卫熹还有最后一事请教：大焉就要改元更新了，先生可愿为国家定年号？”

等了一炷香，门轻轻一响，又开了，出来的还是那个童子。童子道：“先生说：河山将固，万物始新，大焉复现定鼎之象，可改元‘鼎象’。”

卫熹的泪夺眶而出，向着茅舍长揖道：“多谢先生！”

童子道：“天不留客，诸位当行。”

卫熹只好与众人出林而去。

6

八月初四夜，薛让正在中狱巡查，李昱找来，向他点头，薛让便随他出了大狱。到了门外僻静处，李昱道：“宰相人选定了。”

薛让道：“必然是唐瑜了。”

李昱道：“这几日，圣上问遍了尚书卿相，都说唐瑜可任，只有户部尚书不同意。”

薛让道：“赵自芳居然不同意？”

李昱道：“他说唐瑜出自显贵之家，怕还有豪奢之风，以后若大手大脚花钱，户部不好应付。赵自芳想要个寒门宰相，躬行节俭的那种。”

薛让冷笑：“寒门出身的贪官污吏，沧山还关着不少。”

李昱道：“制书已拟好了，圣上、中书侍郎和侍中臣都签字了，明日复朝，便要当着文武百官拜相。”

薛让慢慢往直辨堂走。放眼山下，开元城中万家灯火，未离原上夜色阑珊。李昱道：“上了马，就不容易拉下来了。趁还没上马，得想法子拦住。”

薛让便问：“许云乞回来没有？”

李昱摇头。

薛让像在问李昱，又像自言自语：“皖州回沧山，两千余里，明日早朝前，能否回来？”

李昱道：“难。”

薛让道：“回不来，便拦不住唐瑜了。”

到了獬豸像下，薛让叫李昱先走，自己在铜像下盘膝而坐，面向沧山之东——皖州的方向。子夜的大地一片混沌，天与地融成未知的一团，纵然有人从远方来，也是看不见的，但他依然要等。两千三百里，路遥人远，音信隔绝，但薛让相信许云乞此刻必在赶路，不眠不休。只是，已走到了何处？是出了皖州，还是过了章州，还是进了未离原？只要他在早朝之前赶到，唐瑜便会束手就擒。沧山不让他当宰相，他便不敢当，他会当着天子和文武百官，推辞那封任命制书，就此伏低隐身，而争夺宰相之位的，便另有其人了。

许云乞应当在天明之前赶回来。薛让心中焦虑万分，但趺坐的身姿纹风不动，毕竟除了等待，他什么也做不了。这夜过得极快，仿佛只是弹指间，东方便泛了白，京城里开始钟鼓报晓。龙朔宫的阙楼上，鼓吏击响了头一声晨鼓，而后，玄武大街自北向南，每隔三百步，便有鼓声相应，此起彼落；再后，以玄武为中心，鼓声如浪，一波波向全城一百零八条街巷漫延，开元城从睡梦中醒来了，四方城门开了，家家户户的门开了，龙朔宫的门也开了，百官已在正仪门下等候入朝了。薛让最后一次向东方眺望，看见丹霞万丈，红日喷薄欲出，大地上是忙忙碌碌的俗人，终究没有一个是沧山的法官。

法吏抱着朝服从直辨堂内出来，道：“台令，龙朔宫有命，今日五品以上官员全部上朝。”

薛让道：“我要睡觉。”说完回直辨堂去了。

7

八月初五，大焉复朝，文武百官在时隔近两月后，终于见到了卫熹，他站在太初殿前，身边卧着一只猎获的文豹，这是天子勇武之证，也是国家祥瑞之兆。卫熹穿衮冕，垂十二旒，服十二章，白玉双珮，玄组双绶。这是皇帝最郑重的装束，只在谒庙、纳后、朝遣上将、册拜重臣时穿戴，今日当然是为了册封大焉第七十九任宰相。

在京的五品以上文武官员悉数到齐，列于广场两端。时辰到了，赞礼官宣唐瑜晋见，百官悄悄回首，见唐瑜着青衣纁裳，戴进贤冠，佩水苍玉，自远而来，步伐轻徐，与素日无异。行至太初殿下，唐瑜与卫熹四目相对，卫熹朗朗一笑，唐瑜伏地听旨。赞礼官展开制书，高声念道：“国之安危，在乎论相；佐命之勋，必归英杰。御史大夫唐瑜，风度凝远，器识靖深，立身以道义，奉国以忠贞。堂堂乎襟，长蕴经纬之略；谆谆其言，屡陈济时之谋。宜登宰司，掌承天子，协理万机，文济九功。钦哉勖哉，无懈于位！”

唐瑜领命接旨。卫熹降阶扶起唐瑜，笑道：“昔有老唐相公，辅佐朕的祖父；今有小唐相公，为朕的股肱腹心。君臣相成，百年之后，必是一段佳话。”他向广场一指，唐瑜回首眺望，百官如云，同行长揖，是在向他致意。

8

早朝散后，孙牧野随大流出了龙朔宫。他去龙首桥边牵马，正在解马缰，只听边上几人窃窃私语：“小唐相公出来了。”回头一看，一群大臣簇拥着唐瑜出了宫门，大小官员一个接一个上去道喜，唐瑜少不得一一答谢，场面十分热闹。后来赵自芳也上去了，拉着唐瑜的手，恳切地说个不停，那神色不像恭贺，倒像是劝诫，唐瑜也在频频应允。孙牧野忽然忆起自己封将的情景，没有人向他道喜，反而给了他许多难堪。孙牧野想，大概也不全是父亲的缘故，还是因为自己不会做人，不像唐瑜那样，在哪里都有许多朋友。

唐瑜也在远处看见了孙牧野，想过来打个招呼，却被重重绛袍围住了，他又想以目光示意，孙牧野却避开他的眼神，牵马过了龙首桥。

第八十三章

西征前夕

1

唐瑜入阁的首件事，便是了结鹿家村案。凤阁拟定大赦的敕旨，送呈天子，天子画敕，下发给刑部、御史台和御宪台。一月后，忽然有人报知唐瑜，说尚有百余官吏滞留牢内，未得释放，是御史大夫顾临的命令。唐瑜便写了封便函给顾临，询问此事。送信的人去了半个时辰，小吏来报："顾御史来了。"唐瑜立命请入。

落座之后，顾临道："相公的信，顾临收到了。确有百人还留着，不是不释放，是想请他们做一件事。"

唐瑜问："何事？"

顾临道："这些上过沧山的人，在牢里皆受过非人虐待，是薛让滥刑的见证。顾临在请他们写证词，有了证人证言，御史台便能弹劾薛让。"

唐瑜想了片刻，道："孙将军曾和我说过此事。西征在即，乱世之中，国家依然需要沧山。"

顾临道："监察百官百司，沧山能，御史台难道不能？"

唐瑜道："单说征粮一项，便是十州百郡千县的事，一斤粮要过几层官吏之手，督察仅凭御史台，不够，仅凭沧山，也不够。大局为重，两台当冰释前嫌，共济艰难。"

顾临便有些不愿意。唐瑜笑道："若我还在御史台，也会与沧山和解。"

顾临道："错过这次，以后想再抓薛让的短，就难了。"

唐瑜道："眼下只能从权虑远，以待时至。"

顾临略加思索，道："人可以放，但须把证词留下，存着，时机到了，再弹劾之。"

唐瑜便不再劝阻，又问："还有哪些人在？"

顾临道：“侯士贞、张楚材都在。”

唐瑜道：“我听说张楚材受了重伤，最该早些放他才是。”

顾临道：“他早无性命之虞了。”

唐瑜点头。两人又说了一番事务，顾临便告辞去了。

2

过了十日，唐瑜收到顾临密函，上陈，涉案官吏已尽数释放，留下证词一百一丨份，以备将来之用。唐瑜阅后，即在烛火上烧了。是日，回家已是四更。步入怜玦轩，见桂花窗上映着明幽的身影，正抱着瞳语，来来回回哄睡。他走到帘边，听见瞳语在呢喃：“二郎……二郎还不回来？”

瞳语年方两岁，哪里懂人世的礼仪纲常，她听家中人都是唤“二郎”，便懵懵懂懂跟着叫。唐瑜进门，婢女们行礼道：“二郎回来了。”瞳语猛地睁开半闭的眸，也道：“二郎回来了。”屋中人都笑了。明幽嗔道：“我好容易才哄迷糊，你一来，又清醒了——叫阿爹。”瞳语探手向唐瑜，娇声娇气道：“我要阿爹哄我睡。”唐瑜便接过女儿，笑晏晏地哄着。明幽偷了个闲，坐在榻上休息。唐瑜背对烛光缓缓徘徊，悠悠地念：“萋萋春草秋绿，落落长松夏寒。牛羊自归村巷，童稚不识衣冠。”瞳语在温言软语中沉入梦乡。

把女儿放上了床，唐瑜便过来与妻子坐着闲话，先道：“西征日子定了，九月二十五在止狩台誓师。”

明幽叹气，半晌道：“三郎也要去了。”

唐瑜道：“他这几日应该要回家来。明日吩咐厨下，多备他爱吃的菜。”

明幽两番欲言又止，唐瑜问：“想说什么呢？”

明幽道：“他上次回家，便说了要出征的事，苏叶不愿他去，两个在惜环院里闹了好一场。三郎在院子里坐了一晚上，天明便回校军场去了。这一次真去了，不知苏叶又会怎样呢。”

唐瑜默然，后道：“你要多陪陪她。”

明幽道：“我纵陪她一年，也抵不过三郎陪她一天。我能如何劝呢？三郎这一走，又是三年五年，出生入死，她担惊受怕，岂是旁人几句话解得开的？不在其中，不知其味。”

忽然唐晋在帘外道：“二郎，有人求见。”

明幽问：“这么晚了，谁？”

唐晋道：“一个沧山法官。”

唐瑜明幽同时一惊，唐瑜便道："请进来。"

唐晋却道："请过了，他不进来。"

唐瑜起了身，明幽道："沧山的？何不天明再见？"

唐瑜道："无妨。我片刻便回来。"说着去了。

出了唐家大门，只见一人站在二十步外，暗巷之中，不辨面容。那人遥向唐瑜行礼，问道："是小唐相公？下走是御宪台观察使许云乞。"

唐瑜便示意向府内："请许观察寒舍待茶。"

许云乞道："不敢。请相公移步随我来。"

说罢径自转身，朝佩鱼巷的深处走去，唐瑜只得下阶随行。佩鱼巷内，不过唐、徐、萧三户人家，此时家家大门紧闭，四下无声。巷子越走越暗，越走越森冷，二百步后，唐瑜不知其意，暂时驻了足，许云乞听不见脚步声，便转过来，把唐瑜淡淡一看。恰逢巷边有一盏灯笼，照上他的脸，眉目简秀，似与寻常士子无异，但沧山之人，细看之下皆有一股阴煞气，令人难以亲近。许云乞见唐瑜犹豫了，便冷笑道："未经审判，沧山不会决刑，小唐相公有何疑？"转身继续往前走，唐瑜跟了上去。

巷子尽头，一辆马车停在墙下，车边站着两个法吏，车厢门锁着，不知内有何物。许云乞在车边站定，等着唐瑜近前。待人走到五步之内，他开口道："御宪台有观察使二百四十人，或监察朝堂，或监察州县，或监察军旅，或监察寺观，职责各个不同。我是分管皇家寺观的。三月前，我在云阶寺清点在册僧尼，发现有些异常。"

唐瑜更不知何故，只等他往下说。许云乞道："有个比丘尼还俗了。方丈告诉我，是崔太后亲自下旨放人的。此尼戒名圆真，出家前，是先帝的文淑妃。太后为何要放文淑妃还俗，这是我要查的第一件事。"

许云乞顿了一会儿，又道："我查了龙朔宫的出入簿，太后下旨前日，恭王入宫晋见；再去云阶寺查访，入宫之前，恭王在云阶寺住了十九日。显然是文淑妃找了恭王，恭王找了太后。文淑妃为何能说动恭王求情，这是我要查的第二件事。"

唐瑜暗自思索此事与自己何干，却想不明白。只听许云乞道："文淑妃还俗后，去向不明。我猜是回了家乡。我到宗正寺查到了，她籍贯是皖州，距京城二千三百里。此事其实不算大事，既然路途遥远，不值得来回一趟，案子便暂时搁置了。不料一月后，我听云阶寺人说，文淑妃在京城还有一位好友，我便去问了几句话，问过之后，我便去了皖州。"

唐瑜问道："比丘还俗，是与唐瑜有关，还是与凤阁有关？"

许云乞道："和唐家有关。"

唐瑜暗吃一惊。许云乞道："人，我已带回来了，请她自己和唐相公说。"

法吏打开车门，搬出一个箱子，抬下来打开，里面赫然蜷着一个女人，形容虚弱。许云乞的语气陡然变厉，道："告诉唐相公，你是谁？"

女人颓然不语。许云乞把女人从箱内提坐起来，他手中似乎有铜丝绳，就势绕上女人脖子，以三分力勒住，道："我问一句，你答一句。你是谁？"

女人只得道："先帝文淑妃。"这曾经的帝妃已如囚徒，再无尊贵可言。

许云乞问："你如何说动恭王帮你的？"

文淑妃道："我送了他一件礼物。"

许云乞问："什么礼物？"

文淑妃答道："一个女人。"

许云乞追问："哪个女人？"

文淑妃道："苏叶。"

两字吐出，像两根冰刺，悄然刺入唐瑜的心房。许云乞继续问："你把唐府苏叶送给了恭王？"

文淑妃小声道："她自己也愿意。"

许云乞问："何以见得？"

文淑妃道："她太寂寞，稍一蛊惑，便禁不住了。"

许云乞问："是你一个人的主意，还是有人合谋？"

文淑妃低了头，许云乞的手力加至五分，继续问："有没有人合谋？"

文淑妃道："我找过长生阁的欧阳。劝诱苏叶，她也有份。"

许云乞向法吏点头，法吏再次打开车厢，竟又从中抬出一个箱子，放在地上，许云乞亲自打开，里面又是一个女人，比文淑妃衰弱更甚，是受过拷打的模样。

许云乞把铜丝绳在十指间缓慢地绕，问："你是谁？"

那女人低声道："人家都唤我欧阳大娘。"

许云乞道："你如何帮文淑妃劝诱苏叶？"

欧阳娘子道："我请她在长生阁做舞伎，带她看花花世界，她热闹惯了，便耐不住冷清了。"

许云乞一笑，看向唐瑜，而唐瑜隐在黑暗中。许云乞向欧阳道："最后一问。"

欧阳慌忙点头。许云乞问："苏叶现在还是不是长生阁舞伎？"

欧阳垂头道："是。"

许云乞问："几时去？"

欧阳道："每月十五。唐三郎每月只有两天回家，余下时候她都闲着。"

许云乞向法吏示意，法吏便把两个箱子重新关上，抬回车厢，锁上了门。

许云乞走到唐瑜身前，面对面、目对目道："今日我们得到消息，唐相公要找沧山的麻烦。相公要查沧山，我们便查云阶寺，今夜相公听到的事，明日全天下都会听到，相公最不愿意谁知道，我们也会让他知道。若唐相公不查，我们也不查，彼此放一马。"

唐瑜还在沉默，许云乞傲然道："请唐相公立刻答复。"

唐瑜只能微微顿首，许云乞道："好。劳烦相公跟顾御史打个招呼：我们现在要去御史台收证词，若有人拦一下，若证词少一页，都记在相公账上。"

唐瑜没有回绝，似乎就算同意了。许云乞再逼近一步，昂首道："从今以后，两家相安无事，共匡社稷。唐相公走阳关道，薛台令便走独木桥；凤阁只管以德出治，沧山自会以刑防奸；你们去做君子，我们来做小人。"

唐瑜和他对视良久，缓缓转身离去。许云乞盯着他的背影，待人走出数十步，忽然想起什么，又道："还有一事请教。"

唐瑜驻足，却没回首。许云乞笑道："唐相公八月初五拜相，我八月初六回京。若我在八月初五前把人带到相公面前，相公愿不愿让出凤阁之位？"

不远处响起脚步声，是唐晋带着十多个家奴寻来了，许云乞和法吏收敛了凶气。唐瑜和家奴们一同往回走，许云乞待他的身影消失，也和法吏们赶着马车去了。

唐瑜回到怜玦轩，女儿已睡熟，明幽却不在。他问婢女："夫人呢？"婢女答："去看苏娘子了。"

唐瑜坐到案前，在一张纸上寥寥写了数字，唤来唐晋，吩咐他送给顾临，唐晋去了。他又随手拿了一册书翻开。不多会儿，明幽回来了，进门见他无恙，才放了心，因问："沧山找你做什么？"

唐瑜道："一点公事，不要紧。"

明幽狐疑道："三更半夜找上门，为了点不要紧的事？"

唐瑜反问："你去看苏娘子了？"

明幽道："去和她说了会儿话。三郎下午捎来口信，这几日还不能回家，要十九后才能请假。婢女们已将行李收拾好了。给你做的那件冬衣，我拿过去了，改天另给你做。"说完自去洗漱，之后上了床，一边放帐帘一边问："还不休息？"

唐瑜道："我再看会儿。"

明幽只得放下帐子，先睡下了。她隐隐觉得，唐瑜和出门前不一样了。沧山找上门，必然不是为了一点"不要紧"的公事，一定又出大事了，可唐瑜不想说，她决计问不出来。明幽又开始忧虑了，她从帐后关注丈夫。唐瑜的双眼盯着书，似乎是在阅读，可直等灯油燃尽，那书也没翻过一页。

3

九月十五黄昏，苏叶倚着门与檐下鹦鹉说话。她蹬着门槛儿，慵散地念："春雨惊春清谷天。"鹦鹉便道："夏满芒夏暑相连。"苏叶又念："秋处露秋寒霜降。"鹦鹉接道："冬雪雪冬小大寒。"

苏叶逗了一会儿鸟，回屋换了一身衣裳，一边下楼，一边对婢女道："我去云阶寺和方丈坐坐。"婢女们知道，每月十五苏叶必去云阶寺的，便只道："天黑得早，娘子早些回来。"

出了唐府，苏叶径直去了长生阁。进了后堂，已有一些舞乐伎在梳妆了，见她来，便把最华丽的妆台让给了她。苏叶一面对镜上妆，一面听舞伎们议论："外堂怎么如此安静？往常这时，早吵翻天了。"苏叶蓦地想起，来时外面的巷子空荡荡的，从前可都是车马塞道的，难道今日客人极少？

正想着，欧阳大娘进了门，舞乐伎们纷纷问好，一个道："听说大娘这几日病了，可好些？"

欧阳大娘苍白着脸，勉强一笑，拍拍手道："小娘子们都散了，回去休息，今日只有一位客人，只点了一个人。"

舞乐伎们哗然，一个问："一位客人？他包了长生阁？"另一个道："那岂不是倾城之富？是谁？"少女们的眼睛都在发光，笑问："是王侯，还是卿相？"一个胆大的少女笑道："我猜是天子出宫了。"忽而一个聪慧的问道："他点了谁？"

欧阳娘子便看向苏叶，苏叶从镜里对上她的眼神，会心一笑。少女们眼中的光瞬间灭了，有的拆发髻，有的摘耳环，有的收琵琶，三三两两出堂去了。

苏叶问："大娘，来的是谁？"欧阳闪烁着目光看别处，小声道："你好生准备，跳一曲好的。"便出堂去了。苏叶想，大娘今日神态有些萎缩，大概是疾病初愈的缘故。她对着妆镜，点了火烈色的唇。

妆罢已是月上梢头，苏叶问小婢女："客人来了没有？"小婢女碎步跑去看，回来说道："还没有，大堂里一个人也没有。"苏叶便歪在榻上等，等到月上中天，小婢女又去看了一次，回来又道："大娘差人去请了，客人还在忙公事，要晚些才来。"苏叶对着烛花出神，忽道："去拿些酒来。"小婢女道："若喝醉了，怎么办？"苏叶道："那便跳醉舞。"小婢女只得去了，稍后端了一碗琥珀色的郁金酒来，苏叶就在榻上，对着明月浅尝。月一时在彩云长河中，一时在合欢树枝里，树上有喜鹊零星地叫，过一阵子，连鹊儿都睡了。苏叶喝完酒，果已微醺，渐不自持，摇摇起身道："我该上台了。"小婢女道："人还没来。"苏叶道："不等了，我跳我的，他看不看见，是他的事。"说完，扶着小婢女的肩，一并到了大堂。

今夜的大堂，只有一座灯台孤立，一张虚席以待。角落有两个乐伎候着，见了苏叶，便起身问："莲夜姬，今夜跳什么？"苏叶迷蒙的醉眼环视了一圈，心中忽有戚戚之感——连长生阁都跟惜环院一样了，自己为何总逃不出去呢。她想起即将远征的唐珝，便问："可会弹奏王守素的《古意》？"乐伎忙点头，苏叶道："就跳这个。"乐伎问："现在？"苏叶道："就现在。"

乐伎坐了回去，一个吹箫，一个弹琴，口中悠悠吟唱：

夫戍边关妾在吴，
西风吹妾妾忧夫。
一行书信千行泪，
寒到君边衣到无？

没有看客，苏叶仗着醉意，一边唱和，一面随性而舞，身似酒中絮，态如酒中仙。曲声婉转低回，苏叶在幽怨中浮出一丝报复的愉悦。唐珝又要走了，挽留不住，只好任他去。他的心中，国比家重，那自己又何必把青春寄于他一人？落单久了，自会往热闹处寻去，人之天性，何错之有？缭乱的心事，他不听，自有人听；绝世的红颜，他不赏，自有人赏；隽永的长夜，他不陪，自有人陪。苏叶这样想着，便下意识往灯台那边看去。

不知何时，灯台下多了一个人。他并未坐在席上，而是立在灯下暗影里，一身素袍，上戴巍冠，中佩皓玉，下着云履，偏偏一张脸不可析辨。对不上眼神，苏叶便有些没底：他是谁？为何要点自己？若为色，倒好应付，可细察那人的气形，又不像是为偷娱而来。苏叶一边舞，一边撩波送情，想诱他从暗处走出来，可他纹风不动。苏叶忽想，大概是这曲子太哀伤了，来长生阁的贵客，不会喜欢这风气，便回眸向乐伎使了个眼色。乐伎会意，琴声一拨，换了白乐天的《长恨歌》：

骊宫高处入青云，
仙乐风飘处处闻。
缓歌慢舞凝丝竹，
尽日君王看不足。

歌声欢甜，舞姿柔媚，纵使真的君王在此，也该为之所动了。苏叶再往那边看去，大约因水袖卷出了风，花灯微微一摇，灯下人隐约现了一瞬，苏叶看清了三分，心猛地一跳，酒醒了一半。

恭王来了。云阶寺中，未觉泉边，自己揭开过他的斗篷，初见他的情景，恰如此时此刻。苏叶有些慌乱，下意识回旋背身，让自己定心神。那夜之后，两人再未相见，他为何会找到这里？弹指四年过去了，他莫非还对自己念念不忘？可当初分离时，他并未对自己有多眷念。或许看似无情，才最多情。苏叶趁着舞势又回过身来。恭王依然不动，可在苏叶看来，那姿态已有暧昧的意味了。苏叶又想起那一夜，樱花飞洒，泉水激涌，凌乱又火热，至少那时，他是用力爱她的。苏叶停止舞动，乐声随之戛然而止。乐伎不解地看苏叶，苏叶道："我累了，不跳了。你们去休息。"两个乐伎互看一眼，便收了箫、抱着琴快步退出大堂。

只剩两人了，苏叶开口道："千岁，别来无恙？"

恭王不应她。苏叶悠悠走下台，先行肃拜礼，然后一步步过去，笑问："千岁是来看莲夜姬，还是看苏叶？"

走到十步之距，苏叶终于看清了灯下人的脸，四目明明白白地相对，她陡然一颤，僵在原地，酒彻底醒了——哪里是恭王？自己怎会把他认作恭王？当初，可是把恭王认作他。苏叶看着眼前的唐瑜，心中无数个念头闪过：今夜是他设的局？他为何知道自己在这里？谁告诉他的？他还知道些什么？他想怎样？三郎在哪儿？三郎知不知道？苏叶疑惑且惊惧地看唐瑜的脸色，看他是震怒，还是鄙夷，偏偏都不是，他似乎只是有点忧愁。

两人面对面不知站了多久，唐瑜先道："《古意》是好曲子。"

苏叶动了动唇，说不出话来。唐瑜转身走了几步，回头道："你若要回家，便随我走；若不想回了，我做主，放你自由。"说完继续走，出了大堂门。苏叶站了良久，跟了上去。

出了长生阁，唐瑜已在马背上，见她出来了，便打马先行，苏叶也上马，跟随其后。两匹马相识，一个等另一个，最终两人并排相向而行。街上依然有行人往来，一些闲人见骏马华贵，马上一对郎君美人，不免以为是夫妻，忍不住啧啧羡叹。若有细心人详察两个的脸色，还会以为是闹了别扭的夫妻。一路无话回了唐府，看门奴也不敢多问一句。

进了深府，一前一后走了一炷香，到了月桂树下便要分路了，一条往怜玦轩，一条往惜环院。唐瑜径自往怜玦轩走，苏叶停下脚步，看着他的背影，心中百种情绪无处释解。已被他看穿了，已和他结怨了，那还有什么好顾忌呢？索性，让他看得更分明、怨结得更深些得了。她忽然开口道："我认识恭王。"

唐瑜没有回头，但停了下来，说道："我知道。"

苏叶道："我和他，不止认识。"

唐瑜依然道："我知道。"

苏叶脱口而出："因为他像你！"

唐瑜站了半晌，回头向她走来。苏叶轻颤不已。走到三尺之内，唐瑜道："你来唐家十五年了，明幽也是。这些年，一个颠沛四徙，一个独守残家，是我负了明幽，三郎负了你。我曾想过，待四方安定、海内太平，三郎解甲，我辞官，我们回皖州故乡，小竹山下晴耕雨读，隐仙湖上泛舟垂钓，我偿还明幽，三郎偿还你。但愿是时，一家四人相对而无愧，你不负明幽，我不负三郎。"

苏叶纹风不动，唐瑜转身去了。

4

九月二十四，唐玥拎着大包小包回了城。一进佩鱼巷，便见唐瑜在门下等着，他笑嘻嘻地过去，问："又在等我？"

唐瑜笑道："壮行宴已备下了，壮士却迟迟未至。"

唐玥道："忙着跟湘州军换防呢。这两月，从湘州、章州调了两三万人来，我们走后，京师便靠他们保卫了。"

唐瑜问："手里拿的什么？"

唐玥道："是些旧衣裳，放家里，不带走了。"

家奴们上来接过包袱，兄弟俩并肩进了家门。唐玥问："她们呢？"

唐瑜道："在半语楼等你。"

唐玥道："吃完饭就要回军营去。我先去看看行李。"

唐瑜便陪他到了惜环院。婢女们早收好了行李，衣衫鞋袜、弓箭短刀、酒肉蔬果，足足七八包，唐玥一一检查，这也不要，那也不要，剔了好些出来，忽然看见一个剑匣，他"咦"了一声，打开一看，一柄长剑横卧，隐蕴峥嵘。唐玥大喜，拔出剑刃一看，流光如神风转眸，杀气中自有尊严之态，他喜不自胜，连声道："好剑，好剑！哪里来的？"

唐瑜道："未离原罗浮山中住了位剑师叫慎子瑕，先祖是古楚人，世代铸剑为业。我请他铸了这柄剑，两年方成。"

唐玥笑道："又花了唐二不少钱财。这剑有没有名字？"

唐瑜道："你是剑主，名字由你来取。"

唐玥道："我又不会那些文绉绉的玩意儿。"他举着剑左右端详，"这剑光好看，像月光，就叫‘月光剑’。”

唐瑜忍不住一笑，唐玥恼道：“我说了我不会！你说一个。”

唐瑜也看着如月的清光，轻吟道：“月出峨眉照沧海，与人万里长相随。”

唐玥道：“那就叫‘月随剑’。”

唐瑜道：“好。”

唐玥忽又笑道：“这把剑随我走，当作是谁陪我呢？也该是兄长，也该是妻。”

唐瑜道：“妻更重要。”

唐玥兴冲冲把剑放回匣子，妥妥当当地收好，又去收拾别的东西，把八个包袱减成了四个，忙来忙去，一抬头，见唐瑜出神似的瞧自己，便问：“怎么？”

唐瑜道：“头冠歪了。”说着，伸手为他扶正冠带。唐玥道：“唐二，越来越像个老母亲了。”

唐瑜一笑。两人出了惜环院，到了半语楼。二楼的筵席已布好，明幽和苏叶各坐一处，见他来，皆起身相迎。瞳语和婢女们在地上玩闹。唐瑜去和明幽坐了一处，唐玥也和苏叶坐了。明幽唤过女儿来，坐在夫妇中间。唐瑜敬了唐玥一杯，随后无话。唐玥忽觉气氛有些怪异：唐瑜一副心事重重的样子，多半是在担忧即将到来的战事；苏叶也是淡淡的，应该还在生自己的气。只有女童欢笑声掩盖了这异常的冷清。

唐玥吃了几口菜，给自己斟满，也给苏叶斟满，道：“我敬你一杯。”苏叶举杯尽饮了，轻声道：“你多保重。平安归来。”唐玥松了口气，笑道：“我看见包里有几张帕子，必是你亲手绣的。”苏叶道：“婢女绣的。”唐玥道：“上面的诗，婢女如何会绣？‘寒到君边衣到无。’”苏叶眸子一闪，扭过了头，唐玥偏凑过去，道：“打完西项，就再也不用打仗了，待我回来，咱们朝夕相伴，你也再不用担忧我了。”苏叶便取过酒壶，斟满两人的酒杯，道：“我也敬你一杯。”

明幽见两人一直窃窃私语、耳鬓相贴，笑向丈夫道：“我想起一句诗来。”唐瑜问：“什么？”明幽道：“昵昵儿女语，恩怨相尔汝。划然变轩昂，勇士赴敌场。”唐瑜便向那边看了一眼，没说话。

唐玥要赶在城门关闭之前回营，临别宴很快便结束了。一家人送唐玥出府，唐玥对明幽道：“还有一件事，嫂嫂千万放在心上：孙将军出征后，豆蔻一个人在开元城。她是异乡人，在这里谁也不认识，嫂嫂和哥哥要多照看她。”

明幽应了，笑问：“有句话，我本不该问，又怕失了礼数：是该称‘小娘子’，还是称‘孙夫人’？”

唐玥也笑了，道：“我也不知道，他又不和我们说这些。”停了一停，又道，“前些日子，我们在永宁县练兵，正好去黎校尉家里吃饭，他也去了，我们在院子里遇见校尉的妻妹。

我们好几个人，小娘子眼里就只看见他。后来黎校尉托人和他说了，想结这门亲，他想了一晚上，天亮后谢绝了，乔恩宝问他为什么，他就说了一句：‘家里有只野猫，不敢惹。’你说，这话是什么意思？”

明幽抿嘴笑道：“等你们归来，我们大概要吃喜酒了。”

到了府门口，唐翊捏着瞳语的小辫儿道：“祝三叔早日凯旋。”

瞳语很认真地嘀咕：“祝三叔早日开学。”把众人都逗笑了。唐翊作别苏叶和明幽，牵着马儿和唐瑜往巷外去。

走到巷口，唐翊翻身上马。唐瑜见缰绳缠了个结，便伸手来解。唐翊低头看着兄长，万般不舍，道：“我会常写信回来，你也要给我写信。”唐瑜笑着点头，退后两步，向他挥手，勉励他向前走，唐翊便挥起马鞭，打马疾驰而去。

5

同日，孙牧野也回了开元城，腰后挂着一把原上采的野菜。摘菜时，正好有一支湘州军从身边过，将士们不认识他，自然没打招呼，孙牧野心想，若涅火军在十字关战败，这些年轻人便要在京城下面对项军了。进了城，行人居民在日头下忙碌，谁也不知云宁边境已是战云密布。安义街边有一家驴肉铺，伙计正在杀驴，一帮闲人围着看，孙牧野也凑过去，想看伙计的刀法，可伙计用的是锤，没什么看头，他便转身走了。走到保宁街，进了一家衣帽肆。半月前，他和乔恩宝定做了两顶毡帽，说好今日来取。店主去后面拿帽子，孙牧野靠在柜台上等。还有三个客人坐在一边，其中一个六十多的婆婆，看了孙牧野好几眼，终于问道：“五郎？”

孙牧野左看右看，是在唤自己，便问：“什么？”

婆婆道：“这不是霍家五郎？”

孙牧野想了想，点头。婆婆问：“几时出来的？”

孙牧野顿了好一阵，道：“上个月。”

婆婆道：“好几年了，总算出来了。如今在做什么？”

孙牧野道：“修城墙。”

婆婆道：“有正经事做就好，别像从前那样游手好闲！从前你老子娘提到你就来气！以后要老老实实做人，别再进去了。”

孙牧野点头。店主拿出两顶毡帽来，孙牧野付了钱，出了店门。走了一阵，看见一家铁器铺，便进去看看有什么要买。柜台显眼处放着把一尺长的短刀，刀刃雕刻了祥云，样子十分好看，他叫店主拿来试了试，发现钢太脆，易断，只中看不中用，问店主多少钱，店主开口要一百五十文，他觉得不值这个价，还八十文，店主不肯，价谈不下来，便出了门，走出三五步，店主又在内叫："卖了卖了！"孙牧野倒回去买了下来，也别在腰上。

一路北上，过了桃影河，到了玄武大街，更是繁华，满街红男绿女，语笑喧哗。遇见年轻女子迎面而来，孙牧野也不免多看两眼，一些女子没注意他，与同伴说说笑笑就过去了；也有一些女子会看他，四目相对，然后各自移开，错身而过后，再无下文。

走到永乐街，孙牧野给乔恩宝送毡帽去，他家里正开壮行宴。乔恩宝虽是外地人，娘子却是本地人，娘家爹娘叔伯、兄弟姐妹、内侄外甥全到了，加上近邻，上百的人，酒桌从巷子一直摆到院里。乔恩宝的小儿子六岁了，矮矮壮壮，像一颗劲道的石弹，满院子冲射，见了孙牧野，便挥着棍子过来要跟他比划，孙牧野一把擒住箍在怀里，道："叫干爹。"小子道："不叫！"孙牧野道："我是你干爹，叫我。"小子道："我不叫！我自己有爹！"孙牧野一笑，把人放开了。乔恩宝的岳父和长辈们见了孙牧野，忙邀他上座，孙牧野再三推辞，只道："家里已经做好饭了。"亲戚们只得作罢。孙牧野把帽子给了乔恩宝便出来了。

回到宣阳街燕然巷，孙牧野看到了自己的房子。这是先帝卫鸯的赐予。当时卫鸯着户部给孙牧野置办宅院，户部问他有何要求，孙牧野说买东西方便就好。全城买东西最方便的不外乎三处：玄武大街，西市，东市。房屋的价格，玄武最贵，东市最便宜，户部便给他买到了东市。燕然巷里二三十户人家，做什么的都有，他也没打过交道。此时家家传出菜刀剁在砧板上的声音、勺子在铁锅里捞的声音，都在为晚饭而忙。走到家门口，他看见墙头垂下一大丛牵牛花，有红有蓝，煞是热闹。孙牧野从来不爱花花草草的，家里从来没打理过，这些花，当然不是他种的，他看了好一阵，才走进家门。

陈留正在院里煮蚕豆，见了他便笑："听说明日要出征，我就想着今日必回来的。"

孙牧野问："家里还好？"

陈留道："都好，都好。"

孙牧野一边剥蚕豆一边问："豆蔻在不在？"

陈留道："中午出门逛去了，估计也快回来了。"

孙牧野问："她在家里好不好？"

陈留道："怎么不好，一天到晚四处逛，全京城都被她逛遍了，街坊邻居也混熟了。前日倪二家的孩子生病，她给采药治好的，说是南荆的土家药方，灵得很。"

孙牧野问："上次我让人送来的兔子，她收到了？"

陈留道："收到了，一对小兔子，活蹦乱跳的，她高兴得不得了，当天下午就炖了。"

孙牧野问："炖了？"

陈留道："炖了。说就是小了点，肉不多。"

孙牧野沉默地剥蚕豆吃。之后又问："星官儿呢？"

陈留道："在后院里。"

孙牧野便去了后院。星官儿卧在梨树下，沉静地看着眼前景象，若有所思。孙牧野唤道："星官儿。"

星官儿转头看见他，便起身迎接，孙牧野走过来，和它一起在梨树下坐，陪它看景色。也没什么好看的，对面有个草垛子，穿着自己的旧衣裳，满身都是箭，孙牧野知道，是豆蔻还在恼他，射垛子出气。可是，草人的心那一块是空的，她没把箭射上去。

孙牧野一边摩挲虎头，一边问："半年不见，想不想我？"

星官儿只是看着远处，缓缓喘气。孙牧野道："最近一年多，你也不怎么黏我了。"

星官儿无法回答。孙牧野有些惆怅，道："咱们都老了。"

星官儿躺下来，虎头枕在孙牧野腿上，眼里满是倦意。孙牧野抚摸它的头、它的背、它的肚子，摸着摸着，星官儿睡着了。孙牧野伴了它两炷香时分，才悄悄撤出身子，离开了后院。

到了库房，孙牧野开始清点家里的钱财。这些年，龙朔宫赐的金银着实可观，可他没留下多少，一半送去了兵部，一半送去了户部。有一次他叫户部来把钱拉走，赵自芳眉开眼笑地来了，亲自指挥小吏们搬箱子，连卡在门缝里的铜板都给抠走了，一文没给他留，改天送来一块匾，上书四个大字，孙牧野只认得最后一个是"风"。匾还在库房里，没有挂上。自那以后孙牧野也不叫赵自芳上门了，都是自己送过去。眼下，房里还剩四个箱子，半箱金子，一箱铜钱，一箱绢布，一箱胡椒，是给豆蔻留的。孙牧野想，假如自己回不来，豆蔻用这些钱买两块地、买两个铺子，也够过余生了。

点完库房，孙牧野回到卧室收拾行李。冬衣都要带走，冬天就要来了，西边尤其苦寒。衣裳翻出来检查一遍，有两件破了边，棉絮冒了出来，他找出针线，坐在床边缝衣裳。正低头细细密密地缝，房外响起碎步声，他歪起身子往外看。

豆蔻也在偏着头往里看，正撞上孙牧野的目光，两人你看着我，我看着你，谁也不先开口。呆了一阵，豆蔻先转身走了，手里提着一个菜篮。孙牧野缝好了衣裳，装进包袱里，也往厨房而去。

豆蔻正挽着袖子坐在灶前掏火，门口的光被挡，便回头看了一眼。孙牧野走进来，捡起木柴往灶里添，豆蔻让出位置，待他生火，自己捡了一篮子菜出去洗，稍后洗了回来，放在桌子上，又去淘米。孙牧野弄好灶火，看她洗的菜，有菘菜、冬笋、木耳和香菇，砧板上有半扇猪肋排，揣测是要炖排骨汤，便去剁排骨。豆蔻淘了米，放去灶上蒸着，而后过来切菜。一个剁好排骨，一个切好菜，开始下锅了，孙牧野掌勺，焯排骨、煸香料，豆蔻在对面看着时机放姜块、放葱花。过一会儿，排骨炖上了，盖上了锅盖，要等两炷香的工夫，两人便各在灶头一边等。

孙牧野先开口道："先前在夜州的时候，阿妈会做一种下饭菜，用茄子沫和肉沫混炒的，还有腊糟，封在罐子里，随吃随开，你知不知道？"

豆蔻道："知道。"

孙牧野道："那时阿妈常给我做，让我带回军堡。有时垦荒修路，几天不回去，就带一罐子上山，吃饭的时候就用这个下饭。"

豆蔻不接话。

孙牧野道："回中原后，我试过用阿妈的法子做，可怎么也做不出那个味道。"

豆蔻还是不接话。

孙牧野便问："你会不会？"

豆蔻道："怎么不会？南荆家家会做。男人们上山做农活，都带这个下饭。"

其实孙牧野想要另一句话的，可豆蔻不提，他也不敢提，免得自讨没趣。两人又干站着等锅里。幸好过了不久，豆蔻开口了："去把茄子洗了。"

孙牧野如得敕令般去洗茄子。之后排骨半熟，孙牧野舀起来，移到小锅里，端到外面，微火煮着，加了野菜。豆蔻在厨房里做茄子肉沫酱，做好了，也用一个陶罐封着，放在桌上。出了厨房，院子里的排骨汤也正好熟了。

两个人面对面坐着吃饭，依然无话。孙牧野只有等豆蔻埋头吃菜的时候，才敢悄悄看她。在他心里，是真心实意把豆蔻当妹妹的，在军营的时候，他也时常惦念她、牵挂她，可是，又不能和她太亲近，以免她想到别处去。豆蔻却只顾吃自己的饭。还是孙牧野先打破沉默："我听说，你采药给邻居孩子治病？"

豆蔻问："怎么？"

孙牧野道："以后有人生病，让他们去找医师，你别随便给人吃药。"

豆蔻道："在我们那儿都是这样医的，我把他医好了。"

孙牧野道："这里不比露回村，这里人心多，万一吃不好，人家反而怪你，你又不是医师。"

豆蔻道："这里是不比露回村，'这里'的人鬼心眼儿多着呢。"她特意加重"这里"二字的语气，说的便是院子里了。

孙牧野道："我是担心你。"

豆蔻便抬起头，以质问的语气道："担心我？"

孙牧野谨慎地点头。

豆蔻问："那怎么半年不回来？"

孙牧野只好吃菜。

豆蔻问："被人拴在马桩上了？"

孙牧野道："没有。"

豆蔻问："未离原太大，迷路了？"

孙牧野道："不是。"

豆蔻追问："那怎么不回来？"

孙牧野闭上了嘴。豆蔻白了他一眼，继续吃饭。

过了一会儿，孙牧野道："明日我要出征了。以后的日子，你要照顾好自己，别让人欺负了，当然，你也别在外面惹事。你乖点。"

豆蔻道："好不好，是我自己的事，不用你假关心。"

孙牧野压着气道："我都要走了，咱们能不能好好说话？"

豆蔻越发恼了："谁跟你是'咱们'？半年连个影子都见不着，现在要走了，又成'咱们'了？我不配和你是'咱们'，九天仙女才和你是'咱们'！"说着把碗一放，起身跑了，把孙牧野独个剩在院子里。

"南蛮姑娘惹不起。"孙牧野这样想着，继续吃饭。吃完了，把碗筷洗干净了，厨房收拾了，便抱着陶罐回卧室取行李，背着大包小包出来，先去看星官儿。日落后，星官儿的精神似乎好了些，正在树上捉鸟，硕大的身躯在树椏间挪来挪去，孙牧野看了一会儿，悄悄离去。到了豆蔻屋外，对着窗户道："我走了。"没有回音。他见院子里晾着衣裳和手帕，便取下帕子，"我把手帕拿走了。"还是没有回音，他将手帕放入怀中，转身走了。到了门口，陈留把煮好的蚕豆尽数倒进他的口袋，送他至巷口，孙牧野道了声保重，汇入来来往往的人流，向城外走去。

第八十四章

会战十字关

1

九月二十五，霜降，万物既成，杀伐之始。未离原上的止狩台再一次苏醒，为最后一支西征的涅火军送行。台下三万将士列阵，旄旗如烈火，甲光如金鳞，正待天子下令出征。止狩台上，具太牢以飨，奏九韶以乐，天子卫熹率文武百官敬告天地祖先，王师将行，以征畔逆。冗长的礼仪过半，赞礼官宣道："请左将军孙牧野登台受节钺！"

宣召声口口相传，传到台下，将士们用目光去找孙牧野。孙牧野下马往止狩台上走去。九十九级石阶很长，许久也走不到尽头。他想起，平生第一次听闻止狩台之名，是在夜州戍边的时候，若有哪个卒子狂妄自大，大家便会讥讽："有能耐，去止狩台拜上将军！"听了几次，他知道了，止狩台是大焉至高无上的所在，镇王朝久治，镇四海安宁，皇帝在此登极，上将军在此拜将；从夜州出来，他北上投雍州军守坠雁关，凌公良将军听说了他的故事，曾勉励他："莫辜负了苦难。奋勇争先，将来止狩台上有你的位置！"北凉归来，他随卫翥在此告捷，头一次亲眼看见了止狩台，那年他二十三岁，封后将军，年少得志，他以为上将军只在三步之外，可漫漫十三年过去了，这三步还没走完。

孙牧野登上了高台，卫熹和百官一同相迎。今日众人的脸色十分好，都友善地朝他微笑。孙牧野想，假如吃了败仗回来，就没有这样的待遇了。

玉符已一剖为二，卫熹自取一半，把另一半交给孙牧野，孙牧野接了，君臣伸手相合，玉符严丝合缝。卫熹眺望台下金戈铁马，心中意气澎湃，向孙牧野笑道："朕多想和将军一起征战！"

孙牧野颇有些欣慰，回道："陛下守家安内，也是征战。"

卫熹道:“待将军凯旋，再陪朕去围场打猎，战个痛快！”

孙牧野道:“好！”

卫熹又将节杖和铜钺交给孙牧野，朗声道:“信如四时，令如斧钺。上至天者，将军制之；下至渊者，将军制之！”

有了符节,便有了出师之令；有了斧钺,便有了掌兵之权。孙牧野转身向三军展示，军鼓雷动，惊起秋雁直上烟云。

礼毕，百官过来向孙牧野致候，孙牧野一一答谢。赵自芳拉着他问:“两年能不能打完？”孙牧野不能回答，赵自芳伸出三根指头:“我们顶多撑三年，拖久了，百姓苦，官吏也苦！”孙牧野点头。他用目光搜寻一个人,没找到。百官退后,唐瑜方走来,道:“魏尚书寝疾弥留，不能来送将军了。”孙牧野黯然，良久道:“唐相公要记得说过的话——不绝粮饷，不断后勤，不让将士们有后顾之忧。”

唐瑜道:“战场上的事，国家托付于将军，战场下的事，请将军信任唐瑜。”

孙牧野又想了想，朝他点头，往边上走了数步，远离众人。唐瑜会意，跟了过去。孙牧野道:“假如，涅火军败了……”唐瑜隐隐一震，孙牧野神色如常，毫无忌讳，只是平静地把最坏的一步做个交代:“守京城，信任章州节度使肖汉卿；反攻，交给湘州节度使宇文宸。”

周边鼓乐依旧在响，唐瑜的心里却异常寂静。孙牧野看着他的眼睛道:“唐珝，你放心,我会尽自己的力。”唐瑜默然长揖。孙牧野转身向天子百官辞行,卫熹端来壮行酒,请孙牧野尽饮，酒入喉，他尝出是剑南烧春，遂看了唐瑜一眼，转身下了止狩台。

2

宁云交界之地，便是焉项争锋之处。马首山挡住了北，浊沙河截住了南，唯有中间的十字关，平原百里，是两国互为攻守的必争之地，三十年来，项军攻了三次，卫鸯守了一次，唐之盈守了两次，而这一次，焉军不仅要守，还要反攻。

十月初五子时，孙牧野抵达十字关，先到的诸部和宁州军出营十里相迎，唐之盈也来了。入营后，孙牧野即与唐之盈去帐中商谈。唐之盈先道:“项贼前前后后到了六万。还有三万在路上，项王亲征，预计五日内到。”

孙牧野问:“将军和项王交过手没有？”

唐之盈摇头，道:“没见过。他守了十八年公主坟，出来便收拾项国的节度使。打的第一个地方，是个几百人的小县，和村子差不多，打了半年；两年后，打河西第一坚城铁羌，用了一个月。”

孙牧野道："打铁羌，本该以年来算。"

唐之盈笑道："一月下铁羌，说实话，你我都做不到。"

孙牧野停了一会儿，问："我听说上官刺史这一年也在十字关，怎么不见？"

唐之盈眉毛一挑，凑近前，低声道："我跟你说个机密。"

孙牧野听着。唐之盈道："九个月前，上官在马首山八仙崖下找到一条小路，可通云州。我和上官商定了，派士兵扮成布衣，悄悄从这条小路绕过项贼防线，潜入云州。这九个月，陆陆续续去了三千多人，一旦开战，这三千兵就会断粮道、烧粮仓，与咱们前后夹击。上官也去了，八月份去的。这三千兵如何在云州内聚合行动，都指望他了。"

孙牧野道："他是文官。"

唐之盈笑道："你放心，他是个会舞大刀、会写兵法的文官。"

孙牧野便点头。唐之盈道："这次会战十字关，我有必胜的把握，就因为这三千已入云州的精兵！"

正说着，又陆续进来几个将领，都是宁州军的。夜半四更，本来都睡了，譬如涅火军的殷虚就早早上了床，虽然知道孙牧野来了，也懒得起；宁州军则是碍于礼节，不得不来。明威将军田永欢被人从梦中叫醒，一副倦眼惺忪的样子，寒暄了几句，坐在了下首。而孙牧野在宁州军最看重的，除了唐之盈，便是田永欢了，因道："田将军这两年守关辛苦了。允治九年，涅火军南征时，项贼犯边，是田将军首挫贼锋，我们听了，都十分敬佩。"

田永欢欠身道："这次有左将军坐镇，退敌也不在话下。"

孙牧野道："打项贼，宁州军比涅火军老练。这次会战，两家不分彼此，全凭唐将军调度。"

将领们听了这话，自然更清醒了，脸色也十分和气。唐之盈捋须笑道："我和项贼斗了快二十年，也不必谦虚，是有些心得。"

一时外面报："小唐将军到了。"

话音刚落，唐珝掀帘子进来，边搓手边道："冷死了！出未离原时还穿单衣呢，一到十字关就加皮袄了！叔父别来无恙？有上好的貂皮衣，赐侄儿一件？"

唐之盈"哼"了一声，道："士卒们穿什么，你就穿什么！想要锦帽貂裘，打败了项贼再说！"

唐珝道："好！待我捉住项王，叔父那件银鼠毛斗篷可要归我！"

唐之盈笑道："好小子，老子一件衣裳，你惦记了七八年。真把人捉来，就给你！"招手让唐珝坐到身边，在他肩头捶了几拳，如击厚墙，满意地向众人笑道，"我家这三郎，小时候最让人头疼。二十多年前，我回开元城，他父亲为我接风。到了饭点，仆人端来两杯葱油汤饼，我当时就火了，心道：‘唐之弥拿这个待我？’谁知他也是一脸疑惑。那仆人跪下说：‘刚刚做好了七个菜，正要端上来，三郎冲进厨房，每盘菜撒了一把沙子，说是‘给你们放点盐’，把菜全糟蹋了，眼下在另做，只能暂用汤饼垫一垫。’换作是我儿子，早打个半死了，但他父亲舍不得打。我当时就说：‘这孩子你管不住，我带去军营算了。’他父亲也不答应。后来长大了，自己去了涅火军，如今也像模像样了。孙将军把唐家孩子带出来了。”

将领们纷纷称是，一面恭维唐珝，一面恭维孙牧野。孙牧野不会客套，只是听着，唐珝则与众人有说有笑。忽然外面连声道：“斥候回来了！”唐之盈立道：“叫进来！”

一个斥候匆匆进帐，开口便道：“诸位将军，项王到了。”

众人陡然醒了百倍，唐之盈道：“比预料的早了五天！”

斥候道：“三万人都到了，项营此时正在开门迎王。”

唐之盈霍然而起，道：“我们也去迎王！”

一行人出了军帐，上马向西疾驰，十里后到了宁云边界，项军连营就在五里开外，此刻千帐明灯，四五条火龙蜿蜒数里，皆朝中军而去。唐之盈锐目在军营中寻索，只隐约看见一行行骑兵来往，分不清哪个是兵、哪个是将、哪个是王。半个时辰后，一行人掉马往回走，孙牧野不住向北看，忽然问：“八仙崖在哪里？”

唐之盈用马鞭往马首山上指：“西南方向，暮云峰下。”

此时看去，只看见无穷无尽的山头。唐之盈一面扬鞭一面道：“不必惦念。就要开打了，我们很快就和上官会师了！”

3

转眼到了冬月，十字关内外百草凋零，北风凛冽，阴云一日低过一日，焉军备战也一日紧过一日，只不知大雪和项军哪一个先来。

这日中午，宁州传令兵来见孙牧野，回道：“唐将军定了，今夜口令‘大风’，回令‘扫胡尘’。”孙牧野把口令传了下去。传令兵又道：“这几日，项贼有探马在南边窥探，是在找防线薄弱之处。唐将军今早去看了，石羊岗下去二里没有哨楼，是个口子，唐将军说，要立两座哨楼才稳妥。宁州军已经派一个营过去了，请涅火军也派一个去。”

孙牧野答应了，传令兵告辞而去。是时唐珝也在孙牧野帐中，因说道：“小伍守夜最细心，我们派他去。”

孙牧野知他说的是左虞侯军伍武，便道：“叫他去。两刻之内要到位。”唐珝道：“我去和他说。”便出了帐。

下午，孙牧野去自家防线走了一遭，黄昏时分回营，见一火士兵在马厩里解马牵驴，嬉闹声不小，他多看了一眼，看见伍武倚在栏杆上有说有笑，便策马过去。士兵们见他过来，立马噤了声，伍武扭头看见孙牧野，缓慢地站直了。

孙牧野问："唐珝和你说了没有，去石羊岗驻守？"

伍武道："说了。"

孙牧野道："那怎么还没去？"

伍武往马厩里偏了偏头，道："在搬东西。"

孙牧野道："中午和你说的，两刻之内到岗，现在已过了两个时辰，还在搬东西？"

伍武便不吭声了。

孙牧野道："这不是你的行事。怎么了？"

伍武道："我说了，将军可别恼。"

孙牧野道："说。"

伍武道："论地位，我们是王师，他们是州军；论官阶，你是左将军，他是镇军将军。怎么是我们听他们调遣？"

孙牧野反问："你和项贼打过没有？"

伍武道："没有。"

孙牧野道："他们打过。宁州军在十字关抵御项军多年，这次会战，理应他们做主。"

伍武道："将军这话也错了。一则，难道没有他们，涅火军就打不过？二则，如今就算打胜了，头功也是宁州军的，传出去，我们怕被人瞧不起。"

孙牧野道："还没开打，你就在想争功了？"

伍武道："不争，当什么军人？不想争的人回家打渔，不要当兵！"

孙牧野火了，一抬马鞭指着马厩道："去里面待着，需要你争的时候再出来！"

伍武二话不说便往马厩里走，乔恩宝忙下马把人拦住，劝道："别怄气，快去。"又向孙牧野笑道，"他们就去了，何必另生事？——东西装上没有？都牵出来。"士兵们忙手忙脚把驴车和战马牵出来，乔恩宝夺过马缰塞到伍武手里，"快去！"

孙牧野打马退了两步，盯着伍武看。伍武忿忿接过马缰，翻身上马，向手下喝道："走！"一打鞭，从孙牧野身边冲了过去。

石羊岗上，宁州军已建好了哨楼，忽见一队人马路过，几个兵都问："怎么现在才来？"

伍字营自顾自往前走，宁州军校尉李修祥觉得不对，便带领数十骑过来拦住路，高声道："大风！"

伍武冷冷看着他。李修祥再道："口令大风！速速回令！"

伍武指了指自己身上，道："明光铠，红缨盔，我不信你不认识！"

李修祥顿时火冒三丈，道："我管你什么铠甲，不回口令，可视为外贼！"

伍武也怒道："我是涅火军人，不知道宁州军的口令！说我是外贼，你射一箭过来试试！"

李修祥忍气瞪着他，还没开口，伍武已喝道："让开！"一马鞭甩出去，甩在李修祥头盔上，宁州兵大怒，纷纷拔刀，一个卫兵径直把长箭上弦，拉了满弓，李修祥急忙叫道："不许动！"

一个涅火兵不愿内讧，便拱手道："回令：扫胡尘。我们是涅火军左虞侯军，这位是我们校尉伍武。"

李修祥向伍武道："兄弟，大敌当前，开不得玩笑。宁州军实在抽不出人手了，才请涅火军帮忙。你若不想守这里，就该回明孙将军，请他另派人来；既来了，就别带着气站岗，一怕误大事，二怕伤了两家和气。咱们来到这里，可都是为了打项贼！"

伍武道："石羊岗有两里长，你奉唐将军令守一里，我奉孙将军令守一里，大家各干各的，谁也别管谁！"说着甩鞭催马，一头顶开李修祥的坐骑，径直向前去了。

4

哨楼搭起后，小雪节气也到了。天上雨一半雪一半，纠纠缠缠，同落于地。深夜，哨兵张小薯为了御寒，在哨楼上走了一圈又一圈。放眼望去，自北向南，每隔一里便有一座哨楼，每座哨楼上都有无眠的哨兵。微弱的火光，在夜色里连成一串儿，彼此照应、彼此作伴。快过子夜了，他忽然瞟见哨楼下有个影子在动，低头细看，是伍武来了，便叫道："伍校尉！"

伍武裹着一张毯子踱上楼来。张小薯笑道："校尉来查岗了。"

伍武道："睡不着，我来守，你下去睡。"

张小薯道："太冷了，我也睡不着，咱们一起守。"

伍武就地坐了，面朝西方。张小薯挨着他坐下，说道："校尉，我不明白，这石羊岗地势狭窄，乱石又多，项贼不会从这里攻，我们为何要守？"

伍武道："不是防大军，是防小兵，他们若钻到我们后方，就麻烦了。项贼天天在对面晃，就是想找个口子钻，我们要把这一里路扎紧，不要等开战的时候，才发现背后有敌人。"

张小薯道："放心，从哪里过去都不会从我这里过去！"

伍武道："他们从哪里都过不去！"

张小薯忽然跳起来操起长矛，向楼下喝道：“烈日！”

下面一人回令：“悬长空！”

张小薯松了口气，收回长矛，仔细一看，道：“是孙将军的亲兵来了。”

伍武一低头，看见乔恩宝来了，怀里抱着一包东西。待乔恩宝上了楼，伍武道：“是不是孙将军叫你来，查我在不在？”

乔恩宝笑道：“查岗是小唐将军的事，和我们不相干。孙将军叫我送东西来。”

伍武问：“什么？”

乔恩宝道：“那天你走的时候穿的是秋衣，他怕你没厚的，下雪了，叫把这件棉袍子给你。”

伍武一愣。乔恩宝道：“他就这一件新的，你可爱惜点。”

伍武便接了。乔恩宝又从怀里掏出一把铜钱，笑嘻嘻地塞给张小薯。聊了没几句，乔恩宝告辞，伍武道：“去屋里烤烤火再走。”乔恩宝道：“还要下雪，怕一会儿走不了了。”便下楼去了。

伍武和张小薯继续守着长夜。过了一阵，伍武道：“你说，我是不是有点过了？”

张小薯笑道：“是有些过了。孙将军是为了打败项贼，唐将军也是，其实都是一家人，何必争什么高下呢？”

伍武道：“等天亮了，你把咱们藏的葡萄酒拿两壶给隔壁，就当是我道歉了。”

张小薯道：“好嘞。”他看了看一里外宁州军的哨楼，同样是孤灯闪烁。

天明后，张小薯交了岗，果然抱了两壶葡萄酒去宁州军哨楼，不一会儿回来，向伍武回复：“他们李校尉把酒收了，邀你今晚去他们那儿吃饭。”

伍武答应了，便回去补觉。一觉醒来已是下午，饭点到了，宁州军又派人来请，伍武便带了七八个士兵赴约。到了营门外，李修祥迎出来，两边寒暄着，有说有笑同入辕门。

到了军帐内，分宾主坐定，李修祥笑道：“我们这里没什么好的，只有昨日打了两只雁，兄弟别嫌寒酸。”

伍武也笑道：“雁肉可是难得一尝。”

李修祥先说了声“请”，众人便动了筷。李修祥道：“要说伙食，我们是没法和王师相比。兄弟今日赐的葡萄酒，我活了这些年，都只听过，没喝过。”

伍武道：“这酒也不是军队发的，是小唐将军自家带来的，给了我几壶。”

一个卒子笑道：“今夜两位校尉都不当值，何不饮一杯？有我们守着，尽可放心。”

李修祥和伍武齐声道：“不可。”大家便都笑了。

李修祥问：“伍校尉在小唐将军麾下？”

伍武道:“我从军第一天就跟他了。先前在檀州，偷渡云蛟桥，他只要一百个跟他过去，我便在其中。”

李修祥拊掌道:“你跟小唐将军，我也跟了老唐将军十几年，原是一家人，更不该见外了！”

两边称兄道弟，情意甚殷。到三更时，伍武出帐去解手。过了一炷香的工夫，随从见人还没回来,便出去找。李修祥边吃边等,没多时,听见外面一声大叫:“伍校尉！”随后一阵哗然。李修祥忙起身问:“怎么了？”几个宁州兵冲进来,叫道:“伍校尉死了！”李修祥忙往外赶。外面冰天雪地，一个角落聚了无数火把、围了无数人，李修祥冲过去一看，伍武倒在雪地里，一支细木从后脑入，从前脸出，生生穿了个透。愤怒的涅火兵在叫:“谁干的？”宁州兵都摇头，两个涅火兵气得要拔刀，另一个按住，道:“先去禀报孙将军！”一人匆忙而去，还有七人留在原地，守着伍武尸身。

宁州兵都看着李修祥，李修祥环顾众人，问:“到底是谁？”几个都道:“就看见伍校尉过去解手，没看见别人。”又一个道:“箭是从营外射来的，是项贼。”李修祥颤颤地退了几步，正退到一块大石边，便双腿一软，坐在石头上，发了半天愣，低声道:“快，快去禀报唐将军。”

已是夜半，孙牧野正要解衣上床，听见外面有马驰近，便猜到有事，停住了解腰带的手，下一刻，乔恩宝冲进来道:“出事了，小伍死了，死在宁州军营地。”

孙牧野也吃了一惊，立刻整衣出帐，点了一营的人往石羊岗赶。到了地方，伍武手下一百兵卒先到了，刀剑全出了鞘，和宁州兵又推又吼，也有人在中间死命拦着。一人叫道:“孙将军来了！”两边才勉强分开。孙牧野下马走过去，看见死状悲惨的伍武,李修祥依然坐在石头上,两眼发直,雪满肩头。孙牧野问:“谁干的？”李修祥摇头，几个涅火兵怒不可遏，冲上去要动手，孙牧野张臂拦着，向李修祥道:“站起来，说话。”

李修祥抬头看了他一眼，道:“我等唐将军来了再说。”说完，又把眼神移开了。

孙牧野忍气等着。过了两炷香，一片马蹄声由远及近，唐之盈率部将冲了进来，马还未停步，他已飞身下鞍，提着鞭子大步过来，先看死去的伍武，再看李修祥，问:“怎么回事？”

李修祥一见唐之盈，泪便出来了，起身道:“唐将军，涅火军的伍校尉死了。我请他吃饭，是想两家结好，没想要害他。人是谁杀的，我不知道，可死在我的地盘，我得认！大敌当前，宁州军、涅火军不能内乱，他的命，我先抵了！”说完，猛地抽出匕首，一把扎进自己心口，众人都惊了，唐之盈更是失色，一把将人抱住，喝道:“不是你杀的，你为何要认！”

李修祥哭道:“就要开战了，不能乱！涅火军兄弟，不可恨宁州军，宁州军也不可恨涅火军！不许内斗，不然，我白死！”说着抽搐起来，心口的血越渗越多，几个士兵赶来相救，可匕首是插在心脏上的，任谁也救不了，李修祥在唐之盈怀中慢慢咽了气。

唐之盈直等他的身体僵硬了，才把人放开，向田永欢道：“换一个营来。李字营都关起来，一个个查。”田永欢应了。唐之盈向孙牧野拱手，孙牧野也拱手回应，唐之盈、田永欢率人马先行离开，孙牧野弯腰抱起伍武遗体，放在自己马上，也率涅火军纵马而去。

5

翌日天明，几骑斥候奔进辕门找到唐之盈，禀道：“项贼来了一支人马，要见将军。”唐之盈问：“多少人？”斥候回：“一百来个。”唐之盈问：“这么点人，见我干什么？”斥候道：“说项王有礼物给将军。”唐之盈冷笑，即率百骑出了大营。

到了边界，只见投石车一字排开，上百个项兵站着。一个项兵校尉高声问：“唐之盈何在？”

唐之盈反问：“项王何在？”

项兵道：“唐将军送的礼，我们大王收到了，现在回礼！”

唐之盈啐道：“少来挑拨离间！老子几时给他送礼了？”

项兵大笑，十二架投石车同时发动，绳索紧，长杆起，上百个黑乎乎、圆滚滚的东西飞上天，然后向焉军扑下，风破雪开，唐之盈仰头一看，竟看见一张人脸，怒睁着眼向自己飞来，这一惊非同小可，急忙拉缰后撤，将士们也脱口惊呼：“是人头！”

漫天人头落下，纷繁的一张张死不瞑目的脸，唐之盈纵使身经百战，也胆中生寒，一面躲避一面问：“这些是谁？”

几个项兵叫道：“唐将军布置在云州的三千奸细，被我王一个个逮出来了，全还给你们！”

唐之盈一听这话，失声大叫，险些栽下马去，卫兵慌忙来扶。投石车还在动，人头雨还在下，一颗人头恰好落在唐之盈马前，这张脸，却是他认识的：宁州刺史上官晋行，此刻眉目如生。唐之盈连忙翻身下马，一面抢头一面叫：“上官！上官！”数颗头颅落在身边，他一手抱着上官，一手去捡别的，没抱住，头滚下去，忙捡回来，两只手，捡不完满地的头，项兵见唐之盈狼狈不堪，放声大笑。唐之盈悲愤得连声大叫，瞪着眼要冲过去同归于尽，卫兵死命拦阻。田永欢闻讯赶来，见唐之盈疯狂失态，忙把人强行扶上马，亲自拉着马缰往回走，唐之盈抱着上官的头颅坐在鞍上，悲不自胜，嚎啕不休。

6

正午，焉军收齐了三千同伴的遗首，堆在辕门外，以火相葬。火光烈烈，烧红了茫茫雪原，上万将士围列千重，鸦雀无声。唐之盈以剑为杖，颤颤地走来，鬓发上大概是沾了雪沫，一片斑白。他环睁着红肿的眼，目睹火中尸首一点点灰飞烟灭，而后，他看向活着的人。一个战士道："我们等唐将军发话！"

唐之盈把剑重重杵进土地，嘶声道："二十五年前，项贼侵我燕州，夺我铁羌城，杀我十三万将士百姓；二十四年前，项贼吞我朔、云两州，屠城十二座，赤地千里，军民死耗过半；今日，项贼又杀我三千弟兄，弃首戮身，相辱如此！明日、明日又当如何？难道要踏我十万将士之尸，去宁州、去未离原、去大焉十州杀掠，使我七千万生民涂炭！"

一个将领高声道："身为墙，骨为柱，项贼过不去！"

唐之盈道："不灭项贼，往前三十年血海深仇难报，往后三十年江山社稷难安！我大焉军厉兵数十年，正当此时做个了断！"

一骑斥候西来，高呼："项贼各营都在动兵，预计明日开战！"

唐之盈厉声道："那便战！"

万千将士齐道："战！"

7

十月二十七，天微明，项王秋藏来到十字关，三军已列阵，万马肃然。北边有山脉起伏的影子，南边传来大河奔流的声音，东边中焉军旗越来越近，一切都和二十四年前一模一样。不过，当年项军败了，败给卫鸯，退了回去。在大漠中孤守的时候，秋藏无数次想过，要和卫鸯再战一次，到今日，他回来了，卫鸯却不在了，他要面对的是唐之盈和孙牧野。在西项，唐之盈的名声远大于孙牧野，但秋藏更想见孙牧野，那个比自己小六岁的后起之秀。

第一行焉军出现在地平线上，第二行、第三行相继来了，一刻之后，漫地盈野，南北纵向不见首尾。项军看清了焉军的赤红旗，也看清了旗下一身素白的兵将。焉军将士皆头扎白抹额，臂缠白布带，马栔上白色飘带迎风飞舞。项军阵中暗自骚动。秋藏打马出阵，高声道："二十四年前，我与诸位的前辈一路血战，打到了十字关，焉人恨了我们二十四年！今日，我与诸位来到十字关，必让焉人再恨二十四年！他们披麻戴孝而来，今日之后，必让全焉国为他们披麻戴孝！"骑兵们向天举起弯刀，长啸相应。

辰正，焉军挑起了攻势，千万支箭直下项军阵中，项军以箭还箭，两边万弓齐发，矢如烈雨。箭雨过后，天降暴雪，两军骑兵开始冒雪冲阵，铁流迎向铁流，疾风卷向疾风，轰然相交，一如两山相撞、两河相倾，天摇地动。绵延十五里长的战线上，万马奔腾，千军厮杀，寸寸见血光。秋藏纵马在战场边缘巡视，盯着一个个焉兵打量。他既不看甲胄，也不看兵器，只看眼神。何处兵卒有犹豫恐惧之色，他便要从何处攻进去。上下行驰十里，秋藏没看见一个胆怯的焉兵，心中已然知道，今日是场苦战。稍后，探马来报："中军是宁州军，唐之盈田永欢带头，南北两翼为涅火军，南是孙牧野唐玥，北是殷虚。"秋藏立即转马向南而去。

顶冒矢石奔行数里，秋藏到了战场南翼，但见雪地凌乱，铁甲骑兵来来回回。项军已冲了两轮，尚未冲破防线。秋藏凝目眺望，对面是涅火军，曾去过北凉，去过东洛，去过南荆，所向皆克。二十四年前，项军和涅火军也在此地交战，项军败退，涅火军从此号称"天下第一军"。名声是在项军身上打下的，也只能由项军来讨还。今日之后，方知谁是天下第一。秋藏不断打马，不断梭巡，寻找焉军的破绽。这些士兵，早不是当年那拨的模样，更年轻，却更自信，刀林箭雨中攻守不乱，项军几番冲锋，都被挡了回来。秋藏看见一面熟悉的军旗摇来摇去，眉头不觉皱了，问左右："黑山军也来了？"左右回："是他们。"秋藏不语。过了一阵，他不经意向南一瞟，看见一队焉军骑兵离开了阵地，心中一动，细看地形，三里外有片树林，立刻醒悟，这队骑兵要借树林掩护，绕到项军南翼边缘，阴袭不备。秋藏将树林一指，身后百骑立刻会意，纷纷策马，随他向树林驰去。此刻战场酣战不休，谁也没注意这两支骑兵的动向。秋藏进了树林，跟着外面的焉军走。三百多焉骑绕到南边，随后转向西上，确是冲项军南翼去的，秋藏在林中越追越紧，要找时机把这三百轻骑截杀。两军隔着几层林木，一外一里急行，不料一个焉兵瞟见了林内奔马憧憧，高呼道："有项贼！"焉兵们纷纷勒马，张弓指向林中。

秋藏伏击不成，便率百骑冲了出来，把这队焉兵冲成两段，意图分而击之。焉兵见敌少己众，便纵马合围，结成两个圆阵，各把五十骑围在圆心，以求围歼。秋藏的兵器是一双鹰扬抓，以丈二长的铁索缚之，收放自如，他策马飞索，两只铁抓掠过之处，焉兵纷纷后避。焉军从四面齐围，项军如中心开花，一时互有死伤。忽有二十来骑焉兵从前面赶回来，加入圆阵，一人右手提着狼牙棒，格住了飞向同伴的鹰扬抓，铁爪撞上铁牙，火星迸溅，秋藏觉察出力道深劲，便收回铁抓，稍一蓄力，再双抓齐出，势如重锤，要把这焉兵的头砸个粉碎，焉兵一把短刀扔出去，直刺秋藏面门，秋藏只得仰身躲避，焉兵也趁机避开了铁抓的攻势。秋藏心知遇到了敌手，当下全神贯注，放手再袭，一抓绕向焉兵的颈子，一抓撞他的心口，双手一柔一刚，如一蛇一鹰，要么勒住脖颈，要么把心脏打个粉碎。这招是他的杀手锏，自出山以来，用了十余次，杀了十余人，此刻也是势在必得，那焉兵也未见过如此招数，一时无破解之法，索性滚下马去，避开双抓，又从马腹下滚出来，正在秋藏马下，秋藏的长索收之不及，眼看他一棒扫在马腿上，马腿“啪”地断了，秋藏不由自主摔在地上，那焉兵纵身飞起，便要一棒打下，幸得几个卫兵冲上来，一个用脊背为秋藏挡住雷霆一击，卫兵死了，秋藏退到一边，惊魂稍定，又一笑，看那焉兵的装束，似乎是个百夫长，目光峻峙，心中不免暗叹：“连百夫长都有如此身手，焉军也算卧虎藏龙。此人若肯降我，必成我的臂膀。”正要开口，远处响起隆隆的马蹄声，几支项军赶来救主了，旌旗扬扬，约有千人。那焉兵翻身上马，打了个呼哨，命同伴后撤，焉兵们便逐队离开包围圈，向来路而去，那焉兵亲自断后，盯着秋藏，一面揣测此人是谁，一面往回走。秋藏无心与这小股焉兵死战，见他们撤了，自己也就上马，率余下六十骑转马而行，走了二里，突然一骑驰来，禀道：“焉贼在传，他们袭南翼失败了！带头的是孙牧野！”

秋藏大喝一声，立刻掉头往回赶，赶回林边，再循着马蹄痕迹向东追，一直追回战场。两军犬牙交错，成千上万的人，哪里看得见孙牧野的影子。秋藏实想不到，身为涅火军主帅，孙牧野会自带轻骑深入项军阵地。他找了许久，再也找不到方才的人影，恨得把马劈了数鞭，悻悻向北而去。

行了十五里，秋藏到了战场北翼，此处项军似乎略占上风，因为地下散布的尸身，项军占四成，焉军占六成；坠落的赤红旗多过玄黑旗。秋藏还是边缘游走，一心寻觅殷虚的身影。殷虚却好找，正驻马在百步外的高地，俯视战场。铠甲是银白底、鎏金纹，战马戴玉络头，戟带五色斑斓，整个人在白晃晃的雪地里光彩夺目。秋藏见他身边只有五六骑，便想冲阵斩将。他悄悄策马向殷虚去，思索从何处杀进去、进去后如何断其后路，正计算间，一支冷箭飞来，正中右肩，卫兵急忙上来救人，附近几支项军也往这边聚拢。

战场本就矢石乱飞，时刻都有人中箭，焉军原本没在意，可几处项兵都往这边赶，便知不对了，殷虚的目光移了过来。一支焉军追上去，和项军缠斗，听见项兵说了两字：“护驾！”立刻大声叫道：“是项王！项王在这里！”消息瞬间传开了，四五支焉军重骑急驰而来，渐成合围之势，秋藏率兵向外突围，舞着鹰扬抓当先开路，连伤三个焉兵，趁最后一个口子合拢前冲了出去，突然迎面撞上一匹高头玉马，戟尖如电飞来，秋藏急闪躲开，定睛一看，光灿灿的殷虚来了。殷虚收回花髯戟，把秋藏上下打量一眼，赞道：“胡须修得不错。”秋藏不免怔住了。殷虚又道：“右边鬓角稍长了点。”秋藏扬手把铁抓抛出，花髯戟破开鹰影进来，在他右脸一挑，秋藏只觉鬓边一凉，用手去摸时，却没有伤，只是鬓发被削去半寸，殷虚道：“这样就对了。”秋藏早闻殷虚用戟之名，只没想到精绝如此，顿生棋逢对手之意，将鹰扬抓挽了个花，一抓攻殷虚，一抓攻马头，殷虚竖戟一挑，戟尖拦住一抓，戟尾拦住一抓，两兵钩连，谁也挣不出去。一队项兵赶来护驾，手里拿着连弩，射出的箭却比寻常的细短，已有中箭的人高叫道："是毒箭！小心！"三支铁矢直冲殷虚飞来，一个卫兵急忙上前挡护，两支射中卫兵，一支射进殷虚肋骨，殷虚大怒，长戟先放后收，甩开鹰扬抓，反手用戟枝一钩，把秋藏手臂钩下一条血肉。焉军、项军纷纷救主，冲散了两骑，数支人马越杀越乱，项兵护着秋藏冲了出去。

不知不觉到了正午，两军鏖战了两个时辰，死伤皆以万计。在最激烈的中军战场，血流成河，几可漂木。遍地是死伤者，死去的自然无人理会，那些身负重伤的也无人顾及，在地上躺着、滚着、爬着，任马蹄在脊背上踩来踩去，最终还是死了。只有轻伤的、疲累的，才奉命撤了回来，后军一部部顶上去。这是不决胜负不罢兵的轮战。秋藏问督战的将领："如何？"那将领有些悲观，正要开口说"难"，忽然发现秋藏在观察自己的脸色，忙改口道："必全歼焉贼！"秋藏冷笑。又一队伤兵撤了下来，几人相互搀扶着，秋藏打马上去，鹰抓一甩，甩在一人头上，把头砸得稀烂，那人一声未吭便倒地而亡。秋藏这一杀极为突然，在场兵将都愣住了。秋藏厉声道："他面有怯色，是个弱兵，纵我不杀，也会被焉贼杀！"战鼓擂得更响了，各支步骑匆匆往战场里奔赴。

焉军也在换人了。田永欢从清早战到午后，已累得喘不上气，收到命令撤下休息，便收矛往回走，正遇上唐之盈补上来，两马相交，唐之盈问："如何？"田永欢道："一个时辰内要出胜负。"却不说到底谁胜谁负。唐之盈也不多问，只道："我再去顶一个时辰。"两队错身而过，唐之盈进了战场，田永欢在战场外休息。他的手臂被陌刀砍中了，解了甲坐着，医兵为他止血。歇了一会儿，一个斥候自北而来，禀报："田将军，北边不行了。"田永欢问："怎么？"斥候道："那边有支项军用的是毒箭，焉兵伤得多。"田永欢问："殷虚呢？"斥候道："中了好几箭，昏迷了。"田永欢点了中郎将罗雄进，命他带三千兵支援，罗雄进即刻去了。田永欢再次穿上铁甲，下令待战，又派出十多个斥候去北边，轮番回来报告形势。过了两顿饭的工夫，第四个斥候纵马返回，高呼："中郎将战死了！北翼不行了！"

田永欢心中一紧，提矛上马，率五千精兵往北赶，到了北翼，只见黑压压项旗纵横，项军铁骑密布如云，还剩两三点赤红色陷在里面，田永欢立命吹响号角，列队冲锋。战场里的小支焉军听见了号角，试图赶来汇合，项军围追堵截，一个也没放出去。项军很快腾出了手，全力来对付田永欢，步骑兵合计一万余人对冲宁州军。此处地势北高南低，项军往南是俯下，焉军往北是仰上，焉军骑兵冲上去，又被堵回来，往复三次，死伤难计。项军已将北翼站稳了，田永欢怒骂几声，退下来改成守阵，暂缓项军前进的步伐，自己去找唐之盈。

回到中军，田永欢于乱战中找到唐之盈，道：“北边失守了。”此时项军已在中军发起总攻，秋藏亲率三万人冲阵，把战线往东生生推了百步。唐之盈向北一望，残余的焉兵退下来，一丛丛黑云分成两队，一队南来攻侧翼，一队东去抄后路。唐之盈不胜愤懑，怒喝一声，把陌刀剁在地下。田永欢道：“该撤了，晚了来不及了。”唐之盈道：“你们撤，我断后。”田永欢道：“我断后，将军先走。”

项军已遥见了南下的同伴，士气大振，攻势一轮猛过一轮，焉军因为左翼门户大开，军心逐渐动摇。战线还在后退，阵脚摇摇不稳，唐之盈一鞭子甩在田永欢身上，道：“你年轻，我老了！走，把年轻人都带走！”田永欢挨了重重一鞭，知道老将军动了真怒，不敢再争，一拉马缰，下令各部后撤。一队队宁州兵相继离开了，项军全看在眼里，口口传道：“焉贼要逃了！杀过去！”焉军留在战场里只有一万人，皆是唐之盈最亲信的兵，堵在敌军和同伴之间，是一道不容踏破的薄墙。

田永欢退出战场，叫来十多个传令兵，先告诉其中一个：“去南边告诉孙将军，撤。”传令兵飞马而去。田永欢看着余下几个，张了张口，又把话含在口中，说不出来。一个问道：“将军要吩咐什么？”田永欢垂下头，叹了声气，再抬头时，已是泪满眼眶，对众人道：“去告知宁州各郡县，十字关没守住，县令们快带着百姓走，去未离原。”传令兵们沉默着转马，向八方急奔而去。

在南翼的孙牧野已隐隐知道不对了，此处的项兵在不断北上，意味着北边的项军越来越多。孙牧野不断地攻打，想把调走的兵引回来，减轻北边的压力，可涅火军的死伤已近三成，渐渐打不动了。传令兵来了，向他道：“将军，宁州军开始撤了，请你们也快撤。”孙牧野问：“哪里出事了？”传令兵道：“北翼。”孙牧野问：“殷虚呢？”传令兵道：“中了毒箭。”孙牧野手中的狼牙棒动了动，又垂了下去。传令兵道：“要快！项贼在抄后面！”孙牧野点头，传令兵匆匆去了。孙牧野又起腰看着战场里，良久问身边人：“唐珝呢？”乔恩宝忙飞马去找唐珝。不久，唐珝带着一脸血渍回来了，孙牧野道：“撤了，你带着人走，我断后。”唐珝问：“怎么？”孙牧野道：“十字关不行了。”唐珝道：“还行！还能打！”孙牧野向远处一指，唐珝转头看，无数军旗都在东去，他又是心疼又是愤怒，叫道：“还能打！项贼已经不行了！”孙牧野道：“你要看全局！”唐珝咬着牙愤愤不语，孙牧野道：“撤了，你带着兵走，我断后。”唐珝道：“我断后。”孙牧野道：“你回开元城去。涅火军能带走的都带走，这是火种，将来要反攻。”唐珝道：“我断后，你走！”孙牧野火道：“你兄长在等你回去！我没空和你争！”唐珝的泪一下出来了，孙牧野看了看他，又放软了语气：“我会来找你。”唐珝道：“一定来！”孙牧野道：“一定来。”唐珝这才掉马而去。

孙牧野试了试手中的狼牙棒，铁钉都松了，便扔了，捡起两把刀，转身往战场里走，一群骑兵从他身边掠过，也向厮杀最激烈的地方去，孙牧野直觉其中一个有些异常，便抬头看，只看见十多个战士的背影，都是血染的盔甲，他觉得有个背影似曾相识，却一时想不起在哪里见过了。

宁州军、涅火军大部都开始后撤，马蹄声碎，北风声烈。田永欢无言地打马，走出一里多，又忍不住回头，项军的军旗越来越多了。他看着看着，拉住了马缰。卫兵见他目光直直的，便问："将军，怎么？"田永欢仔细地看，问道："项贼军旗绣的是白头黑山？"卫兵也回头看，看分明了，回道："有一张绣了。"忽然一人反应过来，问："黑山军？贺兰叱奴也来了？"

田永欢一下子拉转马头，扬起马鞭道："不走了，回去！"大叱一声，战马立时奋蹄，再向战场奔去，亲兵们也不多问，掉头便冲，原野上的各军见有变故，皆停住了撤退的脚步。

田永欢与五千骑兵回到战场，横竖不顾，只冲那张黑山旗强攻。唐之盈正在殊死抵抗，忽见田永欢回来，不知其故，也不多问，只呼道："护住田字营！随他们攻！"宁州各军立向田永欢涌来，组成两翼，把田字营左右护牢。五千骑兵以退无可退之势，向黑山军的军阵猛凿而去，一击未成，二击未成，三击未成，四击之后，黑山兵动摇了，彼此疑惑道："怎么盯着我们打？"几支项军过来相救，唐之盈死死抵挡。只是眨眼，田字营的伤亡近半，田永欢还是不依不饶，当先力战，杀敌数十。第七次冲阵，黑山军终于松了，那面军旗逐渐后退，退出一个缺口，田永欢纵马而入，身后十骑、百骑、千骑追随，像楔子越钻越深、越打越开，铁板一块的项军开裂了。唐之盈欢欣鼓舞，挥手道："继续攻！攻！"不意一支长矛飞来，尖头扎进他的胸膛，他被掀下马背，摔在地上，又听脊梁骨咔咔地响，是断掉了。卫兵们连忙下马欲扶，唐之盈叫道："不要动！脊梁断了。"又叹息一声，"我老了。"他就那样躺着喘气，碗口粗的矛一直插在身上。几个卫兵陪在身边，忍不住开始落泪。突然间，南边的喧哗越来越大，唐之盈扭头，可惜只看见踏来踏去的马蹄，项军中有人急呼："南翼不行了！孙牧野过来了！"唐之盈放声大笑，连连道："好，好，好！"

项军知道唐之盈负伤，分出三千兵来攻打。斩杀主将，是扭转局势的最好机会。半炷香后，唐之盈身边只剩百来个亲兵，誓死护着他，半步不退。唐之盈道："你们去！不用管我，我让他们杀！"无人肯听。转眼间，项兵已近到二十步之内，足可看清眉眼，亲兵们都身负重伤，站不起了，便跪着打、坐着打，唐之盈急得嘶声大喊："你们走！走！别管我！"忽然间，最前面的项兵开始退却，退不及的，被一行急冲而至的战马踩在蹄下。一个亲兵向唐之盈道："将军，援军来了！"唐之盈问："是谁？"他努力支起半个身子，四处张望，看清了当先将领的脸，不由仰天大笑，高声道："是吾家麒麟儿！"唐琊冲到唐之盈身边，正要下马，唐之盈喝道："不要管我！"抬手指着西方，"杀贼！杀贼！"唐琊被震得不敢下马，唐之盈道："快去！捉项王回来见我！"唐琊毅然掉转马头，朝项兵追去。

唐之盈总算能喘口气，休息一下了。战场在西移，项军在开裂。他看见了田永欢，看见了孙牧野，看见了唐琊，还看见了殷字营。无数支焉军在敌军中纵横，项军从两块裂成了四块，从四块裂成了八块、十六块、三十二块，最后被分成零零碎碎的人马。强敌终于退了，连王旗都退了，莽莽雪野上一片赤红。唐之盈向天道："上官！可瞑目了！"他也含笑闭上了双眼。

8

项军连退四日，退回了云州境内。是夜扎营后，秋藏吩咐卫兵："把乌孙黎叫来。"卫兵去了。

稍后，朔州节度使乌孙黎来了，自己绑着双手，一进来便跪在地上。秋藏问："你知道我为何找你？"

乌孙黎道："必为小人麾下的贺兰叱奴。"

秋藏道："我的确没想明白。三年前，打十字关，贺兰叱奴弃守阵地，才被田永欢所破，三年后，竟然旧事重来！他本该被军法从事，为何还活着，为何留他在军中，为何派他上战场？"

乌孙黎道："小人不是留叱奴，是留黑山军。黑山军六千人，是贺兰家的部曲。这些将士，爷爷辈随他爷爷打，父辈随他父亲打，他们也只听贺兰家的，小人若杀了叱奴，这六千人要么反、要么散。黑山军狡如狐猛如虎，当年也是立下大功的，若没了，可惜。上半年，叱奴带着十来个兵刺杀焉天子，险些得手，一时名震八方，小人以为他改头换面了，这次征战，就把他带来了。"

秋藏道："说是刺杀焉天子，天子至今在开元城高坐！他们去宁州，不过干些偷鸡摸狗的勾当，回来添油加醋地邀功，你上当了！再善战的军队，上阵便逃，留之何用？"

乌孙黎不敢辩驳。

秋藏道："我今夜杀贺兰叱奴，先知会你一声，你做好准备。"

乌孙黎道："焉贼也进云州了，此时若黑山军哗变……"

秋藏道："那是你的事。贺兰叱奴在你的麾下，黑山军也是你的军队。他们若不满，你就去安抚，他们若哗变，你就去镇压，你镇不住，我连你一起杀。"

乌孙黎不敢再多话。

秋藏解开乌孙黎的绳索，命他落座，向卫兵道："把贺兰叱奴叫来。只叫他一人来。"卫兵去了。

等待的时候，秋藏取出鹰扬抓放在桌上。不多时，卫兵来回："人在外面。"秋藏道："叫进来。"

帐帘掀开，贺兰叱奴走了进来，头上绑着两条毛茸茸的狐狸尾巴。项军素有习俗，若士兵临阵脱逃，就要给他绑上一条狐狸尾巴，以示羞辱。叱奴之前逃过一次了，早被绑了一条，前日又被加了一条，换作别人，难免有羞愧之色，叱奴却不然，依然精神抖擞地站在秋藏面前。

秋藏道："贺兰叱奴，焉军破了十字关，你是头功。"

叱奴道："我弟兄死了两千多个了，黑山军损失三分之一，够意思了，再不退，等着全军覆没不成？"

秋藏道："你退了，这两千弟兄白死了，我三万弟兄白死了。你若不退，十字关便拿下了。"

叱奴道："实在顶不住了。田永欢三个换一个的打法，谁顶得住？也就是我倒霉遇到了他，换别人对上他，也得退。"

秋藏道："什么叫你倒霉？田永欢就是冲你去的！换成别人，他们不会掉头回来。"

叱奴笑道："那为何要派我去打？既然别人行，就该叫别人去顶。首罪不在我，在派我去的人。"

秋藏孰视叱奴良久，缓缓道："贺兰叱奴，你家的诸位将领，我都认识。我曾随你父亲攻铁羌城，他领着我爬城墙，他在前，我在后，他帮我顶着箭石爬上去，手刃十多个焉贼；当年在浊沙河边，你堂兄二十七骑被焉贼一千骑围攻，杀到刀刃断了也没降，二十七骑全部投河殉国；再往前说，你叔父是军中文官，当年去劝降叛军，被囚禁，宁死不降，被流放大漠，最后是生生晒成炭，晒死的！'黑山下，贺兰家，十战黄河，百战黄沙'，项人说到贺兰，谁不赞一句'满门忠烈'！如今只剩你了，偏是个贪生怕死、油嘴滑舌的无赖。你家的名声，攒了三代，毁在一代！"

贺兰叱奴陡然火了，高声道："说什么满门忠烈！他们为国死了，空有个名声，还得到什么了？我如今连黑山军都养不活！你只知道叫我们去打，没兵器了，又叫我们自己想办法！我倒贴钱为你卖命！我怎么贪生怕死了？上半年在宁州，我们十二个，对龙朔宫五万禁军，我几时怕了！这次打十字关，别部人马都有轮换，怎么黑山军就一直打、一直打，一口水都不让喝？从早上到中午，从南打到北，我一路被姓孙的捶，被姓唐的砍，被姓田的刺，也就是我了，普天之下，还有谁经得起这样收拾！"

秋藏慢慢站了起来，双手暗自蓄力，准备去拿鹰扬抓，又听叱奴道："这次败北，你才是首罪！你不瞎指挥，我们不会输！"

秋藏问："我瞎指挥？"

叱奴道："我在南翼挡着孙牧野，你们偏叫我北上打唐之盈。我说我不去，我去了，孙牧野没人拦得住，他们说是大王的命令，不去要砍头，我就去了。结果如何？孙牧野转眼就把南翼破了！南翼不破，中军不会败得那样快！你不调我走，我此刻还在十字关跟姓孙的面对面干！"

秋藏沉默了一阵，忽然一笑。叱奴问："你说，你是不是首罪？别什么错都往下面推！"

秋藏笑着坐了回去。叱奴等了半天，问："没事我走了？"

秋藏点头。叱奴忽又大步冲他而来，卫兵们一下子冲上来。叱奴走到秋藏面前，拿起桌上烧鸡："我饿了，给我吃了。"

秋藏不但首肯，还把一壶酒也推了过去，叱奴撩了撩蓬松的狐狸尾巴，抱着烧鸡和酒出去了。

秋藏陷入沉思，乌孙黎不敢告退。半个时辰后，一个探马求见，见面便报："焉军转去了念波城。"

秋藏点头。乌孙黎问："要不要去支援？"

秋藏道："我们去守白骨滩，念波城留给孙崇义。"

第八十五章

念波城

1

焉军抵达念波城时，恰是黄昏。夕阳向晚，一座黄土古城伫立在衰草连绵的平原上，年年岁岁，它一直在等焉军回来，为此，它的城墙加高了一丈，护城沟加深了四尺。这是云州向东的最后一座重城，当年失去它，便意味着云州的彻底陷落；二十四年后，焉军披坚执锐归来，也意味着大焉开始了向西的全面反攻。七万将士，谁都知道念波城是如何丢的，也知道此时此刻，孙崇义就在这里，被项军封怀化中郎将，守东城。焉军三万精锐开向东城，以此地为主战场，主将孙牧野。

当亲兵来告诉孙牧野，念波城就在前方时，他正行走在队伍最后，听后一言不发，也没抬一抬头。乔恩宝一直在观察他的脸色，试探着问：“我陪你去看看？”孙牧野点头。两骑渐渐加速，走到了队伍最前面。

孙牧野最先看见的，是城上方压覆的云，被长空的风吹动，像雪浪，像白波，看得久了，便分不清究竟是云在动，还是城在动。他隐约知道了云州何以称云州，念波何以称念波。跋涉了一生，就为了今日来到这里。孙牧野无数次在梦里见过念波城，都是血色的、兵荒马乱的模样，而此刻，孤城无比安静。放眼望去，城头站着无数项国兵将，孙牧野想，父亲必然知道自己来了，他此刻会不会也在城头，向这边眺望？

焉军开始转向，去寻找驻扎之地，孙牧野也掉转马头，跟上了大军的步伐。

2

大雪当日，一个焉兵来到念波城下，项兵在上问道：“什么事？”

那焉兵道：“孙将军想和你们怀化中郎将见一面。”

项兵问：“他人呢？”

焉兵道：“此处南去五里，有座短亭，孙将军请中郎将亭内相见，单对单，不带兵器，不带随从。”

项兵们笑道：“他可是想诱杀我们中郎将？”

焉兵道：“杀孙崇义一人，不足以破城，何必诱杀！转告他：今夜亥初三刻，孙将军在短亭等他去，只身一人，手无寸铁，不必多疑！”

一个项兵道：“我去和中郎将说！”

焉兵拱手道了声“有劳”，转马回去了。

3

亥初一刻，孙牧野独自提一盏油灯来到驿亭。管事的官吏早撤走了，留下一个空落落的院子。院外三十步，有一座六角亭，原是用来送别饯行的，今夜或许是用来相逢。孙牧野把灯吊在头顶，人坐在栏杆上，双手抱着膝，背倚着柱子，面向西边等候。父亲会不会来，其实他心里没底。他依稀记得父亲的模样和声音，可他并不了解父亲的脾性。从记事起，父亲都在远方，有时一年回家一次，有时两年回家一次，似乎总共也才见了六七次，他便投了西项。孙牧野只从旁人口中了解过父亲，百里旗和唐之盈都说过，他和父亲很像。孙牧野心想，若真的像，那他会来。

时辰的沙漏在孙牧野心中一滴一滴地落，寒风裂肤，夜无边无际。除了头上一团微黄的光，四周一片黝黑。他抬目望北，念波城上的火把连成一条细线，又转头看西，军营里的篝火稀疏如星。里外十三万人马会聚，却没有一点声音。可能除了守夜的兵，人人都睡了。孙牧野忽然觉得，自己真像离群的雁、落单的马。这二十多年，他时常都是一个人生活，习惯了，便不会动不动自伤，可在此时，他分外伤感——明明在世上还有血脉相连的亲人，可偏偏这亲人也是仇人。

孙牧野抬头看油灯，灯光如黄豆，慢慢变得微小。方才若有人来，二十步之内可见；此刻若有人来，要到十步之内才能看清。他的目光就定在身前十步的地方，等待有人会拨开黑幕，走到他的面前。孙牧野暗想，在人出现的那一刻，自己开口第一句要说什么，要不要叫“父亲”？是先谈国事，还是先谈家事？他想了很久，不知道。半个时辰过去了，没有人来，油灯将尽。孙牧野起了身，取下灯，抬步往回走。走了几步，他听见院子里有声音。极小的声音，似有人在走、在动、在说话。孙牧野停下脚步，转头往那边看。又是几句说话声，极低，但不止一人，他便握住了刀柄。

下一瞬，院子里突然亮起几支火把，大门打开，一人走了出来。孙牧野的心狂跳起来，握着刀柄的手隐隐发抖，再定睛一看，来人却是殷虚。殷虚一见他便笑道："我真怕你开口就叫错。"

孙牧野平添了三分火气，问："你在里面做什么？"

殷虚向他招手："来来来，你来看。"

孙牧野进了门，见院子里站着二十来个焉兵，躺着十多个项兵，个个五花大绑，身上都中了短箭，搜出一地的袖箭长刀。殷虚拔出一支箭，得意道："他们用乌头汁对付我，我便用蟾蜍汁对付他们，看谁倒得快！"

孙牧野把十二个项兵一一看过去，都是二三十岁的青年，没有他的父亲。他陡然升成十分火气，提起一个便喝问："孙崇义派你们来的？"

那项兵啐了一口。孙牧野一拳打在他的鼻梁上，再问："是不是他叫你们杀我！"

项兵的鼻梁瞬间断成两截，鼻血流出。孙牧野一把按下这人的头，挥肘猛击他后颈，大声问："说！是不是他！"

项兵愤而挣扎，挣不脱一只铁手，便放声道："是！中郎将说了，取孙牧野首级，赏金万两，请大王封万户侯！"

孙牧野怒不可遏，再一肘子砸下去，生生把人颈子砸断，又去抓下一个，殷虚见他气息大异，怕他发疯，便上去一拦："够了啊，还要拉回去问话。"

孙牧野用力推殷虚，没推开，便要绕开他过去，殷虚再移步一挡，道："孙牧野，够了。"

孙牧野喝道："他叫人来杀我了！"

殷虚听语气不对，忙定睛看他。孙牧野从未如此模样——不单是愤怒，还有委屈，因委屈而愤怒，眼中隐隐泪光。殷虚头一次觉得孙牧野像个孩童，被世人抛弃的孩童，硬倔倔地站着，心中满是不解与绝望。

孙牧野对自己的状况浑然不觉，只忿然重复道："他叫人来杀我！"

殷虚叹了声气，拍拍他的肩膀，道："你要这样想：我们来到念波城，也是为了杀他。难道战场上相见，你会手下留情？你必然也要杀的。本来就是你死我活的事，他不过是趁我们没动手前，先动手而已。他只是个项兵，没有别的身份。是不是就想通了？"

孙牧野木然站着，呼吸慢慢平静。殷虚道："听得进话就好。回去了。"

孙牧野扯起一个项兵，一面为他解绳索，一面道："你回去，告诉孙崇义：因为他叛国，母亲、哥哥和我被流放。母亲成了官奴，主人半夜叫她扫雪，她摔倒在雪地里，再也没起来，天明才被人发现。哥哥充军到夜州，修栈道被山石砸死了，掉进深沟里，遗身没有找到。孙家三族，到现在只剩我一个人，我被人骂'叛将之子'，活多久，就要被骂多久。他对我们是不是没有一分愧疚？这些年他心里有没有想过家人？他是不是恨我？为何恨我？难道我不是他生的？把这些话带回去，破城之日，我当面问他！"

孙牧野解开绳索，把那人一推，那人便去了。焉兵们拽起余下俘虏，准备回大营。一个俘虏经过孙牧野身边，忽然停下脚步，道："你和中郎将一点也不像。"

殷虚道："唔？孙崇义是什么样？"

俘虏道："中郎将为人温和，说话轻声和气，不像他这般霸蛮。"

殷虚道："怎么叫'霸蛮'呢，咱们孙将军这叫'霸气'！"

孙牧野瞪了殷虚一眼，先出了院门。焉兵押着俘虏跟在后面。走在旷野里，殷虚突然打了个呼哨，黑幕深处立刻响起无数回应，孙牧野怔住了。火折子一个个闪起，夜被点亮了，上百个焉兵从四面八方现身，走过来，随孙牧野、殷虚一起往回走，唐珝也在其中。孙牧野把他们看了看，没说话。

回到大营，唐珝陪着孙牧野到了中军帐前，孙牧野要进去，唐珝便唤了一声："将军。"

孙牧野回头看他。唐珝道："方才你在亭子里，我们在外面守着，我能猜到你心里在想什么。希望你别觉得自己孤单，我们这么多人一直陪着你。"

孙牧野在他肩头拍了一拍，进了帐。

4

冬至，清晨，浓云像一张灰色棉被，厚厚地压在念波城上。项军料焉军今日会来，彻夜备战，天明后，将重兵布上了城头。果然，卯初，焉军从原野尽头徐徐开近。不多时，北城、西城、南城皆来通气："田永欢攻北和西，殷虚攻南，为东面的孙牧野、唐珝做牵制。"千夫长伊娄丹看着焉军越开越近，问手下："中郎将呢？"卒子们往高处一指："一直在箭楼上。"

伊娄丹顺着手指的方向，看见一个身影站在箭楼里，便笑了，向周围道："二十多年前，他也为焉贼守过念波城。"

一个卒子道："昨夜他说，二十年前，他为项军打开了城门；二十年后，也要为项军守住城门。"

伊娄丹道："亲儿子就在城下，他可说了什么？"

卒子们道："这个却没提。"

焉军的攻城号角响了，箭丛穿云而来，声如雁叫，箭楼上一声高呼："杀死孙牧野，我以全部身家相谢！"伊娄丹笑道："好个孙怀化！"

焉军弩车开到百步之内，把三寸粗、一丈长的巨箭射向黄土墙，箭头入土二尺，颤颤钉在墙上。弩车连发，一箭接一箭，沿墙逐步向上，是给攻城兵钉一条登城的梯。须臾，数十条箭梯已成，焉军的箭阵愈发密急，一时把项军压得不能冒头，而后，步兵开始攻城。

念波城被一条干涸的护城沟围着，平日只靠一座吊桥出入，此时吊桥被撤去，焉军要过这条深八尺、宽三丈的沟，须用木板做桥。焉军做了二十多座木桥，以车推来，架在护城沟上，步兵踏桥而过，到了城墙下，顶冒矢石，攀援箭梯而上。一座撞车开到城门下，以尖锐的撞木撞门，声震内外。上千焉兵手持坚盾和长矛，沿着木梯和箭梯爬满了城墙，伊娄丹冷眼看着，并不着急。直等城墙上下的焉兵聚了五六千，最近的已在一丈之内，他才高声道："端上来！好生伺候焉贼！"

城头，大火熬煮的二百多口锅被揭开了，锅里煮的是黏稠的、以陈米与泥土混合的粥，正在沸腾。每六七个项兵抬起一口锅，从城垛口泼了下去。热粥粘上焉兵的脸和手，如同烈火焚烧，又死死粘着，甩脱不了，皮肤瞬间起泡溃烂，不免接二连三掉了下去。伊娄丹又下令："放箭！断桥！"一千支连弩探出垛口，对准城下焉兵，一射九千箭，密密如铁雨倾城，又有热粥、热油、长矛、碎石纷纷而下。上百架投石车对准二十座木桥，把大大小小的石弹往桥上砸，顷刻，十多座桥被砸碎了。

焉军攻势不利，不久开始鸣金，攻城焉兵闻令而退，伊娄丹见势叫道："断桥！不许放走一个！"投石车发石更猛，一如石山崩塌，滚滚而落，焉兵被油烫的、被石砸的，倒了一地。焉军弓箭兵压至沟边，向投石车反攻，射杀车手无数，天上矢石稍微减少，一千重甲兵旋即而来，以盾护头，冲过了木桥。项兵们皆道："他们来救同伴了。"

重甲兵一边向城上射杀，一边掩护步兵撤退。一个骑兵奔至门下，见撞车已被大石砸裂，便道："撤。"士兵们弃了撞车，向护城沟撤退。那骑兵也掉转马头，奔出几步，忽闻身后"轰隆"一响，转头一看，城门开了，一队项骑冲了出来，那骑兵忙向四周高呼："项贼出来了！门开了！"

周边焉军闻讯，纷纷往城门下赶。一个百夫长向旗兵打出手势，旗兵便挥旗传令：分成三队，左右夹击，还有一队绕后入城。焉兵们依令结队，可下一瞬，项兵改变了阵型，六百骑也分成三队：一队攻左，一队攻右，一队固守门下。焉军结队未成，仓促之间被冲散了，一人大叫："他们懂我们的令旗！"项兵悍勇无畏，比起守城，更喜野战，与焉兵正面一冲便占了上风，城头响起震天的喝彩。

焉兵越来越多，都想破城而人，项军六百骑却在城门口组成三角阵，牢不可破，斩杀无数。唐玥赶来了，身边二百骑皆是精锐，从左翼奋力攻击，破十余骑，冲入三角阵内。项兵立分百骑来攻，往来断杀。唐玥持月随剑当先杀敌，剑锋削铁如泥，触矛则断矛，遇刀则破刀，连退三名项兵，立时引起项军的注意，一骑如风卷至，长枪直挑持剑之手，唐玥回手反杀，那枪尖十分灵动，瞬间收回三寸，再斜刺出击心口，唐玥忙横剑相挡，枪尖再度变招，化枪成鞭，从上方甩下唐玥的头顶，这三招娴熟又狠辣，寻常士卒决不能敌，幸得甜瓜反应快，退了两步，躲过了致命一击。唐玥定睛看时，这项兵两鬓白霜，眼纹深皱，已是年逾五十的老将，只是双目依然有神，也在把唐玥打量。唐玥的心猛然一跳，正要开口，老将已再度持枪杀来，唐玥应了四五招，心里已知拿他不下。天落石雨，四面皆敌，护城沟上的桥已被毁了一大半，对岸焉军无法来援。唐玥突然醒悟，这大开的城门是个诱饵，把焉兵都引到此处，是为了聚而歼之。远处的鸣金声再度响起，唐玥不再恋战，下令撤军。焉军一队队向木桥退去，唐玥与一百劲卒断后。那老将似乎盯准了唐玥，不顾余人，只向他追来，唐玥换了弓箭，纵马引弓，一箭接一箭，阻慢那战马的步伐，最后一箭正中马颈，战马长嘶一声，止了步，那老将便一笑，收了枪。唐玥随焉军过了木桥，项兵不再追击，只用密密麻麻的飞箭为他们送行。

5

点灯时候，孙牧野来看唐玥。唐玥的肩被锐石砸伤了，刚包扎好，手上和脸上也有几道血痕，他一见孙牧野便道："我今天看见个人，可能是……是他。"

孙牧野问："你认得出来？"

唐玥道："他和别人神色不一样。我们在战场上，见人就杀，哪管脸长什么样，可他一直在看我们的脸，像在认人。"

孙牧野问："他用什么兵器？"

唐玥道："枪。"

孙牧野道："那就是他。"

唐玥道："他可能把我认成了你，一直盯着我打。"

孙牧野道："他不会认不出我。"

唐玥道："可你们二十多年没见了，他投西项的时候，你才十多岁。"

孙牧野弯起食指，在他脸颊的伤口一勾："你替我挨了这几下。"

唐琍道："换作是你，就不会受伤了。"

孙牧野笑了笑，没说话。又坐了一会儿，亲兵进来说有事，他便要走，走到帐门口，忽而回头问："从十字关到这里，你有没有见过别人？"

唐琍愣愣地问："谁是别人？"

孙牧野道："攻城时，我恍惚看见个小兵，影子有些熟。"

唐琍眼珠转了两转，道："十万将士，我哪能个个都认识。是不是宁州兵在我们这儿？"

孙牧野打量他的脸色，不是说谎，便出去了。

6

焉军一月内三次攻城不下，战事便停滞了。翻过除夕便是新年，大焉正式改元鼎象。正月初五这日，唐琍独自在军帐外磨剑，卫兵童庆双从远处走来，叫道："唐将军，宁州军来人了！"唐琍回头看，几个宁州兵向他走来，当先一人抱着一个包袱，便起身等着。宁州兵到了眼前，行礼道："小唐将军，昨日田将军收拾老唐将军的遗物，发现这件衣裳，命我们送来。"唐琍忙打开看，是件银鼠毛的斗篷，不免一阵感伤，连声道谢，又叫卫兵给赏钱，宁州兵收了钱告辞去了。

唐琍抱着斗篷回军帐，小心翼翼地叠好放进柜子里，童庆双跟进来，一面帮他整理柜子，一面道："将军，早上我才听说一件事。"

唐琍问："什么？"

童庆双道："田将军早把杀伍校尉的人找出来了，他们都瞒着我们。是一个叫周永安的干的，他是宁州军左虞侯军第一箭手，又是李修祥的表弟。先前伍武顶撞李修祥，他气不过，那天晚上见伍校尉独自出来，抬手一箭把人给射死了。"

唐琍问："这人呢？"

童庆双道："田将军原本要把人交给我们，不知怎地一些宁州兵拦住了，就没送过来。"

唐琍想了想，道："我去找田将军。"说着便出了军帐，童庆双忙叫来一队卫兵，随唐琍往北城而去。

一行人进了宁州军营，几处兵将都迎上来，问道："小唐将军有何吩咐？怎么亲自来了？"

唐琍问："田将军呢？"

一个千夫长应道："田将军刚去巡视左右厢军了。"

唐琊和卫兵们便下马等着。不多时，宁州军越围越多，大约猜到了唐琊为何而来，几人上前问道："小唐将军，有何贵干？"

唐琊左等右等，田永欢还没回来，便问众人："周永安呢？"

宁州兵互相看了几眼，不言语了。半晌，一人走过来，抱拳道："小唐将军，在下是宁州军左虞侯军总管侯杰，李修祥、周永安都是我这营的人。先前伍校尉的事，李修祥已经偿命了。"

唐琊问："那周永安呢？"

侯杰道："宁州军自会处置。"

唐琊道："我今天是来要人的，把周永安交出来！"

侯杰道："小唐将军，伍校尉不是李修祥杀的，可李修祥为了不伤两家和气，自己偿命了，宁州弟兄们心里都不舒服，也认了。周永安是宁州军数得着的射手，在十字关射杀了二十九个！年前攻城，北城守将拓跋昌也是他射下来的。打项贼，我们不能没有他。"

唐琊道："你先把人叫过来。"

侯杰见唐琊脸色黑沉沉的，知道说不通，便道："将军恕罪，人我不敢交，交了怕弟兄们怪我，说我们怕涅火军！"

唐琊火道："什么涅火军宁州军！我们心里可曾分过一家两家！一到十字关，孙将军就把统兵权让出来了，小伍死在宁州军营，我何曾多说一个字！换成别处，你看我饶不饶他！眼下既然凶手找到了，就交出来！"

侯杰道："再处死周永安，李修祥可就白死了！当初可是伍校尉先动的手！他一鞭子打在李修祥头上，堂堂男儿，谁能忍受如此羞辱？可李修祥为了大局，忍下来了！周永安是他表弟，给他出气，他心里岂会不知？他替周永安死，是知道打项贼不能没有周永安！"

唐琊也怒不可遏，道："小伍是打了李修祥，可他去宁州军营，是去赔礼道歉的！他们气若没消，两边就拉开痛痛快快打一场，我绝无二话！凭什么暗算他，从后脑勺射箭！说什么打项贼离不开周永安，你拿十个周永安来，也抵不过一个小伍！"

宁州兵都暗自不满，只是碍于昔日唐之盈的情义，不好多语。侯杰再向唐琊抱拳道："小唐将军请回去，待田将军回来，改日再商量。"

唐琊向随从道："去把人找出来！"一众随从便下了马，宁州兵对他们再不相让，纷纷喝道："谁敢搜宁州军营！"唐琊道："看我敢不敢！"

忽闻远处叫道："田将军回营了！"

早有人报知了田永欢，田永欢当即赶回，风驰电掣般驰入兵群当中，宁州兵和涅火兵都各退了几步。田永欢看了唐玥一眼，又看了自家兵卒一回，向侯杰道："去把周永安带来。"

侯杰气得眼泪盈眶，说道："田将军，李修祥是为何死的，弟兄们心里都清楚！去年十字关，田将军叫回战场，李修祥那个营是最先冲回来的，周永安为何被砍了七八刀都不退，难道不是想将功赎罪！今日把周永安交出去了，我头一个不服！"

田永欢微一沉吟，道："你先把人带来，我自有话说。"

侯杰无法，抬手擦了擦泪，向手下道："去叫来。"两个手下去了。

一众人等了半炷香的工夫，那两人小跑着回来，还隔二三百步便叫："周永安逃走了！"

田永欢脸色一变，问："谁放走的？"

那边十多个人都道："我们放走的！将军要杀，就杀我们！"

唐玥气得扬鞭打马，往那边疾驰而去。二百步后，看见营墙开了个口子，外面远远有个马影，已小如米粒。唐玥纵马去追，追出四五里，影子越来越微弱，渐渐消失在地平线下，再也追不上了。

7

正月十六，焉军集五万兵马，四攻念波城。东城下，百辆弩车往墙上射了两千支巨弩，把一座土城钉成了豪猪；护城沟外，八千弓弩手布阵，三千轻骑兵纵横，以冲天箭阵为步兵护行；工兵在护城沟上架起六十多座牛皮木桥，几乎把长沟填成了平地；随后，一万步兵过桥攻城。

烽烟四起，孙牧野率骑兵来回奔巡，盯着城头的动静，哪里项兵势大，便往哪里发力压制。项兵依然烧着二百口大锅，烧沸了便往下泼，一半是水，一半是油。焉兵们手持坚盾向上攀援。城头射下火箭，油遇火则燃，燃在箭梯上、木梯上和人身上，一团团火焰从墙上坠下，一座座长梯依次坍塌。孙牧野眼睛锁着城上项兵，一箭一个，射了无数下来，只是，项军的伤亡以个计，焉军的伤亡以片计，高下悬殊。孙牧野纵驰在这短短三千步的战场，想找一个突破口，一时竟找不出来。

到东城门外，遥见一辆撞车在攻打城门。城门厚约六寸，铁皮包面，上镶尖钉。焉军的撞车为当世最大的撞车，撞木重一千斤，槌头裹着铁叶子，八名士兵牵引，每撞一下，地动山摇。项兵从上往下射火箭，撞车被浸水的牛皮盖着，轻易射不穿。焉兵以盾护头，攻得甚急。孙牧野和亲兵在对岸看了一阵，一个忽然道："怎么有个老头？"

孙牧野定睛一看，撞车边有个费力牵绳的身影，头盔下露出苍苍白发，伛偻又缓慢。

乔恩宝大声问："这是哪一部的？怎么派个老头子上去？"

骑兵和步兵一个接一个带话，须臾一个百夫长提着矛跑过来，应道："我们营的。"

孙牧野问："怎么有老人上去？"

那百夫长道："是他自己非要来的，我本来不想收，他说他是老兵，以前守过念波城的，和孙……和那个人一起守过，打这里有经验，我就收了。他还带了两个孙子来。"

孙牧野蓦然想起开元城的马学谦，父亲的旧部下。自己当初去拜访他，他便说过要亲自打念波的，没想到真的来了。孙牧野再度看去，果然看见他身边有两个年轻人，和他一起奋勇撞门。透过战场嘈杂的声响，孙牧野隐约听见老人在呼叫些什么，便策马往那边走了几步，但听老人在喊："孙校尉！我是马学谦！我来了！你出来见我！"

孙牧野定定听着，稍一走神，一支利箭破风而来，战马急忙奔躲，又一支箭在前面等着，正中马胸，马轰然扬蹄，把孙牧野掀了下来。亲兵们忙上前扶起，乔恩宝叠声叫："再牵一匹马来！"孙牧野摇手，提着矛向木桥走去，亲兵们知道他要攻城了，忙下马跟随。

城墙上，竖着一排排登城梯，成百上千的焉兵正逆箭石而上。孙牧野到了矢石最密急的地方，正巧一个士兵掉下来，孙牧野捡起他的盾，攀上了长梯。木梯有二十二步，只要走完这二十二步，便会到达城头，可每一步，都踩在鬼门关上。碗大的石头砸下来，砸在铜盾上，哐哐作响。孙牧野身后，十多个亲兵跟着他往上走。项军看见焉兵如蚁，密布墙上，离城头越来越近，忙推来连弩车，架在城垛上，向下发射。巨弩大如屋椽，所至之处，木碎如屑，血肉横飞。一队队焉兵前赴后继，以血肉之躯节节上堆。孙牧野离城头只有八步了，项兵也全看见他了，纷纷叫道："打这里！打这里！"一支巨弩闻声赶来，贴着孙牧野的背飞过去。孙牧野继续向上爬，突然一个影子飞来，乔恩宝在下叫："小心！"孙牧野用铜盾去挡，"哐珰"一声巨响，一个烧红的铁球砸在盾上。趁孙牧野无防护的当口，两支长矛当头射了下来，孙牧野若躲避，身后的亲兵便要遭殃，他只能把头埋在梯上，以头盔去硬顶，矛尖钉上头盔，砸得双耳嗡嗡作响。铁球没砸中孙牧野，又被铁链带着，甩向另一架长梯。七八个项兵抱起石头扔下来，石头滚落之声如雷，孙牧野举起铜盾往上走了一步，又被石头砸得退下来两步。头上又响起巨大的声响，城下焉兵全叫了起来："快退！快退！"

五个项兵抬出一张宽大的榆木床，整个儿向长梯砸来。数百斤的木床，再也不是铜盾所能抵挡，孙牧野忙向下预警，自己一个绕身，绕到木梯背后，亲兵们也纷纷躲避。大床砸中了长梯，梯子碎了，孙牧野向地面坠去，项兵的脸孔越来越远，眼前无数箭矢像受惊的鸟群，到处乱飞。一块石头追着他来了，石棱尖锐如刀。孙牧野落在地面，看着大石直扑下来，心中一个念头闪过："这样的坚城，明明能守住，他为何要降！"

一个身影扑过来，压在他的身上，是乔恩宝。石头砸下，正中乔恩宝的脊梁，孙牧野清晰听见骨头断裂的声音，乔恩宝喘着气道："你留着点神！"许多焉兵赶过来，扶着乔恩宝往外去。孙牧野站了起来，一个千夫长在不远处，鲜血满脸，向他摇头。一骑传令兵沿着城墙驰来，向孙牧野道："田将军已经退兵了。"孙牧野向那千夫长道："退。"千夫长向远方招手，须臾，鸣金声响起来了，从战场的一处蔓延至下一处。项兵在城头又是欢呼，又是漫骂。

一支支疲倦的焉军退出战场，卫兵们也护着孙牧野往回走。走到城门不远处，却听撞门之声还在响，一下接一下。众人转头看去，撞车已被烧了一半，撞木的头断了，车边全是焉兵尸体，只剩一个老人，还牵着绳索用力往城门撞，城门凹了一块，依然未破。那老人一边撞，一边嘶哑着嗓子大叫："孙校尉！你不会不记得马学谦！我跟了你二十年！跟你转战南北，你怎会不记得！你出来！见我！"他撞了一会儿门，又踉踉跄跄去找自己的孙子。一个战死了，一个受伤了，他抱着死去的孙儿，大叫："我的孙儿死在你手里了！你出来，当面说个明白！"

不知何时，项兵停止了射击，只在城上无声地看。孙牧野过去扶起马学谦，几个卫兵也扶起他的孙子，缓缓往回走。过了护城沟，马学谦又停下脚步，回头眺望，身躯木然，眼神迷茫。孙牧野劝道："老人家，我们回去。"

马学谦突地露出狐疑之色，喃喃道："他怎会在这里？"

孙牧野问："谁？"

马学谦听不见，只是自言自语："他当年就死在城下了，怎会和孙校尉在一起？"他恍恍惚惚地迈开步，一句话也不说了。

第八十六章

破城

1

焉军围城，一围便是数月，转眼到了春季，原上野草又茂盛了，黄土城墙被一场场战火烧成了黑色，但依然坚韧地挺立着。晚饭后，孙牧野和乔恩宝出了营地，在小溪边散步闲聊。

乔恩宝的脊梁骨断了两根，休养了三个月，勉强算好了，却再也不能负重，连走路都不似从前那般快捷了。孙牧野道："明日又有一批重伤兵要回去，你也跟着回去算了。"

乔恩宝道："仗没打完，我不走。"

孙牧野道："这仗两三年停不了，我怕你撑不住。"

乔恩宝笑道："我不能打了，烧水煮饭总行，陪你散步总行。"

孙牧野只得沉默。

乔恩宝又笑道："说起久攻不下，我又想起一件事。前一阵子，朝廷里有些人说我们懒战，进云州这么久了，首战都没拿下，又是告天子，又是告唐相公。这事儿传到南城了，殷将军就上书，说了六个字：'谁嫌慢，谁来打。'之后就没人说话了。你瞧最近，是不是没听说有人告我们了？"

孙牧野听了也笑。一队巡逻兵驰近，看见孙牧野，便下马问好。孙牧野问："从哪里来？"

巡逻兵回："我们围着城走了一圈，没什么异样。"

孙牧野问："南城那边在做什么？"

巡逻兵道："殷将军找了一队乐工，天天这个时候去城下奏乐，奏的都是项国的曲子，说要瓦解项贼的意志。”

孙牧野问：“人家理他没有？”

巡逻兵道：“项贼也在城头吹羌笛，两边各唱各的，什么调都有。”

乔恩宝笑道：“改日咱们去听听，哪边吹得好。”

巡逻兵上马去了。两人继续往前走，走了半里，看见一营士兵在练刀枪，孙牧野发现马学谦之孙也在其列，便向他招手，那年轻人小跑着过来，唤道：“孙将军好。”

孙牧野问：“你叫什么？”

那年轻人道：“我叫马长江。”

孙牧野问：“那天牺牲在城门下的，是你兄弟？”

马长江道：“是我弟弟，叫马长征。”

孙牧野道：“他的事，家里人知道没有？”

马长江摇头。

孙牧野道：“明日有伤兵回京，你可以托他们带个信回去。”

马长江道：“信写好了，只是不敢寄回去，我不敢让爹娘知道。”

孙牧野便道：“打完念波城，你带爷爷回家去。”

马长江应道：“好！”

孙牧野问：“爷爷呢？”

马长江道：“在给我们做饭。”

孙牧野问：“他身体还好？”

马长江道：“耳朵不行了，听不到声音了。身子骨还硬朗，每天起得比我们还早。”

孙牧野点头，马长江便归了队，孙牧野和乔恩宝往回走。夕阳在西，把人影拉得又细又长，乔恩宝看着地上影子，笑道：“你看你背着手的样子，像个老汉。”孙牧野便把手放下来，两个拇指勾在腰带上，乔恩宝又道：“像个浪子。”孙牧野又把手垂下去。走着走着，还是不知不觉背上了。

回到营地，看见两匹驿马拴在辕门边，乔恩宝便道：“信使来了。”果然，一进辕门，便见士兵们围着一个信使。地上几个大布袋，信使一边掏信，一边叫名字，被叫到名字的便笑呵呵地上前取信，边上看热闹的都是羡慕的眼光。乔恩宝走了几步，发现孙牧野没跟着，便回头问：“不过去看看？”孙牧野只得慢慢跟着，走到人群边缘，停下了。信使依次念名字，又念到一个：“左厢军弓弩营，张禹。”没人答应，信使又叫：“左厢军，张禹，平州人！”还是一片沉默，一人向远处几个兵叫道：“左厢军的，张禹有信！”那几个兵道：“死了。”信使把信放了回去，又叫下一个。

挤上来的人越来越多，孙牧野退到一边，看别人领信物。过了一会儿，人又渐渐少了，收到信的、没收到信的都散了，信使的布袋空了。乔恩宝最后才走出来，怀里抱着一个包袱，孙牧野问："是什么？"乔恩宝笑道："两件衣裳。"两人便往中军帐走，乔恩宝突然发现孙牧野空着双手，便要开口问，孙牧野不待他问，先进了帐子，乔恩宝跟进去，打开包袱，取出一件衣衫递给他，道："我娘子给我们一人做了一件，这件是你的。"孙牧野道："是你的，你自己留着。"乔恩宝从包袱里取出一张羊皮，道："信上写着呢，叫我给你。"

孙牧野便抬头看他："你又不识字，你知道上面写了什么？"

乔恩宝尴尬地收回信，挨着孙牧野坐下，叹气道："这杨家阿妹真是的，也不写封信来问问。"

孙牧野不吭声。乔恩宝问："怎么回事，是不是闹别扭了？"

孙牧野想来想去，自然是朱家酒肆那件事惹到她了，只是没想到会气这么久。他不好跟乔恩宝明言，只道："她还小，不懂事。"

稍后，一个卫兵进来道："将军，信使明早就要回去，问将军有没有信带给家里。"

孙牧野道："园子里香椿该摘头芽了，别误了；星官儿在春天爱掉毛，少给它洗澡。再问问家里好不好。"

卫兵便去请文书写信。孙牧野和乔恩宝零零碎碎聊了一会儿，就在一张席上分头睡了。

2

每次信使来军营，唐玥的东西都是最多的。他抱着包袱回到军帐，打开看，有三件衣裳，两双鞋，五双袜子，两包肉脯，两包荔枝煎，两包葡萄干，还有一封信。唐玥拆开信笺，先看落款，是哥哥写的，心里便有些失落——出征大半年了，苏叶不曾寄来只言片语。唐玥并非迟钝之人，他早察觉到苏叶的心在离开，只是没想到会离得如此远、离得如此绝。她好像连客套都免了。唐玥开始回想，上一次切切实实感觉到她的爱是在几时，是她初进唐府的时候，还是新婚燕尔的日子？是出征东洛前，还是南荆回来后？唐玥对哪一天都没把握，他心中暗自升起一丝疑虑：苏叶对于自己，或许不是疏远，而是从未靠近。

唐玥展开信笺细读，唐瑜在信中娓娓说着家常。说自己连日早出晚归，瞳语已不认识他了，有一晚特意早些回去，想陪陪女儿，她却不要他抱，小手还给了他一巴掌；说怜玦轩的流苏树开花了，小轩窗外，瑶花胜雪，满庭清芳；说唐玥的猞猁猕会爬上屋脊伏击燕子，所以今春府里的鸟儿比往年少了许多；说家奴唐冲的女儿周岁了，再过一两年，便可和瞳语一起玩耍了。

唐珝读完信，心中越发忐忑：信上丝毫没有提及苏叶。以哥哥的缜密体贴，绝不该忘，他本该知道，自己最牵挂的是妻，他应该着重告诉自己，惜环院里是否安然，可他竟然只字不提。家里一定有事发生了，是苏叶的事，而哥哥在瞒着自己。唐珝越往深处猜，越是心慌意乱，不知不觉，信在手中攥成了一团。

呆坐了一会儿，唐珝开始给唐瑜回信。说自己在军营一切都好，虽然攻城受阻，但将士们依然有耐心；说后勤军资总是按期抵达，伙伴们都说“小唐相公是大焉的萧何”；说自己会和牧野将军一起上夜哨，一聊就是一夜，他现在的话比从前多了；说云州好像还没入春，清晨和夜晚还很冷；说自己有一晚想起年少时，叔父把瑜、珝、璁三兄弟挨个儿抱上马，在未离原上策马奔腾的情景；说叔母如今独自在宗山城，别忘了有空时去看看她。末了，唐珝小心翼翼地问唐瑜：“苏叶近日可好？”

他写好信，装进羊皮袋子里，封了口，然后走出军帐，找到信使，把信交了出去。

3

四月十九，四更末，正是夜最沉、人最困的时候，风声如百鬼聚啸，在念波城上来回盘绕。守北城的一个项兵最先发现了异常：黑茫茫的平野，本像一潭死湖，可此时的湖面似乎起了浪，浪在涌，无声地、迅速地向城下涌。疑惑的项兵点燃一支箭，射上长空，燃烧的箭把夜撕开了口子，火光照耀，照出了成千上万的焉兵，他猛一激灵，放声叫道：“焉贼来了！”同时奋力击打铜钹，尖厉的钹声响彻城头，几乎同时，东城、南城、西城皆有火箭升空，是四方守军在互相示警：焉军又攻来了。

从梦中惊醒的项兵纷纷往城上赶，急匆匆地戴头盔、穿护甲、挽弓箭。一个百夫长走来走去地指挥：“铁锅架起来！烧油！”长长的城墙上，一口口铁锅架了起来，一堆堆大火烧了起来，士兵们把一桶桶冷油倒进热锅，激起一阵阵白汽。瞭望的哨兵呼道：“焉贼过来了！”士兵们透过城垛口，看见无数黑影，人形、马形、车形、云梯形，正在越过护城沟上的木板桥。

焉军这次选在夜半进攻，是想借夜幕的掩护，打项军一个措手不及，显然奏效了。在项军的阻击尚未成势之前，宁州军的撞车已开到了城门下，几十架长梯一个接一个竖起，像突然从地下长出的参天巨木。护城沟外，田永欢为即将登城的三百健儿送行。这三百名将士，是他从十万宁州军里一个个挑出来的，多数也是他带出来的，都在二十五六的年纪，其中五十多个百夫长，九十多个十夫长，若非万不得已，他舍不得押上这些人。田永欢举起酒碗，高声道：“日出之时，我与诸位城上相见！”三百健儿齐声应道："我们在城上等将军来！" 田永欢道："壮士痛饮此酒，而后决战！" 健儿们纷纷将烈酒饮尽。酒热了身子，也壮了胆色，号角声急，三百健儿抽出刀刃，向城下冲去，田永欢急命各军护行。

天上的箭、地上的兵护着三百健儿过了护城沟，逐渐消融在黑夜里，远处只依稀可见如山的墙、如竹的梯和如蚁的兵。田永欢紧盯着向上攀爬的影子。有些兵，在入伍的第一天，他便认识了；有些兵，是他在守边关的数年间发掘的；还有些兵，是在十字关与项军殊死决战时脱颖而出的。三百健儿节节向上，项军箭石拦之不住。城下焉军士气大振，齐声呼道："上！上！上！" 离城头越近，越是靠近光芒，身影渐渐照得清楚了，田永欢看见项兵从垛口倒下油锅、扔下火源，有战士燃烧起来了，也有战士灵活地躲过攻击。当第一个焉兵登上城头，城下响起万千欢呼，愈多的焉兵随之而上，十个、百个健儿一跃翻过了垛口，长梯上还有无数同伴在攀登。突然，城上飞出一片片黑影，大如门扇，焉兵们都看出是长条石，忙叫道："闪开！闪开！" 石头是对准长梯发射的，一砸一个准，阵阵巨响，木梯依次断了，恰如一棵棵大树被拦腰斩断，细小的人影也像落叶，在箭雨中纷纷飘坠。眨眼之间，墙上空了，没有了人，也没有了攻城梯。

田永欢忘了呼吸，眺望城垛之上。奇怪的是，城头似乎也没人了，一排火把在风中微弱地闪烁，却看不见上去的焉兵，也看不见项兵。几个亲兵紧张地问："他们是不是拿下了？" 田永欢的目光下意识地移向城门，会不会有人从内把门打开？良久，铁门纹丝不动。

突然城上响起一声怪叫，像野狼仰天尖嚎，却是人发出的。随后，一大片人影飞了出来，直往城下落，却又在半空被吊住了——每个人的脖子上都绑着绳子。全是焉兵，一个接一个被抛出来，约二百多个，在城墙上参差吊着，命已没了，身体还在随风晃荡，其状甚怖。田永欢五内俱崩，厉叫不止。狼嚎声更多了，是几千个项兵在欢呼。

南城的焉军这几月一直在挖地道，终于赶在今夜挖好了。殷虚一直站在地道口等，五更初，地道深处传来人声："通了，可以去了。" 十几个工兵钻了出来，一身泥土和汗水。殷虚问："出口在哪里？" 工兵道："一家住户的后院，离城墙有两百步。" 殷虚再问："没被发现？" 工兵道："没有，人都走完了，城里只有兵。" 殷虚便转身，身后站着八百士兵，领头的是千夫长王引蛟。殷虚走过去，用食指敲了敲他的胸膛："进去之后，全力夺门。打下来，你就不是千夫长了，是千户侯。" 王引蛟笑道："将军不光要记得我，还要记得这八百弟兄。" 殷虚道："给殷字营争个光，将来朝廷赏多少，我也赏多少。" 八百焉兵都笑着称好。王引蛟当先，一个个猫着腰钻进了地道。

殷虚就在地道口站着，身边还有两个营在等候，随时准备去支援。亲兵怕他累，搬来一张椅子，他坐着跷起二郎腿，看了看不远处的城墙。殷字营主力也在奋力攻城，为的是牵制守军的注意。等了半炷香，城门没有动静，地道里也没有动静。四方焉军不时在互通消息，一时有传讯兵从北边来，向殷虚道："田将军派去强攻的三百精兵全死了，被挂在墙上，大家的士气都泄了。"殷虚便道："就泄气了？宁州军是皮球做的，一扎就泄？问问田永欢，他还有没有气？"传讯兵去了。隔一会儿，又有一个从东边来，禀报："孙将军又从攻城梯上摔下来了，还在攻，大家说他疯了，也不敢劝。"殷虚道："若发疯有用，我早疯一百遍了。告诉孙牧野：不行，就让别人上，不要耽误人家攻。"传讯兵又去了。

又过了半炷香，依然没动静，殷虚便有些焦躁，亲兵端来一碗热茶，他一面饮茶，一面思量对策。周围上千人，一个也不敢出声，只有一片低沉的呼吸，渐渐地，众人连呼吸都屏住了，似乎都在用耳朵探索动静，一人悄声问道："什么声音？"

殷虚停止了饮茶，盯着地道口。里面传来细微的、不明的声响，像在下雨，可地道如何会下雨？几个士兵慢慢上前，围住地道，探下火把瞧了瞧，什么也没瞧见。雨声若有若无，时大时小，又一个兵伏在地上听了听，道："像是流水。"

殷虚起身走了过去，站在边上等着。众将士都围了上来。没过多久，地道底下闪出细粼粼的光，士兵将火把杵进去一照，惊道："是水！"

水流来了，一寸寸地往上涨，一面涨，一面变色，先是泥土的黄，随后流出几道红，两色缠搅了一阵，黄色消失了，鲜红的水灌满了地道，逐步漫出地道口，浸湿了焉兵们的鞋，在大地上漫无方向地流。再过一会儿，随着流水，一个身体漂了上来，两个焉兵俯身去抓住，拖上了岸；又来了一个、两个、三个，等候了一夜的将士终于有事可做了，有的跳下去拖人，有的把人抬开摆放，地道边忽然十分忙碌，却阒然无声。殷虚让出了地，走得远远的，抬出一个数一个，一直数到七百八十七。天总算亮了，放眼看去，一地湿漉漉的遗体，摆放得整整齐齐，和出发前一样；他又抬头看天，一抹红云横在地平线上，像刚刚被血洗过似的。

苦战至天明，东城焉军的攻城梯已全被摧毁了，只剩七八支巨箭突兀地插在墙上，焉军放弃了城墙，集中力量攻城门。三个营的士兵护着撞车，看着它艰难地向铁门冲撞，门上尖钉都撞烂了，却撞不开一丝缝隙。马学谦的腿中了箭，只能跪在地上牵拉撞木，他的双掌和双膝都已磨破，绳上是血，地上也是血。几个士兵皆道："老人家，让我们来。"马学谦道："你们小，你们不行！"马长江流着泪，一边撞门，一边向上喊："孙校尉，你在哪儿！你出来见见我爷爷！"项兵把一桶热油淋下来，溅在四五个焉兵身上。

孙牧野的肩被锐石砸伤了，血流了一身，被乔恩宝拖回后方包扎，才扎好，又要往城下去，乔恩宝一把拦住，欲言又止。孙牧野打量他的神色，问："你觉得不用打了，是不是？”乔恩宝道：“死伤快过半了。”孙牧野一把推开他，道：“你别跟着我了。”说着走了出去。护城沟边，还陈列着十架弩车，孙牧野问：“还有多少箭？”弓弩兵回道：“三十来支。”孙牧野道：“全射了。”弓弩兵把最后三十支箭射了出去，两三条曲折的箭梯再次上墙，一些焉兵再次援梯而上。

乔恩宝站在护城沟边，忧心忡忡地目送孙牧野，看着他到了城门下，往上张弓射箭，护卫撞车攻门。几次交战后，项兵已认识了孙牧野，见他过来，一人高声道：“孙牧野，你父亲叫你爬上来！”随后十几个人一起叫：“爬上来！爬上来！”满城的人都在哄笑。乔恩宝远远听见了，他吊起一颗心，生怕孙牧野失态，幸而没有，孙牧野只是沉默地射箭，项兵每退避一次，撞车的撞击便用力一次，两扇铁门终于有些动摇了，一道缝隙开了又合，合了又开。乔恩宝正看得入神，突听身后一些伤兵道：“上！快上！”声音振奋。

乔恩宝顺着他们的目光看去，城墙上，许多焉兵还在攀登，最上面的一个，已攀过了高墙的一半。他身轻步捷，踩着一支支箭杆，灵巧地躲过一次次矢石袭击，背上的箭筒里，插满了燃烧的火箭。两个项兵抱出一个石臼，对准这焉兵砸下去，石臼砸断了箭杆，焉兵却已纵身向上，抓住了另一支箭，双足点墙，人轻轻巧巧荡了上去，再一跃，离墙头便只有三四步了。越来越多的焉兵被吸引了，大声为他鼓劲。那焉兵翻身躲箭的瞬间，脸向外偏了几次，突然有人疑惑起来，互相问道：“怎么像个女子？”乔恩宝听得一惊，忙伸长脖子细望，多望了几眼，顿时三魂七魄全出了窍，大声叫道：“亲娘哎！她怎么来了！”

杨豆蔻穿着轻甲，背着弓箭，顶着呼啸的风，一路向上。她是大山里生长的姑娘，翻过无数险峻的山，爬过无数陡峭的崖。遮天蔽日的箭，像高山上不休的暴雨；突如其来的矛，像岩缝中危险的毒蛇，她已久经历练，无所惧怕。她学着幽谷绿藤上的猿，从一支箭梯荡向另一支箭梯，每一步都是往上。转眼，垛口已在半步之外，她大叱一声，纵身飞跃——身在半空，双手已取弓引箭，落足之时，火箭离弦而去，正中沸腾的油锅，轰然一声，烈火窜起数尺高，火舌随风飘舞。豆蔻在城垛上疾跃如飞，一面闪躲枪矛，一面射汤引火，倏忽十箭，无一虚发，所到之处，风火交织。恰有一口锅在垛口边，她飞起右足，踢翻油锅，热油扬了一地，再挽弓补上一箭，地面燃了起来，星火迸溅，油流到哪儿，火便烧到哪儿。项兵们高叫：“烧起来了！烧起来了！”纷纷后退躲避，一转眼，无数个垛口间，成十成百的焉兵翻了上来。

城门下，撞车还在撞，门张开了半尺裂缝，又立刻闭上了，是外面的焉兵和里面的项兵在博弈。撞木又一次被拉高后，马学谦一瘸一拐走到门边，回头喝道：“再撞！”马长江和几个焉兵松了绳子，撞木轰然冲向城门，裂口再次出现了，马学谦猛然把身体挤进裂缝，以血肉之躯卡住了门。里面的项兵大叫着，拼命压门，拼命把他往外推，马学谦双手扣着门钉，叫道："撞！再撞！"项兵急了，用刀、枪、矛往马学谦的身上砍、刺、戳，想把人逼出去，马学谦丝毫不理会，只张口叫道："再来！再撞！"几十个项兵在内一起挤门，想把马学谦生生挤碎，焉兵也冲过来，向内扎矛射箭，一个焉兵抱住马学谦，把自己也挤进缝隙之中，口子更大了，撞木也在此时再度落下，先是撞击之声，紧接着是碎裂之声，马学谦的骨头碎了，巨大的门闩也断了，两扇大门轰然中开，焉兵冲了进去，马学谦倒在地上，叫道："破了！城破了！"撞车边的兵，城门外的兵，一个接一个高声呼道："城破了！城破了！"一传十，十传白，各支焉军都听到了，奔腾的重骑兵从洞开的城门一拥而入。

孙牧野赶过来，想扶几乎散了架的马学谦，马学谦急道："快去找孙校尉！别耽搁！叫他来见我！"孙牧野只得继续往里走，穿过幽深的门洞，看见正在战斗的瓮城。焉军兵分两路，从城墙上来，从城门外来，项兵在后退。一队焉兵从城楼跃下，当先一个险些撞到孙牧野，孙牧野看她，灰渍和汗水混成一张大花脸，眼神又倔又莽，不像猫了，像豹，孙牧野想不到要说什么，便唤了声："蛮子姑娘。"豆蔻也想不到要说什么，一转身与伙伴们追残敌去了。一个传讯兵赶来，向孙牧野道："南城也破了！殷字营挖了条地道，二十个兵进了城，把城门拿下了！"正在此时，瓮城的门也破了，项兵往城内退去。孙牧野拔出长剑，走至瓮城门边，念波城的街巷屋宇已在眼前，还有一场巷战和一个人在等着他。

4

黄昏，战斗结束了，六万项军已尽数歼灭，尸横遍地，穿行的风都被染成了红色，一只黑鸦从孙牧野的脚边扑过，断了半边翅膀。这城市，终于是他梦中的样子了。几个骑兵找到孙牧野，禀道："人找到了，在府衙大堂。"孙牧野即往府衙而去。

进了府衙，焉兵已将大堂包围，几个项兵站在台阶上，勉强守卫着紧闭的堂门。见了孙牧野，焉兵们道："他在里面，要单独见你。"

孙牧野丢了卷口的剑，迈步向前去，路过一个校尉时，抽走了他腰间的剑。上了台阶，几个项兵让开了。孙牧野走到门前，用剑顶开门，扫视一遍，走了进去。

大堂很深，门窗严闭，尽头有一堆火和一个人。人坐在阶上，身边搁着一柄长枪。孙牧野向那人走去，火光和人影都映在瞳孔里，每进一步，看得越清晰。走到离人只有九步的地方，孙牧野停了下来，和那人对视良久，然后，他重新把大堂打量一圈，开口问道："人呢？"

那人问：“谁？”

孙牧野道：“孙崇义。”

那人一笑，道：“我就是孙崇义。”

孙牧野道：“你不是。”

孙牧野当然不会忘记父亲的样子。父亲的脸有棱有角，眉上挑，双目黑白分明，而眼前的人，浑圆的脸，眉角下垂，眼瞳是褐色。岁月和境遇固然会改变一个人的面貌，但绝不会把一个陌生人变成父亲。孙牧野十分确定，眼前这个人，他不认识。

那人也把孙牧野看了很久，依然道：“我是孙崇义。”

孙牧野十分恼火，握紧手中剑，道：“别耍我。他是死了，还是逃了？”说话时，身体已积蓄力量，准备击杀了。

那人便道：“他死了。”

孙牧野的心猛一抖，问：“在哪里？”

那人道：“念波城里。”

孙牧野追问：“念波城哪里？”

那人抬起头，正视着孙牧野：“现在，你找不到了。他死在二十四年前的念波城。”

孙牧野大惊，喝问：“你到底是谁！”

那人道：“我现在就是孙崇义。我以他的名字，活了二十四年。”

第八十七章

父亲

1

赤乌二十二年冬月，项军挟连破燕、朔、云三州之势，来到了念波城下。两年战争，大焉失去了十位将军、三十万士兵和近百万百姓。自朔州开始，项军每下一城，必屠城诛将，摧灭了城垣与苍生，也摧毁了焉军的心气，当西项军旗出现在念波城下时，城里一片人心惶惶。

云州军孙字营从陇门一路败退，退到念波城时，一千人只剩二百余，联合各残部四千余人，共守西门，孙崇义临时掌领。这二百人中，已有一半无心再战，只是，没人敢第一个说出来。众人的心里，还抱有一丝希望：听说雍州军和平州军都在来的路上了，只要他们能赶到，或许城池可以守住。十日后，平州军到了，士兵们站在城头看两军交战。约两个时辰，战斗结束了，草原上布满了平州兵的尸体，项兵们割下首级，在离城半里远的地方堆放，无数颗头颅，堆成两座山，比城墙还高。守兵们要抬起头，才能看清山顶的那些脸，每一张脸都未瞑目。是夜，念波城的每个角落，都有人在噩梦中呐喊和哭泣。

又过了五日，项军把劝降信射进城，告诉全城的人，雍州军退了，再也不会有援军来，此时开门投降，前罪不问；若再顽抗，破城之后，必尽戮之。是夜，孙字营一百人聚到了城隍庙中。这一百人的主心骨叫樊凌志，是跟了孙崇义十年的卫兵，他先开口："大伙儿说说，这城要怎么守？"

没人吭声。等了半晌，樊凌志道："看来只有死了。"

角落里有人抽泣。樊凌志道："哭有何用？城破之后，项贼一个也不会放过。"

有人道："我……我不想死。"

既然开了头，便有几个大胆说道："我们不想死！不想被砍下头，堆在地上！"

樊凌志便问："那怎么办？"

又是一阵沉默。

很久之后，一人开口道："降。"

樊凌志环视众人："你们觉得呢？"

三三两两的，都出声了："降就降。项贼说了，只要投降，就不杀。"

樊凌志用眼神去询问那些没出声的人，被盯到的，一个个都开了口："降！"

一百个人都说降，彼此也就放心了，气氛稍稍宽松了些，大家窃窃私语："反正也守不住，何必送死？""活着比什么都强。""该死的是皇帝老儿、贪官污吏，不是我们。"

樊凌志听了一会儿，问："怎么降？"

蜂议声又停了。要如何出城投降，谁也没有主意。樊凌志道："守军不会打开城门让我们出去。若他们知道我们要降，会杀了我们。"他停了停，说道，"孙崇义第一个会动手。就是逃了出去，他也会追出来杀。"

一人道："你是他的亲信，你去求他放我们一马。"

樊凌志冷笑："求他不如求项贼。"

众人不说话了。过了一阵，樊凌志道："只能骗他了。"

一个问："怎么骗？"

樊凌志道："骗他说我们去诈降，说我们是为了杀项贼，他或许会放。"

大家一想，只能如此了，都道："孙崇义信你，你去。"

樊凌志起身道："我去。若被他看穿了，他必然杀我，你们就自求多福。"

2

樊凌志找到孙崇义时，他刚刚杀完人。两个焉兵被杀了，尸体就从樊凌志身边拖了出去。樊凌志问："校尉，他们这是？"

孙崇义一面用帕子擦手，一面道："他们在和项贼通消息。放出去的信鸽被射下来了。"

樊凌志道："听说今天北城也抓了几个内贼。"

孙崇义道："反叛的太多了，杀不完。"

樊凌志一声叹息。孙崇义问："你有什么事？"

樊凌志看了几个卫兵一眼。孙崇义有些意外，想了想，叫那几个出去了，樊凌志过去关上门，回来问道："校尉可有破敌之计？"

孙崇义道："没有。"

樊凌志道："那项贼若攻城……"

孙崇义道："死战而已。"

樊凌志道："我有一计。"

孙崇义忙问："什么计策？"

樊凌志道："诈降。"

孙崇义一愣，锐目把他扫了一眼，重复道："诈降？"

樊凌志道："我们不能坐以待毙，要抢先手。我想找一些敢死的弟兄，谎称投降，去了项贼阵中，杀他个措手不及。若能近身杀个主将，则项贼必乱，我们才有可乘之机。"

孙崇义又把他看了两眼，没说话。

樊凌志道："古往今来，以弱战强的，多是靠诈降取胜。没有别的法子了。"

孙崇义忽然一笑，问："是诈降，还是真降？"

樊凌志道："我跟着校尉，和项贼大小血战十余场，几时想过投降？孙字营谁是贪生怕死之徒？"

孙崇义便不言语了。樊凌志道："上有父母，下有妻儿，我若叛国，岂不是置他们于死地？骨肉血亲尚在，我怎敢投降？"

孙崇义陷入思索。樊凌志给他当了十年卫兵，多次随他冲锋陷阵，从未显过怯懦；人虽内向寡言，不像别的士卒豪爽，却思虑深沉，行事稳健，当初也曾用他的计策，在陇门伏击了项兵百人。思及于此，孙崇义道："你要想好，去了就是死。"

樊凌志道："此役之后，若校尉活了下来，烦请上报朝廷，我以身殉国，国家别亏待了我一家老小。"

孙崇义问："你能找到多少人？"

樊凌志道："一百多个，都是立誓和项贼同归于尽的。"

孙崇义思虑良久，道："就用你的计策。你把降书发出去，若项贼同意了，你们就约好时辰出城。一定要找最好的时机下手！项贼一旦开始乱，大军就出来。"

樊凌志忙应道："是！"

忽有几个校尉求见，孙崇义便叫樊凌志先回去。樊凌志回到城隍庙，见了众人，低声道："孙崇义上当了，准我们出城。"众人都压着声音欢呼。下半夜，樊凌志带着五十人上城墙，向哨兵道："孙校尉叫我们来换岗。"哨兵去问孙崇义，果然如此，便退了。一个弓手把降书射向了项军军营，一个时辰后，项军射了回信，约定明日午时，在西城门外纳降。

天明后，又一班哨兵来了，樊凌志便带人回了城隍庙。一百个人开始为出城做准备，忽然门边一人悄声道："孙崇义来了。"众人一惊，都吓住了，大气也不敢出。孙崇义提着长枪一步迈进来，问："准备得怎么样了？"

樊凌志道："我们都把剑藏在腰后，到了项贼阵里，再抽出来。"

他转过身，掀开上衣，露出一截剑鞘给孙崇义看，余人也都照做。孙崇义替他把上衣拉下来，笑道："我和你们去。"

所有人立时呆住了。樊凌志忙道："这是有去无回！校尉……"

孙崇义问道："你们都知道是有去无回，为何还要去？"

樊凌志沉默。远处一人轻声道："为求一胜。"

孙崇义道："我们不是为死而死，是为胜。多一个人，胜算就多一分。"他笑着问樊凌志，"我的武艺，你看如何？"

樊凌志颤声道："校尉是万人敌。"

孙崇义道："半年前在陇门，你替我挡了一刀，今日，我护着你。"

樊凌志低下了头，整理衣角。孙崇义忽向周围笑道："大家不用太担心，我已和东门杨柏年、南门冯冰约好了，我们出城诈降，一旦搅乱项贼阵脚，他们便会出来接应我们。我们至少有一半胜算！"

樊凌志忙问："校尉告诉他们了？万一他们走漏……"

孙崇义道："杨柏年和冯冰都是忠诚刚正之士，我认识他们十几年了，不必相疑。倒是北门百里旗，没打过交道，不敢告诉他。"

众人不再言语。一人道："校尉带着枪，恐项贼生疑。"

孙崇义便把长枪放到纪信神像下，以手轻抚枪身，仿佛是与老友作别，笑道："它跟了我十多年，这一次，让它休息休息。"樊凌志取来一柄剑，帮他别在腰后，也用棉衣盖好。所有人收拾妥当后，孙崇义带头出了城隍庙，径往西城门去。一百人从街上走过，各部将士纷纷侧目，有相熟的问："孙校尉，去哪儿？"孙崇义不答，流言便迅速蔓延开了。孙字营余下士兵得到消息，匆匆赶来，迎面堵住了，马学谦先问："校尉，你们去哪？"孙崇义道："出城，打项贼。"马学谦便问："空手怎么打？兵器呢？"孙崇义推开他往前走，马学谦喝问："到底是打，还是投敌？他们都说你们是降！"孙崇义还是自顾自走路，马学谦追上来，道："既然是打，我们和你一起去！"马学谦时年五十有余，是个老兵，孙崇义转身推了他一掌，道："你就留在城里。"马学谦险些被推倒，怒道："果然是要降！你怎么回事！"又有三个兵拦在孙崇义面前，道："我等尚能一战，校尉为何先降？"

周边站满了人，有孙字营，也有别的营，还有平民百姓，无数双眼睛盯着孙崇义。他知道，里面有些人已和项军通了消息，成了项军内应，倘若自己讲出实情，下一刻便会有密信出城，告诉项军真相，他不能冒这个险，只能沉着脸道："事到如今，各人顾好自己，休管别人闲事。让开！"士兵们也怒了，叫道："校尉不能降！"说着，几个兵的手按上了刀柄，孙崇义立喝道："你们要和我动手？！"

孙字营的兵都是孙崇义一个个带出来的，谁敢真与他刀兵相见，他一震怒，士兵的手又从刀柄上松开了。孙崇义大踏步向前走，却又有数十人迎面而来，领头的是朔州军百里旗，见了孙崇义便道："孙校尉，前日还说与念波共存亡，今日怎么就要降了？"

孙崇义冷冷道："我们的事，朔州军少过问。"

白里旗道："孙校尉，从燕州到这里，为了守住国土，三十万同袍战死了。现在，你我共守念波城，身后有九万百姓。你若投敌，死了的、活着的都饶不了你！"

孙崇义道："三十万人死了，却没守住一寸国土！"

百里旗道："那也不能降！"

孙崇义露出狠绝之色，道："让开，我们要出去。"

百里旗愤然道："久闻云州军孙崇义，勇烈有胆气，如今方知是贪生怕死之徒！你可想好了，叛国罪，是万死难赎的罪！"

樊凌志生怕出变故，护着孙崇义，要从百里旗身边绕过去。百里旗抽出长剑，喝道："你们要降，我便杀！"

樊凌志与那一百个兵齐声道："让开！"

百里旗举剑向孙崇义刺来，孙崇义左手挡，右手夺，利刃划破了掌心，而后左手握住剑刃，右手劈向剑柄，势疾力强，一眨眼夺过长剑。百里旗大吼，赤手空拳向孙崇义猛攻，孙崇义无法回头了，他让了三步，知道百里旗下的是死手，遂心中一叹，反手一剑刺出，刺中百里旗心口，其实不深，不会伤及性命，却引得朔州兵大怒，冲上来助战，樊凌志和众兵拦之不住，混斗一团。孙崇义心中焦急，发狠将百里旗踢翻在地，剑尖指着他心口，向朔州兵道："谁再动手，我杀了他！"朔州兵们不敢动，百里旗握住剑尖抵住自己，叫道："让他杀！待他杀了我，你们杀他！你来！"孙崇义盯着百里旗，心中一团火被激燃了，好像有巨大的力量推着自己，逼自己真正地反叛，他有些迷惘和迟疑，百里旗趁他走神，翻身而起，一手压着剑，一手打他喉结，孙崇义大怒，飞起一脚把人踢倒，剑再度刺出，百里旗的胸口瞬间洞穿，正在此时，更多将士赶来，当先的叫道："孙校尉手下留情！"孙崇义回头看，是东门守将杨柏年和南门守将冯冰。两位守将已知诈降之事，早已彻夜布兵，准备接应。此时冯冰劝道："孙校尉想走，我们不留；想留守的人，请孙校尉也别为难。"

孙崇义松开剑柄，让开几步，几个朔州兵上来扶起百里旗，再无人敢与孙崇义相争。孙崇义和两位守将对视了顷刻，带人匆匆而去。其他各营的卒子，大多是败退下来的残兵，早没了斗志，眼睁睁目送一行人去了西门。

西门下，孙崇义遇见了最信任的部将陈行之，还有两千士兵。昨夜，孙崇义同样把计划告知了陈行之，命他挑选精锐，明日待战，陈行之最终选出了两千人。天明前，孙崇义叮嘱他："我们到了项军阵里，若打得顺，你们就出来；若不顺，你把城门关好，不用救了。"陈行之只得允诺。此时两人相见，陈行之想打个招呼，孙崇义却避开他的眼光，径直走进了瓮城。

瓮城里空无一人，只有这一群即将投降的兵。忽然头顶一声雁叫，众人抬头一看，一只大雁划过四四方方的天，向北而去，孙崇义定住了脚步，久久不动。樊凌志问："校尉怎么了？"

孙崇义道："它飞去北方了。"

樊凌志道："校尉的家在北方。"

孙崇义点头。

樊凌志道："校尉家里有夫人和两位小公子，他们一定在想念校尉。"

孙崇义道："今日的事，过半个月，他们就会知道了。"

樊凌志黯然低下头，再抬头时，含泪劝道："校尉，你留在城里，我们去。"

孙崇义摇头。樊凌志道："这一去，必死无疑，为了小公子，校尉不该去。"

孙崇义依然看着天，笑道："从前我问两个小子，长大了要做什么，他们都说，也要当军人。将来，等他们真的成了军人，就会理解我今日的决定。"

樊凌志忍不住开始哭，孙崇义拍了拍他的肩，率先走进了门洞。深邃的门洞，有六十步，墙上插着一排燃烧的松枝火把。守门卫兵不敢和孙崇义争，交出了钥匙，一个老兵赶在孙崇义前头，把城门打开了一线。正是午时，护城沟外二百步处，项军骑兵在驻马观望。

门洞里的气氛莫名紧张起来，士兵们都沉默着，等待孙崇义和樊凌志先走出去。孙崇义长吁一口气，笑道："这一次，和以前也没什么分别，是不是？"士兵们点头，却有一个小兵不由自主颤抖起来，孙崇义过去扶住他的肩，道："你跟在我身后，我怎么打，你就怎么打。"小兵忙点头。孙崇义又替他整理衣裳，整理藏在腰后的剑，叮嘱道："剑要顺好，要一下子能抽出来。"说话时，他的手碰到了剑鞘，指尖的触觉却和从前不一样——剑鞘很轻，像是空的。孙崇义心生疑惑，一把掀开这人的衣裳，竟看见一把空鞘，没有剑。他脱口问道："剑呢？"

无人回答。孙崇义又转身抓住一个，也掀开衣裳看，也是空的，他瞬间明白了，怒喝道："你们是真降！"话音刚落，四个兵扑过来，将他死死抱住，樊凌志叫道："杀了他！"一人从孙崇义背后勒他脖子，孙崇义勃然发力，拖着四人一起后退，退到墙边，把那人压在墙上，手肘狠狠一击，击碎了那人的头颅骨，再双手抓住一个，往墙上猛砸，砸得人脑浆四溅。樊凌志慌了，连声叫道:“抓住他！抓住他！”又有几个冲过来，两个箍住上身，两个抱住双腿，还有几个用剑鞘在他脸上乱戳。孙崇义奋力想挣开身上的手，用力掰，用力打，那士兵却死活不放，哭道：“校尉休怪！我们不想死！”孙崇义抬起膝盖，顶翻了前头一个，又有两个压上来，任他怎么踢都不让，孙崇义放声大呼:“我被骗了！你们骗我！我不会饶了你们！”几支剑鞘更用力地打他的头、他的脸，又有一个趁乱用腰带缠住他的脖子，越勒越紧，布带直入血肉，孙崇义像绝境里的猛兽，怒吼着，抗争着，奋然抽出双手，扯开腰带，反手向那人的脖子绞去，四目相对，那人竟是樊凌志，孙崇义怒极，两手发力，把他的脖子用力绞，绞得几乎变形。突然，身边的人都松开了他，孙崇义还没反应过来，一支火把已戳上他的衣裳。这是冬日，穿的是棉衣，遇火则燃，孙崇义身上瞬间燃起火球，他急忙要脱衣，却有两支剑鞘一起打下来，打在后脑勺上，巨大的疼痛袭来，他顿时昏了过去。

短短一息之后，孙崇义又醒来了，烈火吞噬了衣裳和皮肤，他的躯干像枯涸的大地一般在开裂。透过黑烟，他看见几个叛兵走了过来，樊凌志在最前面，一步跨过他的身体，向城门而去。孙崇义用颤抖的双手扯住他的裤脚，樊凌志猝不及防，跪了下来，孙崇义扑上去，把樊凌志紧紧抱住，大火将两人一起包围，樊凌志惊恐地大叫，几个叛兵赶上来，用剑鞘拼命击打孙崇义的头、背和手臂，生生把手臂打断了，樊凌志慌忙逃开，在地上乱滚，压灭身上的火。孙崇义顶着击打站起来，伫立在叛兵丛中，双目灼灼如灯笼，看着自己曾经的兵。所有人都胆怯了，不住地后退。孙崇义叹息一声，披着一身火，踉踉跄跄走到门边，用背顶住城门，岿然面向叛军站立，像一团有生命的火焰，坚守着自己的防线。

门洞外，被抢了钥匙的守兵隐约看出了变故，便去报告了瓮城外的陈行之。陈行之立刻领兵冲进门洞，孙崇义看见了，朗朗大笑，大声道：“行之，杀叛军！”陈行之的长刀应声向叛兵砍去，狭长的门洞成了战场，两边展开殊死搏杀，鲜血涌上石壁、溅上穹顶，呐喊一声连一声，像不绝的回音。松枝火把掉在地上，点燃了受伤的人，又点燃了打斗的人，一簇簇烈火瘟疫似的弥漫，很快，门洞被烧成了烘炉。樊凌志趁乱逃到门边，孙崇义的火已熄灭了，焦黑的身体还靠在门上，樊凌志鼓起勇气伸手一推，那高大的身躯颓然倒下，化成一堆灰烬。几个叛兵放下吊桥，推开城门，樊凌志抢先逃了出去，几步冲过了护城沟。他抹开满脸血污，看见一行项军骑兵向他驰来，其中几个在拔刀，他忙叫道：“我们降了！降了！昨夜说好的！”项兵放下了刀。

樊凌志一步步朝项军跑去，身后的念波城越来越远，城上还有无数同袍在看着他。樊凌志终于意识到，此一去，背弃了念波城，背弃了焉军，背弃了国家，从此他是大焉永不会宽恕的罪人了，而远方的家人会替他承受怎样的命运？面对驰近的项兵，樊凌志猛然举起双手高声叫道："我是焉军翊麾校尉孙崇义！我降了！城门破了！"项军骑兵围住了他，他立刻遥指城门，"门破了，你们可以进去杀了，机不可失！"

一队项兵向城门冲去，紧接着又是一队、两队，成千上万的项兵打进了西门，念波城沦陷。陈行之战死了，杨柏年和冯冰也战死了，知道真相的人再也无法开口，而活着逃出去的人，把孙崇义叛国的消息带向了四面八方。

3

一段惊天动地的往事，樊凌志用最平淡的语气讲完了。他大概已独自演练了无数次，讲述的时候，冷静且流畅，只在结束的一瞬间，他发出一声长叹，像卸去了千斤重担。孙牧野的手在发麻，心在发麻，全身都在发麻，他几乎以为自己身在梦中，这场梦是自己在安慰自己，可是，眼前这个人是真实的，他的脸、他的声音都是真实的。

樊凌志捡起身边长枪，向孙牧野示意："城破的第三天，我回了城隍庙，拿走了他的枪，现在该还给你了。你父亲一直用枪。这支枪绝了无数敌人的性命，它的名字，是孙字营的伙伴们叫出来的：'长绝'。"

孙牧野看了这柄枪很久，问："你说的，到底是不是真的？"

樊凌志道："人之将死，其言也善。我不忍心把这秘密带到地下去，告诉了你，我才可以放心死了。"说着，他掉转枪尖对准自己，孙牧野大喝："你不能死！"忙冲上去夺枪，樊凌志双手发力，枪尖突地钻进心口，直入三寸，其力之大、其意之绝，非同寻常。孙牧野扑过去，一把抓住枪身，却不敢拔出来，只道："你不能死！"樊凌志惨然笑道："就当是你父亲杀了我，但愿他能瞑目！"孙牧野忽地拉着人往外走，大声道："你去和外面的人说，说你不是孙崇义！说他没有投敌，没有叛国！"

樊凌志猛然挣脱孙牧野，滚落地上，道："我不能去，我绝不告诉别人。"

孙牧野吼道："为何不能说？"

樊凌志道："我也有妻儿！妻儿还在章州，我说出来了，他们就完了！"他看着孙牧野，流泪道，"我也有儿子，他和你一样年纪……"

孙牧野怒极，又去抓人，樊凌志一翻身滚到火堆边，抓起一截燃烧的木头，按到自己脸上，孙牧野急忙去抢，一时竟抢不过，他狠命砸樊凌志的手臂，砸断也在所不惜，樊凌志不得不松了手，孙牧野抢过燃木，樊凌志却向火堆中扑去，揽一大丛火焰在怀，把脸深埋进去，孙牧野怒喝不止，拼命拖人，樊凌志死死把自己沉在火里，让烈火在脸上肆意燃烧。终于，他的力气用尽了，孙牧野把人拖了出来，掀开一看，一张脸已被烧得模糊不堪。樊凌志只残存一口气，却放心地笑了，笑声凄惨。

孙牧野颓然坐在地上，眼睁睁看着樊凌志走向死亡，突然，他凑下身去，狠狠道："云州军孙字营樊凌志，籍贯章州，我会查出你家人在哪里，我会杀你儿子，杀你全家！我绝不会手软，因为这是他们应得的，他们二十年前就该死了！"

樊凌志垂死的身体猛烈挣扎起来，明明面目都烧焦了，却清清楚楚在示弱求饶。孙牧野站起身，把长枪从樊凌志的心口拔出，血也随之四溅，樊凌志又扭了几下，像虫豸一般蜷曲着死了。

大门被踹开，殷虚带人走了进来，随后，乔恩宝、唐琊都来了。看见面目全非的尸身，殷虚先道："好家伙，好家伙！你亲自解决了。"

孙牧野道："他不是我父亲！他是假的。"

众人闻言一惊，殷虚定睛把他打量。孙牧野道："我父亲没有降，他为念波城牺牲了！二十四年前就牺牲了！这人冒充他活了这些年！"

殷虚围着尸体走了一圈，看不出个所以然来，遂向乔恩宝使了个眼色，暗示乔恩宝把孙牧野带去休息，唐琊也道："将军，咱们先回去歇歇。"

孙牧野知道没人信自己，他太累了，累到无力争辩，便沉默下来，转身往门外去，乔恩宝和唐琊想跟着，他摇手拒绝了。他要去找马学谦。马学谦认识父亲，也认识樊凌志，他或许能辨认出两人的不同。穿过兵来将往的街道，孙牧野回到东城门，看见门下一老一少两个身影。马长江背靠城门坐着，抱着一头白发、一身血污的马学谦。孙牧野走过去，马长江抬起泪眼，道："孙将军，阿爷死了。"

孙牧野站了一阵，手撑着长枪，慢慢坐在了地上。还有兵卒进进出出，诧异地看着三人，不敢上前询问。良久，孙牧野的战马来找他了。它缓步过来，用头去蹭孙牧野的头，孙牧野便起身翻上马背。马儿驮着他，信步向城外走去。过了护城桥，到了一望无际的原野上，孙牧野挥起鞭子，战马扬蹄奔向远方。迎着大风，他突然想开口，想告诉天和地，想告诉路过的树和草，想告诉耳边的风和远处的夕阳："我的父亲没有叛国。"可谁会听呢？他不住地打马，不住地追，想追回走向门洞的父亲，追回风雪中载着母亲远去的囚车，追回走上栈道的牧城，追回四面八方的流言，追回他对父亲的怨恨，追回他和家人失去的二十四年，可他什么也追不到。风向前去了，马停了下来，孙牧野坠落地上，天在眼前，云在流动，一瞬间一个样，像父亲的背影，像母亲的侧脸，像牧城欢笑着朝他跑来。

"我想你们。"孙牧野在心里轻轻地念，泪水涌出眼眶。压了他多年的大山飞走了，可悲伤又如大海席卷而来。他闭上眼，疲倦地睡去。无法承受的伤，就只能靠沉睡来暂时遗忘。

第八十八章

铁马冰河

1

全军上下都知道孙牧野正在经受莫大的伤痛，唐琊想看他，被卫兵拦住了；殷虚和田永欢来看他，也被拦住了；只有乔恩宝，是卫队长，没人拦得住。是夜，他来看望孙牧野，见人坐在军帐深处，双臂抱着，一身冷气。乔恩宝道："一天一夜了，好歹让人给你上点药，不然伤口要烂了。"

孙牧野不理。

乔恩宝问："他们在外面吃蒸饼，我给你拿两个来？"

孙牧野还是不理。

乔恩宝又道："战报已经送往京城了。"

孙牧野便开口："怎么说的？"

乔恩宝道："念波城大捷。你亲手杀了自己父亲。"

孙牧野一字字道："他不是我父亲。我父亲当年守卫念波，战死了。"

乔恩宝叹气。

孙牧野问："你们不信我？以为我疯了？"

乔恩宝道："我信！可别人不信，有他们的道理！多少人亲眼看着他降的，现在你说不是，空口无凭，人家怎么信？你可有证人？可有证据？"

孙牧野不能答对。

乔恩宝道："唐三郎怪我们没有跟进去，可那时，我们也不知道怎么回事，他要单独见你，你也同意，我们怎好进去？"

孙牧野开始摇头，他找不到言语，便只能摇头。

乔恩宝道："大家都在关心你，你顾惜下自己，吃饭，行不行？"

孙牧野还是摇头。

乔恩宝道："你不理我们也就罢了，那阿妹呢，你也不管？"

孙牧野停止摇头，问："她在哪？"

乔恩宝道："就在隔壁帐子里。她也受伤了。"

孙牧野起身往外走，乔恩宝道："你收拾干净再去！脏头脏脸的，一身血臭气！"

孙牧野想想有理，只得找出一套干净衣衫，去了营地外的小河边，擦洗了身体，换了衣裳，束了头发，清理了伤口，这才往隔壁的帐子来。

小帐里，豆蔻也独自坐在草席上，不知在想些什么。孙牧野走过去，坐在她对面，豆蔻看了他一眼，低了头。

孙牧野和颜悦色地问："这么晚了还不睡？"

豆蔻点头。

孙牧野问："吃饭了没有？"

豆蔻还是点头。

孙牧野又问："伤到哪里了？我看看。"

豆蔻便抬起手臂。孙牧野牵起她的手腕，把袖子推上去，看见小臂中了箭伤，已经敷了药，便放下了。豆蔻又指肩头，孙牧野把她衣领拉开一线，看见是包扎好的，便道："过一阵就好了。"豆蔻也只是点头。

无声对坐了很久，孙牧野道："我早就看见你了，在十字关的时候，还有第一次攻城的时候。我还以为只是长得像你，是我眼花了。"

豆蔻道："我也远远看见你了。"

孙牧野问："你在哪个营？我竟然一点不知道。"

豆蔻道："在唐三郎那里。"

孙牧野只好点头，心道："改天我再收拾他。"

豆蔻低着头，一缕散发飘下来，被昏灯照着，在脸上留下一道影子，孙牧野想为她拂上去，伸出手，又缩了回去，只说道："谢谢你。"

豆蔻问："谢又有什么用呢？"

孙牧野便不知如何应答。

豆蔻道："依然只是阿妹而已。"

豆蔻像个成年女子了。她不再像孩子一样，难过了便哭、便闹。哭闹是一种抗争，可最深重的烦恼，人是无力相抗的，懂得之后，便不争了，只能认。灯昏昏，影沉沉，两人再无多话，只听远处守夜的兵吹起燕笳，百里连营静默倾听。豆蔻自向草席里睡了，孙牧野继续坐着。油尽了，灯灭了，他就地和衣而卧。过了一阵，豆蔻以为他睡熟了，便起身把衣裳叠成枕头，悄悄挪过来，给他塞到头下枕着。孙牧野先是假睡，后来真的睡着了。其实他的帐子就在十步开外，可他不能离开，毕竟落单和相伴的分别，就在这十步之间。

2

焉军在念波城修整了两月，六月启程，继续西进，七月十四抵达云朔边界，驻扎在浊沙河边的马铃村。大河彼岸是白骨滩，秋藏率领的项军已在此等候了七个月。焉军将以累战疲惫之师，渡河进击项国王师——归正军。

七月十五，孙牧野和唐珝去了河边。黄水奔流，跨越雪山大漠而来，不舍昼夜向东海而去，远望对岸，项军营垒列如丘山。孙牧野一面走，一面把秋藏布阵之式向唐珝讲解，开战之时，项军将以何为阵心，何为翅翼，何为左右肋，弓箭阵将如何击焉军于半渡，步骑兵、车兵将如何在岸上以逸待劳。唐珝听得不妙，问："假如我们一万人渡河，能有多少人上岸？"

孙牧野伸出三根手指头。唐珝咋舌不已。孙牧野道："他在西项王陵守了十八年，但肯定没有一天浪费。"

唐珝道："幸好我们也没有浪费。"

一行人纵行数十里，依然找不到可渡之地。几个斥候从北而来，向两人报："北去十八里，是浊沙河支流——雪鸡河，比浊沙河窄一半。从前浊沙河涨水的时候，百姓会从雪鸡河走船。"

唐珝问："那边项贼有多少？"

斥候道："三个营。"

唐珝向孙牧野道："比这里少多了。"

孙牧野便问："从雪鸡河去白骨滩，必经之处是什么？"

唐珝回想这几日看的地图，道："野狐峡。"

孙牧野道："伏兵都在野狐峡里。"

唐珝问："若一万人走野狐峡，多少能过去？"

孙牧野伸出一根手指头。唐珝便叹气。

孙牧野用马鞭向浊沙河一点，道："只能走这里。"他看着唐珝问，"想一想，该什么时候过去？"

唐珝的心骨碌碌地转，可哪个时候都没把握，便不吭声。孙牧野道："打仗要依地利，也要依天时，雨雪风霜，或许都是我们的援军。”

唐珝道：“等冬天！冬天浊沙河要结冰，冻住了我们再过去。”

孙牧野点头，道：“云州西境，十月飞雪，腊月封冻，到时候我们再过去。”

3

十月十四，浊沙河上飘起白絮似的雪，长河两岸像洒了厚厚的盐。焉军在马铃村稳稳当当驻了三个月，未出一兵一卒。这日是冬至，孙牧野、唐珝、殷虚和豆蔻一起在中军帐里过节。四人席地围灶而坐，小灶上清水煮着鸭肉。孙牧野把蒸饼掰碎了放进锅里，然后歪在厚厚的枕头上，看别人吃。殷虚只尝了一口便放下筷子，叹气道：“但凡身在京城方圆五百里之内，我也不至于吃这个。”

孙牧野道：“吃雪的日子还在后头，有吃的就不错了。”

殷虚向唐珝道：“该请小唐相公多照看照看，好歹送点羊肉来。”

唐珝道：“前阵子雨太多了，征夫们走不快。这鹅，还是我找乡民用五个金瓜子换的。”

殷虚便又拿起筷子，笑道：“这个价，我忽然觉得香了。”

孙牧野低头瞧灶里，芋头烤熟了，便拿出来，拍了灰剥了皮，递给豆蔻。唐珝怕豆蔻无聊，便笑道：“小阿妹，咱们来玩抛打令。”

豆蔻问：“怎么玩？”

唐珝一边解腰间的金绣荷包，一边笑道：“打鼓传荷包，传到谁手里，就罚他。让他做什么，就得做什么。”

豆蔻也是好玩心性，便笑着答应。乔恩宝笑嘻嘻地叫人取来金钲，道：“我敲，你们传。”便取手帕蒙住了眼睛。

“铮铮”声响了起来，唐珝从容不急，把荷包在手里一抛一抛的，五六响后，才丢给豆蔻，豆蔻转手放在孙牧野手里，孙牧野抬手要给殷虚，殷虚双手抱胸，以拒绝的姿态道：“小儿把戏，我不参与。”孙牧野道：“我也没参与。”不由分说丢到他怀里，殷虚面露怫然之色，扔回唐珝，金钲声适时停了，殷虚道：“作茧自缚，善也。”唐珝笑问：“我做什么好呢？”

豆蔻道：“说个好玩的事来听听。”

唐珝想了一阵，压低声音道：“我亲眼见过妖怪。”

豆蔻好奇地睁大眼睛，问：“真的？”

唐珝道：“是我十七岁的时候。那年中元节，我和朋友在天问楼喝酒，四更的时候，他们还在喝，我先走了，走到桃影河边，看见有个小女孩在卖花，我心里奇怪，这大半夜的怎么还在卖花，我就想，把那一篮子全买下来算了。我问她多少钱，她说一个金锭一朵，我说：‘你小小年纪，怎么讹人呢？这花顶多一文钱。’她就有些慌了，好像真的不知道价钱，说：‘那就一文。’我给了她二十文，把一篮子花全买了。她收了钱，高高兴兴就过了桃影河。我有些不放心，就看她往哪儿走，看着看着就发现不对了。”

豆蔻忙问：“怎么不对？”

唐珝道：“她走着走着，头上突然长出两只尖耳朵；走着走着，又冒出一条毛茸茸的尾巴。”

豆蔻便道：“我不信。”

唐珝道：“真的！我马上过去把她抓住，说：‘你这小妖怪，是不是想害人？’她就吓哭了，说她从没害过人。我问她在这里做什么，她说她只是想来凡间玩耍，和凡间的人做朋友。我心一软，就把她放了。”

豆蔻问：“后来呢？”

唐珝道：“前年中元节，我又看见她了。我从一家果子铺路过，正巧她从里面出来，买了一篮子金乳酥，欢天喜地地跑远了。十几年过去了，她还是小女孩的模样，一点没变。我在她那里买的花，现在还在房里，一朵也没谢。”

豆蔻眸子扑闪扑闪的，将信将疑，唐珝忍不住笑了，又抛起荷包，向乔恩宝道：“来来，继续。”

乔恩宝又开始击钲。唐珝把荷包扔给殷虚，殷虚一面皱眉，一面要扔给孙牧野，孙牧野道：“别给我。”殷虚偏砸他身上。孙牧野递给豆蔻，豆蔻接了，正要给唐珝，钲声又停了。唐珝笑着拍手，问孙牧野：“怎么罚小阿妹呢？”

孙牧野看了豆蔻两眼，道：“要不，你笑一笑。”

豆蔻怪道：“我为什么要笑？”

孙牧野道：“我许久没见你笑了。”

豆蔻道：“没什么好笑的，笑不出来。”

孙牧野道：“笑是多简单的事。”

豆蔻问：“那你怎么不笑？”

孙牧野道：“你先笑。”

豆蔻道：“你先笑！”

殷虚叹气，向唐珝道：“我们两个是多余的。”

唐珝忍俊不禁，没接话。

殷虚向孙牧野道：“这也简单，你把百里连营的烽火全点燃，她就笑了。”

孙牧野问：“为什么？”

殷虚端坐不语。孙牧野道：“点燃烽火，将士们都要惊动了。”

殷虚点头：“正是。”

孙牧野又问：“这和笑有什么关系？”

唐珝大乐，连连摇手道：“别琢磨了，殷将军在戏弄你！”

豆蔻也不明白殷虚的话，但听说他在戏弄孙牧野，便不乐意了，白了他一眼，忽而向孙牧野凑过去，面对他，弯弯眼，皱皱鼻子，上扬嘴角，权当是笑了。孙牧野看着近在咫尺的脸，虽然是假笑，却刻意得可爱，也不由自主笑了一下。两人视线对上了，豆蔻又觉离得太近，便坐了回去，顺手把荷包塞进他手心。

金钲声又响了，孙牧野歪在枕上不动，任由金鸣声时疾时徐、时陡时平。三个人都瞧着，唐珝催道：“快来，快来。”豆蔻道：“他不和咱们玩。”殷虚道：“留在他手里，然后你们让他哭一哭。我许久没见他哭了。”乔恩宝蒙着双眼一无所知，只聚精会神地敲，嘈嘈如暴雨下了一阵，然后手劲放松，转成残漏之声，最后猛击三下，一槌定音。槌子即将落在钲面的瞬间，孙牧野把荷包向殷虚砸去，殷虚早防着了，抬手用中指一弹，荷包又飞了回来，余音未尽的时候，掉在了孙牧野身上。

孙牧野偷袭失败，颇有些意兴索然。殷虚道：“害人之心不可有，防人之心不可无。”

孙牧野点头认同。殷虚问：“怎么罚？”

孙牧野不置一词。

豆蔻道：“他说让你哭。”

孙牧野道：“不。”

豆蔻道：“那你也笑一笑。”

殷虚道：“千万别笑！他笑起来瘆得慌！”

豆蔻瞪了他一眼。

殷虚向孙牧野道：“今日下午我去马铃村逛了一圈，村西口有家腊梅树开花了，还有几分意趣。你去折一枝来，我要装饰帐子。不过那家主人是个俗人，一言不合就动手，你小心挨打。”

唐珝道：“我知道那家。昨儿几个兵去借火烧水，被那酒鬼撵出来了，还骂骂咧咧的。要不是军纪管着，早揍他了。”

孙牧野便起身要去，唐珝拿起自己的银鼠毛斗篷，道：“外面冷，你穿这个去。”

孙牧野接过斗篷往外走，豆蔻追了出去。

两人踏雪而行，不久到了马铃村西口，果见一户人家，墙上探出三五枝腊梅，黄澄澄开得热闹。大门有门闩挡着，两人只能翻墙。孙牧野先翻上墙头，再把豆蔻拉上来，两人轻轻落下院子，没发出一点声音。这家人也在过冬至，屋里十分吵闹，五六个村汉一边吃饭，一边高谈阔论，粗声大气的，说的话全传到外面来了。先是点评眼下的战事，一个说孙牧野优柔寡断，拿不定主意怎么打，一个说秋藏刚愎自用，部将的计策一概不听；话头又转到后方，一个说县吏们横征暴敛，专门欺负老实百姓，一个说唐相公和刺史们太软弱，好多该抓的力役都放过了。豆蔻听见有人说孙牧野不好，担心他发火，悄悄看他的脸色，孙牧野却不以为意，只抬头看满树的梅花，想把最近的一枝折下来，豆蔻低声道："选好看的。"孙牧野分不清什么是好看、什么是不好看，豆蔻便指向中间一枝，孙牧野把那枝摘了下来。

忽然房门"吱呀"一声开了，孙牧野和豆蔻忙躲到树后。两个孩童走出门来，大的六七岁，是姐姐，小的三四岁，是弟弟。姐姐牵着弟弟的手，一径向腊梅树来，弟弟稚气地念叨："下雪啦，下雪啦。"姐姐道："我摘花儿给你玩。"孙牧野和豆蔻立知不好。两个孩子到了树下，弟弟先看见鬼鬼祟祟的两人，吓得眼睛瞪得圆圆的，小嘴张着就合不拢，姐姐随后也看见了，开口便要叫大人，豆蔻忙向她摇手，又笑吟吟地示好。姐姐问："你们是谁？"弟弟道："他们饿了，要吃的。"

豆蔻扬了扬手中的腊梅花，笑道："你家花儿真好看。"姐姐听得喜欢，道："白天更好看。"豆蔻问："这枝花送给我们，好不好？"弟弟道："送给你们。"豆蔻便道谢，拉着孙牧野又要去翻墙，姐姐道："走大门，我给你们开门！"姐弟俩开开心心地跑过去，拉开门闩，声音被屋里听见了，一个女子叫道："二丫头，三小子，进来！"豆蔻和孙牧野忙钻出门，那女子走出屋门，正瞧见两个背影，慌得大叫："有贼！贼进屋了！"村汉们一听，吆喝着举着长凳和棍子冲了出来，姐姐和弟弟站在门边，蹦蹦跳跳地叫："快跑，快跑！"

孙牧野牵着豆蔻奔跑在皑皑雪野上，扬起一路白雾。那些醉醺醺的村汉追不上，远远落在后面，最后只得放弃了追捕。孙牧野没有松手，他回头先看了看远方，再看豆蔻，她的脸藏在银鼠毛斗篷里，冻得绯红如桃，舒舒畅畅地笑着，促急的气息吹得雪朵儿乱飞。孙牧野也笑，牵着她一直往前跑，很快跑回了营地。

4

小雪节候，呵气成冰。厚实的中军帐抵御了外间的严寒，深夜，孙牧野和豆蔻各睡一张草席上，有一搭没一搭地聊着。豆蔻道："今早一起床，浊沙河就冻严实了，他们拉着骡车上去走了很久，都没事。"

孙牧野"嗯"了一声。

豆蔻问："是不是要渡河了？"

孙牧野道："过了河，也没把握。他们的防御很好。"

豆蔻问："那怎么办？"

孙牧野道："等他们先沉不住气。这个时节，项军的后勤也很难，他们若等不及，就会主动求战。"

豆蔻问："他们会渡河过来？"

孙牧野道："三天之内，应该会来。"

豆蔻忙问："真的？"

孙牧野道："我若是项王，就会派三五千人来，试攻一次。"

豆蔻又问："倘若不来呢？"

孙牧野道："那我们就派三五千人过去。"

豆蔻道："或许此时，项王正在等你。"

孙牧野道："我也在等他。"

豆蔻叹气。

过了半炷香，孙牧野问："睡着了？"

豆蔻半迷半醒地说："还没有。"

孙牧野道："有件事，我先和你说。这次打完了，不论胜败，我……"

豆蔻听他语气严肃，一点睡意全惊没了，忙睁开眼睛，恰在此时，西南方响起急剧的军鼓声，打断了孙牧野的话。两人同时坐起来，豆蔻道："他们来了。"孙牧野起身走到帐口，掀开帘子往外看。不多时，传讯兵自南而来，回道："项贼来攻左厢军了。"孙牧野问："多少人？"传讯兵道："三千上下。"

孙牧野便回帐等着。豆蔻问："咱们要不要去看看？"

孙牧野道："不用。左厢军能挡。"

豆蔻便陪他坐着等。传讯兵们不时来送消息，起先每隔半炷香来一次，稍后一炷香来一次，最后不来了。快天亮了，又一骑驰来，在帐外高呼："项贼退了！"彻夜不休的将士们纷纷叫好。

孙牧野向豆蔻道："睡觉。"回到草席上，倒头便睡。他心里知道，河对岸的人必然睡不着了。

5

五日后，一个西项文官过了浊沙河，来到辕门下，高声道：“我是项王使臣，奉命求见孙将军！”

哨兵即刻禀报中军帐，孙牧野立命请入。少时，使臣进了中军帐，见人不拜。乔恩宝喝道：“见大焉左将军，为何不拜！”

使臣昂首道：“再过几日，孙将军便要拜项王，我何必拜？”

孙牧野道：“他若吃得下我，何必派你来？”

使臣道：“将军可有把握吃下我们？”

孙牧野“嗤”了一声，不斗口。使臣又道：“项王想约孙将军赌一战——一战定胜负！”

孙牧野问：“怎么赌？”

使臣道：“北去二十里，是雪鸡河。项王请孙将军在雪鸡河上斗三回合：第一回，各出一千人战；第二回，各出十人战；第三回，项王与将军战。三战两胜，败者退兵。”

帐内诸人从未听说过如此打法，都不免露出惊讶之色，惟孙牧野毫不动容，只是两眼打量使臣，瞳仁微微闪动，显示他的心正在极快地思索。乔恩宝想劝他先别急着回话，与诸将军商量后再决定，人还没上前，孙牧野已开口问：“几时？”

使臣道：“将军定！”

孙牧野便道：“大雪当日，三更，雪鸡河上见。”

使臣确认道：“三更？”

孙牧野点头：“三更。”

使臣立向孙牧野长揖，告辞出帐。

众人惊疑不已，乔恩宝问：“会不会有诈？”

孙牧野道：“项王想以最小的代价取胜，我也是。”

乔恩宝道：“可你不能当代价！”

孙牧野道：“只有我能。”

6

大雪节候，天降大雪。黄昏，孙牧野穿好了铁衣，束紧了腰带。乔恩宝掀帐进来，道：“项贼在动了。斥候说，有三千骑兵、九千步兵，都是项王亲军——好贼子，还说什么一千对一千！”孙牧野道：“我们也带这些人去。”乔恩宝便出去传令。

孙牧野向豆蔻道："把我水壶拿来。"

豆蔻去小炉边拿水壶，忽觉腰间一紧，孙牧野的手从后面绕了过来，连着一条草绳，豆蔻大恼，一边挣一边道："你又不要我去！"

孙牧野把绳子两端绑在柱子上，道："我走后，卫兵再把你放开。明日黎明前，我就回来。"

豆蔻挣不脱，气得怔怔站着。孙牧野道："三局的人都定好了，你又不能上场，去做什么？你就在这里等我。"

豆蔻咬着牙不吭声，孙牧野绕到她面前，道："回来之后，我们回家去。"

豆蔻一惊，问："回家？明天回家？"

孙牧野道："明天回家。你等我。"

豆蔻满是怀疑地点头。乔恩宝进来说道："三千骑九千步，都在外面了。"

孙牧野提着长枪走出中军帐，北风扑面，一万两千将士在等着他，站在最前面的是全副武装的唐琊。孙牧野道："我没让你去。"唐琊道："我要去。"孙牧野道："你守营。"唐琊道："为什么！出战不要我，撤退又让我先走！"孙牧野不言语，去牵自己的马，唐琊追在后面道："难道就因为，我哥哥是宰相？"孙牧野兀自整理马鞍，唐琊道："每次都这样，将士们心里怎么看我？又怎么看你？我参军十多年了，你还把我当孩童护着！"孙牧野停了下来。唐琊道："我要去，十对十，我上！"孙牧野再不阻止，自己上了马，唐琊也上马，两人并骑向北而去，骑兵、步兵随之动步，余下的将士无言地目送大军渐渐走入风雪深处。

到了雪鸡河畔，已过二更，天色浊灰，举目四望，空空濛濛，岁月仿佛回到混沌初开时，天地间只有一条凝固的河和一帘迷乱的雪。焉军在南岸列阵，铁马轻嘶，刀器铮鸣，给这片死寂添了几分活气，列好阵后，一切又泯入沉默。

三更近了，冰河北岸有了动静，一行行战马和士兵从远处缓缓走来。风声吞没了行走声，影影绰绰，却无声无息，颇显诡秘。到了河边，项军对照焉军的阵势布好了阵。之后，一个人影下了马，独自走上雪鸡河，走到河心，站立等待。

孙牧野也下马走了过去。雪鸡河冰冻三尺，军靴踏过之处，咯咯轻响。走到五步之内，隔着密密飞舞的雪蛾，孙牧野看不清他的脸，便不开口。秋藏先问道："孙牧野？"

孙牧野点头。

秋藏道："十四年前，我第一次听说你的名字。项人告诉我，焉军有个叫孙牧野的边卒翻越了北凉玉犀川，打破了转马关。之后，这名字时常出现在我耳边。十三年前，你成了中焉托孤之臣；十年前，你守住了竹枝城，击败了林渊泓；五年前，你在滚金台上杀死了苗人蚩。每一次听说你的事，我都觉得你离我越来越近，现在，你总算走到了我面前。”

孙牧野道：“我不是为你而来。”

秋藏道：“任你为何而来，你都必须面对我。我是你前进路上的最后一座山。若击败了我，功业可比汉唐之名将；若被我击败，”秋藏一笑，“只恐将军百战，溃于一役。少年天子无圣主之气，未必能容将军一败。”

孙牧野紧抿着嘴看了他一阵，道：“我听说项王的王师叫‘归正军’，是从各州叛军里收来的强兵。在西项国内，他们被项王打服了，而对阵焉军，项王先输十字关，后输念波城，若再输一场，他们还肯不肯服？”

秋藏用马鞭先指自己，再指孙牧野：“你我当为知己。”

孙牧野冷然道：“不是知己。”

秋藏道：“我守王陵的那些年，时常觉得寂寞，也想与人交谈。我想过，你也许能和我一谈，谈谈彼此的父亲。我也被我父流放多年，我也想过杀他，但最后一次见面，我宽恕他了。你没有宽恕孙崇义。手刃生父是何心情？”

孙牧野的脸越发冰冷，他一面后退，一面道：“今夜，你争取活下来。有朝一日，我会向天下谈起我的父亲，你最好能听见。”

秋藏不明白这话，见孙牧野在退开，便问：“那就打？”

孙牧野道：“打。约定的，三战两胜。”

秋藏也转身而去，两人回到各自军阵。过了一阵，项军中走出一些兵卒，陆陆续续站上河面，约一千人，随后，焉军也有一千卒子走了上来。两边将领同时出来，项军领头的是年轻人，不过二十上下；焉军领头的约四十五六年纪。那年轻人先自报家门，拱手道：“山西人米元杰，项军千夫长。”中年将领问：“山西？什么山？”米元杰道：“婆罗雪山。”中年将领也拱手道：“倪长庚。”

米元杰见他穿的是皮甲，便问：“怎么不上铁甲？”倪长庚道：“铁太冷，穿不上身。”米元杰道：“年纪大了，经不起冷。”倪长庚问：“怎么决胜负？是认输为止，还是剩一人为止？”米元杰道：“大王说，点到为止。谁打不下去了，开口求个饶就行。”倪长庚转身回了队列。

冰河上，两千弓弩兵、陌刀兵和短刀兵都拔出了兵器。秋藏临岸观战，向左右道：“孙牧野派了老兵来。”左右道：“看起来都是三四十的，这天气撑不久。”秋藏看向米元杰，猜测他会如何行动。米元杰挺身直立，纹风不动。他和手下一千卒子都是西域雪山人，比这更苦寒的天气也经历过，更兼年少体壮，不惧狂风暴雪，而对面的焉兵都是中原人，又都是老兵，再站一阵子就会冻僵了。米元杰决定等着，等到焉军沉不住气主动向自己进攻。两炷香的工夫过去了，一千焉兵也一动不动，像一座静默的黑丛林。寒气从冰河下升了起来，顺着每个人的双腿往上缠，把人一节一节地封冻。米元杰回头，项王和上万将士都在看着他。离得太远，他看不清秋藏脸上的表情，不知他此时是不是在着急，是不是以为自己不敢攻。米元杰再扭头看倪长庚，长庚不动如山。米元杰心道："他难道不担心孙牧野怪他、逼他快打？"他抬头看对岸，孙牧野已融在一万焉兵当中。

秋藏见元杰的背影不时摇动，便向左右道："元杰会先攻。"一个百夫长道："焉贼的布阵很稳，不好下手。"秋藏用马鞭遥指："北翼岂不比南翼松？"那百夫长笑道："多半是故意的，就为了引元杰去。"说话时，米元杰已开始向北进攻。他只带了百余人，如一把薄刃，以冰河为砧板，向焉军北翼剖下，刃锋一至，焉军即分为两瓣，元杰当先而入，箭矢来了，他穿的是厚甲，丝毫不惧。身后百名勇士随他边杀边进。待项兵全入了阵，分裂的焉军忽如河蚌之壳，迅速合拢，刀枪层出，要将入侵之敌尽数吞噬。元杰兵少，陷围则必死，他不敢恋战，撤了出来。焉军转眼恢复了平静，军阵寂然，一如冬眠。

这一次试攻，只用了半炷香，双方各有十余死伤，米元杰出了一身热汗，下意识又回头看，秋藏似乎也在盯着他，元杰心道："他会不会觉得我错了？换作是他，会怎样打？"冷风呼呼刮过，热汗慢慢蒸发，元杰忍不住抖了一下。再过一刻，铁衣会结霜，人会冻成冰柱。他越发奇怪："焉贼为何不怕冷？他们为何不急？"转念又想，"他们也是血肉之躯，当然也怕冷，只是在硬撑罢了。"不知过了多久，岸上有人敲起了更钟，四更了。那敲钟人未必有别的意思，元杰却觉得是在催自己，终于急了，大叫："杀！"一千项兵分作三路，同时向焉军北翼、中军、南翼攻去。

秋藏远远看见项军动了，便含义不明地短吁。左右问道："依大王之见，元杰时机选对了没有？"秋藏笑道："我不知道。只有身在战场的人，才清楚自己的状况和对手的状况。"

冰河上爆发出铿锵的响声，雪花惊恐地四方逃窜。项军的战术，是把完整的守阵打碎，打成零零散散的小队，然后分而歼之。米元杰勇不顾身地向焉军里凿，手起刀落，斩下一只手臂来。他本有万夫不当之勇，破阵未尝败绩，所以秋藏才把打头阵的任务交给他，他哪怕拼个粉身碎骨，也决不让秋藏失望。焉军不是铁打的，在项军疯犬一般的攻势下，渐渐出现裂痕。中军断开了，南北两翼失去了支撑，项军从裂隙钻了进去，再分兵向北、向南包抄。热血开始在河面上流淌，流成一棵硕大的血树，鲜红的枝桠不断伸长，一直长到岸边。

不到一刻，焉军的中军碎了，远远望去，披雪的人散成一颗颗白珠子，四处滚落。左右都向秋藏道喜，笑道："首局拿下了。"

米元杰越战越热，全身的血都在沸腾。他已手刃四个敌人，剩下的散兵已不费吹灰之力。眼前，一个满脸是血的焉兵正要站起来，米元杰一刀劈过去，劈中他的肩头，他再次跌倒了，米元杰竖起刀尖往下刺，焉兵避之不及，刀尖直入左肋，穿刺而出。元杰看清了焉兵的面貌，正是倪长庚，便笑道："老汉，这天气，你们不该出门！"说着扬起另一把刀，对准他心口刺下，刀触到皮甲的一瞬间，一道光从他的喉前闪过，随后一股暖流涌出——倪长庚的剑抢先划破了他的喉。元杰大惊，收刀退了两步，用手一抹脖子，全是血，火辣辣地疼。

倪长庚翻身而起，一手扶着肋骨上的刀，一手取下腰间号角，朝四方吹响。元杰忍着剧痛追上来，一刀接一刀地劈，倪长庚步步后退。五六刀后，元杰的伤口崩开了，几个项兵急忙把他拦住，给他包扎。此时，焉兵已分成百余个小阵，牵引着一千个项兵散落各处。闻见号角，焉兵纷纷向长庚集结，十人小阵融为百人中阵，随后连成千人大阵，却不再是守势，而是攻势。与之同时，项兵也在重新列阵，三三两两，缓急各异。趁项军结阵未成，焉军开始大举反攻，用的也是项军的战术：兵分三路，主攻腹心，左右牵制两翼。项军殊死抵抗。三番冲击之后，项军南翼最先动摇，一个百夫长开始呼救："元杰！快来这边！"可米元杰已被一小支焉兵缠住了。焉军改变了主攻方向，两支中军转下南翼，盯着薄弱之处猛攻，半盏茶的工夫，南边破了，焉军自南向北杀上去，项军的军阵层层剥离，不多时，战场又破碎了，战斗又化成一处处单打独斗。观战的秋藏笑了，向左右道："可知我们输在哪里？"左右如何敢答，秋藏自道："输在平日练得不如他们勤。"

项军乱了，无论左翼右翼，都在叫："元杰呢？元杰！"米元杰已陷于四个焉兵的包围，身负重伤七八处，焉兵知道他撑不久了，便只是围着，等他的血流干。倪长庚大步走进包围圈，右手持剑向他头顶劈下，米元杰大喝着，撑起双刀一架，架住了剑锋，与此同时，长庚的左手抓住他的铁衣，猛然一扯，米元杰站立不稳，铿然跪了下去，倪长庚以剑尖抵住他的咽喉，抵在汩汩流血的伤口处，米元杰吐出一口血水，高声道："好！打得漂亮！"倪长庚道："求个饶，这局就完了。"米元杰瞠目喝道："不求饶！"倪长庚问："还要继续杀？"米元杰朝项兵叫道："继续杀！我死了，你们继续杀！项军还没输！"倪长庚的剑便要刺下，忽然岸上一人叫道："元杰！"

倪长庚住了手，米元杰也转头回望，风雪最浓的地方，秋藏正在看着他。元杰愈发愧疚，扭头不敢再看，秋藏又叫："元杰回来！"米元杰的泪夺眶而出。倪长庚收了剑。项兵们接二连三丢弃了兵刃，胜负便算分了。倪长庚转身要走，米元杰忽道："喂！"倪长庚便看他。元杰道："你为何不着急进攻？你不怕孙牧野逼你？"倪长庚道："他不会逼我。我随他在竹枝城吃了半年树皮，他信得过我。"

米元杰回到秋藏身边，犹自不敢抬头，秋藏向他笑道："打得很好。"元杰羞愧不已，道："原本可以拿下的。"秋藏道："我知道。"

两边各自抬走了同伴遗体，冰河短暂地平静了一会儿，须臾，又各有十人走了上来。焉军带头的是唐玥，他把对面十人扫视了一遍，发现中间那人装束奇异，头上绑着两条狐狸尾巴，便问："那是什么玩意儿？"

那人用双手捋了捋尾巴毛，笑道："装扮用的。是不是挺好看？"

唐玥正待说话，身边同伴低声道："项人的规矩，战场上逃跑的，要绑狐狸尾巴。"

唐玥便问："你逃了两次？"

那人道："打仗不能说'逃跑'，是'撤退'。"

唐玥问："哪两次？"

那人道："好像都是在十字关。"

唐玥心中一个名字闪过，道："你是贺兰叱奴！"

那人笑道："行刺你家天子后，全天下都知道我的名字了。"

唐玥一边抽剑一边道："一会儿你就要绑上第三条了。"

贺兰叱奴问："你又是谁？"

唐玥道："唐玥。"

叱奴笑着拍拍手，道："这不是巧了？"

唐玥一愣，问："什么？"

叱奴把身边人推出一步，道："去年在十字关，就是他一矛刺死唐之盈的。"

唐玥气血一冲，猛然把剑柄握紧了，盯着那人道："报上名来。"

那人穿着黑熊皮外衣，一手提锤，一手提盾，体态魁梧，面有憨厚之相，只看着唐玥不开口。叱奴道："他叫赫连淞，是黑山军的杀神，十字关一战，他提了十二个人头回来。"

唐玥火道："让他自己说！"

叱奴叹气道："他是个哑巴。"

赫连淞森森地笑，突然从怀中掏出一把铁锥，在冰面划了一个圆，径约四尺，然后用铁锤猛砸，"咚、咚、咚"，一下一下，砸得整个河面都在震动，不久，这块冰掉了，一个冰洞出现了，二尺厚的冰层下，幽蓝的水在汩汩流动。叱奴故意问："你要把十个焉贼都从这里塞下去，是不是？"赫连淞"呵呵"笑着点头。叱奴抬头向唐玥道："听清楚了？这一局，不准认输，杀到十个人全死为止。"

唐玥突然想起孙牧野的叮嘱，说"输赢在次，先要活着"，他回头看，孙牧野也从队伍中出来了，站在河边，离下河只有一步之遥。唐玥转头向叱奴道："不准认输，也不准逃！"叱奴一笑，拍拍赫连淞的肩膀，道："你们先上。"说完，自己退了数十步，把九个项兵留在前面。

十个焉兵或上连弩，或拔横刀，结成了雁形阵。唐珝为前锋，左右四个横刀兵，其次三个陌刀兵，最末两个连弩兵。九个项兵只是随意站着。赫连淞左手盾，右手锤，忽然狞髯张目，忿忿地喘，白气一团团从口鼻中喷出来，似有天大的怒气。叱奴在远处叫了声："该上了！"赫连淞立刻向焉军冲去。焉军六支铁矢飞出，他举盾挡住，几步冲到阵前，长刀短刀如天罗地网，将他罩在其中。赫连淞虽膘壮，却灵敏，陀螺一般在刀影下闪挪，凭蛮力撞开一个横刀兵，边上陌刀兵失去了翼护，忙举大刀回劈，赫连淞抢先一步从盾下探出铁锤，一锤砸碎了陌刀兵的膝盖，腿应声而断。八个项兵一起上前冲击军阵，赫连淞趁机把陌刀兵拖了出来。那陌刀兵也是身强力壮的成年男子，赫连淞却如拎孩童一般，在冰面上一拖数步，直直往冰洞去。岸上焉兵认出是邓天佑，忙齐声叫："天佑，杀！杀！"邓天佑反手出刀，赫连淞一跳躲开，天佑翻身而起，单腿拄地，把陌刀横扫出去，赫连淞退了几步。岸上焉兵又叫："杀！"

赫连淞冷笑，围着邓天佑绕圈，天佑只得随他而转。数圈之后，赫连淞突然冲上去，虚出两锤，然后退了七八步，天佑不能追击。赫连淞绕着人走，盯着他的手和腿，直至看见他的支撑腿在倾斜，才又冲上前，一盾顶住刀锋，一锤打在天佑肩上，旋即又退了回去。如此反复四五次，天佑的力用光了，举刀的手开始颤抖，赫连淞再度冲上去，将铜盾扔出把刀撞开，然后扑倒天佑，两手捏住他的头重重向冰上砸，七八下，天佑的头碎了，赫连淞把尸体拖到冰洞边，一把推了下去。身后响起破空之声，三支铁矢贴身而过，转身看时，一个焉兵已冲破项兵阻挡，一边上铁矢一边向他来，一抬手又是三支铁矢冲出，赫连淞向右急躲，躲过了两支，却有一支直入胸膛，他大叫一声倒在地上，疼得左右乱滚，焉兵余昆仑冲到身前，抬起弩机顶着头颅便要发射，赫连淞陡然跃起，一把抢过弩机，三支铁矢都射偏了。余昆仑拔出横刀，赫连淞"呵呵"大叫，徒手把弩机掰成两截，向余昆仑扔去，徒手上前相搏。刀锋过来，他每被砍中一处，反而更逼近一步，余昆仑不能一刀致命，便只能节节后退。赫连淞两只铁掌探出夹住刀刃，余昆仑抽不回，纵身撞过去，赫连淞拽着他一同摔倒了，两人在河面翻滚扭打，赫连淞重二百二十六斤，远胜余昆仑，带着人往冰洞那边滚。到了洞边，赫连淞猛然坐起，一把揪住昆仑双肩，把人往冰洞里塞，先塞头，再塞上身，只留半截身子在上面。岸上焉兵叫道："昆仑！起来！起来！"余昆仑的头始终溺在冰洞下，挣扎了一会儿便不动了。赫连淞放了手，余昆仑整个身体掉了下去，溅起几点水花。

突然狂风大作，卷起一地碎冰如龙，缠斗中的焉兵项兵都睁不开眼，迫不得已而分开。赫连淞一手拿起盾，一手拿起锤，大踏步向孙牧野走去，走到三十步远的地方，停下来，两眼盯着孙牧野，用力把铜盾杵向冰面，"咚、咚、咚"，是在向孙牧野挑战。

孙牧野面无表情，他便开始嘶吼，张着大嘴，吐着白雾，身上兽毛猎猎翻飞，像一只从远古走来的巨猿。吼声如雷，河在晃，大地也在晃，六军无声。

孙牧野只是看着唐翊。唐翊也受伤了。孙牧野其实不在乎这一局的胜败，他只想让唐翊回来，可如何开得了口，他不能对着项军杀自己士气、灭自己威风。他无能为力了，一切只能由唐翊自己面对。

风雪稍减，冰河上还有五个焉兵和七个项兵。贺兰叱奴依然在远处，赫连淞也退后了十余步，似乎离开了战局。五个项兵成一线，缓缓拉开距离，想引焉兵来单对单，焉兵依然呈雁行阵，唐翊当先。孙牧野见中间那项兵脚步略浮，便猜唐翊要先取中间，果不其然，雁阵展翅，直掠中路，唐翊在前，两翼长刀相随。长刀先行劈出，那项兵后退，左右同伴也以长刀防御，空隙之中，唐翊挥剑直追落单的项兵，那项兵以短刀还击，身手同样迅烈。五个焉兵，彼此照应，长短兵互为补充，阵型一步未乱，五个项兵看似形散，却个个有攻有守，难以击破。孙牧野紧盯着五个项兵的动作，猜测谁会先犯错。战了许久，最右边的项兵踩到了一摊血，右脚微微一滑，孙牧野的目光立刻转回焉军一边，已有一个焉兵追上去，横刀挟雪，飞劈面门，项兵触刃即倒，焉兵又连下两刀，了结了性命，几乎同时，一个项兵转刀杀来，虽未救得了同伴性命，却将这焉兵掀翻在地。焉兵项兵的刀锋齐齐转向右边，风卷雪，雪染刀，刀破风，战局混乱，人影一个接一个倒下。

半炷香后，河上再一次安静下来。焉兵只剩唐翊和游立人，近处两个项兵、远处两个项兵。赫连淞忽然乐呵呵地跑过来，把一具具尸体拖去冰洞扔掉，不分项兵焉兵，一视同仁。他来来回回地忙活，吭哧吭哧的，如同殷勤的杂役。把战场清理完毕，他又远远地退开了。

弓弩兵游立人把最后三支铁矢上到弩机里，背倚着唐翊笑道："二对四，唐三郎，怕不怕？"唐翊道："不怕。这两个不如咱。"游立人点头道："和我想的一样。"唐翊道："先杀这两个，再杀后面两个。贺兰也好对付，就是哑巴要费点力。"游立人道："行，一个一个来！"两个项兵冲了过来，游立人抬手射击，三支铁矢劲射而出，项兵举盾抵挡，游立人和唐翊同时上去，一人用双刀，一人用月随剑，破了两面盾牌的防御。一个项兵的右腿被陌刀劈了条大口子，游立人便双刀急出，又轻又乱，逼着项兵不停闪躲，忽有一步跟不上，游立人便下了重手，往致命之处狠杀，一劈一砍十分犀利，那项兵也是历练成熟的老手，虽处在下风，却把每一招都接住了。唐翊同样受了伤，面前的项兵同样盯着他的伤处打，横刀往他血淋淋的手臂上削，唐翊虚招相对，以避锋芒。他忽然觉察到风是迎面吹来的，便悄然挪动步伐，看似退避，却是在转身，把项兵引向面风的一方。项兵一刀削飞了唐翊的头盔，以为他已无还手之力，攻得更紧，不知不觉随他一步步转了方向。待又一阵风起，雪花飞扬，唐玥方一剑刺出，项兵下意识地举刀挡护，长剑绕过刀刃，直抵咽喉，项兵顿觉一冷，看着自己的血从剑尖洒出，不觉急怒攻心，挥起刀劈过来，唐玥只是后退。项兵追了四五步，忽觉身后一阵冷风掠近，匆忙回身，却来不及了，游立人把两支短刀插进了他的后背。另一个项兵此时追来，唐玥闪身挡住，连刺三剑，项兵接了三剑，却被游立人纵身一踢，摔倒在地，他还要起身，月随剑已追下来，一下刺破了喉。

八个项兵死了，赫连淞笑着向两人拍手，口中含糊叫着“吼！吼！”拿起铁锤向两人走来。唐玥和游立人分开十步远，呈掎角之势。唐玥发现脚边有一面铜盾，便捡起来，抛给游立人，游立人却抛回来，道：“你用。”唐玥瞟了他一眼，见他浑身十余处都在流血，几乎已走不稳了，心里暗自一沉。赫连淞先攻来，两人左右夹击。唐玥和游立人皆是训练有素的武士，一招一式皆有章法，赫连淞却是野路出身，他的招数都是在一场场搏杀中自己领悟的，看似粗乱，却自成一系，他在两人之间周旋，一时不落下风。数招之后，唐玥和游立人都力衰了，出手渐渐虚浮。唐玥心道：“若不在五招之内拿下，只怕我两个危矣。”游立人也是同样的心思，两人赌上了最后五招，用上了全部的力气。到第五招，两人同时抢上，唐玥以盾护身，一剑刺其心口，游立人双刀扫其双腿，出手时机分毫不差，赫连淞似已无可避让，忽然双手抢过盾牌，用蛮力向唐玥撞了回去，生生把人撞退了三步。游立人的刀划破了赫连淞的腿，赫连淞血流如注，冲游立人一声咆哮。游立人后退两步，忽然双膝一软，摔倒了。唐玥大惊，不知他为何无故倒地，却发现游立人在看自己，他立时明白，游立人是以自己而饵，引赫连淞来攻。赫连淞挥锤向游立人冲去,把后背袒露在唐玥眼前,唐玥急忙纵身而上，聚平生之力刺向他的后心，赫连淞竟不回头，只顾追游立人，眼看要刺中了，突听一声风啸扑来，唐玥扭头一看，一柄丈二长的陌刀凌空而至，刀尖正对准他的头，陌刀沉重，唐玥万万不能敌，只得收剑退步，陌刀猛然扎在他的足边，入冰半尺，刀柄犹自“嗡嗡”作响。

唐玥看向刀来处，贺兰叱奴走了过来。赫连淞始终没有回头看一眼，仿佛知道叱奴会出手一般。游立人的计策失败了，赫连淞追上了他，一锤敲在他的心口，铁甲下，半边骨骼塌陷了下去，游立人冲着唐玥叫：“唐三郎！继续杀！”赫连淞又一锤下来，砸在他的头上，他便再也不能出声了。

赫连淞走回来，与叱奴站在了一起，眼下，是他两人互为犄角，面对十步外的唐玥。孙牧野突然动身，一步踏上了冰河。项兵们见此情景，开始“呦呵呦呵”地怪叫，贺兰叱奴拔出横刀走过来，与孙牧野相距五步，笑道：“怎么，要坏规矩？输不起，那就两边人马一起上。”孙牧野道：“我换他。”叱奴道：“别急，你的对手在等你。”孙牧野道:“我换唐珝。不耽误下一局。”叱奴转头向唐珝叫道:“喂!他是你爹,还是你娘?他要一命换你一命!”唐珝怔怔看孙牧野,孙牧野示意他回来,他放声道:“你相信我!”孙牧野便不动了。叱奴也不离去,挡在孙牧野面前,略带好奇地把他上下打量。

唐珝觉得铠甲太沉重,像压着的包袱,便解下来扔在地上,只着布衫向赫连淞攻去,手中依然是那把月随剑。这是绝世的好剑,战到现在,依然不损其锋,依然有削铁如泥的力量。剑刃向赫连淞身体的每一处刺去,能刺哪里便刺哪里,若做不到一击毙命,便只能指望把他刺到千疮百孔,刺到身上的血流干。赫连淞举锤相挡,姿态虽笨拙,却一次次躲过最致命的杀招,他像一堵无比厚实的墙,剥落了一层又一层,还是屹立不倒。不知战了多久,唐珝的剑势陡然回转,劈向赫连淞的右手腕,那手握着重锤,闪躲不快,顿时断了,手掌飞了出去,铁锤落在地上。赫连淞终于痛得大叫,飞扑过来,顶着利剑的劈砍,把唐珝扑倒在地上。混乱之中,月随剑也丢了,唐珝只能赤手与赫连淞相搏。赫连淞疯一样把唐珝抓打撕咬,恨不能咬断他的咽喉,唐珝一拳一掌坚定地反击。两人你摔我打,来回翻滚,渐渐到了冰洞边,洞口有一把横刀,两人同时看见,同时翻身去抢,唐珝先抢到手,赫连淞却压在他身上,他匆匆一刺,刀尖刺穿了赫连淞的肋骨,想再拔,却拔不出来。赫连淞从唐珝身上坐起,左手握住刀柄,一声怒吼,自己将刀子拔出来,对准唐珝心口刺了下去。刺中了,唐珝觉得一支冰棱钻进了身体,严寒彻骨。大河两岸一片哗然,有笑的,有惊的。赫连淞又咧嘴笑了,用力把刀往下钻,仿佛要把唐珝永远钉在这里。唐珝想反击,想呼喊,却喘不上气。他看见孙牧野想冲过来,却被贺兰叱奴拦住了,刀和枪互相格着、对峙着;他看见伙伴们全冲到河边,一声声呼唤他站起来;他还听见项兵也在叫,在冲着赫连淞叫,可是,语气似乎有些急切。赫连淞也听出不对,抬起头来,项兵们纷纷指向他身后,他回头一看,看见游立人撑起半个身子,举着弩机,而三支铁弩早已来了,一瞬间,一支刺穿了头,一支刺穿了脖颈,一支刺穿了后心。赫连淞仰天厉叫,唐珝奋然而起,一把将他掀翻,赫连淞痛得乱滚,忽然身体一空,是落到冰洞里了,忙用左手乱抓,抓住了唐珝的衫角,唐珝急忙往回扯,可赫连淞的下坠之力太大了,他像羽毛一样随他落了下去。

冰层下是深邃阴寒的世界,是一条汹涌而无声的河。河水把唐珝席卷了,裹着他一边往深处去,一边往远方去。今夜鏖战,唐珝已耗尽了一生的力气,他再也无力与这滔滔大河相争了,只能疲惫地随波浮沉。刀伤还在疼,麻木的感觉先从心开始,渐渐蔓延全身。他其实没想过会真的战死,他对红尘还有千般留念,这世上还有许许多多他喜欢的人、喜欢的事,他想百战之后与万千同袍凯歌而还,可是,总要有人牺牲的,今夜只是轮到自己了。从今以后,苏叶怎么办?唐二怎么办?他们很快会知道今夜的事，他们该有多难过呢？自己也没法安慰了。昏昏然中，唐玥看见洞口出现一个人影，在俯下身子寻找他，他还能认出是孙牧野，可他游不上去了。从来拒人于千里之外的孙将军，近来也会和他们一起吃饭说笑了，今后自己不在了，他可别变回原来的模样。唐玥还有无数心思要想，却没法想了，他渐渐看不见、听不见了，他陷入恒久的冬眠，和无数浮冰一起漂向无光的远方。

孙牧野俯下洞口，什么也看不见，用手去抓，只抓到一片冰凉的水，他捡起铁锤在洞口锤击，坚冰不断地坠落，冰洞越裂越大，可下面就是什么也没有，他也知道是徒劳。不知何时，河上只剩下他一个人了。终于，他扔了铁锤，捡起自己的长枪，起身向大河对岸喝道："来！"

秋藏取一双鹰扬爪在手，下河走到孙牧野面前，开口说道："守固征强之师，舍生忘死之卒，你我皆有。论带兵，你胜我一筹，你只能赌前两局，拖到此局，则你必败无疑。"

孙牧野冷然道："项王对自己有信心。"

秋藏笑道："我在王陵练了十八轮寒暑，未曾歇一日，你呢？"

孙牧野道："我上过三十六次战场，未曾败一次，你呢？"

秋藏道："两个自负之人，正好彼此检验。"

孙牧野退后两步，道："天就要亮了。来。"

秋藏见他单手持枪而立，看似随意，上下左右却都守得严密，无论攻何处，枪尖都能立刻接住，对常人而言绝难出手，可秋藏不信天下有滴水不漏的防守，凡是堡垒，必有薄弱之处，他耐心地打量孙牧野，手中一双铁抓慢慢抡圆，犹如两只徐徐行进的车轮，须臾，他突然出手，两道铁索激射而出，铁抓分向孙牧野双耳拍去。孙牧野沉身下腰，双手握长枪扫向秋藏下盘，秋藏凌跃数尺，如兀鹰振翅，从容不迫，孙牧野枪如飞箭，直追半空，枪影如星流火驰，遮天盖地追着秋藏，先是两扎一刺，迫使秋藏落在地上，不等人站稳，又是一挑一扑，秋藏再退两步，抛出铁抓以攻代守，孙牧野先以"拦"招化解，后以"缠"招反击，再度转守为攻，在一记轻点、一记轻拨后接着一记重劈，秋藏右抓迅出，钩住枪头，往后一跃一扯，枪头被扯向河面，力道消解了。

孙牧野这是志在必得的一手，被秋藏破了，便收枪立定，眈眈不语。秋藏道："枪乃百兵之王，你的本事配得上。谁教你的枪法？"

孙牧野不答。秋藏道："绝不是你父亲教的。我在调他去受降城前，见过他用枪，远不如你。"

孙牧野道："父亲是第一个教我用枪的人。你没见过他的枪法。"

秋藏道："见过，他曾向我展示武艺。平平而已。"

孙牧野一腔愤懑奔涌而出，大喝道："当年念波城下，你若能见识他的枪，一切不会是现在这样！”

红缨长枪以摧山越海之力向秋藏袭去，第一势为虚，第二势也为虚，第三势变虚为实，力贯枪头，结结实实刺进秋藏的胸膛，离心窝只有一寸，几乎同时，两只鹰扬抓从天而降，落在孙牧野的琵琶骨上，十支尖锐的抓手钻进皮肉，死死钩在骨头里。孙牧野要收枪再刺，秋藏筋骨用力，仿佛自如地收缩百骨，把枪头牢牢困在自己的胸膛。孙牧野夺枪不回，便再无第二次出手的机会，秋藏振起双臂，铁索铮然，牵起孙牧野扔上半空，而后铁抓松开，孙牧野掉了下来，重重摔在冰面上，犹如陨石落地，轰然作响，冰河如蛛网在他身下“喀喀啦啦”向四面八方绽裂。秋藏飞跃而下，双膝顶住孙牧野的胸膛，鹰扬爪钳住咽喉，四目相对，他道：“你输了。”

孙牧野看了看飘扬的雪花，再透过雪花看秋藏的双眼。秋藏右手发力，铁抓开始在孙牧野的喉间收紧，孙牧野忽然道：“你输了。”

秋藏道：“此刻躺下的是你。”孙牧野道：“此刻的白骨滩，躺下的是谁？”

秋藏的双瞳蓦然收缩。孙牧野道：“你把我叫到雪鸡河，是调虎离山之计。你以为我来了，焉军大营就容易打了。今夜，项军一定在攻马铃村，白骨滩呢？谁守？”

秋藏道：“我也知道你会派人攻白骨滩。”

孙牧野道：“算是知己。”

秋藏问：“派谁去的？殷虚，还是田永欢？一个人可拿不下。”

孙牧野道：“两个都去了。”

秋藏反问：“那谁守马铃村？”

孙牧野似有似无地笑。秋藏道：“马铃村无人守，项军必下！你还是输了！”

孙牧野道：“输不了！”

秋藏待要再问，却听身后数十人同声叫道：“大王，白骨滩来人了！”秋藏猛回头，一骑斥候飞来，高呼道：“请大王回白骨滩！”秋藏明白这话的含义，问道：“马铃村呢？”斥候摇头。孙牧野悄无声息抽出短刀，向秋藏脖子横抹，秋藏欲发力还击，中枪之处却撕痛起来，只得退身闪躲。孙牧野翻身而起，冰上裂缝越绽越开，两人各自退后数步，但听“咔咔”数声，冰河逐段塌陷，两人之间出现一道湍急的深沟。秋藏犹道：“殷、田二人分兵，既攻不下白骨滩，也守不住马铃村。”孙牧野道：“两人合力，你又不在，白骨滩必下！”秋藏喝问：“那谁守马铃村？谁能守住！”孙牧野一面向岸上退，一面道：“今夜之后，天下都会知道！”

说话间，焉军信使也到了，向孙牧野叫道：“将军，马铃村守住了！老将军请孙将军放心！”孙牧野看了秋藏一眼，回到岸上。冰河坍塌，浮冰如船，巍然东流，秋藏也转身上了岸，翻身上马扬鞭便走，一万铁骑随他隆隆而去。

第八十九章

围场夜变

1

项军未能攻下马铃村，又失去了白骨滩，就此退出云州，撤回朔州，焉军则准备西渡。大雪过后一日，孙牧野正给伤口上药，外面道："卢老将军来了！"孙牧野道："请进来。"帐帘掀开了，孙牧野起身迎接，卢尚武大步走了进来。他虽是皓首白眉，却目光矍铄，精神抖擞，见了孙牧野便笑道："老汉没有辜负将军重托！马铃村守住了！"孙牧野一面让座，一面道："老将军一夜鏖战辛苦。"卢尚武道："那些小项贼，太把人看低了！他们见涅火军、宁州军都去了白骨滩，都叫嚣'一炷香内打下马铃村，把焉军老家端了'，却忘了这里还有芦州军！雪下面全是我们铺的铁蒺藜，一千连弩兵在栅栏后放箭，他们连第一道防线都破不了。三面壕堑，东面挖了四个陷阱，天亮了去看，底下全是项贼尸体，都被长矛扎穿了。"孙牧野倒来两杯热酒，敬卢尚武，卢尚武举杯道："不是孙将军力保，老汉就背着叛党的名声死了，有昨夜一战，就是死，也是美名了！"孙牧野道："过了河，还有苦战在前头，有老将军坐镇大营，焉军才能放心进攻。"卢尚武哈哈大笑，两人对饮而尽。一时芦州军有人来请，卢尚武便告辞而去。孙牧野上了药，坐在火盆边，出神似的拨弄炭火，半晌吩咐卫兵："请殷将军和田将军来。"卫兵去了。

一时殷、田两人进了军帐，把白骨滩战事讲了大半个时辰，之后，田永欢道："宁州军打算后日过河，涅火军几时过去？"

孙牧野向殷虚道："你来安排。从今以后，涅火军交给你了。"

殷虚一怔，问："这话什么意思？"

孙牧野道："我要回开元城去。"

殷虚和田永欢对视了一眼。田永欢问："将军是厌战了，还是有难处？"

孙牧野道："我父亲的事，我跟你们说过了，他是被冤枉的，只有我能替他申冤。这件事压着我，我没有精力去征战，也怕死了之后再也没人能说清，所以我必须回去。打朔州燕州，不缺孙牧野一个。"

殷虚听后一言不发，转身出去了。田永欢道："将军要为父亲平反，只怕比打项贼更难。回去后，要小心。若事不遂意，也别强求，平安活着，便是对双亲尽孝了。"孙牧野点头，田永欢又说了一晌话，告辞而去。孙牧野坐了一阵，想着殷虚早早走了，还没好好告别，便起身去找人。

进了殷虚军帐，见他站在灯台边，正拿着镶玉的小锉刀修指甲，十分专心。孙牧野进来，他抬头看了一眼，又继续修无名指，磨两下，对着灯光照一照，接着磨，口中问："干什么？找我借路费？"

孙牧野道："我觉得对不住涅火军。"

殷虚道："哪里，我们又不缺你一个。"

孙牧野道："若我父亲的事能早日了结，我就回来，和你们一起打。若我没回来，你一定要多带些人回去。"

殷虚只是修指甲。良久，他开口道："三年前，在校军场，有个新兵是未离原上的人，时常半夜偷偷跑回家，一个月要回去三四次。有一次被抓住了，军正罚了十军棍，他说：'那是我的家，我回家有什么错？'罚自然被罚了，但这话传到我耳朵里，我不知为何就记住了。一个兵天天往外跑，军正当然要罚他，可一个人想回家，也没什么错。军营里还有一些人，一辈子除了打仗没别的事可做，除了营地没别的地方可去，若他们有家可回，未必不愿意挨那十军棍。你现在要回去了，是好事，一个人不能一辈子只是打仗。去了也不必回来了，中军帐归我了，省得搬进搬出的。"

孙牧野解下腰间短刀递过去，殷虚问："什么宝贝？"

孙牧野道："不是宝贝，城南铁器铺买的，就样子好看。"

殷虚问："城南哪家？兰陵宫家？皇甫铁侯？"

孙牧野道："没名字，不出名。"

殷虚又问："多少金？"

孙牧野道："八十文，铜钱。"

殷虚便叹了声气，道："礼轻情义重。"收下了。孙牧野转身出了帐。

2

焉军陆续向西开赴，而孙牧野留在了马铃村，上书龙朔宫，请求返京。正月初五，龙朔宫传下圣旨，同意回京，孙牧野遂与豆蔻启程，随行的还有乔恩宝和三百重伤兵。二月初二进未离原，初三进开元城，过了共济桥，孙牧野与乔恩宝等人分了路，到了宣阳街口，他又让豆蔻先回家，自己继续向北走，一直走到太平街。

凤阁坐落在太平街口，时值午后，各色官吏出入繁忙。孙牧野牵着马过去，向门吏道："劳驾问问，唐相公可在？"门吏便问："阁下是？"孙牧野道："我是孙牧野。"门吏大吃一惊，忙请入内，孙牧野不去，只道："我想和唐相公说几句话。"门吏忙赶去禀报。

不多会儿，唐瑜从府中出来了。或许是因为公务繁重，他的神色有些疲惫，眉宇间掩着两分忧戚，见了孙牧野，他依然微笑相向，但这笑只是出于礼节，而非喜悦。他下阶行礼道："将军回来了。一路风尘辛苦。"

孙牧野道："对不住，唐翊没能和我一起回来。"

两个月前，唐瑜便收到了唐翊战死的消息，此时孙牧野再度提起，他的心又开始隐隐作痛，嘴唇动了几次，只化成一声叹息。

孙牧野道："我有负重托。我曾许诺要照看好他，可我没做到。我负了你，也负了他。"

唐瑜默然良久，问道："当时的情形是怎样？"

孙牧野道："他们面对的是黑山军赫连淞，那是万中无一的武士。打到最后，十个战士只剩他一个，我叫他回来，他不，他对我说，要我信任他，我就只能看着他上去。后来，赫连淞死了，但他被赫连淞拉下冰河，被水带走了。第二天，战士们往雪鸡河下游找了三四十里，没能找到他。"孙牧野转身从马背上解下一柄剑，"我找到了他的剑，没找到他的马。"

唐瑜双手接过月随剑，轻抚不已，淡淡笑道："三郎总是怕我们不相信他，总要证明给我们看。其实他不知道，我一直了解他有多勇敢。"

孙牧野道："他是最好的战士。"

唐瑜退后一步向孙牧野行揖礼，孙牧野还礼，两人就此别过。

孙牧野牵着马继续北走，出太平街，过龙首桥，到了龙朔宫下。值守宫门的骁禁卫认识他，忙迎上来，孙牧野问："圣上在不在？"禁卫道："前日才去了围场，要四月才回来。"孙牧野便离开龙朔宫，去了布政街兵部。他要在此查阅一个人的军籍，进而找到他的家人。

3

唐家祠堂里新添了两个牌位，一个是唐之盈，一个是唐珝。夜阑人静时，唐瑜总会来这里坐一坐，今夜，他带回了月随剑，放在唐珝的灵位下。已过子正，唐瑜坐在椅子上，只是出神。良久，门外响起细碎的脚步声，他以为是明幽来找自己了，便回头道：“我来了。”却见苏叶出现在门外。

苏叶提着一篮青枣走到门边，也没料到堂中有人，见了唐瑜，不免一惊，进退两难，唐瑜抬手示意她自便，她才走进堂来，把青枣往供桌上摆，或许因为心中慌乱，手微微发抖，一个青枣滚落下地，正滚到唐瑜足前，他俯身捡了起来。苏叶摆完青枣，回身欲走，忽见唐瑜手中留着一个，便站住了，她先看唐瑜的手，后看唐瑜的脸，看着看着，忍不住道：“你……长白发了。”

唐瑜恍然回过神，道：“是吗？”

苏叶便用手指了指自己的鬓边。

唐瑜不住把玩那枚青枣，许久方道：“先前，有次下值与同僚一起出府，他急着先走，向我告罪，说：‘要去大人家，恐大人久等。’我自然请他先行。那一路我在想，多好，下值后，还有大人家可以去，还有双亲在等他，而我没有大人了，我比别人要少一个家，少一个归处。而现在，每天和同僚们相处，我总怕听大家说家常，怕听见他们谈起自家二郎如何、四郎如何，我不敢听，因为，我家也没有二郎了。”

苏叶道：“那幽儿时常对我说起二郎、说起女儿，我该不该怕？”

唐瑜沉默。须臾问道：“今后，你怎么办？”

苏叶不语。

唐瑜道：“可曾想过回故乡？”

苏叶一惊，重复道：“故乡？”

唐瑜道：“你的故乡在东沅，双亲也在彼处。”

苏叶面色微动，道：“只有三郎在，唐家才是我的家，他不在了，我便不应该在这里了。”

唐瑜道：“你误会了。三郎不在了，你的余生还长，唐家不是牢狱，不该关住你。你若愿意，我雇一艘船送你回去。”

苏叶道：“我原是不祥之人，又何苦回去连累我的爹娘。我大概该去云阶寺，把尘缘断了，便不会害到任何人了。”

唐瑜便不言语了。苏叶走到他身前，径自从他手里拿回青枣，恰在此时，门外亮起一团红光，明幽提着灯笼出现在门边。

明幽本是来找唐瑜，不意苏叶也在，正看见她从唐瑜手中拿走什么东西，便停住了。苏叶笑道："幽儿来了。"一面说，一面把青枣放回供桌，"我来看三郎，不巧二郎也在。"

明幽道："我下午去惜环院找你，婢女们说你去云阶寺了。"

苏叶道："我刚回来，给三郎带了梵音山的青枣。"说完一笑，从明幽身边飘然而过，出门去了。

唐瑜待苏叶走远，也起了身，道："我们回去。"

两人同往怜玦轩去，路上明幽问："方才你们在说什么？"

唐瑜道："我问她想不想回东沅去，若想回，我找船送她。"

明幽问："那她如何说？"

唐瑜道："她以为我们视她不详，要赶她走。"

明幽道："从三郎的事传回来后，满城都在风言风语，说是'灾女之殃'，她本就心里难受了，你却要她回东沅，她岂不伤心？"

唐瑜道："我并未勉强她。"

明幽道："她若真的想走，自会来和我说，她不说，我们便不该提，不要让她以为三郎不在了，她便没有依靠了。"

唐瑜道："是我疏忽了。"

两人走到湘妃竹下，明幽忽然叹了声气，唐瑜问："怎么？"

明幽道："有句话说出来，三郎在九泉之下要怪我了：我情愿苏叶有新的归宿。若有一天，她来告诉我她又爱了别人，未尝不是好事，我还亲手给她做嫁衣。"

唐瑜不语。

明幽道："我总觉得苏叶心里有怨、有恨，只是不显露出来，我也不知如何开解。"

唐瑜问："你时常对她说起女儿？"

明幽道："说起女儿？不过是些家常闲话，怎么？"

唐瑜道："她和三郎没有子女，只怕说者无心、听者有意。"

半晌，明幽道："我竟没想到这一层。以后再不说了。"

一时走进怜玦轩，有婢女出迎，两人便止了话头，步入房门。

4

二月二十八，孙牧野牵马乘舟，从未离原进入章州，舟行半日，黄昏时分抵达临汶县，上岸东行五里，到了一个名叫杏溪的村庄。正值晚饭时候，村口一户人家正在树下摆桌放碗，见孙牧野面生，主人便问："客人从哪里来？"

孙牧野问："樊余庆可是住在这里？"

主人道："你说的是樊里正？"

孙牧野道："他是里正？"

主人道："怎么不是。他住村西头，只怕不在家。"

孙牧野便问："去哪里了？"

主人道："收军税去了。这里百多户人，要按丁收齐的。昨日早上才听他说，还有三十多户没收齐，明日就要把税款解去州府，若迟一日，板子就要落下来了。这会子只怕还在谁家里求爷爷告奶奶呢。"

主人娘子一边盛饭一边道："自从打起仗来，一年要征两次税，老百姓要多交三石粟、四丈绢、六两棉，自家吃的穿的都不够，还要供养那些当兵的，下次再来，我也不交了。"

主人不明孙牧野身份，忙一口喝住娘子，向孙牧野道："他家在村西，好认，门口停着七八辆驴车，都是要送去州府的军粮。"

娘子又道："他娘子在集市卖草鞋，你去找她还快些。"

孙牧野便问："集市在哪里？"

娘子手往南边一指，道："过了桥，走一里地就到了。"

孙牧野转身便行。那主人见他腰后佩刀，忙问："你找他们有什么事？"

孙牧野径自去了。

这乡野集市只有一条短街，人已散得差不多了，一眼望过去，街边有辆独轮车，车上摆着十来双草鞋，一个女人坐在车边，呆呆的似有忧愁，年纪三十四五，肚子高高隆起，已有六七月的身孕了。旁边是个卖汤饼的小摊，此时也没了生意，孙牧野牵马过去，拣一张桌子坐了，刀解下来放在桌上。那摊主本要询问他吃什么，见他面相不善，便不敢问了。

夕阳越来越矮，地上的影子越拉越长。过了半盏茶的工夫，一个五六岁的女童从街尽头轻快走来，手里提着一个竹篮，走到独轮车边，把竹篮举向女子道："阿娘，吃饭了。"

女子从竹篮里取出一个陶碗，打开碗盖，孙牧野看见是半碗黄黄的粟米，上面盖着两片崧菜。那女子问："哥哥呢？"女童道："在收拾厨房，一会儿就来。"

女子吃了一片菜和几口饭便不吃了，把陶碗盖好了放在车上。又过了片刻，一个少年出现在街上，十六七岁年纪，已和成人一般高了，只是身材还单薄。他坐到女子身边，问了一句："阿爹还没来？"女子道："就来了。"

母子二人都寡言少语，坐着各自出神，偶尔有人路过，便抬头看一眼。那女童活泼些，见街上散落着别人挑剩的烂菜叶，便提着竹篮去捡，脸上欢欢喜喜的，并未觉得不妥，她母亲的目光追着她，反而露出一丝酸楚。

孙牧野坐了约半个时辰，没见他们卖出一双鞋。晚霞就像烧完的炭，风一吹便散成灰烬，身上又开始有寒意了。忽听街上一人唤道："樊里正来了。"一个男子"嗯"了一声。孙牧野回头，看见那男子从远处走来，和自己相似年纪，一张平平常常的庄稼人面孔，焦黄皮肤，穿粗布短衫，卷着裤腿，腿上有泥，脚上穿草鞋。孙牧野转回头，看着桌上的刀。

樊余庆走过去，少年起身让他坐，他摇摇手，从车上拿起陶碗和筷子，就在一边蹲着吃。女子的两眼一直看着他，问道："收齐了没有？"

樊余庆一个劲儿用筷子往嘴里赶饭，吃了几口，道："还有严瘸子家和丁老娘家。"

女子便问："那怎么办？"

樊余庆沉默地吃饭。

女子急道："怎么办！"

樊余庆口里嚼着米饭，眼睛看着空荡荡的街，道："一会儿我去找大舅借，给他们填上。"

女子一听，眼泪便涌了出来，说道："借？这两年你借了多少？你拿什么还？给这个填、给那个填，到头来，谁念你的好了？人家就是算准了你要自己填，才敢不交！你有家财万贯，给十里八乡全填上也由得你，偏偏自己家都没米下锅了，还咬着牙替别人撑！你不去和官府说，我去说：'谁没交税，该抓谁抓谁，我们家是填不起了！'"

樊余庆不还口，只是吃饭，额上的皱纹愈发隆起。那少年忽道："阿爹，阿娘，我想去当兵。"樊余庆道："你还小，过两年再说。"吃完了站起来，把陶碗放回车上，一抬头，看见了不远处的孙牧野，两人四目相对。

汤饼摊要收了，那摊主小声请孙牧野让座，孙牧野便起了身，抱着刀站到一边。樊余庆从未在乡里见过孙牧野，他不知道他的身份来处，更不知他为何出现在这里，他只是模糊地觉得危险。夜幕降临了，樊余庆向家人道："我们回去。"

女子扶着孕肚站了起来，樊余庆和少年开始收拾车子。稍后，四人一起向孙牧野走来，女子和女童走在前面，樊余庆和少年推着独轮车在后面。那女童右手牵着母亲，左手提着竹篮，一跳一跳地唱童谣，忽而道："阿娘，我们去小念奴家玩。"

女子道："阿爹明日要出远门，我们回去收拾行李，小念奴家改天再去。"

女童便回头问："阿爹，你又要去州里？"

樊余庆点头。女童道："那你还给我买柿子饼回来。"

樊余庆道："嗯。"

独轮车吱呀吱呀地从孙牧野身边过去了，一家四口有一搭没一搭地说着话，慢慢消失在街市尽头。孙牧野站了一阵，发现马不见了，便去找马，在街后的田野里找到了，随后牵着马缰走上归程。

5

天明，唐瑜骑马去凤阁，唐晋陪行在侧。巷口忽有两个孩童嬉戏，双双奔过马前，唐晋便笑道："近来坊间有童谣，唱的是二郎与孙将军，二郎可曾听见？"

唐瑜问："唱了什么？"

唐晋道："'举贤任能看唐相，守土复疆有孙郎。'"

唐瑜一笑。

唐晋道："这段时日，街头巷尾都在议论孙将军。大家都猜他为何中途回京，有人说他受重伤了，还有人说他怯战了。"

唐瑜道："焉军百战百捷，将军何怯之有？"

唐晋道："所以我也不解。龙朔宫虽然纳二郎之言，许他回京，只怕也有些不情不愿。"

唐瑜道："孙将军或有隐衷，不愿为外人道罢了。"说话间到了凤阁，唐瑜下鞍步入府门。

到了中午，兵部右侍郎陆炎来凤阁办事，顺道拜望唐瑜。他先把近日的前线军情、兵部的兵略战策、后方的粮运征役等诸军政都禀报了，最后道："昨日兵部的人去孙将军府上，谁知人不在家，说是去了围场，小唐相公知不知道？"

唐瑜莫名一惊，道："将军不曾对唐瑜提过。"

陆炎道："上次孙将军去兵部司，查一个叫樊凌志的人。此人二十多年前在云州军，是孙崇义麾下。至于将军为何查他，就不得而知了。这次将军只身去围场，不知是念圣心切，还是有别的事。小唐相公和孙将军有交谊，还请留个意。"

唐瑜正待答话，门外忽报户部尚书求见，两人只得住了话，陆炎告辞而去。

6

孙牧野于三月初一晨出发，初三中午到了围场。饮马湖畔人马成群，帐篷像棋子一样散布，刚刚行猎归来的骁禁卫发现了孙牧野，纵马过来，高声道："可是孙将军？"

孙牧野应道："是我。"

卫士问：“将军为何来围场？”

孙牧野道：“为见圣上。”

卫士又问：“圣上可有宣召？”

孙牧野道：“没有。”

一个卫士转马而去。过了半炷香，一行宫人匆忙赶来，打头的是秋怀意，与孙牧野见过，寒暄了几句，后道：“圣上在鸣铙山围猎，要日落后才回来。”便命宫人设酒接风。孙牧野再三辞让，只道：“我等圣上回来。”秋怀意素知孙牧野不喜虚礼应酬，只得罢了，当下命宫人领孙牧野去休息。

铜壶漏尽，夜悄悄来临了，孙牧野坐在帐里，听守夜的更吏敲响了二更梆子，又听见几只被擒获的野兽放声哀鸣。过了一阵，驻地忽然鼓噪起来，宫人匆匆奔过，一个个拍手道：“圣上回来了，接驾！”随后又是纷纷乱乱的马蹄声。孙牧野掀开一半帐门，看见火炬如林，无数卫士、宦官簇拥着天子向御帐而去，人群后有一辆囚车，里面关着一头受了箭伤的虎。

三更梆子响后，一个宫人来到孙牧野帐内，道：“圣上宣左将军孙牧野觐见。”

御帐中，豪筵刚散，宫人还在收拾残羹冷炙，满帐的余腥之气。孙牧野上前，向卫熹行君臣之礼。卫熹是站着的，并不上前迎接，待孙牧野跪下，方道：“将军免礼。”

孙牧野站了起来。卫熹道：“朕万想不到，会在此地见到将军。”

孙牧野道：“臣先前上书请回京，圣旨准了。”

卫熹道：“那是唐相公准的。这些年，唐相公说话比朕有分量。”

孙牧野听出了卫熹的不满，便看了他一眼。卫熹已是实打实的成年人了，他站得笔直，脸色严峻，确有天子的姿态，但在威严的衣冠下，似乎缺了一点东西，至于缺的是什么，孙牧野也说不上来。

卫熹问：“将军来围场，走了多久？”

孙牧野道：“三天。”

卫熹道：“这三天，发生了一件大事，将军应该还不知道？”

孙牧野的确不知道，便谨慎地沉默。

卫熹从桌上拿起一封奏疏，道：“昨日，这封战报送到了围场。”说着，将奏疏扔过来，扔在孙牧野脚前。

孙牧野停了一下，还是弯腰捡起了奏疏。他识字不多，无法将冗长的文章从头读到尾，只能跳着看其中认识的字。“王师”、“败”，看懂这几个字，也就明白发生了什么。

卫熹道：“十日前，朔州九婴山，项王把焉军包围了，所幸天降大雨，山沙流泻，阻了项军攻势，焉军才得以突围，一战死了七千人。”

孙牧野默然。

卫熹道："若孙将军在，焉军就不会败了。"

孙牧野道："战场上，谁也不敢保证不败。打项军，孙牧野在的时候，也没有哪一战是容易的。"

卫熹道："将军这是在为缺战找借口？"

孙牧野心中腾起火气，强压着道："请陛下沉住气，信任前方将士。扛得起败，才熬得到胜。"

卫熹看了他好几眼，坐回位置，问道："坊间传言，将军怯战了，是不是真的？"

孙牧野道："臣回来，不是因为怯战，是因为臣的父亲。"

卫熹道："父亲？孙崇义？你不是在念波城杀了他？"

孙牧野道："臣的父亲没有叛国，他当年为守卫念波而死。这些年在念波城的，是冒用父亲姓名的叛将樊凌志。"

卫熹怔住了，满帐的宦官、宫女和卫士全怔住了，几十双眼睛看着孙牧野，像看一个怪异的陌生人。

孙牧野道："打下念波后，臣找到了樊凌志，他亲口对臣说的。他是臣父亲的卫士，降西项的人是他。当年他想投敌，却害怕臣的父亲，便谎称是出城诈降，父亲相信他了，还要和他一起出城，把项军引过来。在出城门的前一刻，父亲发现了樊凌志在说谎，可惜太迟了，他被樊凌志和叛军杀了。临死的时候，他都靠在城门上，不给叛军让路。城门被烧了，樊凌志逃出去了，他知道会祸及家人，便对项军自称是孙崇义。他保住了自己和家人，臣的父亲替他背了叛国的骂名。"

卫熹听呆了，好半天才理清这些话，问道："这些，都是樊凌志和你说的？"

孙牧野道："是。"

卫熹问："樊凌志被你杀了？"

孙牧野道："他是自焚的，他把自己面目烧毁了。"

卫熹问："尸骨呢？"

孙牧野道："和项贼尸体一起烧了。"

卫熹问："那如何证明他是樊凌志，不是孙崇义？"

孙牧野道："臣就是证明！"

卫熹不再言语。

孙牧野道："臣必须回来，必须让陛下知道，让天下知道，臣的父亲是为国家牺牲的，他不能再背上千秋万代的罪名！"

卫熹环视左右，问："你们怎么看？"

宫人岂敢开口。卫熹道："孙崇义也罢，樊凌志也罢，都死无对证了，将军说什么便是什么。"

孙牧野道："孙牧野千里迢迢自前线而返，不是为了行骗！"

卫熹思索片刻，道："平反的事，可以慢慢商量，眼下，对将军来说，还有更重要的事。"

孙牧野问："何事？"

卫熹道："回战场去，收复朔燕两州。"

孙牧野毅然摇头："沉冤未雪，孙牧野恕难从命。"

卫熹冷笑，道："孙将军想战便战，不想战便不战。"

孙牧野道："臣背着千斤重担，如何能战！"

卫熹道："你分明是怕了！雪鸡河上你险些命丧项王之手，所以怕了！说什么沉冤，说什么重担，都是借口！"

孙牧野勃然大怒，喝道："陛下何出此言！"

卫熹被这一声吓得脊梁一紧，向左右道："孙牧野无礼，把他关起来！"

孙牧野厉声道："谁敢！"

几个禁卫向他走了几步，又停下了。卫熹孰视孙牧野，道："他们奉天子之令，有何不敢？"

孙牧野冷冷道："关孙牧野，他们就不敢。"

卫熹喝道："关起来！"

禁卫们挪了两步，果真没敢过去。孙牧野的神色十分凌厉，卫熹陡然想起多年前，他夜闯禁宫，提刀面对母亲的情景，当即叫道："孙牧野！你可是要反？"

禁卫们见卫熹盛怒，只得又向孙牧野走去，孙牧野抬手一挡，孰视卫熹，后道："孙家两代人，都不曾负国家。我父亲到死都守着念波城门，我为先帝、为陛下打回了四个州，打下了北凉，是国家有负我们！我再等等陛下，请陛下好好想一想，该不该还我们一个公道。"

卫熹一时不知如何接话。禁卫们进也不是，退也不是，孙牧野主动退了几步，再向卫熹行臣礼，卫熹不应，孙牧野径自出帐而去。

卫熹一动不动。秋怀意小心翼翼地过来，道："陛下息怒，该去歇觉了，等明日气消了，再与将军好好说。"卫熹似是而非地点头，秋怀意便扶起卫熹，送去寝帐安歇。

到了寝帐，几个小宦官给卫熹除冠、解发、更衣、净手、净脸、净足，再扶上床，给他盖上被子。卫熹忽问："孙牧野人呢？"秋怀意忙出去问，片刻来回："离开围场了，是回京城的方向。"卫熹点头。秋怀意放下床帐，点起一炷龙涎香。熏香烧过三分之一，卫熹的眼闭上了，秋怀意这才扬手示意小宦官们出去候着，自己吹灭了灯，就在龙床边囫囵打盹。

卫熹并未睡着，只是闭眼假寐。他听见外面守夜的小宦官在轻哼歌谣，便问："秋怀意，他们在唱什么？"秋怀意抬头一听，道："是最近京城童子们爱唱的。"卫熹问："唱的是什么？"秋怀意小声道："'举贤任能看唐相，守土复疆有孙郎。'"卫熹问："那我呢？我算什么？"秋怀意忙回："唐相公和孙将军都是陛下股肱之臣。传颂将相，也便是传颂陛下的功德。"卫熹方才罢了。秋怀意悄悄出去，呵斥小宦官："不许唱了！"

四更天，睡意蒙眬的卫熹听见不远处有人叫，便问："又是怎么了？"秋怀意却已睡着了。一声呼喝突然爆发成几十声叫喊，慌慌张张，且向御帐而来，卫熹一个翻身坐起，叫道："秋怀意！"秋怀意急忙直身，只听外面叫道："追！快追！"守在门口的禁卫和宦官也叫："来了！来了！"间杂刀枪之声。帐帘一动，一个黑影飞扑而入，吊睛白额，锦毛斑斓，竟是一只大虎。大虎被卫士们追逐，慌不择路逃进御帐，撞倒了秋怀意，又向卫熹扑去。卫士们冲进来，一个把卫熹抱住，死死护在怀里，卫熹看见半尺长的虎牙就在脸前摇晃，吓得止不住乱战，卫士把他捂得更紧。乱糟糟的人叫、虎吼、刀枪齐鸣、桌子椅子乱倒，没过多久，虎咆哮了一声，便没声响了，卫士们纷纷道："快拖出去、拖出去。"又向卫熹道："陛下，没事了。"那卫士方才松开卫熹，背上已被咬了好几口。一群人跪在地上请罪，秋怀意见卫熹脸色煞白，目瞪口呆，忙道："都出去，让陛下休息。"卫士们急忙告退。

卫熹失魂落魄地坐在床上，秋怀意又是抚心又是抚背，见他冷汗迭出，忙拿帕子给他擦汗，卫熹一把扯下帕子，道："是孙牧野，他来刺杀朕了。这虎是他的。"秋怀意道："这虎是陛下在鸣饶山猎的，奴才们没关住，逃出来了。"卫熹道："是他叫它来的。他养虎，可以跟虎说话，这虎听了他的话。"秋怀意暗中叹气，道："小奴给陛下做碗羹汤？"卫熹道："就是孙牧野！我不给孙崇义平反，他叫虎来刺杀我！"秋怀意劝道："陛下……"卫熹叫道："姑父呢？！"卫熹的姑父便是驸马王昭逸，现为骁禁卫大将军，此时正候在外面，听见叫，便进来听旨。

卫熹问："孙牧野人呢？"

王昭逸道："早走了。"

卫熹道："去把他抓回来！"

王昭逸道："只怕和他无干。"

卫熹腾地站起，道："不是他，难道是你？难道你也要反！"

王昭逸只得领旨出帐，点了数百禁卫，亲自带着追孙牧野去了。

7

孙牧野出了围场，乘月走了五六里，马儿累了，两个便在道旁树下休息。他背靠着大树坐着打盹，不知睡了多久，忽觉地面微动，隐然是马蹄重踏之势，他睁开眼，翻上大树眺望，只见三里外，一行禁军驰行而来，约五十多人，孙牧野敏锐地觉察到是冲自己来的，当下折一枝粗树枝，跳下地，一面去除枝叶，一面等待，不知怎地，他想起禁卫们的面孔，都是十八九岁的少年，心又软下来，扔了树枝，骑马离开大路，向东南疾驰。

行不到四里，身后东北、西北各出现一支禁军，向他包抄而来，口中叫道："孙将军请留步！"孙牧野打马急驰，四处搜寻有利的地形。三百步后，见东南方有座小丘，上有卧石如林，当下转马过去，到了山下，放马走远，只身穿过石林，走到山顶，前后左右皆有大石，可挡箭矢，就地找了一根两寸粗、五尺长的树枝，折断枝桠，变成一根可制敌的长棍，然后等待着。

两支禁军转眼即至，将小丘包围，不久，愈多的禁军从四面八方赶来，有五六百人。一小队禁卫恰在孙牧野的左后方，见他没注意身后，便悄悄下马，欲往小山潜行，才走了十多步，便听迎面一股风声，一支短木如箭一般射了下来，刺入一匹骏马肚子，马儿放声厉嘶，直起马身，肚子已破了，血和肠子冒了出来，煞是骇人，众卫纷纷叫道："回来！回来！"那小队禁卫只得退了回去。

王昭逸策马出列，朝山上叫道："孙将军，王昭逸奉圣上口谕，请将军回围场！"孙牧野招手示意他上来。王昭逸下马，抛了兵刃，张开双手以示无物，慢慢往山上走，走到二十步内停下了。孙牧野问："怎么回事？"

王昭逸道："禁卫们猎了一头虎，没看住，半夜窜到御帐里，圣上受惊了，以为是将军纵虎刺杀，吩咐我带将军回去。圣旨难违，我是奉命行事。"

孙牧野竟气笑了，问："那你觉得我能回去？"

王昭逸道："将军回去，还可解释一二；若不回，岂不把冤案坐实了？将军纵然此刻能走，又能去哪里？"

孙牧野喝道："孙牧野岂是束手就擒之人！"

王昭逸道："若将军信任王昭逸，当与我同回围场，之后的事，从长计议。若将军抗旨，禁军将不得已兵刃相见。"

孙牧野问："来了多少人？"

王昭逸道："六百余。"

孙牧野冷然道："要抓我，你舍得折多少？"

王昭逸道："不带将军回去，六百人又能活多少？"

孙牧野又气得一笑。

王昭逸道："王昭逸对将军无恶意，将军当信任昭逸。"

过了片刻，孙牧野道："我不信你，我只信一个人。"

王昭逸问："谁？"

孙牧野道："凤阁唐相公。他来了，我便回去。"

王昭逸长舒了一口气，道："好，我去请唐相公。"

孙牧野冷冷道："我就在这里等。"

王昭逸下了小丘，赶回围场。时天已放明，昭逸面见卫熹，把夜晚之事禀报了。昭逸道："孙将军骁勇过人，若强取，禁卫死伤难数，若唐相公能劝将军束手，避免流血争斗，也是幸事。"卫熹听他言之有理，立命传书唐瑜。宫人将口谕写成信，系在信鸽足上，信鸽即向开元城飞去。

8

海云阑日行二百里，十六个时辰后，把唐瑜送到了山下。他穿过禁军的包围，穿过密密的石林，走到孙牧野面前。孙牧野几乎两天两夜不曾合眼，背倚大石坐着，神色有些疲倦，向他道："天子说我让野虎伤他，我没有。"唐瑜道："我和你一道去见天子。"便向他伸出右手。孙牧野拉着手顺势站了起来，两人同往山下走，禁军全部收刀入鞘，让开一条大路。

回到洪武围场，一行宫人等在路边，道："圣上在饮马湖畔，请相公和将军随小奴前往。"便在前面带路，引孙牧野、唐瑜向饮马湖去。到了湖边，见仪仗大开，宦官、宫女、禁卫如云侍立，卫熹一人坐着。御座之前，铺着一张鲜红的宫毯，九尺见方，上织地藏菩萨发愿图。离御座还有五十步，一个宦官过来，躬身道："陛下召孙将军单独说话。"唐瑜只好止了步，孙牧野独自向卫熹走去，走着走着，他发现卫熹身后多了十来个人，既不是宦官，也不是禁卫，不知是什么人。三十步后，孙牧野一步踏上宫毯，脚下突然空了，宫毯塌陷了，人陡然坠落，落到底，撞出一声巨响。宫毯下是个陷阱，阱里放着一个铁笼子，孙牧野恰好落入笼中，笼口瞬间封锁，八条铁链牵着铁笼的八个角，把笼子扯出来，抛上半空，又摔下地，孙牧野在里面被翻来覆去地撞，最后随笼子砸在地上。唐瑜想不到竟有如此变故，万分惊诧，急忙要过来，十几个佩刀人斜里拦出，拔刀相向，高声道："沧山奉旨捉拿要犯，百官不得干涉！"唐瑜既惊且怒，问道："沧山？"佩刀人道："正是沧山！"

铁笼是猎虎用的，还残留着带血的皮毛和腥臭气，高不过六尺，孙牧野站不起来，只能蜷着，他透过铁栏缝隙，看见卫熹身后的陌生人向他走来，当先一人走到笼前蹲下，把一卷公文示给他看，说道："我是御宪台缉捕司陈阜东，奉命请将军去沧山。"

沧山法吏抬起铁笼，向一辆马车走去。孙牧野像一只受伤的困兽，不动弹也不出声，他看向卫熹，卫熹冷漠地把他回看；他又看向唐瑜，唐瑜神色从未如此慌乱，他在急切地说着什么，想来救孙牧野，又想去找卫熹，可法吏和禁卫把他拦住了，他是文士，突破不了那丛丛的刀。铁笼被架上马车，法吏们一扬鞭，马车向南开去，很快驰离了洪武围场。

第九十章

论刑

1

卫熹回龙朔宫的次日，王璎宁来问安。她先问了些捕获猎物几许、归途是否顺利的话，又道："璎宁听说，有猎物不慎进了陛下的御帐，可曾惊到陛下？"

卫熹道："那虎就在我咫尺之遥，若不是禁卫们殊死护驾，我可就回不来了。"

璎宁道："野兽的天性就是要伤人的，从前先帝围狩，也被猛兽咬过脚踝，所幸天子自有天佑，总能化险为夷。"

卫熹笑了笑。

璎宁道："璎宁还听说，陛下因为这件事，把孙将军关去了沧山。"

卫熹道："不是因为这件事。"

璎宁问："那是为何？"

卫熹道："孙牧野不听我的话了。"

璎宁道："他如何不听陛下的话？"

卫熹道："我让他回朔州，他不去，却要我为他父亲平反。孙崇义叛国，是载于史册的大事，他就凭几句话，便要我改史，我如何能答应？他不愿再为大焉打仗，便于我无用了，我不如杀他立威。"

璎宁大惊，忙问："陛下要杀他？"

卫熹道："'功高震主者，身危'，他不是第一个，也不会是最后一个。"

璎宁道："云州克复以来，孙将军威名震于四海，如今战事未休，陛下便行'鸟尽弓藏'之事，前方将士会如何想？只有项人该拍手称快了。"

卫熹笑道："这些话，可是唐相公教你说的？"

璎宁道：“是璎宁自己想说的。陛下若杀孙将军，非但不能立威，反倒有损陛下的仁德。君不仁，则臣不直，陛下难道希望满朝文武，都是俯首帖耳、曲意逢迎之辈吗？”

卫熹道：“你可知道孙牧野在围场是如何顶撞我的？你可知道他从前是如何威胁我和太后的？你可知道他在朝堂上是如何耀武扬威的？”

璎宁道：“孙将军是行伍出身，比不了知书达礼的文士。民间俗话说：‘一样米养百样人’，天子胸怀天下，要容千千万万、形形色色的人，若不能容一人，如何容万民？”

卫熹身子向后倚去，离了璎宁三尺。璎宁怯然问：“陛下怎么？”

卫熹道：“你为何总是劝我这也不能、那也不能，你几时能站在我这边呢？你是我的妻，不是别人的。”

璎宁道：“陛下想要一个唯命是从的妻，那当初何必选我呢？”

卫熹的脸色更冷了，倒在榻上歪着。秋怀意进来，在他耳边说了两句，卫熹便向璎宁道：“皇后可以回去了，我有别的事。”

璎宁起身告退，又问：“是有臣僚要来吗？”

卫熹道：“是韩昭仪要来。”

璎宁默然退出了大殿。

2

沧山上狱建在山顶一个天然洞里，关着大焉最重要也最危险的犯人。孙牧野被关在洞穴的最深处，靠数着牢笼边的水滴声度日，大约五十个时辰后，一团黄光出现走廊尽头，他便知道，薛让来了。

薛让秉烛而至，走到牢笼外，与孙牧野隔栏相对。烛光很淡，微小如豆，两人都看不清彼此的脸。薛让先开口道：“虎惊天子案，很好查。将军养的虎，一直在家里，没出过未离原；将军在围场，也不曾接近那头虎。所以这案子结了，与将军无干。”

孙牧野冷冷道：“那我可以出去了？”

薛让道：“将军身上的案子，可不止这一件。”

孙牧野抿上了嘴。

法吏搬来一张椅子，薛让撩起袍角坐了，说道：“现在，薛让想与将军谈谈五千降卒。”

孙牧野不语。

薛让盯着掌上烛，待烛泪淌满烛台，始吟道：“葡萄美酒夜光杯，欲饮琵琶马上催。醉卧沙场君莫笑，古来征战几人回。前不久，法吏们钻研出一种新的刑罚，名曰‘醉卧沙场’，像是为将军定做的：在人身上划七七四十九道口子，把皮掀开，把上好的河东乾和葡萄灌进去，人要腌得又香又透，让狱犬来咬，不但要喂饱，还要喝醉。上狱有恶犬十八条，以将军的气节，只怕十八条都醉死了，也不会开口说一个字。”

说话间，尽头响起犬吠声。薛让向法吏道：“拿酒来。”法吏应声而去。

牢笼中，几声轻微铁镣响，孙牧野换了一个坐姿，道：“你问。”

薛让一笑，问道：“兴狩元年，正月十七，将军在何处？”

孙牧野道：“雍州，坠雁关。”

薛让问：“当日发生了什么？”

孙牧野道：“焉军出关战凉军。”

薛让问：“将军去了没有？”

孙牧野道：“去了。”

薛让问：“同谁去的？”

孙牧野道：“先帝，涅火军。”

薛让问：“去了哪里？”

孙牧野道：“焉军兵分两路，雍州军战凉军，涅火军去了俘虏营。”

薛让道：“将军去的是哪里？”

孙牧野道：“俘虏营。”

薛让问：“去了之后，做了什么？”

孙牧野沉默。

薛让并不催促，见烛芯长了，便示意法吏拿来一把剪子，一面剪烛，一面道：“夜阑更秉烛，相对话昔年。今夜不失为良夜。”

孙牧野道：“我随先帝到了俘虏营，凉军已被击退了，五千雍州兵还关在营里，涅火军把营围住了，约一千多人。我以为他们要开营救人，但他们没动，在等先帝下令。那时天已黑了，雪很大，风也大，雍州兵们在说话，但我听不清在说什么。先帝把我叫到身边，问我，想不想进涅火军，随他征伐四方。我说，想。先帝又问，涅火军号令如山，将士莫不从命，你能否做到。我说能。先帝又问，若圣命无道，军令无义，听还是不听？我便发觉有些不对。那时候，雍州兵还被关着，雪都淹过了膝盖，涅火军就是不开营，反而取出了弓箭，往箭头点火。箭头装了硫磺和松脂，他们是有备而来。”

薛让的眉锁紧了。

孙牧野道：“后来先帝下令了，涅火军就把火箭射了出去。都是箭法行家，射得极准。雍州兵穿的是棉布袄，一沾火就燃。他们也没想到会被自己人杀，像疯了一样，想冲出来。我们在坡上，他们在坡下，营围扎得极牢，他们还被绳子绑着手脚，冲不出来。

就像围场里，被猎犬包围的兔子。整个俘虏营都被点燃了。我听见雍州兵在叫喊，在问为什么。我也不知道为什么。先帝也射了，他的强弓力道极大，一箭出去，有个兵被钉在营栏上，四肢一直在挣扎。”

薛让问：“然后，将军做了什么？”

孙牧野道：“后来营门也烧了，还活着的兵冲了出来，很多人逃跑，但有个年轻人，夺下了涅火兵的刀。他向先帝冲过来，冲得很快。那时候，我在先帝下方十步远，他要杀先帝，必从我身边过去。”

薛让问：“将军拦他了？”

孙牧野顿了很久，道：“他就算过了我，也打不过先帝的卫兵，更打不过先帝，我本可以放他过去，免我自己的罪孽，但我回头看了一眼，先帝正在看我，我就出手了。”

薛让道：“他当然不是将军的对手。”

孙牧野道：“他很厉害，关了那么久，冻得像雪人，还能挡住我的刀，挡了七八次，我一度以为自己打不过他。后来，我的虎从背后咬了他一口，把他拖到地上，他要劈我的虎，我就劈了他的咽喉。”

薛让等了十余年，终于等到了孙牧野亲口认罪，他如释重负，下意识地抬头看天，头顶是一片嶙峋的洞石。

孙牧野似乎也释然了，他放松绷直的身体，靠在铁笼上，道：“杀了他之后，我累了，倒在雪地里，没有力气起来。先帝把我拉起来，对我说：‘从今以后，同进共退，同甘共苦。’那雍州兵的尸体就在我边上，我看见他的名牌掉在雪里，就捡了起来。后来我知道了他的名字，叫魏语阳。”

薛让道：“控告你的人，便是魏语阳之母。”

孙牧野道：“应该的。我做的事，我认。我该给他和父母一个交代。”

薛让道：“该给死者交代的，是薛让。薛让会请将军偿命。”

铁镣微微一响，是孙牧野在摇头，薛让便问：“怎么？”

孙牧野道：“我还没打算死。”

薛让道：“御宪台的判决，依律，不依将军的意愿。”

孙牧野道：“我不会死。”

薛让道：“那便是将军小看了御宪台。”

孙牧野又摇头。薛让只得观察他的表情，揣测他的心思。恰在此时，山洞外响起一种声音，昂扬而悠长，清晰地传入上狱，传入每个人的耳朵。这声音薛让从未听过，不免动身回顾，孙牧野却再熟悉不过了，一丝笑容浮上他的脸庞。薛让问法吏：“什么声音？”

法吏道：“好像是吹出来的角声。”

孙牧野道：“是焉军的号角。”

烛光一跳，薛让的眼轻轻眯上了。

孙牧野补充：“这是下令集结的号角。”

薛让问：“哪来的焉军？”

孙牧野道：“随我从前线回来的三百涅火兵。他们知道我在这里，我也知道他们会来。”

薛让道：“涅火兵要劫狱？将军想和三百士兵逃亡天涯？”

孙牧野站起来，走到铁栏边，与薛让面峙，道：“我不想他们劫狱。但真有那么一天，逃亡的不会是孙牧野。”

薛让道：“将军要凭三百士兵反？”

孙牧野道：“我的人不是三百，是十万！我若死罪，西征之军必然东归！”

又一声号角刺破了夜，在洞中长长回响，牢笼里的孙牧野自信得像站在阅兵台上。薛让孰视孙牧野，道：“那些洞察秋毫的官吏从来不会看错人。说将军暴戾之性，同于董卓，僭悖之心，堪比侯景，若不加以节制，国家早晚有弑废之祸。”

孙牧野喝道：“我不认识什么董卓侯景，我也不知他们为何反，我也不想反，是有人逼我反！”

薛让道：“沧山上狱，来过无数戴罪之人，都曾以为自己可以凌驾于律法之上。有人仗着皇亲国戚，有人仗着旧功世荣，有人仗着门生故吏遍天下，有人仗着名重一时为士大夫所归。孙将军仗的是军权，是倾覆江山的力量。将军要把十万涅火军变成十万叛国贼，薛让便要把十万人法办，虽如螳臂当车，也是以身殉法，死得其所！”

燃烛将尽，最后一点光在缭乱地跳，薛让索性一口吹灭了，烛台塞给法吏，自己转身向狱外走去。

山洞外，月色如洗，错落站着百余青年男子，个个手持兵刃，虽是布衣，甚或有伤残，却余留着数年征伐的雄健之气，薛让心想，从这些退出战场的伤兵身上，亦可窥见焉军百战百胜的缘由。他淡然从一个个战士身前走过，战士们只是冰冷地看着他，彼此既不打算交谈，也不打算冲突。薛让走出数十步后，又听见有人吹响了号角，似乎是在告诉狱中的孙牧野，他们会一直守在外面，不等到人绝不离开。

3

四更了，卫熹睡得又香又沉，身边的美人却惊醒了。韩昭仪凝神听了一阵，忍不住娇声唤道：“陛下。”

卫熹含糊地“唔”了一声。

韩昭仪道：“陛下听，是什么声音？”

卫熹问：“什么？”

韩昭仪道：“好像有人吹号角。”

卫熹猛然睁开眼。片刻之后，角声遥远地升了起来，盘旋在龙朔宫上空，卫熹惊道：“这是涅火军的号角！他们……他们在哪？”

韩昭仪道：“好像在正仪门那边。”

卫熹道：“在正仪门吹号角？他们想做什么？！”

角声很快中止，殿内又只剩“哒、哒”的滴漏声了，殿外一片空静，既无宦官来问安，也无禁卫来报警，想来还是太平的。韩昭仪道：“只怕……只怕是孩子们吹着玩儿的。陛下快些安歇，明日还要早朝呢。”

卫熹又躺了下去，可他的两眼盯着帐顶，怎么也闭不上了。

4

寅初三刻，薛让醒了。今日他要上朝，故穿了朱紫服，戴了獬豸冠。寅正，他和十余随从下了沧山，卯正进了城。到了太初殿外，听见里面朝会已经开始了，兵部尚书肖汉卿正在陈报朔州军情。焉、项两军还在九婴山僵持，进展极缓。卫熹待肖汉卿说完，先问：“肖尚书昨夜可听见了号角声？”

肖汉卿道：“臣听见了。不但臣，诸公也都听见了。”

卫熹忙问：“大家都听见了？”

满朝文武有一大半在点头，卫熹问：“这是怎么回事？”

肖汉卿道：“臣听说是涅火军左将军不见了，士兵们在找人。”

卫熹道：“孙将军行不法事，被沧山逮捕了。是非曲直，自有法断，那些士卒夜闹京城，岂不是挑衅朝廷？”

肖汉卿不置可否。

卫熹道：“肖尚书可是主管兵部的，士卒满城吹号，为何不抓起来？”

肖汉卿道：“如今抓了一个，才引出这一百个来，再抓一百个，要引出多少来？小事化大易，大事化小难，陛下是明睿之主，宜加审乎轻重。”

卫熹听肖汉卿夸自己“明睿”，便不好咄咄逼人了。宫人趋步进殿道：“御宪台令薛让请入朝。”卫熹忙道：“请进来。”

薛让走到大殿中央，双手捧出一卷册子，向卫熹道：“禀陛下：今审得，兴狩元年正月十七，孙牧野刀杀雍州兵魏语阳，本人供认不讳。刑名极峻，法不可逃，孙牧野当伏法，请陛下核之。”

殿中文武全抬起头来。卫熹问道：“薛台令可查实了？”

薛让道：“孙牧野本人证词在此。”

宫人取走册子，呈给卫熹，卫熹从头到尾看了一遍，神色甚为复杂，良久问道：“那，应该如何判？”

薛让目光一转，找到了刑部尚书裴向京，说道：“裴尚书是刑律泰斗，薛让请教尚书，该如何判？”

刑部和御宪台素来针锋相对，裴向京岂不知薛让要拉人下水，当下道：“案情不明，不好判断。是斗杀、谋杀还是误杀？是自己谋划，还是有人指使？薛台令把卷宗给我瞧瞧。”

天下无不透风的墙。卫鸯杀降之事，并非天衣无缝，这些年风声早从军队传到了民间，又从民间传回了朝廷，大家都心知肚明，只是谁也不敢公开谈论。裴向京如此一问，众人也不知他是真无知，还是装糊涂，都替他捏了一把汗，连薛让也不接话了。卫熹合上卷册，道：“案子，朕已经看了，孙牧野按律当斩！”

此话一出，百官骇然。御史大夫顾临道：“左将军孙牧野位高权重，此案关系重大，臣请三法司会审。”

薛让道：“孙牧野已认罪了，证词在此，何须惊动三法司？”

顾临道：“安知沧山不是严刑逼供？”

薛让道：“孙将军毫发无伤，薛让待若上宾，顾御史不信，只管去查。”

顾临道：“当然要查。若沧山滥刑，顾临必劾之！”

薛让道：“若孙牧野滥杀，顾御史也当劾之。”

卫熹怒道：“别争了，让朕想想！”

顾临含着气退了回去。卫熹沉思片刻，向众臣道：“诸卿以为，孙牧野当不当斩？”

礼部尚书申寒峻道：“孙牧野有征伐之功，不陷于沙场而陷于庙算，此非将军之辱，是君臣之辱。”

卫熹似没听见，向肖汉卿道：“按大焉军法，士卒私斗，是不是死罪？”

肖汉卿道：“是。”

卫熹道："那尚书还有何话说？"

肖汉卿道："陛下说杀，杀便是了。臣还提议，今日起，京师戒严，免生异端。"

卫熹道："你是兵部尚书，涅火军也是归你管的，若士卒哗变，你能否镇抚？"

肖汉卿道："臣自当全力镇之。涅火军若回师云州，臣便率大军往云州抵御；云州若陷，臣便退回宁州，固守要害；宁州若失，臣便回京城，请陛下传诏十州入京勤王，与涅火军城下死战，纵然伏尸百万、流血千里，也要将叛军镇压下去！"

众人猜测肖汉卿说的是真话还是反话，一时默然不响，唯有赵自芳十分警觉，听见"云州若陷"四字，便开口了："云州打了一年，花了国库两千四百万贯，要是又丢了，这钱谁赔？"

肖汉卿道："这有何妨？等平了叛军，休养生息十年，再和项贼打便是！"

赵自芳向薛让道："薛台令审个犯人，要把国库审亏空了。"

薛让道："孙牧野杀同袍，是他自己供诉的，凿凿有据，昭昭在册，满朝公卿却为他开脱。孙牧野若逃脱罪罚，将来行于街市之间，必有百姓指而诘问：'此人犯法，朝廷为何不问'，不知诸公如何回答。沧山还关着罪徒无数，若问薛让'为何庶民杀人是死罪，将军杀人却封万户侯'，薛让也不知如何回答。"

片刻安静之后，开元府尹李道双开口了："去年七月，臣在永宁县督劝农事，在野水湾听说了一件事。涅火军曾在此地练兵，为了避免毁坏庄稼，每日往返要绕行五十里。练兵结束当日，有六个士兵返程晚了，三更走到野水湾，遇到暴雨，涨了水，道路泥泞难行，想在一户农家避雨。那农家只有一个老妇和两个女儿，没有男丁，半夜遇兵卒敲门，不敢开，只许他们在门外暂避，六个兵便在屋檐下站了一晚上。天亮后士兵走了，在门槛上留下十来文钱。没过多久，一些士兵来找人，农家人方知，那六个兵里，有一个是涅火军的主帅。臣与孙牧野素无私交，听说此事后颇有感慨：左将军的官品是二品，万人之上，被升斗小民拒之门外，毫不介意。今日诸公都是高官显爵，不妨自问，三更半夜，暴雨倾盆，欲宿农家不成，可否做到在屋檐下站到天明。薛台令说孙将军杀同袍，臣不知实情如何，薛台令既要在朝堂上断案，便该把前因后果讲明白，方能服众。"

薛让道："孙牧野的供诉，薛让字字记录，绝无删改，诸位想看，请随薛让去沧山。"

卫熹怒道："不要再说了！"

两班官员都沉默下来，卫熹愤然攥着那卷供词。他当然想给孙牧野定死罪，可朝堂之上，除薛让外无一人赞成，这判决着实不好下，他进也不是、退也不是，好一阵为难，大臣们都知道卫熹在酝酿怒气，也就缄默不语了。君臣一起挨过半炷香，忽听一人道："老臣进言，望陛下采纳。"

众人向发声处看去，张圣庆出列了。他在笏板上已打好了奏稿，当下把长长的胡须捋开，对着笏板念道：“依老臣看，孙牧野不可免罪，亦不可重罪。军中私斗，致人死亡，按大焉军法，当死；但孙牧野于国有折冲御侮之功，陛下当念其旧勋，改从宽典，以示恩隆德厚、天网宏开。老臣以为，褫左将军名号，除军籍，罚没家财，足矣。”他抬起头，向薛让道，“如此，薛台令对别的罪犯也好回话了：‘谁能如孙牧野为国家收复失土，亦可免死！’”

卫熹的心豁然一开：剥夺孙牧野的兵权，把人驱离军营，他便再也不能犯上作乱，自己便少了一个心腹大患；而留下他的性命，也给了涅火军一个交待，不至于引发山崩地裂的动乱。他主意已定，只是顾及薛让，便问：“薛台令以为如何？”

薛让的一双眼睛，此刻却盯着阶陛的右下方，向一人道：“薛让想请教唐相公两件事。”

阶陛右下方放着一把椅子，是大焉相位，唐瑜坐于其上。自薛让入殿后，他始终一言不发，直到此刻，薛让点了他的名，方开口道：“薛台令请讲。”

薛让道：“涅火军人夜啸沧山，却不冲杀、不劫掠，行止克制有度，不似兵卒做派，是谁的指使？昔日公卿皆视孙牧野为大忌，今日却异口同声为其申辩，是谁在从中调和？”

唐瑜沉吟，随后起身走到殿中央，向薛让道：“涅火军乃天子之师，以大义讨不义，以大仁伐不仁，军行整肃，所过秋毫无犯，自然不会冲撞国家重臣。文武大臣直言敢谏，不为一人之恩怨，是为宗社之重、生灵之重，忠心赤胆，天地可鉴。唐瑜也想请教薛台令一件事。”

薛让道：“唐相公请讲。”

唐瑜道：“薛台令奉法为天，是想以法治天下，还是以法乱天下？”

薛让孰视唐瑜良久，转向御座道：“孙牧野如何处置，请陛下定夺。”

卫熹此时是一副震惊又难以置信的表情。自从薛让点名唐瑜后，他的目光便一直追着唐瑜没移开。原来昨夜的号角、今日朝臣的劝谏，都是唐瑜的主使？唐瑜背着自己干这些事，就是为了让文武大臣在朝堂上反自己？卫熹的心寒了，他盯着唐瑜愤怒地摇头，手中卷册不自禁揉成一团。唐瑜看见卫熹青筋突起的手，躬身道：“臣请独告于陛下。”

卫熹看了他足足一刻工夫，方向群臣道：“退朝。”

百官告退，大殿转眼空旷下来，只剩几个宫人陪着卫熹和唐瑜。等一切脚步声远去后，卫熹问：“唐相公要说什么？”

唐瑜道：“臣以为，孙牧野罪不至死。”

卫熹陡然起身，扬起卷册，喝道：“他杀了人，自己也承认，为何不能杀！”

唐瑜道：“坠雁关外的事，薛让可言杀，陛下不可言杀。”

卫熹道：“为何？！”

唐瑜道：“因为孙牧野奉的是先帝之命！”

卫熹一愣。

唐瑜道：“孙牧野对先帝尽了忠，对陛下也尽了忠。他纵欠别人家，不欠帝王家，所以陛下不能杀！”

卫熹把卷册举了半天，手酸了，慢慢放下来，一声叹息。唐瑜向阶陛走了几步，想离卫熹近些，卫熹却抬手一拦，道：“你不要再说了。”

唐瑜只得止步。卫熹起身，把卷册扔下来，唐瑜接住，再抬头看时，卫熹已大步向侧门而行，宫人们匆匆追了上去，他被独自撇在清冷的殿堂中。

5

七日后，御宪台法官来到上狱，面对孙牧野宣读了龙朔宫敕令。对他的判决，在张圣庆建议的“褫夺官爵、宅第，除名军籍”外，又加了一条“黜归本县，无诏不得入京”。敕令同时发往大焉京师各衙及各州、郡、县，公诸于世。

孙牧野走出山洞，三百涅火兵已等他多时了，带头的是乔恩宝。涅火兵都叫：“将军。”孙牧野道：“我不是将军了。”乔恩宝道：“活着就好，丢了的，咱们早晚挣回来。”

一行人下了沧山，在未离原上走了一阵，远远看见一人一马等在路旁，乔恩宝道：“是唐相公来了。”孙牧野走过去，两人相见，孙牧野先笑了笑，唐瑜也一笑，说道：“愧对将军，未能使将军留在京城。”

孙牧野道：“我本是死罪，能活着，已是万幸了。”

两人并肩走在前头，唐瑜道：“听说将军原籍雍州。”

孙牧野道：“他们让我明日就启程回去。”

唐瑜道：“唐瑜也曾远逐于边陲，而当归之人总会回归。”

孙牧野点头不语。

一群人走到城门下，士兵们都停住了，乔恩宝道：“宫里不让我们再进城。若进去了，恐又给你添麻烦。”

孙牧野道：“行，你们回军营去。”

乔恩宝忽然红了眼眶，把头扭在一边。孙牧野在他背上拍了拍。乔恩宝道：“明日，我也未必能来送你了。”

孙牧野道：“不用送。”

乔恩宝道：“身边没卫兵了，自己要保护自己。”

孙牧野道：“以后，你要去雍州看我，带着一家老小去。”

乔恩宝道：“去！”

孙牧野轻轻给了他一拳，向三百士兵挥手作别，随后和唐瑜一起往城里走。士兵们目送他的背影，乔恩宝大声道：“你父亲的事，朝廷不认，我们认！我们去和所有人说！”

孙牧野没有回头，只挥了挥左手，径自入了城。唐瑜陪他走了许久，问道：“令尊之事，在世有谁可证？”

孙牧野道：“没有人。知道的都死了。”

唐瑜问：“昔年念波城中，有几人知道？”

孙牧野道：“樊凌志和那些叛军都知道。他们多数死在了城门下，有几个和樊凌志投了项国，不知道是死是活，我找不到了。父亲还和几位守将约定了，等他诈降，袭乱项军阵脚，几位守将再出城相援，可是念波陷落了，他们全战死了。”

唐瑜唯有叹息。走到宣阳街口，就要分路了，两人互道珍重，唐瑜上马向凤阁而行，孙牧野回了燕然巷。

到了家，孙牧野开始收拾行囊，也没什么可带的，只有十来件四季衣裳。他把衣裳一件件叠在包袱里，忽听门外有人来了，一抬头，便看见了豆蔻。

豆蔻站在门边，手扶着门框，不敢进去，也不出声。孙牧野自低了头，继续叠衣裳，过了半天又抬头，正要开口，豆蔻道：“你别说话！”

孙牧野便不说了。

半晌，豆蔻道：“我怕你一开口，就要我回南荆去！”

孙牧野道：“我没说让你回南荆。”

豆蔻道：“我还怕你要我一个人留在这里。”

孙牧野道：“我没让你留这里。”

豆蔻紧张的神色放松了些，一双泪汪汪的眼睛看着孙牧野的侧脸。孙牧野一边折衣衫，一边道：“你跟我走。从今往后，我在哪里，你就在哪里。”

豆蔻瞬间收泪笑了，她冲进来一把抱住孙牧野，再也不肯放手。

第九十一章

北逐

1

天明后，一辆马车开出燕然巷，穿过京城的八街九坊，一直往西去。车头坐着豆蔻和星官儿，孙牧野骑马伴在车边。早市繁荣，商民忙碌，人人见了大虎，都知是孙牧野，行走的驻了足，叫卖的安静下来，早点铺里的伙计和客人都探出身子张望。人们的私议传进孙牧野的耳朵："他杀人了，被贬为庶民，发配回老家了。""他老家在哪里？""雍州。"

出了西城门，顿时天旷气清，护城河边杨柳成行，柳枝拂过车厢，似在依依惜别。星官儿许久没出城了，它抬起头，把飘摇的绿枝痴痴地瞧，待马车行远后，又垂下头卧着，昏昏欲睡。孙牧野一直在观察它的精神头，这些日子，星官儿越来越懒怠了。

到了未离原上，暮春的草原葱葱茏茏，孙牧野先下了马，向星官儿道："来，下来走走。"星官儿把头搁在双爪上，假意没听见，孙牧野便去抓它的尾巴，道："别睡了，和我走走。"星官儿自把尾巴缩了回去，还是不理，孙牧野便无法了，自己徒步走在马车边。

豆蔻从车厢里拿出马球，悄悄抛下车，唤道："星官儿，球丢了！"星官儿转头一看，马球从车尾越滚越远，它还是不想动，豆蔻却摇它："快去捡回来，去。"星官儿只得懒洋洋地跳下车，把球儿衔了回来，放在豆蔻手里。马车还在往前走，车板有些高，它又懒得上车了，慢吞吞地走在车边。豆蔻把球扔给孙牧野，孙牧野用膝盖接住，点给星官儿，星官儿猝不及防，被砸中大花脸，气得"嗷"一声，赶着球儿向孙牧野扑来，孙牧野飞奔而逃，星官儿眼看追上了，前腿却被球儿绊住了，一下扑在地上，花脸栽在草丛里，再抬起头来，脸上沾满了草屑，孙牧野忍不住笑，拍手道："起来，起来。”星官儿翻身起来，赶着球儿再冲，孙牧野躲到马车的另一边，星官儿从车尾追来，孙牧野又从马头绕过去，星官儿随之扑至，转弯不及，正撞上拉车的马，马吓得扬蹄，豆蔻险些被掀下车去，叫道：“你们两个小心些！”孙牧野向东边跑去，星官儿撇下马球，直追人去了。

过了两顿饭的工夫，未离原上起了风，一片乌云自西而来，不一会儿，雨飘下来了，豆蔻向东望了许久，才见两个返回来，孙牧野向豆蔻笑道：“那边有几户人家在养蚕，它过去把人家蚕簇打翻了，我帮着捡了半天，还把身上的钱都赔了，今晚只能煮野草吃了。”一面说，一面把星官儿抱去车上休息，豆蔻手指西北，说道：“你看那边，止狩台。”

孙牧野一惊，忙抬头远望。大约在三里外，他原以为是座山，不曾想是止狩台。它泰然立在大地上，被青翠的烟雨淋浸着，玄黑的台面似乎滋生了苔痕，它有不怒自威之气，却又荒凉得像从未有人到访过。孙牧野看了几眼便低下头，给星官儿拍身上的杂草。豆蔻问：“要不要过去看看？”孙牧野道：“没什么看的。”豆蔻只得作罢。孙牧野上了马，在前领路，马车起步了，冒雨向北而去。

2

人走了多久，雨便下了多久。三日后，两人一虎进了宁州，继续沿官道北上。路上行客寥寥，这日走了四十多里，也没遇见一个生人。临近傍晚，云里响起了雷声，下起了黄豆大的雨，长路漫漫，前不挨村，后不着店，马车加紧赶了三里多，方见路边有座长亭，今夜只得在此处歇了。

孙牧野解了车辕，把两匹马都牵到亭子里避雨，把车厢架在台阶上。豆蔻生了火，烤起了羊肉。孙牧野刚要坐下，又想起什么，起身去车厢里拿了东西，返回来，豆蔻看见是酒囊和胡饼，便道：“怎么一天都离不开酒！”孙牧野只好把酒囊系在腰后。

羊肉熟了，豆蔻切下一大块给星官儿，剩下的划成碎肉，夹在胡饼里，和孙牧野一人一个。这晚饭的滋味不算好，她吃了两口便不想要了，全给了孙牧野。孙牧野道：“半夜饿了可没宵夜。”豆蔻道：“车里有果子。”

过了一阵，豆蔻问：“你还记不记得回家的路？”

孙牧野道：“记得。”

豆蔻道：“房子还在吗？”

孙牧野道：“没了。这次回去，要从头修。”

豆蔻问：“怎么没了？”

孙牧野道:“乡民以为我父亲叛国，把房子烧了。”

豆蔻又问:“家里可有田呢？”

孙牧野道:“有两块地，出事后被官府收了，前几年又还给我了。就在房子前后。”

豆蔻道:“回去后，咱们就种麦子、种葵、种瓜，养鸡和鸭，过自己的日子，别记怨以前的事。”

孙牧野道:“我知道。”

吃完东西不久，火渐渐弱了，雨从四面飞进亭来。孙牧野道:“你去车里睡，和星官儿去。”豆蔻问:“你呢？”孙牧野道:“我就在这里凑合。”豆蔻也不多言，便唤起星官儿，一同去了车厢里。

孙牧野往火里添了最后两根木柴，背倚柱子，席地而坐。约近三更，柴烧完了，火熄灭了，四境隐入黑暗，一瞬间，雨声更碎，风声更紧，亭里开始积水，孙牧野站了起来，还是倚着柱子，手摸了摸腰后的酒葫芦，又收了回来。不知几时，幽暗中生出一点光明，他扭头看去，车窗透出暖黄色的光，是豆蔻点燃了油灯。孙牧野抱着双臂看了一会儿，回过头，实在找不到看的，便看两匹马，马睡着了，连马尾也不摇一摇，让孙牧野心生羡慕——他就没法站着入睡。他忽然发现，人一旦离开军营，就变软弱了。行军打仗的时候，更艰苦的天气也遇到过，也没怎样，现在，这一点风雨，怎么就这么难撑。正想着，那一点光突然化成一束，照了过来，孙牧野又扭头看，车厢门开了一线，豆蔻在内瞧着他。两人对视了片刻，孙牧野离开亭子，向车厢走去。

厢内很窄，豆蔻在右，星官儿在左睡得正香，孙牧野进来，豆蔻便把星官儿往中间挪了挪，孙牧野到了左边。没过一会儿，星官儿在两人中间嫌挤，懵头懵脑起来爬去门边，把门堵得严严实实。

春雷肆无忌惮地鸣，灯火小心翼翼地摇，厢板很薄，每一滴雨都像要破壁而入。豆蔻向外躺下了，孙牧野背靠着厢壁，腰下垫着枕头，半坐半躺地闭着眼。赶了一天的路，他自然累了，困意就像一块沉重的石头，但又被一根丝线吊着，没有把他压进睡眠里。一惊一乍的雷吵得他有些烦躁，又没法跟老天爷讲理，只得忍着。星官儿的呼噜声飘过来，孙牧野又开始羡慕了。无忧无虑、无挂无碍真是福气。

丝线要断的前一瞬，孙牧野的身边窸窸微响，而后，一道气息拂过来，一份重量压在他身上，一双手缠住了他的腰。孙牧野没有睁眼，只是伸出双手也将她环抱。豆蔻的脸贴在他的胸膛，听他若有若无的心跳，出了一会儿神，方道:“阿哥。”

孙牧野低声应着。

豆蔻问:“你是不是又被流放了？”

孙牧野“嗯”了一声。

豆蔻又问："我们这算不算相依为命？"

孙牧野道："算。"

豆蔻道："你以前还要我嫁给别人，我若不在，这一千多里路，你一个人怎么走？"

孙牧野不再说话。灯油不多，顷刻燃尽，昏暗中，他去牵豆蔻的手，指尖找到指尖，十指触碰，而后贴合，而后交缠。豆蔻的手太冰，像还在冬天里，孙牧野用唇去试探她的额头、她的鼻尖，她的脸和唇，全是冰凉的。

他要燃烧了自己，才能温暖她。

3

三月二十，孙牧野和豆蔻进了雍州，沿途不时看见军堡营垒。雍州与北凉相邻，这些年，凉人从未臣服，屡有反叛之举，故雍州兵防未敢松懈。二十二，孙牧野回到家乡远安县。在关卡，官兵查看两人的关牒后，转身进了城楼，半盏茶的工夫出来，交还关牒，放了行。

马车转向西，往白草村行进。走了三四里，孙牧野突然发现后面出现一队骑兵，十来个人，穿雍州军的甲胄，没有佩兵器，离着三百步远，不疾不徐地跟着。豆蔻也发现了，问："他们是谁？"孙牧野看不清脸，纵然看了不认识，遂道："不管他们。"

再行六里，白草村到了，这是孙牧野出生和生活十年的地方。原先有三十来户人家，此刻放眼望去，多数房屋都被废弃了，田园荒芜了。年轻人都去了郡县谋生，只有一些老人孩童留守孤村。村口三个老人坐着闲话，听见车轮响，便回头看，孙牧野和他们一一对视，彼此都甚觉陌生。老人们看见不远处的骑兵，便议论开了。孙牧野从他们身边路过，开口问道："老丈可认识那些人？"

一个道："带头的那个是百里昂。"

孙牧野听见姓百里，便回头看了看。那老人道："他父亲是先前的雍州节度使百里旗，被凉人刺杀了。如今雍州西北三个郡都是他管着，早晚也要当节度使的。"

孙牧野把那队骑兵挨个儿瞧，其中一个大概知道他在找自己，便打马多走了几步。孙牧野转马向村中走去，马车紧紧跟着。车尾消失后，那队骑兵也转身回去了。

4

孙牧野回到了阔别经年的家。门前那棵榆树还在，房子只剩片瓦断墙。两人绕着房前屋后走了一圈，商量如何重建家园。要去县里买木材、砖土和陶瓦，照从前的样子，把正堂、左右厢房和厨房建起来。孙牧野戍边的时候盖过军营，可以自己动手，不需请工人；正堂要一张桌子、两张凳子，卧房要一张床、一个柜子，厨房要橱柜，还有几扇门窗，能做的都自己做，不能做的再请木匠；被褥、衣裳和锅碗瓢盆都是从京城带来的，只需再添些油盐酱醋。两人的全部财产，是三贯钱，算算余不下多少，这一年只能省着用，到明年，荒地开出来，有了收成，便可自给自足了。

倏忽已是六月，盛夏到了，房子修起来了，闲田也复垦出来了，两人计划好了，待到七八月，房前一亩种小麦，房后一亩种蔬菜。这日艳阳高照，孙牧野在田里浇肥，星官儿在周围闲逛。离开了嘈杂的京城，它在乡间找回了自由，这段日子过得十分悠闲，每天爬山下河、捉鸟逗鱼，好不惬意。此时有个货郎挑着担子路过，它便迎上去，货郎冷不丁撞见一只大虫，吓得丢了担子就跑，大呼小叫的。孙牧野听见叫喊，便从田里直起身子，唤道："星官儿，回来！"星官儿只得掉头回来。孙牧野指了指树下的行军水囊，道："把水拿来我喝。"星官儿衔起水囊跳下田，跑到孙牧野身边。孙牧野一气喝了四口，忽然向田埂下指了指，星官儿转头看去，什么也没有，孙牧野却打着手势要它过去，它便过去了，探头往田埂下瞧了瞧，伸出虎爪一扒，便有一串田鼠逃了出来，星官儿扑上便逮，田鼠慌得四处乱逃，最大的一只冲上田埂，逃进相邻的田里，星官儿纵身一跃跟了进去。鼠和虎都在乱闯，把孙牧野刚犁好的田搅得乱七八糟，他只是含笑看着。须臾，星官儿把田鼠逮了回来，放下孙牧野脚下，孙牧野道："你自己吃，我不要。"星官儿早不爱吃这些野食了，把田鼠向孙牧野一拨，志得意满地回树下蹲着，监工似的看孙牧野继续劳作。

到了夕食时候，豆蔻站在厨房门口叫道："吃饭了！"孙牧野便和星官儿往回走。回到家，他打了一桶水，去房后冲了个凉，换了身干净衣裳，回到院子里，豆蔻已将桌子摆好了，桌上两碗翠绿的凉面，孙牧野道："槐叶凉面。"豆蔻道："天气火辣辣的，吃凉的。"孙牧野想着凉面配绿豆芽最好，便去厨房烫了一盘豆芽来。豆蔻自把星官儿的食盆放在地上，里面是十二斤猪肉。

吃完饭，收拾了厨下，天也黑了，一入夜，乡间便只有乘凉一件事可做。孙牧野在院子里摆了一张竹榻和一张竹凳，豆蔻歪在竹榻上，看满天的星星，孙牧野坐竹凳，拿着蒲扇轻摇，不时赶一赶蚊虫。豆蔻道："方才我看见屋后有一堆鸡毛，就知道星官儿又偷潘大娘的鸡了，我上门去问，大娘倒有些拘谨，说吃了便吃了，不打紧。我想着，她孤苦伶仃一个人，本就艰难，岂会不心疼，只是不敢计较罢了。我又赔了她五十文钱——星官儿，你再这样偷下去，咱们可赔不起了——潘大娘给了我半篮子丝瓜，她自家种的。"孙牧野只是应着。豆蔻道："明日县里是不是赶集？你去买几件东西回来。"孙牧野道："咱们一起去逛逛。"豆蔻道："我要晒被子，过几天下雨就晒不成了。"孙牧野便问："要买什么？"豆蔻道："裁七八尺布回来，颜色不要暗的，要一半鹅黄色，一半桃花色。再称几两棉花。皂荚快没了，灯油也快没了。"孙牧野道："这时节做棉衣还早。"豆蔻道："我慢慢儿做，到冬天就做好了。"

萤火虫飘浮在夜色中，几只纺织娘躲在树叶里呱噪，远山的影子渐渐消融了。孙牧野摇着蒲扇，忽然一笑。豆蔻问："你笑什么？"

孙牧野道："想起一件事。"

豆蔻问："什么？"

孙牧野道："梁上那家姓吕，有两个儿子，老大叫吕乾，老二叫吕坤，跟我和牧城差不多年纪，从前天天在一起玩儿。吕乾用弹弓打麻雀最准，打了就带我们去河边烧着吃。有一天中午，我和牧城在吃饭，他们来找我们，吕坤的脸破了，说是被邻村的丁锤锤打了，叫我们一起去报仇。我和牧城放下碗就去了，阿娘从厨房里追出来，怎么喊也不听。我们找到丁锤锤，他们村十来个孩子在一起，牧城和吕乾也不怵，拎着棍子冲上去就打，我和吕坤也跟着打，后来丁锤锤被牧城按在地上，牧城让他叫吕坤三声'阿爷'，他真叫了。回家后，丁锤锤父亲带着他们全村的人来了，我们村的男子也提着镰刀去堵，两边上百的人挤在村口，差一点就动手了，还是里正赶来，好歹把人劝了回去。今早我在河边遇见吕老丈，问他两个儿子现在哪里，吕老丈说，两兄弟在郡里开了家酒肆，是全郡最大的酒肆，太守招待上面来的贵客都是在他家。酒肆的总管是丁锤锤。"

豆蔻躺在凉榻上听着，悠悠地笑，后道："我也说一件开心的事。"

孙牧野道："嗯。"

豆蔻道："我要做棉衣，可不是给我自己做的。"

孙牧野道："那颜色我可不穿。"

豆蔻道："也不是给你做的。"

孙牧野只得"哦"了一声。

豆蔻道："自然也不是给星官儿做的。"

孙牧野原本在闲听，一双眼睛散漫地看着前方，不知不觉，他的目光渐渐聚了神、发了光，眉梢眼角都是笑意，他问："那是给谁做的？"

豆蔻道："给小孩子做的。"

孙牧野问："谁家小孩子？"

豆蔻道："咱们家的小孩子。"

孙牧野笑了，他小心翼翼地看豆蔻的肚子，他们的孩子正在母亲身体里悄悄成长。孙牧野轻轻拍打蒲扇，恼人的蚊子都飞走了。他想起过去的一段日子，也是这般凉爽的夏夜，也是这般祥和的乡村，一位母亲对着远处的小河叫：“牧城牧野，回来洗澡睡觉了！”还有一位母亲在山中吟唱：“萤火虫高高，下来背你家幺幺；萤火虫矮矮，下来哄你家妹仔。”现在，命运又轮回到了风平浪静的时候，旧的苦难终结了。

5

次日一早，孙牧野去了县城，豆蔻留在家里。午后，她采了些野花回来装饰屋子，忽听门外星官儿低吼，忙出门去看。院坝里站着一个三十来岁的男子，身穿布衣，头戴纶巾，负着双手，形貌深沉，星官儿已做出扑击的姿态，口中吼个不停，他却毫无惧色，只是把它冰冷地打量。豆蔻问：“你找谁？”

那人笑问道：“孙将军可在家？”

豆蔻道：“他去赶集了，晚饭前回来。你是……”

那人道：“我是雍州军昭武校尉百里昂，听说孙将军卸甲归乡了，特来拜望。”

豆蔻想起当日回乡的情景，便道：“我们回来当天就见过了，你不是一直跟在我们后面？”

百里昂道：“孙将军乃王师上将，来了我的地盘，我当然要亲自护送。”

豆蔻道：“这里没有将军，我们是农家人，你若是来做客，便请坐下喝杯茶；若不是做客，我也不敢虚留。”

百里昂道：“孙将军是我家故人，我想找他叙叙旧。他既不在，我改日再来。”说完转身欲走，豆蔻奇怪道：“他不认识你，如何是故人？”

百里昂道：“他当然认识我。他曾随我父亲伐北凉，甘露宫下夺过旗。坠雁关外，被凉贼砍头的是我长兄，死在俘虏营的五千雍州兵是我家部曲。”

豆蔻对孙牧野在北凉的事并不完全知晓，但听他提起雍州降卒，便知来者不善了，遂道：“雍州兵的事已经了结了，我们被逐出京城一千里了，你还想怎样？”

百里昂道：“我替我父亲和部曲来看看孙将军。”

豆蔻叱道：“他是被夺了将军名号，但人依然是那个人！谁想上门挑事，先掂掂自己的斤两！”

百里昂一笑，开始后退。星官儿见他退了，便逼近几步，猫着身子，虎视眈眈。百里昂伸出两指勾它，口中“啧啧”作声，星官儿愈发恼火，便要扑上，豆蔻叫道：“星官儿！”星官儿只得按下怒气，停在当地，百里昂转身而去。

6

赶集日，城里的人比平时多了许多，孙牧野走在街上，还觉得孩子也多了许多。他总不由自主看那些孩子。半岁的婴儿坐在两轮小椅子里，被母亲推着逛街；一岁多的幼儿被父亲抱在臂弯，手里握着一朵野花；四五岁的童子们骑着竹马赛跑，从他身前飞奔而过。走到布店门口，他看见一个三岁孩子躺在地上耍赖，要买糖人吃，他父母哄不起来，便转身走了，一面走一面道："你随卖糖人的去，阿爹阿娘不要你了！"那孩子见父母当真走远了，忙爬起来追，一面追，一面哭。孙牧野当然知道他父母是吓唬他的，可孩子不知道，他以为父母真不要他了，哭得声嘶力竭，追得踉踉跄跄。孙牧野想，自己永远不能对孩子说这样的话，不论他的孩子将来是什么样、做了什么事，自己都不会对他说"阿爹阿娘不要你了"，他和豆蔻会永远陪伴他。

下午时候，孙牧野买够了东西，准备回去了，路过一家食肆门口，恰有一个县吏模样的男子迎面走来，一拐弯进了店里，店里的人纷纷招呼："周县尉来了。""县尉来点什么？""县尉，听说九婴山的战报下来了？"

孙牧野原本已过去了，听见后面一句，便停了下来。只听周县尉在内道："你们消息倒灵通。半个时辰前县衙才收到的公文。"众人忙问："是胜是败？"周县尉道："若是败了，就不会传得如此快了，怎么也得压个十天半月的。"众人听此言，便齐声欢呼，一人忙道："怎么胜的，县尉快说来听听。"便有几桌客人同时让座，都想请周县尉坐自己这桌，周县尉左推右辞，不知在哪一桌落了座，老板大声招呼伙计上菜。孙牧野转身回来，在食肆门口的台阶上坐了。

周县尉不紧不慢地喝了几口茶，开口道："战报说得简单，'明威将军出武威道，斩首、捕虏三千馀级；云麾将军击九婴，斩首、捕虏七千馀级。'九婴山拿下了，项王退去北蟒关了。朝廷又封赏了，田永欢遥领宁州节度使，授太子少傅，进宋国公；殷虚授太子少保，进魏国公。"便有人啧啧称羡。

周县尉笑道："战报说得轻飘飘的，好像九婴山抬抬手便拿下了，你们哪里知道里头的艰难！别说焉军和项军，便是焉军和焉军也险些打起来了，差一点，西边就崩了——还不止西边，这一崩，中原也完了。"

众人忙问："这话怎么说？"

周县尉道："上月，我出差去州里，见到了庞司马，他跟我说，兵部陆侍郎去了一趟前线，我便问，是不是那边不大好，庞司马说，是孙将军出了事，朝廷怕前线乱，肖尚书赶紧派陆侍郎过去安抚。"

众人便道："自然是因为孙将军。皇上要杀他，焉军岂能袖手旁观！"

周县尉道："孙将军上沧山的事，朝廷原是封锁了消息，不许传往西边的；非但公文里不准提，连平民百姓都不许出十字关，就是怕这事传到九婴山去。偏不巧未离原上有个驿使，从前也是军人，因伤退伍的，他自己写了个条子，夹在几封公文里传递，一路传过去，传到了殷将军帐里。当下，涅火军从凉风岭退了一百里，是要挥师回京的架势，那边宁州军先不干了。"

一人笑道："宁州军待孙将军，自然不如涅火军那般重。"

周县尉道："原本宁州军在小狼寨，与涅火军呈掎角之势，把项王堵在九婴山，涅火军一退，凉风岭空了，项贼若是从这边出来，便前功尽弃了。好在项王拿不准虚实，怕有诈，那几天没敢动。田将军亲自去追涅火军，请殷将军回师，殷将军说：'我倒是不想管京城的事，只是上下这些人，一个个和孙牧野亲着呢，不听我劝。'田将军只好去找涅火军那些千长、百长说，没人听他的，都说要回京。田将军气得慌，回去便调了宁州军，堵在涅火军东归路上。"

众人便唏嘘不已，七嘴八舌地怪沧山不识大体。

周县尉道："宁州军和涅火军，原本就有些不对付。我听说涅火军有人死在了宁州军营，宁州军又仗着十字关的破阵之功，不大把涅火军放眼里。先前好，一是看在小唐将军和老唐将军的关系，二是被孙将军的战功威名压着。如今两唐都死了，孙将军革了军籍，朝廷原本定了田将军统领两家，可是，唉，涅火军是中央王师，哪里肯听边军指挥，所以是各行各的事。这次涅火军撤兵，宁州军是决心要给他们颜色瞧瞧的，堵着就不肯让，这边朝廷坐不住了，赶紧派陆侍郎去说和。"

一人道："我听说陆侍郎在宁州军和涅火军都待过，他去说和，自然是最合适的。"

周县尉道："陆侍郎去了，把殷、田两位拉在一起吃饭，把京城的事一五一十交代了，还请殷将军放心，说唐相公、肖尚书都在全力相救孙将军，涅火军此时回去，简直是火上浇油。他再三担保，孙将军一定无事，好像还说了句什么话，殷将军这才罢休。"

众人忙问："说了什么？"

周县尉道："传回来的话，就不知道有几分真了。好像陆侍郎说，不用涅火军回去，若事危，自有另一支军出面，殷将军这才相信他了。"

众人皆惊，问道："另一支军？哪支？"

周县尉笑道："连庞司马都没听实在，我哪里知道！"

众人便开始胡乱猜测，除了涅火军，还有哪支军队跟孙牧野有交情。又听周县尉道："这边殷、田才握手言和，项王便去打小狼寨，一夜拔了三十六营，田将军回师去救，又被中途的伏兵挡了回去。不幸中的万幸，小狼寨的残军突破包围，撤到了求雨坛，再以求雨坛为阵地，引来项贼大军，田将军走武威道，绕了一百多里，救下求雨坛，那边殷将军同时攻九婴山，把项王老家抄了。整整打了二十多天，总算拿下了。”

酒肆中的人齐齐喝彩，又互相敬酒相庆。一人问道：“如今要打北蟒关了？”

周县尉道：“北蟒关是朔、燕门户，可比九婴山还难。庞司马说了，打北蟒，一要走西南，过大风门，先攻螺子原三处要塞；二要走西北，渡黄泥溪，堵住关后。我估计，是涅火军走西南，宁州军走西北。”

客人们感慨了一阵，纷纷来向周县尉敬酒。老板亲自下厨做了两盘菜，放到周县尉面前，说是庆功菜，不收钱。周校尉被满堂的听众包围着，乐在其中，一面吃菜，一面洋洋洒洒地点评将略兵机，众人听得津津有味，气氛好不热闹。三斤酒喝完，老板还要再加，周县尉只说晚上还要开会，不敢多饮。不久，周县尉起身告辞，听众们挽留不住，只得送他出门。周县尉晃晃悠悠走下台阶，忽然两眼一直，对着地面道：“咦，这是什么？”

众人定睛一看，台阶下的土地被人划花了一片，四尺见方，像是拿树枝划的，几条歪歪扭扭的线，沙土左拱一堆右拱一堆，看不出什么名堂，一人道：“哪个小儿在淘气？”周县尉摇头，他看了半晌，道：“是舆图。”众人再仔细一看，果然像舆图，一人忽然用手一指，问道：“这是不是县尉方才说的，黄泥溪，北蟒关？”

周县尉顺着他的手看过去，再顺着那划出的河流、关卡一处处看去，口中喃喃念道：“北蟒关，大风门……求雨坛，武威道，小狼寨，九婴山……都在这上面。”

众人大为惊讶，忙问：“谁画的？”

阶边一个卖鸡蛋的婆婆见了众人疑惑的模样，便道：“方才有个汉子坐在这里听你们说话，你们说一句，他便划几下。你们不说了，他便走了。”

周县尉惺忪的醉眼渐渐聚了神，他抬眼四顾，来来往往都是碌碌的平民。几人问道：“县尉，可知道是谁？”

周县尉点头道：“我知道。他原本也该去了北蟒关。”

第九十二章

陈年家书

1

云州收复后，大焉朝廷重设了其各州、郡、县的官署，重新委任了节度使、刺史、太守和县令等各级职官。现今念波城的太守是柳长圆。十月中旬，他收到一封公文，立叫司法参军事钟兴堂来见。稍后钟兴堂进了门，柳长圆问：“这段时日忙不忙？”

钟兴堂道：“怎么不忙？昨儿半夜抓了两个盗贼，正审呢，怕是项贼留下的奸细。”

柳长圆吓了一跳，忙问：“奸细？当真？”

钟兴堂笑道：“若想邀功呢，就是；若说实话呢，不是。”

柳长圆瞪眼道：“你少干些邪门歪道的事！”

钟兴堂便收起嬉笑，道：“是乡下窜来的几个流民，家乡被战火毁了，没有粮食，只能来城里偷盗。打算关几天便送回去。”

柳长圆道：“别的事先放一放，有件事，你立刻去办了。”

钟兴堂忙道：“太守吩咐。”

柳长圆道：“凤阁让办的。公文直接下到我们这里，都没过州府。”

钟兴堂吃惊道：“凤阁直接下令？出了什么事？”

柳长圆道：“我问你，眼下念波城里，可还有当年焉军留下的东西？我说的是赤乌二十二年，项贼打到城下的时候。”

钟兴堂问：“屠城那次？”

柳长圆点头。

钟兴堂略想了想，道：“焉军留下的东西……自然是有了，城西黎太公家里就有一个云州军头盔。听说城隍庙里也藏着几把剑。上次我去罗十三家，他说家里的马镫就是从死马身上扒的。”

柳长圆道：“凤阁让我们把当年遗留的东西全收上来，列个单子报上去。你这几日便去做这件事。多带点人，挨家挨户收，一样不许漏。眼下打仗是第一要务，凡涉军之事都是重中之重，不可出半点差池。”

钟兴堂道：“二三十年前的破铜烂铁，收来有何用？上面想一出是一出，他们脑袋一拍，我们要累多少天！”

柳长圆道：“上面的心思你能猜透，你也能去凤阁当相公了！休发牢骚，快些去做，早日收完早日了结。”

钟兴堂领了命便往外走，柳长圆忽然想起一事，道：“公文说了，最要留心文字痕迹，譬如书札、便笺、笔记，应收尽收。”

钟兴堂嘀咕：“都是军汉粗人，哪来的文字痕迹？”说着便去了。

十日后，钟兴堂把当年焉军遗留的东西全找出来了。四把生锈的兵器，半副残破的铠甲，一块军旗布，一个头盔，两副马鞍，一副马镫，乃至焉兵们穿的冬衣冬被、做饭用的锅、吃饭用的碗，共计二十三件，全堆在库房里，柳长圆亲自清点了，让书吏列成单子，飞马报往京城，以为此事就此了结。

眨眼到了腊月。这日中午，钟兴堂准备睡午觉，两眼才闭，便有小吏“咚咚”敲门，叫道：“钟参军！快起来！快去衙门！”钟兴堂颇没好气：“什么事大呼小叫的！项贼来了？”小吏道：“御史台来了！”钟兴堂翻身而起，问：“从哪里来？”小吏道：“从京城来，是廉察使！”

钟兴堂匆匆穿好官服，随小吏往衙门赶，一面问：“当真来了？怎么一点风声也没有？几时说要来的？”小吏道：“没提前说，刚刚到的。名叫郑婴，只有几个随从。”

进了府门，见上上下下的官吏全到了，整整齐齐站着待命。长史邵子岭早等着他了，见了人便一个劲儿招手，钟兴堂忙过去。邵子岭问：“上次是你负责收的焉军遗物？”钟兴堂点头，邵子岭便领着他往后走，道：“廉察使就是为此事来的。他们在库房，我带你去。”钟兴堂心惊胆战地问：“出了什么岔子？”邵子岭摇头说不知道。

库房门口也站着几层官吏，邵子岭带着钟兴堂挤到门槛边候着。房里只有两个人，一个是柳长圆，另一个自然是郑婴了。物件已经查阅完了，柳长圆正向郑婴讲述当年的情景：“……孙崇义守西门，项贼是从此处破城的，烧杀最惨重，什么也没留下。这些东西几乎都是在北城和东城找到的。”

郑婴问：“守北城的是谁？”

柳长圆道：“百里旗。东城是朔州军中郎将杨柏年，南城是云州游击将军冯冰。”他自就任太守后，已对念波城史了如指掌，郑婴虽是不期而至，他倒也能应答如流。

郑婴道：“请太守引我去看看。”

柳长圆忙领着郑婴往外走，走到门边看见钟兴堂，向他使了个眼色，钟兴堂便灰溜溜在后跟着。柳长圆原以为郑婴要先去西门，谁知他径往东去，也只有跟着。郑婴一面走一面问：“柳太守可知杨柏年和冯冰的履历？”

柳长圆道：“冯冰原是朔州叛民，与贼众聚啸山林，后被魏无伤将军收在麾下，每战亲冒矢石，勇冠戎阵，后来调往云州，任游击将军。”说完向随从道，“快去查查杨柏年的履历。”

郑婴道：“杨柏年是赤乌八年进士，殿试十七名。他是投笔从戎的儒将，文武兼备。”

柳长圆连连称是。

郑婴道：“杨柏年是章州人。七月，唐相公托章州刺史去看望他的家人，遗孀至今还保存着他的书信。军旅生涯十二年，他写了近百封家书。”

柳长圆隐隐猜到了郑婴来意，道：“找了多日，实未找到只言片语。”

郑婴道：“唐相公也知道机会微乎其微，但还是差我来，去他当年的住所看一看。”

柳长圆忙向后问：“杨柏年住哪里？”

钟兴堂小跑着走到侧前方带路，把郑婴带到东城一处宅院。当年这房子是空的，杨柏年暂在此处安身，眼下已住了一户人家。家中老汉一见众人便道：“前几日不是来问过了？”钟兴堂笑道：“这是京城来的贵人，来看望念波城的父老。”说着，悄悄往老汉手里塞了几枚钱。老汉见柳太守和钟参军今日十分亲切和蔼，便猜到客人来头不小，也不多话了。柳长圆向钟兴堂努嘴，钟兴堂忙带小吏们去各屋搜索。

郑婴向老汉告了叨扰，便询问是几时搬来、家中人口几许、眼下生计何来之类的话，老汉回：“搬来二十多年了。项贼屠了城，占了云州，又嫌城空人少，逼着我们从乡下搬来。去年焉军打到城下，城里都在传，项贼败了又要屠城的，吓得我们一家不敢出门，可焉军进来了，打得很快，项贼来不及动手。”说话间，老汉的小孙女走了进来，躲在爷爷身后，好奇地听大人们说话。老汉想起客人还是站着的，忙请郑婴在四仙桌边落座。郑婴坐了左椅，柳长圆推辞之后坐了右椅。老汉儿子端了茶进来，放在四仙桌上，桌子微微一摇，他儿子忙蹲下去塞桌脚。老汉道：“这桌子就是搬来的时候打的，有只脚打短了。”郑婴不经意看他儿子的动作，见那垫桌脚的物件是折成方块的黄麻纸，便伸手道：“给我看看。”

老汉儿子不明所以，把黄麻纸抽出来，递了过去。纸张久历二十余载，尘封虫蛀，破损不堪，手指一碰，几乎要成灰，郑婴小心翼翼地展开，上有半页字，大都褪了色，幸有一行清晰可辨：“……今贼外围数重，食尽援绝……旦夕……”柳长圆凑过来看了看，忙吩咐下属：“再四处找找，就找这样的纸。”那小孙女忽道：“阁楼上就有。”柳长圆问："就是这样的纸？"小孙女点头："在一个陶罐里，有一摞，卷着的。"柳长圆便叫下属："立刻去取来。"下属正要答应，郑婴的几个随从已走上前，向小孙女躬身笑道："劳烦小娘子带我们去。"小孙女一口答应，带着人去了，柳长圆和下属尴尬地留在原地。

少顷，随从回来了，当先一个手捧一卷黄麻纸，上前呈给郑婴。郑婴打开，第一张只剩几抹浅淡的墨痕，一个字也看不清了。第二张缺了大半，只有落款还留着："不孝儿柏年稽首再拜。十一月十九。"柳长圆小声道："是杨柏年的手迹。"郑婴点头道："是写给双亲的。"他又翻开下一张，是粗略画就的城防图，城内外各处都标了数字，少则逾百，多则数千，似乎是兵卒之数。下一张又是家书，是写给妻的："去家经年，思卿情切，一夕如环，万里共此良夜。"郑婴看了半晌，继续翻阅，再下一张，便只有零散的几个词："内忧""暗通者众""危如一发"。之后三张皆是作战草图，拟了几种守城之法，又都自行勾去了。郑婴翻到最后一张，纸面被老鼠啃噬了一半，边角残破，上面写满了清秀的字，他逐行辨认字迹："……崇义出西门诈降，诱项贼郊迎，伺机袭之……则东南两军同出为应。今夜枕戈待旦。明战而胜，则解念波之围、存家国之计；不胜，则骸骨……国家一朝至此，守臣当死战阵，唯愧高堂妻儿……"余下还有字，兴许是沾过水，已然不可晰辨了。

钟兴堂一脚迈进门，说："没有，找不到！"见屋内一片凝重的气氛，自觉闭上了嘴。

郑婴把黄麻纸交给随从，随从用丝袋和竹筒装了，放入怀中。郑婴向念波府官吏道了辛苦，旋即踏上归程。

2

夜深了，唐瑜回到怜玦轩，见窗内只有一盏灯，不闻欢声笑语，便知明幽和女儿不在。婢女迎出来，唐瑜问："夫人呢？"婢女道："上午老夫人遣奴婢来接，说是想小娘子了，夫人便带着小娘子去明府了。"唐瑜问："几时回来？"婢女道："后日吃了早饭回来。"

唐瑜进了屋子，见书案上放着几张临帖。瞳语四岁了，已开始习字，今日写的是："鱼戏莲叶东，鱼戏莲叶西，鱼戏莲叶南，鱼戏莲叶北。"唐瑜想象她伏在案上一边写、一边嘟嘴念叨的模样，不由一笑。他坐了片刻，取出一盒鱼食，提一盏宫灯，往书寄池而去。

这时节，月隐星藏，宫灯是园里唯一的光。唐瑜把灯悬在海棠树枝间，就在树下坐了，他忘了自己是来喂鱼的，随手把鱼食放在石下，并未打开。鱼儿也销声匿迹，或许是载着水仙去了仙境，把俗人留在了俗世。约过了两炷香，草径上远远传来几声笑语，两个惜环院的婢女走了过来，大概以为主人都睡了，谈笑无忌，待走近了，才发觉唐瑜坐在前面，两人忙收敛仪态拜道："二郎。"

唐瑜点头。婢女退开，欲往另一边去，唐瑜问："过四更了，还不休息？"一个道："苏娘子的手饰不见了，她午后来过池边，我们便来找找看。"唐瑜不再多语，婢女告了退，沿着书寄池寻找，一路屏声静气。绕了一圈回来，不得已又从唐瑜身前经过，唐瑜问："找到了不曾？"婢女回："找到了。"便双手呈给唐瑜看。

唐瑜接了过来。饰物非金非银，是用月色丝线编织的手环，打了环环相扣的四合如意，颜色素而手法繁，他看了一阵，问："苏娘子近日可好？"婢女道："比上半年好了些，不常哭了。"唐瑜问："她每日在做什么？"婢女正欲答话，忽听不远处唤道："怎么还不回来？"婢女忙道："苏娘子，就来了！"

苏叶缓缓走来，问婢女："在做什么？"

婢女回："二郎在问苏娘子近日可好。"

苏叶暗吃了一惊，不由自主看唐瑜。唐瑜也在看她。两个婢女悄悄退了。苏叶未走，唐瑜也未走。

良久，唐瑜捡起食盒，走到池边，把鱼食往空荡荡的池水里洒，苏叶跟过来，与他并肩而立，问道："那你，近日可好？"

唐瑜极轻微地摇头。苏叶道："我也知道你不好。"

唐瑜问："幽儿和你说的？"

苏叶道："我自己看出来的。"她的手指伸向他的鬓发，只差一寸的时候，唐瑜躲开了。苏叶道："你的白发更多了，自然是不好。"

唐瑜不语。

苏叶道："你有什么烦心事，鱼儿听不懂，我听。"

唐瑜沉默。

苏叶道："你的烦恼，谁也帮不了你，可你心里想倾诉，也想有人倾听，为何不能是我呢？"

唐瑜轻洒鱼食，洒完了，再无事可做了，方道："我遣御史台廉察使去了云州念波城，找到了杨柏年的手迹，足证孙崇义没有叛国，他是殉城的英雄。牧野将军没有说谎。我身为国相，应当为孙崇义昭雪，可是……"他隐约叹了声气。

苏叶问："你在顾忌什么？"

唐瑜道："顾忌龙朔宫。围场夜变之后，天子、将军反目成仇。朝会上，迫于百官诤谏，圣上让了一步，可心里的结更紧了。圣上以为唐瑜挟百官而僭上，擅权专朝。今年中秋，圣上在蓬莱殿大会群臣，唯独让唐瑜守凤阁，疏离之意昭显。我要为孙崇义平反，圣上必然驳回，争则有悖天子，不争则有愧忠臣，奈何？”

苏叶道：“这件事，不该你去说。”

唐瑜道：“百官百僚，任谁上书，天子都会认定是唐瑜主使，与唐瑜上书有何异？”

苏叶沉吟，唐瑜沉默。这安静并未让两人觉得不适，反而像早已习惯了一般。苏叶忽道：“孙将军是先帝的托孤之臣。”

唐瑜道：“圣上早已忘了。”

苏叶道：“卫家别的人未必忘了。”

唐瑜的心一跳。苏叶悄然向后退，小声道：“你不必为难，我帮你。我去找卫家的人，请他和圣上说。”

唐瑜当然知道她说的是谁，神情陡然冷下来，道：“你不能去。”

苏叶道：“我没有私心杂念，我只是想帮你。”

唐瑜决然道：“你若去了，我再不会原谅你。”

苏叶瞧着他，欲言又止。唐瑜道：“我去见长公主。你不必担心。”

苏叶听见后面一句，心仿佛有了着落。唐瑜从树枝上取下宫灯，沿着石径越走越远，他也知道苏叶的目光像丝线，牵在他的身上，走多远也扯不断。

3

正月过后，恩和进宫来看王璎宁。如意宫中，璎宁正独自做针线，双眉微颦，见了恩和，也无太多喜悦之色。恩和挨着她坐了，聊了几句家常，问：“圣上呢？”

璎宁一面低头缝云肩，一面道：“只怕在韩昭仪那里，也或许在李昭容处。”

恩和问：“圣上可常来如意宫？”

璎宁道：“如何不来？隔三五个月，总要来一次。”

恩和心一沉，半晌道：“圣上不来，你该让宫人去请。什么韩昭仪、李昭容，你是皇后，该立威便要立威。你和天子才是夫妻，不能由着他疏远你，要让他爱你、敬你。”

璎宁便停了针线，道：“当初要我嫁天子，说是为了卫家江山、为了王家富贵，怎么如今又指望我们恩爱？”

恩和顿时哑口无言。璎宁继续做针线。恩和心头一股火莫名升起，向宫人道：“去找圣上，说我在这里，问圣上肯不肯降驾！”宫人忙去了。

半个时辰后，宫人回来禀道：“圣上稍后便来。”恩和问：“哪里请来的？”宫人回：“韩昭仪的宫里。”恩和冷笑。

又过了半个时辰，殿外一行行传道："圣人至！"话音传到门口，卫熹也走了进来。璎宁、恩和向卫熹行礼，卫熹笑道："姑姑今日怎么有空来看我们？"说着，便牵着璎宁的手一同坐了。

恩和笑道："我倒是时常想来，只怕陛下忙于国事，无暇见我。"

卫熹道："纵有天大的事，姑姑来了，也要放在一边。"

恩和便道："陛下今夜在忙什么？再不来，我也不敢多留，竟准备走了。"

卫熹道："在和吏部刘尚书商量人事。"

恩和问："人事？陛下是要封谁，还是贬谁？"

卫熹道："想任刑部郎中韩咏为翰林学士兼知制诰。"

恩和笑道："韩咏？必是韩昭仪之父了。"

卫熹道："是。"

恩和便问："擢升之事，陛下可与皇后商量？"

卫熹道："这是外朝的事。"

恩和道："韩昭仪是后宫妃嫔，皇后乃后宫之主，韩昭仪家的事，皇后安能不关心？"

卫熹便扭头笑问璎宁："皇后答不答应？"

王璎宁答应也不是，不答应也不是，只道："妾不认识韩咏，不知其才干。"

恩和道："韩昭仪应该常来如意宫拜见皇后，才好举荐她的父亲。"

卫熹停了一晌，道："我明日叫她来。"

恩和向璎宁道："圣上如此器重娘娘，娘娘要多为圣上建言献策、分忧解劳。"

璎宁应了。

恩和向卫熹道："臣还有一事禀报陛下。"

卫熹道："姑姑请说。"

恩和道："念波城发现了当年守将的家书，可证孙崇义不是真降，是诈降，计策失败后，孙崇义战死于城下，为此蒙冤二十六年。孙牧野曾赴围场为父申冤，其言非假。事到如今，陛下当如何处之？"

卫熹道："已经过去了。"

恩和问："过去了？"

卫熹道："过去了，就算了。"

恩和道："天大的事，如何过得去？"

卫熹道："当年是灵帝把孙崇义定为叛贼的，也是灵帝下旨三族连坐。灵帝是姑姑的祖父，我的曾祖，所谓祖宗成法不可违，我难道要推翻曾祖的旨意？"

恩和道："正因灵帝是我与陛下的先祖，所以当年的错，要我与陛下来弥补。卫家欠了孙家三族的债，此时不还，更待何时？念波城的事，是要传于千秋万载的，陛下一句‘算了’，不但有负前人，也有负后世！”

卫熹大怒，道：“孙牧野都要起兵造反了，姑姑还为他说话！半年前，涅火军险些杀回京城，若不是我忍辱让步，卫家安在？我不能再让了，再让，谁还把我放在眼里！”

恩和道：“涅火军为何欲反？围场虚惊为何险成社稷之变？换作别人，事情未必失控到如此地步。”

卫熹道：“那姑姑便让别人来当这皇帝！我把冕旒锡銮都让给他！”

恩和气得双唇发抖，璎宁道：“陛下可还记得当年白鸾江畔？先帝驾崩，是孙将军把陛下扶上马，巡视三军，号令全军效忠陛下。”

卫熹冷笑道：“昔年汉献帝还是董卓拥立的，结果如何？我比献帝更不如，我的身边同时有董卓和曹操，却没有一个伏皇后！”

殿中宫人听闻此言，惊恐万状，乌压压全跪下了。恩和向璎宁道：“圣上累了，我们让圣上好好休息，皇后随我出宫，家里住几日。”说着，便牵起璎宁的手，璎宁不由自主站了起来，随她往殿外走。

卫熹看着两人的背影，忽然拍手大笑，恩和璎宁听他笑声诡异，只得站住。卫熹笑道：“我不给孙崇义平反，连家人都要背我而去了！”

璎宁见他神色失常，暗自心惊，悄悄挣脱了恩和的手。

卫熹问她：“你到底站在哪一边？”

璎宁道：“内宫也好，外朝也好，都是站在陛下一边的，都望陛下做圣明之君。”

卫熹道：“我不会做，让给你做。你想给孙崇义平反，拿皇后玉玺往敕书上盖便是了！你又不是没盖过！”说着，向秋怀意喝道，“召唐相公来！召中书舍人来！即刻起草敕书，为孙崇义平反！”秋怀意诺诺应了，卫熹又道：“盖皇后玉玺！”

恩和向秋怀意道：“陛下要下敕书，取皇帝玉玺来！”

秋怀意不敢应承，卫熹道：“行，你们想怎样都行！与我无关。”说着哈哈大笑，竟起身出门去了。

恩和向璎宁道：“他只怕是疯了。一会儿你随我出宫，去家里住一段时日，别理他。”

璎宁黯然道：“我走了，他又以为我们不要他了。我还是……还是陪着他吧。”

4

早春二月，暖风吹遍了天南海北。白草村有间全村共用的磨坊，这日孙牧野在坊里排队等磨豆腐，前面还有一家，他便靠在门框上，和于三叔有一搭没一搭地说话，忽听远处有村民说话："找孙牧野？在，在那里。"

孙牧野回头，见几个县吏站在那边，村民在指自己，县吏们便过来行礼，道："孙将军，小人奉王县令之命，请将军去一趟县衙。"

孙牧野问："什么事？"

县吏们道："不清楚。凤阁来人了。"

孙牧野便动了身。他先去河边牵马，又转回去和豆蔻打招呼。走到自家田坎上，远远看见豆蔻坐在院坝里休息，春光照在她脸上，星官儿卧在身边，双目炯炯观察她微动的肚子。豆蔻一边指着孕肚，一边跟星官儿说话，忽然抬头看见孙牧野，便笑盈盈向他招手。孙牧野也笑。隔着一片田，两人没有多余的话，只是望着彼此笑，许久孙牧野才高声道："我去一趟县衙！一会儿回来。"豆蔻问："要不要回来吃饭？"孙牧野道："要。"豆蔻道："好。"孙牧野便和县吏们去了。

进了衙门，见一班官员肃然而立。王县令见孙牧野进来，忙向众官员道："这位便是孙将军。"又过来向他道，"这位是凤阁朝集使李治均，来给将军送敕书。"

李治均向孙牧野拱手贺道："恭喜将军，夙愿酬矣。"

孙牧野不知其故，沉默地还礼。

李治均取出一卷敕书，念道："忠魂长负冤抑，国法当为昭雪。故从七品翊麾校尉孙崇义，为叛臣所诬，衔冤泉壤二十六载，闻者嗟悼。今恩予平反，复还官阶，追谥忠烈。许子孙奉祀家庙。许籍没者出，流放者还，亡殁者归葬。敕上。"

孙牧野低着头一字一字地听，听完两眼还看着地面，不知在想什么，最后抬起头，看了看天。李治均把敕书送过来，王县令在旁提醒："将军快谢恩。"

孙牧野一面接敕书，一面道："多谢唐相公。多谢朝集使。"

李治均一愣，笑了笑，又道："平反诏书已发到各部州了。圣上恩准株连者还乡，不知将军家还有哪些宗亲？"

孙牧野道："三族之内，一个都没了。"

李治均只好闭了嘴。孙牧野把敕书放入怀中，告辞而去。李治均呆了半晌，悄声向众人道："我们回京复命时，要说孙将军已叩谢圣上了。王县令这边也要同声同气，休说岔了。"王县令忙道："这是自然。"

孙牧野牵马走在街上，行人太多，太喧闹，他不动色也不出声，和一个个陌生人擦肩而过，直至出了城，到了郊外，看见万里无云的天，看见无边的碧绿的田野，眼泪才浮上眼眶。走到没人的地方，他拿出火折子，点燃了敕书。敕书化作青烟，悠悠向天上而去，孙牧野伏地而拜，面朝西南，拜念波城的父亲，面朝东南，拜湘州的母亲，面朝正南，拜夜州的兄长，而后，继续向家的方向行进。

走到村口，几个孩童笑着跑过来，连声道：“恭喜，恭喜！”孙牧野便向他们一笑，谁知其中一个道：“杨娘子生小孩了，你当阿爹了。”孙牧野一惊，加紧了归家的脚步。到了家门口，潘大娘从门里出来，笑道：“可算回来了！”便向卧房一指，孙牧野三步两步进了屋。豆蔻坐在床上，怀里抱着初生的婴儿，好奇又欢欣地哄着，见孙牧野回来，她便要他过来，抱抱自己的孩子。

孙牧野坐上床沿，把孩子接了过来。是个男婴，恬然睡着，小小的鼻子在轻轻呼吸，他还不知道自己来了世间，更不知道自己因谁而来、为何而来，但总有一天会知道。孙牧野抱着一团温热的生命，心中有喜悦，也有怜悯。活不是一件容易事，这孩子将来会和自己一样、和千千万万人一样，辛苦地活。世上有病痛，有灾荒，有风霜炎凉，他会跌倒，会流血，会流泪，他必然会遇见不善的人，会被轻视，被欺辱，被伤害，可是，世上也有善良，有正义，有彼此理解和体谅。他会听见大山的歌谣，会看见春天的花和冬天的雪，会在夏天的小河里游泳，会在秋天骑着骏马奔驰在平原上。他也一定会遇见好人，会在邂逅时向他微笑，会在他需要帮助时伸出援手，还会有一个人伴他翻山越岭，和他同甘共苦，会有许多伙伴陪他披荆斩棘，与他肝胆相照。孙牧野想，但愿他在最苦的时候，别怪父母亲把他带来世上。人间不算好，但值得来一趟。

5

过子时了，中和殿依然灯烛明照。秋怀意透过重重帘幕看向卧室深处，卫熹独自坐在床沿，身影僵冷。秋怀意小声劝道：“陛下，该休息了，明日还有早朝。”

卫熹不应。秋怀意心道：“莫非已经睡着了？”便悄悄往里走，把帘幕一层层掀开，掀到最后一层，抬眼便见卫熹盯着自己，双手拄着剑，吓得双膝一软，跪下道：“小奴来伺候陛下就寝。”

卫熹还是不言语，秋怀意只好跪着，头不敢抬起半寸。半晌，卫熹道：“去把韩昭仪请来。”

秋怀意道：“陛下忘了？韩昭仪省亲未归，去之前请过旨的。”

卫熹又道：“那请李昭容来。”

秋怀意道：“李昭容欠安，上午司医才去看过，开了药的。”

卫熹双手握着剑柄摇了摇，动作倒映在地上，吓得秋怀意一抖。良久，卫熹道：“去叫皇后来。”秋怀意忙去了。

两炷香后，王璎宁进了中和殿，走到卫熹床前，向他问安。卫熹向秋怀意道：“不用你们伺候，自去休息，离我们远些。”秋怀意便向满殿的宫人招手，一并退出门去，临走前，吹灭了灯烛，只留下四盏夜明珠。

卫熹向璎宁道："过来。"璎宁便过去，在床沿坐了。卫熹道："把衣裳脱了。"

璎宁不动。卫熹道："朕说话，你听见了？"

璎宁道："陛下何不请韩昭仪？"

卫熹道："她出宫了。"

璎宁道："李昭容呢？"

卫熹道："生病了。"

璎宁沉默。卫熹伸手解她的裙子，她用手一挡，站了起来。卫熹勃然火起，问道："怎么了？"

璎宁道："陛下还有别的妃嫔可召。"

卫熹道："朕偏偏要你！"

璎宁径直退了两步。

卫熹盯着她看，双手把剑鞘在地上一杵一杵，许久问："怎么回事？"

璎宁道："璎宁倦了，怕侍奉不周。"

卫熹蓦然高声道："那么，朕再问你：平反孙崇义的敕书，怎么回事？"

璎宁一愣，道："陛下恩准为孙崇义平反，准用天子玉玺，璎宁便替陛下用了。"

卫熹道："朕哪里是恩准，是被你们胁迫的！你，姑姑，唐瑜，孙牧野，你们是一伙的！"

璎宁吓得不敢出声。

卫熹狠狠道："朕说什么你们都不听，说用天子玉玺，你倒真用了！"

璎宁道："璎宁明明是遵照圣意。"

卫熹反问："遵照圣意？"

璎宁点头。

卫熹道："那就把衣裳脱了，过来。"

璎宁又不应了，像是无声的反驳。卫熹突然冲过来，抱住她往床上拖，璎宁偏不从，卫熹发起狠来，把人扔上床，撕她的衣衫，璎宁又推又躲，卫熹便把她的手压住，璎宁呵斥道："我是大焉皇后！你不可欺我！"卫熹道："我是大焉皇帝！你要顺从我！"璎宁道："你不敬我，我何必敬你！"

卫熹一下停止动作，问道："你称我什么？"

璎宁道："你！你让开！"

卫熹支起半个身子，汗涔涔地盯着璎宁看。璎宁有些惧怕，却斩然道："我是皇后，也是你的妻，你不可轻贱我！让开！"

卫熹一巴掌扇在璎宁脸上，璎宁反手也一巴掌扇在卫熹脸上。卫熹彻底怒了，他猛地翻身下来，找到地上的剑，抽出剑锋，璎宁急忙逃下地，卫熹问："你过不过来？"

璎宁决然转身向外跑去，卫熹提剑便追。璎宁跑到门边，门已被关死了，卫熹追过来了，她只得往寝殿的深处逃。空殿如海，阴寒彻骨，璎宁乱投乱撞，穿过一重重门，奔过一道道长廊，卫熹的喘息声就在身后，咫尺之遥。月透纱窗，照出一前一后奔跑的影子，一个慌忙，一个疯狂。璎宁向四周呼道："救我！谁来救我！"没人应她。她不明白，宫人们呢？白日密密如过江之鲫，为何此刻一个也见不到？谁能听见她的呼救？终于到了尽头，眼前只剩一堵红椒墙，璎宁无路可逃了，她回过身，几乎同时，一道刺眼的白光扎进她的胸膛，璎宁怔怔看着卫熹，他的脸上有水，似乎是汗，也似乎是泪，他的手往后一撤，剑离开了璎宁的身体，璎宁心想，他大概是后悔了，可下一瞬，卫熹再次挥剑，再次洞穿她的心窝。璎宁高呼："爹！娘！"剑刃像暴雨一样淋在她的身上，她倒了下去，临死前，她悲然唤道："婶娘……婶娘！"

6

一大早，两队宫使匆匆出宫，去王府和长公主府报了皇后死讯。王昭爱夫妇急忙进宫，见了女儿遗身一面，待了半炷香，便被宫人请了出去。稍后，恩和公主也来了，看见王璎宁换了皇后吉服，端端正正躺在棺木里，容颜鲜活如故。恩和看着她的面孔出神，久久不动。半炷香后，宫人过来了，却不敢开口相催。恩和问："怎么回事？"宫人小声道："娘娘夜半发心绞痛。小奴们请了奉御来，却迟了一步。"恩和问："圣上呢？"宫人回："圣上悲痛过甚，才回去休息。"

恩和怜爱地看着璎宁，轻轻抚摸她的脸颊，手忽而向下，掀开了衣襟。宫人们齐齐跪倒，不敢抬头。恩和看见了璎宁身上的血洞，大小六七处，无一不惊心。她看了良久，把衣襟掩上了，又问道："皇后临崩前，可有遗言？"宫人皆道："小奴们不曾听见。"恩和最后看了璎宁一眼，转身向殿外走去，宫人伏地相送。

出了如意宫门，恩和正要下阶，忽听廊柱后有人低唤："殿下。"她转头一看，是卫熹的近身内侍陈怀明，她疾步过去，问道："怎么？"陈怀明低声道："昨夜圣上召娘娘去寝殿，似乎起了争执，小奴赶去时，只听见两个字。"恩和厉声问："听见什么？"

陈怀明道："听见娘娘叫婶娘。"

恩和怔了半晌，含泪点头道："好，好，好！"语罢大步而去。

第九十三章

错缠

1

同月，大焉为皇后王璎宁举行了丧仪，葬于帝陵。循大焉礼法，凡命妇须在云阶寺守制二十九日，明幽和苏叶便一同住进了梵音山。明幽是宰相之妻，册封齐国夫人，每日来拜访的贵妇络绎不绝；苏叶虽是吴郡夫人，可她的夫君死了，也就无人来与她结交，自然比明幽清闲得多。

第九日，苏叶去大雄宝殿听经，一进门，便见夫人们在堂中谈笑风生，比丘尼在角落里念经，两边互不相扰，她退了出去，转身去了华严阁，随意翻阅了几卷经文，待天色将晚，便回了云舍堂。到了下榻处，只听房内欢声笑语，有男女，有孩童。廊下婢女悄声道："明老夫人、明公子和夫人来了，小公子也来了。"苏叶便知是明幽的母亲、兄嫂和侄儿到了。她轻步走到帘外，听明老夫人道："我昨儿见了平阳侯夫人，她带了孙女来，我瞧那孩子真好，坐在那儿端端正正的，说话有礼有节，我越看越喜欢。再过一年，我便请媒人去说，给我们心儿娶来。"

又听一个男子笑道："他娶了妻，我不成了家翁？倒显得我老了。我还年轻，心儿才十四岁，还小，不着急。"

明老夫人道："你好意思说年轻！四十岁的人了，还成日浪浪荡荡的，心儿都比你老成！"

明幽笑问明心："心儿可有意中人呢？"

明心道："回姑姑：心儿想多读几年书，先立业，再成家。"

瞳语道："我有意中人！"

众人都笑了，老夫人问："乖丫头，谁是你的意中人呢？"

瞳语道："阿爹和阿娘。"

老夫人便问："是更爱阿爹，还是更爱阿娘？"

这刁钻的问话让瞳语糊涂了，明幽柔声教道："要都爱。"

瞳语应道："都爱！"

苏叶听了一阵，转身下了台阶。她想着也无处可去，便带着婢女去了未觉泉。

这是夕食时分，未觉泉中再无别人，苏叶沉入泉底，长久不动，好似睡着了。婢女有些担心，轻唤道："苏娘子？"水下十分静谧，苏叶听不见外界的杂音，她只听自己的心声。心在告诉她，所思为何、所忌为何，心也在问她，想不想、敢不敢，心又自己回答，日思夜想，失之不甘，何妨玉石俱焚。苏叶从水里纵身而起，冲开一朵烂漫的浪花。婢女见她突然冒出水面，吓了一跳。苏叶站了起来，迎向暮春的晚风，从极暖坠入极凉，风裹住她，把热气丝丝抽离，浴裙也裹着她，把寒意锁在身上。婢女急道："苏娘子，快起来！当心着凉！"苏叶置若罔闻，目光看着梵音山下，佩鱼巷的方向。

翌日清晨，明幽梳洗完毕，让婢女请苏叶同去大雄宝殿，婢女去了片刻回来，回道："苏娘子感了风寒，卧床不起。"明幽忙去看她。苏叶躺在禅榻上，神情倦倦的，明幽摸她的额头，果真发烫，忙问："如何烧成这样？"婢女道："昨日傍晚去了一次未觉泉，夜半便发烧了。"明幽道："快些家去，请王医师来看，该吃什么药便吃什么药。"婢女道："也不知能不能走。"明幽道："我自报给鸿胪寺。你们立刻送苏娘子回家。"便吩咐人叫车马，又向苏叶道："这里人人都看着我，我不能陪你回去了。"苏叶轻声道："是我不能陪你了，我对不住你。"明幽道："这有什么对不住的？过二十日我便回来了。"

须臾，车马候在了云舍堂外，婢女们把苏叶扶上车。明幽看着马车走远，才略略放心，自往大雄宝殿去了。

2

无论白昼星夜，唐府里似乎只有苏叶一个人存在，另一个永远不见踪影。从早到晚，苏叶只能幻想他在何处。或许在凤阁，或许在龙朔宫，或许在六部九寺的议事堂，他总有无尽的事要忙。直至第十个深夜，苏叶再次来到书房外，总算看见窗纱发了光，帘后的门虚掩着。不久，唐瑜的身影出现在窗上，戴着硬翅纱帽，一对翅角翘在脑后，像个年轻的学子。他从书架上取了一卷书，又从窗户上消失了。

苏叶走到门边，把帘子撩开一线。唐瑜坐在书案前，双眼看着书卷，一手翻阅，一手研墨，大概是余光瞟见了异样，他抬起头来，看见了苏叶，脸上先闪过一丝意外，后又一笑。苏叶问："二郎为何没有奴婢伺候？"

唐瑜道："白天见了太多的人，夜晚想独处。"

苏叶把这话一想，只得缓缓把帘子放了，唐瑜忽道："你若想进来，便来。"

苏叶这才掀帘轻步走入，道："我白天一个人也没见着，不想夜晚也是如此。"

唐瑜问："惜环院的人呢？"

苏叶道："我不记得了。她们或许一直在，只是我没看见，也没听见。"

唐瑜又一笑，再把书卷推开一节。苏叶问："二郎在看什么？"

唐瑜道："要为大行皇后定谥。礼部拟了两个字，我想再看看《谥法解》的释义。"

苏叶走到唐瑜右边，坐了下去。唐瑜身子未动，右手放下了墨锭。苏叶见砚台里墨汁尚浅，便拾起墨锭，继续研磨。唐瑜以笔蘸墨，把古书中关于"贞"和"怀"的释义抄录在纸上，对着思索，很久后，他长而轻地叹气。苏叶问："这两字很难选吗？"

唐瑜道："两个字的背后，还有太多事。"

苏叶道："说来听听。"

唐瑜道："为了谥号，龙朔宫和王家剑拔弩张。天子不愿给谥，王家争谥，之后，天子想给平谥，长公主要给美谥。现今，翊卫是王宗业统领，禁卫是王昭逸统领，皇后驾崩后，天子想把二人调走，内外禁军却隐然不听宣调了。裂变一触即发，这段时日，我在龙朔宫、王府、公主府来回奔走，我想尽力安抚两家，因为眼下国家不能乱，朝政不能乱。"

唐瑜一气说出来，心中的疲惫似乎轻了些，一旦开了口，便不想停了。苏叶等他继续说。唐瑜又道："今日战报回来，焉军过了北蟒关，往燕州去了。可这一战，损失将士一万两千人，永欢将军战死。当年十三万健儿出征，现今已不足五万。前方向我要人，要车马，要刀箭盾甲，要粮草医药，可户部说，国家数年积蓄已尽。今年以来，百姓赋税愈重，民间呼声愈烈。昨日我遇见开元府尹，他说，有两个村子走了一半的村民，因为未离原的赋税最重。为这一句话，我一夜未眠。举家逃税避役，绝非盛世之象，难道在唐瑜的治下，大焉重回乱世？三年苦战，我们找了五十多万征夫，死伤尤甚战场。今日中午，兵部和我说，上月，有七十多个征夫在浊沙河边逃走了，今日才抓到，要斩于西市，问凤阁的意思。我不知该如何回答。这些征夫，过去三年往返粮道，行程以十万里计，有汗马之劳，斩，于心不忍，不斩，会有更多征夫逃亡，粮道溃于一旦。我该如何？"

苏叶只是听着，她知道唐瑜只是想倾诉，他自己心里有答案。良久，苏叶道："难怪我在家里总是见不到你。你的事太多了，烦恼也太多了。"

唐瑜叹了口气，依然微笑，道："未来几日，你又见不到我了。"

苏叶问：“你要做什么？”

唐瑜道：“明日上午朝会，中午和礼部议贡举，下午和翰林院议谥册文，听兵部详诉燕州兵略，晚间拜访宗业夫妇；后日上午朝会后，要单独面圣，中午宴请东瑶使节，下午各州司农进京，合议今年农事，之后会同兵部、工部去未离原督查铁器冶炼，晚间要见户部尚书和侍郎。”

苏叶道：“再后日是旬假，你可以在家休息了。”

唐瑜道：“吏部在遴选去朔州的官吏，后日名册交凤阁，凤阁审定后呈龙朔宫。当日是伊太傅公子的冠礼，下了请柬来。夜间要见宇文四郎。青岳母亲的生辰也近了，我还没备贺礼。”

苏叶婉然一叹，低了头，若有所思。唐瑜搁下笔，身体稍稍向后，靠在褥子上，向苏叶道：“我从不在家里说这些，我不愿家人和我一起烦恼，我想把俗事隔绝在家门之外，可是今夜，我太累了。”

苏叶知道他在看自己，便也抬头看他。恍然经年过去，她终于离他如此之近，近得可以看清他眉间的忧愁，他唇边的微笑。他不再是初见时那位冷凛高远的公子，他疲倦了，也亲切了，他的温暖正在对她盛开。苏叶伸手去摘他的纱帽，唐瑜不躲，两鬓的霜发露了出来，苏叶忍不住抚上去，道：“白发又多了。”

唐瑜道：“我知道。”

苏叶哀然道：“我宁愿自己老，也不愿看你老。”

唐瑜似有些动容，不由把头转了过去，苏叶的手却捧住他的脸，把他扳回来，道：“若我能替你分担忧愁，该多好。”

唐瑜只得低头，半晌方道：“何必如此沉重？”他莞尔一笑，“我们何不说些开心的事？”

苏叶悄声道：“我们何不做些开心的事？”

唐瑜的目光一闪，不敢言语，苏叶的手已收回去，解开了自己的衣。春衣之下，是无瑕的绝世的裸体，坦然对着唐瑜绽放。唐瑜下意识扭过了头，苏叶贴上他，柔弱无骨的手臂环住他的脖颈，道：“我想让你开心。何不就现在？”

唐瑜不语。

苏叶问：“你在顾虑什么？”

唐瑜依然沉默。

苏叶道：“你记不记得说过，将来要带我们回小竹山，回隐仙湖？你说，不想愧对三郎、愧对幽儿。”

唐瑜点头。

苏叶道："三郎已不在了，我们……我们只欠幽儿一人，行不行？"

唐瑜的心一颤。苏叶把他困得更紧，用气息吹拂他的耳垂，吟喃道："我想欠她。我想和她一样。今夜，我陪你去小竹山，去隐仙湖。"她无所顾忌地展露欲望，因为自信无人能够抵挡。

3

明幽在云阶寺住满了二十九日，这日黄昏，唐瑜来接她和女儿回家。一见面，明幽便察觉到丈夫有些异样：言语极少，不和自己对视，瞳语要他抱，他也不着痕迹地躲开了。下山途中，唐瑜独自骑马在前，甚少回顾身后的车马。到了家门口，唐瑜对明幽略说了几句，便转马去了凤阁，仆妇们把明幽母女迎进家门。

夜间，明幽把女儿哄睡后，倚坐在床栏上等唐瑜。四更前后，唐瑜回来了，见她还醒着，便问："怎么还不睡？"

明幽道："等你回来，和你说说话。"

唐瑜无言地除下外衣。明幽看他的脸色，问道："你是不是有心事？"

唐瑜道："只是累了。"

明幽问："是不是很忙？"

唐瑜道："是。"

明幽问："忙些什么？"

唐瑜道："朝里的事。"

明幽道："你若有烦恼，就该和我说，我帮你分担。"

唐瑜略一想，道："下月初八是青岳母亲七旬之庆，我还没来得及……"

明幽道："一尊玉寿星，一串伽蓝珠，两卷吴绫，我已经备下了。还有什么事？"

唐瑜道："待我想起了，再告诉你。多谢你。"

明幽看了他半晌，道："宇文四郎的夫人也去了云阶寺，说你和四郎常聚。我都不知道四郎已经回京了。为何不告诉我？"

唐瑜道："幽儿，不必事事都问，我想说的时候，自然会说。"

明幽道："可你从来不想说。每次遇到什么事，你都想把我推开。"

唐瑜换了家常服，道："有两份公文要改，我先去书房。"说着向门外走去。

明幽重重一声叹息，唐瑜只能停下脚步。明幽道："人说'至亲至疏夫妻'，说的就是我们，可并非天下所有的夫妻都如此。这几日，嫂嫂在云阶寺陪我，总会说起哥哥的事。哥哥什么都和她说，昨儿和哪些朋友吃饭，明儿要去哪家打牌，哪个朋友豪爽，哪个朋友只是酒肉之交，嫂嫂都知道。我听着，真羡慕他们这些家长里短。你就从来不和我说。我不知道你今日做了什么，明日要做什么，每日和谁在一起，他们如何对你，你又如何看待他们，我一无所知。我时常怀念在硃县的时候，只有那时，你的心扉是对我敞开的，你向我倾诉的时候，我才觉得我们是家人，不是碰巧寄宿在同一屋檐下的旅人。”

唐瑜道：“你是好妻子，是我做不好丈夫。”

明幽恨声道：“我不是在怪你！我是想和你好好谈谈！”她怕吵醒睡熟的女儿，极力把声音压得很低，可瞳语还是一惊，伸手唤道：“阿娘！”明幽忍住泪水，赶去小床边抱起女儿来，但听门“吱呀”一声响，回头看，珠帘轻荡，唐瑜已消失了。

4

过几日，明幽带女儿回娘家散心。明府里有一座湖，名曰“无染”，湖心岛上有一座水榭，明如海亲笔题名“有晴”。午后，明幽和甄婉坐在水榭里，把三面花窗都打开，好看见湖中泛舟的瞳语，一面说些闲话。明幽道：“我听阿娘说，哥哥要升羽林郎将了，他这几年在骁翊卫倒是如鱼得水。”

甄婉笑道：“他这些年，老实说，比从前懂事了，在外面不胡来了，也知道顾家了。王宗业将军也看重他，每次有升官加禄的事，总不会忘了他。你也知道你哥哥，文不行武不行，人情交际最行，禁军上下都和他好。他那些兄弟都跟他起哄呢，说再过两年，他也要当将军的。”

明幽道：“他懂事了，你要少操多少心。”

甄婉道：“过段时日，王宗业便要离开骁翊卫了，你可听说？”

明幽道：“怎么？”

甄婉道：“皇后死在宫里，那是他亲孙女，他手里握着兵，掌管京城防务，圣上岂会不忌？圣上想让他离开骁翊卫，他起初不让，是二郎去说通了。王宗业和亲近说，大局为重，给唐相公一个面子。如今两边都退了一步，龙朔宫给皇后谥‘贞’，王家让出京城的防务。可宫城的禁卫，还是驸马管着，怎么也不让了。”

明幽问：“那王宗业走了，谁当骁翊卫大将军？”

甄婉道：“湘州节度使宇文宸。他已经从湘州来京城了。”

明幽这才知道唐瑜近日为何常见宇文宸，再一想，丈夫的行踪，自己只能从旁人口中得知，又不免哀从中来。甄婉看她心事重重，便问：“怎么了？”

明幽道：“唐相公心里只有大焉，只有天下。”

甄婉笑道：“他这段时日忙，冷落你了，你又发闺怨了。”

明幽道：“我真想回硃县去。当县令，可比当宰相好多了，当平民，也比当县令好多了。”

甄婉道：“别胡思乱想。你怕寂寞，便在这里多住些日子。”

明幽道：“家里还有个寂寞的人呢，我又不能撇下她。吃了晚饭，我还得回去陪她。”

甄婉问：“你说的可是苏娘子？”

明幽道：“自然是她。她没了三郎，我好像也没了二郎。”

甄婉一笑，欲言又止，半晌方道：“我看，苏娘子不用你操心。”

明幽不解，问：“怎么？”

甄婉又是一笑，似乎在犹豫说不说，明幽愈发奇怪，道：“你怎么话里有话？怎么了？”

甄婉道：“大约是前年，我恍惚听人说了几句，也不知真不真——说苏娘子曾去风月场所当舞伎。”

明幽道：“她才没有！她从来只在家里，出门也是去云阶寺。”

甄婉道：“她去的时候，你在芦州，你哪里知道？”

明幽一愣。

甄婉道：“她用的化名‘莲夜姬’，听说至今还有纨绔公子对她念念不忘呢。”

明幽怔怔地思索，问道：“她在哪里当舞伎？”

甄婉道：“大名鼎鼎的长生阁。”

明幽一听，脸色便黯然了，身体倒在栏杆上，出了半天神，道：“那也不能怪她。那时候，我们都不在她身边，她或许只是想要热闹。”

甄婉道：“她自会寻热闹，你又何必担心她？顾好你自己，我们才是真担心你。”

明幽叹息。

甄婉忽问：“你说二郎冷落你，当真是为国事？”

明幽反问：“不然呢？还能因为什么？”

甄婉不说话了。

近了晚饭时候，明熙回来，见了明幽便笑：“哟，宰相夫人大驾光临。”明幽懒得理他。明熙又道：“怎么了？没精打采的。心情不好，哥哥带你去打马球。”

明幽道：“行，现在就去，拿球杆骑装来。”

明熙一愣，笑道：“今天不行，要吃饭了，晚上还有事。”

明幽道：“那明天。”

明熙道：“明天几个兄弟叫去原上撒鹰。”

明幽道："后天。"

明熙道："下月，下月必约你。"

明幽白了他一眼。明熙道："说正经事，唐二郎哪天有空，我想请弟兄几个聚聚。"

明幽道："你自己问他！"

明熙拊掌向甄婉道："必是两口子吵架了。"甄婉忙向他使眼色。一时婢女来请用饭，明幽便叫上瞳语来，众人一起去了。

吃过晚饭，明幽携女向父母、兄嫂告辞。出了明府，她心里忽然起了念头，便让婢女们先带着女儿回家，自己鬼使神差般向桃影河而去。华灯初上后，她找到了长生阁。桃花巷里，一边是酒肆，坐满了各家家奴，一边是粉壁玉瓦的长生阁，半月竹门虚掩，一时无人看守，明幽径自入内，穿过修竹蕉林，推开正门。

华堂中紫气缭绕，红妆飞拂，王谢子弟们衣冠焕赫，接杯举觞，明台上箫韶齐举，声色丽靡。明幽在角落里看了良久，歌伎舞伎流水似的上了一轮又一轮，都是美人儿，却没有她熟悉的面孔。她想，到底是真有人和苏叶长得一模一样，还是苏叶自己在台上翩然起舞？是苏叶骗了自己，还是旁人在中伤她？苏叶心里的秘密，是不是比自己想象的多得多？笙歌沸响，吵得明幽心乱如麻，转身欲走，忽见一人从席间站了起来，烛光照亮他的侧脸，明幽认出是宇文宸，心中一跳，暗道："他也爱来这里？"

宇文宸离开坐席，向二楼走去，几个随从跟在身后。二楼全以红罗遮饰，重重叠叠，繁繁复复，不知幕后情状。宇文宸上了楼，便隐没在红幕之后，随从们守住了楼梯口，皆是身材高大的男子，不似寻常家奴。明幽想起率真娇憨的宇文娘子，又心生不平了，正暗自恼火时，身后的正门开了，一人走了进来，石青锦衣，仪容端整，明幽觉得面熟，细细一想，去年上巳节在城外河边见过，是袁家五郎青峰。青岳去世后，袁公便把青峰当作族长栽培，近两年，青峰已然成了袁家家主。青峰不曾看见明幽，他绕开大堂，也上了二楼。守楼梯的男子显然认识他，向他行礼，为他掀开罗幕，青峰也消失在绯红雾里。

明幽转身出了门。她不想窥探人家私事，又忍不住胡思乱想，一路心神不定出了长生阁，对面的酒肆一样热闹，家奴们的豪气奢侈不亚于主人，却有一个，独自站在门边，袖手看门上的楹联，与众奴格格不入。明幽看见他的背影，便站住了，那人觉出异样，也回过头来，见是明幽，先是一惊，忙下来行礼道："夫人来了。"正是唐瑜的贴身家奴唐晋。

明幽问："你在这里做什么？"

唐晋道："在等二郎。"

明幽问："他在哪里？"

唐晋道:“在阁里和宇文四郎、袁五郎聚会，夫人可曾看见？”

明幽道:“我不知道他在里面。”

唐晋道:“我带夫人去。”

明幽道:“他们聚会，我打扰什么。”说着便往外走，唐晋陪在一旁。走到巷口，唐晋先笑道:“夫人若信得过唐晋，唐晋愿为二郎担保：实是有要事商量，绝无别的名目。”

明幽便问:“哪里不能商量，为何来这里？”

唐晋道:“各家都有成百上千的奴婢，人多口杂，怕传出去惹人猜疑。今日不过临时选中这里罢了。”

明幽再不言语。唐晋问:“我送夫人回去？”

明幽道:“你等他，我自己走。”

此时恰有一骑驰来，停在巷口，鞍上人笼在长长的斗篷里，看不清面目，唐晋上前相迎，明幽也懒得管是谁，自转身而去，隐约听见唐晋在招呼:“顾御史……”

顾御史，自然是御史大夫顾临了，他是风纪长官，来这种地方，难怪要把全身遮得严严实实。明幽一面想，一面回头看，唐晋已领着顾临进了长巷。

5

次日黄昏，明幽摆好了晚饭，等唐瑜回家。戌初三刻，唐晋来了，隔着帘子道:“二郎让转告夫人，这几日军情紧急，他就在兵部住几日，暂不回家了。”

明幽停了一会儿，方道:“好。”

唐晋又道:“二郎让收几件衣物过去。”

明幽便起身，找出两套常服、一套官服、两双靴袜，又把唐瑜常用的香佩巾扇一并包了，叫婢女交给唐晋。

唐晋在帘外收了，又道:“二郎还有一件事和夫人商量。”

明幽问:“什么？”

唐晋道:“二郎想把田产和铺子卖一半，捐为军需。家里的钱也捐一半。问夫人意下如何。”

明幽想也不想便道:“行。”

唐晋听她语气不对，一时不好答应。明幽道:“你告诉他，家里也用不着那么多奴婢了，就在惜环院留两个，怜玦轩留两个，其余的都任去。”

唐晋道:“夫人休多心。上一拨军需，原该月初就走的，至今没启程，因为没凑齐。

兵部好多官吏在捐，二郎是宰相，岂能无动于衷？望夫人体谅。”

明幽道：“我何尝多说了什么？他的决定，我都体谅。”话虽如此，眼泪却滚滚而落。唐晋默然去了。

明幽独自吃完饭，向婢女道：“去问问苏娘子在做什么，请她来和我说说话。”婢女去了，半炷香后回来禀道：“苏娘子早上去了梵音山，要五日后才回来。”

6

袁老夫人的七旬寿宴排场并不大，只在外堂、内堂各设一席，宴请唐、崔、宇文等几家世交及亲眷，外堂是青峰陪着，内堂是老夫人陪着几位诰命。戏文开场，袁老夫人向明幽几位笑道：“时事益艰，连龙朔宫的婚礼葬仪都从简了，老婆子过生日岂敢铺张，因此素薄了些，夫人们千万别怪失礼。”明幽看着满桌四五十个菜，道：“已然过丰了。老夫人素来待客情殷，我们都是知道的。”

袁老夫人又笑道：“一大清早二郎来信，再三向我告罪，说要同肖尚书进宫面圣，这里不能来了。我让人捎话回去，说：‘男儿自然以国事为重，你只管忙，可是幽儿不许不来，她不来，我可要恼的。’”

明幽道：“他一月前便说今日必来的，可是奉公听使，身不由己。当年我刚进唐家，便听二郎说过，唐袁两家从皖州到京城，累世故交。老夫人寿辰，我无论如何都要到的。”

袁老夫人和她谈笑了几句，又向宇文宸的郑娘子道：“我要恭喜你们。四郎做了骁翊卫大将军，总算不用跋山涉水去湘州了，你带着两个孩儿，常年南北奔波也不容易，还是京城住着好。”

郑娘子笑道：“这要多谢唐二郎向圣上力荐。”

明幽便问：“四郎这段日子在忙什么？”

郑娘子道：“就是军营的事，有些亲信要从湘州调来，原先的禁军要裁些人出去。我也没多问。”

明幽问：“四郎是住家里，还是营里？”

郑娘子道：“每晚都回家，只是到家时，我们都睡了。他每次回来，不论多晚，都要一间间去看，看我睡了不曾，孩子们睡了不曾，只是看着，也不吵我们，然后自去外书房睡。”

一时戏台上琴瑟齐奏，众人一面听戏，一面品尝珍馐。崔如祯续娶的张娘子也在席间，她年纪尚轻，又与夫人们不熟，未免显得有些孤寂，明幽便请她坐到自己身边，和她分享瓜果，闲话家常。喜筵过半，下人入堂禀道：“崔家六郎来了。”袁老夫人笑道：

“快请进来。”

袁青峰领着崔如祯进来了。如祯向袁老夫人行稽首礼，老夫人笑问：“如何现在才来？迟到了，青峰要罚你的。”

如祯道：“今日去了宫里看望太后，用了晚饭才被放出来。”

老夫人便问：“太后近日可好？”

如祯道：“还好，只是有些闲。老夫人有空时，还请常去宫里陪太后说说话。”

老夫人道：“该去，该去。昨儿他们和我说，入夏了，老家的新鲜果子要送来了，我便说，到时先挑几篮子最好的，我带进宫去，请太后和圣上先尝。”

如祯笑道：“老夫人别忘了也赐我一篮子。”

老夫人道：“自然忘不了。你们这几家,同骨肉无异,有我的一份,便有你们的一份。”

如祯道谢，之后便要出去，老夫人又笑道：“怎么不和你娘子打招呼？我瞧这孩子坐在那儿,半天不说一句话,真怕委屈了她。你既来了,就坐这里,陪着她,她也安心些。”

如祯应了。张娘子见他来，神色果然轻松了许多。如祯坐到娘子身畔，见那边是明幽，便低声笑问：“你是不是坐错了位置？没规矩。”后一句是说给明幽听的。张娘子道：“是唐夫人让我过来的。”明幽道：“我请她过来聊聊。这是家宴，不拘什么规矩。”如祯随意拣了几粒果子往口里抛,问:“二郎怎么没来？”明幽道:“去宫里了。”如祯问：“去见圣上？”明幽道：“和兵部尚书一起去的。”如祯不再多问。

张娘子细声道：“我给你备的衣服怎么不穿？就穿这个进宫。”如祯道：“没什么，那是我姑姑，不拘礼。”张娘子道：“我是担心夜里凉，一会儿出去吹着了。”如祯笑道：“那你自己还穿这么薄？我的话你也没听。”他看看她头上的钗环，又看她脸上的妆，低声说了句什么，张娘子抿嘴一笑。

袁老夫人看着一对儿女你侬我侬，不由叹道：“忘了是哪一年，也是这几家在这里，给青峰父亲庆寿。那时青岳还在，青嶂、青峰还小，唐家两兄弟，徐家两兄弟，宇文家、崔家几兄弟，还有谢家，一屋子少年郎，那才是热闹。快二十年了，我们家少了人，唐家也少了人，还有几家少了来往，剩下的都是这些了。所幸，在的都很好，在外是国之栋梁，在内夫妇相谐、兄弟相睦，但愿就这样长长久久的，待我八旬时，还是你们来给我庆生。”在场众人一起举杯敬袁老夫人，戏台上的鼓乐适时大作，更为满堂添彩。

寿筵在戌正结束，各家告辞，出府分道而行。明幽回到家时，已是亥初三刻。婢女们见她回来，便去烧水。稍后，苓儿端了热水进来，瑞儿道：“把二郎的水也烧上。二郎回来了。”苓儿问：“怎么不见人？”瑞儿道：“我才去了外庭，看见唐晋从廊下过。”苓儿便又去烧水。

明幽去邻间看了一晌熟睡的女儿，回来卸了妆，洁了面，换了睡裙，上床发了一会儿呆，看见那盆热水未动，便问:“他不是回来了吗？”瑞儿也自奇怪，道:“只怕又去书房了。”

子初一刻，明幽下了床，提一盏宫灯出了怜玦轩。到了书房外，见灯亮着，门开着，帘子是卷上去的，走到门口，房中却无人，书案上有一盏没熄灭的灯、一册散开的书卷。她盯着书案看了很久，镇纸下，压着一个物件——一个不该出现在书房的物件。半晌，她移步进去，挪开镇纸，拾起那条手绳。月白丝线的错缠结。明幽看了好一会儿，把错缠结握在手心，转身出了门。

子初三刻，惜环院的两个婢女不见身影，应是睡了，苏叶的卧房里还有阑珊的光。明幽缓步上楼，檐下鹦鹉看见了，惊得翅膀一扑扇，却不出声。夜色恬静，衬得房中私语愈发朦胧。有两个人在说话，明幽听不清在说什么，只觉得话语又轻又短，像夫妇间无聊的絮语。或许因为初夏闷热，门没关，白玉珠帘荡着波光，隐约看见里面的座椅都是空的。

明幽站了一阵，才掀开珠帘走了进去。床边有一盏残灯，灯影摇着红纱帐，帐子放了一半，遮着躺下的人，还有一个人坐在床沿，姿态适然。明幽的不约而至打碎了这份安宁，躺着的人一惊而起，坐着的人也看了过来。明幽先看见苏叶披散的长发、轻薄的睡裙、如绯烟的眼，再转目看坐着的男人，便是自己的丈夫。

唐瑜看见明幽进来，不意外也不慌张，他的目光一如既往地沉静，顶多有一丝担忧——大约是担忧明幽失态，把这美好的夜搅得不安生。他站了起来，一面观察明幽的神色，一面道:“幽儿，你不该来。”

明幽听不见唐瑜在说什么，只看见他一面起身，一面从苏叶手里抽走了一件东西。是腰带。他的腰带，在苏叶手里。唐瑜从容将腰带系回腰间，离床向她走来。明幽又似什么也看不见了，心中一个又一个疑问划过：她为何给他解腰带？他们几时亲密到了如此境地？这是第几次，他的腰带在她手里？无数个消失的夜晚，他究竟是在凤阁，还是惜环院？

唐瑜走过来了，明幽抬眼看他，他眼中是藏不住的防御、探究和悲悯。此时此刻，值得被怜悯的，当然只有明幽一人而已。明幽缓缓伸手，把错缠结向唐瑜递去，唐瑜淡然接过了。错缠，错缠，总有一对人是缠错了的，要么是唐瑜和明幽，要么是唐瑜和苏叶。一瞬间，明幽忆起了许多被自己忽略的事——他总是打听“苏娘子近日可好”；她总是轻怨“二郎怎么又不在家”；自己在的时候，他和她一句话也不说，可自己不在的时候，她站在他身边，随意从他手中夺走青枣。明幽想，被命运缠错的应该是自己了。她转身向外走去，忽听苏叶唤道:“幽儿！”

这语声里，还有歉疚和关切。明幽仿佛此刻才想起苏叶也在，她回首看，苏叶还伏在床上，她大概想下来，可她的衣衫太薄了。明幽和她对视，心中忍不住地惊叹，苏叶真真是个美人，或许在她开心的时候，只有七分美，可当她哀伤的时候，有十分美。愈是凄楚，愈是让人心动。不知道让二郎动心的，是她的笑，还是她的哭。明幽出了一会儿神，继续往外走，迈过门槛的刹那，苏叶道："幽儿，对不起！"

明幽掀开珠帘，一步一步坚定地离开，珠帘之后，苏叶叫道："对不起！我也爱他！"声音凄婉，她好像在哭。明幽不明白，爱他、得到他，明明是很好的事，她为何会哭呢?

第九十四章

聚散

1

明幽先把女儿送回了明家，之后半个月，她卖掉了唐家在东市的三家铺子、桃影河的两家铺子、城北的两处田庄，钱都收在落梨院，等唐瑜自己捐走；她把家里一百二十名奴婢放了一半，余下的，因为不知道唐瑜要留谁、要放谁，便留给他自己决定。这夜，明幽把自己的东西也收拾好了，天亮后，她便要回家了。三更前后，瑞儿进门道："二郎在书寄池，请夫人过去说话。"明幽便动身往书寄池去。

唐瑜在池边不知徘徊了多久，听见身后有人来了，他转头，和明幽四目相对，良久，方低声道："幽儿。"

明幽缓缓走过来，走到池边，看着水中倒影，分明还是一双人。

唐瑜道："我听婢子们说，你要回明家去了。"

明幽冷然道："我原想和你道别，可又担心你太忙了，无暇见我。"

唐瑜道："今日也很忙，可我还是要来见你一面。十八年夫妻，缘尽了，也该有始有终。"

忽然唐晋走来，见了两人情状，不好近前，唐瑜问："什么事？"

唐晋回："袁五郎在天问楼等着。"

唐瑜道："好。我一刻之后出门。"

唐晋答应着去了。

唐瑜向明幽道："自把你迎入唐家至今，我一直欠你。欠你安稳，欠你陪伴。回明家，对你而言，少了牵绊，对我而言，少了歉疚，是两全的好事。将来，你或许会有别的归宿，我本无可置喙，可我还是想叮嘱你，别再找以身许国之人，找长相守。"

明幽对着水中的唐瑜问道："是以身许国，还是以身许别人？"

唐瑜竟稍稍有些尴尬之色。

明幽道："墨车把我带进唐家的那夜，我以为会和你长相守。生老病死，天灾人祸，我都能抵挡，我以为你也能。偏偏到现在，我和你都败给了苏叶。我这几日都在想，这好像在意料之中，也好像在意料之外。无数人曾在我耳边说，苏叶很危险，凡人无不爱她；可我总是想，二郎不是凡人，是超凡的。我没有低估苏叶，但高看了你。"

过了须臾，唐瑜道："她也是可怜之人。"

明幽一笑，问道："你可怜她，所以给她陪伴和安慰？"

唐瑜摇头。

明幽问："摇头是什么意思？"

唐瑜道："我心里没有她。"

明幽陡然转头，凝目看着唐瑜道："心里没有她，却坐在她的床榻上。唐二郎，休让我再次看低了你！"

唐瑜回视明幽，说道："我一直觉得，有一种力量推着我向她去。"

明幽问："什么力量？"

唐瑜道："流言蜚语的力量。"

明幽不自觉一震。

唐瑜道："我第一次听说她，是半语楼上中秋家宴。父亲问起东沅客商的事，家奴说，她是'东沅灾女'，灾，是因为绝世的容貌。你也该记得，你初见她后，也曾对我说，遇见了一个美人，连你也心动。我听了太多次了，所以之后见到她，便会关注她的貌。我也是凡人，会好奇。"

唐瑜停了一停，问道："你猜，我第一次细看她的面容，是如何想的？"

明幽木然不理。

唐瑜道："中人之姿。"

明幽一怔，却又摇首一笑。

唐瑜道："之后，钦天监传出几句谶语，'秽乱唐家''兄弟阋墙'。我初听之下，只觉得荒谬无稽。再后来，龙朔宫也传，府衙也传，闾阖街市、州部行伍都在传。连父亲仙去之前，也曾以此事告诫我。若只听过一次，或许早忘了，可流言一遍又一遍来，年复一年提醒我：'她很美，且天意说，她属于我。'"

明幽戚然道："天意难逆，天意难违……她是你的了。"

唐瑜道："幽儿，对不起。我在最疲倦的时候，输了。"

明幽的泪终究还是没忍住，温热地滑下脸颊。

唐瑜道："新婚之夜，我你有誓，'白发同舟，白首共墓'，这誓言，我毁了。今夜别后，舟自独行，墓自独葬。"

绝情的话出了口，明幽不禁大凄，她低头看池水，人影在晃，唐瑜的身体在摇动，面孔不见了，而她自己的影子，在一寸寸变低，突然之间，她发现自己坠落在地上。唐瑜忙来扶她，明幽决然推开他的手，唐瑜僵住了。

明幽站起身，一字字道："唐少尹，不必同情我，是我同情你。十八年夫妻，你不曾欠我，我欠你！我不该去纪叟酒坊，坐你的马回家，误了你的真良缘。早知你这些年天人交战之苦，我会早些成全你！"

唐瑜终于发现，明幽成了陌生人，他缓缓退开几步，明幽冷然道："别耽误你去见五郎。"说着转身便走，唐瑜看着她的侧颜渐渐成背影，忽道："幽儿。"

明幽不回头，只是驻了足。唐瑜道："国子监有个学子叫萧珏，质纯博雅，有古君子风，是我给女儿找的教师。待瞳语再长二三岁，你可以去请他。"

明幽毅然而去。唐瑜依旧小立。少时，唐晋来了，站在二十步外，略带担忧地看着他。唐瑜似乎过了很久才回过神，动身疾步而行，径从唐晋身边过去，唐晋只能无声地跟着。

一路穿庭过廊，到了府门下，唐瑜突然想起自己还穿着官服，便向唐晋道："取常服来。"唐晋忙把灯笼给唐瑜，自己往书房方向赶去。

唐瑜提着灯笼，漠然对着地上的影子，万籁俱寂，只有阍室里传出时断时续的鼾声，唐府在深夜又变得冷清了。繁华和萧索只在一夕之间，只在一念之间。正自出神，忽听门板发出"咚咚"的响声。有人在打门。已过子夜了，谁会来？唐瑜向阍室看了一眼，看门奴兀自沉睡。打门声又响了，"咚、咚、咚"，比方才重了些。唐瑜走到门下，一手提灯笼，一手扳开门闩，门立刻被推开了，外面站着一人，衣衫褴褛，须发成虬。原来是个乞丐。唐瑜低下头取荷包里的铜钱，忽听那人唤道："哥哥。"

唐瑜大惊，猛然抬起头来，看清那张脸的一瞬间，那人又笑道："唐二，我是三郎。"

是唐珝，活着的唐珝一脸笑意地站在家门口。唐瑜的震惊无以复加，手上一团火光不住颤抖，唐珝道："我不是鬼，我还活着！"

一时唐晋来了，唐珝叫道："唐晋！我回来了！"唐晋忙上来，瞪大眼睛看了好几眼，方道："三郎？"唐珝道："是我！"唐晋大喜，忙向阍室里叫："三郎回来了！都起来！"看门奴都惊醒了，急忙出来，看见唐珝，无不讶异欢喜。唐晋道："快进去叫人，烧水给三郎洗尘，叫厨子起来做饭！"几个门奴向府里跑去，一路高呼："三郎回来了！三郎回来了！"声之所至，一处处窗户相继亮起了灯，顷刻之间，唐府又喧闹如街市了。

唐晋还要说话，忽见唐瑜脸色异样，便不言语了。唐瑜向他道："去告诉惜环院，三郎回来了。"唐晋连忙去了。唐瑜陪着唐珝往里走，走了几步，发现唐珝右腿有点跛，便问："受伤了？"唐玥道："雪鸡河上挨了一刀，就这样了。日落前就进了开元城，现在才到家。"唐瑜问："甜瓜呢？"唐玥叹气："我找不到它了。"唐瑜问："你就这样从云州走回来的？"唐玥道："有时候能搭到船和车，有时候就走，走了三个多月，总算到了。"唐瑜道："明日我请奉御来瞧瞧你的腿。"唐玥笑道："好不了喽，成瘸子了。"迎面一群家奴跑来，带头的是唐冲，叫道："祖宗！真回来了！"过来抱住唐玥就不放，又是揉，又是捶。唐瑜让到一边，看唐玥和家奴们嬉笑。

一群人热热闹闹地往前走，走到惜环院外，先是几个婢女迎出来，笑道："果真是三郎——苏娘子！三郎真的回来了！"众人立刻安静下来。下一瞬，苏叶出现在梅花门下。她本已卸妆睡了，此刻匆匆下来，素衣淡面，犹如月溶。唐玥见了她，一颗心立时化了，三步并作两步过去，颤声道："苏叶，我回来了。"苏叶却像受了惊的小鹿，恐惧而生疏地看着他，忘了应答。唐玥把她揽进怀里，轻声道："我还活着！我回来了。"苏叶木木地依偎在他肩头，忧伤的目光却看向唐瑜，唐瑜背过了身。远远地，几个婢女道："夫人来了！"

唐玥回头，又见明幽从远处过来，忙迎上去，笑道："嫂嫂，也把你吵醒了。"明幽定睛瞧了唐玥半晌，终于一笑，道："三郎回家了，真好。"唐玥忽见她眼圈儿红肿，奇道："怎么了？你在哭？"明幽不答，唐玥便看唐瑜，又问："小丫头呢？"

婢女们远远道："水烧好了，三郎是先洗澡，还是先用饭？"苏叶向唐玥道："我们回去。"唐瑜也道："你先休息。"唐玥只好道："那，咱们明日见！"苏叶拉着唐玥步入梅花门。

待两人的身影消失，明幽便转身去了，唐瑜走在后面，婢女更是远远跟着，一路无言。走到怜玦轩外，唐瑜终于开口："我求你一件事。"

明幽道："你说。"

唐瑜道："多在家里住几日。"

2

唐玥在自己床上睡了一年多来最安稳的一觉，次日起来，修剪了鬓发须眉，换上锦袍绣履，又是风流倜傥的贵公子了。他上午在城里逛了一圈，在城东谢五娘家吃了五绺鸡丝面，在绿槐林边吃了冰水藕丝，又去西市买了几壶阿婆清，中午回家睡午觉，一觉醒来又是傍晚，苏叶坐在梳妆台前补妆，唐玥趴在床上安静地看，忽而唤道："苏叶。"

苏叶便回头看他。

唐珝问："前年听到我的死讯，你是什么心情？"

苏叶道："我在想，你不在了，我是留在大焉呢，还是回东沅去。"

唐珝道："幸好没走，不然我回来了找不到你。"

婢女进门回道："二郎回来了，半语楼在上菜了。"唐珝便起身穿了衣裳，和苏叶一同去到半语楼。

楼上只有一张圆桌，唐瑜明幽已等着了。桌上有四道家常菜，宝相水煮鹿肉、葱醋鲍鱼丝、桂花拌藕片和汤浴绣丸，皆是唐珝的喜好。唐瑜在斟酒，唐珝把阿婆清递过去，唐瑜便换了。唐珝问："小丫头呢？"

明幽道："回外婆家了。"

唐珝道："明日接回来看看三叔，她早不记得我了。"

明幽道："这么久，只怕是忘了。"

苏叶知道唐珝吃饭喜先喝汤，便给他舀了半碗汤、一只丸子。唐珝尝了口汤，叹道："要真死了，可就吃不到如此美味了——你们都以为我死了，对不对？"

唐瑜道："战报说，你在雪鸡河上殉国了。"

唐珝道："天杀的赫连淞！他在冰河上凿了个洞，杀一个，便扔一个下去。我们十对十，被他杀了九个弟兄，游立人真是英雄，临死前还射了他三箭，我把他给扔下去了，可惜大意了，被他扯住衣服，也给拖了下去。待我醒来时，已经漂出去二十多里了。"他便开始绘声绘色描述当时的情景，夜有多冷，雪有多大，两军如何约战三轮，自己和九个弟兄如何出战，又如何把赫连淞打败的，最后指着自己心口道，"刀尖离心脏就剩半寸！再过来半寸，神仙也救不活了。"

唐瑜问："谁救了你？"

唐珝道："项贼。当时我们在南岸，他们在北岸，我被水推上了北岸，一起的还有几个项贼尸体。第二天还是第三天，有个叫阿鹿恒的来找他哥哥，他哥哥就死在我边上，他以为我也是项兵，便把我背回去了。项军里有个聋老头，医术倒还好，几服药把我治好了。后来他们知道我是焉兵，本来要杀我，阿鹿恒想着，那么远把我背回来，还费了好些药材，杀了可惜，他是百夫长，便让我在他营里当了辎重兵。我也没说我是谁，只说姓杨，家里排行第三，他们也信了。后来我和阿鹿恒成了朋友，他有好吃的就叫我去，就有一点：不准跑。直到北蟒关，项军大营被冲垮了，我被他们挟持着撤退，半路趁乱逃了出来。"唐珝停了一下，笑道，"我本该随焉军打燕州的，可是，想家了，就回来了。"

唐瑜道："我们收到战报，北蟒关一战，我们死伤更重。田将军也殉国了。"

唐珝道："田将军轻敌了。当日他带八百骑巡守，遇到了贺兰叱奴。贺兰先前对阵田将军两次，都逃了，所以田将军轻视他，打了没多久，贺兰又逃了，田将军便追。可是，这次贺兰是诈败，把田将军诱到地网山，埋伏在那里的是归正军，项王亲自带的。项王把他们围了十七天，等着打援，宁州军都去救，死了太多人，项军也死得多。后来涅火军也去，项军就顶不住了，项王杀了田将军，退去了燕州。他们现在是全力守飞沙堡和铁羌城。我们现在没多少人了。”

唐瑜道：“军报说将卒已不足五万。”

唐珝道：“打飞沙堡，至少要五万，打铁羌城，至少要十万！”

唐瑜道：“兵部已下文，征调一万五千湘州军。”

唐珝道：“不够！”

唐瑜道：“北凉、东洛、南荆边境依然要守，收复的云州、朔州要从章州、平州抽调驻防。战线到了燕州，项军的补给短了，我们的补给长了，要另调一万芦州军、夜州军护粮道，还要加征力役。国家的青壮年没多少了。”

唐珝道：“我休息一阵子，还得回去。”

半语楼下，一个家奴匆匆赶来，唤道：“二郎，赵尚书去了凤阁，不见二郎，特差人来请。”唐瑜便向唐珝道：“是为征粮的事。我先去，晚上若早归，我们再去书房说话。”唐珝道：“你快去，快去！”唐瑜便下楼去了。

唐珝和苏叶、明幽继续用饭，气氛淡淡的。唐珝笑道：“一年多不见，嫂嫂和苏叶都成哑巴了。”

苏叶道：“你们说的是国家大事，我们不敢多言。”

唐珝举起酒杯，道：“来，我们一起敬嫂嫂一杯。我不在的时候，多谢嫂嫂照顾苏叶。”

苏叶依言举起酒杯，向明幽道：“谢谢幽儿。”

明幽举杯向唐珝道：“我没能照顾好她，她自己会照顾自己。”说着一饮而尽。

苏叶略显尴尬地放下酒杯，唐珝愈发知道不对劲，饮了酒，吃了几口菜，说道：“我从北蟒关回来，起初捡到一匹老马，进入云州就死了，之后一千五百里路，多半是走回来的。我身上又没有钱，遇到好心的百姓，便施舍我一碗水一碗饭，有时候走几天都看不见个鬼影子，便只能吃野果、吃野草。晚上找不到客栈，野外怕遇到猛兽，便睡树上、睡破庙里。老实说，这辈子没吃过这些苦。我每天想着，路虽难走，可每走一步，就离家越近，到了家，就什么都好了，有酒有肉，有茶有饭，还有一家子人，看见我不知有多开心呢。”

苏叶道：“自然是开心的。二郎都两个月不曾回家吃饭了，因为你归来，才特意赶回来。”

唐珝转头问明幽：“他两个月不回家了？”

明幽道："宰相是不好当的。"

唐玥不语。明幽又略吃了几口，便起身道："我先回去休息了，你们小两口说说话。"唐玥把她送到楼梯口，明幽忽问："三郎说要回军营，几时去？"唐玥一怔，道："先休息一阵再说。"明幽道："还是军营好。"随后下楼去了。

唐玥转回来，坐着出神。苏叶不咸不淡地抿了一口酒，道："快吃，菜凉了。"

唐玥呆呆地拿起筷子，说道："嫂嫂变了个人。我记得她刚过门的时候，我常和她拌嘴玩儿，不过是玩笑，唐二却小心得很，私下跟我说，她还是个孩子，要我让着她。一晃这么多年过去了，她好像也有些老了。"

苏叶给他斟满酒，道："我敬你。"唐玥默默地和她对饮。他万想不到，自己回家的头一餐饭，吃得如此惨淡。

3

三更过后，唐玥站在窗边眺望书房，没有亮灯，知道唐瑜还没回来，今夜自是约不成了。苏叶在梳妆台前解发髻，问他："还不睡？"

唐玥问："他们是不是吵架了？"

苏叶道："我不知道。"

唐玥道："你怎会看不出来？昨夜嫂嫂来见我，眼圈儿又红又肿，显然哭了好久。方才在半语楼，他们两个说过一句话吗？唐二要去凤阁，连招呼都没和嫂嫂打，从前绝不会这样。小丫头怎么一个人去了明家？他当真两个月不回家吃饭？"

苏叶对着镜子看自己的脸，道："你问问二郎便知道了。"

唐玥道："你会不知道？嫂嫂什么都和你说，你也什么都和她说。"

苏叶道："她当真没和我说。"

唐玥问："你和她还好？你们不会也吵架了？"

苏叶道："幽儿怎会和我吵。她是最心疼我的。"

唐玥百思不得其解。一时唐冲来到窗下，叫道："三郎！"

唐玥问："怎么？"

唐冲笑道："崔六郎才叫家奴带话来，怪你呢，活着回来也不说声，也不去拜见他！"

唐玥道："他耳朵倒灵。叫家奴把话带回去：我明日在家里请他吃饭，早些来！别忘了带厚礼！"唐冲答应着去了。

唐玥向苏叶道："我明日在家里请朋友们聚一聚。"

苏叶道："好。"

唐玥道："你和我一起见，都是亲近朋友，不是外人。"

苏叶道："我清静惯了，又不会应酬。你自己去。"

唐玥笑道："你从来不见我的朋友，这么多年了，人家连你长什么样都不知道。"

苏叶问："你愿意他们见我的模样？"

唐玥笑了，走到她身后，双手握住她的肩，俯身下来，苏叶倏地站起，道："我去看看幽儿。"

唐玥道："这么晚了。"

苏叶道："她若不开心，一定没睡。"她披上斗篷，下了阁楼，出惜环院后，却没向怜玦轩去，而是走到书寄池边，坐在石上发呆，过四更后才起身回房，进了卧室，唐玥已睡着了。

4

次日天公不作美，下了一天的梅雨，但到了晚间，朋友们还是应约而至。非但几家老朋友来了，崔如祯和明熙还带了新交的好友，诸如衡阳开国侯之孙杜三郎，李昭容之兄李七郎，秘书丞之弟詹十一，车马络绎不绝地进入佩鱼巷，唐家正堂难得大开，灯火如昼。明熙张罗了教坊司的舞乐来助兴，主菜是烤全羊，家奴们端着家藏美酒进来，放在贵客们的案上。

崔如祯站在烤架边，亲手片肉吃，向唐玥道："唐三，怎么杀死赫连淞的，说来听听。"

唐玥道："可惜我的剑丢了，不然我演给你们看。"唐冲忙道："孙将军把月随剑带回来了。"唐玥大喜，道："快拿来！"

唐冲连忙去取。须臾来了，交给唐玥。唐玥提着月随剑走到堂中，比划给众宾客看："我连铠甲都不穿，就布衣和他打，就用这柄剑，哐、哐、哐！"他把崔如祯当作赫连淞，用剑尖去点他的肩、腹、腿，崔如祯一边吃羊肉一边躲。"那家伙不是人，挨了十几剑，全身上下到处是伤，竟不知道疼，用锤子和我打，后来我用一招'唯见雁回'，一剑砍下他的右手，他的锤子掉了，然后他扑向我，把我压在冰河上，我的剑也掉了。我们就赤手空拳打，看这儿、这儿，都是他打的，好不了了。后来我看见冰洞边有把刀，便捡起来刺他，刺进他的肋骨，好家伙，他自己硬生生拔出来，刺到我心口这儿——就差半寸，我就死了。我兄弟游立人那时还活着，向他射了三箭，三箭全中，从脑子、脖子、心窝穿了过去，我一下子翻起来把他掀到冰洞里，他就死了。"

宾客们纷纷击掌叫好。崔如祯道："我记得以前和你打过，你输了，如此看来，我去燕州，也能杀几个。"

唐珝道："我几时输过你！来来来，咱们再比划比划。"

明熙笑道："六郎舍不得跟你打，当初听说你死了，他还哭了一场。"

崔如祯笑道："那日我们都在天问楼，突然消息传来，想到以后都不能跟你喝酒了，多少有些伤感。"

詹十一笑道："六郎这还不算什么，太学博士郎彪才好笑，给三郎写了首悼念诗，《哭唐佩弦》，去年蓬莱阁开宴，他还当众念呢，如今人回来了，他的诗不知如何收回去。"

唐珝道："晦气！我跟他又不熟，谁让他写了？"

崔如祯道："那个酸文假醋的夯货，尽写歪诗。他那是写给二郎看的，还抄了一份送到凤阁，讨好呢。"

唐珝道："改日见了他，我让他吞回去！"

忽听门外一人叫道："唐三！"

众人回头一看，宇文宸扔掉蓑衣走了进来，唐珝惊喜莫名，叫道："宇文四！"冲过去朝他肩头就是一拳，宇文宸笑嘻嘻还了一拳，道："我来迟了，先罚我。"

唐珝道："你不是在湘州？怎么在这里？"

宇文宸道："你还不知道？我调回京城骁翊卫了，你哥哥没和你说？"

唐珝道："我才回来，他没来得及说。"

宇文宸道："以后咱们可以常聚了。"

唐珝连声道："好，好，好。"便拉着宇文宸去喝酒，宇文宸见他右腿微跛，问道："瘸了？"

唐珝道："瘸了。"

宇文宸问："怎么回事？"

唐珝便挥剑比给宇文宸看："雪鸡河上瘸的。有个项贼的陌刀砍过来，我抬剑上去顶，没顶住。"

宇文宸道："这是你笨。陌刀那么重，剑那么轻，从下往上挡自然吃亏，你得从上往下，把刀子撇开。"也比比划划的。

唐珝道："你知道个屁！当时还有个项贼躺在地上，我的剑插在他喉咙里，陌刀砍下来，又近，我怎么来得及？"

宇文宸便道："到底怎么个情形，来来，说清楚。"

唐珝便叫家奴躺在地上扮项兵，宇文扮陌刀兵，自己还是自己，把当时情形一五一十地还原，宇文宸想了一阵，道："是没招了。"两人便到烤羊边，要如祯切肉吃。

崔如祯笑道："四郎近日常和唐二郎在一起？在忙些什么？"

宇文宸道："自然是听宰相训话了。唐相公穿上二品袍子，有腔有调的，说什么'宿卫京师，务须端谨慎密’，全然和平时不一样，我岂敢二话，便只是‘喏、喏’而已。”

崔如祯道：“以后就靠宇文四护卫圣上了。”

宇文宸道：“圣上是六郎表弟，便冲着这一层，我也必会尽职尽责。”

崔如祯冷笑道：“别，不敢和天子攀亲戚。先是姓崔的靠不住，再是姓王的靠不住，现在只有靠你们了。”宇文宸便“哎”了一声，拍了拍他的肩膀。

一时杜三郎、李七郎来向唐珝敬酒，唐珝也和诸人有说有笑。明熙喝了几大杯，不胜酒力，唯恐别人又来敬他，便躲了出去，站在檐下，忽地想起妹妹来，便叫家奴撑伞，去后庭看明幽。

明幽正独自坐在灯下出神，明熙在门边干咳一声，明幽抬头见是他，又低下头去。明熙迈进门来问：“怎么了？”

明幽道：“没怎么。”

明熙道：“你看看你，妆也不化，钗也不戴，是‘没怎么’的样子吗？”

明幽不说话了。

明熙坐到她身边，道：“有什么事，要和家里人说，不要一个人闷着。这都多少天了？我担心你闷出病来，你嫂嫂也在担心你。我们也不敢和母亲说。”

明幽听到“家里人”三字，被触动心里最柔软处，汪汪眼泪又泛上来。明熙道：“必是和二郎闹别扭了。别人谁敢惹你？”

明幽轻轻点头。

明熙问：“是他冷落你了？还是打骂你了？还是……他有别人了？”

最后一句出口，明幽一下别过了头，明熙便知自己猜得八九不离十，叹了声气，半晌又问：“是谁？”

明幽含泪道：“不能说。”

明熙道：“这有什么不能说？难不成是皇帝的小老婆？”

明幽转过身子，自顾自擦泪。

过了好一阵，明熙道：“你不说，我也猜到了。”

明幽问：“什么？”

明熙道：“是三郎的女人，对不对？”

明幽一惊，瞪大眼睛看哥哥。明熙道：“二郎不会在外面乱找，要找也是找亲近的。先前大家都以为三郎死了嘛，那妖女也不是安分守己的，我早说，迟早要出事。”

明幽道：“那你不早告诉我！”

明熙“嗐”了一声。

明幽道：“你别告诉三郎。”

明熙道：“我不掺和他家的事。就是你，自己放宽心。”

明幽道：“我怎么放宽心？”

明熙道：“我跟你说，男人，没有不找女人的。天下丈夫分三种：一种是找了被发现的，一种是找了没被发现的，剩下一种是没能耐找的。二郎不是没能耐的，要多少女人都有，你不能要他只守着你一个。他若去章台街找呢？去平康坊找呢？你不知道，不也这么过了？他就算找了她，也不过三五月便腻了，有什么关系？你不爽快，便回明家住几天，气消了再回来。”

明幽气极，问：“你是哪种丈夫？”

明熙道：“怎么又说到我这儿了？”

明幽道：“他答应我不纳妾、不找别人的。”

明熙笑道：“男人答应过的事也分两种：能做到的；不能做到的。”

明幽气道：“你回去！我不要你劝了。”

明熙道：“还不忙回去，要和三郎他们喝酒。”

明幽道：“那你去喝酒！”

明熙又劝了几句，明幽再不理他，他自知讨了个没趣儿，又惦记龟兹舞该开始了，便出门去了。

肉吃尽了，酒饮干了，欢宴终于冷了，家奴们扶着醉醺醺的主人告辞去了。唐珝还不算醉，冒雨回到惜环院，肩膀和靴子都打湿了。婢女们给他换了干净衣裳，伺候洗漱了，方才告退。唐珝拉开床帘，苏叶也恰好从梦中睁开眼，唐珝凑下去，苏叶偏过头，道：“你醉了。”唐珝道：“没醉，我特意少喝了。”苏叶道：“我闻到酒气了。”唐珝道：“我洗漱过了。”说着便要吻她，苏叶用手顶住他的肩膀，道：“好好睡觉。”唐珝有些尴尬，笑道：“我像乞丐一样回来，你是不是嫌弃我了？”苏叶道：“太晚了。”唐珝道：“分开一年多了，你不想我？”苏叶不应答，唐珝便道：“我知道你心里怨，所以我从那么远回来，就是想多陪陪你。”

苏叶心软了，两手松了力，唐珝沉下来吻她。二人渐渐入境，不料窗外电闪雷鸣，惊得苏叶一抖，唐珝抚慰她，悄声道：“不怕。”苏叶心想，全城的人都要被这雷声吓醒了。忽然，帘外的鹦鹉扑腾起翅膀来，似在撞囚笼，苏叶便想叫婢女把它带回屋，正想着，鹦鹉叫起来：“幽儿，对不起！”

唐珝猛然抬起头问：“它说什么？”苏叶忙向外道：“沁儿！把它关起来！”鹦鹉听见有人应声，越发叫道：“幽儿，对不起！我也爱他！”唐珝从床上翻身而起，定定看着漆黑的帘外，苏叶叠声叫：“沁儿！淇儿！”鹦鹉还在尖声高叫：“对不起！我也爱他！”

唐玥冲向门外，醉意恰在此时袭来，他的腿一软，身体向前扑去，撞翻了桌子，桌上的杯壶滑了一地，他的右腿失去了力气，不由自主向地上跪去，他的双手紧紧扶着将倾的桌面，回过头，血红的双眼看着苏叶问：“你也爱谁？”

5

拂晓，唐瑜从书房出来，看见唐冲站在湿漉漉的庭中，似乎已等了许久。唐冲先开口道：“三郎请二郎去惜环院。”

唐瑜道：“我要去朝会，中午赶回来。”

唐冲道：“三郎让现在就去。”

唐瑜问：“什么事？”

唐冲道：“他就在院子里等着。明娘子和苏娘子也在。”

唐瑜心一坠，旋即往惜环院来。进了院子，见明幽和苏叶站在两边，唐玥坐在树坛上，双手撑着月随剑，红肿的双眼盯着他。唐瑜问：“三郎，怎么？”

唐玥沉声道：“我问你们：为何我回家来，你们一个个都不高兴？为何都怕我？为何都躲我？”

三人都沉默。

唐玥一字字道：“唐二，说清楚，当夜你给我开门，怎么一见我，活像见了鬼？你连一点高兴的意思都没有。是不是不愿我回家来？是不是不愿我活着？”

唐瑜道：“你平安归来，家人都很高兴。”

唐玥追问：“那家里怎么跟办丧事似的？”

唐瑜道：“待午后回来，我和你好好谈，现在我要上朝。”

唐玥喝道：“这是四个人的事！现在就说清楚！”

苏叶轻声向唐瑜道：“那晚我对幽儿说的话，思奴儿听见了，说出来了。”

唐玥便问苏叶：“你为何跟嫂嫂说对不起？”苏叶不答。唐玥又问明幽：“她为何跟你说对不起？”明幽只看唐瑜，唐玥便把目光转回唐瑜脸上。

唐瑜和唐玥对视须臾，说道：“她对明幽是有歉意。”

唐玥问：“歉意从何而来？”

唐瑜淡然道：“因为她爱我，所以有歉意。”

唐玥心头的血猛然一激，不由浑身打战，他站起来，右腿没撑住，又一下子扑在地上，像只饥饿交加的病兽。苏叶下意识要去扶，又停下了。唐玥再抬头看她，已是两眼潮湿，问：“你爱他？”

苏叶见他脸色骇人，不敢开口，却又轻轻点头。

唐珝转头问唐瑜："你呢？"

唐瑜道："三郎，我以为你不在了。"

唐珝喝道："那嫂嫂呢！她还在！你这样对她？"

唐瑜哑口无言。

唐珝忍不住伏地大哭，三人只是看着，心中各有各的悲。良久，唐珝扶着剑，慢慢站起来，道："唐二，你不是这样的人。"

唐瑜的脸色悄然一变。唐珝道："我和你在一个家里住了三十年，我了解你。你是最看重家的。没有嫂嫂前，你说你最珍惜父亲和弟弟，有嫂嫂后，你说你最珍惜我们三个，这么多年，我知道你为父亲做了多少，为我做了多少，为嫂嫂做了多少，你怎会亲手毁了这个家？这根本不是你！"

苏叶道："是我招惹他的！你别恨他，恨我！"

唐珝叫道："是我把你娶进我们家的！"

苏叶道："可我进唐家后，心就归他了，十几年了，我的心一直在他那儿！你不是我选的，他是！"

唐珝笑了，越笑泪越多，喃喃道："我就知道……我早该知道！这些年，我是傻子！"他突然扬剑向唐瑜刺去，这一剑满怀愤怒和悲伤，又疾又重，唐瑜未曾想他真的动手，只能眼睁睁看着剑光飞来，刹那之间，苏叶扑过来，挡在他身前，剑锋袭至，刺破了她的背，唐珝一呆，把残余的力道收了，一寸剑尖留在苏叶背上，她痛吟一声，倒在唐瑜怀中。躲在门外的婢女慌忙过来，扶住苏叶。唐珝松了手，月随剑"铛"的一声落在地上，他蹒跚着后退，退到树坛边，跌坐下去，呆呆看着苏叶，血还在她的衣裳上蔓延。

明幽沉默了半天，此刻方道："三郎，回军营去，去万里之外，别再回头。"

门外一行婢女走来，带头的道："明家仆妇来了，奉老夫人命接夫人回去。"

明幽向唐瑜道："我走了。"

唐瑜终于又正视了明幽一次，轻轻道："珍重，幽儿。"

明幽转身便行，苏叶含痛唤道："幽儿……"

明幽头也不回道："你也爱他，那便好好爱他。"说着，消失在梅花门外。

唐晋匆匆赶来，道："二郎，宫人来了，问二郎为何不上朝，满朝文武在等。"

唐瑜看了唐珝半晌，忍不住过去，轻抚他的肩膀，唐珝猛地起身把他推开，愤然道："这家是你们两个的了，我不该活着，不该回来！"

唐瑜道："你该活着。继续活。"

唐翊狠狠道:“我当然要继续活！谁毁了我的家，我迟早回来算账！”他转向苏叶道，“从小到大，谁都说我不如他，你也觉得我不如他。我们走着瞧！”

唐瑜默然转身去了。

6

夜半四更，唐瑜从凤阁回到家，怜玦轩已是人去楼空，他独坐许久，方有婢女进来，他问:“三郎呢？”婢女回道:“三郎离开家了，去燕州了。”

第九十五章

狂沙莽莽

1

从宁州进云州，尚可见农商振业、百废待兴之象，而到了朔州，便是兵侵之后的疲敝光景，再往西北入燕州，更见地土荒残，民物凋陨，时有流民寇盗在戈壁滩上成群而过。七月，唐珝到了风沙堡，正遇沙暴来袭，狂风八面俱至，飞石扬砾，遮天蔽日，把他和坐骑埋在里面。两个时辰后，沙暴席卷而去，唐珝从地上爬起来，抖落一身尘土，放眼四望，方圆数里尽皆赤黄，项军的风沙堡伫立在十里之外，远方是黄云漠。

唐珝上马往西南走，走了二十里，找到了焉军营地。枯黄的破旧的军寨，不像刚立的，像在沙漠里埋了一千年，刚被挖出来。士兵们正在清扫沙土，看见他，问道："是谁？"唐珝道："我是唐珝。"士兵急忙打开辕门相迎，唐珝牵马走了进去。

傍晚，殷虚来看唐珝，他背着手进帐，说道："咦，果真还活着。"

唐珝勉强一笑。

殷虚道："早知道你从京城来，该叫你捎几瓶酸酪。"

唐珝问："你怎知我从京城来？"

殷虚道："唐相公来信了，让我照看你。我就奇怪，这么大个人了，还要怎么照看。吃饭没有？"

唐珝道："没有。"

殷虚道："那我喂你？"

唐珝瞪了他一眼。殷虚回头便叫卫兵煮面："饿瘦了唐三公子，回去怎么得了。"

卫兵道："没有水了，只有生面和胡饼。"

唐珝道："我不想吃。"

殷虚问："怎么了？回来就不高兴？"

唐琍一声不吭，半晌问道："风沙堡里是谁？"

殷虚道："乌孙黎，还有那个贺兰叱奴。"

唐琍问："项王呢？"

殷虚道："去铁羌城了。"

唐琍问："现在什么情形？"

殷虚道："有一个好消息，一个坏消息，先听哪个？"

唐琍道："好消息。"

殷虚道："项贼有两条粮道被我们断了，眼下还剩一条没找到，找到了，便可以困死风沙堡。"

唐琍问："坏消息呢？"

殷虚笑道："我们更惨，水源被断了。原先营外有条水沟的，半月前，项贼打源头，我们没守住，三个营没了，水被项贼堵了。如今只能靠粮队从朔州运水来，倘若连着三天不来，就得退兵了。"

唐琍道："我在来的路上，看见了被烧毁的粮队，有八十多辆车。"

殷虚道："后方太大，路途太长，防不住。多的时候，也就来四五十辆，可大营里有近七万卒子，七万张嘴，天天要喝水吃饭。"

唐琍道："我听说不是只有五万人了吗？"

殷虚道："前天，湘州军到了，一万五千人。"他的语调陡然一升，"全是些愣头青，轻狂儿！一开口就能把人气死。和他们比起来，孙牧野可算温良恭俭让！"

唐琍道："能把你气死，那也是难遇的天才了。"

殷虚道："那湘州军主将叫龙木秀，是个胡儿，不是善茬，你小心点。"

唐琍问："胡儿？"

殷虚道："他父亲是回纥人，当年来大焉做生意，留在湘州没走，娶了汉人女子。所以这龙木秀，一半胡人的粗鲁，一半汉人的狡诈，我烦他！你回来了，这些人都归你。"

唐琍道："只要他不惹我，我也不惹他。"

殷虚跷着二郎腿坐了半天，问："这次回去，看见小孙没有？"

唐琍道："他已经回雍州了。"

殷虚"啊"了一声，说道："我忘了。"顿了一晌，又忍不住笑道，"小孙这次被整，连我都觉得冤枉。说他刺杀皇帝想篡位，真个笑死人。他几时想当皇帝了？那皇位你就是打下来请他坐，他也不会坐——农田水利赋税徭役，他懂吗？有兴趣吗？你把奏疏放在他面前，他只会有两个疑惑：几个意思？关我屁事？天可怜见的，白白背了这个罪名。”

唐珝道：“我听说，孙将军有孩子了。”

殷虚道：“嗯……别像他才好。”

唐珝道：“这是什么话？孙将军多英气。”

殷虚道：“英气……他切面条的时候最英气。”坐着坐着，却有些怅然，“这家伙回了老家，自然也是乡里一霸了——寻常人谁敢欺负他，官府也犯不着惹他。他倒是过逍遥日子去了，我们还在这里吃沙子。”

两人正说话，帐外一群士兵笑道：“人呢？人在哪儿？”

殷虚道：“得，你的兵来了，我走了。”

正起身，卫兵张小薯兴冲冲掀开帘子，笑道：“唐将军，大家都来看你了。”

唐珝道：“我先不见了。叫他们回去，等我休息几天，再去看他们。”

张小薯一愣。殷虚看了唐珝半晌，问：“到底怎么了？”

唐珝道：“我走累了。”

张小薯只得出去了，外面士兵失望而归。殷虚见唐珝神态委顿，像老了十多岁，知道这次在京城遇事了，遂道：“有什么事，想跟我说了，就来跟我说。”

唐珝点头，殷虚方出帐去了。

2

第二日，还不到卯时，唐珝被热醒了，嗓子沙沙地发疼，他拿起水壶“咕咚咕咚”喝了一半，忽然想起每人每日只有一壶水，此时喝完了，下午顶不住火辣辣的日头，便不舍地放下水壶。走出军帐，一些卒子在喂马，马嚼着干枯的草，听得人越来越渴，越来越烦躁。

唐珝不想和人打交道，独自出了辕门，坐在土山上等日出。等了一顿饭工夫，太阳没出来，先见几个焉兵从地平线那边走来。近了，唐珝发现其中两个都背着人，而被背的人双手垂着，一动不动，他起身问：“你们从哪里来？”

一个疲倦的焉兵回答：“趁夜里去找水源，没找到。”

唐珝指着他的背上问：“他们？”

那焉兵道：“累死了。”

唐珝无言。几个焉兵把死去的伙伴背进了营寨。没多久，唐珝看见营里点燃了火，那两个战士被火葬了。

挨过了一天，到晚间，唐珝和大家一起去领明天的水。长长的队伍在营地里围了好几圈，余热烘烤着大地，士兵们怕出汗，不敢多说话，沉默着一步步往前挪动。忽闻东南角的几座营房里传出笑声，还有人在唱歌。士兵们都不免朝那边张望，唐珝身后一人道："又是湘州军，只有他们还笑得出来。"另一人道："他们带来的水还没喝完。等喝完了，就笑不出了。"唐珝问："他们怎么不分给我们？"前后几个，要么冷笑，要么叹气，一切都在不言中了。

唐珝打了水，提着水壶往回走，又与上午遇见的几个焉兵擦身而过。唐珝看他们是往营外去，便问："你们去哪儿？"那几个焉兵脚下不停，说道："去找水源。"唐珝定定看着他们的背影，忽道："你们休息，我去。"那几个焉兵便回头看他，问："你是……"唐珝道："我是唐珝。"几个焉兵一愣。唐珝道："听我的命令，回去休息，今夜我去找水。"焉兵们便向唐珝行礼，道："东南已经找遍了，往东北去，顺着野驴的脚印找。"

唐珝回到营帐，找出兵器，拿到手里，才发现是月随剑。他竟然把剑从开元城带来了。他心头一阵火起，猛地把剑扔在地上。剑不会辩白，也没有哀怒，只是静静躺在那里。唐珝看了一晌，又捡了回来，别在腰上。张小薯在外叫道："唐将军！"一面说，一面掀开帐帘，"殷将军下了军令，说湘州军归你管。"

唐珝想了想，道："我要去找水源，我们出几个人，叫湘州军出几个人，一起去。"张小薯忙答应了要去，唐珝又道："那个叫龙木秀的，叫他来。"

半刻之后，张小薯回来了，道："人都在外面等着。"

唐珝出了军帐，见自己的兵站一堆，七八个湘州兵站一堆，当先一人，手里提着一把雕弓，目测五石往上的弓力，唐珝又把那人一看，卷发白脸，深目薄唇，神情颇为傲慢。唐珝径直向他走去，问："你是龙木秀？"

那人拱手道："湘州军振威中郎将，龙木秀。"

唐珝问："你们是宇文四郎麾下？"

龙木秀道："对。宇文将军派我来的。"

唐珝道："宇文四郎是我好兄弟，今后，咱们也是兄弟了。"说着，便向龙木秀伸出右手，欲以执手为礼。龙木秀把他的手看了看，后退一步，说道："当不当兄弟，要看硬本事，别看人情。毕竟是要一起上战场的，看人得看准，比不得酒肉朋友，是个人就称兄道弟。"

唐珝不知怎地懒得发火，转身叫了自己亲兵，往辕门那边走。一个湘州兵在后道："唐将军，找水这种事，是卒子役夫的差使，咱们一个将军、一个中郎将，干这种活？"

唐珝回头问龙木秀："宇文四在湘州军是怎么干的？"说着径直往前去，龙木秀看了他的背影一阵，慢慢跟上了。

两队人一前一后出了辕门，往东北而去。冷月在头顶，照着荒凉的戈壁。一座座沙土山嶙峋地竖在莽原里，像被野兽啃烂的骨头。两队人相隔百步，各走各的，谁也不理谁。唐翊偶尔回头，只看得见一丛斜长的影，龙木秀偶尔抬头，也只看得见一行小如鼷鼠的人。走了许久，地上依稀有了动物蹄印，被沙砾磨去了一半，分不清是马是驴。士兵们猫着腰，借着月光搜寻，往东寻了数里，蹄印消失了，再往东、往北、往南，都再无生命的印记。不知不觉，一行人已走出四十多里，至夜最浓的时候，所有人都倦怠了。走到一处小土丘下，唐翊吩咐大家坐下休息。出来只带了一壶水，七个人，一人一口分着喝光了。八个湘州兵也过来了，与他们隔着十步，或坐或躺，不言不语。张小薯看着地上越来越长的月影子，道："将军，再过一个时辰，太阳就要出来了。"唐翊道："大家先打个盹儿，一会儿就回去，晚上再来。"众人便互相靠着，闭了眼小憩。唐翊没睡，睁着眼睛为大家警戒。困倦和疲惫对他而言是好事，因为心里就容不下别的烦恼了。他不经意地扭头，那几个湘州兵没睡，都在瞪他，他回瞪了两眼，转过了头。忽而，风中送来几句人声，细细的，轻轻的，唐翊和龙木秀同时听见了，几乎一起翻身爬上土丘，往那边眺望。百步外，出现一群黝黑的人影，八个人，正往东北方走，再多看几眼，衣装渐渐清楚了，是项兵。唐翊正想要不要杀，耳边"嗖"的一声，一支长箭已向项兵飞去，正中最前一人，箭势迅沉，那项兵飞出三尺才落地，箭穿颅而过。项兵们吃了一惊，旋即散开，压低身体，抽出弯刀，寻找箭从何来。茫茫戈壁，也就这一座沙土丘，项兵很快把目光锁到了这边。

焉兵都拔出横刀，等唐翊下令。唐翊用手向龙木秀示意，自己带兵从左边出，他带兵从右边出，以犄角势对项兵，龙木秀抱着弓不吭声，后道："我们看看唐将军的本事。"

唐翊忍气带着自己的兵走出了土丘，项兵见焉兵现身，叱骂不已。两边或持弯刀，或持横刀，星散成线，向对方走去。项兵看见土丘后还有人头在动，知道有埋伏，便不动了。近到二十步内，唐翊看清中间一人头戴狐狸尾巴，便道："贺兰叱奴？"

贺兰一愣，借着星光把唐翊看了又看，问："我们见过？"

唐翊道："雪鸡河上见过。"

贺兰好半天才回想起来，问："你是那个……唐翊？"

唐翊道："是我。"

贺兰道："你没死？"

唐翊道："你都没死，我还早着呢！"

贺兰勃然怒道："可惜了我的赫连淞！"

唐翊一面抽剑，一面道："你可惜他，那就下去陪他！"

贺兰狡狯的目光把焉兵一扫，又见土丘后有黑影晃动，不知敌方埋伏了多少人，他心念一动，把目光转回唐玥脸上，道：“雪鸡河上我放了你一次，今日遇见了，可是冤家路窄。来！你和我打一场，单对单。”

唐玥瞪着他不出声。

贺兰问：“怎么样？你赢了，你们都没事；我赢了，我们全走。”

唐玥火道：“少来这些弯弯绕绕！”右手发力，一剑刺了过去，贺兰用弯刀架住，向焉兵叫道：“好！单对单！”

唐玥回手又是三剑连出，贺兰边退边挡，第四剑过来，穿过弯刀的防护直刺面门，贺兰急忙偏头闪避，剑刃横扫，扫断了一根狐狸尾巴，狐毛飞散。贺兰道：“好剑术！你师父是谁？”唐玥不理他，忽左忽右，又出了五六剑，贺兰似乎只有招架之功。项兵们见他只是退却，怕他吃亏，暗暗持刀越走越近，贺兰却怕焉兵也掺和进来，叫道：“我们说好了单对单，别多事！”项兵们只好退开。贺兰依然只是防御，一双淡黄眸子窥察着唐玥的眼神、手势和脚步。退了二十多步，贺兰开始试探进攻。唐玥刺他左肩，他便去钩唐玥的左肋，唐玥回剑挡护，他便转而劈唐玥的右臂，唐玥侧身躲开，贺兰再横扫他的腰腹，唐玥竖剑相挡。三招之后，贺兰转守为攻，弯刀抡开，犹如飞轮，碾向唐玥，唐玥只能防御，可防着防着，便找不到进攻的机会了。贺兰的弯刀一次次碰到月随剑，感知唐玥的力量一次轻过一次，他胆气愈壮，抢上一刀，扯破了唐玥的右手肘，拉出一尺长的伤口。贺兰看着那道血痕溢出，问：“你多久没练剑了？”唐玥急于起势，换左手持剑，再向贺兰抢攻，贺兰用刀去划他的眼，唐玥忙回剑，却不知贺兰是虚招，刀出了一半，转而向下，恰好遇到左手肘，刀尖凿了进去，唐玥的手一颤，剑飞了，银光在空中划了一道弧，倒栽下来，扎进土地，剑身“嗡嗡”地颤。焉兵们大惊，想抢上来相救，贺兰一手把唐玥按在地上，一手横刀架上他脖子，喝道：“说好的单对单！他输了！”焉兵不敢再动。贺兰低头看唐玥，他的双肘都在流血，脸色木然无光。贺兰问：“你究竟是不是唐玥？”唐玥依然不应。贺兰道：“雪鸡河上我看过你用剑，你至少该跟我过五十招！怎么回事？”

唐玥忽向焉兵们叫道：“没什么单对单！杀项贼！”贺兰道：“谁敢上来！”唐玥厉声道：“不用管我！杀！”焉兵们悚然不动，唐玥喝道：“我命令你们杀项贼！我命不足惜！杀！”语声决厉，焉兵们无法，便要动手，贺兰摇头一叹，手上发力，正要割断唐玥的喉，忽然一道黑影刺来，他忙歪头，一支箭射破了他的耳朵，箭势不休，又射中他身后的项兵，穿眼而过，那项兵痛得倒地大叫。贺兰抬头看去，土丘顶上出现了一行焉兵，个个拉了满弓，蓄势待发。贺兰把唐玥箍得更紧，叫道：“放下弓箭，不然我杀了他！”

土丘上一人叫道：“你想杀就杀！你先杀他，我们再杀你！”

贺兰道："别激我！我真杀了！"

又一股风起，又一支箭过来，把贺兰身边的同伴射了个倒仰。土丘上的人道："你杀你的，我们杀我们的！他死不死无所谓，反正你逃不掉！"

贺兰有些糊涂，问临近这几个焉兵："他们是谁？"

一个道："反正跟我们不是一路的。"

两个中箭的项兵在地上痛苦地叫，站着的还剩五个。土丘上有八个焉兵，手里都张着弓。贺兰叱奴想了想，叫道："假如我放了他呢？"

土丘上不答话了。

贺兰等了一会儿，道："我放了他，大家各走各的！"

土丘上还是没声。贺兰道："说好了就吱个声！"

土丘上便有人打了个呼哨。贺兰慢慢把弯刀从唐珝脖子上撤开，退了几步。土丘上没有放箭，贺兰向那边回了个呼哨，对唐珝道："算你命大。"说着，把弯刀收回刀鞘，招呼手下背起或死或伤的兵，向西北方去了。

焉兵们围上来，给唐珝包扎受伤的双臂。湘州兵从土丘下来，走到圈外，看着坐在地上的唐珝。龙木秀把他打量了几眼，问："你这能耐，是怎么当将军的？"

焉兵便呵斥："你说话放尊重些！"

湘州兵道："不是我们，他死都死了！发脾气也轮不到你们！"

焉兵们气得还要还口，唐珝站了起来，分开众人往前去，龙木秀叫道："喂！"

唐珝停下了脚步。龙木秀拔起他的剑抛过去，唐珝不由自主地接过来，慢慢往西南方走去。

3

八月的一个夜晚，唐珝又去辕门外坐着出神，子时，张小薯找来，陪他坐着。唐珝一直看着远方不说话，张小薯便问："唐将军，你到底有什么心事？"

唐珝道："没什么。"

张小薯道："大家都觉得你不对劲，又不敢来问你。你看你的胡须，乱糟糟的，多久没修了？"

唐珝道："胡须？大家不都这样？"

张小薯道："你从前可不这样，从前大家都说你最体面，打扮比股将军还讲究。"

唐珝只得一笑。

张小薯道："怎么从京城回来就不高兴了？可是遇到了什么事？"

唐瑚道："你还小，说了你也不懂。"

张小薯笑道："这口气，倒像你老了似的。你多大？"

唐瑚被问住了，他突然发现自己忘了年纪，在心中默默地数，后道："我三十五岁了。"

张小薯道："才而立之年，离老还早呢。"

唐瑚蓦然想起自己二十岁行冠礼的情景，舒先生给他戴冠，唐二站在边上目不转睛地看，苏叶和明幽躲在扇子后面嘀嘀咕咕地笑，孙将军和蝉衣坐在一起。历历在目，却已惘然如梦。十五载光阴过去了，有些人再也见不到了，有些人难以见到了，有些人再也不想见了。唐瑚问："小薯，仗打完了，你要做什么？"

张小薯道："打完了，朝廷发了赏钱，我回老家摆个摊卖汤饼。我跟炊兵刘老大学了熬汤的法子，回乡里保管能赚钱。你呢？"

唐瑚道："仗打完了，我就不知该去哪儿了。"

张小薯问："你不回家吗？"

唐瑚揉揉眼睛，起身道："走了，回去睡了。"

张小薯也起了身，抬眼一望，道："咦，咱们的斥候回来了。"

唐瑚回头看去，远远地，斥候曹不凡牵马戴月而来，正看着，马突然疲软地倒下了，曹不凡也一头栽在地上，唐瑚和张小薯忙跑过去，把人背回大营。张小薯见他头上、衣衫上全是沙尘，双唇开了裂，忙去讨了半碗水来，用手指沾着，涂在他的唇上。隔了半晌，曹不凡醒了，张小薯喂他一口水，曹不凡才咽下去，便痛得直叫，张小薯向唐瑚道："他渴太久了，嗓子粘住了，喝水也痛。"唐瑚道："你慢点。"张小薯又小口小口地喂。半碗水喝了小半个时辰，曹不凡总算有力气了，开口便向唐瑚道："项贼粮道，找到了。"

唐瑚忙问："在哪里？"

曹不凡道："在黄云漠里。他们走大漠，绕过了我们的防线。"

张小薯道："狗日的项贼！敢穿大沙漠！"

曹不凡又道："舆图！"

张小薯慌忙找来舆图，曹不凡用手指给唐瑚看："风沙堡西北方，走五十里进大漠，北行九十里有座星落泉，是三百里内唯一水源，项军运粮，必在此处补水，我们若卡住这里，他们的粮道就断了。"

唐瑚的精神终于振奋起来，拍着曹不凡连声道："好小子，好小子！"旋即出帐，点了五百人，又向张小薯道："叫龙木秀带五百人来，随我们去！"张小薯去了。

子夜，一千焉兵出了大营，徒步向西北而去，一夜急行八十里，绕过了风沙堡。午时，太阳开始炙烤大地，焉军便在一处石林中休息，黄昏时再出发，次日清晨进入黄云漠。攀上一座沙丘顶时，第一缕阳光射了下来，千里大漠铺陈在唐玥眼前，满目苍黄。登沙与登山不同，沙会流动，会塌陷，每进一步都会滑退半步，所以分外吃力，焉军的行军速度慢了下来。走了近十个时辰，先行探路的焉兵回来了，指着两座沙丘道："从中间过去，半里外便是星落泉，有项贼在。"唐玥问："多少人？"士兵道："护军九百多，役夫三千多。"唐玥便去看究竟。

绕过沙谷，群山中有一小片绿洲，十来株柏树、柳树绕着一弯浅水，驴马在吃草，役夫在打水，项兵在搭帐篷，不远处是粮草车队。唐玥躲在沙堆后看了半天，长长地叹了口气，张小薯问："咋了？"

唐玥道："我看见阿鹿恒了。"

张小薯问："阿鹿恒是谁？"

唐玥道："他在雪鸡河救了我，我在他营里待了一年。"

张小薯"啊"了一声，道："那一会儿咱们饶了他！"

唐玥转身去了。

焉军在沙山下隐藏起来，等天黑。两军隔着一座山各自休息。子初，两个项兵爬上山顶放哨，放眼四眺，只见银沙如霜，浑不知月的阴影里藏着一支远道而来的焉军。两人一个坐，一个站，一个手拿弯刀，一个手持长矛，好似一幅剪影，山后的同伴在篝火边畅饮，不时传来歌声和笑声。唐玥叫来龙木秀，双手比划着，要他和五百湘州兵从东边绕到星落泉的后方，断项军退路，吹一长一短两声号角为应，龙木秀带着人去了。

半个时辰后，大漠深处响起号角，龙木秀他们到了，唐玥立向两名弓兵挥手，长箭离弦而去，飞向早已瞄准的哨兵，哨兵被射了个倒仰，从山顶翻滚而下，滚出两道尘烟，星落泉边的欢笑声戛然而止。唐玥和五百涅火兵冲过山谷，湘州兵也到了，一北一南同时攻向星落泉。泉边项兵已是酩酊大醉，慌慌张张去找武器，却一个接一个地栽倒在地；最先反击的是役夫，匆忙中操起扁担，和焉兵的弓刀对战。役夫皆是项国的老弱男丁，连日在沙漠中赶路已是疲惫不堪，自不能抵挡焉军精锐，须臾便溃败了。烂醉如泥的项兵中了箭，竟不知觉，兀自大叫："好酒，好酒！"唐玥在乱战中踢到一个项兵，低头一瞧，此人的双臂都被砍断了，滚来滚去起不来，便放过了他，才走出两步，忽然两个湘州兵抢过来，一个挥刀切进那项兵脖子，一个拎起头颅扔了出去，没等唐玥反应过来，两人又一阵风卷入厮杀阵中。唐玥愣在原地，暗叹年轻人就是心狠手辣，可自己年轻的时候，也没如此赶尽杀绝。湘州兵们怒火炽盛，一面奋战，一面叱骂，四面八方皆有响应，原本宁静的泉水沸腾起来，倒映着凌乱的人影、纷飞的篝火、碎裂的桌椅。

号角刚响起时，在帐篷中熟睡的项兵也惊醒了，仓促而起，操起武器向外冲，一掀开帐帘，便撞见十几道寒光飞来，门口的瞬间被七八支铁矢穿透，扑翻在地。龙木秀领着弓弩兵，堵住了十几座帐篷门，连弩一轮一轮乱射，射在帐布上，咄咄作响。项兵用长刀划破帐布，从后方钻出来，和焉军搏杀。龙木秀机敏善射，一弦双箭，弓不虚发，长枪短剑莫能挡。他在乱阵中轻捷游走，观察项军的动向，打手势向同伴示意，或攻、或守，或相援、或后退，湘州兵依令而行。项军很快看出他是头领，当下召唤各方来围攻。八十余项兵从四面合围，把龙木秀和湘州兵分割开来；再派出二十多人冲阵，两番冲击，把他身边十多个亲兵冲散了，逐一杀除，最后只剩龙木秀一人困在包围圈中。龙木秀从容引弓向敌，每出必中，一时项兵无人敢出头，远远以长矛掷之，又令弱兵去围攻，诱他用完箭枝，再一举捕杀。龙木秀的箭筒很快便空了。项兵瞧见他抽出了最后一支箭，便三人同时上前夹击，龙木秀抬手出箭，正中右边一人的喉结，左边一个冲上来，龙木秀躲过矛头，把长弓套上那项兵的脖颈，弓弦一勒，血溅三尺，最后一人冲上来，龙木秀一手夺矛，一手空拳击出，那项兵的鼻梁、眼眶全碎了。忽闻身后有风声，外面的同伴也在高声示警："阿秀！"龙木秀拽着项兵转身，一把弯刀划来，他以项兵为盾，那弯刀收势不及，割下了同伴的头。湘州兵很快击碎了包围圈，赶到龙木秀身边。龙木秀捡起一把弯刀，他从未用过西域的兵器，但略比划了几下，便称了手，以项兵最熟悉的武器对项兵反击。不久，军帐后方响起鸣金声，项军开始撤退了。

星落泉的战斗也在收尾了，湘州兵们检视满地的项兵尸身，但凡还有一口气的，都要补上一刀。唐玥不想看了，绕到星落泉对岸，掬一捧净水洗脸上的血，忽听身后一阵吵嚷，回头一看，四五个湘州兵拖着一个项兵过来了。那项兵经过苦战，遍体鳞伤，依然奋力挣扎。湘州兵扯着人一路拖行，拖到泉边，把他上半身按进水里，淹一阵，又拽起来，骂几声，再按下去。那项兵再一次被拽上来的时候，唐玥看清了他的脸，便走过去，向湘州兵道："把人放了。"

湘州兵蹲在泉边，按着项兵不动，问道："唐将军，怎么了？"

唐玥道："他救过我的命，我也得救他。"

一个湘州兵猛地把那项兵拽起来，扳着他的脸朝向唐玥，问："你们认识？"

那项兵透过湿漉漉的散发看见了唐玥，叫道："杨三郎！"

唐玥道："阿鹿恒，我是唐玥。"

阿鹿恒吃了一惊，此时此刻也不知该说什么，便道："北蟒关撤退后，我找过你，没找到。"

唐瑚朝湘州兵道："把他放了。"

一个问："他救过唐将军的命？"

唐瑚道："是。他在雪鸡河上把我背回项营。没有他，我就死了。"

湘州兵冷笑："唐将军要报救命之恩，去项营替他们卖命就是了，怎么敢叫湘州军放人？"

唐瑚怒火中升，一手按在剑柄上，喝道："湘州军是划在唐瑚麾下的！违抗军令，我可以军法处置！"

那湘州兵毫不让步，高声道："我们只听中郎将的！"

话音落，不远处一人应道："怎么了？"

龙木秀带着一队士兵走了过来，那几个湘州兵道："我们杀项贼，唐将军拦着，要放了。"

龙木秀道："放项贼？唐将军可真敢说。"

附近的涅火兵也看到不对了，纷纷往这边赶来，护到唐瑚身边。唐瑚气冲冲从龙木秀身边过去，劈开湘州兵的手，把阿鹿恒搀了起来，几个涅火兵跟过来，把湘州兵挤到一边。湘州兵都看龙木秀，龙木秀气得脸色发青，握着弯刀的手微动，道："唐将军，我们从湘州来燕州，是为了什么？为了杀贼，为了夺回自己的土地，还是为了吃饭喝酒交朋友？一场仗打了三年，死了多少父老子弟，你现在护着项贼！你问问这个人，他的手干不干净！他难道没杀过我们的兄弟！你放他回去，让他再来杀我们？你要是心慈手软，就别怪我心狠手辣！"

唐瑚扶着阿鹿恒站着，不知为何，眼里有了泪花，一字字道："谁也不管唐瑚的时候，是他找到我，背了几十里地，捡回这条命的。我决不能眼睁睁看你们弄死他！"

连涅火兵听了这话，都有些不知所措。张小薯呆呆道："唐将军，我们没有不管你，我们也去找你了。"

唐瑚向两个涅火兵道："你们送他走，送远远的。"两人忙过来扶住阿鹿恒。阿鹿恒轻声道："唐三郎……"唐瑚道："从今以后，我不欠你了。"阿鹿恒默然点头，涅火兵扶着他去了。唐瑚犹与龙木秀对峙着。

待阿鹿恒没影了，唐瑚道："你和你的兵留在这里，守住星落泉，截住项贼粮道，若放一个过去，军法不饶人！"龙木秀张了张嘴，到底忍住了。

战斗彻底结束了，唐瑚集结好自己的兵，离开星落泉。转过山谷时，张小薯悄悄道："唐将军，留他下来，可不可靠？"

唐瑚道："可靠。"

张小薯道："我瞧这家伙不是好人。"

唐玥依然气鼓鼓道：“他不是好人，但靠得住！”

4

四日后，唐玥回到焉军大营，正遇一队骑兵护着七八辆粮车入辕门，战马身上有血，战士和征夫们身上有伤，唐玥问：“又遇项贼了？”骑兵们点头。唐玥又问：“就你们这些回来？”一个低声道：“两千护军，四千征夫，都回不来了。”唐玥便去中军帐看殷虚。

殷虚正对着桌上一个胡饼出神，唐玥进来了，他也不理。唐玥把胡饼瞧了半晌，没瞧出个所以然来，便问：“怎么了？”

殷虚道：“昨日中午，他们说粮队到了，我闲来无事，便去看。大约有三十多辆车开进来，装着水和这个。用麻袋装的。凑巧一个袋子破了，过辕门的时候一颠簸，几个胡饼掉了出来，落在地上，扬起好大的灰。一个征夫赤手把饼捡起来，拍了几下，塞回麻袋里。我便转身走了。晚间，他们给我送晚饭来，就是这个。我问还有面没有，他们说没了。天气大，路程远，菜运不了，肉运不了，只有胡饼，耐存管饱。再没别的了。”

唐玥问：“你吃不下？”

殷虚叹道：“我悔不该去看。我跟他们说了，只要放到我眼前是干净的就行，至于在外面是什么样，别让我看见。偏偏自己要去看，这下好了。”

唐玥道：“你就对着它饿了一天？”

殷虚点头。

唐玥虽然疲惫，却又忍不住笑了。殷虚道：“可我还是得吃。不吃，就饿死了，传出去，名扬天下的殷将军是饿死的，岂不贻笑千古。”

唐玥一面笑，一面拿起胡饼，掰成两半，一半塞进自己的嘴，一半递给殷虚，殷虚看了看他的指甲缝，不想接，但还是接了。

唐玥问：“粮仓还够吃几天？”

殷虚道：“七天。”

唐玥道：“项贼的粮道也断了，那个臭小子守着，他们的粮草也过不来。”

殷虚道：“不知道风沙堡里有多少粮，他们可以撑多久。”

唐玥也摇头。

殷虚道：“若他们还能撑十天呢？”

唐玥无言。

殷虚道：“除非未来七天，每天至少三百辆车子来，否则退兵，回朔州去。”

唐玥知道殷虚说的是实话，粮草不至，前功尽弃，可他不甘心，他暗暗想，明天、后天，一定会有长长的车队到达，那些辛勤的征夫一定正在星夜兼程向他们赶来。

5

次日一早，唐玥便去辕门外坐着守望，守到黄昏，一辆粮车也没来。再次日，发到每个将士手里的，便只有半个饼和小半壶水了。第三日晚，各营的将领来看唐玥，虽未明说，却都在暗示，该做撤退的准备了。第四日中午，依然没有粮车来，唐玥便叫来两个湘州兵，命他们去星落泉召回龙木秀。第七日晚，殷虚的亲兵来了，把兵符交给唐玥，道："今夜四更后，自东向西，一营一营地走。我们那边是卢老将军殿后，这边留谁，唐将军千万安排妥当。"唐玥接了兵符，即召众将领协调撤退事宜。

三更后，唐玥去各营巡视，到了湘州兵营，见士兵们尚未开始收拾行李，便问："怎么了？你们不走？"湘州兵皆道："在等中郎将回来。"话音刚落，远处道："阿秀回来了。"唐玥回头看，龙木秀和上百士兵风尘仆仆地来了。

龙木秀大步走到唐玥身前，劈脸就问："怎么回事？"

唐玥道："没粮了，撤回朔州。"

龙木秀道："项贼也没粮了！我们在星落泉守了十天，死了一半人，也没让一个项贼过去！这么好的机会，你说撤就撤？"

唐玥道："你自己去粮仓看一看！数一数还有几个饼几桶水！若明日被项贼围住了，不用打，三天之内，全死！你想想这后果担不担得起！担不起，就去收拾，撤！"他用手指点龙木秀的胸膛，道："湘州军殿后，你带好队。"

龙木秀道："我给你殿后？"

唐玥道："对！"

龙木秀道："不！"

涅火兵大声道："你敢违抗军令？"

龙木秀不住冷笑，道："自我从军起，一直听闻唐将军英名，可如今见着，将军成日魂不守舍，形同躯壳，打起仗来好生气短！不知将军名声到底是打出来的，还是吹出来的！谁不知道将军家里有高官，不然……"

唐玥气得头昏目眩，一把揪住他衣领问道："不然什么？"

龙木秀道："若不是有唐相公当靠山，你能当将军？你这样的，在湘州军连校尉都当不上！我们不给你殿后！"

唐玥双手揪着他的衣领微微发抖。涅火兵们全抽出了横刀，湘州兵也暗暗抽箭靠弦，龙木秀举起手道："湘州军不许先动！"

远方的哨楼忽然一声锣响，哨兵叫道："斥候回来了！"说着辕门大开，一骑疾驰而入，高呼："唐将军呢？"

唐珝叫道："这里！"斥候立刻往这边来，尚在百步外，便高声叫道："唐将军，项贼在集结，即刻要出风沙堡，向我们来了！"

唐珝一下子皱了眉，道："撤退的消息他们知道了？"

斥候道："项贼在说'不战即死'！风沙堡也绝粮了！"

满营顿时一阵欢呼。唐珝叫道："急报殷将军回师！今日与项贼决战！"几个传讯兵旋即上马而去。

唐珝带着涅火兵匆匆去了。一时间，各营将士纷纷抛下行李，跑去穿盔甲、取兵器、牵战马，人喊马嘶，原本死气沉沉的大营喧闹不已。须臾，步骑兵一队队出了辕门，向西奔腾而去。湘州兵问龙木秀："咱们怎么办？"龙木秀道："铁甲上身，听军令。"湘州兵们也去了。

五更后，启明星出，夜犹深沉，涅火军全走了，大营里只剩湘州军，披甲执剑却又无所事事。四周黑魆魆的，只有风在游荡。过了许久，深邃的远方响起焉军的号角，而更远处，有陌生的号角在回应。士兵们都向龙木秀道："项贼来了。"龙木秀遂翻身上马，道："走！"

红日初现的一瞬间，湘州军赶到了战场边缘。战斗已开始了，焉军以卢尚武为中军，殷、唐两军为左右翼，抢先向项军进攻。万马驰突，扬起浓重的尘土，遮住了刚刚泛白的天。这是大多数湘州兵第一次亲历战争，第一次看见狼奔豕突的项兵，也是第一次看见一往直前的涅火军。中军里，白发苍苍的老将军横刀立马，高声喝令着，千百士卒依令结阵，执坚盾、立陌刀，抵御项骑冲击，固守焉军腹心，两翼则如鲲鹏之翅，漫天卷地，往项军左右包抄。龙木秀想寻找唐珝的身影，可焉兵们的背影都一样，好像个个都是唐珝。湘州兵们纷纷请战："阿秀，我们也上！"龙木秀道："人家又不缺人，我们掺和什么？叫你们去了吗？"湘州兵们被堵得无话可说。

龙木秀坐下来，眺望着战场，等待或变的局势。过了约两顿饭的工夫，项军始终撼不动中军，便转向左翼对攻。龙木秀望见项军军旗左指，便站了起来，看见几支项军分路向左翼绕去，渐渐对殷字营形成合围。龙木秀点了三千兵，向大军左翼赶去。项军发现焉军有援军，号角立变，军旗遥指，便又有二千骑兵前来阻击。这支项军行动之疾、攻势之强，远非护粮兵可比，甫一交兵，湘州军的侧翼便被冲散了，龙木秀引弓劲射，利箭穿过熙熙攘攘的人马，直中项军一个千夫长，那千夫长从马鞍上跌落，项军大震。龙木秀的坐骑在乱阵中驰突，无数刀刃、长矛和飞箭袭来，他偏能从容而过，湘州军渐渐稳住了阵脚，随龙木秀向涅火军突进。

很快，一支殷字营迎面而来，和湘州军碰了头。纵马出列的正是殷虚，他精神奕奕，双目像被夏雨洗过，亮晶晶地发光，策马驰到龙木秀身边，问：“你来做什么？”龙木秀道：“我见项贼把你们围住了，就来帮忙。”殷虚笑而不语，抬手把龙木秀的头抚了两下。

约五千项兵聚到了左翼，步兵、骑兵、车兵层层叠叠，把殷字营围得严严实实，像一口坚硬无比的铁锅，来回奔腾的焉兵便是锅中煮沸的水花。只是，项军无论从何处进攻，都攻不破最后的防御，两军之间仿佛有条看不见的红线，谁也突破不了，而掌控红线的手，在殷虚。他不时向右张望，远处有旗兵不断打旗语，报告右翼的消息。此时两面令旗一竖一卧，是说右翼焦灼，高下未明，殷虚便下令防线回收，焉兵节节后退，项兵步步上前，包围圈缩小了二百步，而后，又陷入停滞。两军交战之处，时刻有人死伤，项军先等不及了，也向右方打令旗，索要援军，不多时，便有几支人马相继来了，三百、八百、一千，越聚越多。殷虚问龙木秀：“你猜，项贼怎么随叫随到？”龙木秀道：“他们主帅在这里。”殷虚又问：“你猜是哪个？”龙木秀举目四望，人人一般装束，又不见帅旗，便摇头，殷虚用马鞭向西南一指，道：“在那里。中间便是乌孙黎。”龙木秀顺着鞭梢望去，一队骑兵立在战场中间，当先是个短髯将领。龙木秀问：“何以见得？将军认识？”殷虚道：“在堡里困了半年，还能胖出双下巴的，自然是大将了。”正说着，卫兵叫道：“殷将军，令旗变了！”殷虚扭头一看，两面令旗高高竖起，意味着右翼已占了上风，他向自家旗兵回了个手势，旗兵旋即一队向右军，一队向中军，打出不同的旗令。

须臾，中军鼓声大作，户尚武的军队转守为攻，似一道坚墙平移而上，插到战场中间，把左右两翼分割开来，彼此再不能呼应。殷虚挥起花髯戟，向四周道：“该我们上了！”万人同声相应，万马齐嘶，转眼分成四军，皆呈锥形阵，同时向东、南、西、北四方攻去，项军的圆阵瞬间如花裂成四瓣。焉军的战法变得突然，项军只能应变，也有几队旗兵疾驰而去，向各方传送新的战令，而半空有长箭追来，一支连着一支，把旗兵射落马下，无一落空。湘州兵跟着龙木秀，不断射杀项军的旗兵、号兵和鼓兵，把对手的军令死死封在原地。项军的步、骑、车兵逐渐失去了统一的号令，只能各自为战。

殷虚这一支径直向西南方去，意图百万军中取上将首级。近百铁骑似一道移动的分水岭，把项军重重人马掀到两边，那短髯将军逐渐暴露在不远处，各路项军放声道：“救将军！救将军！”纷纷赶来拦截。殷虚亲兵无不是百中选一的骁将，把各方进攻牢牢挡住了，护着殷虚如入无人之境，长驱至前，那短髯将军的卫兵拦上来，殷字营的卫兵也冲出去，刀行剑走，点点如暴雨梨花，顷刻间把人清干净了，把殷虚送到短髯将军身前。那将军圆肚短腿，本想转马奔逃，无奈四周都是人，两军错杂，实在无路可去，只好来战殷虚。殷虚见他使的是双锏，少见的兵器，顿时心生好奇，想看他如何出招，便虚手应付。那双锏锏戳马头、砸盔甲，殷虚只是退避，锏身打到花髯戟尖，也只是轻巧移过。那将军见殷虚不敢正面相对，只道他有名而无实，胆气大涨，双锏渐渐有了力道，一招比一招刚猛，大有击碎铁甲之势，忽然一锏戳到殷虚坐骑，马受了惊，前蹄立起数尺之高，殷虚一霎扬起花髯戟，自上而下，几如天外飞仙，穿破双锏的防御，直入将军头盔，自额前入，从颈后出，把头刺了对穿，那将军来不及出一声，便摔落马下。周围项兵大惊，皆呼道："杨将军！"殷虚的笑容还没开便收住了。项兵失了头领，纷纷后撤，殷虚出戟拦住一个："劳驾问一声，他是谁？"那项兵道："是杨义泰将军！"殷虚便把人放了。焉军一支支赶上来，龙木秀远远看见短髯将军死在殷虚马前，上来问："乌孙黎死了？"殷虚道："那是自然——你快去那边帮他们。"说着往东南指。龙木秀对殷虚佩服得五体投地，得令转马去了，一路高呼："乌孙黎已死！项贼快降！"湘州兵全帮着叫。殷虚两眼观察那些项兵。项兵们听见叫声，无不诧异，全扭头往西北看，殷虚顺着那些目光看去，西北方，战场外，黄土丘上立着十余骑，当先一个黄肤瘦躯，无数传讯兵从土丘上上下下，繁忙不已。殷虚遂向麾下将士示意，立刻掉头往西北突袭。

劲骑穿越了半个战场，忽听东边各路人马都在呼叫，隐约是："沙暴来了！"殷虚远望东方，一张昏黄的大幕纵连天地，徐徐向战场推来，红日化作青铜，天色寸寸放暗，大地生风，沙石像蚊蝇一般四处乱飞。很快，项军后方响起鸣金声，焉军几个将领赶到殷虚身边，叫道："项贼要逃回风沙堡！"殷虚问："那还打不打呢？"将领们皆道："不能放回去！打！"殷虚道："这可是你们说的，我可没逼你们。"他把头盔卸下来，露出鲜红抹额，焉军将士无不效仿，一道道耀眼的红在黄雾中弥散开来，是彼此相认的记号。殷虚与数十卫兵继续往西北冲，战马登上土丘的一瞬，沙幕卷入战场，尘土如雨，浊风如刀，把千万个将士一起吞没。日光消失了，暗如子夜，只有点点红星还在纵横奔行。落后的卫兵们找不到殷虚，也分不清东南西北，策马驰突着，不住地呼问："殷将军呢？谁看见了？"遇见的每一个焉兵都回应："没看见！"卫兵们急成了热锅上的蚂蚁。忽然斜前方一支项军掠过，在喝叫："救乌孙将军！"卫兵们便跟着这支项军走。沙暴肆虐，两军谁也不顾上对方了，都只顾寻自己的主将。马行不过百步，便见黄土丘隐约在前方，上面不过四五个人马影子，冲突不已，项兵先认出拿蛇矛的乌孙黎，正将一个戴红抹额的挑下马，立刻打马上丘，突然风势加剧，拳头大的碎石飞上来，砸向人和马，群马齐嘶，梭巡不敢再进，就在土丘下僵住了。焉兵们眼看着上面人影一个接一个坠地，到最后，昏茫茫什么也看不见了，不免焦急万分，喝不动马，只得翻身下鞍，顶风冒石向上攀登。到了土丘顶，模糊看见一地的马尸人身，正自惊恐，忽见一人从尸山中慢慢站了起来，满面鲜血，难辨敌我。焉兵们握紧横刀走过去，那人突然掏出帕子开始擦手，焉兵们一见这动作，便松了口气，唤道："殷将军。"殷虚"唔"了一声，又开始擦脸，悠然道："姓龙的胡儿呢？去告诉他，杨义泰也死了。"

右翼的战斗更惨烈，焉军胜得更不易，唐玥的队伍早被冲散了，卫兵全不见了，马被砍死了，他独自蜷在地上，尘土在身上盖了一层又一层，他还有一口气，还想起身，可是，骨头已累散了，撑不起身躯了。无数马蹄从身边掠过，有人在逃，有人在追，谁也没注意到他。沙尘一个劲儿往他的双眼和鼻孔里钻，他只得紧紧闭眼，双臂挡在口鼻上。眼帘一闭，睡意便上来了，他想，不如就这样睡一觉，可又怕一睡就再也醒不来。昏沉沉间，忽觉一股热气拂下来，一张脸贴上他的脸，唐玥觉察到不是人脸，便睁开眼睛，看见了一匹马。英姿飒爽的突厥马，披着项军的铁甲，却是熟悉的目光、熟悉的毛色，是他的甜瓜。唐玥的眼眶一湿，轻唤道："臭小子，你回来了。"他的手触摸到甜瓜的皮毛，粗糙的，温热的，真实的，总算还有一个亲人不曾抛弃他，一瞬间，唐玥哭了，他藏在风和沙的遮挡里，放声大哭。甜瓜屈腿跪在他的身旁，让他上鞍，唐玥含泪翻上马背，由它带着走。

甜瓜驮着唐玥向西而去，逆着无数昏黄的兵马车流。四周影子越来越少，声响越来越轻，意味着离战场越来越远。忽然甜瓜顿住了脚步，唐玥抬身一看，不远处，四个兵在和一个兵缠斗。落单的那个，头上是红抹额，手中已无兵器。甜瓜奋蹄奔了过去。四个项兵听见身后马蹄响，分出两个来拦截，甜瓜猛然撞向其中一个，那项兵弯刀砍来，正中唐玥大腿，可刀刃已用钝了，砍骨不入，唐玥反手挥剑，削铁如泥的霜刃割破了项兵的咽喉，洒出一瀑鲜血。甜瓜把另一个项兵踩在蹄下，它流浪到项营的时日，受尽了鞭笞和辱骂，早积累了一腔愤懑，它怒嘶着，鬃毛尽竖，把人狠狠地踩，直至把胸膛踩碎。余下两个项兵见势不对，扔下那近乎伤残的焉兵，欲斗唐玥，那焉兵却追上几步，手中细线勒住了一个的咽喉，那项兵只得反身相抗，只剩一个迎住唐玥，躲开甜瓜的前蹄，抓住唐玥的衣角，唐玥又落了马，一剑劈去，项兵以弯刀抵挡，短兵相接，剑被震飞了，弯刀也脱手了，两人赤手空拳，你来我往，打着打着滚到地上。彼此皆已疲惫不堪，力气早用完了，谁也打不死谁，只翻滚着，意图压倒对方。项兵先压住唐玥，坐在他身上，又抓一把沙子，往他五官七窍里塞，甜瓜一蹄子踹在项兵头上，唐玥猛然发力，一把将人拽下来，按进沙地里，让沙子堵住他的口鼻。项兵胡乱挣扎，唐玥咬着牙死死按住不松手，不多久，那项兵便不能动了。

唐玥费力地站起来，那边，焉兵和项兵还在死斗。项兵把焉兵骑在地上，一手掐他的咽喉，一手扯自己咽喉上缠着的细线。唐玥捡起剑走过去，看清那焉兵的脸，是龙木秀。龙木秀已不能开口，他的力气全用在那根断掉的弦上，他要用弓弦勒断项兵的咽喉。那项兵忽然回过头来，唤道："唐三郎！"唐玥一震，认出了阿鹿恒。阿鹿恒道："叫他放手！"龙木秀双手绞紧弓弦，大喝道："唐玥！杀！杀！"唐玥举起手中剑，刺向阿鹿恒，阿鹿恒不顾一切地转身扑向他，一拳打在他脸上，唐玥的剑也捅进了他的肚子，阿鹿恒一手抓着剑，一手又出拳，唐玥大叫着，狠命拔出剑，再挥过去，划过阿鹿恒的脖子，那根弓弦和脖子一起断了。阿鹿恒叹息一声，对唐玥说了句什么，倒了下去。

唐玥也倒在了地上，龙木秀爬过来，看他身上的伤。甜瓜卧在两人的身后，像一座敦实的墙，挡住了呼啸的风沙。龙木秀背倚着战马，怀抱着战友，喘息着，眺望杳无人迹的战场。他感觉到唐玥在颤抖，不像是痛的，像是在哭。龙木秀不知道唐玥心中有多少伤悲，只猜测他是因为又失去了许多伙伴。龙木秀也想哭，因为他也失去了无数战友。他们一起从家乡来到燕州，不远万里，风雨兼程，就为了今日死在此地，不再归去。

第九十六章

必争之地

1

一队西项残兵向北逃，逃回了燕州最后的堡垒——铁羌城。秋藏召见了众人。时在夏末，他已穿上了狐毛裘，坐在狼皮椅里，听一个百夫长讲述风沙堡陷落的因果。那百夫长说起乌孙黎战死的经过，禀道："我们先找到乌孙将军的马，右前腿被割断了，将军死在离马百步远的地方，全身上下三四十道口子，全是戟划的。十几个卫兵死了一路。想来殷虚先割了马腿，将军失了坐骑，只能后退，卫兵们一路拦着殷虚，没拦住，将军最后力战而死。"

秋藏道："殷虚从前在焉桓帝麾下便是先锋，死在他手里，不丢人。"又问，"贺兰叱奴呢？"

百夫长道："沙暴一起，他便带着黑山军逃出战场了。"

秋藏问："去了哪里？"

士兵们都摇头说不知。

秋藏道："他没来铁羌城。"

百夫长道："他自然不敢来见大王。"

秋藏问："他带走了多少人？"

百夫长道："黑山军大概还剩二百多。"

秋藏便不再计较。卒子们告了退，秋藏坐着沉思片刻，吩咐左右："去叫元杰来。"

稍后，米元杰进了殿，秋藏道："过来，陪我坐坐。"

元杰走过来，就在秋藏的椅子下盘腿坐了，无言看着门外灰色的天。

秋藏笑问："这些天，底下的人在说我什么？"

元杰不吭声。

秋藏道："你不敢说真话，也不想说谎，所以不回答我？"

元杰点头。

秋藏道："上午我去城头巡视，有两个卒子坐在楼梯上说话，我从他们身边走过，他们只是看着我，没有起身的意思。这是在轻视我。从十字关到铁羌城，我未尝一胜，项军不再信任我了。"

元杰道："守住铁羌，我们还能反攻。城防坚固，粮草够两年之用，焉贼打不进来。"

秋藏道："不行，我不能缩在城里。日子拖久了，必然有人割下我的头，出城献给焉军。我拖不起。焉军来了，我要进攻，还要必胜。"

元杰道："那就出去打。大王让我怎么打，我就怎么打。"

秋藏道："焉军很快会来铁羌。他们走牧羊道，必然过落日峡。"

元杰道："那我去守落日峡，拦住他们。"

秋藏问："你挡得住殷虚唐玥？"

元杰又沉默。

秋藏道："先放他们过落日峡。他们必会留卢尚武把守此地。我们若击败卢尚武，殷虚唐玥便回不去了。"他低头看着元杰，"我先前没听说过卢尚武，可在马铃村，他把乌孙黎击退了。你能不能打败他？"

元杰起身道："我去准备。"说着大步往外去。秋藏看着他猿臂蜂腰的身影，忽然唤道："小伙子。"

元杰回过头来看他。

秋藏微笑道："我不是英明的王。我是个凡人，常做错事，常吃败仗，所以你不必怕我。你想怎么打便怎么打，输了也没关系，回来，咱们一起想下一个法子。"

元杰道："我不会输。"

2

焉军留在风沙堡休养兵马、补充军需，筹划秋后再去铁羌城。转眼入了秋，太阳终于不灼人了，每隔几日便有粮食和清水自朔州来，军营里的气氛少见地松弛了。这日午后，唐玥去请铁匠打磨自己的剑刃，正有一搭没一搭地闲聊，忽听辕门那边一阵喧闹，扭头望去，一行长长的车马进了军营，不是粮车，也不是兵车，花团锦簇，倒像是宫车，他看了几眼，转回了头。过一会儿，张小薯欢欢喜喜地跑来，说道："将军，京城来使者了，宫里的，还有凤阁的，说是来犒劳三军。听说有三百多人要受重赏呢。"

唐琍道:“死的一万，活的六万，人人都该重赏，那几辆车够吗？”张小薯吐了吐舌头，不接话了。

没半盏茶的工夫，殷虚的亲兵找来，说道:“唐将军，凤阁和龙朔宫的使者到了中军帐，请将军过去。”张小薯问:“要给咱们将军赏什么？”

那亲兵道:“唐将军拜后将军，殷将军拜右将军。”

四周将士都拍着手向唐琍笑，唐琍还倚在旗杆上，看铁匠磨剑。亲兵又催，他才慢慢动身去了。

进了中军帐，见殷虚和一个官员坐北，几个宦官坐东，卢尚武、龙木秀坐西，给他留了一个位置。那凤阁官员便是朝集使李治均，见了唐琍，忙起身道贺，把敕封的诏书拿了出来。唐琍接过一看，上面全是文绉绉的誉词，文末写着，唐琍拜后将军，封越国公，赐金千斤。他看了几眼，把敕书还了回去，自己去挨着龙木秀坐了。帐中诸人皆感诧异，李治均尴尬地拿着敕书，也坐下了。

殷虚不明所以，便起了个话头，说道:“这敕书倒写得花哨，封我勋国公，赏金千斤——钱呢？”

李治均和宦官们只好赔笑。

殷虚道:“我心里算了算，从十字关到现在，朝廷许我的赏金，没有一万斤，也有五千斤了，至今一两没见着。先生回去跟赵自芳说声，金子他自然是不会给了，好歹送千把头羊来，我就算他平账了。天天送萝卜，萝卜丁、萝卜条、萝卜片，这里是六万个人，不是六万只兔子。胡饼也别送了，又干又硬的，腮帮子都吃大了。”

李治均笑道:“这次为将士们送来四万件冬衣和棉鞋，还有八千剂冻疮膏、五百斤石灰，都是户部的私库钱。消息一出，满朝吓了一跳：向来一毛不拔的赵尚书，一出手就把毛拔光了。”

宦官们也笑道:“这次送来二千头猪、三百车大羽箭，是圣上内藏库出的。”

殷虚道:“既是圣上出钱，那怎么不来三千头鹿、五千斤雕胡米？”

宦官们暗骂殷虚贪得无厌，脸色淡了几分，殷虚只是冷笑。李治均打圆场道:“我们都知道前线艰难，可后方也困乏了。粮草铁器凑不足，朝中有人提议加征税赋，小唐相公去未离原诸县走了半个月，回来说，百姓十室九匮，不敢再加了。又有人说，东边三州富庶，该让那三州的百姓多承担些，上半年，润州几个县的民众啸聚，节度使弹压了下去。前些日子，凤阁下旨，大小官员，薪俸一概减半，省下的钱划归军用，好些故老重臣不愿意，这会子正和小唐相公打擂台呢。”

殷虚问:“哪些重臣不愿意？”

宦官们忙说说笑笑把话岔开。殷虚道:“先生回去转告我的话：钱，花在殷少保身上了，若有不满，来找我，或者等我回去找他们，不要为难唐相公。他是书生，和他打擂台没意思。”

李治均挤出笑容敷衍了几句。接风饭很快吃完，使者们车马劳顿，早疲倦了，都想早些休息，殷虚便命卫兵们送出帐。李治均走到唐玥身边，唐玥站了起来，说道：“我有几句话问朝集使。”

李治均忙道：“唐将军请讲。”

唐玥道：“这后将军、越国公，可是唐相公替我挣来的？”

李治均道：“是凤阁拟旨，圣上应准的。”

唐玥道：“先生回去告诉唐相公：不劳他帮忙。敕书请带回去，我不当这后将军。”

众人无不讶然。李治均也不便细问，含糊着拱手告辞去了。唐玥不愿被伙伴们盘问此事，也出了中军帐，龙木秀追出来叫道：“喂！”

唐玥回头看他。龙木秀道：“以前我说的话，不作数！”

唐玥道：“我不记得你说什么了。”

龙木秀道：“你不是靠唐相公的。后将军是你应得的。”

唐玥道：“和你没关系。只是，别在我面前提他了。”说完撇下龙木秀，回到军帐。一掀帘子，便见几个卫兵在高高兴兴地拆包裹，张小薯笑道：“凤阁的人捎了包裹来。唐相公又送来好几件衣裳，都是毛的。将军，这包芝麻酥便赏咱……”忽见唐玥沉着脸，只好咽下剩余的话。

唐玥道：“原样包了，谁送来的，还给谁去。”

卫兵们窸窸窣窣把东西包了回去，小薯举起一个信封：“还有一封信。”

唐玥道：“不要拆，也送回去。”小薯只好把信封塞回包袱。

一时卫兵抱着包袱出去了，唐玥倒回草席，拉上被子盖住了自己。

3

通往铁羌城的必经之路，燕州人称之为牧羊道。十月十六，焉军启程北上，十九到了浊沙河边，逆河向西走了七日，十月二十六，大军横渡浊沙河，上了牧羊道，三日后行至落日峡。危峡东依雪山，西临黄水，是长道锁钥之地，焉军原以为此处必有重兵把守，谁知到了峡前，唯见大河东流，金山西照，项军竟未设一兵一卒。焉军遂留下卢尚武与一万士兵守峡，殷虚、唐玥继续溯洄北走，两日后到了铁羌城。

隔着二十里，唐玥先望见巍峨无垠的亡极山脉，自西向东绵亘百里，白头皑皑，如与世无争的老者，却又落石滚滚，如亟待一战的西戎兵卒。再走十里，方见万仞山下一座孤城，城的东西修了两道长城，依地势延伸数十里，直通亡极山的深处，犹如两只长臂，把铁羌护在中间，封死了一切可攻的漏洞。斥候从远处驰来，叫道："项王现身！在城头看咱们！"

唐玥和一队卫兵打马向城下去，在三百步外立定。城头站满了项兵，看不清面貌，可不知为何，唐玥知道那个穿黑毛厚裘的男子是秋藏，也知道秋藏的目光落在自己身上。他独自打马向前十步，用马鞭招了招，示意秋藏下来一斗，秋藏对挑衅毫不理会，他看了唐玥一晌，又把目光移到远处，焉军从浊沙河边一队队来了，就在水之北、城之南安营扎寨。背水扎营乃兵家大忌，焉军如此行动，是想引项军出城对战，秋藏淡然看了一阵，转身下了城楼。

4

冬月二十八，子夜，熟睡中的殷虚被几点若有若无的簌落声吵醒了，他睁开双眼细听，轻声来自帐顶，像梅花落在画卷上，像青鸟扇动翅膀，但这是西北不毛之地，不会有花，也不会有鸟。是在下雪。殷虚看着帐顶，雪越来越沉，像厚实的泥沙，压得帐布凹了下来，粗糙的布面咯咯作响。极寒之夜，棉被和纸张差不了多少，他的身体已快冻僵了，歪头看席边的火盆，早燃尽了，只剩一缕青烟不散。卫兵们在一旁打盹，殷虚懒得叫醒他们。百无聊赖时，他想起"王子猷雪夜访戴"的典故来，那自己去访谁呢？想来想去，只有唐佩弦了，便起身披了斗篷，出了中军帐。

大地积雪已有尺深，一座座军帐像蒸锅里的馒头，又白又圆，恍惚还冒着烟汽。还有许多士兵未曾歇息，有人给兵车搭油布，有人把冻死的驴马抬回棚子。南边的黄河终于澄清了，河面浮着一层晶莹剔透的冰。北方的铁羌城点着密密麻麻的火把，把雪烧成了红色，远远望去，像整座城池都着了火。

殷虚走到唐玥的营地，五十步外有座哨亭，粗看像没人，走近十步，才看见一个哨兵背靠着柱子站立，或许是困倦，或许是孤单，身形有些萎靡。哨兵看见来人，高声道："口令：春风！"殷虚回令："玉门。"再走近两步，哨兵方看清是殷虚，笑道："殷将军来了。"殷虚见他脸上冻出了红斑，双唇乌紫，便问："怎么不生火？"哨兵道："今日的柴火用完了。"殷虚又道："那该多穿点。"哨兵道："能穿的都上身了。"殷虚问："就你一个？"哨兵道："下半夜有人来换。"殷虚便问："小唐呢？"哨兵道："将军巡视营垒去了，怕大雪压坏了围墙。"殷虚便循迹而去。

到了北边，果见一队士兵在营垒下行走，遇见墙头雪厚，便用扫帚扫去。殷虚看着唐玥的身影若有所思。一个士兵看见了他，忙碰了碰唐玥的胳膊，唐玥不明所以回过头来，见是殷虚，便过来问：“你来做什么？”殷虚道：“雪夜访唐，勉强算雅事。”唐玥道：“行，跟我去扫雪。”殷虚跟他走了十余步，向士兵们道：“你们去扫，我跟唐将军说说话。”士兵们退开了，唐玥问：“说什么？”

殷虚反问：“你怎么回事？”

唐玥再反问：“什么怎么回事？”

殷虚道：“从回来的第一天就不对劲。他们总让我来劝劝你，我想着，谁没郁闷的时候呢，过两天就好了，谁知半年了都没好。上次拜将，为何当面顶了回去？”

唐玥低下头，一脚踢碎了凝冻的雪。

殷虚道：“‘不劳唐相公帮忙’，这是何意？当着宫人朝官，传回去，你兄长得多难堪？我也算不会做人的，跟你比起来都算厚道，还不至于隔着几千里给人添堵。”

唐玥依旧不吭声。

殷虚观察他的脸色，问：“你回开元城，到底发生了什么？”

唐玥索性扭过了头，看远处阑珊的灯火。

殷虚又问：“他得罪你了？骨肉至亲，怎么个得罪法，能到如此地步？”

唐玥烦闷得很，道：“你别问了，我不想说。”

殷虚道：“由不得你想不想，这不是你家事，是国事。你不说，我就收拾你。”

唐玥恼火道：“怎么就是国事了？我唐家事，不消你们过问！”

殷虚道：“我们是要一起上战场的，你成天六神无主的样子，我们不放心和你去。铁羌城里是项王和归正军，现在我们拿不下，你还这样，怎么打？再退一万步说，你是将军，他是宰相，你跟他水火不容，哪天你气不顺，转身投了铁羌城，那我怎么办？殷将军对项贼三十年未尝一败，总不能被你拖累了。”

唐玥怒道：“投西项？你把我当成什么人了！”

殷虚道：“说话轻些，雾气喷我脸上了。”

唐玥便退了两步，问道：“你知不知道有句话，叫‘家丑不可外扬’？”

殷虚看他睫毛上堆着雪花，大概化在了眼里，湿润润的，只好模糊地“啊……”了一声。

唐玥一字字道：“我不会说出来。仗该怎么打还怎么打，我不会拖大家后腿！”说完转身便走。

殷虚在后跟了一阵，突然叹道：“痴儿乎？痴儿也。”

唐玥回头道：“你知道什么？”

殷虚忙道：“不知道。”

唐玥看了他几眼，加快往前走，却甩不掉殷虚。百步之后，殷虚又开口道：“有件事，我原想打完铁羌再说的，不如现在说了。”

唐琊停下问：“什么？”

殷虚道：“唐相公给我来信了。因为你不拆他的信，他只好请我劝你：务必受后将军之职；战事结束后，务必回开元城去见他。”

唐琊抬步便走。殷虚道：“还有一句话：他问你记不记得当初为何要进涅火军。”

唐琊陡然一惊，停下了脚步。

殷虚道：“说说，你为何要进涅火军？”

唐琊的心忽然乱跳起来。他想起十五年前的夜晚，自己走进唐瑜的书房，对他说要参军，唐瑜问他为什么，他说的是：“我也想助你。等我也建功立业，封疆列侯，你在开元城才能平安，再也没人能欺负我们家了。”

唐瑜为何在书信中提起这个？难道他在开元城被欺负了？他是不是需要自己的帮助？唐琊又想起那日李治均的话：“好些故老重臣正和小唐相公打擂台呢。”也许这段时日，他陷入了麻烦的政斗。可是，就算那些文官对唐瑜不满，也不过是上书骂几句、在朝上和他吵架、逼他收回政令罢了，他又不是承受不住，何至于向自己求援？难道还有别的事？唐琊越想越乱，忽又念头一转，恼起自己来——还管他做什么？自己早和他恩断义绝了。他能做出泯灭人伦的事，怎么还好意思求自己去帮他？

殷虚又劝道：“你们或许有误会，回去了好好说。”

唐琊斩然道：“我的心思都在打铁羌，帮不了他，你若要回信，便叫他自求多福。”说罢疾步而去，殷虚也不追了，只看着他的背影叹气。

之后，殷虚准备回自己的营地。路过哨亭时，见那哨兵还站在原地，脊背笔直，目视前方。殷虚一面从亭外走过，一面问：“换岗的还没来？”那哨兵不应，殷虚便扭头把他看了一眼。哨兵似乎正在看他，目光却是空洞的。殷虚心中一凉，脚步一转，慢慢走进哨亭。哨兵依旧一动不动。冰霜像蛛网一样在他脸上蔓延，封住了眼睛和双唇，他的双眼再也无法闭上，而嘴唇再也无法张开。不远处响起脚步声，换岗的士兵来了，看见战友的模样，不免一震，僵住了双腿。殷虚道：“葬进浊沙河吧，让他顺着水流回家乡。”

5

落日峡的雪比铁羌城更暴烈。两岸高峡把北风收成一束，如长拳般击向焉军营地。风声如哭，在营帐之间穿行，雪影绰绰，似鬼又似狼。四更前后，卢尚武醒了，他竖耳倾听，总觉得啸声是人发出的，营地好像已被项贼占领了，他起了身，找盔甲兵器。

铁衣又重又冷，压在身上，脊梁不由自主地弯了。卫兵惊醒了，问："将军要做什么？"卢尚武道："我去巡视一圈。心里总放不下。"卫兵道："方才百夫长们来报告，没有异常。"卢尚武道："我亲自去看看。那些娃娃粗心得很！"

卢尚武出了中军帐，带着卫兵绕营而行。军营被兵车、木栏围成了铜墙，营外挖有深壕，各军按"四正四奇"八阵驻扎，车、弩、步、骑各占两阵，纵然此刻项贼冲进营地，焉军也能立刻布阵抵御。何况项贼决不会在此时来，因为狂风吹得战马几乎拔不起蹄，六尺之外目不能见。一行人马贴着围墙艰难行进，走到西南角，见一间哨亭里烧着火，两个哨兵用木板围住了四面，勉强保住了火星。卢尚武问："有动静没有？"一个哨兵指着雪山道："上半夜，有几个项贼在上面偷看，下半夜不见了，怕是被雪埋在上面了。"卢尚武道："项贼日夜都在看，有时在山上，有时在河边，就是想找出咱们的破绽，不可大意。"哨兵道："老将军布的阵，没有破绽。"

若此时是烈日当空的正午，卢尚武必大笑相应，而如今，或许是因为雪冷风凄，或许是因为年已迟暮，他忽然没了争强好胜之心，只道："没有绝无破绽的阵法。"

卢尚武走后，两个哨兵围火闲话。一个道："你发现没有，老将军的脸色不对。白煞煞的，没有血色。"另一个小声道："七十多的人了，就是在自己家里，这样的夜，也未必熬得住，何况是在军营。"那一个便道："若没有老将军，谁能守住落日滩？"忽然地上闪出两个影子，鬣毛猎猎，不知是人是熊，两人同惊，正要回头，已被粗壮的人手坚实地捂住了口鼻，随后两人的太阳穴各挨了一拳，力道不轻不重，不至于死，却昏了一半，被抱着离开哨亭。一个哨兵望着五十步外模糊的同伴影子，想大声呼救，却发不出一丝声音。两人被抱到围墙边，墙已被开了一个洞，非走到三尺之内看不见。穿着狼毛大衣的项兵把哨兵塞出洞外，墙外还有十来个人接应，抬起人一径向南去。

到了风急浪高的浊沙河边，项兵三手两手剥去哨兵的上衣，不到半刻，哨兵冻醒了，一个项兵上前捉住一人，喝问："你们是卢尚武的部下？"那哨兵怒目而视。项兵以为他没听清，顶着浪吼又问："你们跟着卢尚武从芦州来的？"哨兵奋然而起，一拳打在项兵鼻子上，项兵大怒，拽起他的头发，转身把人溺进河中，哨兵挣扎不已，两腿在岸边乱蹬，上身却淹在激流的水里，才几口气的工夫，便淹死了。项兵把尸体踹进大河，又拽起另一个，继续喝问："是不是芦州兵！"

那哨兵只得道："是。"

项兵问："是不是跟卢尚武反过？"

哨兵道："是！"

项兵又问："是不是跟孙牧野打过？"

哨兵一时没反应过来，问道："什么？"

项兵道：“在芦州，卢尚武和孙牧野打过！”

哨兵忙道：“对、对！”

项兵问：“孙牧野攻的何处？”

哨兵又愣了一下。几个项兵大声吼道：“卢尚武的八阵图，孙牧野如何攻的！”

哨兵急忙开始回忆。两个项兵冲过来，要把他也往河里拖，带头的一个拦住了，那哨兵忙道：“从南北一起攻的！孙牧野和唐珝，一人攻一边！”

带头的问：“车兵阵，弩兵阵，步兵阵，骑兵阵，孙牧野攻的何处？”

哨兵一时半会儿如何想得起，只是牙齿打颤，毛发尽竖。那项兵便出手了，如法炮制，拽起他的发髻转身往河里按，哨兵叫道：“步兵！他先攻的步兵！”

项兵把他拽回来面向自己，问道：“没记错？”

哨兵道：“没记错！南北都是攻的步兵阵！”

项兵对他一笑，哨兵不由自主回了个笑容，问道：“可、可容我把衣裳穿上？”

项兵的双手突然发力，一把将人推下河，然后带着手下匆匆投入暴雪中。

6

雪后又是霁晴。腊月初三午后，一行哨骑飞速驰入辕门，高呼道：“卢将军，项贼来了！从南北两边来！”卢尚武早已一身戎装等着了，听见呼唤，他勉力振作起精神，起身喝道：“来了，便打！”

不到一炷香的工夫，焉军在浊沙河边布下了八阵图，车兵、步兵、骑兵、弩兵各占其位。卢尚武站在八阵图的中心环视八方，耳目所及，车行辚辚，马嘶萧萧，槊刀交横，麾帜半卷，声势自是雄壮。可他心里清楚，今日一战有两个隐忧：一是地形狭窄，兵力有限，八阵图外再无游骑支援；二是步兵的力量还不够强。这支芦州军，是在崔如禋手下打造的。如禋好骑战，故芦州军以骑兵最强；如禋轻信兵器的力量，故把金钱都花在了打造坚车利箭上。剩下步兵，不如骑兵威风，也不如弩兵锐利，便被如禋忽略掉了。当年夕照原一战，孙牧野在八阵图外走了一圈，便选中了步兵为突破口。进涅火军后，卢尚武一直在补强步兵，可到底补了多少，要打了才知道。他只能抱着侥幸之心安慰自己：“孙牧野曾说过，天下能破八阵图的只有两个人。另外那一个，总不至于此刻就在对面。”只要对方不先攻步兵，无论攻骑兵、车兵还是弩兵，都教他有来无回。

须臾，落日峡的南北同时响起无数怪嚎声，激昂尖厉，连绵不绝，项兵成群结队地出现了，有骑有步，散乱的阵列，或快或慢向八阵图围来。米元杰策马在其中，观察焉军的守阵。步兵阵前是方盾，中是陌刀，后是弓弩，左是骑阵，右是车阵，一旦冲进去，陷入陌刀林中，而车、骑包抄后路，便死无葬身之地了。步阵明明是最难攻的一环。米元杰暗自怀疑那晚的芦州兵在说谎，是在给项军下套。可他继续看别的阵列，铁马遍身武装，战车高如堡垒，强弓劲弩蓄势待发，哪一处都不是好啃的骨头。走到三百步内，焉军的箭矢先发，密如铁流，延缓了项军的脚步。米元杰向手下道："去叫元圣来。"

稍后，元杰的弟弟元圣匆匆驰来，问："怎么了？"

元杰道："带上你的人，去撬阵脚。把八阵挨个试一下，哪儿好打，回来告诉我。"

元圣笑道："这是拿命去试。"

元杰道："自然是拿命试！我不能拿别人的命，只能拿你的命！"

元圣也不多说，回马扬鞭，口中"呦——嘀嘀——"地叫，把自己的一千人唤到身边，又以马鞭遥指八阵图，一千人便随他向战场冲去。

米元圣先攻最北的弩兵阵，想先把铺天盖地的箭矢压下去。焉军有连弩兵两千，两千连弩轮发，便是六千支铁矢对着一千人漫灌，缺少护甲的战马最先受伤，或是前胸，或是马腿，倒下去便淌一地的血。冲行百步后，项军损了近一百人马，元圣细看，焉兵在从容不迫地上弦抬弩，人人箭筒里还有五六十支箭，他此时虽有盾牌护身，却心知一旦陷阵，必被四面八方射成刺猬，当下勒住马缰，吆喝几声，马鞭转而南指，掠过弩兵阵，去攻骑兵。焉军骑阵出来三百骑迎战。米元圣在朔州与涅火军交战过数次，屡败屡战，早心怯了，而如今面对的是芦州军，便不放在眼里。他见当先几人铁甲皆有锈迹和破损，便知是久经战阵的骁卒，不敢轻慢，一马当先冲上去，劈向一个十夫长。那十夫长用马槊挑开刀刃，借力一拍，拍在元圣肩上，再反手一转，槊锋刺向元圣的脸，元圣俯身躲过，待要还击，十夫长的战马已掠了过去，又有两骑从左右攻来，两支马槊同时刺出，元圣被左边一支扎破了铁铠，直入脾脏，他痛得大叫一声，马刀劈下，那焉兵应声坠地，立有一骑补上来追刺，元圣的马驮着他退了几步，忽听耳后疾风之声，他歪头一躲，没躲开，一支铁矢穿耳而过，再一抬眼，又见三骑袭来，瞬间冲散了他的同伴。焉军的骑阵滚滚碾过，把项军往北赶，赶回弓弩兵的射程之内。几个亲兵冲破拦截回到元圣身边，见他少了一只耳朵，血流了半张脸，都叫道："你怎么样？"元圣瞧前有重骑，后有箭雨，实不能敌，便咬牙叫道："走！"奋力挥起弯刀，率亲兵杀出一条路来，直奔步兵阵去。焉军骑兵固守己阵，并未追击。

步兵早已严阵以待。方盾如山，立在阵列的第一行，其后是如林的陌刀。元圣在马背上颠簸，脾脏的伤口似乎越裂越开，他急切地打马，口中喝道："上！上！"战马纵身一跃，越过盾墙，向陌刀丛林坠下。两支陌刀同时划向马肚，一声刺耳的皮肉裂响，马犹在半空，血水和肠脏已一泻而下，战马落在地上，把元圣摔到一旁，陌刀追下来，元圣以弯刀相抗。无数西项骑兵紧随而至，一道道马影腾空，又接二连三地坠落，马身挡住了第一轮刀锋，项兵们放弃坐骑，冲进焉兵的重围。苦战中，元杰被一把陌刀砍中了大腿，他听见骨头断裂的“喀喀”声，低头看时，刀刃入骨一寸，他先是一愣，却大笑起来——焉军陌刀又称“断马剑”,威力甚大,长一丈余,重五十斤,每举可使“人马俱碎”，可眼下这把刀，连大腿骨都砍不断。项兵在敌阵中站稳了，在向四方渗透，元圣直起身子，向战场外的元杰大叫:“这里！打这里！”

元杰大喜过望，立刻下令:“攻步兵！”战旗全指向了步兵阵。原本涣散的项兵瞬间聚成八支,分攻焉军八阵,六支为牵制,两支主攻步兵。元杰率两千精骑攻向步兵阵,马头撞上方盾,头骨碎了,盾墙摇摇欲坠。往复三次,盾墙被撞开了缺口,项军长驱而入。卢尚武在中军望见，瞠目喝道:“步兵阵！坚守阵地！”亲率一千亲兵补了过来。混战中，元杰四处寻找元圣，只见地上倒着四五十个项兵，个个血肉模糊，已分不清谁是谁了，活着的项兵向他靠拢，合力向腹心进攻。焉军无数校尉、中郎将带着士卒穿行，填补残缺之处。军鼓声起，北翼骑兵阵、南翼兵车阵合围而来，把这支项军钳制在军阵深处。元杰仰天叫道:“没有退路了！不死何为！”手起刀落，斩下一个百夫长的头，而后一手提头，一手执牛角号吹响，各方项兵向他汇聚，仿佛百条支流汇入一个巨大的漩涡。卢尚武高叫道:“射吹号人！射他下马！”长箭全向米元杰射去。米元杰打手势为令，命全部八支项军放弃对骑兵、车兵和弩兵的牵制，全力攻打步兵阵。成千上万的项兵疯了似的扑过来,汇成汪洋。卢尚武冷汗滚滚地冒,喝道:“守住阵地！杀贼！”他挥起大刀冲过去，忽然一支流矢飞来，正中心口，他从马鞍上摔了下去，后脑磕在地上，耳中“嗡”的一声，便再也听不见任何声响了。

不知过了多久，卢尚武总算醒了。他恍惚记得这里是战场，便想翻身起来，可是四肢动不了，他吃力地睁开眼，发现战斗还没结束，还有无数拼杀的身影，只是，八阵图没了，满地是正在焚烧的兵车，瘸着腿奔逃的马。焉兵和项兵来来去去，有人在战，有人在逃，有人在悲呼，有人在嬉笑。他的卫兵都死在了周围，手里都还握着刀。七八个项兵发现了卢尚武，走来把他围在中间。都是二十出头的年轻人，身强体壮，虽然才经过一番苦战，都负了伤，却依然精神奕奕。一人走到他身前，道:“老家伙，还没死，就起来和我打。”

卢尚武捡起大刀，撑着刀柄站起来，颤巍巍地劈过去，那项兵只移开半步，便躲开了刀锋。卢尚武双手举起大刀横扫，项兵用弯刀一勾、一挽，大刀便“哐当”一声掉在地上，卢尚武大喝，挥起双拳扑过来，项兵直待他近到两步之内，才悠然一闪，卢尚武的拳头打空了，一个踉跄又栽倒地上。项兵们大笑，两人扯起他的左右腿，把他往战场上拖去，放声道：“卢老贼在此！焉贼还不投降！”

卢尚武的半边脸在沙地上刮烂了，他挣扎了几下，挣不开，便放弃了。他看见不远处的浊沙河，黄水已被染成鲜红；看见焉兵们赶来救他，却被项兵截杀了。厮杀还在继续，卢尚武却认输了，他狠狠用双手捶地，把头捣进泥沙，忽又转头向天叫道：“愧对孙将军！愧对孙将军！”他抄起一把横刀抹向自己的脖子，了结了这场战斗。

7

腊月初四下午，逃出落日峡的人把兵败的消息带到了殷虚的中军帐。殷虚少见地发怒了，他霍然起身过来，一把揪住那人的衣领，喝问：“如何会败！一万人，守一个峡口，怎会守不住！卢尚武呢？叫他来见我！”那焉兵道：“老将军死在河边了！是自尽的！”殷虚一愣，怒火总算消了些，坐了回去。焉军的处境危险了。北面铁羌城、东西雪山群、南面浊沙河，就像一个麻袋，把焉军装在其中，而东南的落日峡易手，便如麻袋扎上了口，焉军从此断了补给，也断了退路。必须夺回落日峡。殷虚坐不到一刻便起了身，向亲兵道：“骑兵全叫上，随我去落日峡。剩下的人交给唐珝一起带。派两个人去唐字营说一声。”亲兵领了兵符去了。殷虚麾下最精锐的骑兵营纷纷牵马佩刀，不到一炷香的工夫，便集结到了中军帐外。殷虚穿好铠甲从帐中出来，翻身上马，一个卫兵奉上花髯戟，忽听马蹄声响，唐珝匆匆驰来，连声道：“殷将军！我去！唐字营去！”

殷虚手里举着马鞭，随时都要打下去的样子，问：“怎么你去？”

唐珝道：“这一路危险！项贼知道我们必救落日峡，一定会在路上埋伏截道！”

殷虚冷着脸道：“危险所以你去？几个意思？”

唐珝道：“你留守铁羌！我去！”

殷虚把他看了两眼，道：“难道我哥哥写信给你，要你照看我了？”转脸又笑道，“殷家兄弟们可从不过问我的。”

唐珝哪有心情说笑，急道：“昨夜亡极山上有项军，斥候看见了！他们从城里出来，肯定是为了拦截我们！”

殷虚抬眼远眺，铁羌城的长臂一直延伸到亡极山里，而雪山博大，项军藏在何处，焉军无从得知。他当然也清楚，项军不会放过半路阻击的机会，去落日峡之路，必定危机四伏。他用鞭梢摩挲唐珝的头盔，道：“铁羌城你打，我去给你守落日峡。”

唐珝的眼眶一红，还要开口，殷虚已高高扬鞭，道：“殷字营，走！”从唐珝身边一掠而过，率先向辕门去了。

骑兵营五千将士随殷虚离开大营，一路向东南疾驰，沿途右面是大河，左面是山峦。行了约十二三里，几个骑兵同时叫道：“山后有人！”殷虚猛拉马缰，惊得战马急忙刹蹄。众人举目东望，但见二里外，丘峦间，一条条灰影飞速掠过，分明是战马，狂奔之势却如群狼，也是去东南的方向。项军果然从城里出来了。殷虚再度打马，叫道：“加紧赶路！”传令兵立刻飞奔而去，向大军节节传话：“加紧赶路！赶在项贼前头！”马蹄声隆隆，焉军的奔驰更急了。两军隔着一排时断时续的丘峦，同往一个方向赶赴。殷虚的心转得比风车还快，思索这支项军是要抢占何处。二百里路程，哪里最适合截击和埋伏？焉军初来乍到，自不如项军熟门熟路。殷虚不断回想来时的路，一里一里地排除，一段一段地梳篦，终于心念一闪，霍然记起一个地方——石驼坡。他记得经过石驼时，走了一段下坡，坡形南高而北低，上下约有七八丈的差数，倘若西项骑兵先占石驼，借这七丈的优势俯冲下来，焉军就难应付了。殷虚一念至此，向后问道：“石驼坡还有多久？”士兵们一个问一个，有人回道：“还有三十里！”殷虚放声道：“两刻之内，赶到石驼坡，迟到者斩！”

一刻之后，东方群山逐渐疏落，山峦间的缝隙愈大，所见的项军愈多，成百劲骑结队飞驰，殷虚略数了数，约在四千人上下。再行数百步，石驼坡就在前方，而山势已尽，上千项军轰然冲出平野，远远向焉军尖啸。两边已然打了明牌，都不顾一切地向石驼坡急奔，只是，项军领先约五十步。焉兵无不心急，鞭马之声响彻四野，渐有战马不堪重负，呕血倒地而亡，士兵们从鞍上滚落，来不及看坐骑一眼，便徒步往石驼坡上赶。可惜，项军先到了，三十余骑冲上坡顶，几乎同时，一骑焉兵也冲了上去，坡下焉兵都大声叫道：“占住了！”

那焉兵只身冲进项兵群，三十骑项兵围住他，或用弯刀，或用狼牙棒，轮番往他身上招呼，焉兵死战不得出。一柄斧头飞来，砍断马腿，焉兵扑在地上，一个项兵打马上前，弯刀划下，勾进焉兵的血肉之躯，拖行开去。一眨眼，项军劲骑已布满了石驼坡，而焉军方至坡脚。项兵吹响了号角，四千战马奔腾而下，一如天河之水裂天而出，焉军难以抵御，数位将领急声叫道：“后退！列阵！列阵！”焉兵纷纷向后退却，欲待平地一战，而项军趁奔流之势一支支穿插进来，摧毁了焉军列阵布局的机会。冲在最前面的焉兵最先被冲散，被马蹄和刀光裹到尘沙之下。焉军将领们不敢再退，只怕退成溃败，当即下令原地结阵反击。这支项军是归正军，是秋藏收伏各路叛军后千挑万选出的强兵悍将，无论独斗或团战，皆老成练达，焉军想结阵的意图瞬间被识破了，项军分成数支，反复袭扰，击两翼、击头尾、击腹心，扰得焉军锥形阵、钩形阵、方阵、圆阵始终不能成型。乱纷纷的战场上，一浪又一浪的人仰马翻。虽有小支焉军与项军打得有来有回，但缺乏前后左右的支援，久战以后必然独木难支。多时未尝一胜的项军占到先机，士气益振，越战越雄壮，几个百夫长鞭策战马，奔驰鼓呼：“杀焉贼！赶尽杀绝，片甲不留！”四千项兵随着呼声，向五千焉兵猛攻。乱局之中，忽有一支近百人的焉军冲出战场，向南边的浊沙河奔去，当先一人，鎏金铠，锦兜鍪，一个项兵识得，大叫：“是殷虚！殷虚在这……”那边一箭射来，把人射栽马下，却有愈多的项兵高呼：“殷虚逃了！追殷虚！”

话越传越远，深陷战场的项军上下都听见了，纷纷回望，殷虚已逃出上百步远。不知谁叫道：“获殷虚首级，是赏三千金！官至封侯！”话音落，数支项军同时勒转马头，向南追去，唯有一个将领高叫：“守住战场！不许擅离！”却无一人听他的号令。各路项军犹如争逐走鹿的猎人，生怕落于人后，鞭马急追，扬起冲天的尘土。大约两千项兵离开了战场，这边焉军缓过了气，十夫长、百夫长们急命各自队伍：“列阵！反攻！”

殷虚率百余亲兵一径往南，右边是浊沙河，身后是追兵，渐渐地，左边也有了项骑的身影。项兵们口哨吹得刺耳，一边打马，一边盯着他看，像看待宰的肥羊。殷虚心里暗自生气，回头看了一眼战场，焉军正在整肃军阵，马扬蹄，人扬刀，大概再过一顿饭的工夫，他便可以掉头回去了。亲兵们随他奔行，挡住了天上的飞箭、身畔的飞刀。殷虚记得这条路，往南再走半里有一片峰群，可以在那边甩掉追兵，往西北绕回战场。马嘶声起，左边窜出一队项兵，七八柄弯刀一起招呼过来，一匹战马被划中了，口子从马腹一直拉到马颈，摔落之前，马上焉兵回了一槊，扎进那项马前腿，两匹马、两个人同时栽在地上，无数马蹄急踏而过。不断有焉兵、项兵坠马，殷虚向前飞驰，再行百步，前面是座土丘，他与亲兵们绕过去，向左一转，眼前霍然一片茫茫黄水，几匹战马来不及止步，冲进水里，急忙退了回来。殷虚大叱一声，勒住惊马。连日雨雪过后，浊沙河暴涨，泥水漫过土岸，水深逾尺，宽广数里，马不能行。焉兵们心里不免一惊。项骑全追上来了，震颤从大地传上来，殷虚叹了口气，掉转马头，问道：“号角呢？吹起来，我听不得那些破戎儿怪叫！”一个焉兵吹响了进攻号角，殷虚策马挥戟，率一百亲兵向两千项兵冲去。项兵们见殷虚迎面来了，兴奋不已，高高低低叫嚷不止，全是“斩殷虚头，封万户侯”的呼声。项军兵分三路，从正、左、右三面把焉军包围，然后一步步往里砍杀。焉军结成锥形阵，花髯戟为前锥，精锐亲兵为两翼，极迅猛地扎入项兵群中。最先触到前锥的项马翻了，密布的兵群如同竹子，被利刃剖开了一丝缝隙。四面齐声叫：“三千金！三千金！万户侯！”两个项兵同时打马向殷虚冲杀，弯刀一左一右夹击，殷虚以花髯戟挑开，又有四个项兵补上来，两人用陌刀，两人用狼牙棒，四兵皆是冲坐骑来的，战马急忙刹蹄，卫兵从两侧冲出来，抬弩射箭，把四个项兵射翻在地，项马失了主人，长嘶奔走。数十个项兵一齐把长矛戳向殷虚，殷虚左钩右截，断矛如草，势不可挡。几个项军将领遥见一支铁锥把军阵剖成了两半，齐声道："若走了殷虚，杀无赦！"项兵们愈急，各处响起"杀无赦"之声。一个项兵弓手瞄准殷虚放出一箭，殷虚偏头躲开，长箭一头扎进项兵群，正中一个十夫长。两军混战之时，极少有人敢放箭，是怕误伤自己同伴，此时那弓手不管不顾出了一箭，射中的正是兄弟军，那十夫长的手下大怒，立时有人反手回了一箭，明射殷虚，暗射项兵，那边被射中的也放声怒骂。既有人开了先河，各支项军都无所顾忌了，凡有弓的都张开弓，八方出手，争先恐后，如同天网向殷虚坠落。箭同时落在无数焉兵和项兵身上，锥形阵渐渐缺了两角。殷虚右臂中了一箭，仍以左手持戟，疾驱猛进。上百的人死在地下，几十匹无主的马看见焉军过来，慌张四散。忽有一支项军过来，叫道："杀马！杀马！"一面说，一面分从三面向马放箭，马只能往殷虚这边逃。几个剽悍的陌刀项兵上前，大刀挥向马头，几声长嘶后，马头掉了，马身沉重地倒地，一匹堆着一匹，殷虚的战马纵身飞跃，跃过三座马尸，迎面，又有十多匹高头大马撞过来，皆被项兵砍断了腿，射伤了眼，轰然栽倒在地。眼前是一座马尸山，战马再也跃不动了。项军一声号令，百箭齐飞，以殷虚为圆心，周围数丈全部笼罩，无论项兵焉兵，一个都不放过。坚如铁石的锥形阵坍塌了，焉兵一个接一个坠下马，厉呼之声上接云天。殷虚的战马中了二十余箭，力竭血尽，哀鸣一声，倒了下去，花髯戟落在地上，鎏金铠也碎了，上千项兵同声欢呼，你争我抢地扑了上来，一个彪壮的项兵最先赶到，一刀砍下殷虚的头，高叫："三千金，我的！"忽有几个项兵扑向他，夺他手中头颅，那项兵举刀回砍，一伙人打成一团。几十个项兵围着殷虚无首之尸，不知是出于怨恨，还是想再分一杯羹，一人先举起弯刀，割下一只手臂，余人纷纷效仿，砍手砍腿，将尸身分了个干净。项军领头的大将仰天大笑，道："殷虚死了，只剩唐玥了！"

石驼坡下，焉军尚在与项军苦战，只是力渐渐不支，将士们都不时看向西南方，苦等殷虚归来。约两顿饭的工夫后，几支铁骑同时从西南出现，卷蹄如风，却都是项兵的装扮，焉兵们都暗自心惊。项兵奔回战场，扬起手中的战利品，边跑边叫："殷虚死了！你们还不降？！"焉兵们闻声细看，项兵手里是断了的花髯戟、分成几片的鎏金铠，还有一颗血淋淋的头颅。最近的焉兵看清了殷虚的面容，肝胆俱裂，放声叫道："将军！"几个遍体鳞伤的将士支撑不住，呕血坠地而亡。项兵愈杀愈勇，焉兵士气大挫，眼见溃败就在顷刻，几个百夫长挥鞭叫道："撤！回大营！"各支焉军闻令，匆匆掉马后撤，项军大喜过望，彼此鼓劲："斩尽杀绝！斩尽杀绝！"向焉军穷追而去。

8

唐珝和龙木秀一直站在营外翘首等待，等到日头东出，方见一队焉军匆匆回来，约千人，稀稀拉拉，伤马裂甲，都知道大事不好。龙木秀一路小跑迎上去，高声问："怎么了？"那队焉兵疲敝不堪，只一人低声道："在石驼坡遇项贼了。"龙木秀问："你们将军呢？"焉兵们都不答，间有低泣之声。龙木秀明白了，愤然转身向唐珝叫道："败了！殷将军死了！"唐珝抬眼向远处望，路很长，但再也没有焉兵来了。龙木秀气道："说了我们去，你们偏要逞能！现在如何！五千精骑，打成这样！"唐珝道："你少说几句！"龙木秀道："我忍不了！白白死了几千精锐，落日峡收不回，铁羌城打不下，人又没了，现在怎么办！"一个焉兵也被激怒，因说道："你厉害，那去把铁羌城打下来。"龙木秀道："去就去！"一转身放声叫："湘州军，随我去打铁羌城！"湘州兵们应着，纷纷跑去穿甲拿刀，龙木秀从唐珝身边过去，唐珝一把将他拉住，道："别急，别乱！我们想办法！"龙木秀猛地甩开他的手，问："什么办法？"唐珝无言以对。龙木秀张臂遥指铁羌城，问："这样的城，你能想到什么办法！"唐珝见他哀怒交加，眼中泪花闪闪，知道拉不住，只得让开。龙木秀疾步回营，把铁箭装满箭筒，拎着弓出帐上马，奔出辕门，湘州兵全跟着他去了。

铁羌城头的项兵早收到了石驼坡的捷报，以胜者之姿看着焉军冲过来，不紧不慢地布投石车、上连弩。焉军的入云梯和撞车在念波城、九婴山、北蟒关和风沙堡历战中损毁已尽，如今只剩连弩、木梯和一根五百斤的撞木，想以此破铁羌，无异于想用一支扁担撬动一座山。西项将卒站在四层楼高的城垛上，俯视一万焉兵，好像一群匆忙的蚂蚁。龙木秀下令攻城，步兵们扛着木梯往城下冲，骑兵们在外射箭掩护。天上下起了石雹雨，小的像鹅蛋，大的像马车轮，砸在地上，是一个坑，砸在人和马的头上，便是一团糜烂。马蹄和碎石乱飞，沙土扬起来了，龙木秀红着眼咬着牙，盯着城垛间的人头，谁在拉投石车，便把箭射向谁，垛口的人倒了一个，又冒出来一个，倒下去两个，又冒出来两个，仅凭一张弓，怎么也射不完。木梯到了城下，项兵在上拉开连弩，往下抵着焉兵劲射，矢落如瀑。龙木秀一路乘马狂奔，一路箭不虚发，忽见一支车弩从垛口飞出，直冲他来，他暗叫不好，再拉马缰已迟了，碗口粗的长箭一下戳穿了马肚，战马痛得乱刨，把他摔在地上，擦了一脸黄沙。城楼上一片欢笑。龙木秀怒火冲天地翻身起来，提起雕弓和铜盾往城门冲，头上矢石纵横。数千焉兵遍布每一寸城下，拼命地往木梯上爬。进攻愈急，反击愈烈，项兵见石头和铁箭还拦不住，便开始用火球、用热油、用烧得滚烫的水。龙木秀到了城门下，撞木还在撞门，撞一次，榧头便凹一寸，铁门纹风不动。城上项兵边射边骂，还有嘲笑，龙木秀听在耳里，全是"瓮中之鳖”“自寻死路”之类的话，他抬目四望，没有一个焉兵登上城楼，地下死伤一片，他没有反骂的底气，只能牵着撞木去撞门。忽然一团火球落下来，正落在撞木上，木头开始燃烧，上面又浇下一桶油，火一下子溅开了，焉兵们只能后退。龙木秀抽出横刀，劈向铁门，一刀下去，劈出一道浅淡的白痕，项兵们看着他的动作，不免发笑。龙木秀继续劈，他也清楚铁门是劈不开的，可除此之外，他不知道还能做什么。一刀又一刀，刃口已经卷了，他还在劈，忽然一只手伸过来，紧紧抓住他的手腕，他放声吼道：“别管我！”回头一看，是唐玥来了，他忿然挣扎，却没挣开。唐玥道：“回去。这些兵再打没了，就真没指望了。我不能冉没有你。”龙木秀的眼眶一热，想说话又说不出来。唐玥大声道：“鸣金，收兵！”

鸣金声旋即在城下各处响起，唐玥拉着龙木秀，冒着矢石向后退去。项兵在城头敲起了胜利的鼓。

第九十七章

风雪故人

1

驿使们不舍昼夜地接力赶路，半月内把焉军惨败的急报送达了开元城。长街上，落叶飘零，举城枯凉。无论是市井中，还是庙堂上，处处堆积着惊惶悲郁之气。腊月二十二，申正，唐瑜从办公堂出来，随手带上了门。小吏们多时不见唐瑜准时下班了，都暗感意外。唐瑜道："我家里有事，要先走一步。"小吏们忙道："相公自去。"

唐瑜回了家，却又似乎无事可做，只在书房里静坐。府中婢奴已发遣了大半，无人来问候他的饮食，他也早忘了渴与饥。夜间，唐晋回来了，见面便道："都安排妥当了。"唐瑜点头。唐晋问："是此时去请，还是……"唐瑜便有些出神。唐晋道："我和朱家说了，今夜要去。"唐瑜便道："请她来。"唐晋转身去了。

两刻之后，门帘轻响，苏叶进来了，与唐瑜甫一对视，便直觉将有事发生，不敢多言语。唐瑜示意她坐下，她便在东边椅子坐了。唐瑜道："战报传回来了，三郎被困在铁羌城下了。"

苏叶道："我才听说了。"

唐瑜道："我今日奏请圣上征调援军，圣上驳回了，说大焉已无兵可征。"

苏叶黯然不语。

唐瑜道："但我会救他。他会脱险，会攻下铁羌城，然后回家来。"

苏叶忙问："如何救？"

唐瑜不答，却反问："他早晚会回家来，是时，你该如何自处？"

苏叶发现今夜的唐瑜大为异样，脸色是毫不掩饰的冷淡与排斥，她隐隐觉得不好，十指在袖中紧紧相绕，问："那你说，我该如何？"

唐瑜道："你该离开唐家了。你在，他不会回来。"

苏叶的指尖瞬间掐入掌心，看着唐瑜道："逼走他的，不止我一个人！"

唐瑜良久方道："我会留在这里，等他回来。"

苏叶道："我何尝不想他回来？我何尝没等过他！难道我就是无情无义、无心无肝的？"

唐瑜不语。

苏叶道："我就在家里，等他回来。"

唐瑜决然道："你必须离开。我今夜找你来，便是要你离开。"

外面依稀有人来了。苏叶回首，见唐晋和沁儿一起走来，沁儿抱着一个玲珑箱子，在门边道："苏娘子最心爱的珠宝和衣物，都收来了。"

苏叶猛转头看唐瑜。唐瑜问唐晋："车马呢？"

唐晋回："在府门口等着了。"

苏叶的目光从惊讶转为愤怒，半晌冷笑道："这些年，你一直和我说，这里是我的家，要我安心——这哪里是我的家！这家只能姓唐，你一句话让我走，我就得走！先是幽儿，再是我，你说放便放了。除了姓唐的，你真心在乎过谁？唐二公子，何其凉薄！"

唐瑜淡然向唐晋道："你请苏娘子启程。"

唐晋便向苏叶道："请苏娘子动身。"

苏叶只问唐瑜："我去哪儿？你想让我去哪儿？"

唐瑜道："你回东沅去。"

苏叶身体一僵："回东沅？"

唐瑜道："一月前，我给沅国朝廷去信了，他们找到了你的家人。你父母尚在，家业小康。我在桃影河朱鱼家雇了一条船，找了四个船娘送你回去。还有三个奴仆，皆是朱鱼家的常年伙计，在开元城有家有室、知根知底，你可以放心。朱鱼有小义无大恶，我面会过他，有我在，他不敢出差错。现在唐晋送你去朱鱼家，天明后启程，两月后，你便到家了。"

苏叶听得心越来越凉，怔怔道："你早就计划好了！你到底……到底……你为何……"

唐瑜向沁儿道："送苏娘子出门。"

沁儿进门来，把宝箱递给苏叶，苏叶夺过宝箱摔在地上，向唐瑜哭道："还没说清楚！你为何如此对我？忽近忽远，忽冷忽热，你想怎样便怎样！我是谁？是你召之即来、挥之即去的奴婢？这段日子，我是如何过的？你为何这样做！"

沁儿忙上来拦道："娘子，别闹！"

苏叶推开沁儿，冲到唐瑜面前，用手指顶住他的胸膛，一字字道：“你才是无心无肝、无情无义的那个！我真想把你的心剖开，看看你到底在想什么！”

唐晋过来分开苏叶留在唐瑜心口的手，道：“苏娘子，该走了。”

万念俱灰的苏叶随着沁儿的搀扶，一步步往外退去，可她的眼睛依然看着唐瑜，又恨又怨。唐瑜待三人的身影都消失了，却又起身跟了上去。

唐府正门罕见地大开着，门下等着一辆马车。走到车边，沁儿从车厢里取出一顶白纱幂篱，给苏叶戴着，让长长的玉纱罩住她的脸和身子，轻声道：“苏娘子，去了以后，多珍重。”

唐瑜原本站在门边没有下来，直至看见那飘摇的白纱，他忽然有些动容，走下阶，微笑道：“这是幽儿的幂篱。”

从前苏叶和明幽亲如一人，衣裙和饰物常常混用的，她早分不清这是谁的了，听唐瑜如此说，便冷然道：“你想她，我便还你。”说着自己解幂篱，唐瑜伸手一拦，阻止了她的动作，退后几步，说道：“你留着。你也应该想她。”说完转身回了府里，再未回头。

唐晋护着马车一路到了朱鱼酒肆，桃影河上，已然停着一艘小船了。朱鱼娘子一直在门外候着，见马车来，急忙上前相迎，把苏叶搀了下来。唐晋对朱鱼娘子嘱咐了几句，又给了一包铜钱，方与沁儿告辞而去。

朱鱼娘子扶着苏叶往里走，一面笑道：“娘子先休息一晚，明儿一早便出发。娘子饿了不曾？先去房里洗手，我去端宵夜来。娘子想吃点什么？”

苏叶浑浑沌沌地挪步，走到酒肆里面，浓热的酒肉气扑面而来，七八桌客人猜拳的猜拳，唱歌的唱歌，好生令人烦躁。过了大堂，到了后院，灯火阑珊，苏叶被幂篱遮住看不清路，便把白纱掀开了。走到一座小楼前，有几间亮着，几间黑着，亮着的窗户闪过男男女女嬉闹的影子。朱鱼娘子道：“给苏娘子留了二楼最好的一间，白天才叫人打扫过的。”便带着苏叶上楼。不巧有三个男子从楼上下来，苏叶躲不开，只好低下头。有一人与她擦身而过时，分明顿了一下。朱鱼娘子口中“大郎、四郎”地招呼，那三个男子都答应了。直至上完楼梯，苏叶才回首看了一眼，有一个男子竟然没走，就站在楼梯下，抬头看她。四目相对，苏叶的心莫名一跳：这个人，有些眼熟。朱鱼娘子兀自牵着苏叶往前走，口中叨叨不止。苏叶心乱如麻地想，这人她一定见过，一定认识，可到底是谁，又一时记不起了，那应该是多年前的事了。

2

百姓们经过了春耕、夏耘和秋收，到了冬季，总算从田里释放出来了，可是，官府的徭役又来了。每年秋分过后，家家男丁都要充役，轻则为衙门官员看家守院、呵辟行路，重则筑城修道、挖河补桥，于是庶民四时之内，无日可歇。孙牧野却是例外。胥吏们年年来白草村催徭，无数次从他家门口过，一步也没踏进院子，孙牧野更不会主动去问，因此被闲下了，终日只是在家陪伴妻儿，做些家务。这日是腊月二十八，临睡前，孙牧野开窗看了一眼，估计半夜要下雪，心里一盘算，炭快没了，他想起那对卖炭的父子，每隔七日来白草村一次，算算日子，明日该来了，便打算天亮后去村口等。

翌日天明，孙牧野一觉醒转，豆蔻还在睡，他从床上起来，一面穿衣裳，一面去看孩子。十月婴儿，在父亲给他做的小木床里酣睡，怀里抱着母亲缝的布鸭子，似乎一夜没松开。孙牧野悄悄抽走鸭子，让他松弛地睡。孙牧野和豆蔻都没念过书，不知如何给孩子取名，豆蔻只照南荆的习俗叫孩子“幺儿”，叫得久了，“孙幺”便成了孩子的名字。孙牧野穿好衣裳，准备系腰带，发现布带不知几时破了，便放到一边，另去衣柜里找，半晌翻出一条军用的皮腰带，绕上腰，正要扣带钩，双手又顿住了。从前在军营里，一直是扣第二个孔的，现在却要扣第三个了。他低头看了看自己的腰，再看看腰带，慢慢扣上了。

孙牧野拎着背篼走出家门，雪竟没有下来，甚或有一点阳光，星官儿蹲坐在院坝里，望着远方出神，北风吹得虎毛凌乱地舞。孙牧野打了个呼哨，星官儿便起身，随他往村口走。

到了村口，孙牧野放下背篼，靠在老槐树上等。星官儿卧下了。孙牧野抱着双臂，把它横竖看了几眼，问：“你是不是也长肥了？”

星官儿把头扭到一边，假意没听见。

孙牧野道：“咱们都要减肥。过完年，每天早上一起爬黄雀坡，晚上跑钱家湾。”

他抬眼看了看村路，不见一个行影。片刻，对星官儿道：“现在朝廷不要咱们了，再好吃懒做的，家里也不要咱们了。”

星官儿愈发倒在地上打滚伸懒腰，偏拿出好吃懒做的神气来，孙牧野便轻轻踹了它一脚。过了很久，卖炭的车还是没来。孙牧野想，明日就是除夕，那对父子多半已经歇着了，这一歇，只怕要正月十五后才开工。家里的炭用不到那个时候，若当真不来了，只好自己上山砍柴。附近的山早被村民砍光了，只能去十里外的松果山。孙牧野在心中盘算，再等两刻，还不来，便回家取斧头和干粮。

大约过了一刻，一辆板车咯吱咯吱从远处来了，车板上堆满了炭。孙牧野站直身子，再一细看，赶车的并不是往常那对父子，而是两个妇人。前面拉的老妪有六七十的样子，后面推的妇人也有四十多，两人赶着几百斤重的车，身子倾斜着，膝盖几乎贴到了地上。走到槐树边，孙牧野问：“炭怎么卖？”

那老妪道：“十三文一斤。”

孙牧野道：“比先前贵了。”

老妪道：“这数九寒天，我们娘俩上山伐木，还要轮番守着炭窑烧，卖十三文可不贵。”

孙牧野便把背篼递过去，道：“把这个装满。”

老妪接过背篼，往里装炭。孙牧野问：“怎么是你们来，家里男人呢？”

老妪道：“都去服徭役了。儿子被拉去北边，给风陵山下的雍州军做饭，丈夫七十二了，就在县里缝营帐。朝廷摊派下来的，每个县要交多少军衣军帐，少了就抓起来，连县令都抓。”

她媳妇看见树后的虎，壮着胆子问道：“你是不是孙将军？”

孙牧野点头。

那媳妇道：“听说焉军在西边吃败仗了，是不是真的？”

孙牧野猛地抬起眼皮看她，想听她继续说，那媳妇反倒吓了一跳。老妪一面装炭一面道：“乡里都是那样传的，说是死了两个将军。”

孙牧野问：“哪两个？”

那老妪道：“我哪里记得这些！”

那媳妇道：“听说一个是上了年纪的老将军，还有一个……好像是姓殷。”

老妪道：“对，是姓殷。”她把背篼装满了，用秤一称，说道：“听说他死得太惨了，项贼把他的手和腿都砍了。——六斤。”便把背篼还给孙牧野，孙牧野单手接过来，转身便走，那老妪忙道：“钱！”媳妇也道：“六斤，是七十八文。”孙牧野把背篼放在地上，从荷包里抓出铜钱，数出八十七文，递给老妪，那媳妇也一直在数，道：“多了，还他九个。”孙牧野摇手，向星官儿招了招，两个便往回走，走出几步，那媳妇又道：“孙将军，背篼忘了。”孙牧野转身回来，捡起背篼去了。

太阳出来了，孙牧野背着背篼，与星官儿一前一后走在光秃秃的田埂上。走了二三百步，他累了，想歇一歇，便弯下腰，双手撑着膝盖，缓缓席地而坐，坐直的一瞬间，他像个庄稼汉一样，粗长地叹了口气。腊月二十九了，竟然还有日头。太阳照着枯萎的榆树，照不见飘扬的旌旗；杂乱的木房，是民居，不是八百里连营；村里传出几声吠叫，他倾耳细听，是家犬，不是战马；忽然身后有脚步声，他急忙回头，是两个村老，伛偻着从田坎上走过，不是他的战士。孙牧野看着空荡荡的天地。人呢？为何都不见了？成千上万的人，戴着红抹额，穿着明光铠，笑着从他面前打马而过，消失在西方天际，一个也没回头。

3

鼎象四年正月初四，晚饭后，孙牧野收拾了厨房，出来看见满天的雪，院坝里好似铺了一层棉花，他从厨房回正堂，在地上踩出一弧浅浅的脚印。堂屋里生了炭火，豆蔻在火边缝虎头帽，星官儿卧在地上，孙幺穿着小棉袄，把虎身当作小山，爬上滚下地玩耍，星官儿任他磨缠，只在他靠近火盆时，用尾巴把他拦回来。孙牧野进了门，顺手把门闩插上了。孙幺看见父亲进门，欢欢喜喜爬过去，举起双手道："高高，飞高高。"孙牧野俯身将他抱起，一下一下往上抛，孩子张着小小的手臂，像展开一双稚嫩的翅膀，以为自己真的飞了起来，笑出了尖叫声。

豆蔻把虎头帽做好了，道："过来，戴上阿娘看看。"孙牧野便把孙幺送到豆蔻身边，豆蔻给他戴上帽子，笑吟吟道："好一头小老虎！咱们家有两只老虎了！"孙幺见阿娘高兴，自己也莫名高兴，拍手唤道："阿娘，阿娘。"豆蔻一声声地答应，又道："叫阿爹呀。"孙牧野便看孙幺。孙幺张了张口，又不知如何发声，豆蔻向孙牧野道："方才你不在，他都在叫，你一来，他倒不会了。"又向孙幺一遍遍地教。孙牧野见豆蔻的头发从耳后散下来一缕，便给她捋了上去，孙幺学着去捋阿娘的头发，豆蔻笑道："看见没有？孩子都是学大人的，你要对我好，他才知道对我好。"

夜越深，窗户越白，不知外面的雪下得多大，只闻风打堂门，门闩咯咯地响。孙牧野一面往火盆里添炭，一面道："方才吕阿叔来看我们在不在家，说吕乾吕坤和丁锤锤明天要从郡里回来，想来家里拜个年。我想着要杀一条鱼，可别今夜给冻死了。"豆蔻道："把鱼舀进水盆里，放在灶边，冻不死。"孙牧野道："放上了。"豆蔻问："他们可带着孩子来呢？若来，我们要把红包备下。"又笑道，"幺幺这几日，收了潘大娘、周娘子好几件新衣裳，我做的那些还没穿呢，又得了那么多。若来的孩子和幺幺一般大，不如就给我做的衣裳。不是我小气，是怕浪费了。"孙牧野道："行。"

话聊得差不多了，火也快熄了，豆蔻把孙幺抱在怀里哄睡，孙牧野也就不再加炭。突然半扇窗户被风撞开，雪和雨涌了进来，挟裹着呼啸的杂音。孙牧野过去用力把窗户关上，回来道："明天要把窗棂修一修。锤子借给于三叔，还回来没有？"豆蔻道："上前天还了，在西厢房外间，篮子里收着。"孙牧野忽然坐直身子，纹丝不动，好像被定住了。豆蔻问："怎么了？"

孙牧野全神贯注地坐着，像在思索，又像在聆听，片刻道：“有人来找我了。”

豆蔻忙问：“谁？”

孙牧野还在听，忘了回答。豆蔻也屏住呼吸细听，家里是烧炭的噼啪声，家外是狂风卷过房屋树木声，她轻轻道：“没有人。”

孙牧野摇头。豆蔻再听，终于，风声里分出一丝破碎的马蹄声，一步比一步迅疾，一步比一步清晰。豆蔻的心跳快了，道：“是马。”

孙牧野点头。

豆蔻道：“大概是施老伯家的马，他年前才买了两匹马，用来拉车的。我白天看见他们出去了，现在才回来。”

孙牧野道：“不是，是战马。上过战场的马和拉车的马蹄声不一样。”他看着豆蔻，眼神是止不住的忧虑，“是来找我的。”

豆蔻不自觉抱紧了孩子，问：“谁？谁来找你？”

孙牧野也不知道。瞬息之间，马蹄声盖过了风雪声，步步向孙家而来，百步之内，响天震地，竟似有百匹之众，孙牧野道：“你们去里屋。”豆蔻最担心的也是孩子，当下抱起孙幺进了东厢房。孙牧野从神台上取下长绝枪，放在身边，又坐下静等。

弹指工夫，众多马匹冲上院坝，被人勒停了，放声长嘶，无数人高叫道：“孙将军！”

孙牧野听见了熟悉的声音，忙大步过去开门，院子里站满了雪淋般的人，个个都相识，都是当年随他从前线回来的旧部，当先的是乔恩宝。孙牧野忙迎出去，乔恩宝和几个士兵分开一步，从他们身后，又走出一个人来，披一身黪黑斗篷，孙牧野一愣，足下一停，乔恩宝道：“是唐相公！”唐瑜掀开斗篷，露出一张栉风沐雪的倦容，向孙牧野长揖道：“孙将军。”

孙牧野发了一瞬间的愣，缓缓将唐瑜扶起。众将士纷纷道：“孙将军，可曾听到燕州的消息？”“我们败了！落日峡被项贼占住了！”“我们去救他们！我们不去，就没人了！”

乔恩宝道：“只能我们去了。他们还在铁羌城下撑着，一刻也不能拖了！”

顷刻之间，雪珠也沾满了孙牧野的头发，他对众人道：“先进去休息。”

他把唐瑜请到正堂，众将士或在正堂，或在西厢房，或在厨房，席地而坐，阒然无声。孙牧野重去灶头里掏火，生了炭盆，放在各间屋子里，又去烧热水，分给众人喝。末了，他回到正堂，在唐瑜对面坐下，低头拨弄炭火，口中问乔恩宝：“你们走了多久？”乔恩宝道：“腊月二十三出来的，走了十一天。”孙牧野问：“在路上过的年？”乔恩宝道：“在驿站里胡乱过的。唐相公没有惊动沿途郡县。”孙牧野道：“灶里的水要开了，你去给大家煮面。”乔恩宝便去了。

孙牧野放下铁钎，看了许久炭火，方道："我是九月知道唐三郎还活着的。我去城里买东西，听说风沙堡的战报到了，贴在县衙门口，就去看。我听他们念战报，听到唐珝的名字，还以为听错了。进了县衙去问，县吏们说就是唐将军，我才知道他还活着。"

唐瑜道："他在雪鸡河被一个项兵救了。破北蟒关后，他回了一次家，住了两日，第三日便走了。"

孙牧野问："只住了两日？"

唐瑜道："他是带着对我的恨离开的。走的时候，没来见我一面，没和我道别。我给他去信，他信封都没拆便退回来了。"

孙牧野觉得奇怪，却也不多问。唐瑜道："唐瑜此来，是请孙将军去燕州。将军已归隐桑梓，弃人间事，唐瑜本不该有此不情之请，可燕州困局，非将军不能解，只有将军能把三郎带回来。"

孙牧野沉默，唐瑜只能等着。

半晌，孙牧野道："我要和家人商量。"

唐瑜欠身道："向夫人转告唐瑜歉意。"

孙牧野便起身去了东厢房。孙幺已在小床上睡熟了，豆蔻坐在旁边，直勾勾看着孙牧野。孙牧野也过去坐下。豆蔻道："我都听见了。"

孙牧野问："你听见怎么说的？"

豆蔻道："他们要你去燕州，打铁羌城，把唐三郎带回来。"

孙牧野一声叹息，双手交握在一起。

豆蔻问："你是不是要去？"

孙牧野不自觉地压起指关节来，轻声道："你听我说有些事。"

豆蔻道："你说。"

孙牧野道："我第一次见唐珝和唐相公，是在十五年前。那天唐相公带着唐珝到我家，说他要进涅火军，请我收留，我答应了。告别的时候，唐珝不在眼前，唐相公向我跪拜在地上，这样把唐珝托付给我的。雪鸡河那个晚上，我以为唐珝死了，回京城当天，我就去找唐相公，这件事，我必须当面和他说。去的路上我一直在想，我要怎么开口，我对不住他当初那一跪，他若骂我斥我，我都要认，可见了面，他一句怪我的话都没说。后来，我被关进沧山，唐相公为了救我，把朝廷上上下下的官员都找遍了，他一家家上门，请他们在朝堂上为我说话。没有他，我活不到今天。下沧山后，我跟他说了父亲的事。我其实没有请他帮忙，因为我以为谁也帮不了我，可他留心了，他找到了证据，帮我父亲平反了。"

豆蔻呆呆听他说着，一句也不曾打断。孙牧野道："我欠唐相公的。现在他来找我，我不能推辞。丈夫生在世间，要知恩图报。”

豆蔻轻声道：“你去就是了。早些去，就早些回。”

孙牧野看见她鬓边那丝头发又垂下来了，可是，垂下来也好看，他便不再伸手。他回头看孙幺，孙幺睡得稳妥极了，嫩乎乎的小手探出被子，五指蜷曲。孙牧野把自己的食指放进孙幺的手心。婴儿小小的手，刚好够放父亲的一根手指，他似乎梦中有觉，手一紧，牢牢地抓住食指，再也抽不出。孙牧野不敢惊醒他，只能如此由他抓着。过一阵，豆蔻困了，伏在他的膝上，喃喃道：“有一天晚上，我做了个梦，梦见我们在吃饭，你坐在我对面，吃着吃着，头发就变白了。我也是。一顿饭吃完，我们就老了，幺儿就长大了。”孙牧野道：“真好。”

豆蔻在孙牧野的膝上睡着了。孙牧野一手牵着儿子，一手抚着妻子，他恍惚有个错觉，其实自己这一生都是农家人，一直在白草村不曾离开。他在这里出生，在这里成长，在这里娶妻生子，父母住在北屋里，哥哥也安了家，他们在东厢房，自己家在西厢房。为何明日要离开？人生究竟在哪一刻偏离了方向？孙牧野说不上来。房门忽然一闪，开了一条缝，孙牧野转头看，星官儿进来了，就在他的腿边卧下。孙牧野道：“以后不要好吃懒做，要每天爬黄雀坡、跑钱家湾，你要有一副好身体，才能陪他们长久。”星官儿似乎听懂了，微微点头。

雪停了，天亮了，孙幺醒了，豆蔻也醒了，她抱起儿子唤道：“今日阿爹要出远门，你叫一声阿爹。”孙幺似乎意识到气氛不对，却不知哪里不对，便警觉地不开口。豆蔻急道：“快叫阿爹！叫阿爹！”孙幺偏紧紧抿着嘴，孙牧野向他道：“我走了。”孙幺看着父亲不吭气，豆蔻便含泪恨声道：“天生的犟心牛脾气，和阿爹一个样！”

孙牧野转身出了东厢房，唐瑜还在等着。唐瑜向豆蔻道：“夫人请随唐瑜回京城，两家好彼此照应。”豆蔻看着儿子道：“他还不满一岁，这天寒地冻的，走上千里，我怎么忍心！我们就在家里等他回来。”唐瑜只得作罢。孙牧野捡起长枪，和唐瑜一同出门，涅火军近三百将士在外等候。孙牧野向唐瑜道：“这些人不够。”唐瑜道：“四千章州军已奉调进驻未离原，不日西去，悉从将军指挥。”孙牧野问：“奉谁的调？龙朔宫，还是凤阁？”唐瑜道：“凤阁。”孙牧野看了他几眼，最后只道：“尽快启程，别迟误了。”唐瑜躬身道：“两月之内，章州军当与将军会师燕州。”

乔恩宝牵来战马，孙牧野跨了上去，忽听孙幺唤道：“阿爹！”他忙回头，孙幺从豆蔻的臂弯里探出身来，想要他抱，孙牧野看了他一阵，向他一笑，扬起鞭子，断然打马而去。孙幺慌了，大哭不已，很快，如雷的马蹄声压下了他的啼哭，他只能眼睁睁看着父亲和一群陌生人踏过田野，去了远方。

第九十八章

长峡攻守

1

西北贫瘠之地，原本多旱少雨，可这个春天，细雨一场连着一场，原本荒芜的沙山都蒙上了点点绿色。一些老项兵说，是因为兵灾之年，军民俱苦，所以老天爷可怜项人,降下甘霖。浊沙河的水日见清冽,或许仗就要打完了。守落日峡的项军渐渐闲了，因为焉军已被困在铁羌城，力殚粮绝，覆灭指日可待。米元杰每天都去山顶静坐，看着西北方，猜测今日焉军有没有攻城，猜测项军是否会乘弊而击，猜测项王此刻在做什么。他极少看东南，因为焉军不会再有外援来了。中焉宫廷的事早传过来了，焉天子杀了皇后，贬了孙牧野，后宫内廷纷乱如麻，天子与公主、外戚、朝臣皆不和，哪里还顾得上边事。有传闻宰相数次上书请求调兵，天子都不许，君相之争从暗里转向明处。这支遗留在燕州的焉军，应该是被中焉放弃了。

三月十五，吃过早饭后，元杰和几个卒子去河边闲逛，稍后，一支项军粮队自南边来了，约三千人，浩浩荡荡，驼队前方挂着大项军旗。走到军寨门下，守兵照例叫道："口令：狼头！"领队的回道："狗尾巴！"辕门便打开了，役夫们把骆驼和粮车留在原地，纷纷进寨休息，落日峡热闹了起来。

元杰进了军寨，看着役夫们坐在地上喝水吃饭，问那领队的："从哪里来？"

领队道："王城。老千岁派来的。"

元杰听说是老项王派来的人，不由自主站正了，问："送的什么来？"

那领队道："除了粮草，还有给大王的贺礼。过几日是大王生辰。"

周边卒子好奇地围过来，问："什么礼？"

领队道："一件新衣裳，一件旧衣裳，一盒长寿面。"

一个问："旧衣裳？"

领队道："听说是大王小时候的襁褓。"

众人听了，觉得无名贵之物，甚是无趣，便散了。

役夫们歇了两顿饭工夫，吆喝着又要启程。出辕门时，元杰向领队道："小心石驼坡。焉贼可能在那边伏击。"

那领队问："焉贼还能打？"

元杰道："蹦不了几天了，但还是小心为上。"领队答应着去了。

元杰目送驼队沿大河逶迤而去，又去山上坐着。晌午，又下雨了，他用水壶接雨，接了一半，雨下大了，淋湿了衣裳，他起身往山下跑，跑进辕门，天就黑了。炊兵在喊胡饼熟了，卒子们冒雨去领胡饼，之后用衣袖盖着跑回自己营帐。米元杰也领了饼，正往回走，忽听哨楼上一声鼓响，哨兵们个个手指营外，元杰扭头看，雨幕中，又一行粮队来了，驼铃声"铛铛"地响。到了辕门下，哨兵叫道："狼头！"外面回："狗尾巴！"几个卒子跑过去，打开了辕门。

骆驼、驴车和役夫先后走进了营寨。元杰打量着，约五十头骆驼、三十辆驴车、百多个人。役夫们都有些年纪了，当先几人，一个断了手掌，两个瘸了腿，赶车分外费力。走近了，一个役夫先问元杰："他们过去了？"元杰道："中午就过去了。"那役夫道："我们掉队了。"元杰问："怎么回事？"役夫道："生病的人太多了。"元杰道："该找些健壮的来。"那役夫道："健壮的都在铁羌城里。"元杰点头，便指炊兵的方向："那边有饼。"几个役夫都道谢。元杰道："歇一晚再走。晚上和大家挤挤。"说着，一边咬饼，一边向自己的营房走去。

子初前后，米元杰睡下了，不到一个时辰，又被雨声吵醒。他翻来覆去十几遍，怎么也睡不着，便起来点灯看兵书。姜太公所撰的《龙韬》，是项王送他的。元杰先前不识字，为了学这本书，特意请了军中文书教他认字，三年多了，他已能独立阅读大半的篇章。上次项王问他《王翼》篇内容，他答上来了，项王把自己的狐腋裘送了他。军旅腌臜，他一直没舍得穿。此刻，元杰随意翻开《论将》篇温习，把他喜欢的句子勾了下来："勇则不可犯，智则不可乱，仁则爱人，信则不欺，忠则无二心。"正细细体会时，入耳的雨声中，忽然混入了别的声音。元杰抬起头听了听，分辨不出是什么，又像是后山在落泥沙，又像是河水拍上了岸，还像是骆驼在哀鸣。他想，如此大的雨，一定有军帐被淋垮了，或许是卒子们在抢救东西——那些声音中，的确有人的呼喊。他低了头，翻开下一页，正要阅读，却又隐隐不安，便凝住了神，继续听，终于，他在一团嘈杂中辨析出一丝铁器的声响，"铛——"，是两种兵器碰到了一起，刹那间，元杰的血直冲脑门，急忙捞起弯刀往外赶，掀开帐帘的瞬间，一支矛尖戳了进来，离眉心只有半寸，元杰忙往后退，帘子落了下去，上面映出一个人影。元杰定了定神，向前移半步，一刀劈向影子的腰，那人影往旁边一闪，趁机又出一矛，矛尖破开布帘，刺伤了元杰的手。元杰再次后退，透过刀和矛破开的裂缝，看见外面暴雨如注，兵来兵往。

项军的金钹此时才匆匆敲响。元杰喝问："谁在外面？！"影子不答。元杰纵身回去吹灭油灯，把自己隐入黑暗。什么也看不见了，耳中却听得越发清楚，项兵们在远处呼叫："元杰！焉贼打进来了！元杰！"叫声时而左、时而右，就是不能近前，显然是被拦住了。元杰向帐门冲去，身体触到布帘的一瞬，挥刀向外疾砍，"哐"的一声，刀刃撞在矛头上，矛头像藤一样顺着刀身找到了人，疾风般刺出，元杰只得再退，退了三步，矛没有追进来。元杰知道了，门外不是寻常卒子，他压下呼吸声，悄悄地后退，退到另一边，用刀划帐布，想划开一个口子，钻出去。弯刀在帐布上轻轻走，整座军帐都在颤动。口子开到二尺，他扯开一线向外看，五步之外，倒着几个人，全是他的卫兵，一个个刀未出鞘。元杰浑身的骨头都在打颤，他的右手先伸出去，撑在地上，身子正要挪动，一道光下来，穿刺手背，把整只手钉在地上，元杰痛得大叫，拼命挣扎，那支矛便松了，元杰收回手，倒在地上大声喘息，裂口外，是一双焉兵的腿。元杰又是愤怒，又是害怕，大喝道："你报上名来！"那焉兵依然不答。

不远处，似乎有项兵突破了防线，向军帐冲来，一面冲一面叫："元杰！到处是焉贼！快出……"元杰从裂口向外看，十几个项兵先后栽进泥泞里，两三个焉兵身影轻掠而过。元杰捂着右手的伤，挣扎着起来，再向帐门冲去，帐帘被他撞开了，长矛如约而至，元杰奋不顾身向那焉兵劈去，焉兵回矛自护，退了几步，元杰抡着弯刀追，那焉兵稍一定神，再次出手反攻，一矛自下往上，挑破了元杰的脸，血和雨同时迷住了元杰的眼，他顿时什么也看不见了，只咆哮着乱砍乱杀，一刀也不中，那焉兵像消失了一般。元杰勉强睁开眼，眼前几匹受惊的骆驼飞奔而过，到处是兵卒在斗杀。那边还在叫："元杰！快来！"元杰正要往那边去，忽然一双手箍住他的喉咙和肩膀，元杰急忙用手掰，同时回头看，看清了焉兵的脸，只是来不及了，焉兵箍着他往后一摔，他那近二百斤的身躯撞开帐帘，摔回了军帐内。

晕头转向的元杰从地上坐了起来，手和脸上的血还在流。焉兵没有追进来，身影留在帐帘上。元杰大叫："我认出你了！雪鸡河上我们打过！倪长庚！"

倪长庚在外道："三年了，你一点长进也没有。为何轻易放我们进寨？"

元杰叫道："你们冒充我们粮队！"

倪长庚道："你太大意了。"

元杰问："你们从哪里来？"

倪长庚道："从东边来。"

元杰道："胡说！东边不会有人来！焉天子不会调兵来了，我们都知道！"

倪长庚道："兵家事，天子说了不算！"

元杰一愣，又问："孙牧野也来了？"

倪长庚道："来了。"

元杰又问："你们有多少人？"

倪长庚道："三百。"

元杰大吃一惊，问："三百？"

倪长庚道："足够了！"

帐外还有响天彻地的动静，东南西北，无处不是马鸣人喊，即便从帐帘的缝隙往外看，也有无数焉兵身影在闪动。竟然只有三百人。元杰忽然放声叫道："不要怕！杀！焉贼只有三百人！"倪长庚在外道："他们听不见。"

元杰奋起全身之力再往帐口冲去，纵然长矛会刺穿他的心、他的肺，也必须出去。帘子再次开了，飞矛过来，元杰一拦一砍，砍断了矛尖，下一刀劈倪长庚的头，长庚用半截断矛戳他的脸，他也不躲，长庚只得往旁边让。刀劈中了长庚的肩，断矛也戳破了元杰的脸。刀掉了，元杰冲过来抱住长庚，两人一起摔在泥水里，他先看见了矛，长庚也看见了刀，两人一个爬去捡矛，一个爬去捡刀，同时到手，元杰用矛扎长庚的心，长庚用刀劈元杰的喉，矛扎过去，布衣之下有铁甲，铁片卡住了矛尖，而刀已牢牢架在元杰的喉结上。元杰吼道："杀！我输了，杀我！"长庚把他看了两眼，站起来一把揪住他的衣领，把他往帐中拖，元杰死挣不得出。

又回到了军帐，长庚把弯刀扔在他脚边，又出去了，元杰不禁伏地大哭。他也曾有志在千里的雄心，可区区一顶粗布军帐，就像一个铁铸的牢笼般困着他，拼尽了全力也出不去。焉军一个默默无名的小卒，也像猫逗耗子似的把他逗着耍。元杰越想越悲恸，踉踉跄跄站起来，对着军帐到处乱砍，横七竖八划拉出一道道口子，手上的血也洒了出来，洒在帐布上，像刚开的梅花。长庚在外面盯着，刀砍在哪里，他便跟到哪里，只要元杰不出来，他也不动手。元杰终于累了，扔了刀，低泣不止。忽然，他听见西边有项兵在叫："走这边！这边可以出去！"一时北、东、南的项兵都在往那边赶。元杰心头一闪，猛然想到"围师必阙"四个字，忙大叫："别去！不能去！回来！"只有倪长庚在外听见了，道："已经去了，你说什么也没用。"元杰拼命地捶地，连声叫喊："别走西边！别上当！回来！"他已近乎嚎啕，可项兵还是一队队向西而去。元杰知道，一切都完了，伤口此时才开始发痛，从手痛到心，痛得他抵挡不住，便昏了过去。

2

元杰一觉醒来，发现太阳热烘烘地晒着，晒出了一身汗。他睁开眼，发现自己还躺在地上，只是帐帘被掀开了，外面不时有焉兵路过。稍后，倪长庚出现在门外，看了他一眼，问："你醒了？"

元杰不动，更不答话。倪长庚道："孙将军要见你。"

元杰转头找刀，还在脚边，便爬过去捡在手里。倪长庚转身去了。

一时有人进来了，元杰抬眼，先看见一双泥泞的军靴，目光往上，是血迹斑斑的铁衣，再往上，便是一张冷峭的战士的脸。元杰冷笑一声，勉力坐了起来。他原本想站起身的，只是，一场糊里糊涂的惨败耗尽了他的精力。

孙牧野绕着元杰走了一圈，又不动了。元杰等了很久，开口问："我还剩多少弟兄？"

孙牧野道："死了两千，逃了三千。"

元杰问："五千人，没了？"

孙牧野点头。

元杰半晌又问："你当真只有三百人？"

孙牧野道："现在只剩两百了。"

元杰倏地放声大笑，笑着笑着泪便出来了："一百换两千，谁信？"

孙牧野看见一张凳子，便拎过来，放在元杰身前，自己坐下，对元杰道："我原本要等援军来的，可我听说守峡谷的是你，就决定自己打了。"

元杰顿时收住笑与泪，问："什么意思？"

孙牧野道："雪鸡河上，我见过你和你的军队怎么打仗。你们很尖锐，但很脆。一旦被对手击破一次，你们组织不起二次进攻。你的军队，一千人也好，五千人也好，都只看着你一个，没有你，他们就没有头，他们自己不知道怎么打。我不清楚这三年，你发现这个症结没有，我要赌一把。现在，我赌赢了。"

帐外依稀有说话声，几个焉兵结伴而过。孙牧野指了指他们，向元杰道："他们都来自焉军不同的阵营，有的是左虞候军，有的是右厢军，有的是弓兵，有的是长矛兵，先前彼此未必认识，可他们聚到一起，就知道怎么打。十人结队也好，五人结队也好，他们自己能找到战术。所以三百对五千，你们输得不冤。"

元杰狠狠道："还没完，你等着。"

孙牧野便看着他。

元杰道："大王会来救落日峡，你这两百人，能撑多久？一个时辰，还是半个时辰？"

孙牧野道："他不会来。"

元杰道：“他当然会来！”

孙牧野便问：“他敢不敢过石驼坡？”

元杰一惊，道：“他为何不敢？你们分不出兵去石驼坡。”

孙牧野道：“可他不知道我们没兵了。”

元杰暗暗怔住。

孙牧野道：“焉军丢落日峡，他在石驼坡伏击了我们的援军，现在项军丢了落日峡，他怕不怕我们来同样一手？”

元杰沉默。孙牧野道：“我赌他不会来。没有万全把握，他只会在城里跟我们耗。”

元杰的手一直拽着刀，却忘了要做什么，五指不住在刀柄上移动。孙牧野看在眼里，忽然问道：“雪鸡河一战，项王也在。他是看不出你们的弱点，还是不告诉你？”

元杰道：“不用你管！”

孙牧野道：“若是我的军队，我就会指出来，我不担心他们比我强。”

元杰陡然举起手中刀，喝道：“要杀便杀，不用废话！”

孙牧野冷然看着他的手，又道：“石驼坡，焉军明知项军会设伏，依然要去；我们现在无力设伏，我要看看他敢不敢来。”

元杰猛地把刀向孙牧野砍去，孙牧野起身退了一步，元杰又扑到地上。孙牧野道：“我会告诉他，你在我的手里。我们一起等十天。他若来了，我把你还给他。”

元杰听见了，头却埋在地上，不愿抬起来。孙牧野转身出了帐。帐外是凌乱的军寨，疲惫的焉兵们在寻药疗伤。人太少了，吃不下五千项兵，只能放三千人走，可这三千人是隐患，他们若反攻回来，焉军依然胜算渺茫。孙牧野不但不能杀米元杰，还要说服他，带着这三千人远离战场。他只能再赌一次，项王不会来。

3

元杰在军帐里出不去，也不想出去。时辰难挨的时候，他就读兵书，读着读着困了，便可以睡一觉，醒来又过了一天。落日峡再也没有下雨，从日出到日落，太阳转着帐子晒，晒得天地死气沉沉。从前的军寨里，有五千个人走来走去，说话，习武，嬉戏；现在，几乎听不见任何声音。大半时候，似乎那些焉兵也消失了。他们是离开了，还是无事可做，还是在悄悄做什么？元杰也不知道。

第九日夜，帐外响起一阵轻捷的脚步声，元杰本已睡了，忙翻身起来。帐帘掀开，孙牧野露出半边身子，向他道：“有人来找你了。”

元杰的心狂跳起来，问：“谁？”

孙牧野道："你的兵。出来，我带你去见他们。"

元杰跟着孙牧野出帐，一路走到辕门外。几个项兵在外面，一群焉兵在围着问话，孙牧野和米元杰过去，焉兵便让开了。八个项兵见了元杰，立马跪下，元杰大步过去扶起，问："从哪里来？"

一个道："从铁羌城来。"

元杰的心一提，问："你们回城了？"

那项兵道："回去一千多个。大王听说落日峡丢了，便一个个问罪，千夫长都关押了，百夫长杖五十，十夫长全杀！寻常卒子，重伤的，杀，无伤的，杀，轻伤的才留下。几天时间，杀太多人了，我们几个逃出来了。"

元杰的双手悄然拽住衣角，低声问："大王可知道我还在这里？"

那项兵道："我们回了，大王没说话。之后下令，粮草都走亡极山，不从落日峡过了。我们来的时候，唐琊已经派兵去石驼坡了。"

元杰木桩似的站着，不知心里在想什么。一个小项兵满眼迷茫，问："元杰，我们现在怎么办？"元杰却比他更迷茫。

孙牧野看了他良久，道："为了占落日峡，你亲兄弟死了。"

元杰愤愤地喘一口气，扭过头。孙牧野道："你们的父母去世早，他是你在世上唯一的亲人，为了这里，你把他搭上了。"

元杰道："你怎么什么都知道！"

孙牧野道："你是我的对手，我当然要把你吃透。从朔州到燕州，有的是人了解你。"

元杰忽然冲向一个焉兵，那焉兵拔出横刀，元杰迅速劈他的手，把刀夺了过来，焉兵们正要出手，元杰却把刀横向自己脖子，孙牧野闪身近前，拿住他的手腕一捏，元杰手一麻，刀落了地，他怒道："我死我的，不要你管！"孙牧野道："从小兵到三军统领，成长不是容易事，这样死了太可惜。"

元杰的眼睛一红，强忍住不落泪。孙牧野道："你回西项太危险。带着你的兵往东走，暂时找个地方安身。"

元杰呆呆地站着，不吭声。孙牧野先转身往军寨里去，焉兵们都跟了进去。辕门缓缓关上了，还剩一寸缝隙的时候，米元杰放声道："我留在这里！"

孙牧野和众焉兵立刻转身。辕门又打开了，元杰眼中的泪已烧干，他向孙牧野道："我帮你们守落日峡！"

焉兵们暗暗惊疑，看向孙牧野。孙牧野和元杰对视顷刻，道："好。进来。"

4

唐玥打马疾驰一天一夜，赶到了落日峡。高高的营寨内外，焉兵们在运沙土、搬茅草，修葺破损的营房，唐玥一眼看见了辕门下的孙牧野，急忙下马向他跑去。孙牧野正蹲着给木板敲钉子，乔恩宝拍了拍他的背，他回头看见唐玥，便放下锤子起身，也向唐玥走去。唐玥走的是上坡，孙牧野走的是下坡，两人在中间相遇了。孙牧野先向唐玥一笑，唐玥看了他一阵，眼泪忽然夺眶而出。孙牧野问："怎么了？"

唐玥只是觉得伤心，可到底为何伤心，他自己也不清楚。他想忍住不哭，忍得嘴唇发颤、肩膀发抖，可泪水就是止不住。乔恩宝和许多士兵远远地走下来，想和他打个招呼，孙牧野转身摇手，向众人道："我跟他去河边走走。"众人也看见唐玥在哭，便诧异地止了步。

孙牧野带着唐玥到了浊沙河边，两人面对大河站着。咆哮的巨流足以开阔任何人的心胸，唐玥隔了许久才平静下来，轻声问："你怎么来了？"

孙牧野道："唐相公去雍州找我了。"

唐玥猛地把头扭到一边。洞察秋毫的孙牧野愈发知道不对，因问："到底怎么了？"

唐玥停了一会儿，道："铁羌城下不到三万人马了，攻城根本不行。"

孙牧野道："那就耗着。我们不能退。一退，他们就会反攻，风沙堡、北蟒关就可能保不住。落日峡我守，项军的粮草也过不去，他们也难过。谁能撑更久，谁就赢。唐相公对我许诺，两月内，会有章州援军来。"

唐玥道："我听说你和小阿妹一起回家乡了，你们有孩子了。"

孙牧野一笑，点了点头。

唐玥哽咽道："我……我其实不想你来。你该好好过你的日子。"

孙牧野道："你兄长，从开元城到雍州，走了一千四百里，请我来，把你带回家。"

唐玥道："你别提他了！"

孙牧野道："他跟我说，你只在家住了两天便回了前线，连招呼都不跟他打。他给你来信，你不看，也不回。"

唐玥怒道："你怎么不问他！你看他怎么说！"

孙牧野思忖这话，问："他做了什么事，对不住你了？"

唐玥道："我在雪鸡河死里逃生，走了那么远的路回开元城，回去后，我才知道，我没家了，家散了！"

孙牧野暗暗思索他的话。唐玥下了很大的决心，才转头向孙牧野道："我嫂嫂也离开家了，现在，家里只有他们两个了。"

孙牧野总算有些明白了。唐珝道："是他请你来的，可我不领他的情。生死是我的事，不该劳烦你。"

孙牧野道："等仗打完了，我们回开元城去，我要问问他，是怎么回事。"

唐珝道："不劳你问！他们两个……两个都跟我承认了！"

孙牧野道："我要自己问清楚。因为在我心里，唐相公是君子。"

唐珝冷笑，泪光又开始若隐若现。

孙牧野道："回去后，我会当面问他。若他说没有，那就是没有，你的家还是你的家；若有，你跟我去白草村，我家的房子，西厢房腾出来，够你住。"

唐珝呆呆地看着奔流不息的浪。孙牧野把手按在他肩上："回铁羌城下去，坚守阵地。攻城太难，要想办法引他们出来，消灭一队是一队。我也没有必胜的法子，我们就一点点磨，一天天打，比项人多扛一个时辰，就赢了。落日峡这些士卒，都是不该再上战场的伤残，他们跟着我来了，你要专心打仗，别辜负了我们。"

唐珝痴痴出神半晌，也伸手按住孙牧野的手，哀然道："决不辜负你们。"

5

逆浊沙河向西，出了燕州，是项国的沙州。沙州东南有座黑山，此地出的黑山军也曾名震西陲，而此时，山里只剩百来户人家，守家的都是老弱妇孺。开春了，该把牲畜赶去山阴的春牧场了，妇人们把羊群赶出围栏，孩子们把干牧草抱上车，老人们对着黑山磕头，祈求山神庇佑平安。忽然一行人马从山梁上出现，缓缓走了下来，众人都停下手中的事，看着这群不速之客。到了营地，马队里出来一人，向众人问道："这里就是黑山？"大家都点头。那人又问："贺兰吡奴何在？"一个老人指着西北方："在那边接羔，今天他们好几只母羊生了。"马队旋即向西北行进，那老人问："你们从哪里来？"那人道："从王城来。"老人一震，细看队伍中，一人身披风氅，底下也是雪发霜须，应该有些年纪了。

马队到了西北方，只见几座毡房都拆了大半，旁边一座羊圈，里面三个人，正帮一只母羊接羔，满圈的羊都在叫。一人叫道："吡奴！"那边没听见，还在自顾自忙活，那人又拔高声音叫："贺兰吡奴！"便有一人抱着湿黏黏的羊羔从羊群中站起来，往这边看。他一眼看见了披风氅的老人，似乎愣了一下，随后把羊羔交给身边人，自己出羊圈，洗了洗手，方过来，在老人马前拜道："贺兰吡奴拜见老千岁。"

秋异尚未出声，身后一个监军模样的已高声问道："贺兰吡奴，风沙堡一战为何惨败？"

贺兰叱奴直起上半身，正视监军道：“这须问乌孙将军。我就是个兵。”

那监军勃然变色，碍着秋异又不好发作，停了停，问：“风沙堡之后，你去了哪里？”

叱奴道：“回了这里。”

监军道：“为何不去铁羌城继续作战？”

叱奴道：“大王不喜欢我，我去了，他要拿我的头祭风沙堡。”

秋异一听，不免笑了。

那监军继续问：“你的头，怎么空了？尾巴呢？”

叱奴道：“我不是兵了，不戴了。”

监军向身边命道：“给他戴上！”

一个士兵提着三条尾巴过来，一手按住叱奴的头，一手将尾巴往他头上绑，叱奴愤而避让，叫道：“我不是兵了！”

秋异沉声道：“大项军营，不是你想来便来、想走便走的地方。”

叱奴听出他语声里的杀气，便不吭声了。

秋异道：“临阵脱逃，是项人最不齿之事，你逃了三次。尾巴纵不在你头上，也在全项人的心里，你摘不掉！”

叱奴忿然道：“世人只知道我们逃了，不知道我们是如何打的！输了，是全项军一起输的，不能只怪黑山军！”

秋异道：“贺兰叱奴，你的所作所为，换成别人，我必抄斩满门！你在黑山躲了半年，我不是不知道。你想一想，我为何放你一马？”

叱奴道：“自然是为我爷爷，为我爹。”

秋异道：“我本已下了杀令！使者出行半日后，我念及贺兰家世代忠烈，如今只剩你一支独苗，我日后黄泉下见了你爷爷，恐愧对于他，才又派人把使者追了回去！”说话间，手一扬，一卷羊皮纸从袖中飞出，落在贺兰叱奴身前。

叱奴捡起羊皮纸打开，看见上面偌大一个“杀”字。秋异冷然道：“你这半年能在黑山放羊接羔，都亏我一念之仁。”

叱奴大声道：“老千岁就是送我去见我爷我爹了，我也敢直着腰跟老人家说话！从中焉鹿家村，到十字关、雪鸡河、北蟒关、风沙堡，我尽力了！十字关，六千黑山军死了两千；雪鸡河，把我赫连淞打没了；北蟒关，为了引田永欢进埋伏，又死了一千；风沙堡，死了二千八。不是老千岁和大王的人，你们不心疼！”

在场众人见他如此顶撞老项王，都暗暗脊背发凉。叱奴兀自道：“风沙堡的时候，我劝过乌孙将军，不必打，打则败，守则胜，将军不听我的。我每天围着焉贼大营转，整整七八天，方圆二十里，一个车轮印子也找不到，什么意思？他们的粮车没来了！

我算过了，焉贼大营里绝对没水了，不过一两天，他们必退，我们只需再等一两天就胜了！可乌孙将军等不得，星落泉被焉贼掐住了，我们的水也过不来，每天都有人渴死，在大营里走着走着就倒下去起不来了。将军慌了，说今日不打，太阳出来后，又要晒死几百人，所以必须出战！现在好了，大家不是渴死的，是被杀死的！”

秋异白眉下的双眼渐渐柔和了，他翻身下鞍，走到叱奴身前，右手去扶他的手臂，叱奴抬头打量他的脸色，没有顺着起来，反而问：“老千岁这次来，还是要杀我？”

秋异道：“不是。我来，是因为我们在落日峡败了。”

叱奴道：“那可不关我的事，我一直在黑山。”

秋异道：“我请你到落日峡去，把我们失去的据点夺回来。”

叱奴想也不想便道：“不去。”

监军又斥道：“贺兰叱奴，老千岁说的话是君令！”

叱奴道：“不去！”

几个随从齐声喝问：“为何不去？！”

叱奴更大声道：“没兵了！”

众人一愣。叱奴道：“没兵了，怎么打？黑山军还剩多少人，你们难道不知道？只有两百人跟我回来了——六千个出去，两百个回来！”

叱奴说着，泪水开始在眼里打转。秋异不由叹息，继续扶他，叱奴依然不起，道：“回来那天，全黑山的父老去迎我们，看见只有这么几个人，他们的表情，我一辈子不敢忘！女人们都问我要人，母亲问我要儿子，妻子问我要丈夫，孩子们问我要爹，我交不出人来，她们就哭，满山遍野都是哭声，几天几夜都是哭声。当初走的时候，我答应她们的，我带着男人们去博功名，回来的时候，家家都有钱了，不用放羊了，可是人死了，钱也没有！刚回来那几天，我睡觉都不敢合眼，我怕有人进帐来把我一刀砍了，给死去的黑山人报仇！”

秋异听得须眉直颤，半晌，泫然道：“苦战四年了，牺牲的又何止黑山人？七万项兵战死沙场，七万个家也在问我要人，我何尝不是寝食难安！出宫时，上百的父老拦住我，问我几时去救落日峡。他们的儿子都在铁羌城里。你猜，我是如何回他们的？我说，我现在去黑山，正是为了找能救铁羌城的人。”

叱奴正在擦眼泪，听了此言，未免一愣。秋异道：“你没兵了，我给你四千人马。这是我四年来亲自锤炼的王师，为的就是最后一战！你说你只剩两百人了，黑山军已经被打没了，从此，他们便是黑山军！贺兰叱奴，去落日峡，把贺兰家的大军再次打出来！”

一个侍卫仰天发出狼啸，远方马蹄隆隆，一支坚甲利戈的骑兵出现在山梁上，白头黑山的军旗猎猎飘扬。[illegible]奴看得呆了。秋异道："粮草军饷，甲衣铁具，都已齐备了。出征前，我给你金帛二十万，任你发放；出征归来，三百万赏将士，二百万赏你！"

吡奴听得怔怔的，秋异再发力扶他，他便顺着力道缓缓而起，一面问："去落日峡打谁？"

秋异道："孙牧野。"

吡奴的身体一坠，又跪了回去，道："那不行。多少钱也没命花。"

秋异道："你能胜他。"

吡奴道："那可是孙牧野！"

秋异道："十字关后，我收到我儿的家书。他在信里向我坦承过失。他说，不该调贺兰北上。若贺兰始终在南翼挡孙牧野，项军已过十字关。当今之世，除了你，还有谁能与孙一战？"

吡奴的心转了一圈又一圈，果然想不出人选。秋异道："孙牧野只有不到两百人，有何可惧？"

吡奴问："两百？"

秋异点头道："他不会再有援军来。"

吡奴追问："老千岁如何知道？"

秋异道："孙牧野已被焉天子贬为庶民了，唐瑜私自遣他出战，此刻龙朔宫必然震怒，唐瑜再也调不动一兵一卒了。焉天子不会希望孙牧野回去，唐瑜也绝不会有好下场——我虽不认识天子，却懂帝王心术！"

吡奴再想了想，终于站了起来，直起了腰。秋异欣慰一笑。吡奴道："死去的黑山兵，他们的抚恤，先前和大王说好的，一人一两金子，到现在还没发。"

秋异回头向那监军道："十日之内不发到每家每户，我先斩你！"那监军慌忙答应了。

远处，数十个贺兰的伙伴闻讯赶来，高声问道："吡奴？"

贺兰吡奴用不情愿的语气道："把弟兄们都叫齐，去救落日峡。"

伙伴们忙向四方去了。吡奴向秋异道："我去收拾东西。"说着便要走，秋异忽然一把拽住他的手臂，五指深掐及骨，把吡奴吓了一跳。秋异沉声道："你须答应我一件事。"

吡奴便听着。

秋异道："保住铁羌城。"

吡奴的心一悬，便要开口说做不到，秋异却似乎猜到了他的心思，接着道："若保不住城，便保住我儿。把我儿平安带回来。"

叱奴道：“我……我尽力。”

秋异手指继续往他的骨子里掐，颤着语声道：“若我儿也保不住，那么……”

叱奴莫名悚然，两眼盯着秋异。秋异一字字道：“杀孙牧野，为大项国绝后患！”

叱奴看着浊泪满眼的秋异，不知如何回答。秋异道：“这三件事，你至少要做到一件——答应我！”

叱奴情不自禁应道：“好。”

秋异放心了，他长长出了一口气，松开拉叱奴的手，叱奴转身而去。

6

流浪在外的米元杰亲兵都收到了他的召集令，有二百人回到落日峡，加入了焉军队伍。五月初二，两军在一起磨合阵法，孙牧野在边上看。临近午时，一骑斥候驰入辕门，高声道：“有支项军从西南来了，明日就到！”将士们都停了下来。孙牧野问：“多少人？”斥候道：“四千上下。”孙牧野立命全营备战。

次日一早，孙牧野去辕门外坐着等，他闲得无聊，从地上扯了一把茅草编着玩儿。过了一阵，乔恩宝几个也来陪着他等。直到未初，方见西南边徐徐升起一面军旗，而后是一行行车骑。乔恩宝起身看了片刻，道：“黑山旗。是黑山军来了。”一个道：“贺兰叱奴？他还有兵？”另一个道：“他还能活着，西项王廷真够意思。”

项军走到五里开外，安营扎寨。孙牧野也站起来，暗自数人马。约四千人，六千匹马，三千头驴，一千辆辎重，三百辆战车，西项打到现在，还有如此家底。乔恩宝同几个伙伴议论纷纷，不经意抬头，朝山上看了一眼，叫道：“上面有人！”众人回头一看，军寨后面的高山上，出现几个项兵，正在往下窥探。军寨里的情况一览无余。孙牧野手上还在不停编草，眼睛一会儿看山上，一会儿看远处，草编完了，他顺手递给乔恩宝，自己进了营寨，乔恩宝捧着一串蚱蜢发愣，到底没扔，装进了荷包里。

孙牧野回到中军帐，席子还没坐热，忽听哨楼上的鼓响了一声。只有一声，意味不是大军来袭。又小坐片刻，哨兵来了，在外道：“孙将军，贺兰叱奴来了。”孙牧野又起身往外去。

辕门外，一小队项兵已下了马，在倚着马闲聊，见孙牧野出现，便停住了话。一人向孙牧野走来，笑问：“孙将军，可还记得贺兰叱奴？”

孙牧野当然记得。十字关下，他与贺兰鏖战三个时辰，两边伤亡一比一，孙牧野心里清楚，能和涅火军一换一的军队，当世无多；雪鸡河那夜，也是贺兰叱奴挡在他面前，拒绝了他换唐玥的要求。孙牧野一直认为贺兰被低估了，但凡他的意志再强一分，黑山军比归正军更难对付。孙牧野问："找我有事？"

贺兰道："我来劝降。"

孙牧野眼中寒光一闪，不应话。

贺兰道："我有四千人，你有四百。我的兵力十倍于你，你要怎么打？"

孙牧野道："打了你就知道了。"

贺兰道："等我知道的时候，你一个人都不剩了。"

那几个项兵在后不阴不阳地笑。贺兰道："我给你两个选择：要么降我，要么退兵。你就算叫上唐琊一起走，我都不会管。你们走，把铁羌城留给我。"

孙牧野问："你不想打了？"

贺兰道："仗打到这份上，大家都累了，我不想打，你也不想打。只要你们退兵，我绝不拦。"

孙牧野道："焉军不会退。退了，对不起卢老将军，对不起殷将军，对不起两万将士。"

贺兰顿时换了脸色，惋惜似的叹口气，道："那就打吧。"他指着军寨道，"明日黄昏，我来攻寨，一个时辰决胜负。"

孙牧野道："三战两胜，如何？"

贺兰一愣，道："又玩这一套？"

孙牧野问："敢不敢应战？"

贺兰看了看同伴，同伴们都站直了身体。贺兰问："怎么个打法？"

孙牧野道："第一局单对单，第二局十对十，第三局四百对四千。"

贺兰笑道："你是指望前两局都拿下，就不用打第三局了。"

孙牧野道："第一局，我对你。"

贺兰的眼睛陡然睁大了一圈："你还真瞧得起我。"

孙牧野道："雪鸡河上，我见过你用陌刀阻击唐琊。你的力量和技法，应该不在赫连淞下。我想和你打一场。"

贺兰半天才把眼圈儿缩回去，慢慢地，浅黄眸子发出光，他又思量了片刻，向前两步，对孙牧野低声道："前两局，只决高下。谁输了，谁让出落日峡；若打到第三局，那就顾不得了，该怎么杀就怎么杀。"

孙牧野道："行。"

贺兰道："明日，日落之后，就在这里！"

孙牧野道："我等你来。"

贺兰笑着步步往后退，和伙伴们一起上了马。转马之时，他突然朝着军寨大叫："米元杰！我知道你在看！今夜子时，取孙牧野人头来见我，你就是大项第一功臣！"说完，他向孙牧野一笑，扬鞭而去。

7

五月初三，火轮西坠，余晖斜照在浊沙河上，像一道熔金在飞流。孙牧野提着长绝枪独自下辕门，到河边等着。四百焉兵依然坚守军寨。不久，项军开过来了，四千人马，飞沙扬尘，眨眼把军寨围得严严实实。贺兰从马队里出来，两手舞着弯刀，没穿铠甲，见孙牧野有铁衣，便道：“太热了，我可没穿。”孙牧野遂把盔甲解了，抛在地下。

贺兰看了看高处的营寨，问：“就你一个出来？”

孙牧野点头。

贺兰笑了，忽然开始后退，边退边道：“我现在若让万箭齐发，你怎么办？”

他一招手，弓手们全抬起弓，对着孙牧野。孙牧野的头向寨子里偏了偏，道：“哨楼上也有箭对着你。你退得再快，他也能找到。”

贺兰朝哨楼上瞟了一眼，停下了脚步。孙牧野道：“叫他们把弓放下。万一谁失了手，我不一定被射中，你一定会被射中。”

贺兰向后摇摇手，项兵都把弓箭放下了。贺兰道：“切磋十招，见血了就算一招，比点数。”

孙牧野问：“五比五怎么算？”

贺兰道：“那自然是我赢。你是将军，我是小兵，你和我打平，难道不算输？”

孙牧野左手执枪，右手示意他先攻。贺兰把双刀徐徐抡开，看着孙牧野的枪，问：“你的枪有没有名字？”

孙牧野道：“长绝。”

贺兰道：“我的刀也有名字。”

孙牧野问：“叫什么？”

贺兰道：“叫山猪。”

孙牧野闭了嘴。

贺兰道：“十二岁的时候，我到黑山里去打猎，是冬天，山里下雪了，我迷路了，困了三天。每天晚上，山猪们都会出来打架，我就在树上看。三个夜晚，看了七八场猪打架。猪打猪，其实没什么看头，就是为了争领地，你拱我一嘴，我拱你一嘴，受了伤的就跑了。到第四天早上，来了一只虎。那头虎真漂亮，毛色又干净又光泽，走在雪里真像山中王，不像野猪，臭烘烘的杂毛，头大身子小，顶着獠牙乱拱，就像个叫花子。老虎遇到猪，也打起来了。虎很敏捷，会扑会咬，打起架来都好看，猪就只是乱嚎乱拱，嚎声太尖了，吵得我耳朵发麻。我以为虎赢定了，可打了一顿饭的工夫，虎输了，跑了。你猜为什么？”

孙牧野不猜。

贺兰道：“虎怕受伤，怕疼，山猪不怕。虎被咬了一口，就往后躲，山猪被咬得更狠，肚子都被咬破了，肠子都流出来了，还拖着一地血肠追老虎。虎躲到两棵树中间，它就去撞树，撞得牙都断了，还要撞，半座山都有回响，树都险些倒了，那虎怕了，就跑了。可是，猪虽胜了，下午就死了。我下山的时候又遇见了那只虎，坐在岩石上舔伤口。后来当了兵，大家都练弯刀，我越看这刀越像山猪的獠牙，就给它取名叫山猪。每次上战场，我总会想起那头猪。”

孙牧野道：“你不想当猪。”

贺兰道：“坐在后方的人，都希望我们是猪。其实你也是猪。”说毕，他低下身，呈弓步，双刀齐挽了个花，道：“来。就比十招。”

孙牧野遂先手出袭，单手持枪过去试探虚实，在贺兰上、下、左、右各出一枪，贺兰退了四步，孙牧野见他在沙地踩出的足印，右比左浅，便发力向右进攻，枪尖连刺三招，贺兰退了三步，知道第四步要吃亏，便转成抢攻，身子贴着枪身过去，一刀劈枪，一刀劈人，人躲开了，枪被刮了一下，孙牧野回手后退，贺兰再抢一步，弯刀砍向枪尖，“铛”的一声，枪尖被钩住了，贺兰两刀同时往下压，孙牧野左手向上抬，没抬动，遂转动枪身，从两刀之间抽出来，贺兰瞟了一眼他的右手，一刀横划过去，孙牧野向左闪，贺兰便出另一刀从左来，孙牧野再无处可躲，被划破了左上臂，一点血痕渗出了衣衫。项兵群哗然叫好。贺兰问：“右手怎么了？”

孙牧野不答，把衣袖往下扯，遮住了右手掌。贺兰又问：“枪有多重？”

孙牧野道：“三斤。一只手够了。”

贺兰笑道：“那我给你上点重量！”说着向孙牧野右边急攻，孙牧野的枪时而挡一下，时而绕开，脚步一直向左退。贺兰每一刀都看似要得手，偏偏每一次都差了一寸。他追着孙牧野打，不断向右走，不知不觉，似乎随孙牧野绕了半个圈，忽然，他耳中涌入河涛之声，心头一震，猛醒过来，原来孙牧野在悄悄把自己往河边引，转眼之间，自己面前是孙牧野，背后是大河，这一刹那，孙牧野长枪出手，刺贺兰心口，逼他后退，贺兰退了半步，但听身后浪拍河岸，再退不得，双刀往前一架，枪尖过来，恰好架住，孙牧野立刻要收枪，贺兰双手一绞，刀身和枪尖死死咬住了，孙牧野加了右手去抽，依然抽不回。贺兰已试出，他右手顶多只有四分力，心中暗喜，手突然一松，孙牧野连人带刀退了两步，没等站稳，贺兰屈身用左刀扫他右腿，又中了，一道红印出现在孙牧野裤腿上，项兵们又开始欢呼沸腾。

贺兰起身回头看一眼，只差一掌的距离，他便摔下河了，遂笑着向孙牧野比了个大拇指，孙牧野却自顾自摇头，似在惋惜失去的良机。贺兰就站在原地，说道："来，我不动，动一步算我输。"他与孙牧野过了两招后，似乎知道了孙牧野的底细，胆子愈发壮了。孙牧野再次发起攻势，长枪轻袭，贺兰侧身让过去，枪身如棍，转拍贺兰胸膛，贺兰吃了一棍，顿觉上半身全麻了，忙扬起左手劈枪身，枪收了回去，再挑他下盘，贺兰右手往下一扎，刀尖剜进了枪身，孙牧野想回枪，可单手收之不动，贺兰左手将刀抛出，孙牧野不放手则躲不开，若放手便失了兵器，他只得侧身，用右臂吃了一刀，瞬间衣裳染红一片，贺兰这次不停了，抢上来疾风似的出手。旁观的项兵全看出孙牧野右手不便，纷纷叫道："打他右边！打他右边！"贺兰一口气朝右攻，七招八招连着出，一点一点把孙牧野的注意力引开，待孙牧野全力防御右边时，贺兰忽然刀锋一转，一刀扫向他左腕，孙牧野收之不及，被钩破了食指，指尖悄然冒出一点红。贺兰还要乘胜拿下第五回合，一滚地捡起弯刀，双刀齐扫孙牧野双腿，孙牧野连退六步，总算避开了。贺兰站了起来，四周欢呼大作。

孙牧野的脸色稍微有些冷，又开始扯右手的袖。贺兰问："右手到底怎么了？"

孙牧野道："雨夜攻军寨，被马刀砍断了筋。"

贺兰道："马刀砍的，没断已是万幸了。"

孙牧野道："使不上力了。"

贺兰笑道："要不等你养个一年半载，咱们再打。"

孙牧野把袖子撕开，撕下一条布，把右手绑在腰后。贺兰讶然："这是做什么？"

孙牧野道："绑起来不碍事。"

贺兰道："我怕你站不稳。"

孙牧野问："几比几了？"

贺兰道："四比零。我再拿一分就赢了。"

孙牧野道："我要连拿六分？"

贺兰道："一分都不能断。"

孙牧野淡然道："那你瞧好了。"

贺兰道："你来！"

孙牧野纵身飞起，单以左手挑出枪花，向贺兰疾刺，贺兰举起双刀相挡，忽见枪花四散，一支枪发出四五道残影，不知哪道才是真身，他忍不住高声喝彩："显出真本事了！"两刀分出，夹击中间一道实影，那影子再分两道，先击左再击右，贺兰顿觉右手一痛，急忙退开，抬手一看，一条红血从食指划到无名指。未等喘息，一声风啸掠向左耳，贺兰竖刀相挡，风声忽至右耳，他觉得耳垂一痛，仿佛被绣花针刺了一下。

风依旧不止，贺兰转身便逃，顺便摸了一把右耳，果然有血迹。风啸在后，下一瞬便要刺中背脊，贺兰就地一滚，枪风从上面掠了过去，他反身横扫，弯刀从孙牧野的靴面刮过，留下一道白痕。孙牧野后退两步，猛地把枪拍下去，贺兰"骨碌碌"地滚开，枪砸在地上，一道黄雾扬起。贺兰正要起身，孙牧野又一枪拍下，拍在他身边半尺的地方，沙土四溅，贺兰跳起来，一弯刀砍在枪尖上，枪收回去，再戳上来，把细沙戳到贺兰脸上，黄尘弥漫，贺兰知道孙牧野要趁此时出手，他辨着风声认定枪要刺面门，便叉起双刀抵挡，忽见孙牧野的身影矮了半分，他暗叫不好，忙往上鱼跃，可惜迟了一步，先是左小腿一麻，再是右小腿一麻，都中枪了。

孙牧野收了枪立定。贺兰摔在地上，灰头土脸地爬起来。四周项兵都悄然无声了。孙牧野道："四比四了。"贺兰道："我大意了。"孙牧野点头认同。贺兰道："下面一招，我要认真了。"孙牧野见他眸子在发暗，知道他在压抑怒气，也不敢轻慢，凝神做好了防御。贺兰把双刀互相刮擦，刮去上面粘的泥土，擦出刺耳的"琤琤"声。刮干净了，他轻一扬手，右弯刀旋转着向孙牧野飞去，孙牧野偏身躲过，未站稳，贺兰以单刀砍至，孙牧野挑枪挡住，忽闻身后一身尖响，那柄离手的弯刀飞了回来，直剖他后颈，孙牧野只得仰面向后倒，弯刀回到贺兰手里，贺兰稳稳握住，飞身而下，双刀齐劈，其势迅猛刚烈，果如野猪獠牙一般。孙牧野依然单手持枪，知道硬挡不住，向左向右也在刀风之内，避无可避，刹那间，孙牧野把枪刺了上去，对准贺兰的心口。这一枪借着贺兰下坠之力，足以把人刺穿。孙牧野此时不想杀贺兰，只想赌他会自保。贺兰在空中劲腰发力，一个鹞子翻身，落在孙牧野身边，触地的一瞬，孙牧野翻身而起，两人同时出手，枪比刀长，抢先扎中贺兰的左肩，贺兰大怒，一撒手，两支弯刀全向孙牧野砸去，孙牧野扬起枪身，"铛、铛"两下，弹飞了双刀，再乘余力，枪尖下坠，抵住了正要起身的贺兰咽喉。

铁枪头在轻轻嗡鸣，枪尖离咽喉只有半指。贺兰笑道："你不敢杀我。我死了，四千项兵立刻攻寨，你挡不住。"

孙牧野看了他一阵，枪尖在他下巴一点，点出一个血印，撤回了手。

贺兰站起来，拍干净手上身上的沙土，问道："我的武艺，比赫连淞如何？"

孙牧野道："他是山猪，你是虎。"

贺兰道："我们都玩不过你这只狐狸——你心里的算计，别以为我不知道。我在陪你玩儿！"

孙牧野缄口不言。贺兰一面转身往回走，一面叫道："下一局！"便有十个项兵走了出来。孙牧野抬手招了招，也有十个焉兵走出辕门。贺兰走着走着回头看，看见焉兵里十有八九都是熟面孔，当先一个是米元杰，顿时变了脸。

米元杰和九个焉兵走到空旷处，和十个项兵面对面。贺兰叱奴倒了回来，叫道："米元杰！出息了，来打项军了！"

元杰咬着牙不应声。贺兰道："大王待你不薄，把你从小兵提十夫长、百夫长、千夫长，你却投了孙牧野？"

元杰的两眼不觉一红，身边的倪长庚低声道："他在扰乱你的心志。你别听。"

元杰点头，向贺兰道："你为大王打仗，一仗也不许输！输了，没有好下场！"

贺兰道："我可不是为谁打仗！我是为国家打仗！"

元杰被说得哑口无言。倪长庚叫道："既是为了你国家，便退回你的国土去！燕州是大焉的！"

贺兰只盯着元杰，说道："这一局的规矩，我定！"他回到西项军阵，把一杆军旗拔了出来，扛到十个项兵身后，扎进土地，高声道："项军守旗，焉军攻。旗被砍了，焉军胜；焉兵死完了，项军胜！"他转向元杰道，"你们来！砍大项军旗！我们等着！"

十个焉兵，除了倪长庚，都是项军投过来的，见贺兰如此言行，都不免有些愧色。贺兰拍了拍一个项兵，道："你下去，我来。"那项兵便往后退，贺兰顺手截下他的陌刀，把自己弯刀扔了，道："米元杰，冲我来！"

倪长庚拍了拍元杰肩头，道："我去攻旗，你们保护我。"元杰点头。长庚持矛当先向项兵冲去，元杰和八个伙伴呈双翼护在左右，到了二十步内，十个项兵同时拔刀，齐声叫："杀米元杰！"元杰闻声一震。只有两个项兵去对付倪长庚，贺兰带着人全冲米元杰来，到两丈之内，陌刀砍出，势大力沉，有斩马之威，元杰只得后退，刀锋触地，劈出半尺深的坑，扬尘数尺之高。伙伴们怕元杰吃亏，忙护在他四周，项兵们上来，一一缠住死斗，牵着人往边上走，不知不觉，元杰落了单，贺兰追着一顿劈砍。元杰原先不怵贺兰，此刻一则短兵对长兵吃亏，二则道义处在下风，便使不出力，只是退避。陌刀长一丈，重十五斤，以贺兰不管不顾的打法，十招之后必然力衰，元杰便先耗着。十三招后，刀势见慢了，元杰开始进攻。长刀扫来，他轻跃而过，用弯刀砍刀身，"咔嚓"一声，刀身断了，几乎同时，贺兰飞身过来，手里三尺长的断木直戳元杰的脸，元杰再扬刀，木头再次断成两截，贺兰落地的瞬间，元杰挥刀去砍，贺兰扬手把木头砸在刀上，自己就地一滚，捡起断刀扫元杰的腿，元杰跳起又落下，刀锋转回来，正劈在右腿上，元杰大叫一声，想后退，却一阵酸麻，不由自主趔在地上。贺兰站了起来。元杰先摸自己的腿，还在，只是半边皮肉都豁开了。伙伴们见元杰倒了，呼喊不已，拼命想赶来救，而项兵皆是以一当十的猛卒，看似单打独斗，却隐然成圆阵，把人都挡在了外围。

贺兰提着沾血的刀走到元杰面前。元杰用弯刀撑地，半跪半蹲着，叫道："我没有负国家！为了争落日峡，我亲兄弟死了，我没了半边腰子！可是，落日峡丢了，大王要杀人，逃回去的弟兄，被杀了一半！还有好些弟兄在戈壁滩上流浪，不敢回铁羌城，也不敢回家乡！我不愿再替他打仗！”

贺兰道：“不替他打就算了，投孙牧野算怎么回事？”

元杰道：“我还能去哪？！”

贺兰道：“到我这里来！”

元杰一惊。贺兰道：“回项军来。不是替大王打仗，是替国家！”

元杰下意识转头，孙牧野站在五十步外。太远了，孙牧野听不清他们在说什么，只是在观察他与贺兰的神色。元杰缓缓低下头，孙牧野放声道：“元杰站起来！”元杰蓦然抬头。孙牧野道：“谁都受过伤！你是战士！站起来！”元杰便拄着弯刀想起身，贺兰道：“你动一下，我就杀了你。”孙牧野依然在唤：“站起来！”元杰大吼一声，忍痛撑着刀站了起来，贺兰抡起陌刀便砍，忽然“哐”的一声，刀被拦住了。贺兰定神一看，一个焉兵持矛在前，再扭头回望，两个项兵死在旗下，他知道此人有些本事，便退开三步，向四周道：“对面是焉贼，不是兄弟，该杀了！”

项兵们齐声应道：“是！”一时沙场尘土大作，呐喊之声不绝。元杰挥起弯刀劈贺兰面门，倪长庚也以长矛攻贺兰下盘。贺兰扔了沉重的断刀，赤手空拳，一连退了十多步。项军阵中，一个卒子冲出来，叫道：“叱奴，接枪！”说着掷出一支长枪，长庚与贺兰同时飞身去抢，贺兰拽住他后领一扯，借力跃起，接住长枪，与长庚一起摔在地上，元杰一刀砍下来，贺兰向右滚开，元杰忘了小腿的伤痛，不依不饶地追杀，贺兰滚了三转四转，抓起一把沙子扔元杰脸上，沙子进了眼睛，元杰下一刀劈了空，贺兰翻身而起，长庚的矛头又至，贺兰挡了七八招，元杰追上来，同长庚合力斗杀，贺兰应付了二十余招，便朝那边项兵叫：“你们人手多了，过来帮我！”

元杰转头，恰好一支断臂迎面飞来，忙躲开，再看时，那边剩六个项兵和三个焉兵，有两个项兵想过来助贺兰，被死死拦住了。三个焉兵，无不是遍体鳞伤。元杰心头一酸，含泪向长庚叫道：“你先挡住他！”自己冲进乱战的兵群，护在三个伙伴前头。六个项兵见了元杰分外眼红，口中喊杀，一起砍过来。元杰跛着腿迎上去，弯刀勒过一个项兵的喉，血水四洒。右边一刀过来，钩住他腿上的伤，用力一拉，元杰又摔在地上，两个伙伴抢上来，一个为他挡住左边的刀，一个来杀右边的人，那人的弯刀还留在元杰腿上，收回不及，被一剑刺穿了肺。一个项兵失去了兵器，赤手空拳扑下来，压在元杰身上，左右挥拳乱打，口中怒吼：“杀叛徒！杀叛徒！”元杰眼泪涌出，用力拽住那人衣领往边上一摔，摔到地上，再用弯刀凿进他的心口。元杰又站了起来，几乎同时，伙伴全倒了下去，三个项兵从前、右、后一起向他杀来，元杰歪歪斜斜地站着，用刀撑地，等一刀到了眼前，才挥刀相挡，挡住了，再反手捅回去，捅进那人的肚子，抽出来，迎住右边一刀，身后还有风声，他听见了，可是没有时间挡了，他一面挥刀向右砍，一面等着后颈被割断。右边的项兵被划破了脸，退了下去，身后的刀却没有来。元杰回头看，倪长庚把那项兵紧紧抱住了，刀镶他的肩上。长庚的矛不见了，只能抱着项兵乱打乱扯，两人一起摔在地上。元杰一瘸一拐地过去，抓住那项兵的衣领，把他拖开，长庚从肩上狠狠拔出刀，捣在项兵头上，捣出一个血洞。

沙场上，再也没有一个人是站着的。元杰终于发现腿还在痛，低头一看，血流如注。他坐了下去，转头看时，贺兰叱奴也坐在不远处喘息，糊了一脸血，身边是一把断矛、一把断枪。长庚身上深深浅浅二十多处伤口，他已力竭，站不起来了，便开始爬行，双手在沙地上抓着，拖着沉重的身体，向西项军旗爬去。贺兰动了一动，身上几个洞都在冒血，便只能看着。长庚拖出一地鲜红，到了旗下，捡起一把弯刀，重重地砍上去，一刀一刀，旗帜颤动不已。数千人沉默地听重复的"咚、咚"声。很快，旗杆被砍出一个缺口，大旗西斜，贺兰高声叫道："喂！"长庚停下了手。贺兰道："你们赢了！"长庚便住了手，疲惫地垂下头。

无数焉兵、项兵从远处过来，或抬或扶，把自己的同伴带了回去。乔恩宝去扶倪长庚，孙牧野来扶米元杰。贺兰摇摇摆摆地站起来，向孙牧野招手："你过来，我跟你说。"

孙牧野走了过去。贺兰道："这样的玩法，只能玩一次。下一次我来，你怎么办？你不会有援军来，也不会有粮草来。断你后路的不是我，是焉天子。他都不想你胜，你怎么胜？你们天子在和宰相斗，谁还顾得上你？这三四百人，上不挨天、下不着地，能撑多久？我耗也能耗死你。你要么撤，要么降，我们两边都少受些罪！"

孙牧野看了他一眼，转身扶起米元杰，向军寨里去了。

8

贺兰叱奴率军退出落日峡，在峡口十里之外重新扎寨。一日后，他问手下："军饷都来了没有？"手下回："听说在路上了。"贺兰便道："立刻送战报回去，告诉老千岁，首战失利了，落日峡一时半会儿拿不下。再叫个人回黑山，看看抚恤都到了没有。"

9

守落日峡的日子，孙牧野也喜欢去山顶坐着想心事。六月初五一大早，他又去了。面向西南坐了一阵子，他从怀里取出一张手帕、一张口水兜，无声地看。手帕是豆蔻的，口水兜是孙幺的，军营里人太多，他不好意思拿出来，只有到了没人的地方，才偷拿出来瞧一瞧，想象此刻的家中，炊烟是否升起，豆蔻是在厨房还是在田里，孙幺又被星官儿驮去了什么地方。想了一阵,太阳出来了,他怕阳光把巾帕上的气息晒没了，便收了起来，无所事事地俯瞰广袤的戈壁，突然，远方的荒野上扬起一溜烟尘，约在八里开外，他立刻站了起来。黄烟翻滚，细长而迅捷，是向军寨来的。到了六里之内，孙牧野发现似乎是支骡队，四五十头骡子载着东西狂奔，再细看，左右和后方都有项兵围追堵截,二十多支弯刀高高举起。沙尘中依稀有一匹战马,马上人在对项兵射连弩。孙牧野正要出声，营寨里的军鼓已经响了，十多个焉兵急速上马，出辕门去了。孙牧野便看着。焉兵很快迎上了骡队，项兵也冲了上来。黄沙一直在向这边蔓延，混乱中，不住有人摔下马、马又跌在地上。离营寨还有四五里，项兵不敢追了，渐渐落在后面，看了一阵便回去了。尘埃落地，焉兵们护着伤残的骡队进了辕门。

孙牧野回到营寨，乔恩宝上来道：“有支粮队到了。”

孙牧野道：“我看见了。来了多少人？”

乔恩宝道：“就一个年轻人。身上四五处伤，在给他上药。”

孙牧野问：“就一个？”

乔恩宝点头。孙牧野道：“上了药，叫他来见我。”乔恩宝答应着去了。

孙牧野回了中军帐，坐不多久，外面道：“将军，人来了。”孙牧野道：“请进来。”

帐帘掀开，一个人影出现在门外，稚秀身形，似乎是个不及弱冠的年轻人，他抬步向孙牧野走来，步伐异于年纪的沉重。孙牧野起身等待。年轻人越走越近，面孔越来越清楚，孙牧野看着他，忽然有些惊疑，仿佛此情此景，曾在旧年出现过。是在几时、是在何处？孙牧野想不起来。那年轻人先向他行礼道：“孙将军。”

孙牧野悄然回过神，问：“你一个人把军粮送来的？”

年轻人道：“我们三千人从十字关出来，到现在，只剩我一个了。”

孙牧野端详他的脸，之后问：“你叫什么名字？”

那年轻人道：“我叫修儿。”

第九十九章

寻根之路

1

修儿下沧山后，并不知道该往何处去。他在田间听几个村夫说话，焉项快要开战了，十字关是战场，便打听了十字关的方向，一路向西而行。次日走到永宁城下，看见县吏正在查验关牒，庶民在排队等待进城，他想起母亲说过，大焉各处地界都设有关卡，要有官府发的关牒才过得去，若没有，便会被当作流民和逃犯关起来。修儿当然没有关牒，只得转身离开，想从别处绕过去。偏不巧，当日值守关卡的是永宁县尉高树立，正坐在城门边，一面监督县吏们做事，一面观察排队的百姓。他做了十多年治安缉捕的差事，自然练就了一双火眼金睛，早发现那少年在后面犹豫不决，还悄悄退走了，便朝两个县吏努嘴，命他们拿人。

两个县吏追上修儿，不由分说擒拿住了，带到高树立面前。恰好随从买了藕粉来，高树立一边吃藕粉，一边把修儿上下审视，看他的衣裳鞋子，有质地有剪裁，绝不是贫贱人家，模样也不像通缉犯，脸色便和蔼了些，问："叫什么名字，从哪里来，要到哪里去？"

修儿道："我叫修儿，从沧山下来，要去十字关。"

高树立听到"沧山"二字，立马坐正了，问："你是沧山的人？"险些要把藕粉还给随从。

修儿道："我家住在沧山上。"

高树立又靠回了椅背，问道："去十字关干什么？"

修儿道："我听说焉军要在那里打项军，我去看看。"

县吏们都笑了，高树立也笑，啜了一口粉，问道："你是涅火军，还是宁州军？"

修儿道："都不是。"

高树立道："那你去掺和什么？你比孙牧野唐之盈还有能耐？你看有什么用？关牒呢？"

修儿便道："我没有关牒。"

高树立道："那就难办了。若开元府发了关牒，准你去打项贼，我们自然不敢拦；既然他们没放人，我们也不敢让你过去。换作以前，你这么个小孩子，我们也不为难你，自己转头回去便是了，可眼下非常时节，芦州的叛乱才压下去，西边又大战在即，多少内贼奸细想搞事情，各层官府，上上下下，都绷得跟河豚鼓了气似的，连我都要天天守城门，此时放你走了，改天追究下来，我可吃不完。少不得要关你几天了。"他见修儿一副无辜又惊讶的模样，又笑道："你是报国心切，偷偷从家里跑出来的？我像你这么大时，也做梦要治国平天下，等上了三十岁，就只想修身齐家了。"转头向县吏道，"关两个月，丢回原上去。打就免了，小小年纪，可怜见的。"县吏便押着修儿进了永宁县。

过了一个月，县衙开治安会，高树立一进会堂，便见狱丞曾祥坐在角落里。他自往前排坐了。过一会儿，曾祥悄悄溜到他身边，小声问："县尉，前些日子是不是派人押了个十二三岁的孩子来？"

高树立想了一会儿，道："是了。怎么？"

曾祥又问："县尉可知道那孩子的来历？"

高树立顿觉不妙，忙道："他没关牒，不知来历。怎么？"

曾祥道："进了牢狱，狱卒们照例搜了一回身，搜出八颗金瓜子儿，还有两吊铜钱。这也算不得什么，多半是偷的，我们便收缴了。前日，我才听狱卒们说，有天晚上，他们给牢房发蒸饼，那孩子问了一句话。"

高树立道："问什么？"

曾祥道："问有没有'天花毕罗'。"说完，他偷瞄高树立的脸色，高树立果然一脸懵，问："什么天花？"

曾祥道："天花毕罗。我记得，去年何县令在酒宴上说过一次——县尉当时好像不在。当年他做翰林学士的时候，宫里赐御食，常赐这个。他老师韦少卿荣升尚书左仆射，给天子上烧尾宴，也用了这道菜。何县令说，这天花毕罗看起来与一般蒸饼无异，里面包的馅儿却大有讲究，要用九练香和着樱桃、蟹黄蒸。"

他说一句，高树立的眼睛便瞪大一分。曾祥道："饶是县尉见多识广，也没见过这个，那孩子开口便要。狱卒们也不知道是什么，没应他，前儿当闲话跟我说，我倒吓了一跳，问：'他是在无故生事，还是认真说的？'狱卒们说，倒不像挑事，竟是要平常物事的语气。”

高树立便问：“依你看，这是什么意思？”

曾祥道：“只怕这孩子大有来头。我早听说有些显贵人家的公子们，到了十三四岁的年纪，都觉得自己有本事了，不把老头子放眼里了，都憋着一股气要闯天下，等出去浪一圈，钱花完了，又服服帖帖回家给老子认错。这孩子，只怕也是偷摸从家里跑出来的。”

说话间，何县令进来了，高树立悄声道：“散会后我去看看。”

一场会开了两个时辰，出来正是饭点，曾祥便请高树立先去酒肆吃饭，又请了几个有头面的县吏、狱官相陪。上了三轮菜，一干人总算餍足了。最后一轮没吃多少，剩一碗鱼、半只鸡、几块糖肉和半盅汤，高树立突发奇想，道：“天花毕罗咱们没有，把这些大鱼大肉给他送去，看他眼皮子到底是深还是浅。”曾祥忙叫伙计来收拾。伙计拿了食盒来，把剩饭剩菜都装了，一个狱官提着，一干人出了酒肆。

到了县狱，曾祥引着高树立走到一间牢房外，透过木栏，看见七八个犯人歪在里头，修儿独自坐北，若有所思。狱官打开牢门，把食盒放在地下，向修儿“喏”了一声。修儿过来打开食盒，狱官道：“你要什么天花，没买到，就买了这个。”同牢犯人都露出吃惊且艳羡的神色。修儿道了谢，捧着食盒回去了。

狱官锁上牢门，高树立和曾祥躲在外面看。修儿盘膝坐在草席上，打开食盒，把食物一件件取出来摆放。水煮鱼放在右前方，烧鸡放在左前方，羹汤和肉块分别放在鱼的左前方和左下方。一碗米饭和一双筷子摆在面前，饭在左，筷子在右，还有一小碟葱，放在筷子的右上方。如此摆好了，才开始举碗、动筷。高树立在外面看着，大概是酒劲儿上来了，两腿开始发软，曾祥忙一把扶住往外走。出了牢狱，高树立颤巍巍地伸出四个手指头，众人皆不解，高树立流着汗道：“这样的礼法，咱只在书里见过。寻常做官家，也不会如此讲究。四品，他家里至少是四品。”忽然手指一折，变成三根。曾祥问：“怎、怎么？”高树立道：“至少三代之内都是四品！”官吏们吓得不敢出声，曾祥问：“现在如何是好？”高树立压低声音道：“装作什么都不知道，赶紧把人放了。他的钱呢？还他。”曾祥和狱官们你看我，我看你。高树立叹了口气，扬手道：“放人，先放人。放回未离原去。”说完，像生怕沾到晦气似的，一溜烟儿去了。

修儿也不明白，为何吃了一顿饭就被放了。狱丞毕恭毕敬把他接出牢房，路过阍室，他听见里面的人窃窃私语：“就是他，家里是四品高官。”修儿心想，阿娘是没有品阶的，薛台令不是四品，是三品，况且也不是自己的家人，他们莫非认错了？走出狱门，一辆驴车和几个狱卒等在外面，他糊里糊涂便被送上车，几个县官与他挥手作别，还叮嘱他：“一路平安。回家后要听大人的话。”

狱卒们赶了一夜的路，天明后把他请下车，立马掉头回去了。修儿放眼一看，开元城在北边，沧山在西北，他又回来了，可是行囊空了。他看向沧山，阿娘还在山里，若此刻回去也不是不行，可是，想到无蠹斋的书房，想到薛台令又会每晚来授课，便不寒而栗。山下有些吵、有些乱，有些人心眼儿不好，但是有活气，山上一点活气都没有。修儿毅然向开元城走去。

一路走到西市，已近黄昏，修儿早已饥肠辘辘，他开始忧心两个难题：吃什么？今夜睡哪里？总不能饿死在街上，明明到处都有吃的。走到一家食肆门口，见招牌上刻着“汪家河鲜”，门边炖着一锅鲈鱼汤，白腻腻的，诱得行人纷纷进门。那主厨便是老板，时不时拿勺子撇一下油沫，见修儿在看，便问：“你吃不吃？”修儿道：“我的钱被胥吏们收走了。”老板便摇头叹气，又问：“你家人呢？”修儿道：“我一个人在城里。”老板道：“这么小出来谋生，也不容易。”修儿应了一句。那老板道：“你要没有活干，就来我这里当伙计，管一日两餐，管住。”修儿忙作揖道谢，老板见他彬彬有礼的模样，愈发喜欢，笑道：“在我这里可不轻松，每日要到处送餐，一天跑十几个来回，可不许叫累！”

修儿便成了汪家河鲜的跑腿伙计。汪家鲜虾面和粉蒸鱼是远近闻名的，每近饭点，便会有家奴婆子们来点餐，点完便走，汪老板做好了菜，便叫修儿送去。外送比堂食贵三文，两文归老板，一文归修儿。一个月的工夫，修儿跑遍了半个开元城，攒下了一百多文钱。这日他提着食盒出门，与一个客人擦身而过，那客人进门便道：“天子遇刺了！你们可曾听说？”修儿不由一惊，店里人也都吓了一跳，纷纷问：“怎么回事？”那人道：“在宁州边境，天子巡视水灾，遇到项贼了……”修儿还想再听，汪老板催道：“休听他们胡诌！快去快去，汤凉了。”修儿只得去了。

八月的一天，修儿送餐去延寿街，路过西市口，但见人山人海，摩肩擦踵，不知出了何事。他护着食盒在人缝中穿行，听见一人问道：“是杀谁？”另一个答道：“益兴县的向县令。”修儿往那边看了一眼，看见一棵老柳树、一座方台，台边站着扛刀的刽子手，台上还没有人。他不知道杀人有什么好看的，径自去了。到延寿街送了餐，回来又经过西市口，却见人都散了，台上有几摊血渍，也被烈日晒干了。

次日上午，修儿又送了四五家。街头巷尾，人人都在说西市口，他断断续续听见“今日杀济阳县王尧”“听说一天杀十个，杀完为止”“朝廷乱了”之类的话。送到最后一家，交给看门奴时，几个家奴也在议论，一个道：“薛让可算大开杀戒了！”修儿听见这名字，心“咯咚”一跳，不由自主往西市去了。

今日观众比昨日还多，毒辣的日头把所有人的汗臭味都蒸了出来，柳树也被熏得要倒。修儿费尽九牛二虎之力才挤到台下，目光四寻，看见了沧山的官吏，却不见薛台令。一时济阳县令王尧和九个官吏被推上台去，观众纷纷叫好，王尧却开始哭泣。修儿身边有两个同行的士子，年轻一个道："薛台令这次像变了一个人。从前君王有失，台令必犯颜直谏，如今天子行暴，薛台令为何作伥？"那年长的道："他不是为天子，是为自己。他在和唐瑜争权。赢了，朝廷还是沧山说了算，输了，便是御史台说了算。他是用这些人命逼唐瑜认输。"

忽然远处叫道："宰相来了！"

修儿看见一个鹤发老人费力走来，把一卷黄麻纸递给法官，法官不接，面斥甚厉，把那老人驳得汗如雨下。行刑依旧进行，刽子手举起了刀，修儿闭了眼，听见周遭一片感叹，依稀有人惊呼："端木相公！"修儿睁开眼，见那老人昏迷了，几个官吏搀扶着，一叠声叫："马车快来！"马车载着宰相离开了，修儿也退出人群，回了店铺。

2

修儿再未去过西市口，但店里的客人总会带来最新的消息，他不送餐的时候，便坐在柜台后面听：端木相公被罢相了，皇后把余下的官吏救下来了，薛让销声了，天子去围场打猎了，大焉要改元了，唐瑜当宰相了。末了，一个江湖来的说书人总结道："皇帝要么靠薛让压唐瑜，要么靠唐瑜压薛让。他总想自己做主，其实不是被薛让掌控，便是被唐瑜掌控，他呀……"余下的评判便以一声叹息代替了。

冬月，修儿听到了来自十字关的消息：焉军击退了项军，转进云州念波城，大焉对西项由此转守为攻。开元城被捷报鼓舞着，家家都在门外挂红灯笼、贴红喜字，满城一派欢庆的气氛。腊月到了，一群从宁州来的客商要回家过年，在汪家河鲜吃饭，顺口问老板："我们同行的人死了两个，几十辆驴车看不过来，想雇两个人和我们回去，老板可认识谁？"修儿便向老板道："我和他们去。"

隔天，宁州客商为修儿在官府买了关牒，修儿便随这群商人离开京城，去了宁州。半月后到了目的地，商人们给修儿结了账，解散了队伍，各自回家了。修儿继续往西走，腊月二十五到了十字关。

大军早去了念波城，只剩一支宁州军守关卡。一队骑兵恰自关外巡视归来，见门下站着一个平民少年，便喝住了马，带头的是个断了左臂的百夫长，问他："这是谁？"修儿道："我叫修儿，想去念波城。"百夫长问："去做什么？"修儿道："焉军在那边打仗，我想去看看。"

百夫长笑问："你多大？"

修儿道："十三岁了。"

百夫长把马槊往他身前一扎，比了一下：“还没我的武器高。”

士兵们也都朗朗地笑。百夫长指了指身上的乌锤铠，说道：“这副铁衣二十斤重，你的身板可负得起？”

修儿摇头。百夫长道：“回去，这里不是玩的地方。”

修儿道：“我也不是想打仗，我想先看看。”

那百夫长怪道：“看看？有什么好看的？”

修儿道：“看他们是如何打仗的，军谋兵略比书上如何。”

百夫长定睛把修儿看了半晌，问：“娃娃，什么来路？”

修儿道：“我从未离原上的沧山来。”

百夫长问：“是官家，还是农家？”

修儿道：“农家。阿娘是种菜养家禽的。”

百夫长道：“小娃娃有志气，是好苗子，我更不能放你出去。关外不安宁，项贼在侵扰我们的补给路，还在一些村庄抢掠，你孤身一人出关，活不过三天。”

不远处响起集合的号角，百夫长扬起马鞭，向修儿道：“想报国，什么时候都不晚。长得和我一样高了再来！”说着，率众骑疾驰而去。

修儿只得掉头往回走，两日后路过一个村庄，便去打听哪家需要帮工。一个阿婆告诉他：“彭里正家的长工被征走了，马上过年了，他正找人呢。”修儿便一路问到彭里正家。彭里正问了他的名字籍贯，再问他因何来此，修儿又说了一遍，彭里正道：“人人都该报效国家，但不一定都去参军打仗。大家都把自己的事做好，譬如该种田的种田，别误了农时；该做买卖的做买卖，别缺斤少两；该读书的读书，该织布的织布，就是报国了。再譬如你，好好帮我家过这个年，我给你工钱，都不出乱子，也是报国。”修儿便在彭家住了下来。

彭家在乡里算是大户人家，里正有一妻一妾，各生了一个儿子；原本有三个长工，被官军征走了两个，只剩一个六十多的鳏夫叫贺老九。修儿来了，贺老九独住的柴房便让了他一半，两人帮着主人和娘子收拾年货，准备过年。

除夕当日，彭家合族的人都来这里过年，老老少少七八十人，把前厅后堂全占满了，闹哄哄如集市一般。修儿和贺老九从早上开始忙活，生火挑水，洗菜切肉，和面剁馅儿，搬桌子挪椅子，半日不曾歇一口气。中午下起了雪，两人在院子里搭起大棚，客人们在棚里簸钱、投壶、斗鸡，好不喜乐。未时开了年夜饭，是流水席，客人们一轮接一轮地吃，彭里正每桌都要敬酒，与叔伯兄弟们交杯换盏，喝得面红耳赤。大娘子带着六岁的大公子、小娘子带着两岁的小公子招呼女眷，因天冷，怕孩子冻着，不久便各自回屋了。贺老九和修儿一个收拾残席，一个布置新席，一个端着残羹剩饭进去，一个端着热腾腾的饺子出来，来来去去，忙出了一身的汗。到戌时，众人酒足饭饱，两人收拾了碗筷杯盘，才回厨房吃自己的年夜饭。时人有除夕守岁的习俗，无论长幼，今夜都是不睡的，要通宵欢聚，辞旧迎新，于是男宾们又在棚内饮酒赌钱，女眷们则去了屋里，围炉闲话。到了子正，孩童们在雪地里放鞭炮吓年兽，贺老九和修儿做了羊汤宵夜，端出来，送到堆满铜钱的桌子上，再等客人们吃完，洗刷了碗筷，打扫了灶头，就在灶边胡乱打个盹儿，天就亮了。

又是一年新春，客人们打着呵欠告辞去了，主人也该休息了。彭里正和大娘子、大公子去了东厢房，小娘子抱着小公子去了西厢房。贺老九和修儿把院子又收拾了一遍，也回柴房补觉。修儿被喧嚣包围了一天一夜，此时耳朵里还有乱糟糟的人声回荡，他忽然想念起沧山的寂静来。阿娘的除夕是如何过的呢？“每逢佳节倍思亲”，修儿终于读懂书中的诗了，他想家，可家在千里之外。修儿倦然入睡，不知过了多久，贺老九唤道：“起来！快去开门！”修儿迷糊地问：“怎么？”贺老九道：“我听见有人在拍门。”修儿只得起身去了。

出了柴房，白晃晃的雪地刺得修儿眼睛生疼。此时还是清晨，有谁会来？院门又响了两声，“咚，咚”，又轻又慢。修儿把门拉开一线，起初不见人，再一低头，才看见一个小孩，四五岁年纪，今日是新年，却穿着旧棉袄。修儿问：“你找谁？”又发现小孩身后有一串成人脚印，已远去了。那小孩道：“我找阿娘。”修儿问：“谁是你阿娘？”那小孩向内叫道：“阿娘！阿娘！”

西厢房的窗户开了，小娘子在窗后看见孩子，脸霎时白了，连忙从房里出来，却只站在檐下，不敢过来。修儿牵起小孩的手，把他领进门来，忽然东厢房的门也开了，彭里正和大娘子也出来了。彭里正的酒意未消，一双红肿的突眼瞪着那孩子，孩子不敢动步，窘然站在院子中间。大娘子瞟着小娘子冷笑。贺老九出了柴房，见几个木头似的人，只得靠自己打破尴尬，咳了一声，道：“唉，这孩子又来了。”

西厢房里小公子大约醒了，不见母亲，也带着哭腔唤阿娘，彭里正向小娘子道：“你进去看孩子。”小娘子不敢反驳，转身进去了。彭里正把那孩子看了几眼，也和大娘子进去了。

修儿牵着孩子，不知如何是好，贺老九道：“天可怜见的，总不能现在就撵回去。先进来。”修儿便把孩子带回柴房，抱到火盆边坐着。贺老九问：“谁带你来的？”那孩子道：“婶娘。”贺老九问：“那婶娘呢？”孩子道：“回去了。”贺老九便叹气。那孩子怯怯道：“阿娘不要我。”贺老九道：“阿娘想要你，只是里正不准，阿娘要了你，里正就要——”他扬起手掌在自己脸上虚拍，“就要打你阿娘。阿娘怕他。”孩子啜泣起来，贺老九拿了个饼哄着。

这孩子大清早出门，走了两个多时辰的路，不免累了，哭了一阵，便睡着了。修儿把他抱到自己床上，给他盖好棉被，方问："他是小娘子的孩子？"

贺老九道："是了。小娘子先前嫁过人。丈夫死了，一个人带着孩子，没有生计，房子都没保住，无处可去，才改嫁了彭里正。里正只要女人，不要孩子，孩子便留在爷爷家。去年，他爷爷奶奶都死了，又寄住在叔叔家。他叔叔有羊角风，时不时就发作，自己又有三个孩子，养不活他，便总往这里送。小娘子收不了几天，东厢房那边便要生事，又只好把孩子送回去。去年就来过三次了。可怜一个半大孩子，像球似的，你踢一脚，我踢一脚。"

修儿看那孩子，脸上有几粒红肿的冻疮，一手抓着被角，一手还攥着半个饼。他想把饼拿下来，孩子的手却不由自主地一缩，好似相护一般，修儿只得罢了，悄声问："他叫什么？"

贺老九道："好像叫冬生。"忽然一停，问道，"你知不知他爹是谁，是怎么死的？"

修儿自然摇头。贺老九道："他爹是宁州军人，允治八年，项贼来打十字关，死在关下了。"

3

大年初一下午，彭里正的四个兄弟都带着家小来了。晚饭时，十多口人在正堂吃羊汤和饺子，贺老九和修儿在厨下给自己煮面。面熟了，修儿把冬生带来，给他盛了一碗，让他就坐在灶边吃。一时正堂那边唤人，贺老九和修儿赶过去，原来是二哥家的孩子打碎了碗，两人连忙收拾。彭里正喝得面红耳赤，一把拉住贺老九问道："你们吃了没有？"贺老九道："在吃呢。"里正道："原本也该给你吃饺子的，可年景不比从前了。官府来征了几次粮，把我家囷仓都搬空了，我也奈何不得。虽然厨下还有几斤猪羊，那是留着招待亲友的，人家上门来拜年，是看得起我，我不能亏待人家，只能亏待你了。"贺老九连连道："不亏待，不亏待。"

忽然一桌子的人都往门口看，冬生来了，站在门槛后，小声唤："阿娘。"可他母亲并不在屋里。几兄弟都问里正："怎么又来了？"里正沉下脸，又不好发作。冬生一手扶着门框，想跨进来，彭家几个孩子都尖叫："出去！叫花子！"冬生吓得把腿缩了回去。彭四弟问他："你是不是饿了？"冬生点头，彭四弟便道："你进来，我给你。"冬生便进了屋。彭四弟从桌上夹起一块吃过的羊腿骨，扔进他碗里。修儿怒道："你不要欺辱他！"彭四弟抬头看了修儿一眼，贺老九忙一手拉着修儿，一手拉着冬生出了门。

到了厨下，冬生兀自捧着骨头啃上面的残肉，修儿道："不要吃这个！你要尊重自己！”冬生不懂，依然埋头啃食，贺老九道：“他那么小，有吃的就行，管什么欺辱！”忽然门口人影一闪，小娘子赶了过来，见此情景，劈手夺过骨头，扔在地上，冬生犹指着骨头道：“阿娘，肉！”小娘子一把抱住孩子，泪如泉涌，又怕外面听见，死死咬着牙，不敢出声。贺老九看不得这个，便转身出门，正和大娘子撞了个满怀。大娘子站在门边，向小娘子道：“后堂也吃完了，你去收拾。”小娘子忙低头擦泪，大娘子呵斥道：“新年大吉的，这是做什么？你不忌讳，我家忌讳！”小娘子只得放开孩子，起身去了。

晚饭毕，雪如鹅毛似的飘下来，彭家七八个孩子欣喜若狂，大呼小叫地冲到院子里玩雪，一件件桃红柳绿的新棉袄，映在雪里好不耀眼。大孩子们找来一辆独轮小板车，让最小的女孩儿坐上去，在雪地里拉着走。女孩儿“咯咯”笑着，两只双平髻一翘一翘的，十分可爱。又有几个大男孩在打雪仗，一边打一边喊：“打项贼！你是项贼！”雪团子飞来飞去，把院子打得乱七八糟。贺老九和修儿在洗碗，冬生听见外面欢声笑语，终究是小孩心性，便走到门边看，看了一会儿，走了出去。打雪仗的还在打雪仗，拉板车的还在拉板车，没人理他，他壮起胆子走到板车边，正好小女孩下来了，另一个男孩坐上去，几个一起推，冬生也试探着、展着笑脸去推，手才伸过去，那小女孩看见是他，立刻变了脸，叫道：“你滚开！”打雪仗的男孩们听见尖叫，问：“怎么了？”小女孩指着冬生道：“他！他！”冬生慌不迭想走，男孩们已冲过来，把他踹到地上，又踩又打，一个孩子把雪团按在他脸上，往鼻孔和嘴巴里塞，冬生吓得大叫：“阿娘！阿娘！”

修儿在厨下听见叫喊，急忙出门，正看见小娘子从后堂冲出来，把几个大孩子拉开。她抱起儿子，见儿子满脸糊着脏污的雪，又不敢朝孩子们发火，只是落泪。大人们把孩子都叫了进去。

三更过后，四兄弟要走了，彭里正已醉得站不稳，却坚持送到大门口，修儿只好扶着他。送走了闹哄哄的四家人，院门落了闩，彭里正问：“那母子呢？”修儿道：“在柴房里。”里正道：“叫大的来我屋，我有话跟她说。”修儿便去柴房叫小娘子，小娘子只得把孩子交给贺老九，起身去了。修儿等了少时，跟了出去。

到了东厢房窗下，修儿听里正说道：“各家孩子各家抱。倘若是太平年景，我帮衬帮衬也无不可，偏是兵荒马乱的时节，家里还有多少粮，你又不是不知道。乡里乡外都知道我家有钱，每次征军粮，衙役们头一个便来我家，一次一次，眼看着就搬空了。这仗再打两年，大家都得去要饭。若是女娃，我也帮你养了，偏是个男娃。这娃又不姓彭，他自有宗祠，他余家人又没死光，怎么推给我？大年初一给我送来，难道不是故意给我添堵！明日我便叫贺老九送回去。我丑话说在前头：下次再送来，我把他的腿打断！你若舍不得这孩子，也尽可跟他去，我不强留。去！把贺老九给我叫来！”

修儿悄悄回了柴房。须臾，小娘子来了，叫了贺老九出去，自己把冬生看了两眼，也走了。冬生似乎也知道了自己的命运，呆呆地不作声。只一小会儿，贺老九回来了，向冬生笑道："明日就走喽，回你叔叔家喽。早些睡，明日早些走。"

修儿把冬生抱到自己床上，冬生突然搂住他的肩膀，戚然道："谁都不要我。"修儿想把他放下去，他却像抓着救命稻草一般，死死不松手，放声大哭："谁都不要我！谁都不要我！"他的心里，大概想问为何没人要他、他为何会存在、他明日该怎么办，可他太小了，这些困惑说不出来，只是一遍遍重复："谁都不要我！"

柴房的门忽然开了，小娘子走进来，把冬生从修儿怀里抱过来，道："阿娘带你走，阿娘要你。"贺老九忙道："我明早就送他回去。"小娘子道："我带他走。"贺老九见她肩上有个包袱，便问："你去哪里？还回不回来？"小娘子不答，抱着冬生出了柴房。冬生伏在阿娘的肩头，不哭了。修儿追出去叫道："雪太大了，天明再走！"小娘子不回头也不应声，径自打开院门走了出去，修儿再追过去，便只看见她的背影，和冬生环着她脖颈的小手。

大年初二一早，大娘子来打门，叫起修儿，说道："当家的喝酒喝坏了，头疼了一夜，你去县里富春药铺找王医师，请他开一副醒酒的药，你跟他说彭里正，他知道的——我一直劝他少喝点、少喝点，但凡听我一句，也不会遭一夜的罪！"修儿接过铜钱，问出县城是在东边，便出了门。

出了村庄是一条小河，修儿沿着河往东走，雪未消融，地上有一条踩出来的泥泞的路。天上有太阳，照在身上并不暖和，但天和地都清清白白的，看着就神清气爽。走到中午，他见河边围着一群人，有村民，有官差，不知在看什么。近了，正有一个村民笼着双手退出人群，口中道："就是冻死的。半夜的雪太大了。"修儿莫名有不祥之感，急忙过去，官差已把地上的人抬了起来，正是小娘子和冬生，母子两个紧紧相拥，冬生的手依然圈在母亲的脖颈上，两个官差掰了几次，实在掰不开，只得一并抬上驴车，扬鞭去了。

修儿到了县城，找到富春药铺，请王医师开了药，之后返回彭家，把药包交给大娘子，然后回柴房，打好自己的行李，径直出了门。大娘子在伺候里正，两个孩子在屋里玩耍，贺老九在厨下煎药，谁也没有在意他。修儿一路往西走，当夜在一户农家借宿，天明后继续行进，傍晚时回到了十字关下。军营门口，三三两两的士兵正在闲谈，那百夫长恰在其中，见修儿又来了，略有些吃惊，问："你又来做什么？"

修儿问道："你们在十字关做什么？"

百夫长道："接应去云州的补给。预防项贼来偷袭。"

修儿道："我就留在这里，跟你们做这些。"

百夫长回头看士兵们，一个道："他想留下，就收了得了。"

百夫长便向他道："进了营门就是兵，苦日子来了，可不许后悔！"

修儿道："等仗打完了，就没有苦日子了。"

百夫长领着他走进了营门。

4

鼎象元年四月二十二夜，同屋的士兵吹灭了灯，躺在席上，在黑暗中低声闲话。修儿将眠未眠。窗户是打开的，孟夏凉凉的风流了进来，城墙上有人在唱歌，修儿知道是无聊的打更卒。他倾耳细听，听那卒子唱道：

一更刁斗鸣，
校尉逴连城。
遥闻射雕骑，
悬惮将军名。

身边几个士兵在谈论念波城的战事。从去年冬月至今，两次攻城都失败了。他们从零星的军报里拼凑念波城的情况，评论焉军为何会败，猜测田将军和孙将军该如何打。他们都是宁州军的一部，对田永欢的关心超过了对孙牧野。不一会儿，又一段歌声传来：

二更愁未央，
高城寒夜长。
试将弓学月，
聊持剑比霜。

修儿睡不着，索性出去逛逛。他穿好衣裳走出门去，踩着皎白的月光登上城楼。百夫长何青城也还没睡，坐在城垛上，看下面的士卒操练夜战打法。修儿过去坐在他身边。何青城问："怎么？想家了？"修儿点头。何青城道："将士们都一样，白天什么事都没有，夜深人静的时候就会想家。"修儿问："校尉的家在哪里？"

何青城道："平州。"

修儿问："为何来了这么远的地方？"

何青城道：“充军发配。”

修儿一惊，问道：“校尉是罪犯？”

何青城一笑点头。

修儿问：“校尉犯了什么罪？”

何青城道：“斗殴，杀人。”

修儿愣住了。

何青城笑道：“我在你这个年纪，不知打了多少架了。我们一帮人上街，好些店铺是要关门的。我自小没有父母，可从没缺过吃穿，想吃什么想穿什么，就去铺子里拿，谁敢不给，我们当场把他店铺砸了。十八岁那年，县城南边出来一伙更年轻的，占了我们的地盘，就时常打架，最后一次，两边加起来一百多人群殴，死了三十多个，惊动了州府，这才把我们抓了。我也打死了一个，原本要砍头的，正好项贼打过来了，就把我充了军，来了这里。”

修儿下意识看了看他残缺的左臂，何青城道：“这是去年在十字关外被砍的，不然，我也去念波城了。”

修儿问：“校尉想不想家？”

何青城道：“不想。家里没人了，在哪儿都一样。”

修儿沉默下来。过了许久，坐在城头的更卒又唱道：

三更夜警新，
横吹独吟春。
强听梅花落，
误忆柳园人。

何青城问：“你练武怎么样了？”

修儿道：“练得不好。”

何青城道：“一来你力气小，马槊和陌刀举不起来，力量不是一朝一夕能练成的；二来你心慈，真刀真枪砍不下去，对不对？”

修儿道：“人都是血肉之躯，我是，人家也是。”

何青城道：“你阿娘教你教得好。”

修儿道：“阿娘会念很多书，教我很多道理。”

何青城知道修儿没有父亲，但并不觉得奇怪。世间太乱了，每天都有人死亡、失踪或离开，太多的孩子失去了父亲，或者从未有过父亲，不算稀奇。何青城道：“我教你一件兵器——连弩。这个不需要多大力气。一次射三箭，只有你射得准，上箭够快，比刀枪还厉害。又不用面对面，隔得远，心里就没负担。”

修儿道：“好。”

何青城便向一个哨兵招手，那哨兵过来，何青城解下他的连弩，给修儿看，给他讲弩机的用法，如何上铁矢，如何瞄准，如何站立发射，如何在马背上发射，修儿认真地听。哨兵搬了个草人来，放在五十步外，何青城射给修儿看，箭箭中心脏，修儿照着射，便只是从草人身边掠过。又一个时辰过去了，干巴巴的梆子声又响起来，伴着更卒懒洋洋的歌声：

四更星汉低，
落月与云齐。
依稀北风里，
胡笳杂马嘶。

梆子声止，城外却响起马蹄声。守城的士兵立刻起身，何青城与修儿也向外看，只见一骑焉兵踏月而来。一个哨兵问：“什么情况？”那焉兵高声道：“念波城捷报！”士兵们大喜，一面道：“快开门！”一面问：“打下来了？”焉兵道：“打下来了！孙崇义死了！”

那焉兵进了军营，把捷报告诉遇见的每一个人。军营醒了，灯火相继亮了，士兵们从屋里出来，站在院子里听战斗的细节，再向伙伴们转述。何青城拉了一下披着的衣裳，起身道：“我先去睡了。”说完下了城楼。修儿还舍不得走，举着连弩继续练，几个哨兵在一旁看，时不时也来练上几手。不知不觉，天色白了，更卒唱完最后一首歌，便去休息了：

五更催送筹，
晓色映山头。
城乌初起堞，
更人悄下楼。

第一百章

帝之子

1

修儿在十字关一守便是三年。鼎象四年三月，春耕时节，修儿和卒子们一起下田翻耕，他一手扶着犁，一手赶着牛儿往前走，划开的泥土像浪一样翻到两边。忽听关门那边号角响，他直身回头，遥见一群骑兵聚在关下，看衣装又不像宁州军。俄而关门开了，骑手们扬鞭而出，尘埃落定后，门又关闭了。修儿擦了擦汗，继续打牛耕田。

到了晚饭时分，修儿和卒子们牵着耕牛往回走，回到营地，便听几个卒子在议论："就这点人去落日峡，难。"修儿问："哪些人出关了？"一人道："孙牧野将军。"修儿吃了一惊，扔下牛缰便往城上赶，他在城垛间向西远望，人马的影子早不见了。

又过了几日，有驿使从京城来，给将士们带来一个好消息："四千章州军已从未离原启程了，要赶去落日峡支援。"修儿和大家日盼夜盼，盼着章州军到来，好送他们出关去。

四月十二，有信使从西边来，报焉军夺回了落日峡；四月十五，一支来自未离原的粮队到了十字关下，近三千人，打算今夜就在关内休息，天明再走。役夫们在平地里架锅煮饭，守关卒子都去帮忙。何青城找到押运的千夫长王良效，问："章州军呢？怎么还没来？"王良效道："进了宁州就被拦住了。"

何青城一惊，忙问："拦？谁拦住了？"

王良效道："节度使李宗庭。"

何青城想了想，把他拉到一棵树下，凝色问道："究竟怎么回事？"

王良效道："唐相公调这四千兵，没有经过龙朔宫，圣上知道的时候，章州军已经在动了。这事要往大了说，是谋反。圣上急命李宗庭，把军队拦住。李宗庭也是涅火军出来的，当年是先帝的卫兵，白鸾江上没能挡下那一箭，先帝驾崩后，他守了三年帝陵，然后去了骁禁卫。田永欢死后，他来宁州继任节度使。他是先帝旧部，又自觉有负先帝，所以对圣上唯命是从。如今四千章州军还留在宗山城下，过不来。”

何青城道：“眼下铁羌城、落日峡是重中之重，圣上纵然与相公不和，也不该拿军国大事赌气。”

王良效道：“圣上宁肯燕州兵败，也不肯退一步，你猜是为什么？”

何青城远离京城要地，自然对宫廷权争一无所知。王良效道：“孙将军是被圣上贬谪的人，唐相公却把他请出来了，还要给他送兵。他日平定燕州，孙将军带兵回京，圣上何以自处？”

何青城倒吸一口凉气，知道四千章州兵再也无望西进了。王良效低声道：“再过一段时日，只怕粮运也要断了。还望唐相公能顶住。”

一时那边在叫开饭，王良效便去了。何青城思量半晌，转身欲走，却见修儿站在树后，那神色，显然把方才的话都听见了，何青城拍拍他的背，去了。

2

次日，天未晓，粮队准备出发了，牵马的牵马，套车的套车，昏暗的天色里一团繁忙。守城卒子们帮着搬运箱子，修儿抱来一捆麦草，喂食即将出关的骡子。几个役夫过来，把骡车上的箱子捆紧，修儿看见一个戴斗笠的少年，比自己还小一两岁，却已经是风尘仆仆、熟练老道的役夫了。那少年一面扯绳子，一面从修儿边上过，因是同龄人，也把他多看了一眼。修儿问：“你叫什么名字？”那少年道：“叶人境。”修儿问：“你多大了？”叶人境道：“十四岁。”修儿道：“你这么小，怎么也被征来了？”叶人境道：“官府征的是我阿爹，他前年出关摔断了腿，我代他去。”

车马收拾妥当后，一个老征夫叫道：“走了！出关！”守城卒子打开了关门，八百护军、两千役夫与千辆粮车便要启程，忽闻远处有人叫道：“且慢！”众人回头，但见一队官吏飞驰而来，衣装有文有武，卒子们小声道：“州府来人了。”

马队驰近，当先一个文官高声道：“李将军有令，今日起，十字关戒严，不许一人一马出关！”

四周一下寂然无声。役夫们牵着骡子，不知所措，护粮兵们正要上鞍，又退了下来。立刻有卒子去报知何青城，何青城急忙赶来，叫道：“这是送去铁羌城的救命粮！”

那文官道：“将军是奉圣旨行事。龙朔宫的敕书下到州府，将军不敢抗命！”

何青城怒道：“龙朔宫不晓事，李将军难道不晓事！打仗的人断了粮是何处境，李将军也是军人，难道不知道！”

那文官陡然变色。何青城扬手向粮队道：“该出发了！莫误了时辰！”役夫们不敢动。何青城大步走到王良效面前，道：“快出发，不可耽误！”

马队中一个武官叫道：“王良效！立刻带你的兵回宗山城！敕书可点了你的名！”

王良效无奈地向何青城摊手，牵着马走开了。他一动，八百护粮兵便跟着过去了。何青城气得直喘，半晌喝道：“古往今来，竟有不想国家打胜仗的天子！”

武官们都不作声，文官们却有些变色，当先那人扭头问：“他是谁？”

何青城厉声道：“十字关何青城！今日的话，你只管告天子！”

那文官便被堵得说不出话来。

何青城转头向四周道：“十字关的将士呢？怎么都没声！”

无数卒子道：“校尉吩咐！”

何青城道：“来一千个人，收拾行装，我们送粮队出关，去落日峡！”

卒子们同声应道：“是！”立刻四散开去，提刀挽弓，披甲牵马。带头的役夫向青城道：“上面不让走，我们不敢出去。”何青城一把抽出横刀，抵在他胸膛：“不去，我现在就杀你！”那役夫再不作声。

文官看了看忙碌的军营，向何青城道：“将军出了这关门，还要不要回来？”

何青城红着眼道：“这几年在十字关，我送千万个将士出去了，每一次我在城头目送他们，没有一个回过头！”

那文官叹了声气，再不多言，带领马队掉头而去。何青城也去收拾行装，修儿道：“校尉，我也要去！”何青城脚步不停，道：“你留在这里种你的田！”撇下修儿去了。修儿转身跑回营房，收拾了衣衫，转去军资营，趁人多不备，偷了一把连弩、两筒铁矢出来，混进了役夫的队伍。叶人境还在整理骡车，修儿跑过去，把他的斗笠摘下来，戴在自己头上，叶人境看了他一眼，也不多说。

半顿饭的工夫，一千守军在关门下集结完毕，何青城一身铠甲走来，空荡荡的左袖直晃。亲兵牵来战马，他翻身上鞍，向众官兵、役夫道：“此刻开始，粮队听我号令！五十天内，送粮草到落日峡，违令者，立斩杀！”

役夫们无声地挥起鞭子，赶着骡车向关门而行。修儿压低了斗笠，扶着车辕从何青城的马边走过，青城威严地注视着一行行队伍，并未注意斗笠下的脸庞。

出了十字关，天和地都是另一番气象。数十年间，几度兵灾，云州的大地上、高山下、村庄间，处处留着点点滴滴的战争伤痕。四月二十五，粮队到达念波城。太守柳长圆此前收到凤阁之命，要他在当地筹集一百车弓箭盾牌，随粮队西去。他早听说了君宰不和的传闻，得罪天子也不是，得罪相公也不是，思来想去，只凑了四十五车，交付了何青城。休息一晚后，粮队继续行进，五月初四到达马铃村。要进朔州，必过浊沙河，此时当地县令已经征了五十多艘的渡船，送粮队过河。这是修儿初次见到天下第一河，像是黄土地溶了，化出一道纵长十里、横宽百丈的缝，被腾涌的泥浆填满了。役夫们推着骡子、战士们牵着战马依次上船，几十艘船向西岸荡去。叶人境看出修儿有些害怕，便搀住他的手臂，把他拉了上去。老艄公吆喝一声，撑船离了岸。修儿紧紧拉着叶人境。老艄公看两个孩子正襟危坐的模样，笑道："小娃娃，不要怕！老汉在浊沙河上往来几十年了，这一年送了上千的官军过去。连孙将军和他的马，都是我渡过去的。"修儿道："我们就是给孙将军送粮草去。"老艄公道："好，好。有了粮草，就能打胜仗。打完仗，就天下太平了！"忽闻河上人惊驴叫，众人转头一看，一条船翻了，人、骡子和车都落了水。十几个人头在浪里浮沉，骡子又刨又叫，几大箱药罐、盐罐、米罐被冲出来，随波去远了。

粮队上岸后继续西行，五月十五到达九婴山边的求雨坛，是时天已黑尽，大家埋锅造饭，饱餐之后，安下营寨，且待明日再行。求雨坛也曾是焉、项两军鏖战之所，那一战，两军足足打了二十多日，伤亡三万余人，流血漂橹。修儿和叶人境坐在帐篷边，遥望九婴山，听士卒们讲述当时交战的情形，时而一阵风过，风中似乎还残留着砍杀声，或高昂、或悲怆。每过一阵，便有几个打着哈欠去睡了，到最后，只剩修儿和叶人境还坐着，修儿痴然望着九婴山，叶人境道："咱们也该睡了。"修儿道："再等等。"叶人境问："等什么？"修儿遥指九婴山："月，关山月要出来了。"

叶人境顺着他的手指看，一抹月晕环在九婴山巅，正徐徐升起。修儿的双眼亮晶晶的，说道："过一会儿，天上会生云，像海一样，明月照着云海，风会从九婴山吹来，吹到我们面前。"

叶人境问："你怎么知道？你不是没来过西域？"

修儿道："诗里就是这样写的。'明月出天山，苍茫云海间。长风几万里，吹度玉门关。'"

山月如期东升，夜空云蒸雾涌，大地上映出九婴山壮伟的影，风行十里，吹上修儿和叶人境的脸。修儿伸出手掌，十指在光华下清晰可见。他微笑道："从前我问阿娘，我们的故乡在哪里，阿娘便教我读诗，她说，诗中的地方都是我的故乡。我现在好像真的回了故乡，因为这景象真熟悉。"

叶人境问："你是不是学过很多诗？"

修儿道："对，我从前每天都学诗。"

叶人境问："有没有不再打仗、咱们很快就能回家的诗？"

修儿想了顷刻，捡起一段树枝，在地上一横一竖地写，边写，边教他念："几时征戍罢，还向月中归。”

忽然不远处一人冲他们叫：“怎么还不睡？快去睡了！”两人抬头看，是何校尉来巡夜了，修儿忙一缩头，转身回了帐子，叶人境应了一声，也回去了。何校尉策马巡视着，向各处高声道：“方才西北边有几个鬼鬼祟祟的影子，怕是项贼流寇！大伙别睡太死，听到动静就起来！”

修儿和叶人境睡在席上，听见远处响起羌笛声，叶人境不由睁大了眼，修儿轻声道：“不要怕，这是我们的士兵在吹笛子，他们在十字关守夜的时候，也会吹。有这声音在，就不用怕。”叶人境便安心地睡了。

修儿才合眼不久，便听笛声骤止，号声乍起，他抓起弩机翻身而起，叶人境也急忙起身，修儿把他一按，低声道：“你还小，就留在这里！”满帐的役夫都醒了，面带惊恐，修儿示意他们不要怕，自己跑出了帐篷。

星月下，几小支焉兵正往西北方赶。营地西北角似乎有些混乱，大约四五十支马槊在发光，依稀有鸣镝之声。修儿的心“咚咚”地狂跳起来，一面往连弩里上铁矢，一面追着焉兵们的身影过去，路过几座帐篷，有役夫拿着扁担在门口观望，见了他便道：“小娃娃别过去！是项贼！”修儿依旧往那边赶。近了，看见营围开了个缺口，十多匹轻骑飞奔而出。哨亭上的焉兵在向外射箭，射了四五轮，便放下了。修儿爬上哨亭，看见三十多人在跑，十几个骑兵在追，更远处，十来辆骡车向四方逃窜。修儿问：“怎么了？”一个哨兵道：“五六十个流贼来偷营，围栏打坏了，惊走了十来辆车。”修儿抓着栏杆远眺，追寻焉兵们的身影。焉军成雁字形，最中间、最前面的那个，左臂是空的，右臂扬着马槊，像一轮霜光。他们很快追上了，敏捷的战马在流贼中穿插冲撞，长长的马槊挑翻了一个又一个黑影。过了约一盏茶的工夫，黑影都倒地了，战马梭巡了一阵，开始掉头往回走。修儿怕被何校尉看见，悄悄回了自己帐篷。

四更时候，营寨敲响了出发的铜锣，修儿和役夫们都从帐篷里出来，看见空地里摆着五十多具项兵尸体，衣衫破破烂烂，不知在朔州躲藏了多久。还有七个焉兵死了，何校尉和同伴们正在焚烧他们的遗体。几十个役夫找了一夜走失的骡车，此刻赶回来四辆。收拾好营地，粮队又出发了。

五月二十四，粮队来到朔、燕交界之地——北蟒关。往南三十余里的地网山，埋葬着宁州军万名精锐和将军田永欢。粮队特意绕行数十里，来到地网山下。何青城率一千宁州兵面山而跪，洒酒祭奠同袍英魂。修儿躲在役夫中看，何青城朗声道：“青城无能，未与将军、诸位同袍携手赴死，深为憾事！将军佑我军援平安抵达，回转之日再谢将军！”语罢伏地而拜，千名将士一起跪拜，千副铁甲发出如雷的铿锵声。

粮队从地网山向北走，黄昏时到了大风门。此地名为风门，实为风原。空旷的平原，终年大风不息，人畜不能立足，草木不能扎根，数百年来了无生机。黄昏正是狂风肆虐的时候，无论如何过不去，粮队便在风原下歇了一晚。到明日，风势依然不减，而离五十日期限还剩十日，再也耽误不得，等到午后，粮队决定出发。骑兵们都下了马，把盾牌绑在马身上，增加重量。役夫们用绳子和铁链把一辆辆骡车连起来。叶人境一面往车辕上穿绳，一面向修儿道："千万要拉紧绳子，不要被风吹跑了。"一千辆骡车从头到尾连成一线，役夫头子检查了一遍，叫道："可以走了！"他抬手指向远方，"走十五里，钻进那山口，就没事了！"修儿顺着他的手看，风原那一头，立着两座屏山，如同天门。

马铃儿"叮叮当当"地响起来，车队向风原上开去。修儿右手牵着叶人境，左手拉着绳索。风自东向西吹，时不时有几粒沙砾打上修儿的右脸，他怕沙子进眼睛，只能闭上眼，细沙便向耳朵里钻了进去。渐渐地，马铃声听不见了，车轱辘声也听不见了，没有人说话，骡子也不叫。风穿过骡与车，穿过人和马，穿过人与人之间，想把一切都撕裂开。步伐一步比一步迈得艰难，修儿觉得风在掰开叶人境的手，忙把他牵得更紧。风稍歇的时候，他睁开眼，看见长长的粮队在空原上无声前行，上千的人车马，却无比孤独。下一刻风来，势头更猛了，横扫着一切向西去，队伍弯曲了，有车马偏离了方向。大风中响起呼喊声，人们彼此鼓劲，奋力拉着骡马向前走。忽听"轰隆"一声响，修儿抬头，看见一辆车子翻了，绳索断了，骡子四蹄朝天，箱子洒了一地。七八个役夫跑去相救，却像被看不见的手推了一把，一个个栽在地上，被掀出老远。修儿正自震惊，又听身后有人大叫，他一转头，一个铁锅飞了过来，叶人境拉着他蹲下，锅从头顶飞过去，砸在地上，一转眼便滚不见了。三头骡子受了惊，拖着车子向西跑，跑着跑着，骡子摔倒了，车子上了天，又落下来，压在骡身上，骡子死了，车碎了，断木四散，一筒筒长箭被卷上半空，茅草似的漫天飞舞。三四里长的队伍，不断被吹出缺口，绳索一截一截地断开，役夫们大叫："救人！救粮草！"纷纷把绳索绑在腰上，三五人一组，爬着去抢骡子、捡东西。一个布袋落在修儿和叶人境的右前方，袋口散开了，面粉一点点扬了出来，叶人境凑到修儿耳边大声道："扶好车！不要动！我去把袋子捡回来！"

修儿想说"我去"，叶人境已猫着腰向布袋跑去，修儿眯着眼看他的背影，忽见左边滚来一个车轮，正往布袋那边撵去，修儿大叫："小心！"叶人境听不见，风把他吹倒了，他连滚带爬过去，把布袋抢在手里，车轮"轰"地过来，撞在头上。修儿慌忙追过去，一手扶起人，一手拖着布袋往回走，身后好几个役夫在叫："躲！快躲！"修儿闻声转头，正见失了轮子的车架从天而降，修儿大惊，哪里躲得开，只得伏在叶人境身上，车架重重地摔下来，栏杆断了，正中修儿后脑，一瞬间，他有些眩晕，力气散了，风像被子一样把他裹起来，一推便是三五丈。叶人境还拽着他的手，没有放开。有几个役夫想过来，又被顶了回去。到处飞沙走石，修儿不放开布袋，也不放开叶人境，就这样被风带着，在沙地上滚了一圈又一圈，越滚越远，不知过了多久，突然一只大手揽住了他，他躲进了一个人的怀里，这人的身上有铠甲，又重又硬，什么样的风都吹不动。修儿从他怀里抬起头，看见了何青城。青城也看清了他的脸，张口便道："这小兔崽子！"他一把扛起修儿放在肩上，另一个战士一手抱起叶人境，一手拎起布袋，很快回到了队伍中。

走了两个时辰，粮队走进了大风门，风被挡在了山外。粮队清点了一遍，损失了七十多辆车和四十多匹骡子，还有五十多个人不在了。粮队在山谷里休息了一顿饭工夫，继续赶路，一日后进了燕州境内。

比起云州和朔州，燕州局势未定、寇贼未平，每往前一里，便更多一分危险。粮队先到了风沙堡，此时驻守军堡的，是一些未随大军去铁羌的老兵和伤兵。领军的校尉告诉何青城："离此地一日行程，有个金盆村，一伙项贼在那儿卡着，你们去落日峡，得从那边过。千万小心。"青城问："多少人？"校尉道："八九百是有的。先前落日峡被孙将军破了，好多项贼退到那里。"

在风沙堡歇了小半日，粮队再次启程。八个时辰后，又是一个拂晓，离金盆村还有二十里。何青城命粮队就地休息，自己与十来个亲兵去探路。到了村外梁子上，眺望金盆，俨然又是个守卫森严的军堡，兵车战马俱全，何青城数了数可见的锅灶，项兵不会少于一千。看了一阵，一行人勒马往回走，青城始终一言不发。亲兵问："打不打？"青城道："必须打。先睡一觉，养足精神，明天一早就打。"他策马走了数十步，道："要做好死一半的准备。"

往回走了两炷香的工夫，忽然西边来了一队骑兵。众人驻马细看，穿的是乌锤铠，宁州军的装束，却个个面生，不是同来的伙伴。一个卫兵策马上去，高声问："是谁？"那边叫道："是宁州军！"

何青城纵马出列，那边也出来一个将领，是百夫长。何青城问："兄弟是宁州军哪部？"那百夫长道："是田将军麾下左虞侯军弓箭阵的。"何青城忙下马，道："我们是右虞侯军。在下何青城。"那人也下来还礼，道："在下安承西。"青城问："安兄为何在地？"承西道："北蟒关后，我们只剩二百来人，随殷将军攻下了风沙堡，眼下在燕州扫流贼。"青城大喜，道："我们奉命送粮草去落日峡，要过金盆村。安兄，可愿助我们一臂之力？"安承西道："金盆村有一千项贼，马步兵、弓刀兵都齐备，打不下来。"青城道："运粮期限还剩七日。七日不至落日峡，我先领死罪！眼下万不得已，必须拿下金盆村。"承西道："七日不行。就是过去了，那一路还有不少流贼，得一路打一路走。"

青城便面露失望之色。

承西道："要七日赶到，只能走黄云漠了。"青城一惊，问："走黄云漠？"承西道："从大漠走，不会遇到项贼。我们也时常藏在沙漠里。"青城转头西望，无尽的黄沙山脉就在不远方。承西道："走大漠，星夜兼程，五日可达落日峡。"青城道："沙漠里也有危险。"承西道："走的是大漠边缘，不去深处。"青城一时不语。承西掉转马头，道："我们就驻在黄云漠下，往西北走三十里便是。你们要去，便来找我，我给你们带路。"说着吆喝一声，带着手下卷尘而去。

青城回到驻地想了一夜，天明后对将士们道："我们走黄云漠。"一个卫兵问："校尉信安承西？"何青城道："他也是宁州军人。"士兵们不再说话。

吃过了早饭，粮队即向黄云漠进发。下午时候走到大漠边缘，一座小小的宁州军寨就在不远处。再走近些，辕门开了，安承西率十余骑驰出来，与何青城碰了面。承西问："是现在走，还是休息一晚？"青城道："只有六日了，一刻不敢耽误。"承西点头，向寨内叫道："全部出来！护送宁州兄弟去落日峡！"约二百士卒从内走了出来。承西率先打马向黄云漠而去，何青城带领粮队跟上了。

修儿终于见到了黄云漠。从前他听阿娘说，天下极东是东海，极西是黄云漠。他从中原一路走来，可算走到了天下的最西处。金沙漫漫，恢宏广大。海太深，会有惊涛骇浪，山太高，会有豺狼虎豹，沙漠太大，里面会有什么？修儿对着空空的黄云漠想着，不知不觉慢了脚步。役夫头子照旧从头巡到尾，大声问："大伙儿水都装满了没有？谁忘了装水，趁早补上。进了大漠，可就是自家顾自家，顾不上别人了！"

修儿忽然向何青城奔去，叫道："校尉！"

青城闻声勒住了马。修儿跑到他马下，问："为何非要走黄云漠？"

青城道："要平安把粮草送到，只能走这里。我看过地图了，向北穿黄云漠，五日后便可以到落日峡。"

修儿心里有疑虑，可他没有证据，什么也说不出来。青城笑着用鞭梢点他的头，道："你不用怕，跟着我。"

修儿道："我不跟着你！"

青城一怔，问："怎么了？"

修儿道："我们分成两队走，隔上二三里，时刻通气。"

青城的脸微微一动，明白了修儿的意思，略想了想，便向手下道："传令，分成两队，我先走，后面的隔一炷香再启程。"手下忙去了。青城又轻轻给了修儿一鞭，笑道："小兔崽子，在后面跟紧了，别在沙漠里迷了路。"修儿忙点头，青城打马走到了队伍前面。

运粮队一分为二，修儿、叶人境等人原地休息一炷香，何青城先与五百士卒、一千役夫随安承西走进了大漠。黄云漠大概许久不曾有人进入了，在马蹄、车轮和人脚的踩踏下，热烈地扬起阵阵沙雾，迷蒙了天上日头。千仞沙山，一座挨着一座，战士们下了鞍，一手提着马槊、一手牵着马爬沙丘；役夫们脱了衣裳，裸着精瘦的上身，鞭着骡子向上走。沙地难行，吃苦耐劳的骡子也不时发出疲惫的哀鸣。

翻过两座沙山，太阳便西沉了。又摸黑赶了二十多里，约过了子正，粮队到了一处沙谷中，何青城下令就地歇息，两个时辰后继续赶路。役夫们不给骡子解车套，也不饮食起帐，连席子也不铺，便倒在沙山上睡了。何青城和几个卒子醒着放哨。他坐在半山，看向来时路，二里外的沙丘之间，另一支粮队也在休息，零星的火把在闪烁。安承西与二百宁州兵自在一处。

大概过了半个时辰，安承西提着一壶酒上来，递给何青城，青城不接，笑道："等到了落日峡，我再与兄弟喝个痛快。"他示意承西坐自己身边，承西未坐，只站在他身前三尺远，半晌问道："你是宁州军，为何给涅火军送粮？"

青城道："大家都是焉军，有何分别？"

承西道："我瞧不上涅火军。"

青城暗自一惊，抬眼正视承西。

承西道："没有我们在西线浴血抗战，项军早把中原给破了。可到了十字关，涅火兵却在我们眼前耀武扬威，把鞭子往宁州兵的头上甩。"

青城听着听着，不禁缓缓站了起来。承西便开始往后退，口中道："我也瞧不上田将军。"

青城问："田将军怎么了？"

承西道："我杀了对宁州兵无礼的涅火兵，田将军却要把我交给唐珝。"

青城喝问："你到底是谁？！"

承西道："未投大项以前，我也为宁州军立下汗马之劳！"

青城一阵恍惚，道："你……投了西项？"

承西高声道："中焉负我！我走投无路之时，是项军收留了我！"

何青城猛然操起马槊向安承西刺去，安承西翻身一滚，滚下沙丘数丈，青城奋力去追，承西起身，摘下号角朝天吹响，上空无数号声应和，青城抬头，从从密密的弯刀、兵车出现在四面沙丘上。焉军被包围了。尖利的号角声中，士卒役夫陡然醒转，急忙去操家伙。沙丘上一个西项将领高叫："倒！"话音落，一排排兵车同时翻倒，"轰隆"声中，大大小小的石头向谷底滚来，在沙山上划出千百条纹路，扬尘甚厚。役夫们慌忙往粮车后躲。沙谷如锅，落石如豆，纷纷扬扬落在锅底，骡子先被砸中了，惊得拖起粮车逃命，往东走、往西走，到处都是石头，一不留神被砸中，便是脑浆四溅、车架塌散。石雨足足下了一炷香的工夫，几乎把沙地铺成了石地。项军将领又命：“射箭！”弓箭手给箭头点上火，往谷底散射。火光闪耀，如同千颗流星坠落沙谷。项兵先射的是车，一时射中了草料，车子眨眼化作火球。骡子们挣不脱，拉着一团团火球到处跑，一辆车撞上另一辆，火势就此蔓延。老役夫们冒着箭雨过去救火，用衣裳打，用沙子盖，哪里挡得住，近百车粮草食物，转瞬燃烧殆尽，役夫们心疼如割，不由跪地大哭。焉兵们拼死向上反攻，无数人爬到半坡，便被射了下来，再爬，再中箭，直至无法动弹。

何青城一直在追安承西，承西和项兵攀上了山顶，而他被落石砸破了头，摔在了半山腰。他没有左臂，右臂提着马槊，要格外费力才能从流陷的细沙中爬出来。安承西的弓箭瞄准了他，只要他一站起，便射一箭。青城头一次站起，被射中了左腿，第二次站起，被射中了右腿。安承西不急不忙地戏耍他，似乎要一点点把他的血放干。何青城伏在沙丘上，用右臂往上爬，一面爬一面厉声大叫：“叛贼！拿命来！”一队焉兵赶了上来，以盾挡头，扶起青城往上冲。长箭来回中，近三百焉兵翻上了山顶，项兵挥起弯刀相迎。何青城一瘸一拐地杀向安承西，承西退了几步，四个卫兵挡上来，八只手对付青城一只手。青城拼杀甚烈，有扛鼎揭旗之势，项兵皆不能敌，眨眼死了两个、伤了两个。青城一面杀敌，一面盯着安承西叫：“叛贼！我死也不会放过你！”又有十个多项兵围上来，向他轮攻。斗了一炷香，青城渐渐力衰，马槊钝了，一枪刺不破敌人皮肉，项兵越杀越胆大，轮番上来用刀钩他的腿，划他的手臂。安承西在外围悄悄开弓，箭从两个项兵中间穿过去，正中青城右膝，青城一下跪在地上，项兵大声叫好。安承西抽出弯刀，几步点跃过去，一手拽起青城头盔，一手把弯刀架上脖子，叫道：“当焉军，就是这下场！”青城吐出一口血水，喝道：“叛国之贼，我在黄泉路上等你来！”安承西扬起弯刀，正要下落，忽然身上一紧，从后背到前肚一阵刺痛，他暗叫不好，低头一看，一支箭头已穿肚而出，顿时大惊，身边项兵也一个接一个扑在地上，有人大叫：“他们援军来了！”青城趁机而起，夺过弯刀，劈向承西的喉，承西一掌打落弯刀，一手将青城推在地上，回头看时，后山无数焉兵上来了，他见势不妙，立刻向北逃去。

何青城想追安承西，可惜双腿已被许多弯刀刮得稀烂，撑不起他高大的身躯了。他半跪在地上，单臂拄着马槊，艰难地喘息。忽然一个身影来到他身边，想把他扶起来，他抬头一看，是修儿来了，便欣慰地笑，修儿用力扶他，他连连摇手，道：“快去杀叛徒！”他颤抖着遥指安承西，“不能让他跑掉！快去！”

安承西带着两个亲兵离开了战场，向沙丘下跑去。不久，沙地上一个影子越追越近，他转身看，是个十五六岁的少年，连弩已经举起，箭在弦上。承西不敢再动，先看他的脸，后看他的手，问：“小孩，你也被拉来当役夫？”

修儿反问："你是焉军叛徒？"

安承西道："成年人的事，不是一两句能说清的。"

修儿的手略一抬，两个亲兵忙挡在承西面前。修儿道："我不杀你，你跟我回大焉去。"

安承西一怔，问："回去？"

修儿道："回大焉，你有申辩的机会。是非曲直，自有刑律公断。"

安承西呆了呆，忍不住按着伤口笑，向亲兵道："是个小呆子，不用怕！"

两个亲兵远远拉开，持弯刀从左右向修儿走近，安承西正对着修儿，把仅剩的一支箭上弦。三人赌的是修儿只能射一方，弩机发射后，势必来不及二次上箭，可以趁机拿下。修儿慢慢后退，向承西叫道："我再说一遍，你跟我回去，你若有冤情，可以说出来。"

安承西道："不冤！我在大项当百夫长，称心如意！"

修儿突然举弩，食指微动，安承西立刻松弦，一箭射向修儿，修儿却瞬间朝左边项兵跑去，那项兵举刀便砍，修儿斜抬弩机扣下悬刀，三支铁矢一支向挥刀的手，一支向右肩，一支向左肋，俱未落空，项兵手中的刀掉落，修儿一个滚翻过去，拔出他肋骨的铁矢。身后沙沙作响，是另一个项兵追来了，修儿听着风声往前跑，风声近到一尺之内，他像刺猬似的就地滚了几转，躲过了三刀，起身之后，铁矢又装上了弩机，对着那项兵下颌一射，铁矢从下巴进去，从颅顶出来。安承西大惊，按着伤口转身向山下逃，修儿又找回铁矢安好，对着越去越远的身影，略微一瞄，手动矢出，正中承西后心，承西一下栽倒，断线风筝般向沙谷滑去。

天亮后，战斗结束了。项兵死的死，退的退，幸存的役夫在收拾战场。一夜之间，三千粮队只剩四百人，兵卒不满二百。修儿、叶人境和将士们陪着重伤的何青城。太阳出来了，照着青城的脸，脸上已泛出可怕的青灰色。他看着众人叹息，道："我是无颜回北蟒关，见将军和兄弟们了。"众人沉默不语。青城费力地扬手："快走，去落日峡。要迟到了。"修儿的泪悄然流下来，青城向他微笑，用手指抹他的脸颊，说道："好孩子，你替我去落日峡看一看，看看孙将军和将士们。剩下的粮草，一定要送到他们手里。"修儿轻轻点头，伏在青城的怀里，抱着他，听他的心跳声。没过多久，心跳渐渐平息。

粮队继续向北赶路，星夜不休。每天都有人掉队和死亡。死在烈日下，死在伤痛中，死在疲惫里。四日后，粮队出了黄云漠，到了浊沙河边，沿河行走半日，看见东北边有座军寨，高处竖着白头黑山的军旗。最后的一百焉兵上了马，拿出了弓刀。没多久，寨门开了，黑压压的项骑一涌而出，焉兵们向众役夫道："快走！快走！"说毕，列队朝项军冲去。修儿看了一眼他们的背影，催着粮队继续走，赶了三四里路，项兵追来了，焉兵没一个回来。修儿殿后，他把最后一筒铁矢系在腰间，取三支上弩，射最近的项兵，再取三支，再射。两边越离越近，只剩十来步了，原本赶车的役夫们都拿起扁担长棍，转身冲向兵群，修儿看见了叶人境，忙叫："叶人境！"叶人境高声道："把粮送过去！"说着，随役夫们冲进了项兵马群里。他没有兵器，便抱住了一匹战马的前腿，战马用力地蹬，用力地踩，拖着他往前跑，他的双手始终没有放开。修儿策马护着骡车继续走，不久，又一队项兵追上来了，箭筒里只剩两支铁矢了，他沉着地装机发射，射出去的一瞬间，北边响起号角，一队焉军向他迎来。

3

修儿进了焉军营寨，把五十四辆粮车交付了一个校尉。士兵们带他去包扎伤口，少时，一个卫兵过来对他道："孙将军请你见一面。"

修儿到了中军帐前，卫兵把帘子掀开，他一步步向孙牧野走去。这些年，修儿时常听见孙牧野的名字，也知道他的许多事迹，心中有个他的影子，此刻见到真人，和想象中无差：挺拔，冷峻，不可亲近。他发现孙牧野有些走神，便先行礼道："孙将军。"

孙牧野问："你一个人把军粮送来的？"他一面问，一面辨认修儿的神情和声音。

修儿道："我们三千人从十字关出来，到现在，只剩我一个了。"

孙牧野问："你叫什么名字？"

修儿道："我叫修儿。"

孙牧野追问："姓什么？"

修儿摇头。孙牧野抿上了嘴。他以为修儿是在刻意隐瞒，便愈发觉得有玄机。他的狐疑，也被修儿看懂了，修儿道："我不知道自己姓什么。"

孙牧野问："你父亲是谁？"

修儿道："我不知道。"

孙牧野又问："你母亲是谁？"

修儿依旧摇头："我不知道阿娘的姓名。"

孙牧野的目光在修儿脸上滚了一遍，不说话了。修儿道："我从家里出来，就是想找到父亲。我想知道他是谁，家里还有什么人。阿娘不和我说，我只能自己找，可我离家四年了，一个人也没找到。"

孙牧野问："你母亲可曾带你回她的家？"

修儿摇头。

孙牧野又问："可曾带你回父亲的家？"

修儿还是摇头。

孙牧野问："除了母亲，你一个亲人也没见过？"

修儿点头，道："别人都有亲人，我除了阿娘，一个也没有了。"

孙牧野又问："母亲可曾带你祭祖？回家庙，拜陵墓？"

听到"回家庙"三字，修儿正要摇头，却又听见"拜陵墓"三字，心念陡然一动，想起每年除夕、清明，母亲让他在沧山上焚香奠酒、面西而拜的情景。半晌，他点了点头。

孙牧野遂道："去你的家庙和陵墓，灵牌和墓碑上有你祖先的姓名籍贯，找到了他们，就能找到父亲。"

修儿终于知道了将去的方向，他向孙牧野行礼道："多谢孙将军。"

孙牧野点头。修儿道："等战事结束了，我便回去找。"

孙牧野道："你现在就可以回去。"

修儿道："我随将军守落日峡。"

孙牧野道："你太小了，我们不收你。回去，找你家人去。"

满是倦意的修儿想了想，便退了两步，向孙牧野长揖。

孙牧野道："我再问你一件事。"

修儿道："将军请讲。"

孙牧野道："你从十字关来，可有援军的消息？"

修儿稍一顿，道："我来的时候，四千章州军已到宗山城了。应该快到了。"

孙牧野不语。之后向乔恩宝道："先带他去吃饭。等他休息一天，明日你们送他一程。"乔恩宝便来搂住修儿，带他往外去。孙牧野看着他背影，忽道："留步。"

修儿回过头来。孙牧野道："你像我认识的一个人。"

修儿忙问："是谁？"

孙牧野道："他姓卫。"

修儿此时对这个姓氏尚无意识，只在心中记住了这个字，再度躬身称谢，随乔恩宝出了中军帐。

4

修儿独自循着旧路走上归途，七月回了未离原，到了沧山下。他并未上山，而是以山为准心，找出自己从前祭拜的方向，瞧准了，一径往西去。

未离原太大了，向西的路线上分布着无数村庄，村庄里有些家祠，田野边有些坟茔，但修儿知道不是自己家的。出游四年，他见过了形形色色的人，兵，农，商，官，吏，他把所有人跟阿娘对比、跟自己对比，隐然明白了，自己不是寻常人家的孩子。一日后，修儿走到了止狩台下，几个农人正抱着锄头坐在阶上休息，修儿过去问道："烦问几位老丈，这附近可有陵墓？"

农人们茫然地看他。一个问："是不是坟？"

修儿道："对，坟墓。"

农人们纷纷道："坟啊，到处都有坟，家家都有。你找谁的坟？"

修儿问："这边可有四品官家的坟？"

农人们皆道："这可没有，大官们不埋这里。"

一人笑道："这一片，黎民百姓敢埋，大官儿们偏偏不敢埋。"他的手往西北一指，"那边是帝陵，大焉数一数二的风水宝地，除了帝王家，谁也不能埋那边。越大的官儿越要避嫌，都离得远远的。"

修儿顺着那个方向眺望，天阔原深，看不见大焉帝陵的模样。他足足站了一刻工夫，方向农人们道了谢，往西北走去。

两天一夜后，修儿寻到了帝陵。一道高而长的城墙，如守卫城池一般守卫着此地，墙内是繁密的、森冷的柏树，他走在墙下，听见单薄的鸟鸣。是一座威严但死气的城。走了许久，到了帝陵门口，依稀听见人语声。守陵的军队是孝陵卫，比起京城的禁军，他们要闲得多，此刻值守的三个卫兵正坐着说笑，酷暑时节，每人都是一手摇着扇，一手拿着瓜，边上有个木盆，凉水里还镇着半个五色瓜。修儿思索了顷刻，方走过去。卫兵见了生人，依旧跷腿坐着，问："找谁？"

修儿道："我奉御宪台何观察之命而来。何观察明日要巡察帝陵守卫诸事，差我前来知会一声。"

三个卫兵倏地起身，把扇子和瓜片都藏在身后，笑道："原来是沧山法官，请坐，请坐。"

修儿道："不敢，是沧山小吏。"

卫兵侧开身子往里让，道："秦大将军带着卫队练兵去了，就在十里外，要不要叫回来？"

修儿道："今日不用。明日何观察来，大将军务须在场。我来，正是请诸位做好迎接的准备。"

卫兵道："那是、那是。明日一定在。"

修儿往帝陵里走，卫兵跟着。修儿道："何观察这次来，要查两件事：一是今年户部拨到帝陵的款项，用了多少、如何用的；二是孝陵卫的军纪，每日轮值是否有缺旷，下值后是否酗酒聚赌……"正说着，东边卫营里传出一阵大呼小叫："好彩！好彩！”“咦……是下彩……”卫兵的热汗流了下来。修儿笑道：“幸好观察不是今日来。还不赶紧去收了。”一个去了，修儿对余下两个道：“我就随意看看，你们自便。”卫兵只当他要偷查孝陵卫的短处，不许自己跟着，只得退了开去。

修儿放眼四望，遥见八百步外有一座巨大的碑刻，便过去看。碑高一丈，宽三丈，字太多了，他看不过来，只读了眼前几行，上面在说焉高祖的功绩。原来高祖曾被逐于西北焉支山，封“焉支王”，后中原摇荡，群雄竞逐，高祖长驱而下，定平十三州，宾服列国，故定国号为“焉”。修儿看了一阵，继续往前走，又见远方有一条宽直的神道，两边立着石雕，有文臣，有武将，有马、象、狮、虎，尽头是一座亭子。到了亭中，但见一只石龟驮着一座碑，依稀看见“一匡颓运，再造区夏”“振厥弛维、兴灭继绝”的句子，修儿知道碑文讲述的是这位皇帝的功绩，可是许多字看不清楚，他不知道是谁的陵墓。走出碑亭，修儿环顾一圈，发现神道南面的山像极了十字关外的马首山。他在十字关住了三年，对这座山再熟悉不过了，情不自禁走了过去。转到山前，又一条神道展现在眼前，这是另一位皇帝的陵墓，神道边的柏树林里有一间茅屋，竹篱门开着，屋门也开着，他便走了进去。

屋外流火难挡，屋内却凉爽如春，一个布衣老者坐在书案前，伏首缓书，执笔的手不住轻颤。蝉鸣满耳，老者的身外却似空无一物。修儿看了一阵，唤道：“端木先生。”

端木拙一怔，回过头来，看见修儿，忽地展颜，笑道：“大郎回来了。来、来。”便向修儿招手，修儿只得走过去。端木拙命他在身边坐了，一手去翻书卷，口中道：“今日学什么？那日学到哪里了？”自己想了片刻，说道，“《梁惠王》已学完了，今日该学《公孙丑》。”

修儿道：“我不是端木先生的学生。”

端木拙笑道：“怎么不是？你前日说要和卫士们去打猎，向我请了三日假，我知道你又想偷懒。你喜欢弓马，不喜欢读书。我还道你今日也不来，谁知还是来了，很好、很好。”

修儿道：“端木先生，我叫修儿，先生不曾见过我。”

端木拙忙把修儿的脸端详，长眉一抖，问道：“你不是大郎？”

修儿道：“不是。”

端木拙惊问：“这里不是东宫？”

修儿道：“不是。”

端木拙又问：“眼下不是赤乌六年？”

修儿道：“这是鼎象四年。”

端木拙愣了许久，道：“是了……这是鼎象年间，这里是帝陵，我在给大郎守陵呢。”

修儿问："大郎是谁？"

端木拙道："大郎便是先帝了。他曾是我的学生，后来做了天子，再后来，他折戟白鸢江，就葬在这里了。"

修儿问道："先帝叫什么名字？"

端木拙笑道："皇帝的名讳，不可说，不可说。"

修儿拿过书案上的纸笔，轻声道："这里没有旁人，请先生告诉我。"

端木拙顿了片刻，拿起笔，在纸面上端端正正写下"卫鸯"二字，他见字如见人，写完最后一笔，竟自老泪纵横。

修儿把"卫"字看了良久，问道："先生，先帝有几个孩子？"

端木拙道："只有一个孩子，便是当今圣上。"

修儿问："只有一个？"

端木拙点头："只有一个，也是我的学生。"

修儿沉思，隔了许久问道："先帝有几个兄弟姐妹？"

端木拙道："他有两个弟弟、一个妹妹。佑薨于千潺涧，信早殇，妹妹便是当今长公主。"

修儿又把笔奉上去，说道："请先生把名字写下来。"

端木拙又提笔，在"鸯"字之后写下"佑""信""佼"。

修儿把这三个字看了又看，说道："先帝的名字，和他们不一样。"

端木拙笑道："你有所不知。先帝是在塞外出生的，名字是母亲取的，后来母亲去世了，他才被父亲接回中原。弟弟妹妹的名字是父亲取的，卫家在这一代，皆从'人'字。"

修儿的双手暗中握紧，问道："先帝的父亲是谁？"

端木拙道："是景帝，是大焉中兴之主。可惜也崩于千潺涧，和太子佑一起去了。"

修儿问："千潺涧的事，在哪一年？"

端木拙丝毫未听出修儿语气的异样，径自答道："那是……升明十一年的事。"

修儿道："升明十一年，是十六年前。"

端木拙道点头叹道："那一年，发生太多事了。先帝发动千潺之变，景帝崩，太子薨，他登上了天子宝座。多少人骂他不忠不孝、乱臣贼子，宁死不向他称臣。他的登基大典，除了自己的亲旧，没有人去朝贺。可是，他手里有涅火军，那些人恨他也没法子。后来，他拜唐之弥为相，纳其进言，发兵坠雁关，才稳住了朝野的人心——你自然不知道这些事，你这娃娃，只怕当年还没出生呢。"

修儿问："涅火军的孙牧野将军认识先帝？"

端木拙道："岂会不认识？牧野将军便是先帝拔于行伍的。先帝临终前，把涅火军交给了他。"

修儿问："千潺涧之后，景帝的妻子去了哪里？"

端木拙道："你说景帝的后妃？皇后早些年就没了。帝崩后，妃子们都去了云阶寺做比丘尼。"

修儿低头沉思，又听端木拙道："哎……有一个妃子不见了。"

修儿蓦然抬头看他。端木拙道："听说是逃走了。龙朔宫找了一阵，没找到，也就罢了。那妃子极灵慧的，有理政之才，常为景帝协理政事。唉，这样的人要走，云阶寺如何关得住？"

修儿的眼中悄然浮出一层泪水，端木拙还在喃喃回忆些什么，他却一个字也听不进了。又坐了片刻，他徐徐起身说道："多谢端木先生，我走了，先生多保重。"

端木拙又吃了一惊，道："要走了？再坐一坐，陪我说说话。"

修儿道："我要回去找母亲了。我现在才知道，为了我，母亲这些年过得有多孤独。"

端木拙怔然，道："好，好孩子，快回去找你母亲，快去。"修儿向端木拙长揖，旋即告辞而去。

5

又一个清晨，杜若打开房门，准备去小溪边打水，忽见桥上走来一人，她先是一惊，再定神细看，便莞然道："修儿回来了！"

修儿走到母亲身前，行稽首之礼，杜若将他扶起来，道："我险些没认出你。已经这么高了，是大人了。"

修儿道："阿娘可一点儿没变。"

杜若笑道："山里的岁月走得慢。"

修儿道："阿娘，咱们去屋里说话。"

杜若便随修儿到了书房，两人铺席对坐，修儿道："我找到父亲了。"

杜若的面容微微一动，问："他在哪里？"

修儿道："他在帝陵长眠。我的父亲是大焉第十九位皇帝——焉景帝。"

杜若便知道修儿真的找到了，先是心惊，后是心酸，又有些忧虑，又有些欣慰，百感交集，只能轻叹一声，盈泪不语。

修儿道："我是卫家的孩子，姓名是卫修。"

杜若道："你是景帝的第五个孩子。你父亲还没见到你，便去世了。"

卫修问："母亲是景帝的妃子？"

杜若笑道："十六年前，我是大焉'杜贤妃'。"

卫修呆呆看着母亲的面容，良久问道："母亲在生我之前，是什么样的人？"

杜若温然一笑，说道："我么……我是平民家的女儿，随舅舅从章州来到开元城，舅舅开了家私塾，我便帮他照管孩子们。后来舅舅去世了，适逢龙朔宫采选宫女，我便进了宫。先学做女医，随奉御给圣上看病，后来留在了圣上身边，再后来，圣上封我做才人、婕妤、昭容，最后封了贤妃。圣上的最后一年，我和他朝夕相伴，他要去千潺涧避暑，我便陪他去了。"她一点点回忆往事，说到千潺涧一节，语声哀伤下去，"那天晚上，本该我侍奉他用药的，可宫人禀报说，大皇子来了。之前我曾劝谏圣上，当弱皇子兵权，这话被内侍监告诉了皇子，皇子对我有所记怨，圣上知我二人不和，便让我回避了。我去了偏殿不久，便听见那边乱了——圣上驾崩了。之后回了京城，我才知道，肚子里有了你。葬礼过后，所有妃嫔都被关进了云阶寺，我想，新皇帝若知道了你的存在，一定会伤害你，便从云阶寺逃了出来，上了沧山，薛台令收留了我们。"

卫修道："薛台令收留我，是想让我当皇帝。所以这些年，他一直在教我经纬天地的学问。"

杜若道："修儿，你要明白两件事：其一，薛台令对我们有再生之恩，要记住这份恩情；其二，你想做什么人，不由薛台令决定，由你自己决定。"

卫修道："我想当皇帝。"

杜若的面容一变，追问："想当皇帝？"

卫修点头。

杜若问："为何想当？"

卫修左思右想，有千百幅画面在心里，却无法用一个字描述，不知不觉，他的泪水轻轻流了出来。杜若不知他这些年都经历了什么，也只能忧心地看着他。修儿无声哭了很久，方道："因为我想要太平天下。"

杜若长叹了一口气，微微点头，思量许久，道："那我们下山去。你想做人君，先要出现在人间。"

卫修随母亲起了身，两人打开房门走出去，突然发现外面多了一个人，临水袖手而立，似乎在无所事事地赏鱼，听见门扉响，他回过头来，一双红睛在日光下格外怪怖。卫修和他对视片刻，几乎同时向对方走去。卫修先问："薛台令，久别无恙？"

薛让一面向他来，一面道："上午孝陵卫来问，何观察为何没去帝陵。沧山有观察使二百四十人，偏巧没一个姓何。我想，敢冒沧山之名去帝陵的，应该是你了。"

卫修道："我在帝陵找到了我的身世。我是卫家子孙。"

薛让道："你本不必如此大费周章。我曾说过，待你成年之日，我会把一切告诉你。"

卫修道："我现在相信薛台令了！"

薛让不语。卫修和杜若同时看见小溪对面的竹林里，有几个若隐若现的法吏身影。杜若向薛让笑道："薛台令，是不是快认不出修儿了？他去外面走了一遭，已经成人了，再不是从前要台令抱在怀里的孩子了。"

薛让问卫修："下山四年，有何见闻？"

卫修道："从前台令曾教我：'当今之世甚浊，黔首之苦不可以加'，我在山上住着，仰台令之给，衣食无忧，风雨不侵，我不明白谁有苦、苦在何处。从我下了山，见过了京城的人、十字关的人、云朔燕的人，现在明白了何为'黔首之苦'。军人苦累年征伐，农人苦旱涝不时，商人苦苛捐杂税，妇孺苦无所依，老弱苦无所养。唯我不苦，因为我有薛台令。"

薛让的脸色略微和缓了，问道："明白了这些，以后想做什么？"

卫修道："以台令十年教诲治天下。"

薛让问："我教了什么？"

卫修道："以刑典诘邦国、刑百官、纠万民。"

薛让一笑，又问："你用我的法子治天下，我又做什么？"

杜若抢先道："修儿当对台令言听计从。"

薛让这才看向杜若。

杜若道："鹿家村、洪武围场以后，百官尽朝凤阁。唐瑜大权独揽，天子久疏沧山，台令欲东山再起，谁能助之？"

薛让袖着双手，把杜若和卫修打量着，缓缓后退，退了数步，说道："想平稳进龙朔宫，只有一人能帮你们。"

杜若道："大概我与台令所见略同。"

薛让不再多言，退到小桥边，转身上桥去了。竹林里的佩剑法吏见他回来，也悄然匿迹而去。

6

七月十五，端木拙老逝于帝陵，终年八十九岁。他是两代帝师，又做了十三年宰相，任公竭节，士心多附，龙朔宫谥其"文忠"，准其陪葬桓帝。出殡之日，百官齐往送灵，卫熹称病不去，卫家出面的，是长公主恩和。长陵向西九百步，是端木拙的陵寝，孝陵卫将五重棺椁送入墓室，出来后关闭了墓门。长公主携百官向故人长揖辞别，忽闻远处有人惊呼、有人吁叹，恩和转身一看，无数卫士都向一个地方围聚，遂问：“怎么了？”

卫兵忙去问话，片刻匆匆而回，叫道：“长公主，杜贤妃来了！”

恩和先是一怔，半晌才回忆起来，问道：“景帝杜贤妃？”

卫兵道：“正是！”

恩和道：“快请！”

百官无不惊异，不知不觉分开一条道路。须臾，只见一个中年女子稳步而来，身后跟着一个戴斗笠的年轻人。恩和打量杜若良久，确是昔年贤妃，再看那藏在斗笠里的人，面容不可观，她心中暗自疑忌，便向府卫看了一眼，卫士们从两边走近，成翼形将公主护在其中。

杜贤妃一面走，一面与百官对视，走到一人身前，她停下了脚步，笑道：“是任刺史？”

那人忙行臣礼，道：“臣鸿胪寺少卿任佩英，拜见杜贤妃。”

杜若扶起任佩英，说道：“昔年我在龙朔宫见少卿时，少卿是章州刺史。白鸾江水涝，三州并遭水灾，唯章州民土无虞，我观刺史《浚川疏河疏》，束水归湖、引流两江之策，卓有条理胆识，遂向景帝进言，刺史当任工部尚书，以解大焉江河泛溢之患。可惜，景帝未及下旨，便暴崩于千潺涧。倘少卿为工部尚书，允治十二年水患何至于斯！”

任佩英顿时泪下，长揖不起。恩和在上高声道：“杜贤妃，蓬莱殿一别十七年，向来安好？”

杜若道：“长公主！杜若承先恩遗惠，世外安度十七载，已将帝子抚养成人！”

此话一出，众人无不惊诧失声，全把目光钉在斗笠少年的身上。恩和看了卫修良久，向杜若问道：“他是景帝之子？”

杜若道：“千潺宫变时，杜若已怀景帝骨肉。朝世更易，为使孕婴免于荼毒，杜若避世而居，至今日，修儿成人，杜若将他还与帝王家！”

恩和再度看向卫修。杜若揭下卫修的斗笠，说道：“修儿，公主也是景帝的孩子，是你的姐姐，你去，和公主相认！”

卫修在千百人的注目下朝恩和走去。恩和定定看着他过来，眼神逐渐变了。走到十步内，卫士们拦了出来，恩和却分开卫士，向卫修走去。近到三步的距离，卫修停了下来，他看清了恩和的脸庞，他终于见到母亲之外的亲人了，眼前的人和自己血脉相通，他又觉奇妙，又觉伤感，微笑着唤道：“姐姐。”

恩和怔怔看了卫修一阵，忽然露出悲戚之色，她以手轻抚卫修的脸颊，连声道：“是我家的孩子，是我家的孩子！”语落，泪珠潸然而下。

群臣齐向卫修、杜若行礼，向恩和道贺。恩和转悲为喜，忙命卫修还礼，领他与众臣相见。君臣和洽宴宴，欢喜不尽，谁也不曾注意到，唐瑜缓缓退出了人群。

第一百零一章

君臣义绝

1

七月十五，禁苑里的葡萄熟了，宫人们把最饱满光泽的摘了一篮子，送到承香殿。是夜，韩昭仪歪在榻上品尝葡萄，卫熹进来了，韩昭仪把凉榻让出一半，卫熹坐了下来。韩昭仪问："今日不是端木相公出殡的日子？陛下为何不去？"

卫熹道："人都死了，谁还顾得上他？眼下，我只顾得上活着的相公。"

韩昭仪便问："唐相公？他怎么了？"

卫熹不语。韩昭仪剥了一颗葡萄送到他嘴边，他扭过脸去，韩昭仪白了他一眼，自己吃了。

卫熹道："若不是李宗庭拦着，唐瑜可就调动四千章州军了。"

韩昭仪道："这事不是已过去几个月了？他又没调成，陛下还想它做什么？"

卫熹反问："你懂不懂调兵的意思？"

韩昭仪正在剥葡萄，闻言一抬头，一双又水灵又茫然的桃花眼看着卫熹。

卫熹追问："你懂不懂？"

韩昭仪道："这几年打仗，不是时常在调兵吗？"

卫熹道："唐瑜没有我的旨意，便擅自向军队下令，你懂不懂其中意思？"

韩昭仪道："陛下有好几次不许他做的事，他依然做了，他本就不听陛下的话。"

卫熹道："这次不一样！那是兵，是州军！你到底明不明白？"

韩昭仪似蒙非蒙的，又吃了一颗葡萄，卫熹失望地叹气，道："若是皇后在，她早就明白了。"

韩昭仪不知怎地醒悟过来，问道："陛下是不是说，唐瑜想谋反？"

卫熹道："他已经反了！"

韩昭仪道："他才不会谋反。"

卫熹忙问："这话怎么说？"

韩昭仪道："陛下没读过史书吗？那些谋反的奸臣，谁不是白眉赤眼、形容猥琐的，"她眉目一转，娇笑道，"连宫女们都说，唐相公有潘安宋玉之貌，怎会是奸臣？"

卫熹大怒，一抬手把白玉盘子摔在地下，葡萄滚了一地。韩昭仪先吃了一惊，而后一呆，眼泪说出便出，哭道："陛下冲我发什么火？冲葡萄发什么火？"

宫人们忙上来问安，韩昭仪愈发哭得委屈，连声道："又不是我调的兵，冲我发火有何用？陛下怪唐瑜，便去找唐瑜说！吓我做什么！"

卫熹见她泪珠一串一串地掉，又心疼起来，伸手要搂她，韩昭仪偏挣开了，不依不饶地哭闹："陛下不要我，把我撵出宫就是了，何苦摔盘子砸碗的！宫人们都看着呢，传到李昭容那里，她不知会如何笑我！我还如何抬头做人！"

宫人们只得跪下说"不敢"，卫熹低声下气地哄她，好歹把人搂住了，韩昭仪在他怀里哭得死去活来。足足闹了两炷香的工夫，总算安静了，卫熹轻声道："你好了没有？我有正事跟你说。"

韩昭仪问："怎么？"

卫熹道："你现在找个可靠的人出宫，把你父亲叫进来，我有事和他商量。"

韩昭仪忙问："什么事？"

卫熹在她耳边道："我要封你做皇后。"

韩昭仪大喜，问道："陛下可不是骗我？"

卫熹道："我如何舍得骗你？"

韩昭仪笑逐颜开，忙叫来自己当年带进宫的侍女蔓儿，命她出宫去找韩咏。卫熹又嘱咐："不要惊动太多人，让他走北门，悄悄进来。我在凝阴阁等他。"蔓儿答应着去了，卫熹这厢哄好了韩昭仪，便去凝阴阁等韩咏。

四更前后，刑部郎中韩咏自龙朔宫北门入，被两个小宦官带到了凝阴阁。转过屏风，卫熹坐在榻上，韩咏行君臣礼，卫熹屏退宦官，请韩咏坐在自己对面。

韩咏的脾性与女儿相异，心腹深沉，喜怒不形于色。他被天子深夜急召，走的又非正道，便知今夜之事不同寻常，他恭恭敬敬问了安，等着卫熹先说。卫熹与他闲话了几句家常，问道："最近刑部有什么消息？"

韩咏道："今日刑部拟定了待赦囚犯名册，共五千人，明日上报凤阁。"

卫熹问："为何要赦免？"

韩咏道："充作征夫。"

卫熹冷笑。

韩咏问："陛下可知此事？"

卫熹道："唐相公和裴尚书都商定了，何须告诉朕？"

半晌，韩咏道："臣听说，两月来，凤阁的奏疏，陛下十件要驳九件，在朝堂上，唐相公启请奏报，陛下充耳不闻。"

卫熹便问："底下那些臣子，自然是替唐相公鸣不平了？"

韩咏道："诸公皆言：君臣不合，国是无从定，恐有内忧。"

卫熹思忖良久，道："不能再如此下去了。"

韩咏道："君宰无间，上下同心，诚百官之所愿。"

卫熹断然道："朕要换相。"

韩咏的眼皮一跳，抬眼把卫熹看了看。

卫熹问："三月前的那件事，韩卿自然也知道的？"

韩咏点头。

卫熹道："唐瑜敢调兵去燕州，就敢调兵来龙朔宫！他今日又赦免五千囚犯，到底是充作征夫，还是充作叛军？朕再不罢相，他便要罢君了！他想做霍光，朕可不想做昌邑王！"

韩咏不敢答对。

卫熹逼问："朕若被废，韩昭仪将被置于何地？韩卿又何以自保？朕几次欲为韩卿封侯，可都是唐瑜拦下来的！"

韩咏沉思片刻，说道："唐瑜在朝，追随者众。若百官不听陛下的，陛下便罢不了这个相。"

卫熹道："我何尝不知道谁都不听我的了！顾临、裴向京、肖汉卿、申寒峻，还有外边的唐珝、孙牧野，到处都是他的人——若铁羌城打下了，孙牧野挥师回京，朕安有命在？唐瑜用心险恶，朕醒悟得太晚了！罢相谈何容易？可朕又岂能束手待毙？朕不能眼睁睁看着江山社稷改换门庭！"

韩咏便"唉"了一声。

卫熹忽然一把抓住韩咏的手，道："朕与韩昭仪的性命，全在韩卿手里了！"

韩咏忙道："臣……臣实无罢相之能。"

卫熹道："不是罢相！"

韩咏只是听着。卫熹沉声道："是一了百了！"

韩咏的眼皮不由自主地跳，卫熹的眼睛却如血水烧开一般，炎烈沸腾："暗除唐瑜，然后，卿做宰相！"

韩咏的手在轻抖。卫熹道："朕只信任韩卿了！朕知道，卿家两位公子好勇喜猎，对付一个唐瑜，不费吹灰之力！卿为宰相，韩昭仪便是皇后，两位公子封地列侯，卫韩两家共天下！"

韩咏把手掌翻了一面，与卫熹五指相交，低声道："君命不敢辞，臣必竭肝脑以助陛下！"

2

韩咏回到家，把长子正谦、次子正豪叫到书房，把龙朔宫之事一一托出，询问二子之意。正谦、正豪随父进京十余年，一心想与京城的显赫世家结交，可最上等的崔、袁、王、宇文几家都眼高于顶，他们的圈子轻易进不去，哪怕妹妹进宫封了昭仪，韩家也未得那些公子高看一眼，兄弟俩早生了妒恨之意，听闻父亲受了天子密托，便知韩家扬眉吐气的时候到了。正豪想的是，待父亲做了宰相，妹妹做了皇后，不怕崔、袁几家不换个脸色来求自己；正谦想得更远，打算先除掉唐瑜，再废掉糊涂天子，父亲去当皇帝，再过十余载，皇位传下来，自己也是皇帝了。兄弟俩异口同声应下此事，正谦道："这也简单，下帖子请唐瑜来家里做客，席上便解决了。咱们家上月才在梵音山下买了个庄子，还没多少人知道，就在那里行事。杀了唐瑜，扔进桃影河里，谁知道是咱们干的？"

韩咏道："我家与唐瑜素无私交，这帖子如何下？"

正谦道："就说是为了昭仪的事。他知道我们想要妹妹当皇后，这样的大事，他自然要来当面拒绝，明里是安抚我们，暗里是安抚天子和昭仪。"

韩咏一听有理，又道："若别人知道他当日来了我家，事发之后，还是脱不了干系。"

正谦笑道："我猜唐瑜会无声无息地来。他必然要拒绝我们，却又要给韩家和昭仪留面子，这次密会，他不会张扬。"

正豪道："便是外人知道又如何？他死了，朝廷便是天子说了算，谁敢不服？唐家也没人为他出头了。不用担心唐珝，坊间早传开了，他兄弟之所以反目，是因为唐珝的女人。我们杀了唐瑜，唐珝说不定还要感谢我们呢。"

韩咏便道："到时候我亲自写帖子，你们派个亲信送去。不要声张，知道的人越少越好。"

父子三人在书房里谋划了整整一夜。三日后，韩咏亲自前往山庄踏勘，觉得万事周全了，方写了请柬交给正谦。翌日，正谦命书童把请柬送到唐府，次日晚间收到唐瑜回书，允诺八月初一酉正上门拜访，正豪便吩咐家厨预备醉蟹，以待当日宴请。

3

八月初一早上，韩咏突然患了头风，卧床不起，今日之事便只能由兄弟两人去做。午后，正谦、正豪到了梵音山下的耕咏山庄。庄子里有三十多个家奴，昨晚便到的，皆是韩家最可靠的家生子，常年随兄弟俩放鹰走狗，今日专来对付唐瑜的随从。正谦、正豪把庄子前后、大堂内外都走了一遍，商议坐席如何摆放、几时动手、以何为号、从何处把人运出庄子、如有意外如何撤退等事。正豪道："把随从带去后堂，咱们的家奴陪着，先灌醉了，或用绳子，或用横刀，三五下便完事了。他一个人在这里，你也不用管，只管吃你的喝你的，我把匕首藏在袖里，等时机到了，过去敬他的酒，匕首一划，万事大吉。他一个文士，能有多大力气反抗！再派几个家奴守住前后门，谅他也跑不掉。"正谦便默认了。

离酉正还有一刻，正谦、正豪出庄子二百步，在路旁等着。半炷香后，便见夹道梅树下走出一匹形貌瑰奇的黑马，马背上坐着一位云冠宽袍的士子，自然是唐瑜。韩家兄弟见唐瑜只身前来，更是意外之喜，忙上前拱手相迎。唐瑜下马回礼，两厢寒暄毕，韩家兄弟把唐瑜请入山庄。

进大堂后，宾主落座，韩家兄弟并席在东，唐瑜在西。三个家奴捧了食盒进门，分向三人走去。家奴韩良的脚步似乎有些乱，走到唐瑜案边五步远，不意双足相绊，摔在地上，食盒绽开了，醉蟹滚了出来，猩红的酒汁流了一地，正豪勃然大怒，喝道："这蠢奴，欺我家贵客！"说着便跳起来，唐瑜忙止住他，起身过来扶住韩良。韩良伏首谢罪，慌慌张张收拾了一地狼藉，退了出去。

唐瑜笑问韩家兄弟："为何不见韩公？"

韩正谦道："家父骤染风疾，不能趋陪，本欲禀告改期，又知唐相公时贵如金，屈驾不易，故命我兄弟冒昧奉请，乞相公海涵。"

唐瑜便问韩咏症状如何、请的哪位医师、用的何药等事，正谦一一作答。须臾，另一个家奴提了食盒进来，到唐瑜的案前摆放。琉璃碗中盛着五只醉蟹，泡着用花雕、生姜、蔗糖熬制的醉汁。正谦还在与唐瑜寒暄，正豪已抓出一只肥蟹，掰开蟹壳，对着蟹黄吸吮，一面吃，一面观察唐瑜。

唐瑜看着晶莹剔透的琉璃碗内，螃蟹虽已腌了多日，却又似活了过来，气息奄奄地挥动着蟹钳。正豪道："九年前，我在崔六郎家吃过一次醉蟹，只觉世间最美味的食物莫过于此了。去年，我把崔家厨子雇来了，可怎么做，也做不出当初的风味。唐相公尝一尝，我家的醉蟹比崔家少了什么？"

唐瑜道："唐瑜数年未与六郎聚会了，崔家醉蟹无缘一尝。"

正豪问道："哦？你们闹翻了？是不是他父亲做宰相的时候？"

唐瑜道："是俱各不暇的缘故。"

正豪问："唐相公是忙朝廷的事，崔六郎又在忙什么？"

正谦转头呵斥："何其无礼！与你何干？"

正豪仰头一吸，把腻乎乎的蟹黄吸入口中。

正谦见唐瑜不动筷，便向家奴道："去净手，来为唐相公剥蟹。"家奴忙去了。

正豪笑道："唐相公乃风雅之士，岂能让这种粗笨男子剥蟹？"说着，转头向屏风后道，"还不出来？"

屏风后传出两声软媚的应答，仙袂乍飘，两个荷衣桃面的美人转了出来，却是正豪的小妾。这一出，连正谦都没想到，不免把正豪看了两眼，正豪浑不在意，招手叫来一个，指着另一个道："你去为唐相公剥蟹。"

那美人便轻移莲步，坐到唐瑜身边，纤纤玉手剥开一只醉蟹，拿筷子挑出蟹膏，送到唐瑜唇边，唐瑜用碟子接下了。美人又为他斟酒，唐瑜谢道："亥初二刻要见太府寺卿，不敢误事，两位公子见谅。"

正豪不禁冷笑，对美人道："只怕唐相公担心这螃蟹有毒，不如你吃了。"

美人嫣然一笑，自顾自吃了起来，一口蟹肉，一口汾酒，用着唐瑜的杯筷，毫不见外。正豪向唐瑜道："久闻唐相公也是风流之人，看我这姬妾如何？如蒙相公青眼，便送与相公。"

唐瑜依然谢道："士不敢夺人之美。"

正豪身边的小妾也斟了一杯酒，喂正豪饮了。正豪打量着唐瑜，问道："这两个，也是我花六百金从沅国买来的，比唐相公府上的东沅美人，何如？"

唐瑜的目光落在琉璃碗里，看几只醉醺醺的螃蟹徒劳地贴在碗壁上，欲上不能，欲下不甘，小妾又伸过手来，取走一只。唐瑜向正谦道："韩公为何约见唐瑜，公子不妨明言。"

正谦向正豪道："叫你的姬妾出去。"

正豪不满地"哼"了一声，扬扬手，两个美人只得起身而退。

正谦说道："前些日子，圣上召家父进宫，说欲立韩昭仪为后。家父言，立后乃关系国本的大事，须同宰辅商议，故今日请相公来，与相公相商。"

唐瑜道："今外侮未平，内治益艰，将卒孤悬于外，士民困穷于内，诚非立后之机。当待兵革偃息，内外平宁，再议立后之事，方不失天意民心。"

正谦笑道："三年五年，也等得起，只是相公须给个准信，好教圣上与家父心安：韩昭仪当入中宫否？"

唐瑜道："为社稷大计，后当择贤立之。"

正谦不再追问，自饮了一杯，须臾又问："家父任刑部郎中已五载，去年圣上本欲恩顾，被长公主压下了。倘若圣上再论此事，唐相公意下如何？"

唐瑜道："考功量才，乃吏部和御史台之职，非唐瑜专决。"

正豪冷笑："吏部尚书和御史大夫，不是都听唐相公的？"

唐瑜道："百官各任其职，各专其事。辅相之职，唯燮理阴阳、协和百司而已。"

正谦笑道："相公太谦虚了。"

正豪一仰脖喝干了杯中酒，一边拿酒壶，一边起身，向正谦道："我要去敬唐相公一杯。"

正谦一笑点头。

正豪提着酒壶，摇摇晃晃向唐瑜走来，口中说道："唐相公，我是个粗人，有句粗话，相公听了休恼：天子立后，不就是男人娶老婆？一个男人，要娶谁做老婆，是这男人说了算，还是管家说了算？谁家的管家如此僭越，敢管主人的嫁娶？圣上和家父来问你的意思，是给你三分面子，你要不识抬举，咱们便换个听话的管家来，免得天天看你脸色，把你的心抬举大了！"

走到唐瑜案前，正豪抄起他的酒杯，斟满了，递至眼前，喝道："我敬你！你喝了，就算你眼里还有我们！"

唐瑜泰然不动。正豪把酒杯放回食案，右手收回袖中，握住刀柄，盯住他问："这杯酒，唐相公喝不喝？"

短暂沉寂了一瞬，门边一个声音道："我喝。"

正豪、正谦同时一惊，扭头看去，一个身材魁梧的男子歪在门框上，不知来了多久，正抱着双臂，盯着正豪缩在袖中的手。正谦先认出男子，忙起身招呼："宇文四郎！你……你如何来了？"

宇文宸不理他，上下看了正豪一眼，说道："我认识唐相公二十多年了，从来没敢跟他这么大呼小叫的，你算个什么东西？"

正豪心中骇然——今夜刺唐关系重大，山庄内外防守严密，宇文宸是如何进来的？三十多个家奴在庄里，为何不预警？为何一人不见？他大喝道："狗奴们哪里去了？还不快来伺候贵客！"

宇文宸道："别叫了，叫不应的。"

正谦、正豪顿觉一股寒气从脚底直上背脊。正谦慌慌张张一面斟酒一面道："宇文将军驾临寒舍，鄙人……"

宇文宸手掌虚推，道："你不要敬我酒，让他来敬。"说着，便指正豪。

正谦向正豪道："快把宇文将军请进来。"

正豪歪头看外面，阴恻恻分明有无数影子，却不是自家家奴，心知出事了，三分酒醒了一半。宇文宸大喝道："过来！别敬他，敬我！"

声如雷霆，震得房梁飒飒地响，正豪身不由己走过去，把酒杯递到宇文面前。宇文宸一把夺过酒杯。正豪一个激灵，心想何不趁他喝酒时，划破他的喉咙？如此念起，右手蓄力，刀柄已出袖一半。宇文宸手指拈着酒杯，放在鼻尖闻了一闻，又怒道："这也配叫酒！"说着一扬手，把酒水全泼在正豪脸上。正豪勃然发作，右手刺出，刀尖直取宇文宸的喉，宇文宸擒住正豪手腕，向上一掰，匕首飞了，正豪再挥左拳，宇文宸右手一拍，把拳头拍了回去，趁势抓住正豪发髻一拽，拽在地上，门槛恰在眼前，宇文宸拽着他的头撞上去，但听"咚"的一声，像鼓槌打在鼓上，整个门框都摇晃起来，正豪未出一声，便软塌塌趴在门槛上，不知生死了。正谦大惊失色，叫道："将军手下留情！"正要冲过来，门外十多个健儿一掠而入，把他拦在堂中。

宇文宸捡起匕首，走到正谦面前，直咄咄戳到他鼻子上，问道："叫我手下留情，那他这是做什么？你们要做什么？"

正谦不由双膝一软，跪在地上，再看正豪，像一根面条似的挂在门槛上，头在外，腿在内，纹风不动，已然死了。宇文宸道："你不说，我替你说！你们把唐相公骗来山庄，以敬酒为号，要用这把匕首杀他！然后，你妹妹当皇后，你老爹当宰相，你两兄弟封王封侯，是不是！"

正谦一头磕下去，浑身发抖，不敢答应。宇文宸道："就这么个破庄子，就这么几个文不文武不武的草包，想杀大焉宰相，未免太草率了！你家有几支大军？有几个权臣做靠山？有几家大族撑腰杆？什么也没有，也敢动他！你们太不把他放在眼里，太不把骁翊卫放在眼里了！"

正谦瑟瑟道："骁翊卫……你们是、是唐相公的人？"

军士们都笑了，宇文宸也忍不住笑了，道："你说反了，唐相公是我们的人！他的安危，归我管！"

正谦忙转膝面向唐瑜，哀求道："唐相公……"

唐瑜这才起身，走到他身边，问道："今日之事，谁是主谋？"

正谦一愣。

唐瑜道："主谋不会是韩家人。"

他的语气平缓，脸色亦如平日素淡，可正谦禁不住哆嗦起来，小声道："是圣上主谋。"

听见"圣上"二字，唐瑜凝紧的目光松动了，有些恻伤，又有些如释重负。宇文宸问道："圣上亲口说的？"

正谦道："是，圣上亲口对我父说的，说杀了唐……唐相公，一了百了！"

宇文宸向唐瑜道："他先动手了。"

有军士听了这话，轻轻咳嗽，似在暗示宇文宸言失，宇文宸随手解下腰带，作势往正谦脖子上套，问唐瑜："不留了？"

正谦忙向唐瑜叩头求饶，唐瑜问道："天子今夜在等你们的消息？"

正谦道："圣上说，事成之后，立马去龙朔宫报喜！他会一直等着！"

唐瑜道："你现在便去龙朔宫，向天子转告我的话。"

正谦忙道："相公请讲！"

唐瑜沉思片刻，开口道："告诉天子：君臣之义，断于今日；师生之谊，绝于此时。异日相见，勿念旧年恩情。"

正谦心中悚然，连声道："小人这就去、这就去！"

4

四更后，韩正谦飞马进宫，见到了卫熹。卫熹见他失魂落魄的模样，顿知事败了，又听他讲述经过，越听越慌，末了，他琢磨唐瑜那几句话，喃喃道："君臣之义，断于今日……异日相见，勿念恩情……他这是何意？"

正谦道："唐瑜的意思，他不再是陛下的臣子了！他要与陛下兵戈相见！"

卫熹陡然起身，道："唐瑜真的要反？"

正谦道："听宇文宸的意思，他们早就在谋反了，不过在等陛下先动手！现在，京城禁军是唐瑜的，不是陛下的了！"

卫熹一瞬间如梦方醒，连声道："宇文宸……是了！我知道了，当初他为何要调宇文宸进京，为何极力推他做骁翊卫大将军！他们一步步算得真精！我竟轻信了唐瑜，是我引狼入室！"

正谦道："陛下要早做打算！眼下，全京城的翊卫可都是听唐瑜和宇文宸调遣！谁知道他们几时攻打龙朔宫！"

卫熹慢慢坐了回去，说道："没事，龙朔宫有禁卫，禁卫在我姑父手里，我姑姑……我们是一家人，姑姑会帮我。"

正谦的心一跳，抬起头观察卫熹，问道："陛下……还不知道？"

卫熹问："知道什么？"

正谦转头看侍立的宫人，众人全垂下了头。卫熹慌道："知道什么？你们瞒了我什么？”

正谦道：“长公主在帝陵的事，无人禀告陛下？”

卫熹忙问：“帝陵怎么了？”

正谦道：“景帝的遗腹子出现在帝陵，长公主收留了他。”

卫熹大惊，问：“遗腹子？”

正谦点头。

卫熹呆住了，半晌道：“景帝有遗腹子？姑姑收留了他？他们要做什么？”他猛然问四周，“你们都知道？”

宫人全跪下不答。忽听窗外“哐当”一声，似有人影一闪而过，卫熹吓了一跳，喝问：“谁！”

宦官们忙出去看，回来禀道：“不是人，是仙鹤飞了。”

卫熹站了片刻，忽然奔出殿外，径向宜秋宫而去。

快五更了，宜秋宫里灯火通明，崔太后披衣坐在榻上出神，不知是未睡，还是早起。卫熹进门便叫：“母亲，公主反了，唐瑜也反了！”

崔太后轻叹一声，道：“我早就知道了。”

卫熹又一愣：“母亲早知道了？”

崔太后道：“皇后死后，唐瑜利用陛下和王家的猜忌，把王宗业逐走了，把自己的人插进了京城禁军。他把宇文宸从湘州调来，宇文宸又从湘州调了多少亲信来，现在，京城的防务大权被他们牢牢抓在手里。长公主不与之正面争锋，只死守着宫城的禁卫，只要龙朔宫还在她的掌控下，她的胜算便更大。他们早斗起来了，陛下却什么都不知道。”

卫熹怒道：“谁都没和我说！连景帝有个遗腹子，也没人告诉我！”

崔太后叹道：“傻孩子，你身边那些宫人，谁不是长公主指派的？她都排兵布阵多少年了！”

卫熹问：“那母亲为何不早告诉我？”

崔太后含泪道：“你那时一心相信卫家人，我若多言，你还道我离间你们的关系！崔家人不可信，卫家人如何？那个遗腹子也姓卫，他现世，是为了对付谁？你说你要自立，我便放手让你去做，你不愿我干政，我便从此一语不发，如今呢？”

卫熹已然泣不成声，道：“孩儿错了！事到如今，只求母亲救我！”

崔太后久久不语。卫熹牵着她的衣袖道：“母亲一定有法子！母亲既然什么都知道，便一定有应付的手段！”

崔太后便一声长叹，道：“崔家还有一支部曲，在你六表哥手里。”

卫熹喜道：“如祯表哥！有多少人？”

崔太后道：“三千。”

卫熹道：“太少了。翊卫有五万，禁卫有两万，这点人不够！”

崔太后道：“能在公主和唐瑜的眼皮下拉出这支人马，已属不易了。筹集三千人的兵甲弓刀，你六表哥这几年何其惊险！我们也想多拖些日子，多攒些力量，可陛下已经先动手了，唐瑜立刻会报复，我们没时间了。”

卫熹懊悔不已，把头埋在母亲的膝上，不住地抽噎。崔太后等了一会儿，道：“一切有我们挡着，陛下放心。时候不早了，陛下快去休息，天亮后还要上朝呢。”

卫熹道：“我不想上朝了。”

崔太后厉声道：“必须上朝！别乱了阵脚！”

卫熹再不敢多语。太后又安慰了他几句，劝道：“陛下快去休息，不然明日没精神，如何在朝堂上面对唐瑜？”

卫熹道：“我，我就在母亲这里睡。”

崔太后只好命宫女去铺床。一时床铺好了，宫女来请，卫熹木然去了，太后兀自坐着思索。

四个宫女护着卫熹到了偏殿，伺候他洗漱了，把人扶上床，盖上被子，放下帘子。卫熹问：“你们都跟太后多久了？”

领头的女官躬身道：“禀陛下：奴婢十二岁进宫，侍奉太后六年了。这些宫女也都有四五年了。”

卫熹问：“你们不会也被长公主收买了？”

女官忙道：“不敢。”

卫熹又问：“唐瑜呢？你们听不听他的？”

女官回：“奴婢只忠陛下和太后。”

卫熹这才放了心，缓缓闭上了沉重的眼皮。宫女们半步不敢离开。宫烛烧了一半，卫熹倏地从床上坐起，低声道：“外面有人。”

宫女们侧耳一听，宫殿分明如夜半荒郊般静谧，女官道：“陛下听错了，没有人。”

卫熹道：“有人！就在窗外！你们去看！”

那女官往纱窗一瞟，不见半个影子，卫熹却笃定道：“你去看！”

女官只得走过去，把窗户打开，抬目一瞧，忽地脸色一变，惊呼一声，连退了三四步。卫熹跳下床，冲到窗边，只见二十步外站着三人，骁禁卫装束，腰佩千牛刀，六只眼睛也正看着他。卫熹脱口呼道：“你们想干什么？”

带头的禁卫躬身道：“臣等来护卫陛下。”

卫熹道："不要你们护卫！退下！"

三个禁卫慢慢往后退，卫熹一下子瘫倒在地。崔太后在外面听见动静，急忙进来，卫熹道："母亲，刺杀我的人已经来了！"崔太后走到窗边一瞧，外面是空落落的广场，再无一人。卫熹道："我发现他们来了，他们便逃了！母亲不信，只管问她们！"宫女们连连点头。

崔太后的眉头锁紧了。卫熹道："龙朔宫不能待了……不能待了……我要出宫！"

崔太后怔道："出宫？去哪儿？"

卫熹道："哪儿都比龙朔宫强！到处都是骁禁卫！他们要杀我易如反掌！"

崔太后道："陛下不能走。"

卫熹问："怎么？"

崔太后道："龙朔宫乃天子居所，谁住此地，谁便是天子。离了龙朔宫，便失了皇权根基，便是流亡之君了。"

卫熹问道："你是想要一个死皇帝，还是一个活儿子？"

太后一惊，竟无言以对。卫熹道："外面是两万禁卫，再外面是五万翊卫，他们若要杀我，如何应付？"

太后不禁潸然，问道："出了宫，去哪里？"

卫熹略一思索，道："去千潺涧！"

太后呆住了，含泪的双眼复杂地看着卫熹。卫熹毫不知觉，只盘算道："千潺涧的麒瑞宫，是皇帝行宫，高墙深池，又有那么多河、那么多桥，易守难攻。离得又近，早上出发，晚上便到了。他们必定会跟踪我们，我们要下密诏，召李宗庭勤王，李宗庭来了，我们便有救了！"他主意已定，拉着太后的手摇个不停，"快走！若他们知道了，我们便走不了了！"

崔太后还是不应声，卫熹已向宫人道："立刻备马！备车！"

崔太后的泪水涟涟而落，叹息一声，向女官道："去叫崔六郎准备，天明后，我们去千潺涧。"女官匆匆去了。

5

八月初二卯初三刻，百官齐聚正仪门下，准备上朝，可时辰已过了，宫门依然未开。卯正过了二刻，方有内侍监出来，高声道："圣上龙体欠安，今日休朝！"众人便议论纷纷，有人问唐瑜："唐相公，圣上怎么了？"唐瑜一直站在人群边缘，一语未发，见问，方微笑道："秋来寒暑不和，阴阳反作，易患气虚之症。"百官点头称是，既不上朝，便各自去了。唐瑜站了片刻，也转马而去。

辰巳交际，崔如祯带着三千部曲过了龙首桥，到正仪门下等着。三千人虽身穿布衣，袍子下却都藏着刀剑，已是半露行迹的架势。到了此时，三方就要明牌相见了。崔如祯不喜欢表弟，却敬重姑姑。太后对崔家情至义尽，如祯从小到大极承关爱，所以太后要他养兵护驾，他纵然心里一万个不情愿，也还是尽力而为了。等了小半个时辰，正仪门开了，卫熹和太后的马车出来了，如祯转马向龙首桥那头走去。

玄武大街上，百姓们目送着这支奇怪的队伍缓缓过去，窃窃私语，猜测当先骑马的是谁、车里坐着的又是谁，争论是在城里巡视、还是去城外闲游。稍有一两个认出了崔如祯，也略知卫、崔、唐几家来龙去脉的，便低声道："车里肯定是皇帝。他逃走了。"最惊心的言论传得最快，没过多久，全城的百姓都相信，皇帝在和唐瑜、长公主的争斗中失败了，现在正在逃命。

走到南城门下，上百的翊卫堵住了门。崔如祯打马上前，一个校尉问道："可是崔六公子？"

如祯点头。校尉问："后面是谁？"

如祯道："是太后和陛下，要去千潺涧避暑。"

那校尉含义不明地笑了声。如祯问："谁让你们拦的？"

校尉道："宇文将军。"

如祯道："叫他来见我。"校尉便去了。

少时，宇文宸出现在城楼上，往下看了一眼，和崔如祯对了眼神，便下楼来。崔如祯也下了马，两人面对面站着。如祯道："陛下要去千潺涧，我护驾。"

宇文宸问："你是真护驾？"

如祯点头。

宇文宸"唉"了一声。

如祯问："你是真拦我们？"

宇文宸一手叉腰，一手挠头，随后向翊卫们招了招手。翊卫让开一条路，崔如祯要转身上马，宇文宸道："喂，咱们还是不是朋友？"

崔如祯想了想，走过来，在宇文宸耳边道："既是朋友，就别做绝了。开元城，让给你们了，你们想怎样，我管不着，别追到千潺涧来。给他一条生路，留个体面，哪怕封个侯、封个公也行，让他在麒瑞宫过完下半辈子。这些话，你去告诉唐二。"

宇文宸耸了耸肩膀。崔如祯见他不应，便上马去了。马车跟在他身后，翻滚着轱辘，出了开元城。

6

宇文宸在城头目送三千人马一径南去，随后去凤阁找唐瑜。说完经过，又道：“这倒正中我的下怀。京城有上百万人口，打起来要伤及多少无辜百姓，现在好了，他们去了千潺涧，我们动手也没顾忌了。此刻公主府一定在准备启程了，我明日，最迟后日也要出发。”

唐瑜道：“或许我该和你一起去。”

宇文宸笑道：“你去做什么？拿不动刀，舞不了剑。你在京城，要做的事比我们更难——稳住朝廷。别等我们回来，老家被人端了。六部九寺，御史台，几家世族，应该都没问题了，如今还有哪些人拿不住？”

唐瑜便道：“沧山。”

宇文宸道：“只有薛让，也好办，文的不行，就来武的。你拿不住他，就等我回来。”他停了一会儿，又说道，“如祯走的时候，叫我们放那人一条生路。”

唐瑜道：“国家不能久乱，速决为上。或生或留，你随机决断。”

宇文宸道：“能一了百了最好，若不能，先让他下诏退位再说。”

唐瑜颔首。

宇文宸道：“我带六千人去，剩下的留给你，千万记住：京城要稳。事成之后，我的亲兵立刻回来禀告你。”

唐瑜问：“六千人够不够？公主府至少可出两万人。”

宇文宸道：“外行！打仗又不是拼人数。京城更怕乱，我多留些人给你。”

一时唐晋匆匆进门，低声道：“公主府在调兵。骁禁卫都从宫里出来了。”

宇文宸便道：“我走了。”

唐瑜起身把宇文宸送到门口。宇文宸三步两步下了台阶，唐瑜忽道：“把如祯好好带回来。”

宇文宸回头看了唐瑜一眼，似乎有话要说，到底没说，一阵风似的去了。他是军人，比唐瑜更了解战斗的残酷与无常，弓上弦后，谁也不知道会发生什么，他不敢下承诺，保证任何人能平安回来。

第一百零二章

千潺涧

1

麒瑞宫是大焉皇家的避暑行宫，位于平州千潺涧。先前历代皇帝岁岁游幸，自升明十一年宫变之后，卫夤讳言此地，卫熹更不曾来过，浮云流水十八载，昔日钟灵毓秀的行宫逐渐被忘却，在曲水屏山间落寞地老旧了。

八月初三，入夜之后，暑气渐微，霜意徐浓，麒瑞宫中悬起了夜明珠，宫人们还在打扫屋子，卫熹独自在殿外乘凉。他仰卧榻上，双臂枕头，眺望长空，银汉无波，玉蟾清冷，秋光里的月桂树枝参差无章。崔太后走来，在榻边的椅子上坐了。许久，卫熹道："又快到中秋了。"

崔太后道："是。"

卫熹道："月光真好，在这样的月下读书，都不用点烛。可是出来得太急，我忘带书了。"

崔太后无言以答，耳目之间，唯有泉声树色。

卫熹的手忽然指上去："母亲快看，银河在流动。"

崔太后抬头看，星河果真在缓缓西旋，浩荡却无声。

卫熹问："银河水为何不会倾洒？如此浩瀚的大河，若是坠落下来，是何等景象？"

崔太后道："它在天上千千万万年了，永远不会坠落的。"

卫熹问："千千万万年，对天地而言，会不会只是一瞬间？"

崔太后怔然。

卫熹低声吟道："天地玄黄，宇宙洪荒。日月盈昃，辰宿列张。"

又过良久，卫熹道："从前母亲说，父亲住在紫微垣里，祖先们都在，他们在天上看着我的一举一动。他们若真能看见，会如何评价我呢？”

崔太后道：“他们会看见，允治三年，我们收复了润州；允治八年，收复了檀州；允治十二年，我们出了十字关，收复了云州；鼎象元年，朔州也回来了；鼎象四年，燕州大部也收复了。你父亲一定会说：‘熹儿真了不起，祖父两辈的遗志，他完成了。’”

卫熹道：“可世人都说，仗是孙牧野打的，理政全靠端木拙和唐瑜，我什么也不会。”

崔太后道：“他们有他们的光芒，陛下有陛下的光芒。就像天上星宿，有人看见太阳，有人看见明月，还有人独爱北斗，而宇宙至公至正，每一颗星辰都不会被遗忘。”

卫熹叹息道：“母亲偏爱我，因为我是母亲的孩子。倘若可以选，母亲一定想要唐瑜、孙牧野那样的孩子，不会想要我这样的。”

崔太后决然道：“倘若可以选，我依然要你。有一件事，你大概不记得了。你四岁那年，父亲在宁州驻守，我们娘儿俩在开元城。有天晚上，东宫的军士闯进了我们家，他们奉太子的命令来抓我们，以此要挟你的父亲。我抱着你从家里逃了出去，和护卫、奴婢们都走散了。守城门的将士是好心人，悄悄打开城门，把我们放了出去。我牵着你的手一直往西走，想去宁州找你的父亲。那天晚上的未离原真美，月光比太阳还亮，把草原照得雪白雪白的，我们的影子一个大，一个小。你乖乖的，不吵不闹，牵着我的手，随我走。我问你累不累，你说：‘不累，要找阿爹，一点也不累。’熹儿，谁也替代不了你在危难中给母亲的慰藉。”崔太后说着说着，伤感起来，“我自从搬去宜秋宫后，时常梦见那个晚上，梦见我们两个手牵手，走在深夜的草原上，阿爹在前面等着我们。”

卫熹含泪道：“我或许……真要去见父亲了。”

月桂树下走来一个人影，是崔如祯。他走到太后身边，说道：“公主和驸马到了，带了两万多人，把三面宫门都围住了。”

卫熹道：“公主来了……她是为了皇后来的。”

如祯不置可否。

卫熹道：“璎宁死后，公主疏远我了，唐瑜把宇文宸调进京了。我真不该杀皇后。”他依然望着深邃的天，“皇后也住天上的。她也在紫微垣里看着我。”他湿润的目光在群星闪耀的夜空里搜寻，仿佛想找到王璎宁所在的地方。

如祯抱着剑看了他半天，说道：“从你在西市杀官吏的时候，唐瑜便和宇文宸频繁通信了。”

卫熹几乎已忘了那件事，被如祯一提，呆了许久，末了一声叹息：“勿以恶小而为之，何况是大恶？一个人做了错事，自己转眼便忘了，可有人会记得——不但记得，还要讨回公道。”

一个士卒匆匆赶来，对如祯耳语几句，如祯便道："宇文宸也近了，下半夜就到。"

卫熹问："唐瑜呢？"

那士卒回道："京城传来的消息，唐瑜留在了开元城。"

卫熹道："我也猜他不会来。我了解他。他想我死，却又不忍心亲眼看我死。"

崔太后向如祯道："你和唐瑜、宇文宸是至交，你去求他们：哪怕唐瑜做摄政王！只求保圣上周全！"

如祯道："出城之前，我已经求过了，可宇文四还是来了。"

卫熹忽然问道："六表哥，十四表妹在哪儿？"

如祯道："她在润州。"

卫熹先一怔，后恍然道："我忘了，她已经嫁去润州了。她现在过得可好？"

如祯道："端午时候她遣了几个仆妇进京，她们说那边大人都不管事了，十四表妹成了家族主母，掌管上下几百号人，和夫君、妯娌、小姑们都好，大家都在帮衬她。她也不似从前那般腼腆了，还给我们捎了荷包来，让我们有空去看她。"

卫熹道："那就好，那就好。"

如祯向太后道："姑姑早些休息，我去守宫门。"

崔太后起身说道："事到如今，我们唯六郎可依了！"

如祯告了退，出了庭院向南，穿过三四片林子，走过五六座桥，到了行宫正门，步上城楼，看见外面火炬如昼，长公主的府兵正在驻营。麒瑞宫在南、东、西三面皆有宫门，已被围得水泄不通，如祯站在宫墙上看着，什么也做不了。过了约一个时辰，望楼上的哨兵道："宇文宸来了！"

崔如祯向北远眺，一条火龙浩浩荡荡地来了，人呼马鸣，甚是喧嚣。如祯早听说了，宇文宸从湘州调了两千亲兵进京，名为骁翊卫，实为湘州军，在南方镇压过叛乱的少民，还去过润州竹枝城，是真正浴过血的战士。火龙一径南下，绕过北面，分向东、西、南而去，可惜迟了一步，公主府兵已在扎营筑垒。此非决战之时，骁翊卫后退三舍，另寻驻扎之地。崔如祯静静看着两支军队行动，半晌，回望行宫之内，瀑烟苍苍，泉流潺潺，花林簌簌，中心几座宫殿烛光蔼蔼，似在坦然等待明天的命运。

四更前后，如祯下了宫墙，牵上马往北走，半个时辰后出了麒瑞宫，又往东南行数里，到了骁翊卫的营地，一行骑兵驰来呼问："是谁？"如祯道："我是崔如祯，要见宇文宸！"骑兵掉马而去，须臾一骑回来，道："跟我走！"

如祯跟着那骑兵到了军营，两个卫兵领着他往中军帐去，忽听身后一人叫道："六郎！"

如祯回头，看见一个戎装男子站在十步开外，细看了几眼，方认出是明熙，便道：

"你也来了。"

明熙道："我在鲁将军麾下，随他一起来的。"

如祯此前虽与明熙交好，但到了此时，骁翊卫无一不是敌人，便只是冷淡地说道："我来找宇文四。"

明熙道："行。你们说完话，再来找我。"如祯点头去了。

进了中军帐，一干将领、卫兵乌压压站了一地，宇文宸见了崔如祯，笑嘻嘻地上来迎接，如祯见他嬉皮笑脸的模样，不免火冒三丈，恰好脚边有个小凳子，便一脚冲宇文宸踢去，宇文宸立马翻脸，迎着凳子也一个猛踹，小凳子"哐"的一声散了，碎木四溅。卫兵们拔出剑便要过来，宇文宸喝道："关你们屁事！"卫兵们忍着气止步。宇文宸大声道："全都出去！我和他单独说！"众人只好瞪了崔如祯一眼，全出去了。

崔如祯右手按着剑，向宇文宸道："我说别追到千潺涧来，你们还是来了。非要赶尽杀绝是不是？"

宇文宸道："这不是我们几个的事！也不是我们几家的事！是大焉的事、天下的事！他是如何当皇帝的，你又不是不清楚，再由着他胡作非为，将来还要死多少官、死多少兵！你护着他，将来你也没好果子吃！我劝你别管这事，你就留在这里，看我进去怎么收拾他！"

崔如祯道："他是我姑姑唯一的孩子，姑姑要我保护他，我就得保护他！"

宇文宸道："你保护不了！你盘算盘算，打得过我不？你手底下那几个家奴，打得过湘州军不？我还当你是朋友，唐二还叫我把你带回去，我保证不伤你，明日我们攻进去，你保护好自己！"

崔如祯便道："是！我是打不过你！既然说不通，我便去投公主！"

宇文宸一愣，瞪着他道："你投她？和她一起打我？你个叛徒！"

崔如祯火道："是你要斗个你死我活，还说我叛徒！我几时依附你了？你我现在是对头！"

宇文宸道："那也要各打各的，你别和她们混！"

崔如祯道："出了这军帐我就去找公主。既然你非杀他不可，我只能把他交给公主！公主带了两万人来，加上麒瑞宫的人，你也没那么好拿下！"

宇文宸瞪了如祯半晌，坐了回去，想了半天问道："若我不杀他呢？"

如祯道："那我就把人交给你，再帮你对付公主！"

宇文宸拊掌笑道："崔老六啊崔老六，我从前说你是'金憨憨'，钱多人傻，京城那些混蛋为何都喜欢跟你玩儿，因为从来都是你吃亏，人家占便宜！今日我才发现，你要真算计起来，也有一百个心眼子，你想不吃亏，就能不吃亏。"

如祯冷冷道：“我不憨，我是不屑为几个铜板计较。”

宇文宸心中盘算，倘若如祯把卫熹交给公主，卫、王、崔几家联手，简单的事便复杂了；与其把卫熹交给公主拿捏，不如自己抓在手里，遂向如祯道：“既然如此，那只好保下他了。你去叫他来，只要他听话，我们就不杀他。”

如祯道：“宇文宸，咱们认识这么多年了，你说了，我可就信了。”

宇文宸拍着胸脯道：“我担保没人动他。唐二也须听我的！”

如祯遂道：“明晚四更，我带他来。”

宇文宸眼珠转了几转，问道：“三个门都被公主封锁了，你是如何进出的？”

如祯道：“你别管，我准时把人带来就行了。”说着转身便行，宇文宸问：“不喝两杯再走？”如祯道：“困了！”便出了中军帐。他想去和明熙打声招呼，却见四周已无人了。

宇文宸好奇崔如祯是如何出宫的，待他一走，便命几个亲兵去跟踪。亲兵们远远随着崔如祯绕圈子，绕过公主的驻地，到了北边，此地奇峰峭立，横如垣墙，是麒瑞宫的天然屏障。亲兵们不敢跟太紧，离了三四百步，遥见崔如祯乘马奔入山中，眨眼便不见了。亲兵们隔了半刻才过去，却见方圆百步皆是苔壁，并无出入之路，寻了半个时辰毫无头绪，眼看天亮了，只得转马而归。

2

这是第二日，宇文宸一心等卫熹来降，下令暂不进攻；恩和公主恐腹背受敌，也按兵不动。午后，羽林中郎将鲁金波来陪宇文宸等着。他是宇文宸从湘州调来的亲信，说话百无顾忌，一时没等来崔如祯，便道：“我看这事儿不对。”宇文宸问：“怎么？”

鲁金波道：“说不上为什么，就是不对劲。皇帝，太后，后戚，公主，他们到底是一家子，保不齐已经联起手来了。公主来，当真是为了抢皇位？万一是为了帮皇帝打咱们呢？那个崔如祯，我看着就信不过。”

宇文宸道：“我跟你说，崔如祯待我，比待他表弟亲。”

鲁金波道：“跟你再亲，你也是外人，人家好不好，是血缘兄弟。”

宇文宸道：“你等着看！”说话间，帐外道：“麒瑞宫来人了！”宇文宸道：“叫进来！”

帐帘掀开，一人走了进来，却不是崔如祯，宇文宸定睛一瞧，认出是如祯家奴崔祥。崔祥朝宇文宸行礼道：“四郎，我家六郎叫我带话来。”

宇文宸问：“什么话？”

崔祥道：“圣上宣四郎进麒瑞宫护驾。”

宇文宸“咚”地跳起来，叫道：“他是来降我，还敢叫我护驾！让他自己来！”

崔祥道：“宫外全是公主和驸马的人，圣上……”欲言又止。

鲁金波道：“他不敢出来。”

崔祥道：“圣上和太后都说，‘只要唐相公和宇文将军言出有信，自愿逊让’，六郎便遣我来禀告四郎，今夜子时，请四郎进宫接圣上。”

宇文宸沉着脸问：“我如何进得去？”

崔祥道：“子正时分，六郎在鹿蹄山下接四郎进宫。六郎说，昨夜有几个兵跟他去过，知道地方。”

宇文宸忍不住讪讪一笑，坐了下去，鼓着腮帮子思索。鲁金波向崔祥道：“你先去喝口茶。”崔祥便退出了中军帐。

鲁金波道：“如何？我就说有诈，他们合起伙来骗咱们上钩。”

宇文宸想了又想，道：“崔如祯不会骗我，他是真要我去接皇帝。”

鲁金波气得直拍大腿，道：“人家明晃晃地挖了个陷阱等你跳，你还真跳！但凡有眼睛的人都看得出来！你是真傻还是装傻？”

宇文宸道：“你不认识崔如祯，我认识他二十年了。我信他，跟信唐二、唐三是一样的。当初唐二要我跟他起事，他说事若败了，是诛九族之罪，问我干不干，我说干！崔如祯也一样，他说前面去得，我就去，刀山火海也去，管他什么麒瑞宫！”

鲁金波“唉”了一声，连连摇头。宇文宸向卫兵道：“把湘州两千人全叫上，今夜随我去麒瑞宫接驾！”卫兵答应着去了，鲁金波一拍椅子，气冲冲地出了中军帐。

3

两千湘州兵皆作平民装扮，从军营四散而去，躲开公主府兵的耳目，入夜后，神不知鬼不觉地集结在鹿蹄山下。离子正还有半刻光景，宇文宸也到了，等了小半盏茶的工夫，崔如祯从林子里走了出来，他看见月光下一行行的兵卒，问道：“来了这么多？”宇文宸道：“防着。”如祯问：“防谁？”宇文宸道：“防你。”如祯道：“该防。不防我防谁？”宇文宸嘿嘿一笑。

如祯转身进了林子，宇文宸在后跟着。往里走了百步，到了山壁前，只见满山都是凤尾蕨，只有中间一小片虎耳草。如祯走到虎耳草前，用剑鞘戳了两下，竟是“铛铛”的铜铁之声，里面有人问：“谁？”如祯道：“我，把人带来了。”里面立刻传出开锁声，而后，虎耳草摇动起来，一扇铜门从山壁上打开了，宇文宸和身后士兵都放轻了呼吸。

崔如祯当先走进去，宇文宸紧随其后，士兵们一一跟着，鲁金波亲自殿后。密道以砖石砌成，高九尺，宽七尺，可供一人一马并排而行，领路的卫兵手举火把，照亮前后十步的路。宇文宸问：“怎么会有密道？”

如祯道：“三百年前修麒瑞宫的时候，便修了这里，就是防着三面宫门都被堵了，还可以从这里走。这条逃生路，天子家代代密传，连内侍卫士都不知道，我也是来了以后太后告诉我的。”

宇文宸问：“天子家都知道？那公主知不知道？”

如祯道：“我也担心她知道。她来的时候，我在城上看，结果他们只围了那三面。她或许不知道，或许一时没想起。”

宇文宸“唔”了一声。

走了数十步，如祯道：“我没想到你们真的反了。”

宇文宸道：“天子派韩咏暗杀唐二，不反也不行了。”

如祯道：“你们早就在谋反了，就算没有韩咏，也一样反。”

宇文宸问：“你知不知道，西去的援军被李宗庭拦下了？”

如祯道：“知道。”

宇文宸道：“唐三和孙牧野还在燕州等着，人和粮食再不过去，就崩了。唐二这段日子焦虑得很，整夜整夜睡不着。他承诺过孙将军，援军一定到的。”

如祯道：“等他当了天子，就可以调兵遣将了。”

宇文宸道：“他不想当天子。”

如祯道：“哦？”

宇文宸道：“他想总摄朝政，让天子坐虚位，他掌实权。可是，天子不肯放权，还要杀他，那就没办法了。唐二上次跟我说，走了一步，便停不下来了，只能往前走，停下来会万劫不复。他现在依然不想当天子，想从卫家宗室里找一个听话的，坐那个位置。”

如祯道：“原来他想当霍光。”

宇文宸道：“只怕是的。”

如祯道：“公主想扶杜贤妃的孩子上去，唐二想扶哪个？”

宇文宸道：“想找外州的诸王子孙，血缘远些的。他多半不喜欢那个遗腹子。”

如祯问：“为什么？”

宇文宸道：“长公主、杜贤妃，有她们在，唐二也当不了摄政王。”

如祯在前面点头。

又走了一阵，如祯道：“待会儿见了他，你别失了礼数。他终归还是天子，你别真把人当俘虏待，要给他留脸面，好声好气地说话。”

宇文宸问：“怎么好声好气？‘小乖乖，别闹了，跟我回家？’”

如祯笑道：“行，你试试这样叫。”

宇文宸道：“我跟我儿子就是这么说话的。”

如祯问：“我记得你三小子该满百天了？”

宇文宸道：“还有十二天。到时候你来不来？”

如祯道：“你下帖子，我怎么不来？”

宇文宸道：“在家里喝酒不爽快，到时候我请你去外面，要喝就喝烈酒，喝醉死为止。”

如祯道：“我有一次去天问楼，突然发现楼里的人都不认识了，都是十几二十岁的孩子，我成了上一辈的人。有几个小子喝醉了，站在楼梯上发酒疯，我看着他们，想想从前，和你们几个也是那么发疯的，现在冷眼看别人，原来样子那么可笑。后来那几个小子不知好歹，嫌我看他们，过来跟我呼呼喳喳的，换作从前，我不把他们牛黄狗宝打出来？那天想想算了，就回去了。”

宇文宸抬眼打量他的背影，道：“从后面看还是很年轻的，没长肥肉。”

崔如祯一笑。

前面隐约传来水流之声，宇文宸问：“到了？”

如祯道：“外面是瀑布，从左手边的山路走，当心脚下滑。”

宇文宸便向后道：“当心脚下滑！”士兵们依次把话传到了后面。

密道尽头的铁门开了，一道飞泉悬在门外，流沫扑面，哗声如雨。崔如祯向左一拐，走上山路，宇文宸和士兵们一一跟着。渐渐走出瀑布，十来个人贴着山壁小心地挪，宇文宸笑着说了句话，被瀑布声盖住了，崔如祯凑过来问：“什么？”宇文宸在他耳边大声道：“我们像树枝上的一排麻雀！”话音未落，对面数十道白光疾射而来，崔如祯立向水潭跳下，七八支大羽箭掠过他的头顶，钉入山壁。宇文宸慢了半步，下跃之时，一箭射穿了他的肩胛骨。落了六七丈，两人几乎同时摔入潭中，但听四周“扑通、扑通”地响，士兵们也都掉下来了。宇文宸沉入一丈深的潭底，双足点地，向上一冲，冲出水面，眼前一个士兵在扑水，身上插了四支长箭。宇文宸放声怒吼：“崔如祯！”密密匝匝的箭盖了下来。对面奇峰上至少埋伏了二百张连弩，千支羽箭扎在水面，仿佛一场剧烈的冰雹。宇文宸迫不得已沉下潭底，向岸边潜游，忽然一人迎面游来，正是崔如祯，宇文宸愤怒已极，扯住他便往水下拖，又有两个士兵从左右游来，抱住如祯的腿，如祯奋然挣扎，借着流水之力，从三人中间冲了出去，七划八划上了岸，冒着箭雨冲进茂密的林子里。

密道里的士兵很快知道了外间变故，纷纷冲出来，借着瀑布的掩护直跳下潭，从一至十，从十至百，源源不绝地下水，又绵绵不断地上岸，行动之速几乎快过伏兵上箭之速。箭雨稀疏的间隙，宇文宸和两千湘州兵从三面上岸，分成无数小队，以树木、山石、观水亭为掩护，向那座奇峰包抄而去。弓箭兵猫着腰走在山影里，张臂向上引弓，长箭出去，射得草木左摇右摆。奇峰上渐渐现出士卒的身影，月光照亮了甲衣，士兵们看分明了，互相道："是公主府兵！"怒火填膺的宇文宸顾不上是谁，湿漉漉、气呼呼地提着横刀向前冲。

这座奇峰高不过十丈，峰顶有观瀑台，一条石梯直通上下，眨眼被湘州兵占领了，士兵们跃入丛林，一分一寸地搜寻伏兵，没过多久，一队队府兵从林子里钻出来，四散而下，宇文宸沿着石梯往上走，正撞上七八个下来，他挥刀便砍，当先的一个还想抵抗，接了宇文宸一刀，顿时虎口震裂，整条手臂都麻了，几个湘州兵抢上前，数刀便将七八人全击杀了。忽闻山后无数人叫："驸马！驸马在此！"宇文宸绕了一圈过去，只见三十来个府兵下到平地，想往南走，却被一百多个湘州兵围住了。驸马就在其中，湘州兵不敢放手砍杀，只朝边缘的府兵下手，打着打着，那三十个只剩了八九个。宇文宸还离得远，另一边，鲁金波先到了，也不管什么驸马都尉，抬起大刀便杀进去，几个府兵拼死拦阻，皆被劈倒在地，或死或伤。转眼，只剩驸马王昭逸一人了，鲁金波一面挥刀，一面喝问着什么，昭逸不应，以剑抵御，边打边退，鲁金波三刀未中，更是恼火，刀舞得呼呼作响，口中斥责愈厉。宇文宸赶到一百步内，见王昭逸步伐沉着，而鲁金波动作紊乱，便高声叫道："别大意！"话刚出口，昭逸已一剑划破鲁金波颈脉，鲁金波的刀同时落下，斩入昭逸右臂。鲁金波先撑不住，整个人向王昭逸扑去，双手抓住他的衣襟，犹在喝问，宇文宸只听见一个字："谁？"王昭逸不答，再刺一剑，退后两步，鲁金波跌在地上，宇文宸赶过去一把抱住，被热乎乎的血溅了一脸，再看人时，依然瞪着铜铃大的眼眶，眼珠子却直了。宇文宸大叫一声，放了人便向昭逸杀来。昭逸抵挡了三刀，知不能敌，便欲向南逃走，湘州兵全堵上来，刀劈枪刺，他只得退回去，正遇上宇文宸的横刀，他抬剑相挡，但觉刀风无孔不入，轻易绕过他的防御，左一劈右一刺，转眼，双臂被划出十余道深深浅浅的血痕，再过十来回合，昭逸力竭，叹了一声，手垂下去，放弃了抵抗，转头看着南边。宇文宸悲愤未息，一刀下来，劈进昭逸左肩，昭逸还未倒，宇文宸便回刀再砍，举刀过顶时，王昭逸猛然出手，把剑刺向宇文宸胸膛，剑尖入骨一寸，只因后继乏力，再不能推进去，宇文宸一刀落下来，从他额头到咽喉划出一条深沟，他终于倒了下去。

一个士兵上来给宇文宸止血，宇文宸还在打量已死的王昭逸，见他的脸始终朝南，尚未瞑目，便也向南看了一眼。原来此地是麒瑞宫的最高处，放眼可见宫城全貌，此刻下面遍地灯火，水边桥上、殿中庭外，无处不是人影憧憧，有穿铁甲的，有穿宫衣的，乱投乱走。最齐整的两支人马正同时往大殿赶赴，刀光剑影，醒目异常，宇文宸不待伤口包扎，忙率军也向大殿而去。

行到宫城深处，湘州军闯入一片园林，庭院、池塘、花圃、游廊，一重一重宛如迷宫，大殿分明就在西南方，重檐歇山顶遥遥可见，却折来折去，怎么也找不到出路。穿过一道海棠门，到了芍药园内，不料对面影动声喧，又一队人闯了进来，狭路相逢，宇文宸一眼看见了崔如祯，立喝道："你站住！"崔如祯看了他一眼，折了个弯往西门跑，中间隔着一大片芍药枯枝，宇文宸绕道去追，追上了，前面的人只得回来阻拦。当先是如祯的几个家奴，其中崔祥最熟。从前他们几个聚会，崔祥常在边上伺候，宇文宸不但记得，还夸过他伶俐，此时也不念旧情了，喝命手下："弄他！"两个湘州兵上前夹击崔祥，一刀击飞了他的剑，一刀劈断了他的膝盖。崔祥跪在地上，宇文宸把刀搁在他颈子上，向远处吼道："崔如祯！回来！"如祯回头看了一眼，依然往前跑，宇文宸便把刀一横，割下了崔祥的头。湘州兵把余下几个家奴全部打碎膝盖，家奴们惨叫不已。宇文宸再架住一个，继续吼："崔如祯！回不回来！"

一连杀了四个，崔如祯不得已回来了，隔着五十多步叫道："我要去救姑姑！我一会儿和你说！"宇文宸咬牙切齿地冲过去，如祯手下急忙护在前头，湘州兵呼啦啦冲上来，一顿砍杀。宇文宸不问旁人，盯着如祯一步一步杀近，把护卫的人全清了，然后尖刀直向如祯劈下，如祯用剑一挡，大声道："我没有出卖你！"宇文宸的耳朵关闭了，双瞳锁着如祯，一刀重过一刀。地上一个受伤家奴挥剑扫来，扫中宇文宸的小腿，腿筋似乎断了，宇文宸低头反劈一刀，把家奴的脸劈去半边，如祯趁机抬腿一踢，踢在他胸口，宇文宸踉跄了几步才稳住，恨声叫道："崔如祯！你个小人！"发力再劈、再砍。崔如祯退了十多步，一面躲避一面道："你听我说！"远处突然无数人喊叫起来，几人奔来道："公主进殿了！"如祯急道："我要去救姑姑！事后我再……"宇文宸环睁双眼，持刀砍来，如祯举剑阻挡，无奈力有不及，剑被砍落了，刀趁势而入，刺进如祯心口，直没至柄，从后心穿了出去。崔如祯全身一片麻木，唯有一颗心冰凉无比，放声叫道："你为何不听我说！"宇文宸定定看着在他心口颤动的刀柄，忽然有些走神，几个湘州兵冲上来，对着如祯一顿乱砍，如祯倒了下去，睁眼而逝。

崔如祯的兵卒尽灭了。湘州兵赶来看宇文宸的伤，见他头、肩、胸口和小腿都在流血，一个道："将军留在这里休息，我们去。"宇文宸咬着牙提着刀大步向前去了，士兵们只得紧紧跟着。

出了园林，在梧桐道上走了百步，清溪对岸便是正殿，无数公主府兵举着火把往里赶，也有宫女宦官往外逃，广场上还站着成阵列的百余府兵，挽弓在手，等着湘州兵过来。溪水深五六尺，上有一座石拱桥，长约三十步，宇文宸当先上去，忽然桥上影子闪动，一人出现在石桥顶，只身拦住了去路。宇文宸凝目细看，是个十六七岁的少年，单手拎着弩机，弦上已有三支铁箭。宇文宸猜到了是谁，眼中敌意更浓，卫修也看出了他的不善，高声问道："可是宇文将军？"

宇文宸"唔"了一声。

卫修问："将军为何而来？"

宇文宸心念一转，道："我来勤王！小逆贼，快快投降！"

卫修道："勤王？将军分明是奉唐鸣玉之命弑君图王！"

宇文宸笑道："小逆贼，你若早些降我们，也给你个小王当当。"

卫修朗声道："旧王当废，新王当立，将军莫若择善而从？将军降我，爵任依旧，唐鸣玉降我，宰辅如故！"

宇文宸喝道："治国平天下，我只信唐二！别人当皇帝我不放心！军国大事，岂是你个小娃娃能懂的？卫家天下到此为止，何必苟延！去告诉公主，只要投降，我绝不伤你们，将来也好相见！"

卫修惋惜似的摇头，举起右手弩机，身后军阵人人拉足了弓。宇文宸不知多少次顶冒矢石冲锋陷阵了，面对近在咫尺的弓弩毫不畏惧，两眼眈眈盯着卫修右手，一步一步向他而去，走到离人只剩七步，宇文宸手上的力蓄满了，便欲挥刀出击，刀柄刚抬起一寸，卫修扬手扣动悬刀，三支铁矢齐向他射来，宇文宸一眼算出箭的走势，立时一个后空翻，三箭同时贴着胸腹过去，卫修赞道："将军好身手！"急转身向广场退去，宇文宸起身欲追，尚未站稳，忽闻水浪大哗，十多个死士从溪中一跃而起，十几支长矛从左右向他刺来，他暗叫不好，连忙向后退却，不意右边一矛已至，穿肋而过，矛尖有倒刺，钩在肋骨上，再也拔不出来。死士拉着矛尾往水里沉，想把宇文宸扯下去，宇文宸死命拔矛，左边又一支来了，刺穿了左手臂，钩住了筋骨。两个死士从两头撕扯，宇文宸大吼不止，可愈是用力，愈是痛楚，几如五马分尸。湘州兵急忙赶上来，却听广场上弦声齐响，如蝗的长箭飞扑而至。宇文宸挺直地站在桥顶，一边拖着一支矛，向着迎面而来的铁雨怒吼，眼睁睁看着一支箭、五支箭、十支箭穿过自己的身体，鲜血流了出来，他抬头朝开元城的方向长啸，想告诉远方的人此地已败的消息，想让他知道自己的愧疚和担忧，可啸声并未传出多远，又一支箭穿刺了他的喉。

恩和长公主手提七尺宝剑步入大殿，一个宫女匆匆迎上来，指后门道："刚刚出去了。"恩和出了后门，看见左边游廊的尽头，一个人影在奔跑，无数府兵在外追，只是未敢下手，她即刻循迹而去。

卫熹逃出游廊，先去太后寝宫，尚在百步之外，便见公主府兵已将寝宫围得水泄不通，几百支火把层层叠叠，他只得折返，再向麒瑞宫深处逃。一路不断有府兵加入围堵，拿刀枪的，拿弓箭的，卫熹知道自己逃不了了，却不知道府兵们为何不动手。他没头没脑地乱窜，穿过听戏台、归田居、风月同坐榭、鸳鸯于飞浦，到了荷花池边。无边无际的夜荷在发光，卫熹无路可走了，他猛一回头，府兵们散开了，恩和提着剑大步向他而来，一缕流云在她身上缭绕，是烈风扬起了她的披帛。卫熹叫道："姑姑！"恩和的脚步不禁一沉。卫熹道："我错了！我不该杀皇后！"恩和继续向他走来，他只得跪下求道："我是不该杀皇后，可是，我是姑姑的内侄儿，她是外侄女！我们都是卫家的，她是王家的，姑姑不能为了……"一语未完，恩和扬起手中剑，刺透了他的肺。卫熹难以置信地叫道："姑姑不能为了一个外人杀我！"恩和冷然抽回宝剑，卫熹的身上出现了一个洞，他拼命地呼吸，可呼进去的气都从洞口泄走了，他忙用双手捂肺，大口大口地喘，喘不上来了，他像虾一样弓起身子滚在地上，滚到荷池边缘，正要坠落的时候，不能动了。

4

天亮了，麒瑞宫外的骁翊卫知晓了变故，纷纷来找明熙。宇文宸和鲁金波死后，明熙便成了这支禁军官阶最高的人。上百人围着他问对策，明熙道："识时务者为俊杰。天子已经驾崩了，如今继任天子就在里头。若说为将军报仇，那便是和天子为敌，便是叛军了。宇文将军和鲁将军尚且败了，何况咱们？打输了，可要满门抄斩，打赢了，谁当皇帝？谁想当？"他指着一个年轻校尉问，"你想不想当皇帝？"那校尉忙摇头。明熙道："既然大家都没那野心，也没那能耐，不如老老实实当骁翊卫得了。"

宇文宸最忠诚的两千亲兵都死在了千潺涧，眼下这些骁翊卫与他实无生死之义，听明熙如此说，皆默然从了。忽然营外报："公主和小皇子来了。"明熙连忙整军出营迎接。

恩和、卫修在五千府兵的簇拥下来了。尚有三箭之远，明熙下马，徒步过去，到了二人马下，叩首道："亲勋翊卫中郎将明熙拜见小皇子、拜见长公主！"恩和笑道："今后卫戍京城的重任便托付明将军了。"明熙道："愿效犬马之劳，以报主上知遇之恩！"恩和便与卫修转马而去，明熙率军远远跟在后面。卫修道："姐姐，我看此人不可信。"恩和道："'察其人而取之，量其材而用之'，此为圣主执政之首要。我们的当务之急是稳定京城，而后再缓除之。"

八月初六，天未晓，军队回到了开元城。细雨如酥，路静人稀。长队走过玄武大街，到了分岔路口，向北是龙朔宫，向西是凤阁。恩和停了马，朝西眺望片刻，仿佛自言自语："唐相公是不是已到凤阁办公了？"随从道："还不到卯正，只怕还在家里。"恩和说道：

“那他不必出门了。”随从听懂了，立即掉马而去。

5

八月十二，玉漏三更，卫修睡了，杜若独自坐在中和殿外休息。天阶夜色凉如水。重殿之上，斗转星移，她抬头看了许久，方见牵牛在东，织女在西，银河仙浪清浅。一炷香后，月白色的广场上出现一个罗裙女子，伴着修长的寂寥的影子，似乎也是漫无目的地散步，杜若看清是恩和，遂向她招手，恩和便走上殿来，与她并肩坐在石阶上。

杜若悠悠叹道：“我今夜才发觉，风是有气味的。”

恩和也被鲜凉的风吹拂着，却没闻到一丝异样，便问：“什么气味？”

杜若道：“风路过何处，便会染上何处的气息。它从龙朔宫过，便会染上琉璃的气息、龙涎香的气息、桂烛的气息，乃至雕栏玉砌、碧瓦朱檐的气息，它从山野过，便会染上泥土的气息，青草绿树的气息，牛羊和猫狗的气息。即使闭上了眼，闻着气息，便会知道自己身在何处。我闻到了宫殿的味道，和十六年前一模一样，我才知道自己回来了，又像回到了十六年前。”

恩和静静听着，半晌道：“难怪我如今不想回家去。公主府里的风，有驸马的气息。”

杜若轻声道：“对不起。”

恩和痴然出了一会儿神，问道：“这些年，你想不想念我父亲？”

杜若道：“生修儿的那天夜里最想他。后来没日没夜地照顾孩子，便不常记起他了。这段时日，他又时常从我心里冒出来。我总在回忆当初他是如何面对朝堂、面对天下的，如今我才能教修儿如何做。修儿要学习父亲、学习桓帝，我要教他，长公主也要教他。”

恩和一笑，道：“眼下，你我有两个人要面对，我其实也不知道怎么办，不知道谁能教教我。”

杜若问：“唐瑜和薛让？”

恩和点头。

杜若神色惘然，沉思良久，叹息道：“我也不知道如何面对。”

恩和道：“总之，薛让是杜贤妃的事。”

杜若道：“那唐瑜便是公主的事。”

恩和又坐了顷刻，起身拾级而下，不经意抬头看天，万里太虚渺渺，三千星辰拱极，何其壮美，遂轻声念道：“日月盈昃，辰宿列张。寒来暑往，秋收冬藏。”

第一百零三章

有晴水榭

1

明熙升了骁翊卫大将军，总管京城卫戍。虽然官场得意，可家里有件天大的烦心事，已经困扰他大半年了。去年正月，甄婉的婢女莹珠半夜掉进无染湖，淹死了，之后，甄婉便似中了魔，夜夜去湖边徘徊，白日也是失魂落魄之态。明熙恐娘子也出意外，派了婢女和家奴贴身跟着，不许她再去湖边。正月过完，明熙请了罗浮山的道士来家斋醮，道士把无染湖走了一圈，说死人的怨气都聚在湖心水榭里了，活人不可再接近，盂兰盆节后怨气自会消散，明熙便命人把舟船都锁了，严禁任何人再往湖中去。

明熙从千潺涧回京后，一直忙着整顿禁军，直到八月十六才回家。甄婉坐在床上，脸灰鬓白，双目无神，形容枯槁，乍一看，竟已似五六十岁的老婆子了。明熙道："我回来了。"甄婉半晌才听见，转头看了他一眼，又转了回去。明熙只得问婢女："夫人今日吃了什么？"婢女回："吃了半碗蒸鸽蛋。"明熙道："夫人爱吃桂圆羹，去弄来。"婢女去了。

明熙在床沿上坐了，道："我当骁翊卫大将军了。"

甄婉恹恹的，也不知听没听进去。

明熙道："你也封了诰命，是鲁国夫人了。父亲也追赠银青光禄大夫，追封齐国公。咱们家的福气还在后面，我盼着你早日好起来，咱们依然像从前一样，和和美美过日子。这一病大半年，也该好了。那道士说盂兰节后便没事了，这节日也早过了，怎么还这样？我明日请宫里的奉御给你瞧，开最好的药。"

甄婉一声轻叹，开口道："我没有享福的命。等我死了，你再找一个年轻貌美的夫人，她要比我大气才好，许你三妻四妾、和和美美过日子。"

明熙恼道：“说些什么乱七八糟的！别胡思乱想！你有个好歹，心儿怎么办？”

甄婉木然。婢女端了桂圆羹进来，伺候甄婉进食，明熙便出去了。家奴明书候在廊下，明熙招招手，引他走出十多步，方低声问：“这段日子到底如何？”

明书的语声也极低：“前儿周医师来看了，就开了几味阿胶、梨、枸杞子，我瞧着不像，出门问他怎么回事，他说，该准备后事了。”

明熙便叹了口气，道：“你去打听打听，哪里有上等棺木，定下来。”明书应着去了。明熙正要回房，忽见明幽走过来，便停下等她。明幽不料哥哥已经回家，因问：“几时回来的？”明熙道：“才到。”明幽道：“我去看看嫂嫂。”明熙便不进门了，道：“行，你们两个说说话，我让。”向屋内道：“姑奶奶来了，小心伺候！”明幽道：“你别忙走，我稍后有话问你。”明熙道：“那我去书房，你一会儿来。”明幽便进去了。

甄婉见了明幽，脸上总算有了一丝生气，勉力笑道：“幽儿来了。”

明幽接过婢女手中的碗，坐到床沿上，要喂她吃桂圆羹，甄婉却推开她的手，问：“他从千潺涧回来了，封了大将军。那儿究竟发生了什么？”

明幽用勺子轻轻搅拌羹汤，轻声道：“公主把天子杀了。宇文四郎死了，崔六郎死了，驸马也死了。”

甄婉问：“那二郎呢？”

明幽道：“被公主幽禁在家里。”

甄婉道：“之后呢？会如何？”

明幽只是低头弄勺子，片刻道：“我不知道。谁也不知公主怎么想的。”

甄婉问：“你……担不担心他？”

明幽沉默得更久，后道：“我担心他做什么？他是别人的，自有别人担心。”

甄婉看了明幽好一阵，问：“你当真放下他了？”

明幽道：“他早放下我了，我又有何放不下？不过陌路人罢了。”

甄婉忽然双泪交垂，一把抓住明幽的手。明幽发现她的手在战栗，不免吓到了，问：“怎么了？”

甄婉哭道：“我不如你洒脱。我就不知如何说放下便放下！”

明幽不知这话从何说起，怔了半天，道：“哥哥……哥哥他……”

甄婉凄然道：“我是活不长了，我死后，他自然有别人做他的诰命夫人！”

明幽忙道：“你别乱想！没病的人也想出多少病来！静善法师说了，你是心病，都是自己想出来的！你又不和我说，若说出来，说不定就好了。若哥哥有什么不是，你更该告诉我！我不管他，这家里谁敢管他！”

甄婉放开明幽的手，倒回枕上靠着，泪眼看着帐顶，似有无限忧愁。忽然门外明熙道："你先休息，有什么话咱们晚上说，若是我得罪了你，任你打任你骂，只要能好起来，怎样都行——你不是要找我吗？我有急事出去，赶紧的。"

明幽没想到明熙居然没走，抬头看了门外一眼。甄婉倦然道："幽儿去吧，我也困了。"明幽只好道："我晚上再来看你。"甄婉闭着眼点头，明幽便出去了。

明熙明幽一起到了书房。一进门，明幽便把门关上了。明熙问："怎么？"

明幽道："千潺涧，到底怎么回事？"

明熙道："还能怎么回事？宇文宸和唐瑜起兵造反，被公主弹压了。公主把天子杀了，崔六郎要保天子，也被杀了。太后被囚禁了。咱们很快要有新天子了。"

明幽道："你也是骁翊卫，是宇文四郎的麾下，为何你能升官晋爵？"

明熙道："我又没跟他们谋反！公主知道我一片忠心，又知道禁军上下都是我兄弟，要靠我才镇得住，所以升我做大将军。"

明幽道："坊间传闻，禁军中出了叛徒，向公主告发宇文四郎和崔六郎要进宫，公主便在必经之路打了埋伏。叛徒是谁？"

明熙道："你听他们胡说！传什么的都有！"

明幽看着明熙不作声。明熙找了张椅子坐下，不知心里在想些什么，过了一阵抬头，明幽还是目不转睛地看着自己，他便泄了气，道："是我又怎样？他们干的是窃国的勾当，我告不得？"

明幽怒道："我就知道是你！"

明熙道："我若跟他们谋反，也死在千潺涧了！然后夷三族，你也逃不掉！看看这段日子他们是怎么抓宇文家和崔家的！全一锅端了！看看唐二，如今还囚禁在府里不许出门！你在气什么？"

明幽含泪道："我气我有个忠肝义胆的哥哥！"

明熙道："你不用说反话！就说我薄情寡义又如何？他们何曾对我有情义？何曾把我真的当朋友！当年薛让查唐之弥，是我冒死把消息传给唐二的，后来他怎么对我？恭王为何要杀我？我为何会被三法司会审？谁害的？为何父亲求他、母亲求他、你嫂嫂求他，他都不肯退一步，宁肯让我死，也要斗恭王？我是他妻兄！他在意我了吗？在意你了吗？他若在意你，怎么和那妖女混在一起？若在意你，你怎么回明家了？那个妖女……专会狐媚，害人不浅！"

明幽气得一句话也说不出来。明熙道："你不必为了他和我生气。出发去千潺涧之前，我可问过你，是不是和他彻底断了，你说是，我便下了决心要投公主，如今你可怪不到我！"

明幽顿时呆住了。明熙忽然一声断喝："谁在外面！"

门轻轻开了一条缝，一个少年声音道："父亲，是我。"

明熙听出是儿子的声音，便不说话了。明心走进来，站在门边道："我来书房找书，不想父亲和姑姑也在。"

明熙问："你听见什么了？"

明心道："只觉得父亲声音有些大，却没听清。"

明熙不响。明心道："姑姑原来在这里。小表妹才到花园找姑姑去了。"

明幽收了眼中泪，不发一言疾步而去。

2

唐瞳语今年六岁了，生得冰肌雪肤、玲珑剔透，见者无人不爱，只是这一年被外祖母和奴婢们一味宠溺，渐长了骄纵之气。这日午后，明幽来老夫人房中找她，她却躲在纱橱里，婢女们怎么哄也不出来，明幽过去掀开帐子，见她委屈巴巴地坐在里头，便问："这是怎么了？"瞳语不说话，只怕一开口，泪水便滚出来。明老夫人在外笑道："她那日说要一双绣黄花的鞋子，绣娘们做了出来，她又说不是那样的花。又赶做了七八双，迎春，秋菊，金桂，腊梅，能想到的都做了，她都说不是，问她想要什么花，又说不上来，正生气呢。"

明幽便问瞳语："你是和自己生气呢，还是和绣娘们生气？"

瞳语道："她们没做我想要的花。"

明幽道："你想要什么花，说出来了，她们才好做。"

瞳语道："我说不出来。"

明幽道："你说不出来，她们只能猜着做，不然还能怎样呢？阿娘想吃糕，又不告诉你什么糕，让你去拿，拿来又说不是，你岂不也为难？绣娘们满心疼你，你怎么为难她们呢？"

瞳语嘟着嘴不说话。一个婢女笑道："还在赶做金茶花的，小娘子再等几日。"

明幽道："不必了，做那么多干什么？七八双已浪费过余了。"

瞳语便在橱中不满地嘤嘤哼哼，明幽再不理她，自己出来和母亲坐着，道："我总说不要什么都依她。依她一百件，但凡有一件不遂她的意，她便跟天塌下来似的。要鞋子，一做就是七八双，将来她要车子，难道做七八辆给她选去？"

老夫人道："我看她那可人样儿，心疼得什么似的，哪里忍心让她生气？我如今年纪也上去了，就这么一个外孙女儿，不知还能陪她三年五年，一想到这个，她要什么我不给？"

明幽道："她如今以为撒个娇便什么都有了，将来长大成人，还这样想，不知会碰多少钉子，摔多少跟头。"

老夫人叹道："我的儿，我如今是怎么疼她的，当年便是怎么疼你的，你也没变成那起刁蛮古怪、作威作福的大小姐。你父亲在时，我便常和你父亲说，幸亏有个好女儿足慰晚年，若只有那个不省心的儿子，早气死八百回了。"

明幽和母亲闲聊了一会儿，便向纱橱那边道："阿娘要去街上逛逛，你去不去？"

老夫人忙道："这几日外头不太平。昨儿晚上我听说，袁家也被抄了，说是查出来参与了唐瑜谋反。你少出去逛。"

明幽道："随便走走就来。我们什么都没做，怕什么？"

老夫人道："多叫几个家奴陪着。"

明幽起身，见纱橱里毫无动静，便道："你不去，阿娘自去了，阿娘去西市吃了晚饭才回来呢。"一面说，一面放重脚步，瞳语便从纱橱里钻出来，过来牵起母亲的手。明幽一笑，牵着她出去了。

母女两人同十多个奴婢出了明府。明幽骑波斯马，瞳语骑突厥小马伴在一侧，奴婢们随行其后。时值正午，本该是街市最喧沸的时候，今日却十分静穆，行人匆匆而过，商贾把叫卖声都压低了三分。出了悬铃巷，眼前一队禁军飞驰而过。明幽心事重重，信马由缰地走，走着走着，忽觉四周景象十分熟悉，再抬头，前面竟是佩鱼巷了，急忙勒马。瞳语看见巷口的月桂树，尘封一年的记忆忽然苏醒，叫道："家！"明幽道："咱们家已经搬到明府了。"说着掉转马头，要往古榕巷那边穿过去，瞳语又道："阿爹！"明幽一惊，急忙转头，巷口自是空无一人。瞳语问："阿爹在哪里？"明幽道："阿爹出使东洛了。"瞳语道："上个月问，也说出使去了。那几时回来？"明幽想起这一年，唐瑜从未来明家看过瞳语，连信也不曾有一封，全似没有女儿一般，心里愈发怨他薄情，便道："要很久很久才回来。"说着往回走，走到古榕巷口，却忍不住又回头看了一眼，这回有人了，一群内侍监和禁卫从巷子里出来，往龙朔宫方向去了。

明幽带着瞳语到了梵音山下，往东北穿过一道山谷，眼前阔然清朗，一道温泉水瀑从悬崖坠下，在地上迤逦成河，瑞气浮萦，滋润十里如春，夹岸翠柳夭桃，遍野奇花异草，俨然人间仙境。数十步外有座茅舍，一个比丘尼闻见马蹄声，出来见是明幽，忙过来行礼，笑道："夫人有些日子没来了。"又向瞳语问好。明幽和女儿一同下马还礼，笑道："闲来无事，我带女儿逛逛。"比丘尼忙让开路，道："夫人和小娘子自便。"

明幽便和瞳语往秀野中走去，奴婢们远远跟着。瞳语问："那个比丘尼为何不在寺庙，在这里？"

明幽道："她是开元城最好的医师，这些花草树木都是她的药材，救治过成百上千的人呢。”

瞳语问：“怎么这季节还有桃花？”

明幽道：“四面的山挡住了寒气，又有温泉水滋育，所以四季如春，什么花都会开。法师从四海列国寻找了好多珍奇花卉来栽培，全天下的花儿，这里都找得到。”

身入百卉千葩之中，瞳语欢喜不尽，这里瞧瞧，那里闻闻，看见一朵洁白小花婉婉可爱，便问：“这是什么花？”

明幽道：“这是从天竺传来的花，叫茉莉。”

瞳语正要伸手摘，忽又顿在半空，问道：“是不是不能摘？”

明幽笑着点头：“那是理气止痛的药，你摘了，便要少做一钱药了。”

瞳语小心翼翼地收回手，两只小手抱成拳，歪头观赏着，眼中满是赞叹之意。明幽见她模样纯真无邪，自己压抑的心情也渐渐放宽，心中暗道：“人生很长，你要在世间生活很久很久，愿你能乐游于天地之无穷，也能坦然于遭遇之无常。”

瞳语牵着母亲的手往前走，走到一片黄花丛中，忽然“咦”了一声，欢天喜地地跑进去，叫道：“阿娘！这个花！就是这个花！”

明幽把那花看了又看，笑道：“这可难倒我了，我也不认识。”便向婢女道，“去请静善法师来。”

少时静善来了，回道：“这是黄花杜鹃，产自夜州，中原不常见，不怪夫人不认识。前年我在东市遇到一个夜州药商，买来一包种子，往年只开十来朵，今年倒一下子开了一大片。”说着，便摘下一朵给瞳语，又叮嘱道，“这花入药可散瘀消肿，只是有毒性，小娘子只可拿在手里玩，不可吃。”

瞳语道了谢接过，说道：“我只照着它绣花儿，不吃的。”

明幽陪瞳语在花原里徜徉了一下午，黄昏后方向静善告辞，走上归程。路上明幽道：“你喜欢黄花杜鹃，咱们便一起学着做。可你如今多了七八双鞋子，一个人穿不完，如何是好？”

瞳语想着阿娘素日的教导，因问：“是不是要和人分享？”

明幽道：“好几位绣娘的女儿都和你一般大，你把鞋子送给她们，如何？”

瞳语道：“好。”

明幽又问：“你既不认识这花，又从何处看见的？为何非要绣它呢？”

瞳语道：“去年苏娘子的鞋上就是这样的花。”

明幽的心“咯噔”一响，恍然道：“苏娘子？”

瞳语道：“去年元宵节，我们一起去看灯，苏娘子就穿这样的鞋子，真好看。”

明幽回想去年在唐府过元宵节的情形，竟然什么也记不清了，说道：“你这丫头眼睛真尖，记性真好。”

瞳语问：“苏娘子人呢？我好久不见她了。”

明幽道：“她在她的家里。”

瞳语道：“她的家，是不是我们的家？”

明幽道：“不是。她家在佩鱼巷，我们家在悬铃巷。我们从前是一家人，现在是两家人了。”

瞳语问：“怎么成两家人了呢？”

明幽道：“成年后的人世就是这样的，有时候两家人变成一家人，有时候一家人变成两家人，人们聚了又散，散了又聚，总不会定下来。”

瞳语问：“那我们和阿爹也散了？”

明幽沉默许久，道：“对，散了。”

瞳语小小的心灵似乎第一次懂得了感伤，也不说话了。

3

隔天晚上，明幽、瞳语吃过晚饭，一同在灯下描花样子，二更后，明幽让瞳语去睡，瞳语只说怕黑，想和母亲一同睡，明幽不许，带她去自己房间，陪她在床上絮絮叨叨说了半晌话，总算哄睡着了，然后自回屋中看书。大约三更前后，她也准备吹灯休息，忽然楼外一阵惊哗，远处家奴叫，近处婢女呼，到处纷纷沓沓的脚步声，明府从未有过如此混乱的情形，明幽从屋里出来，看见几个婢女正赶到楼下，忙问：“怎么了？”那几个婢女道：“夫人坠湖了！”

明幽大惊失色，急忙向无染湖赶去。到了湖边，见十几个家奴提着灯笼围成一圈，里面几个人影。家奴们见她来，忙让开，她看见甄婉躺在地上，头发衣衫尽湿，身子已经直了，几个婢女跪在身边落泪。明幽木然片刻，过去扶起甄婉，抚开她脸上的湿发，把人紧紧抱在怀里。远处几人叫道：“阿郎来了！”

明熙一阵风似的赶来，看着妻子的模样，目瞪口呆。奴婢们大气不敢出。明熙问：“怎么回事？”

一个婢女哭道：“夫人说我们在边上她睡不着，要我们去右厢房，我们怕打扰夫人休息，只得去了，后来的事，我们也不知道。”

一个家奴道：“方才我们几个从湖边过，听见一声响，像是有什么落水，就过去看，看见水面在冒泡。船都被锁了，我们几个是游过去的，好半天才从水里捞出来，才知道是夫人。”

明熙怒道：“捞！什么叫捞？！”

家奴忙跪下磕头，余人都跟着磕个不停。明熙叉着腰气了一阵，说道：“这湖邪气得很！道士不中用，就去请和尚来！马上布置灵堂。棺材和寿衣是定了的，明书立马带人去取。最要紧的是给亲友送讣闻，叫清客们拟个稿子来！”家奴们忙不迭去了。

明熙看了看甄婉，又看明幽，明幽依旧抱着甄婉不动，便不好来劝。一时明心也来了，他在路上闻知了噩耗，见到母亲遗体，立刻伏地叩首。明熙等了一会儿，道：“你去劝劝姑姑，不要伤心过度。这几日事情多得很，要撑住，不要垮了。”

明心来扶明幽，明幽拼命把甄婉保护在怀里，泫然道：“生离死别，还要经历多少次才够呢？”明熙无法，向几个婢女使眼色，婢女们忙上来温柔地拖拽，把明幽拖开，把甄婉抬走了。

之后数日，明府为甄婉大举丧事，又是请高僧超度、道士打醮，又是接待明、甄两家亲戚，又是应付宫中朝中人情往来，百般俗务，难以尽述。明幽日夜帮着哥哥料理诸事，亦是身心俱疲。第九日上午送灵去了家庙，亡者安息，大事才算了结。午后，明幽回到家里，颠倒睡了一场，醒来时，窗外已经黑了。婢女在外间听见动静，忙进来侍奉，又道：“小公子在楼下等着娘子，站了一个多时辰了。”

明幽一惊，忙起身出门去，果见灯笼下站着明心，忙道：“心儿，上来说话。”

明心道：“还请姑姑下来。”

明幽心知有异，忙下楼去。明心带着明幽走出数十步，到了僻静处，问道：“姑姑知不知道，我母亲因何而死？”

明幽道：“他们说她不堪忍受病痛之苦，自寻短见了。”

明心道：“不是。”

明幽的心猛一提，问：“你知道什么？”

明心道：“那湖里有古怪。”

明幽道：“先前莹珠溺亡在里头，如今你母亲也……”

明心道：“是因为有晴水榭。”

明幽道：“水榭？道士说，莹珠的冤魂在里面，所以你父亲不让人去湖里了。”

明心道：“里面不是冤魂。”

明幽有些糊涂了，问：“那是什么？”

明心摊开掌心，呈出一串钥匙，说道：“锁船的钥匙，水榭的钥匙，都在父亲那里，我找了几天才找到。姑姑自己去看。”

明幽看着那一串大小不一的钥匙，莫名不寒而栗。明心道：“姑姑应该去，现在去还来得及。”

明幽怔然接过钥匙，明心又道："姑姑小心，别让别人知道。"说完转身去了。

明幽拿着钥匙回了房，坐到四更过后，婢女们都睡熟了，她终于忍不住下楼，向无染湖而去。湖边残荷下掩着几只花舟，被铁链绑在一起，链上扣着一把大锁。明幽取出钥匙，用最大的一把开了锁，跳上一只小舟，自己划桨，摇摇荡荡去往湖心。湖水又深又广，黑茫茫无边无际，划了很久，才看见水榭的暗影。扇扇门窗紧闭着，倒影在水里诡异地飘曳。明幽从小到大不知在水榭里玩耍过多少次，从未发现夜半的它如此可怖。不知是水鸟还是什么叫了起来，像人在绝望地号哭。终于，船到了水榭边，明幽拾阶而上，几步到了门前，门上也挂着一把锁，她犹豫了很久，才把钥匙投入锁芯，试了三四把，锁开了，她把门推开一线，惨白的月光照了进去，半张茶几，半张床榻，似乎没什么异常，再歪头一看，忽见一个披头散发的人垂首坐在地上，不知死活，明幽吓得惊叫一声，转身便往阶下逃，门内，一个声音叫道："幽儿！"

明幽一听便呆住了，那声音，是从记忆深处来的。她浑身发冷，缓缓回头，又听里面唤道："幽儿，救我！"

明幽一步步走上台阶，迈过门槛，走向那个坐在冰冷砖地上的人。那人费力地抬头，乌黑的乱发下是一张凄绝的面孔，她看清明幽了，本已流干的泪水早已涌出，叹息道："幽儿……幽儿可算来了。"

明幽定定看着她，轻声唤道："苏叶。"刹那间她有一万句话想问，却不知该从何问起。

4

去年腊月二十二夜，苏叶离开唐家，去了朱鱼酒肆，预备天明后启程回沅国。朱娘子带她去卧房的时候，撞见了几个男子，她总觉得其中一个有些眼熟，可朱娘子只顾拉着她走，不容她细想。到了房中，朱娘子殷殷勤勤和她说了一晌话，约定明早辰初二刻来请，之后出门去了。子时，苏叶随意卸了妆发，留着一盏灯睡了。深夜是欢场最热闹的时候，楼下胡姬在弹箜篌，大堂里两伙客人在争吵，小巷后面有醉汉击节而歌，苏叶辗转反侧，她有太多事想不明白，她不甘心如此一走了之，她还想找唐瑜问个明白，可她也知道，即便唐瑜就在眼前，也不会对她说一个真字。苏叶想起明幽说过，二郎的心是一座城府，一扇门对妻子敞开，一扇门对弟弟敞开，一扇门对朋友敞开，他好像对谁都宽容地接纳，可任谁也看不清心城的全貌。苏叶想，他到底有没有一扇门，曾为自己而开？书寄池边，书房灯下，红绡帐中，那几个瞬间，到底是不是真实的？正想得心乱如麻，窗上忽然映出几个人影，个个骠壮，苏叶一惊，立刻坐了起来。门“哐”的一声被人砸碎了，楼下乐声笑声戛然而止，几个男子冲进来，苏叶下意识往床内躲，两个男子跳上床，一人拽一边胳膊，把她从床上拉下来，出门后一路拖曳下楼。几间门后都探出好奇的头，一男子大喝：“进去！谁看见了挖谁的眼睛！”几颗头都缩了回去。

众男子把苏叶拖到楼下，院子里还站着一堆家奴，簇拥着一个人，正是方才在楼梯上遇见的。朱鱼愁眉苦脸地叉着双手，向那人道：“阿郎这样，小人不好跟唐相公交代。”那人只盯着苏叶，说道：“你就说人我带走了，他不满意，叫他来找我。”苏叶听这声音，再看他的脸，霎时间想起来了——是明幽的哥哥。她不住挣扎，两个家奴把她胳膊向后一折，几乎要折断，苏叶疼得冷汗直流，道：“我要回东沅了……你别……”朱鱼也急道：“罢哟！唐相公把她交给我了，阿郎要怎样，先去和唐相公说。”明熙道：“我把她带走了，你不怕事大，就去叫唐瑜来我家要人。”朱鱼不敢再说。苏叶看见朱鱼娘子远远站着，忙求道：“朱娘子……”明熙喝道：“带走！”家奴箍住苏叶，一个拿麻袋来，往她头上罩下，一直罩到脚。苏叶的天黑了，她拼命挣扎，拼命呼唤，家奴隔着麻袋打她，五六个拳头捶她的头，三四双脚踹她的背和肚子，直至她痛得再也叫不出声，才抬着人从后门出去，扔上马车，一径去了。

待人走远了，朱娘子才赶到朱鱼身边，小声问：“要不要报给唐相公？”朱鱼反问：“你想把事闹大？”朱娘子忙摇头。朱鱼道：“什么也别提。他要是不知道，就说已经送走了；要是知道了，就说明熙把人接走了。他是相公的妻兄，咱们以为是他们家里事。”

苏叶被掳到了明府，之后的遭遇比她想象的更惨烈百倍。是夜，她被关进有晴水榭，明熙像疯狗一样侵犯她。她逃到门边，明熙便把她撞在门上；她反击，明熙便把她摔到地上；她呼喊，明熙用帕子塞她的嘴，一直塞到喉咙里；她想起身，明熙拽着她的长发往坚硬的石砖上磕，一下又一下；她的指甲抓破了他的脸，他便用腰带捆死她的手，绑在床脚上。好几次，她已经到了濒死之际，可天明后，竟然活了下来。苏叶从此失去了自由，被囚禁在四面环水的湖心岛。窗被钉死了，门被锁上了，每个夜半，家奴会为她送来唯一一餐。不出一月，全府的男奴女婢都知道了此事，只瞒着老夫人、甄婉和明幽。可不久甄婉便知道了。丈夫明明回了家，却总不在书房和卧房，她只能去找，直至找到有晴水榭。那个子夜，明熙把苏叶压在地上，却没有关门，苏叶看见了门口的甄婉，甄婉看见了面目狰狞的丈夫，也看见了苏叶腕上的铁链、身上未愈的鞭痕。苏叶想退开，明熙抬手就是一巴掌，她只得叫：“嫂嫂来了！”她依然像明幽一样，叫甄婉嫂嫂，甄婉的身子不由自主颤了一下。

明熙回过头，看见了妻子，还有莹珠躲在门边。他起身穿好衣裳走出门去，苏叶依然被铁链锁在榻上，她听见甄婉厉声质问，明熙含糊应答，甄婉哭着呵斥，明熙一言不发，甄婉要他放她走，明熙道："不。"苏叶看着半扇门外的情景，明熙把甄婉、莹珠拖上小舟，一并往湖岸去。在舟上，甄婉还和明熙争执，明熙的若无其事惹恼了她，她骂他、打他，明熙忽然火了，一耳光扇过去，接着又是一耳光，莹珠忙来阻止，被明熙一脚踢下湖，小舟猛然一晃，甄婉也落了水。湖面出现两朵水花，越开越烈，俄而熄灭了，化作两道涟漪。明熙站了一阵，跳下湖，把甄婉抱上小舟，不一会儿上了岸，消失在草径尽头。

自那以后，明熙来得少了，甄婉却夜夜来湖边，隔着湖水看她。没过多久，湖被封了，花舟上了锁，湖边的人迹越来越少。白天，苏叶透过门窗的缝隙看外界，从春看到夏，从夏看到秋。瞳语偶尔会来湖边，可不多时，明幽也会找来，牵起她的手一道离开。苏叶开口呼唤过，可湖面太宽、岸太远了，她们一次也没回头。

八月二十，三更后，明熙又来了。事未毕，遥闻岸上一阵叫嚷，明熙起身去看，一盏盏灯笼都在往湖边赶，隐约有人道："是夫人！"他心下一惊，忙把苏叶锁回榻边，穿好衣裳离开水榭，摇舟从湖的另一边上了岸。

此夜后，明府上下全忙着甄婉的丧事，再也没人顾及苏叶的死活。第三日，她吃完了所剩的食物，之后便只能消沉地等待死亡。苏叶说不清自己怕不怕死，好像怕，可比起活着的苦海，死未尝不是岸；好像不怕，可心里还放不下一些人，她多想再见到他们。七日后，苏叶又听见木桨入水的声音，有小舟向她来了。须臾，有人踏阶而上，苏叶细听那脚步声，听着听着，便泪如雨下。

5

明幽默然过来为苏叶开锁。四条铁链，两条锁在卧榻脚，两条绕在堂柱上。她低着头无声地试钥匙，苏叶看着她道："我梦见你好多次了，每次你都这样，为我开锁，带我上岸，可醒来后，还是只有我一个人在这里。"

明幽低声问："你不是应该在唐家吗？"

苏叶戚然道："我们都应该在唐家的。要是我没做错就好了，那我们都还在家里，你和二郎在一起，我在等三郎回来。"

明幽抬头看了她一眼，问："你知不知道唐家的事？"

苏叶一惊，问："怎么了？"

明幽的手一抖，锁开了，忙去试下一把，苏叶追问："唐家怎么了？二郎呢？"

明幽不答，苏叶醒悟过来，只得道："我不该问的。"

明幽还是不吭声，苏叶道：“我是被二郎撵出来的。”

明幽问：“撵出来？”

苏叶道：“是撵出来的。二郎对我，比对你绝情得多。”

不知为何，明幽心里一个模糊念头一闪而过，还来不及抓住，苏叶突然道：“他来了！”

明幽猛回头，门外，波平如镜的湖面划开一道水痕，一只小船飞快地驶来，船头站着明熙，船尾摇桨的是明书。苏叶浑身颤抖，牵着铁链也铮铮作响，明幽道：“你别怕！”苏叶道：“你先走！别在这里了！”明幽转身出门，等着明熙过来。

明熙的脸色原本阴沉而紧绷，看见明幽出现，勉强放松了些。小船到了水榭下，他迈上石阶，走到明幽跟前，见明幽凛然盯着自己，便道：“大晚上的，你先去休息，明天我们再说。”

明幽道：“我要带她走。”

明熙道：“不行，这灾女害死了你嫂嫂，不能放出去。”

苏叶恨声道：“是你淹死了婢女，害得嫂嫂投湖，如何怪我！”

明幽看着明熙道：“苏叶为何会在这里？你为何要这样做？嫂嫂为何这半年都在生病？为何会投湖自尽？”

明熙道：“我是在替你出气！要不是她勾引唐瑜，你们也不会散！”

明幽道：“你是为你自己！”

明熙大怒，转头喝明书：“看什么看！还不上来把人拉走！”

明幽厉声斥道：“嫂嫂到死都在为你保守秘密！这件事若传出去了，让二郎、三郎知道了，你如何收场！便是为了淹死的莹珠，沧山也不会放过你！”

明熙道：“唐家人都要死绝了！还管得了我！”

明书上来躬身道：“娘子……”明熙道：“拉走！”明书便来扯明幽袖子，明幽喝道：“你敢！”明书的手缩了回去，明熙火冒三丈，一把抱住明幽便往下拖，明幽见他腰上佩剑，便去抢剑柄，明熙手更快，折住她胳膊往下一扔，把人扔到船上，明书上船摇桨便走，明幽怒道：“出了两条人命还不够！你还不回头！”明熙道：“所以说她是个灾女！不能放！”苏叶在内发出声音，不知是哭还是呐喊，明幽高声道：“苏叶别怕！我在！”

忽闻岸上人声喧嚷，明幽回头一看，许多灯笼涌到岸边，一人叫道：“老夫人来了！”明幽忙叫：“阿娘！”明老夫人赶到湖边，借着灯笼的光看湖中飘摇的船。

小船靠了岸，明幽向母亲奔去，连声道：“阿娘！苏叶在水榭里！哥哥把她关在水榭里！嫂嫂是因为这个死的，莹珠也是！阿娘快救苏叶！”

老夫人一脸震惊地望向湖心，明熙还站在那里，水榭里黝黑一片。明幽向几个家奴道："你们跟我去救人！"说罢便要去找船，明老夫人一把拽住她的手臂。明幽惊问："阿娘？"

老夫人沉声对家奴道："把娘子带回屋里，关起来。"明幽这一惊非同小可，大声道："阿娘！我是幽儿！"几个家奴像抓犯人一般抓起明幽便走，手上力道毫不留情，明幽几乎疯了，狠命挣扎，连声道："我是明幽！你们敢这样对我！阿娘！你怎能关我！怎能关我！"明老夫人只看着湖心，没有回头。

第一百零四章

同船渡

1

三日后，明老夫人来看明幽。婢女打开半扇窗户，她在窗外，看见明幽站在屋内一动不动，就像站了三天三夜。明幽看见母亲，淡然唤道：“阿娘。”

明老夫人听出她语气的讥讽，未免叹了一声，道：“你自然是要怪阿娘的。可那个孽障也是我生的，他做出这种事，我不帮他，他就完了。那个女子是朝廷封了诰命的，他把人家囚禁在家里，若朝廷知道了，会如何处置他？才进龙朔宫的那位，会如何看他？这丑事传出去，别说当什么大将军，只怕命也要搭进去了！你父亲已不在了，如今明家只能靠他，他若倒了，这个家怎么办？”

明幽道：“我也是阿娘的孩子！阿娘为了他，把我囚禁了！”

老夫人道：“你比他懂事，我管不住他，只能管你。你答应阿娘一句，那女子的事，你别管，我和他去处理。”

明幽斥道：“我若不管，便成你们的帮凶了！”

老夫人道：“你忘了为何会回明家来？是谁害你夫妻离散？若明熙祸害别家姑娘，我或许还要管一管，是她，我只想称愿！你虽在我面前装着无事，可日日夜夜是如何过的，你自己清楚，做母亲的也清楚！我何尝不心疼你！一个苏叶，一个唐瑜，我一辈子不原谅，你反而不长记性！你难道不恨她了？”

明幽站了半晌，道：“我恨不恨，是我和她的事。哥哥不能拿我当幌子，行伤天害理之事，阿娘也不能拿我当幌子，包庇罪大恶极之人。”

老夫人气道：“‘伤天害理，罪大恶极’，我若放你出来，你还当真要告发他去？那我如何敢放你？”

明幽道："阿娘可以关我一个，可关不住几百张嘴。府里上下都知道了，迟早会传到外面去，到时别说朝廷，就是甄家的人，也不会饶过他。阿娘难道要为了他，杀光明家几百口人？阿娘真想保住这个家，便把苏叶放了，让他的罪孽少一件！"

老夫人默然顷刻，道："你就在屋里好好待着，等我们把事情了结了，再来看你。"

明幽喝问："要如何了结！"

老夫人在婢女的簇拥下去了。

明幽出了半日神，觉得累了，便找了张椅子坐下来，沉沉叹息。不知不觉，东窗暗了，西窗亮了，再过一阵，所有的窗户都黑了，刻漏声越来越响。坐到中夜，忽听门外一个细细的声音唤道："阿娘。"

明幽一震，忙扑过去，努力掰开门缝看外面，声音从下方传来："阿娘，在下面。"

明幽蹲下身，下边的门缝宽些，她看见女儿也蹲在外面，像只小麻雀，滴溜溜的眼睛也在找她。明幽心疼万分，悄声道："小丫头，你如何来了？"

瞳语道："老夫人要好多人看着我，不许我过来。我刚才等她们都睡了，就偷偷出来了。"

明幽问："吃东西了没有？衣裳穿这样少，冷不冷？"

瞳语道："吃过了，老夫人和我一起吃的。阿娘，为何门上了锁？"

明幽道："老夫人把阿娘关住了。"

瞳语想了想，道："是了，我听见她们说话了，老夫人说把钥匙给她收着。"

明幽张了张嘴，又没说出来，瞳语道："我去拿钥匙来开门。"

明幽问："你可知钥匙在哪里？"

瞳语道："我去找。"

明幽道："要悄悄找，不能让任何人发现你。"

瞳语点头道："我知道。阿娘就在这里等着，我马上回来。"说着，悄手悄脚下楼去了，果真没有一点声音。

明幽追到窗边撕破窗纸，看着女儿幼小的身影越跑越远，心绞成一团，忽然悔恨起来。不该把女儿牵连进来。如此天真干净的孩子，自己怎么忍心把她扯进成人的污浊世界？她一点都不该沾上这些事。明府已如龙潭虎穴，到处是家奴和婢女，若被人发现了，把她带去老夫人和明熙那里，他们会如何对她？她才六岁，如何应对这些乱七八糟的事？明幽如芒在背，却只能在房间里来来回回地走，走一阵，便去窗边看一阵。两刻过后，她再去窗边，遥遥望见瞳语跑回来了，右手紧紧握着。明幽几乎要落泪，忙到门边等着。瞳语喘吁吁地上了楼，又唤道："阿娘，钥匙来了。"

明幽道："好丫头，如何找到的？"

瞳语一面踮起脚开锁，一面道："外婆的好东西都放在纱橱里的屉子里，我猜就是在那里，一去就找到了。"

"喀"的一声，锁开了，明幽推门，瞳语犹把食指放在唇边，道："小声些，别让她们听见。"

明幽悄无声息地出了门，牵着瞳语的手下楼，先转进书房，取下墙上挂的短剑，方出来往无染湖去。到了湖边，见铁链散开的，船少了一只，明幽远眺，一只船停在水榭下，厅内隐约有一团光，当即把瞳语拉到牡丹花丛下，命她藏好，说道："阿娘去把苏娘子接来。你就在这里等我们。千万不要让人看见。"瞳语忙点头。明幽携剑上船，缓缓向水榭划去。

明熙此刻正在水榭里。他对苏叶的恨又深了一层——为这妖女，妹妹也和自己翻脸了，真的是家破人亡了。他去捏苏叶的下巴，苏叶躲开，他怒火中烧，右手掐住她的咽喉，问："你知不知错？"苏叶不应，明熙的力加大了，斥道："妖女，为了你，我这辈子都完了！"苏叶的呼吸越来越难，脸色愈发痛楚，明熙喝道："快向我求饶！求我放过你！"苏叶还是不应，明熙凑下来狠狠咬她的唇，咬到鲜血溢出才放开，手上用了十足的力，把她的咽喉彻底卡死了，苏叶呼吸不上来，明熙道："快求饶！你到底知不知错！"苏叶挣了一阵，身子软软地松下去，两眼闭上了，明熙忙收回手。苏叶倚在榻边喘息良久，睁开眼看他，再透过他，看见门外的明幽。四目相对，苏叶把目光转回明熙脸上，明熙怒道："你怎么就不开口求饶！怎么不求我！"换左手继续掐她，"我非杀了你不可！"

苏叶的双手伸出，贴上明熙的胸膛。明熙一愣。手继续往上，带着铁链的声响，绕过他的肩，圈住他的脖子。明熙的手松了。苏叶在他耳边问："我要如何求饶？"明熙的耳朵又烫又痒，情不自禁揽住她的腰。苏叶道："如何求饶？你教我。"明熙道："你说今后什么都听我的，什么都顺……"一语未了，忽然瞟见地上一个微弱的影，一把剑已高高举起，他惊得大叫，忙要起身，脖子上的手臂却突然像枷锁一般锁死了他，剑扎上后背，只是力道太轻，触到骨头便弹了回去，明熙发出怒吼，猛转头看见明幽，正要起身，一道铁链自上而下套住了他的脖子，明幽再一剑出手，刺进他的腹部，铁链向后一拽，明熙向后仰倒，后颅磕在坚硬的砖石上，顿时晕了过去。

明幽捡起地上的钥匙，为苏叶开锁，开到最后一把时，明熙挣扎着醒了，明幽忙搀着苏叶逃出水榭，明熙跌跌撞撞追出来，双手扶着肚子上的剑，仰头叫道："明书！人呢！快来人！"叫了两声，又摔在地上。

明幽把苏叶扶上船，往湖边划去。明书在湖的另一边现了身，见一只船划走了，明熙却倒在水榭外，忙另找了船来救人。明熙上船后，血已淋透了下半身，却硬撑着大叫:“抓住她们！别让她们逃了！”明书也向四周喊:“来抓人！快来抓人！”

明幽和苏叶上了岸，瞳语也跑了过来。树影花丛后，几路灯笼正在往这边赶，明幽一手牵着一个往暗处去，隐入茂盛的牡丹花丛。

明熙到了岸边，几路家奴都到了，看着他肚子上的剑，都心战胆寒。明熙吼道:“把所有门都封死！出去的路都封死！人跑了，我杀你们全家！”家奴们慌忙去了。不多时，全府的家奴都被叫了起来，把出府的门堵住了，上百个家奴开始在府里搜人。明老夫人急急赶来，见明熙的伤情恐怖，吓得大哭，道:“快叫医师！快叫医师！你快去休息！”怒不可遏的明熙一把推开母亲，走了两步，眼睛一花，栽在地上，家奴们忙来扶起，明熙摇摇晃晃站起来，眼充血，脸发白，一把抽出肚子上的剑，喝道:“我就是死，也要拖上她们！”提着淌血的剑找人去了。

明幽三人离开湖边，正遇一群婢女从东边来，忙躲到游廊下面。天黑地暗，婢女们没看见，一径过去了。三人正要出来，又一队家奴从西边来，只得又躲回去。家奴们个个相传:“先去守门！把出入的路守住！”

火光一行行都向南面——明府的出入之路赶赴，不多会儿，游廊四周没人了，瞳语道:“阿娘，门被堵住了，我们出不去了。”明幽沉声道:“阿娘知道怎么出去。”她牵着两人向东北而去。一路躲躲藏藏、走走停停，总算到了后花园，穿过一片桃林，眼前是花园围墙，高约两丈。这是明幽的秘密出逃之路，她已记不清有多少次从这里逃出去了。小时候，父亲母亲不许她出府，她便创造了这条路，悄悄出去看大千世界；长大后，她遇见了唐瑜，哥哥说唐瑜要做驸马，劝她放弃的时候，她便是从这里出去，在纪叟酒坊前和心上人重逢定情；唐之弥自尽、唐家被抄后，哥哥把她带回明家，她也是从这里出去，回到丈夫身边；唐瑜被贬去芦东，她还是从这里出去，追随他走了渺渺两千里。又回到了这里，明幽有些惘然，可来不及细想了，她拨开一丛杂草，推出一个石圆凳，向苏叶道:“先踩凳子，再踩花窗，翻到墙上去。”一面说，一面把苏叶往石凳上扶。苏叶连站都站不稳，攀墙谈何容易，明幽耐心地托着她，一步步教，苏叶好不容易上去了，桃林中已响起人声，明幽回头一看，十几支火把正朝这边来，慌忙抱起瞳语，瞳语刚上石凳，那群人已发现了三人身影，走过来，停在二十步外，明幽看清带头的人是明心，明心不语，只向她轻轻点头。忽然又有两队家奴找进桃林，吵吵嚷嚷，瞳语向明幽道:“阿娘你快走，我不去了。”说着跳下石凳，明幽惊道:“丫头！”瞳语道:“我去找表哥！”便向明心跑去，明心迎上来，把她牵起。那两队家奴越来越近了，明幽只得低声向明心道:“保护妹妹！”明心道:“姑姑放心！”说完带着瞳语往另一边跑去，明幽含泪翻上墙，领着苏叶继续走，九转之后到了横墙上，走过去便是外围墙，在外围墙上又走数十步，墙外有辆车，两人先跳到车顶，再跳到地上，便到了明府后巷。

此时天将明未明，街上还没有人迹，明幽先在巷口看了一阵，没见明家人，方搀着苏叶出来，走不出十步，忽然马蹄大作，一队骑手从对面巷子冲了出来，见了两人，立时喝道："谁！"齐齐勒马，拦住去路。

这是一队骁翊卫，正在城中巡逻。宫变之后，旧天子已死，新天子将立，正是时局动荡的时刻，翊卫们不敢有丝毫疏忽。还未到寅时，街上突然出现两个女子，衣衫不整，神情慌张，其中一个还似有伤病，岂敢大意，当下围住了，领头的校尉喝问："你们是什么人？从哪里来？身上的伤是怎么回事？"

明幽看见骁翊卫的装束，知道是哥哥的同僚，一时不敢出声，那校尉等不得，一鞭子虚打下来，在她头上炸了一声，道："快说！不然抓起来！"

一个翊卫道："像是从那条巷子出来。"便往明府后巷一指。

那校尉看了看巷子，略一想，问道："你们从明家出来？"

明幽牵着苏叶，心中飞快地思索。校尉向手下道："抓起来，带回去问。"一个道："不如带去问问明将军。"那校尉一想有理，便道："去找明将军。"

明幽忽道："我们是从明府出来！我是明熙的妹妹，我刺了他一剑！"

翊卫们一听，都吃了一惊，那校尉立马握住刀柄，问道："你刺了明将军？"

明幽道："他在千潺涧出卖了宇文将军！他把宇文将军进麒瑞宫的消息告诉了公主！"

骁翊卫全震住了，似乎连马都不再呼吸。那校尉的手还握在刀柄上，看着明幽不响。

明幽在赌。这支骁翊卫中，有明熙的人，也有宇文宸的人，眼前这些若是明熙的亲信，她们当然完了，可若有宇文宸的旧交，她们便有一线生机。

半晌，校尉的手从刀柄上松开了，引马后退了两步，手下也就跟着让开，明幽忙拉了苏叶往西走，那校尉看她们走出数步，又道："西边还有卫士在巡逻，那些是你哥哥的人。要走，就往东走。"明幽道："多谢！"便和苏叶往东而去。

没多久，街上店铺陆续开了，早行人多了起来，明幽和苏叶在大街小巷中绕行，躲着骑大马、穿皂衣的人，又藏在挑担赶车的人身后，一个时辰到了东城门下，不久城门开了，两人出了城，到了未离原上。早晨天朗风惠，山河明丽，昨夜的惊险仿佛只是一场噩梦，已在日光下化作轻烟散了。两人沿着桃影河走了三里，到了一处码头，几只商船停泊着，挑夫们正在上下货物。苏叶轻声道："幽儿，我走不动了。"明幽知道她的疲累已到了极致，忙扶她在河边柳树下坐了，去河里掬来一捧水喂她。一个老者背着竹篓过路，里面装满了桂花糕，显是要去开元城里卖，明幽便取下镯子，说道："老人家，我没有带钱出来，用这个换两块糕，可好？"那老者看了两人一眼，取出两块糕来，也不接镯子，自行去了。明幽挨着苏叶坐下，把糕掰碎了一点点喂她，苏叶吃着吃着，便倚在明幽肩上睡着了。

明幽也是心力交瘁，却依然紧绷着心弦，不敢合眼。她先是担忧女儿的安危，又猜测明熙是不是还在搜寻她们、几时会寻到城外来，更不知下一刻该向何处去。一夕之间，她成了无家可归的人。还能去哪儿呢？明幽心里想到了最不愿想的地方，可那个地方也被封锁了，谁也进不去，谁也出不来。明幽想到这里又有些恼怒，下意识想把苏叶推开，可一转头，苏叶还在她肩头安稳睡着，脸颊有了几分浅浅的红润。明幽舍不得伤害她，便开始气自己，气什么也说不上来，就是气得想哭，又不许自己哭。日上三竿了，桃影河上忽然响起歌声：

小小鲤鱼粉红鳃，
上江游到下江来，
头摇尾巴摆，
头摇尾巴摆，
我手执钓竿钓将起来。
我个小乖乖，
清水游去混水里来。
我个小乖乖，
清水游去混水里来。

明幽只是茫然听着，苏叶却陡然一颤，瞬间醒过来，急问："谁在唱歌？"明幽道："船上的人在唱。"苏叶道："这是东沅的歌！是东沅人！"她起身向传出歌谣的商船跑去，连声问道："可是东沅人？你们是不是从东沅来？"

高高的楼船上，歌声停了，几个伙计探出头，看着码头上的苏叶。苏叶焦急地问："你们是不是从东沅来？"

伙计们都点头。

霎时，苏叶泪落如雨："我也是东沅人！我也从东沅来！"

一个伙计问："东沅哪里的？"

苏叶道："松隐江边，小横塘。"

他们都笑了，指着一个十三四岁的年轻伙计道："他也是小横塘的。"

苏叶忙问："横塘哪家？"

那伙计道："塘西，红菱夏家。"

苏叶道："卖红菱的夏家大娘，我认识她！"

那伙计道："我阿婆过世几年了。"

苏叶一怔，又问："你们可要回东沅去？"

伙计们道："装完东西就走。"都指着码头上的十几个箱子给她看。苏叶忙道："带我回去！我也回东沅！"

伙计们都觉得意外，你看看我，我看看你，一个道："要问船老板！"苏叶问："他人呢？"

一个伙计从船头消失了。明幽好半天才反应过来，也来陪苏叶等着。不多时，一个锦衣中年男子出现在船舷上，两眼先打量苏叶，后打量明幽，问："哪个是小横塘的？"

苏叶道："我是。"

那中年男子道："我是长干里的，隔不远。"

苏叶求道："我也要回东沅，劳烦你们带我回去。回了家，我阿爹阿娘给你谢钱。"

中年男子便问："你阿爹姓什么？"

苏叶道："姓苏。"

中年男子想了想，道："是在江上打渔的。"

苏叶忙道："是他！"

中年男子道："既是他的女儿，我也不收你的钱。多个人要回，少个人也要回，你上来。"

苏叶的心落了底，拉着明幽泣笑道："幽儿，我要回家了！"

明幽却疑虑重重，问道："你怎么就信了他们？"

苏叶道："他们都是东沅的，还有那个孩子，是小横塘的，他家的人我都认识。"

明幽道："东沅人也不见得都是好人。"

苏叶犹豫了一瞬，轻声道："他们都是我家乡人啊。"

明幽道："上千里的路程，我不放心你跟他们走。"

苏叶道："千里水路，两月便到了，两个月后我便回家了。"

挑夫们把一个个箱子挑上商船，码头快空了，伙计们开始升帆收锚，一个叫道："要走喽！"

苏叶问："幽儿，那你怎么办？"

明幽故作轻松道："你走了，他们也拿我无法了，我回去找小丫头。"

苏叶拉她的手越来越紧，突然道："先去找二郎。"

明幽一怔。苏叶道："你恨我，别恨他。他没有对不起你！"

明幽的心一凛，想开口又不知该说什么。货箱已所剩无几，船帆在晨曦中涨满了风，伙计们齐声道："开船了！要走的上船！"

苏叶和明幽相看良久，明幽努力笑了笑，苏叶忽地紧紧拥住她，潸然道："也别恨我。从你离家后，我日日夜夜都在想你。"她再不等明幽说话，决然转身向商船而去，船老板已在跳板那头等着她了。

明幽眼睁睁看着苏叶走过跳板，和那船老板一起走了进去，随后又出现在二层船舷上，她只能向苏叶挥手道别，苏叶也向她挥手。一个伙计高声叫道："回东沅了！"无数船桨同时入水，拍起阵阵浪花。船摇晃了几下，苏叶似乎有些头晕，一个站立不稳，倒了下去，身影从船上消失了，明幽大惊，叫道："苏叶！"船老板弯腰下去，似在察看，又直起身来，对明幽摇头，明幽不假思索向船跑来，高呼："停下！停下！"正在收跳板的伙计只得住了手，明幽跑过跳板，进入楼船，一气跑上去，看见苏叶倒在甲板上，几个伙计正在抱她，明幽过去推开众人，自己抱住苏叶，大声呼唤，苏叶虚弱地抓她的衣衫，只是说不出话来。船老板向下面叫道："开船！"明幽道："我们不走了！我们要下去！"大船忽已离岸，驶向河心，明幽怒道："光天化日，你这是做什么！"

船老板笑了，捻着手中佛珠，向众伙计道："你们还没醒悟过来她是谁？她是沅国最有名的人——东沅灾女。"

众伙计显然都听过苏叶的事，不免发出惊叹之声，重新把苏叶打量。船老板道："当年沅国改易王旗，就是因为先王把她抢进宫，和王后闹翻，才被后戚夺了位。后来她去了大焉，嫁了宰相家，老相公自杀了，如今小相公也快了。"他绕着苏叶走了半圈，说道，"这是个价值连城的人。我们来回拉一趟货物的钱，比不上她一个。天下有的是不要命的好色之徒，卖给谁，我还得好好想想。你们不想管的，只管走开，若愿意帮我，将来卖的价钱，我七分，你们三分。"

十几个伙计，大多数一动不动，四人默然走开了，三人站了出来，船老板便向三人道："把她俩关去下面。"三人过来，两个拉明幽，一个抱苏叶，明幽护着苏叶不松手，道："你要多少钱，放我们走，我给你！"船老板笑道："你若有钱，又怎会穿着睡裙出门？"伙计强行把明幽拖起来，明幽不住向外高声呼救。岸上车来人往，桃影河上也有频繁的商船，船老板怕被人看见，遂道："我晚上睡觉喝的药，去拿来。"一个伙计飞快去了，转眼拿了一瓶药汤来，两个伙计箍住明幽，用力掐着脸，把药汤往她嘴里灌，明幽怎么挣扎都无济于事，汤水全流入喉中，伙计又把剩下一点给苏叶灌下。不多时，倦意把明幽包裹了，她不由自主地闭了眼，倒在苏叶身旁。

2

朦朦胧胧睡了一天，明幽被一阵呼喝声吵醒了——也只醒了三分。她半睁眼，发现是夜里，因为门缝下没有光。外面有许多男人在说话，但听不出清楚。她勉强一动，发现苏叶就在自己身边，忙轻声唤道："苏叶？"苏叶依然在昏睡，不能应她。明幽忽然发现船没有动，似乎是停住了。她艰难地倾听那些说话声，渐渐清楚了，有人在问，船要去哪里，船老板在回答，去沅国，又有人问，船上有多少人，船老板回，总共二十五人，都是伙计。明幽想呼救，可药劲又上来了，她敌不过那死死缠绕的力量，只能再度沉睡，恍惚间，她又听见一句："全部下去！船，焉军征用了！"

昏睡中的明幽觉得头晕，因为船又开始动了，不但在动，还在转向，大概从东去变成了西行。

3

明幽不断地醒来，又不断地睡去，醒时无知无觉，睡时有感有梦，如此又过了三天，这个早上，门"哐"的一声被打开了，她再度惊醒，迷蒙中看见一个士兵正要进门，又站住了，他身后是明晃晃的阳光。明幽依然说不出话。那士兵向后叫了几声，转眼又来了几个人，把明幽和苏叶从地上抱起来，带出底舱，阳光刺得明幽闭了眼。

黄昏，夕阳从窗户射进来，照在明幽身上，把她热醒了，她转头，看见苏叶睡在身边，床边有一壶水、两张胡饼。明幽起身喝了一口水，又唤道："苏叶。"

不一会儿，苏叶也醒了，明幽忙喂她喝水，把胡饼捻成沫放进她口中，苏叶似乎已忘了怎么说话，也只是捻下胡饼，给明幽吃，明幽向她一笑。稍后，门外响起脚步声，两人从床上坐起来，一个小兵把门掀开一线，看见两个便问："你们醒了？"明幽忙点头。小兵道："我们百夫长要来问你们话。"明幽道："好。"苏叶茫然道："什么百夫长？"明幽也不知道从何说起。

过一阵，一个戴红抹额的男子走了过来，站在门边说道："船主没说船上有女人。你们是谁？和他们一起的？"

明幽道："我们是被他们掳上船的。"

那百夫长便脱口一句粗话，又问："你们是哪里人？"

明幽道："开元城的。"

百夫长道："我们已经到宁州了，离开元城二百多里。我可以放你们下去，但眼下宁州戒严，你们有没有关牒？"

明幽摇头，百夫长道：“那怎么办？你们总不能跟我们走，我们去得远。”

明幽忽问：“你们去哪儿？”

百夫长道：“去燕州。这是官军的运粮船。”

明幽问：“是不是去铁羌城？”

百夫长把她看了一眼，点头：“我们给铁羌城下的焉军送粮草。”

明幽的心猛一跳，忙向苏叶道：“我们去找三郎！”

苏叶却似乎木然了。

明幽向百夫长道：“我们也去铁羌城，我们家三郎在那边。”

百夫长问：“三郎是谁？”

明幽道：“唐三郎，唐翊，我们是他的家人。”

百夫长一惊，问道：“那唐相公？”

明幽停了一阵，轻声道：“也是家人。”

百夫长大概猜到了，也不再多问，便点头道：“那你们休息。”说完要走，苏叶忽道：“不去铁羌城！”

明幽大感意外，问：“怎么？”

苏叶道：“不去！我们下船！”

明幽见她脸色发白，便柔声安慰道：“这是焉军的船，你不用怕了。他们是焉军！”

苏叶坚定地摇头：“下船！不要去！”

明幽问：“苏叶，怎么了？我们还能去哪儿？这里才是安全的，见了三郎才安全。你怕什么？”她想了想，又道，“从前的事都过去了，总归，三郎不会伤害你。”

苏叶道：“不是因为这个。”

明幽不解，问：“那为何不去？”

苏叶低了头，半晌不语，明幽只有等着。过了很久，苏叶戚然道：“我是灾女啊……”

明幽恍然大悟，问道：“你以为你去了，他们会吃败仗？”

苏叶只是垂泪，连头都不敢点一点。明幽道：“苏叶，你是凡人，和世人都一样，一样是阿爹阿娘的女儿，一样是人血凡胎。天灾人祸，谁不曾遇到过？因为你长得美，大家的眼睛只会看到你，才说那些事都是因为你。若说世上的事都由你说了算，那你来大焉这些年，我们把失土都收复了，三郎在檀州、朔州、云州、燕州打了多少胜仗，你岂不是大焉的福星？我们去铁羌城，然后，三郎便可以攻克城池了。我们去陪他。”

苏叶哀然不答，明幽一个劲儿为她擦泪。那百夫长在门口看了半天，开口道：“打仗是我们的事，输赢与你何干？”说完便走了。

4

翌日天明，两人刚醒，便听外面将士齐声唤:“进浊沙河了！”明幽拉着苏叶出去，走上船头，看见甲板上堆满了武器和草料，士卒、征夫来来往往，大河宽广，前方是船，后方也是船，不见首尾的楼船纵连一线，齐向西方进发。清丽婉约的桃影河早不见了，前方是波涛汹涌的浊沙河。

第一百零五章

御宪台令

1

中秋虽过，未离原的天气却依然炎热，每到正午，沧山上的树木都恹恹地垂着枝叶，像临刑的囚徒。这日薛让和李昱在堂中闲谈，李昱道：“唐瑜眼下还被关在府里，祸福难料。我们的人几次去打探动静，都没探到一丝风声。这一次，着实关得严。不知公主如何想的。”

薛让道：“公主在等。”

李昱问：“等什么？”

薛让道：“等西边的结果。唐瑜若死，恐朝廷散乱，波及边事。仗打到现在的地步，公主不想功亏一篑，所以要等铁羌城拿下了，才能放心除唐瑜。”

李昱道：“如此说来，唐玥胜，则唐瑜必死。”

薛让道：“唐玥败，则两人皆死。”

李昱又道：“唐瑜的党羽清得差不多了，可是，顾临还是御史大夫。”

薛让问：“谁保下的？”

李昱道：“杜贤妃。”

薛让道：“杜贤妃有识人之明。顾临不是宇文宸，不会逞匹夫义气之勇，没了唐瑜，他就会继承唐瑜的路子走下去。”

说了一阵，薛让道：“这些日子，内廷外朝忙得不可开交，为何沧山如此轻闲？”

李昱道：“龙朔宫在有意撇开我们。”

薛让道：“我看走眼了。眼下，我们要另作打算。”

李昱的脸色却似乎有些悲观。

薛让道："明熙家最近发生了几件事：婢女死，妻死，胞妹失踪。沧山要有所作为了。先查明熙，把我们的楔子插到时局中去。"

忽然一个法吏进门，道："刑部李侍郎来了。"话音落，李仙烈一脚跨进门来。他不算胖，上这一趟山也走得大汗淋漓，一面拿帕子扇风，一面喘吁吁地叹气，不待薛让招呼，便在椅子上坐了，向法吏道："凉茶快快上来。"

法吏看薛让，薛让点头，法吏才去了。仙烈上上下下打量大堂，说道："御宪台还是应该搬到城里去，在这山里，上朝上班都不方便。"

他既然不是对着薛让说话，薛让也就不理。一时凉茶来了，仙烈"咕咚咕咚"一气喝干，叹道："红茶不行，以后得换成白茶。"

李昱笑道："李侍郎，此地是沧山，不是刑部。"

仙烈也笑道："刑部先前的狱丞调去卫尉寺了，他们推了好几个人给我，我说都不行，都不如沧山的李狱丞。你要不要来刑部？上班比这里近多了。"

薛让道："李侍郎屈驾光临，是为了挖人？"

仙烈道："主要是为了找人。"

薛让问："找谁？"

仙烈道："找御宪台令。"

李昱道："台令就在侍郎眼前。"

仙烈问："我怎么没看见？"

这话挑衅之意甚浓，李昱便站了起来，几个法吏也走近几步。薛让坦然道："李侍郎找薛让何事？"

仙烈冷笑："薛让？他去刑部，也就是个书令史。"

李昱喝道："侍郎今日为何而来？！"

仙烈收了笑容，一字一顿道："我来找御宪台令，谭良洲。"

薛让两只眼睛红灯笼似的射过来，照在李仙烈脸上，李仙烈似笑非笑地看着他："谭台令现在何处，薛评事？"

评事，是薛让在御宪台的第一个官职，由谭良洲亲自任命。薛让明白了李仙烈今日不仅有备而来，而且所图甚大，遂道："升明八年，谭良洲坠崖身亡。"

仙烈问："坠崖了，尸身呢？"

薛让道："失踪半月后，法吏们在山谷中找到半副骸骨。谷里有狼。"

仙烈忽然狡黠一笑："你只找到半副？我找得到全的。"

薛让以审视的目光看着仙烈，问道："谁告诉刑部尸首是全的？"

仙烈道："亲眼见过谭良洲的人告诉我的。"

薛让不知想到了什么，突然摇头一笑，不知是在笑别人，还是笑自己。

仙烈站了起来，冷冰冰道："我要去见谭良洲，请薛台令随行。"说着往外去了。李昱和法吏们都有些云里雾里。薛让向李昱道："你随他去。"李昱便叫上几个法吏，跟了出去。

李仙烈和二十多个刑吏一直在直辨堂外等，还假装看风景。秋深了，黄叶满地，红枫满山，他听见身后脚步声过来了，便赞道："果然是'霜叶红于二月花'。坊间说沧山的枫树是用囚犯的血浇灌的，这人血养的，是比雨水养的好看。改天我在刑部种几棵试试。"说完转头看了一眼，见是李昱来，也不多说，径往后山去，路上问道："你几时来沧山的？"

李昱道："升明四年。"

仙烈问："和薛让一年来的？"

李昱见他直呼台令名字，便不应。

仙烈又问："是谭台令把你调来的？"

李昱称"是"，仙烈便道："谭台令慧眼识人，唯独认错了一个。"

李昱问："谁？"

仙烈不再说话。一行人到了后山，钻进松林，往最深处走，走到山壁前，刑吏拨开杂草，露出一道又窄又小的洞缝，腐臭的风从内一窜而出。李仙烈先进去了，李昱跟在后面。

走了三十多步，里面开阔了，李仙烈直起腰，叹道："哈麻皮……总算凉快了！"

刑吏们吹燃了火折子，洞厅深处，赫然有个铁笼，里面一副骸骨，靠在铁栏上，原本白森森的骨头已长满了青苔。李昱抢先过去，检视那身躯，一根发霉的鞭子缠在骸骨喉部。李仙烈走到笼边，用帕子包住小拇指，小拇指勾住鞭子，扯出来，问道："鞭。沧山谁用鞭？"

李昱看着鞭子沉默。

仙烈蹲下去，小拇指勾出一件破衣裳，继续问："谭台令死的当天，穿的什么衣裳？"

李昱不由自主攥紧了拳头。

仙烈再往骸骨的手上摸索，半晌掏出一个东西，递到李昱眼前，问："这是谁的扳指？"

李昱狠狠瞪着仙烈，退了半步。仙烈把鞭子、扳指和衣裳都交给刑吏，刑吏们小心翼翼地装进口袋。李仙烈问道："薛让怎么不来呢？他是不想面对谭台令，还是知道来了也没用？"

李昱大叫一声，拔出长剑，法吏们也纷纷引剑，仙烈正色喝道："谭台令就在面前，看我们要不要给他讨回公道！”

山洞起了回音，无数声“公道”在洞里盘旋。李昱的手缓缓放下，眼中竟似有了泪水。仙烈从他身边过去，道：“咱们再回去找薛让。”

半个时辰后，一行人回到直辨堂。御宪台人似乎都听到了风声，全聚到堂内堂外，薛让依然坐在原来的地方，寸步未移。

仙烈坐回椅子，向四周开口了：“昨日一早，有人向刑部告发，允治六年，亲眼见到御宪台令谭良洲被人杀害于沧山，所以我来了。如今人证、物证都有了。沧山都是刑律高手，向来瞧不起刑部，说我们迂腐、心慈手软、只知道开会、白拿俸禄不干事儿，传到我耳朵里不是一两回了。你们高明，你们实干，那你们说说，下一步怎么办？”

堂中一片死气沉沉。

仙烈道：“要不，薛评事跟咱们走一趟？”刑吏便向薛让走去，一个法吏“唰”地抽剑拦住去路，问道：“他们是不是在陷害台令？”李仙烈冷笑：“薛让岂是敢做不敢当之人！”越来越多的法吏抽出剑，都看着李昱。李昱的品级虽是九品，在沧山却极有人望，众法吏都视他为主心骨。李昱素日最忠薛让，此时却一言不发。李仙烈见自己的人被拦住了，便亲自起身向薛让去，两个法吏冲上来，双刀叉在他面前，仙烈厉声斥道：“御宪台是谭台令一手建立的，没有谭台令，哪来的御宪台，哪来的你们！你们是御宪台人，还是薛让私兵？！”法吏无言以答。仙烈一掌拨开双刀，走到薛让面前，说道：“咱们赶紧，太晚了城门就关了。挨到明天再去，裴尚书要发脾气。老裴不但擅长开会，还擅长砸砚台。”

薛让缓缓起身，向满堂官吏道：“是我杀了谭良洲。”

堂中顿无一丝呼吸之声。法吏们手中的剑抬了抬，又垂了下去。薛让向李昱道：“我可以去上狱了。薛让，只由沧山审判。”

仙烈长长地“啊——”了一声，四顾问道：“御宪台没有回避制？这些年你们就这么干的？”

薛让向李昱道：“送我去上狱。”李昱忿忿地瞪着他，从腰间摸出一副铁镣，仙烈一把按住，道：“这是刑部的事。”李昱把铁镣一甩，吼道：“这是沧山的事！”法吏们全围上来，刑吏们也忙把仙烈护住。仙烈向李昱道：“你这是妨碍朝廷公务。”李昱一面狠狠地铐薛让，一面道：“我就是死，也不会把他交给你们欺辱！”铐住了薛让，李昱吩咐法吏：“把他关去上狱！”几个法吏犹豫，李昱喝道：“把薛让关起来！”法吏们只得上来拉人，仙烈知道阻拦不住了，权宜之下让开了路。薛让走到仙烈身边，道：“我要见那位证人。”仙烈抬起眼皮看了他一眼，薛让泰然而去。

2

薛让在山洞里关了半个月，铁面无私的狱卒没有给他任何优待，他像别的囚犯一样，食不充饥，夜不能眠。第十六日，不知外面是白昼还是黑夜，牢笼外的墙上只有一盏黯淡的油灯。他盯着那灯看了许久，忽然开口道："既然来了，为何不见我？"

灯影下缓缓走出一个少年，自然是卫修。薛让与他四目相对，说道："下沧山前，你和你母亲曾说过一句话：要对薛让言听计从。你们食言了。"

卫修道："薛台令十年教诲，修儿当然听进去了。台令说'奉法者强，则国强；奉法者弱，则国弱'，台令说'不明察，不能烛私；不劲直，不能矫奸'，台令还说'治天下之要，存乎除奸；除奸之要，存乎治官'，修儿和母亲不会食言，会以这些教诲治国安天下。"

薛让想了想，笑道："你和你母亲都是聪明人。薛让很少看走眼，这一次，一眼看错了两个。"

卫修道："其实在无蠹斋的那些年，每次台令放课后，母亲还会给修儿上课。"

薛让疏眉一挑，问道："她教了些什么？"

卫修道："'峻法严刑，非帝王之隆业；有罚无恕，非怀远之弘规。''圣人之道，宽而栗，严而温，柔而直，猛而仁。'"

薛让冷然道："你只管依你母亲的话去做。若这条路走不通，再回头走我的路。"

卫修道："薛台令的路，才是不能回头的路。"

薛让闭眼沉默。卫修道："今日刑部、大理寺、御史台三法司会审，谭良洲的案子结了，我来告诉薛台令结果。"

薛让冷笑颔首。

卫修看了他一阵，说道："先前有一个人，在多年前杀了一个无辜的人，后来他为国家立下了不世之功。薛台令原本要判他死罪的，后来改为贬黜。台令的一念之善，救了自己。"

薛让睁开眼，看卫修。

卫修道："薛台令也犯了命案，可台令于国也有功。斩王公，灭权相，除奸宦，所以二十年来，政事清明。今日会审，有人在刑部门口为薛台令请命，台令可知是谁？"

薛让问："谁？"

卫修道："陈人文的孩子，陈宗浩。"

薛让依稀记得陈人文的名字，那也是多年前的事了。

卫修道："陈人文的父亲陈纪俞是我们攻下北凉的功臣，纪俞死后，宋醇刺杀了陈人文，宋醇逃到南荆，是台令运筹内外，将他法办。若非台令，陈人文、百里旗将军、杨庶民将军的仇，至今难报。法官们念薛台令的旧功，所以判决同孙牧野：夺官解职，黜归本县。”

薛让冷笑：“进御宪台的第一天，我便想过下场是五马分尸，如今看来要好多了。”

卫修道：“我还不知道台令家乡在哪里。”

薛让道：“润州。”

卫修道：“我早晚会去润州看一看，再相逢时，望台令不吝新茶。”

薛让忽问：“我走后，御宪台怎么办？”

卫修道：“朝臣们一说要解散，一说要另选台令，我还在听。”

薛让道：“御宪台不能散。”

卫修沉默。

薛让道：“沧山法官法吏，无一不是洞察秋毫的人精，你和母亲在无蠹斋生活十余年，他们不是不知道，是装不知道。你们能安度这些岁月，是因为全沧山在保护你们。现在，你应该保护他们。李仙烈想当御宪台令，便让他来。”

卫修道：“台令的话，我也会听。”

薛让不再说话。卫修等了一阵，见他无言，便告辞。走出数十步，薛让忽又开口：“还有一事。”

卫修只得倒回来，薛让却不语。卫修问：“薛台令想说什么？”

薛让缓缓说道：“兴狩元年，我被唐之弥关进大理寺狱。唐璁给我上刑，其中一种叫鱼刑，是把我关进水牢，让食肉鱼咬我，咬了足足七天。”

卫修便目露怜悯，说道：“唐之弥和唐璁都已经死了，薛台令应该释怀了。”

薛让自顾自道：“食肉鱼把我的身体咬坏了。”

卫修一惊，打量了薛让几眼，又想起素日他的行动，并未看出一点异常。薛让知道他的疑惑，自己说道：“从牢里出来后，我已同阉竖无异了。”

卫修一震，便不知如何答话。薛让道：“你回宫后，把这些话告诉宦官，他们自会传出去，让朝野都知道。”

卫修问：“这……这是为何？台令的隐事，不必昭告天下。”

薛让淡然道：“这是为你母亲好。”

卫修有些懵懂，又模模糊糊猜到了个中含义，便点点头，转身去了。

3

九月初一，薛让走出上狱，只有李昱一人在等他。两人走到直辨堂外，一班刑部官吏已经守住了堂门，里面有宫使和朝官。几个法吏牵马过来，薛让接过马缰，转身便行。李昱陪他走到獬豸像下，说道：“台令保重，一路平安。”薛让冷冷道：“必死于道路之人，不必祝其平安。”李昱不再开口。

薛让牵马下了沧山，径往东行。三日后出了未离原，十日后过了章州，又十日过了皖州，九月二十五，到了白鸢江畔。薄暮时分，残阳里，江水平阔，归帆数点。江边有家茅店，酒旗斜拂，炊烟斜出，门内依稀两桌客人。薛让把马拴在石上，走进店去。店主是一对老夫妇，一眼可见是本村人氏，敦厚拙朴。老汉在厨下做菜，婆子过来，给薛让脚下放了一盆火。店里只有烤鱼和馎饦，薛让便要了一碗鱼汤馎饦。婆子端来放下便走，也不多问薛让从哪里来、往哪里去。邻桌的酒客一边饮酒，一边点评时事。长公主召李宗庭进京了，宗庭回去后，放章州军往西边去了，年底之前，必然分出胜负；小皇子还不登极，显然是在等西边的结果，唐瑜迟迟没被处置，也是为此；李仙烈当御宪台令了，听说把直辨堂搬进了开元城，沧山以后只关重犯；又说薛让下了沧山便不知所踪，一人说，已被小皇子暗杀了，另一人说，小皇子若要杀他，狱中便可杀，何必放他下沧山。远处那桌是一对夫妻带着两个孩子，也像本村人，大概是今日懒得做饭，所以出来吃。女人一边喂小的，一边催大的快吃，男人想要打一角酒，被女人喝止了，便埋头吃饭，什么也不管。

薛让吃完馎饦放下筷子，那婆子便过来收钱。薛让付了钱，问道：“可有过江的船？”那婆子道：“有，村里吴三老汉、张哑巴都是专渡人过河的。”薛让道：“叫一个来，渡我过去。”那婆子道：“一般这时候，他们就不出船了。一去一来要半个时辰，天黑了风浪大。不是我想赚你的钱，别的客人这时候来，都是在我们这里住一晚再走。”薛让加了几枚铜钱在桌上，道：“这个给你，我再给船夫双倍的价。”婆子便收了铜钱，说道：“我去帮你问问。”

晚秋的天说黑便黑。一时婆子回来了，说道：“张哑巴在外面等着。要四十文。”薛让走出门，见水边泊着一只小船，船头坐着一个村汉。他牵马过去，那村汉帮他把马赶上船，然后伸手要钱，薛让数了四十文给他，他便打着手势让薛让坐好，旋即把橹一摇，小船漂向江心。

欸乃声中，西岸逐渐远了，人声悄了，炊烟灭了，老树茅屋化作几道寥寥墨影。夕阳沉没，江上白雾悄然而生。“金轮坠落之时，牛鬼蛇神现行之日。”薛让悲观地想。沉默的船夫每日在江上往返数次，看惯了日升月沉的景色，早已无动于衷，只是熟练地摇橹，把小船往大江深处送。冬已近了，他还裸露着上身，把短衫随意扔在船头。薛让看着他一身的腱子肉，忽问：“你做船夫多少年了？”船夫似乎不但哑，而且聋，两眼只注视着越来越厚的雾，恍如不闻。薛让的目光收紧，把船夫的嘴唇、面颊与喉咙打量了片刻，说道：“你不是哑巴。”船夫依然无动于衷。

西岸早消失了，东岸却遥不可见。薛让蓦然四望，惊觉一片渺茫水色中，东南西北皆已不可分辨。江水不再流逝，橹不再入水，小船好似悬空停在了虚无当中。船夫终于直起身，低头看薛让，原本迷惘的目光变得炯炯有神，字字分明地说道：“薛台令，我来送你上路。”薛让霍然起身喝道：“你是谁？”船夫突然纵身入水，在如凝的江面激起一圈涟漪，随后不见了。

飘飘荡荡的小船上，只剩薛让一人。他低头，看见船底冒出一串水泡，眨眼涨成一汪水潭，眨眼激荡出一个漩涡，小船被吞噬了。薛让袖起双手，伫立船头。不知几时，重雾破开，又一条小舟徐徐开近，上面站着七八个人。隔着三丈远，薛让仔细辨认他们的面目，竟无一人相识。他们是谁？是龙朔宫的人，还是刑部的人？他觉得其中一人有些眼熟，莫非是沧山的人？是追随过谭良洲的法吏？也像，也不像。还有两个是文吏模样，是不是在西市口逃过一劫的宁州官吏？是向曦的学生，还是王尧的门客？薛让又发现其中一人似乎断了右腕，难道是军人？是随孙牧野回京的伤残涅火兵？还有，站在众人身后的一个，面容有些苍老，薛让甚或觉得他有些像养父薛广，可薛广是无可置疑地死了二十年了。

江水不待薛让思考完全，它缓慢而不容逃避地漫过小船，漫过薛让的腿、腰腹和胸膛，最终漫过他的脸和头冠。灭顶之际，小舟上发出一声如释重负的长啸，不知是在向谁报捷。薛让坦然往大江深处沉去。听闻白鸾江水深一百二十尺，要很久才能沉到头。水越深，越见光明。过了许久，薛让睁开眼，发现江底是另一个世界，红光炽热，一炉炉烈火在疯狂燃烧，连亘不知百里千里，数不清的厉鬼在火炉中呐喊、嘶吼、挣扎欲逃。

地狱不空，誓不成佛。薛让向火焰最烈之处游去。

4

潇潇秋雨一连下了十多天，这场雨过后，以后下的就该是雪了。午后，豆蔻把孙幺放在小背篓里背着，唤来星官儿，撑着伞去城里赶集。进了城，先去县衙外看布告，依然没有铁羌城的消息。这段日子，官府不再征敛税役，百姓都说，是因为仗快打完了，可豆蔻知道，还因为前线人已经不多，不需要太多的粮草了。买完东西，豆蔻带着孙幺和星官儿回了白草村。傍晚，星官儿在屋里看着孙幺，豆蔻去厨下煮饺子，煮好了端出门，忽见田埂上走来一行三人，当先的是百里昂，之后两个是卫兵。豆蔻一想，转回去放下碗，从灶里抽了铁火柱出来，站在坝子上等着。

百里昂也看见了豆蔻，不以为意地转头与卫兵说笑了几句，走上院坝来。豆蔻问：“你们找谁？”

百里昂道：“我来看孙将军回家没有。”

豆蔻道：“他还在燕州。”

百里昂道：“我昨儿恍惚听说，项贼攻打落日峡，焉军败了，孙将军不知死活，是真是假？”

豆蔻叱道：“少胡说八道！你是不是焉军？是不是盼着自家军队吃败仗！”

百里昂道：“我当然盼着焉军打胜仗，然后，该回来的回来，不该回的别回了。”

豆蔻道：“谁该回，谁不该回，你明明白白说出来。”

百里昂道：“抢我父亲后将军位置的，杀我家五千部曲的，就不该回来。”

豆蔻道：“等他回来了，你当面和他说！”

百里昂偏头往屋里看了看，问：“谁在里面？”

豆蔻心一紧，闪身挡住百里昂的目光，百里昂依然听见孙幺的咯咯笑声，道：“原来是孙公子。”

豆蔻喝道：“离开我家！”

百里昂道：“我去看看孙公子。”说着便往豆蔻身边过去，豆蔻一棍子扫向他的胸膛，百里昂飞起一脚迎上，棍子打中脚底，力道直冲腿股，百里昂忙退后一步。两个卫兵一个抽刀来打豆蔻，一个往屋里冲，豆蔻一面抵挡刀锋，一面高声叫道：“星官儿！”星官儿闻声飞奔而出，见此情景，狂风似的向冲来的卫兵扑去，那卫兵举刀砍了两下，都砍空了，步步后退，星官儿左扑右咬，不依不饶。孙幺跑到门槛边，见两个陌生人在围攻阿娘，星官儿在追着一个人咬，又急又怕，连声唤道：“阿娘！阿娘！”他想从屋里出来，可是门槛太高，一时爬不出去，放声大哭。豆蔻听见儿子在哭，愈发焦急，铁火棍下了死力，要把两人打倒。百里昂起先瞧不起她的武功，交手几个来回，知道不好对付，这才拔出刀，也用了全力。豆蔻单手面对双刀，过了十几招，便有些吃力，她退一步，那两人便进一步，不给她一丝喘气的机会。星官儿把那卫兵扑在地上，照脸便是一口，咬得卫兵半张脸都是血，痛得大叫。百里昂听见惨叫声，急出三刀，刀刀向豆蔻致命处砍，是死战外敌的架势，豆蔻抵挡住了，可另一个卫兵同时划她的小腿，她没能躲开，被锋利的刀绊在地上，百里昂飞扑而下，竖刀刺她心口，豆蔻厉咤一声，扬手一棍把刀打飞，另一柄刀划下来，划破了她半边手臂。星官儿转头来救豆蔻，那本已重伤的兵却追上来，一刀劈在它尾巴上。星官儿顾不上他，扑过去一口咬住要砍豆蔻的兵，刚要落在豆蔻头上的刀掉了。百里昂的刀丢了，他坐在豆蔻身上，左一拳右一拳往下打，豆蔻右手扬起棍子，百里昂一把钳住，却不防豆蔻还有左手，她一拳照着喉结打来，打得稀碎。百里昂剧痛难当，浑身的力一下子没了，豆蔻拽住他的衣襟摔出去，捡起棍子飞身插下，插穿了心口。星官儿咬死了一个，另一个见势不好转身便逃，星官儿追了几步，被刀砍中的右腿却在流血，没能追上，豆蔻回屋取了弓箭出来，一箭射去，飞过百步，把那卫兵射栽在田野上。

豆蔻回屋抱起受了惊吓的幼子，又去找药撕布，给星官儿和自己包扎伤口。过了许久，孙幺总算止了哭，惊魂未定地伏在母亲肩上，一刻也放不下来。豆蔻抱着他站了片刻，说道：“我们去找阿爹。”孙幺嗫嗫道：“找阿爹。”

夜幕降临了，豆蔻锁上家门，带着孙幺和星官儿离开白草村，匆匆向西而去。

第一百零六章

流离

1

运粮船进了燕州，也就进了冬。冬月，浊沙河封冻了，船队在黄鲤滩滞留了七日。明幽和苏叶成日窝在舱里，船舱狭小，两人只能挤在床上依偎坐着。朝夕相处两月余，两人似乎把该说的话都说完了，一时再无话头，明幽便道："咱们出去走走。"苏叶道："你去，我在这里等你。"明幽道："你也该出去逛逛了，吹吹风，看看天，别总闷着。"

苏叶道："你忘了那天，我们去船尾，一去，那几个士兵就走了。"

明幽道："那是他们讲礼，不是在嫌弃咱们。"

苏叶不语。

明幽道："你凡事总爱往窄处想。人家或许压根不知道那些事情，就算知道，又有谁会当真？他们怕我们不方便，所以把位置让给我们，谁知你又开始胡思乱想。"

苏叶还是恹恹地不愿意，明幽叹了口气，道："那我出去走一圈。"便从床上起了身。

从进朔州后，士兵们找了两件棉布军衣给她俩，明幽穿了一件，苏叶道："外面冷，你把我的衣裳也穿了去。"

明幽笑道："那不裹成大粽子了？我随便走走就来。"说着径自去了。

苏叶等了还不到一炷香的工夫，明幽回来了，一面瑟瑟发抖，一面笑道："外面出太阳了，冰化了好多，他们说，再过一个时辰便可以走了。"

苏叶见她双颊冻得通红，忙让她上床来，问："出太阳了？如何还冻成这样？"

明幽道："风好大，吹得桅杆都要折了。要是没这件衣裳，我也被吹跑了。"说完钻到苏叶怀里，把冰凉的手往她脸上捂，苏叶笑着把她的双手握进自己手心。

过了一个时辰，外面吆喝道："可以行船了！走！"大船缓缓启程，床又开始轻晃了，仿佛婴儿的摇篮。天黑后，明幽被摇睡着了，苏叶还醒着。到了夜半，苏叶忽然发觉明幽的身子在颤，便悄声道："幽儿？"明幽含糊应着，颤抖越发厉害，低声道："苏叶，我冷。"苏叶往她身上一摸，周身冰凉，忙把她抱住，轻声埋怨道："我叫你多穿件衣裳出去，你不听，只怕是得风寒了。"明幽又开始轻轻地咳。苏叶把自己的棉衣也盖到明幽身上，让两件棉衣、一条棉被把她重重压着，过了小半个时辰，方觉她身上有了几分温热。半晌，明幽又道："我想喝水。"苏叶转身拿起水壶，像握住一块冰，遂道："我去给你煮姜汤。"明幽虚弱地点头，苏叶起身出了船舱。

冽风迎面扑来，险些把苏叶撞倒，她费力地拉上门，扶着船舷往厨下走。夜深得看不见河，但听得见浪在咆哮，水珠溅上来，打湿了甲板。楼梯下到一半，她忽然发现底下有人，不知窸窸窣窣在做什么，忙缩回脚步。是两个上了年纪的役夫，看衣着是贫苦百姓，大概也是被强征来的，正跪在楼梯间里，手里举着香，口中念念有词。苏叶听见他们说："河神保佑，别把灾祸降到咱们船上……保佑我们活着回家……"

苏叶躲在楼梯上一动不动。过了一阵，役夫走了，她才下来，寻到厨房。里面有个士兵正往锅里舀水，看见苏叶来了，拘谨的模样，怕她不方便，便放下水瓢往外走。苏叶待他走到门口，忽道："对不起。"那士兵一头雾水，不吭声地去了。

苏叶煮了一碗姜汤，小心翼翼地捧回舱房。明幽比刚才更迷糊了，口里不知在念叨什么。苏叶扶她坐起，一勺勺喂她，明幽勉强喝了半碗，便歪在了苏叶肩上。苏叶陪她坐着，熬天亮。不知过了多久，明幽忽问："小丫头呢？"

苏叶一怔。明幽口齿不清地问："小丫头到哪里去了？我怎么找不到她？"

苏叶见她似梦非梦的模样，便道："她和婢女们逛东市去了。"

良久，明幽又问："二郎呢？"

苏叶道："他还在凤阁，还没回来。"

明幽叹息道："他太忙了。每天都这样。"

苏叶道："是。"

明幽又问："三郎呢？"

苏叶想了很久，道："三郎在校军场，要过几天才回来。"

明幽道："也该回来了。"

苏叶道："他没请到假。请到了，就回来了。"

明幽呼吸渐渐加重，苏叶轻轻道："你躺下睡一觉，好不好？"

明幽却问："蝉衣姐姐呢？"

苏叶茫然出了神，许久方道："她在云阶寺，等咱们去接她呢。"

明幽再不言语。苏叶想扶她躺下，一转头，却见她的眼睛是睁开的，眼神无比清晰。

苏叶吓了一跳，道："幽儿？你没睡？"

明幽空落落地看着前方，噙泪道："你说的若是真的，就好了。"

2

明幽病了两日，第三日痊愈了，船却又抛锚了。没过多久，百夫长张祖祥在外面敲门，明幽开的门，张祖祥道："前头两艘船触礁了，正在修船底，要耽误到明天。"明幽点头称是。张祖祥道："今天天气好，他们都上岸耍去了，你们不去？在船上关了三个月，还没关够？"不待明幽回答便走了。明幽回头问苏叶："咱们去岸上走走？"

苏叶道："一会儿吹了风，又该受罪了。"

明幽道："今天太阳暖和。"

苏叶不想动，明幽道："过几天冬至，就再也晒不到太阳了。"苏叶这才起身，随她出了门。

船边搭起了跳板，士兵们正三三两两往岸上去，明幽也牵着苏叶上了岸。水波中飘摇了数月，乍一踏上坚实的土地，明幽反而站不稳了，总觉得足下轻飘飘的，便换成苏叶牵着她走。有的役夫在架锅生火，有的坐着晒太阳，两人从他们身边过去，听说此地离落日峡只有八十里了，明幽向苏叶道："落日峡过去便是铁羌城。再过四五天，我们便能看见三郎了。"

苏叶黯然点头。

明幽道："他见了我们，准得吓一跳。他哪能想到，我们经过了这么多事，走了这么多路。"

苏叶道："你猜他见了我，会说什么？"

明幽想了又想，实在猜不到，便问："你说他会说什么？"

其实苏叶也猜不到。她说道："从前他每次从远方回来，都要问我想不想他。现在见到，他自然不会问了。"

明幽问："那你想不想他？"

半晌，苏叶道："从前总是他不停地说话，我总像无话可说。过几天见了他，我有话要对他说，也要对你说。"

明幽奇道："跟我说？什么？"

苏叶轻声道："等聚在一起了，我一次说出来。"

两个渐渐远离了人群，忽见不远处的黄土坡上有只毛茸茸的东西，好像是动物，却看不清是什么，一直待在原地一动不动，苏叶问："那边是不是兔子？"明幽眯着眼看了一阵，道：“不知是兔子还是狐狸。它怎么不动？”苏叶便道：“咱们去看看。”两人便往土坡那边走，几个士兵在后道：“别走远了，当心危险。”明幽应道：“去坡上走走就来。”

土坡不过数十步高，走到坡下，便见那动物的毛发极长，不是兔子，形状又有些怪异，也不像狐狸。苏叶问：“会不会是狼？”明幽道：“这是白天，岸边那么多人，是狼早跑了。”

两人慢慢往坡上走，一阵冷风吹过，把那动物的毛发吹起了，竟有尺余长。明幽总觉得这形状有些眼熟，可她着实想不起，有什么小动物的毛如此密长。苏叶觉得不安，便道：“咱们回去。”明幽道：“或许它受伤了，不然为何一动不动呢？”苏叶只好随着她往上走。走到二十步下，风换了个方向卷过，拂开了毛发，露出那动物的半张脸，一只铜铃似的眼睛恰好盯住明幽，明幽心中一个念头划过，惊叫一声，险些摔倒，苏叶忙问：“怎么？”明幽慌道：“是马！马……”苏叶正想哪有如此矮小的马，明幽已颤声道：“是马头！”苏叶猛然一醒，再定睛细看，坡顶那东西，果然是个断掉的马头，半截插入黄土，只剩一半露在外面。几乎同时，两人闻到一股腥浓的气味，像汗，像血，像骨髓肝肠。苏叶只觉脊梁骨上寒意陡升，还来不及反应，明幽已三步两步爬上坡顶，朝那边看去。

黄土坡下，一望无际的沙原已成尸山血海。到处是人尸马尸、破散的军车、折断的军旗。血正在往沙石里渗入，目之所及皆是赤红，刀枪剑戟全倒插在地上，东倒西歪，犹如山洪过后的森林。苏叶慌乱看了几眼，离她们最近的几具尸体，都没有头。她忽然想起唐玥曾说过，项军是以人头论功行赏，每五颗人头晋升一级。举目方圆数里，万千个人，全失去了他们的头。明幽何曾见过如此惨烈的场景，她死死抓住苏叶才不至于崩溃，她拼命向后高呼，士兵们听见了，纷纷向这边赶来，十几个人一起冲上坡顶，看见了这人间惨象，只稍微一愣，便全往战场下跑去，搜寻可能还活着的人。明幽浑身发颤，几立不稳，苏叶忙扶着她往回走，一路无数士兵逆着她们赶向山坡。

两人匆忙回到船上，过楼梯时，苏叶往下面看了一眼，看见一座小香炉，里面的香熄灭了，她转身跑去厨房，取了一点火星来，把香重新点燃。明幽不解，问：“你这是做什么？”苏叶对着香炉拜了三拜，拉着明幽回了房。刚关上门，便听四处响起刺耳的号角声。士兵们全从岸上回来了，跳板也收了，张祖祥用极悲愤的声音吼道：“弓弦系上！铁衣穿上！刀不离身，备战！今夜项贼必来！”满船皆是人来人往、铁器铮铮铛铛的声音。张祖祥走过二人的房间，又倒回来一把推开门：“今夜项贼要来，你们锁好门，不要出来！”苏叶问：“岸上那些人，是哪支军队？”张祖祥道：“章州军！四千人，全没了！”说完把门“哐”地一关，大步走了。

不知不觉，阳光消隐了，风啸越来越尖利，河水一浪高过一浪，掀得大船左右颠晃。乌云遮住了窗，暴风雨就要来了。船上忽然没了一丝声音，好像所有的人都消失了。明幽和苏叶并肩坐着，无话可谈。天黑后，滴滴哒哒的雨来了，水涨船高，大河发出吼号。苏叶点燃床头油灯，轻声唤道："幽儿。"

明幽失魂落魄地应了一声。

苏叶道："等见了三郎，你和他一起回家，去找二郎。"

明幽莫名愤怒起来："找二郎是你的事，和我无关。"

苏叶道："有件事，我本想见了三郎一起说的，现在，我先告诉你。"

明幽问："什么？"

苏叶道："你和三郎只该恨我，不该恨二郎。"她转头面对明幽，"二郎从不曾负你。是我去找他，可他拒绝我了。"

明幽浑身猛地一震，涣散的目光骤然聚拢，难以置信地看向苏叶。

苏叶含泪低头一笑，道："事到如今，最难启齿的话，我也对你说了：我在他面前宽衣解带，他都不曾碰一碰我，他收着自己的手退开了，他让我回去。"

明幽只觉苏叶在骗自己，怒道："我亲眼看见他在你屋里！他坐在你的床上！"

苏叶道："我也不知为何，他会来找我。那段日子，他对我一阵热、一阵冷，好像在一步步向我走近，可近到只剩最后一步了，他又要退开。我拿不定他的心思，我只是猜，他对我有意，只是碍于你、碍于三郎，才下不定决心，所以我任他若即若离，任他忽近忽远，我想，他总有一天会被我打动的。你看见我和他的那天晚上，是他去惜环院找我的，可我都那样了，他还只是坐着说话——也没怎么说话，他好像……好像只是在消磨时辰，好像就是为了等你去。我那时太糊涂，我想，你撞破了也好，他或许就没了顾忌，或许才能下决心和我在一起，所以他骗你，我也在骗你。后来你离开家了，我想，我和他之间再没有阻隔了，他会来找我，可他再也、再也没有踏进惜环院的门，我去找他，找不到，他永远在凤阁、在外面，哪怕在书房，也总有唐晋陪着他，他不肯和我单独相处。再后来，他要我回东沅去。他把一切都安排好了，送我走的船，送我走的人，送我走的时辰，容不得我拒绝，我那时才肯相信，他心里没有我，一分一毫都没有！"

明幽怔住了，像一个木化的人偶，半晌，她似乎是问苏叶，又似乎是自言自语："他为何要这样做？他为何要赶我走？又为何要赶你走？"

苏叶道："你和三郎回了家，去问他。"

明幽的泪顿如断线珠子滚落，失声哭道："他被囚禁了！他们说他谋反，把他关起来了！"

从明家逃出至今，明幽始终未曾提起唐瑜，苏叶此时才知道这段变故，这一惊宛如天塌地陷，她猛地拽住明幽，问：“他……谋反？”

明幽拼命摇头哭着：“我不知道！所有人都那样说！千潺涧，兵败了，宇文四郎死了，公主回京就把他囚禁在府里，不准任何人进去。他们说他和四郎谋反好些年了，可我一点也不知道！”

狂风送来一声陌生的号角响，项军终于来了。长河上的船队齐齐奏响战鼓，风雨中，焉军将士高呼：“战项贼！”纷纷沓沓的脚步声从门口去了又来，来了又去。明幽倒在苏叶怀里，悲不自胜。很快，墙上发出“铎铎”之声，仿佛无数啄木鸟在啄木，苏叶转头看去，一支矛头射穿了脆薄的墙壁，似一只尖喙对着她。她只是轻抚明幽，默不作声。愈加细密的铁器声来了，叮叮当当，是飞箭，一支接一支从墙上探出头来，长则一尺，短则一寸，墙壁在颤，整条船都在颤。忽然不知什么撞在门上，几乎把门撞破，一个枪头扎进来，枪尖带血，有人在忍痛喘息。后方，有条船的鼓声更密急了，许多人在叫：“有船失守了！咱们守住！千万守住！”张祖祥高喝：“弓弩兵放箭！刀兵，守住船舷！不许项贼登船！”忽而又是士兵们狂叫：“砍！快砍断！”还有无数听不清的声音，淹没在雨声和涛声中。苏叶倾听船头的战鼓，她从未听过这种声音，却极快领悟了鼓声的含义。项军更近了，他们冲到船下，把陌刀插进船身，踩着刀柄往上爬。焉兵在射箭，可鼓声越来越急，似乎说明项兵越来越多。船头一阵喧哗，门外又过去许多士兵，是在赶去支援。“哐”的一声，窗被暴风掀开了，原先听不见的声音也涌了进来，“扑通、扑通”，不知是什么落了水。张祖祥不断从门外跑过，一时在船头，一时在船尾，一时在叫士卒，一时在叫役夫，他的声音越来越嘶哑。窗外一个影子闪过，苏叶忙抬头看，一片帆布飘了下去，随后，一节桅杆折了下来，上下摆动。苏叶呆呆看着它晃，不知过了多久，惊觉外面安静了，鼓声停了，人声没了，她吊起一颗心，看向紧闭的门。忽然，门外爆发出欢呼声，像是一群陌生人。苏叶又听见张祖祥在叫：“杀贼！杀……”还没说完便断了。不时又有刀枪的声音，只是太微弱。一些手无寸铁的老役夫在求饶，每个人的话都以惨叫收尾。船上开始有笑声了，有人走过来了，听脚步，至少是四五个，他们在踹门，从远处一间间踹过来。窗外的桅杆终于断了，落到河里。苏叶轻轻扶起明幽，道：“幽儿，我们走。”明幽戚然问：“去哪儿？”

苏叶牵起明幽的手，走到窗边，外面是滔滔黄水，一节桅杆载沉载浮。苏叶道：“我们跳下去。”明幽道：“我不会水！”苏叶柔声道：“我会水啊，我是江上长大的孩子。下去后，我会抱住你，我们借助那节桅杆，便能去安全的地方。”明幽不自禁后退两步，道：“你去，我不……”

“哐”的一声，隔壁的门被踹开了，几个项兵的说话声清晰在耳。苏叶抓住明幽的手，说道："幽儿别怕，我在。"她先翻上窗户，把明幽拉了上去。项兵过来了，一柄刀鞘撞在门上，门开的一瞬间，苏叶拉着明幽跳下奔流的浊沙河。

汹涌的河水一下将明幽吞没，她的手在恐慌中松了，但苏叶没有，她紧紧拉住她，然后抱住她的腰，将她托出水面。苏叶寻找失落的桅杆，目光向上，看见窗口有个项兵，头上拖着几条尾巴，正对着她们引弓瞄准，一箭射下来，苏叶抱着明幽沉下水面，长箭一触水，便被湍急的浪卷走了。苏叶再从水里出来，窗口的人消失了。桅杆已漂出数丈，苏叶抱着明幽去追，浪压下来，一波一波不给人喘息之机，她只游了丈余，便耗尽了大半力气——她又何曾遇过如此凶猛的水。明幽浮沉几次，呛得天旋地转，举目四望，如山如峦的浪包围着她们，一时陷入绝望，她感觉到苏叶的手在松软，忙叫："苏叶！你自己走！"她去掰苏叶的手，苏叶已累得不能回应她，只是用力绞紧自己的十指，不许明幽分开，她闭了眼，也不听任何声响，只聚精会神去感觉水流的方向，在浩荡复杂的水势中，找一股可以托载她们的力量。一道水流冲来，苏叶投入其中，随波向桅杆游去。四面八方，每一个浪都像有敌意的手，拽着两人往下沉，或往东南西北漂，苏叶像鱼一样游，避开每一处陷阱，一心一意去追桅杆。游十丈之遥，几如走百里之远，漫长的一刻过去了，桅杆终于近在眼前，苏叶一手扶住桅木，一手把明幽往上拉，叫道："幽儿上去！"断木长约五尺，粗约二尺，只容得下一人，明幽挣苏叶的手，要她自己上去，苏叶怒道："我没力气了！"一把将她往上推，明幽被推上桅杆。苏叶浸在河里，双手扶着桅杆，继续向下漂流。两人经过无数船只，有些船倾斜了，有些船还在战斗，有焉兵的身影，有项兵的身影。明幽无力地伏在桅杆上，看近在咫尺的苏叶。不知是河水在涨，还是人在下沉，波浪先打上她的脖子，再漫过她的下巴，再在她的鼻尖上下荡漾，雨更猛了，打得她的眼睛睁不开，就像要睡着了。明幽连声唤："苏叶，苏叶！"苏叶略睁开眼，微笑道："不怕，我只是困了。"明幽道："不能睡！不能闭眼！"苏叶道："好。"

桅杆流过最后一艘船，那船舷上已站满了项兵，有人发现河中两人，大叫着指过来，所有项兵都看了下来，用火把往下照，看清是两个女子，十来个项兵突然从船舷上消失了，苏叶知道，他们是下船追赶来了，她挣扎出水面，仰天长换一口气，推着桅杆继续漂流。不多时，岸边出现一行奔马，马上项兵一面扬鞭一面怪嚎，百步后追上了桅杆。一边在陆地，一边在河里，并行向东，相离最近时，只有二十步远。项兵用上了连弩，对准两人不住连射，苏叶想把桅杆往河心推，却推不动了。一支铁矢"咚"的一声扎在杆头，箭羽擦过苏叶的脸，擦出一道血痕。明幽去拉苏叶的手，苏叶却在下沉，明幽慌了，略一动，桅杆便摇晃不止，苏叶再次从水里浮出来，叹息道："幽儿，你自己走，我不能陪你了。"她的声音太小，明幽听不清，只是觉得不对，拼命地摇头，急忙去抓她，苏叶把她的手按在桅杆上，顶着风雨高声道：“别放手！别怕！你平安了！”不待明幽回应，她奋力将桅杆一推，继而一个转身朝河岸游去。明幽声嘶力竭地叫：“苏叶回来！回来！”苏叶听见了，却再不回首。

奔跑的项兵看见了向岸而来的苏叶，立刻遗忘了顺流而去的明幽，齐刷刷勒住了马。惊波怒涛之中，一袭拂动的衣衫像摇曳的鱼尾，一副柔软的身姿像无骨的鱼。她看似在随波逐流，每个瞬间都像要被大浪卷走，可每一次游动，都是她要去的方向。项兵们都在浊沙河边长大，却从不曾见过有人在雨后激流中游得如此从容，一个忍不住道：“她是不是人？”众人只是吃惊地看着，谁也顾不上回答。忽然又一个问道：“她是不是在唱歌？”众人也似乎听见了，一个道：“好像在唱什么‘远乡’，什么‘断肠’。”

在苏叶的感知中，浊沙河已然温驯如松隐江，层层叠叠的浪驮着她，温柔地把她往岸边送。她一身轻畅地游，自由自在唱她的歌谣：

我有所念人
隔在远远乡
我有所感事
结在深深肠

乡远去不得
无日不瞻望
肠深解不得
无夕不思量

秋天殊未晓
风雨正苍苍
不学头陀法
前心安可忘

岸就在眼前，苏叶从水中站起，稳步朝项兵走去，项兵们拍马上前，将她团团围住。带头的将领下了马，走到苏叶面前，正要伸手，苏叶凛然道：“带我去见项王，何愁不封万户侯！”

3

天放晴了，日头出来了，浊沙河疲惫了，流速渐渐平缓。漂流的桅杆终于触到了礁石，停在离岸只有七步的地方。明幽踩着水上了岸，迎着太阳昏昏地走，走了数千步，遥见一支骑军正在疾驰，她想要躲，可方圆数里皆是一览无遗的沙原。那支骑军几乎同时看见了她，立刻转向奔她而来，她只能向北跑，跑了不过百步，便被追上了，几匹战马绕到她身前，堵住了去路。这是一支刚刚经历苦战的队伍，每个人的身上都在流血。明幽怔怔看着他们，看见他们头上的红抹额，不禁问道："你们是不是涅火军？"带头的将领点头，明幽的泪水顿时决堤，放声哭道："快带我见唐三郎！"

第一百零七章

倾国倾城

1

趁夜，项兵把苏叶蒙了双眼，带上亡极山，守城卒子从悬臂长城上放下吊筐，把人吊了上去，送到了秋藏居住的镇国寺。一个卫兵把苏叶拉进大殿，解去蒙眼的黑布，让她在角落的坐榻暂坐。苏叶睁开眼，看见殿中一群铁衣将领，正围着一张长桌，桌上是一个巨大的沙盘，有山，有城，有河，有峡谷，有沙原。一个千夫长正比画着讲解，众将领在聚精会神地听，只有站在中间那个，目光越过众人看向苏叶，在她脸上逗留了一瞬，又收了回去，向千夫长问了句什么话，那千夫长的手便从牧羊道移向落日峡。

大约讲了小半个时辰，将领们开始依次发言，说着说着，便吵了起来。先是一个浓髯将领出言不逊，另一个白发老将便回敬了几句，然后几个帮这边，几个帮那边，越吵越厉害，中间那人转身坐回椅子，手里玩着一把短刀，冷眼看两边争论，又不时把目光掠到苏叶这边来。两边吵得快动手了，那人便用短刀敲了敲扶手，声音虽不大，众人却瞬间安静下来。那人不知说了句什么，白发老将的怒气便消了，浓髯将领却有些忿忿的。那人又道："先吃饭，晚上再说。"将领们便告退而出。

那人起身去倒了一杯水，一口一口地喝。卫兵过去低语几句，那人点点头，坐了回去，卫兵便过来，向苏叶道："项王宣召。"

苏叶随卫兵过来，在秋藏的座下伏地跪拜，她没有听到秋藏出声，但卫兵似乎得到了他的指示，托起苏叶的下巴，把她的脸抬了起来。苏叶此时才能正视项王，看清他异于中原的脸庞和目光。秋藏问："你是谁？"

苏叶道："民女莲夜。"

秋藏问："什么？"

苏叶回："睡莲之莲，长夜之夜。"

秋藏问："哪里人？"

苏叶道："东沅人。"

秋藏思索一阵，道："东沅，可是在洛国之北？"

苏叶道："是。"

秋藏道："东沅小国，与世无争，没出过一个显臣名将，我极少想起这个国家。上次听说东沅，还是两年前。"

苏叶道："东沅人只会打渔，不会打仗。"

秋藏问："东沅人为何会在焉军的运粮船上？"

苏叶被问得有些惘然，她把所历之事一件一件往前回想，徐徐说道："我在大焉好多年了。我和爹娘一起坐船，从东方去了中原，我们贩了好些东海宝物去开元城卖，有珍珠，有贝壳，有珊瑚。后来，爹娘回东沅去了，我留在了开元城。"

秋藏问："为何留下了？"

苏叶道："我迷路了，找不到爹娘了，所以他们先走了。"

秋藏便道："开元城是天下第一城，物贵民富，寻常人不好留。"

苏叶道："我留在长生阁，做了舞伎。"

秋藏问："长生阁？"

苏叶道："那是开元城最名贵的风月场，全城的公子王孙都去。每个夜晚，我都为他们起舞。我在那里跳了十多年。"

秋藏看了她几眼，说道："你可曾嫁人？必定有人愿意娶你。"

苏叶想了很久，道："好多人都说我美，但只有一个人要娶我。"

秋藏便等着她往下说。

苏叶道："可是他离开了京城，去了很远的地方，我大概再也见不着他了。"

秋藏问："你和焉军有何关系？"

苏叶道："那天我想回家乡了，便搭了一艘回东沅的船，可是，焉军把船截了，运了粮草，来了燕州。"

秋藏一笑，道："焉军把你也截了。"

苏叶道："他们没有伤害我，他们答应送我回家。"

秋藏道："他们骗了你。这是西域，离东方万里之遥，他们没有能力送你回家。你回不去了。"

苏叶便黯然叹息。

卫兵端了几样菜肴进殿，放在桌上。秋藏起身过去，见是一盘烤肉、一碗沙葱粟米粥，还有一碗热羊奶。他拿起烤肉闻了闻，问：“又死了几匹马？”卫兵回：“七匹。病死的给守城兵了，这是饿死的。”

秋藏随手撕一片肉吃了，然后端起羊奶，走到苏叶面前。苏叶依然跪着。秋藏把碗送到她唇边，她顺着他的手饮了一口。秋藏俯视苏叶的动作，露出一丝微笑。苏叶让开了，秋藏把剩下半碗喝完，坐回餐桌旁，问道：“你要不要吃饭？”

苏叶道：“我太累了，想睡一觉。”

秋藏便往大殿东边的灰帘一指。他的床就在帘后。苏叶起身向床走去。秋藏不疾不徐吃起马肉来。

2

隔天那些将领又来见项王，依然话不投机。苏叶躲在灰帘后，总算听明白了。城下焉军只剩不到六千，早已断粮、断药、断武器，援军覆灭，粮队被截杀于浊沙河。那浓髯将领想出城决战，早日了断，白发老将却坚持固守，待焉军自溃。秋藏听了一个时辰，依然站在老将军一边，向那浓髯将领道：“再等十天，我们就胜了。”那浓髯将领道：“等了三百多天，天天说焉贼要败，等到如今，他们不还在城下！倘若下一支援军来了，他们缓过气了，岂不后悔今日坐失良机！”

那老将道：“他们不会再有援军来！”

那浓髯将领冷笑：“六月的时候也说，落日峡被贺兰锁死了，焉贼的运粮船再也进不来了，城下那些人就要饿死了，怎么又放进来四五次？”

另一个千夫长道：“你怪谁也怪不到贺兰！焉贼四千援军是他阻杀的！”

浓髯将领喝道：“那孙牧野只剩不到三百人，他怎么就吃不下！”

又一人道：“吃不下？贺兰在养寇自重！他每次去落日峡晃一圈，死几个人便撤，回去便跟老千岁要人要兵器。他留着孙牧野，是为了跟千岁、老千岁谈价钱！”

几个与贺兰相好的将领便冲上来理论，说着说着又要动手，秋藏待两边火气涨到了顶点，又用短刀敲了敲椅背，那老将便把人分开了。秋藏向那浓髯将领道：“焉贼虽是强弩之末，可我们撑到现在是什么状况，你也应该清楚。不能出城。”

那浓髯将领道：“大王的兵是什么状况，我不清楚；我的兵是什么状况，大王也不清楚！”他对项王如此无礼，大殿里的人顿时呵斥起来，卫兵叫道：“野利将军退下！”那浓髯将军一声冷笑，大步转身而去。

余下的人都偷看秋藏的脸色，秋藏一笑，道：“没事了。你们也去。”众人便出了大殿。

秋藏坐在椅上等了一阵，一个百夫长匆匆进来，禀道：“大王，野利将军带着他的兵出城了！”

秋藏淡然道：“那就等他的战报。”百夫长退了出去。

大殿冷清了许久，秋藏忽然转头向灰帘唤道：“莲夜。”

苏叶从帘后出来，走到秋藏身边，没有座位，便跪坐地上，依偎着他的腿。秋藏像逗猫儿一般，抚摸她的头，捏她的后颈，不经意低头，见她在看自己的短刀，便问：“你喜欢刀？”

苏叶道：“这刀看起来太平常，不配大王。”

秋藏道：“这是殷虚将军的刀。他是不世出的豪杰，我击败了他，是值得死后刻碑的功绩。”

苏叶伸手要刀，秋藏便递给了她。苏叶将刀拔出一半，看见刀刃上的祥云纹，栩栩宛若流动。秋藏盯着她的眼神。苏叶把刀收了回去，还到秋藏手里。秋藏的左手又放上她的后颈，像钳子一般，无声而有力地钳着。苏叶的颈子又细又软，足以让他的手指合拢，似乎再用一分力，便能将它捏断。苏叶觉得有些不舒服，便想挣开，秋藏却再加半分力，手指钳得更深，问道：“你究竟是谁？”

苏叶道：“是莲夜。”

秋藏道：“我上次听说沅国，是在两年前——军营里的卒子说闲话，唐珝的妻子是东沅出名的美人。你知不知道唐珝？”

苏叶道：“他是大焉的将军。”

秋藏问：“你是不是他的妻子？”

苏叶斩然道：“不是。”

秋藏打量她，苏叶直视着他再次道：“不是！”

秋藏转头向卫兵道：“把人带进来！”

苏叶心一惊，顺着他目光看向殿外。稍后，几个项兵拖着一个焉兵进来，扔在殿中。那焉兵少了右腿，断裂处包着血布，大概是自己撕衣裳包扎的，因为身上的衣裳只剩褴褛的一半。项兵一把拽起他的发髻，让他的脸对着秋藏和苏叶。苏叶认出他了，是张祖祥，心愈发狂乱地跳了起来。张祖祥看见秋藏膝边的苏叶，原本颓萎的脸色变了，先是惊讶，后是疑惑，还有一丝愤怒。秋藏如炬的目光瞬间看懂了，问道：“你认识她？”

张祖祥点头。秋藏问：“她是不是唐珝的女人？”

张祖祥看着苏叶，苏叶只能努力压抑自己的颤抖。一个项兵抬来陌刀，架在张祖祥左腿上，道：“大王在问你话！”

张祖祥道：“她是我在船上发现的。”

秋藏问：“她为何会在船上？”

张祖祥道："东沅商贩的船，被我们征用了。船走了好几天，才发现她在。"

秋藏握在苏叶颈上的手略微松了，问："为何带她来铁羌城？来找谁？"

张祖祥道："她没有地方去，只能跟我们走。"

秋藏忽然喝问："她是不是来找唐珝？"

张祖祥闭口不答，项兵的陌刀立刻落下，"咔嚓"一声，像是刀切萝卜，张祖祥的左腿干干脆脆地断了，他发出凄厉的叫喊。两个项兵扯开他的左臂，按在地上，陌刀又架了上来。秋藏问："她是不是来找唐珝？"

张祖祥吼道："我不知道！"

项兵把陌刀往下一压，左臂也断了，张祖祥痛得扭成一团，大叫着挣开项兵的束缚，两个项兵压他不住，又加了两个上来，整整四个，才把血淋淋的人按住。陌刀移过来，架在他的右臂上。秋藏问："她有没有提过唐珝？她是不是来铁羌城找人？"

张祖祥抬起汗涔涔的脸，又看了苏叶一眼。苏叶不敢直视他。秋藏道："回答！"张祖祥道："没有！她只说她要回东沅去！船被我们截了！"

秋藏看了他半晌，道："带出去。"项兵便将张祖祥抬了出去，又有两个卫兵拿抹布来，擦拭地上的血迹。

秋藏握在苏叶颈上的手变轻柔了，他用指肚按压她的肌肤，感受她颈脉的跳动。苏叶伏在他的膝上，似乎快睡着了。

半个时辰后，大殿外响起脚步声，几个士兵远远便道："大王，野利将军败了，只和十来个人逃了回来！"

秋藏冷冷道："斩。"

3

腊月十五，苏叶被冻醒了，殿内空无一人，秋藏不在，连卫兵也不见了，门外在下雪。她披上他的貂鼠衣出门，大风吹乱了她松挽的发。四下无人，而远方的城墙上传来沉闷的鼓点。苏叶情不自禁向那边走去，不久在街上遇到一队项兵，一面走一面戴铁手套，苏叶问："出什么事了？"一个项兵看了一眼她的黑裘，说道："焉贼来攻城了。"

苏叶跟着他们走到城墙下，一群项兵抬着投石车从她身边过去，城上铁甲士卒来来往往。她步上城头，往下看，三百步外，焉军来了，数百匹战马走在阵列前面。苏叶悄然握紧双手，目光在阵中寻觅。唐珝呢？他一定来了。可是，隔得太远了，雪花太密了，他们都是一样的盔甲，苏叶认不出来。俄而，焉军阵中出来一骑，走在了最前面。苏叶一眼认出了甜瓜，心"轰"地一响，再往马上看去，一个中年男人也在看着她，分明是唐玥，又不像。苏叶霎时间有些惊疑，她那鲜衣怒马的少年郎，几时成了这历经沧桑的模样？当初在桃影河边初见时，她可从未想过，他也会老。故人已至，恍若隔世。苏叶朦胧觉得，自己是在和一个很亲的亲人重逢，可他算是什么样的亲人呢？她又说不上来。她有没有爱过他？当然有，在十几年的悠长岁月里，有那么几段时候，她依赖过他、眷念过他，只是爱得太简短，而且间断。苏叶的心开始疼，疼唐玥，像疼一个相熟多年的朋友、一个相依为命的家人。唐玥是不是还在恨自己？苏叶看他的眼睛，他也在看自己，没有恨，是关切和忧伤。他难道不奇怪自己为何会出现在铁羌城头，为何会穿着秋藏的衣裳？军阵后面不远处，一个奔跑的小点吸引了苏叶的注意，她远眺过去，那个身影似乎想跑过来，被士兵们拉住了。苏叶看不清那人的衣裳、身形和脸，可她莫名就知道是明幽，明幽一定也看见了自己。幽儿安全了，她找到三郎了。苏叶的心妥帖地放了下去。他们很快便能回家了。

城头项兵高声道："大王来了！"苏叶回头，看见秋藏也上来了。秋藏问苏叶："你怎么来了？"苏叶道："我来找你。"秋藏素来冷峻的脸上闪过一丝意外，不禁一笑。

号角声响了，焉军的战马跑起来了，秋藏把苏叶护在怀中，苏叶在他的臂弯里看这场战争。从前唐玥会把战场上的故事说给她听，他总是有声有色地说，涅火军兵强马壮，所向披靡。他们有比城墙还高的入云梯，有可以射穿墙壁的弩车，有无坚不摧的攻城槌，有可以把白天遮成黑夜的箭阵。为何此时都看不见？一切武器都已耗尽，焉军只剩人和马了。竭尽忠诚的战马奔腾向前，马背上的战士引弓射箭。项兵推出投石车，把石头和泥块往下砸。二百步，步兵阵的前排倒了下去；一百五十步，骑兵阵出现了缺口；五十步后，项军弓弩兵站上垛口，往下乱射。焉军骑兵在飞驰中还击，步兵在用尖木桩撞城门。项兵们燃起了大锅，把雪水烧沸了，抬到垛口倾倒下去，苏叶听见城下马嘶大作，无数人在叫："小心！"一定有人摔倒了。苏叶吊着心想会是谁，可即便不是她牵挂的人，也会是别人牵挂的人。有人正在铁羌城下死亡，有人还在千里之外盼他归去。血腥气越来越浓，项兵越战越兴奋。燃烧的火堆里埋着铁球，项兵拉动长索，把通红的铁球抛出城外，甩向奔驰的战马，惨嘶声越来越多，苏叶捂住自己的耳朵，可焦糊味升了上来。焉兵的尖木桩一直在撞，项兵们把十几架投石车推到城门上方，像倒水一样把石头倒下去，天崩地裂的声响，石头落地，震得大地连同城墙一起颤抖，那些被石头砸中的人怎么办？项兵们用弩车射出一支粗如手腕的大箭，箭头有倒钩，箭尾绑着绳索；箭下去了，射进一个焉兵后背，钩住了，项兵们把绳索往后拉，焉兵被吊上半空。一个项兵拉着绳子在城墙上奔跑，把焉兵从战场上空拖过，自西向东，又自东向西，示众一般，要拖死为止。最后，那焉兵自己反手砍断草绳，坠落下去，死在城下。忽然，无数项兵指着一个方向叫道："射他！射他！"苏叶顺着他们的手指看过去，一个陌生的、异族模样的战士身背满满的箭筒，在乱军中奔跑飞跃，项兵们大概早认识他了，骂着他的名字，十几张弓追着他射，他偏能一一躲过去，他反手往城上射箭，射得几个垛口无人冒头，末了，他一箭冲秋藏而来，秋藏拉着苏叶避到城垛后，长箭射中了身后的卫兵。忽听城下有鸣金声，苏叶忙探出头看，又看见了唐琊，就在下方，四五丈之近，她看清了他的双眼，依然晶晶亮亮的。他还是他。真好。唐琊深深看了她一眼，掉马往后奔去，鸣金声继续响，焉军各部都开始后撤了。

几个将领走到秋藏身边，笑道：“大王，焉贼逃了！”秋藏点头。一个千夫长道：“下面死了一千多，焉贼能喘气的不到三千人了。”几个将领同声道：“该乘胜追击了！”秋藏一笑，道：“你们想去，就去。”那几个将领得令，兴奋而去，一时各处都在点人马。苏叶问：“仗是不是要打完了？”

城门开了，几支西项骑兵向南追去。秋藏道：“还没有。他们出了城，就回不来了。”苏叶问：“那为何要放他们出去？”秋藏道：“胜利的诱惑太大，我拦不住他们。”他在苏叶耳边低语：“万类众生，大多死于诱惑。被食诱惑，被利诱惑，被胜利诱惑。昨日有，今日有，明日还会有。”雪原上再次响起号角声，焉军掉头回来了。四支焉军，一支正面迎敌，两支从东西绕行，还有一支驰到北边，断了项军后路。苏叶终于见到了唐琊口中的涅火军，侵掠如火，不动如山。项军被包围了，褪色的赤红旌旗不断从四面攻击，每一支想突围的项骑都被挡了回去。秋藏道：“焉军攻不进来，只能引诱我们出去。他们在用杀敌一千自损八百的方法把项军拖垮。”苏叶问：“大王知道焉军的计策，还要放他们出去。”秋藏道：“焉军只剩三千了，我还有一万，哪怕三换一，也是我赢。”战场上，马嘶声乱，西项军旗折断了，掉在地上，被焉军战马踏了过去，城上观战项兵一片叱骂。望楼上，鸣金声不断地敲，项军拼命向北突围，骑军换了一支又一支，试了无数次，终于撞开了一道口子，上百骑兵一径往城门走，两支焉军从左右追击，去箭如星雨。城上项兵待两军进入一射之地，便拉起满弓射下来，箭石无眼，乱糟糟地四处飞，焉军旋即收兵，项军仅剩五十余骑钻进了城门缝隙。

4

是夜，北风怒号，不时送来重伤战马的萧萧哀鸣。大殿中砌石燃火，在墙上照出千奇百怪的影子。秋藏手持一杯热酒在门边等雪，没等来，便饮干了酒，掩了门，往火堆了添了柴，过来掀开床帐，苏叶侧身卧着，眼睛接住他的目光。秋藏解了貂鼠衣，也解了短刀。苏叶定定看着他，忽然问：“大王可曾爱过谁？”

秋藏一笑摇头。

苏叶又问："大王前一个女人，是谁？"

秋藏一面回想，一面随手把刀抛到床上，说道："乌洛兰妃。"

苏叶道："是大王的妃子？"

秋藏道："是我父亲的妃子。"

苏叶一惊。

秋藏道："我父亲极宠爱她，可父亲不在的时候，她会来找我。"

苏叶问："那，她现在哪儿？"

秋藏道："姐姐恨她迷惑父亲，秽乱后宫，就把她杀了，之后，姐姐自刎，母亲自焚，父亲又怪她害我们家破人亡，把乌洛兰家灭了族。"

苏叶的脸色变得有些奇怪，半晌道："我能想到她的样子。"

秋藏道："你不曾见过她。她比你大很多岁，也死了很多年。"

苏叶兀自道："我知道她长什么样。"

秋藏看着苏叶，说道："她和你都当得起四个字。"

苏叶问："什么？"

秋藏道："倾国倾城。"

子夜过了，朔风长啸，屋顶的茅草、门外的帘子、大殿的烈火，都发出阵阵惨栗的愁响。苏叶轻轻扭动腰肢。在心的深处，她一直认为女人身体最美之处，该是腰。她还记得多年前，随父母漂泊到东洛宜州，在玉箫桥边看见的那个舞伎姐姐。她在跳《绿腰》，脸上蒙了轻纱，不过，酒客们都不在乎她的面容，他们全在看她的腰。袅袅寸围，圆润轻薄，柔得似乎要融化，内中却有一根刚健的筋骨，撑起整个身体摇曳生姿。懵懂的苏叶在门外看了许久，明白了女人和少女之别，之后，她用了很多年成为了那样的女人，她的腰也可以缠住无数人的悲喜了。苏叶此刻突然有些想念她。二十年过去了，姐姐应该老了，她此刻在何处？或许早已不在人世了，毕竟这是人命如草芥的世道。倘若她还活着，是不是早已嫁了人？嫁给了谁？是重利轻别离的商贾，还是妻妾成群的王孙，还是回归了贫贱人家，洗尽铅华，洗手作羹汤？不论如何，她那样美，恐怕不会被这世界善待。苏叶回忆她的舞姿，模仿她的动作，逐步发力，秋藏想抵抗，抵抗不了，很快，他喘息一声，像城墙一样塌下来，苏叶清楚，这一瞬间他什么也看不见、什么也听不见、什么也想不起，她猛然抽出短刀划向他的咽喉。刀锋剖开了皮和肉，割断了一截有韧劲的什么东西，血像禁锢多年的鸟，展翅而出。秋藏忙翻身，因剧痛和愤怒而咆哮，哮声惊出愈多的血鸟，他慌忙一手捂伤口，一手来抓苏叶，苏叶翻身离开床榻，去火堆里抽出一支柴火，向殿中一切可燃之物点去。灰帘燃起来了，床帐燃起来了，秋藏在床上挣扎，想呼喊，声音从喉咙里漏走了，他眼睁睁看着火焰攀援盛放，方才还温暖如春的床眨眼化作狰狞酷烈的模样。

殿外守夜的卫兵终于发现了异常的火光，急忙上来推门，门被人从里面上了闩，去推窗，窗也被锁上了。卫兵一面拍门一面大叫：“大王！大王！”无人回应。火光漫过一扇又一扇窗，热气在急速升涨，卫兵们全慌了，奔走大呼：“拿斧头来！找马刀！救大王！”越来越多的项兵赶来，乱糟糟拿斧头劈门，捡石头砸窗，呼喊不休。终于，门闩被陌刀砍断了，卫兵们推开门，浓烟、布屑、碎木和火星子扑面而来，北风抢先一步闯进大殿，掀翻了一切东西。火借风势，轰然一声，把整个大殿填得严严实实，每一寸空气都在燃烧。没有一个卫兵敢进门一步。卫队长站在门槛边看，已成焦炭的床骨下，倒着死去的秋藏。忽然一人叫道：“她还在！”

苏叶披着一身火，向大殿右角碎裂之处逃去。那边已经烧出了一个口子，她要从那里出去。她坚定地觉得，唐三郎和幽儿就在不远处等着她，她只要一直跑，便一定会遇到。她冲出了殿角，一支陌刀横扫过来，扫在她的腰上，她瞬间失去了知觉。举目四望，愤怒的项兵围了过来。不见三郎，不见幽儿。苏叶怅然一叹，倒了下去，烈火还在身上绽放，渐渐地，肌肤开裂成蝶，片片离她而去。

大殿成了火炉，全城的兵卒都赶到殿下，骇然看着眼前的一幕。冲天的火光还在不断壮大，逐步被风捎往相邻的楼宇，不知谁先醒悟过来，叫道：“救别处！不能全烧了！”一半的士兵闻言，纷纷跑去找水，还有一半停在原地不动——城里的水连人喝都不够，如何救得了如此迅猛的火。以大殿为中心，红焰向四周生长，茅屋、木房、草棚一栋接一栋被点燃，像边境正在传递敌情的烽火台。此次入侵的是不可战胜的天敌。救火的项兵很快放弃了。众人陆陆续续往后撤，越撤越快，越撤越乱，最后，十里铁城陷成火海，所有人挤上城头，然后再也无路可退。

子正三刻，一骑焉军斥候离开城下，火速驰进大营，高声道：“铁羌城出事了！城里着火了！”一语惊醒了沉睡的军营，所有人冲出大营向北眺望，茫茫黑夜中，一点火光如北辰一般闪烁不止。无数将士仰天长呼，声音里是说不出的激动和悲切。中军帐里的唐玥也知道了，他急忙上马出营，挥鞭向北奔驰，越近看得越清，亡极雪山金光闪耀，雪山下，是另一座熊熊烈烈的火焰山。

5

天快亮了，焉军又一次在铁羌城下列好了阵。乌焦的城墙上只有稀稀拉拉数百个项兵，既不拉弓，也不排车。唐玥看着身边的同伴，数千人，每个人的铠甲都破碎了，每个人都是遍体鳞伤。他一面拔剑，一面向龙木秀道：“最后一战了。”龙木秀把仅剩的七八支箭抽在手里，一支上弦，拉了满弓，说道："你别拖我们后腿就好。"号角最后一次吹响，焉军正要冲锋，突然城头一片叫道："我们降了！"继而，垛口扔出无数兵器，刀枪剑盾，弩车石车，头盔铁衣，叮叮咚咚全扔了下来，在城下碎了一地。唐玥放下了手中的剑。不多会儿，城门开了，近千名布衣项兵从门下走了出来，面对焉军跪下，叫道："我们降了！不要再打了！"

平旦时分，唐玥打马进了城。昔日坚城，已是瓦砾荒场，遍地人畜尸首，风一吹，骸骨便散了。降兵带着唐玥到了镇国寺下，大殿已不复存在，栋折梁崩，只剩一缕青烟萦绕。唐玥下了马，坐在石阶上，面对着一堆焦土，一动不动。忽听远处一人唤道："苏叶！苏叶！"是明幽的声音。唐玥回头看，到处是断井颓垣，一时看不到明幽的身影，可她确实在，她也在寻找苏叶，她每走一步都在呼唤："苏叶！苏叶！"假如苏叶听见了，无论过去有什么恩怨，此刻都会答应她，可是，明幽叫了几百声，叫哑了嗓子，还是没有一丝回音。

第一百零八章

归人

1

铁羌城出事当夜，约七百项兵自悬臂长城逃出，马不停蹄往落日峡而来。次日深夜，孙牧野独守辕门，正用茅草编蝈蝈，忽听马蹄声响，他起身北望，几百项骑蜂拥而来，多看一眼，项兵几乎都没穿铁衣，兵器也不在手里，他便只是看着。项骑从营寨下一掠而过，继续南行，是去往贺兰的军营。孙牧野看着他们匆匆远去，不知不觉停止了动作，半只蝈蝈吊在指尖。

大营里，焉兵们都听到了马蹄声，赶到辕门下，只看见一群慌慌张张的背影。乔恩宝问："这是怎么回事？"孙牧野似乎怔了半晌，方道："铁羌城拿下了。"将士无不大喜，都问："真的？结束了？"孙牧野扔了草蝈蝈，转身往营中走，道："贺兰马上会来。全营备战。"士兵们还来不及庆祝，连忙四散开去，挽弓穿甲，准备抵御项军最后一击。

2

贺兰叱奴正与众卒子烤羊吃宵夜，听见营门"铿铿"地开，便停下洒茴香的手，抬头等着。七百项兵远远地翻下马，齐声叫道："叱奴，铁羌城陷了！全烧没了！"贺兰这一惊非同小可，急忙过来，一路"叮叮哐哐"踢翻了好几个凳子，他一把揪起最前头那兵，厉声问："城没了？怎么就没了！"那项兵道："起火了！从镇国寺烧起来的，烧太快……"贺兰断然喝问："大王呢？"项兵哭道："他们看着大王被烧死，救不了！火太大了！"

贺兰心里一下子划过十七八个念头，面上却是目瞪口呆。将领们全围上来，问道：

“叱奴，怎么办？”贺兰定了定神，叫道：“还能怎么办！别让孙牧野跑了！”无数项兵立刻向大营八方发出尖啸，高声呼道：“三军集结！去落日峡！”

3

黎明来临之前，贺兰叱奴率三千项兵来到焉军营下，把四面围得铁桶一般。一条深深的壕沟把大营环卫着，壕沟对面堆满了沙土和兵车。辕门紧闭，二百焉兵在营墙上一字排开，张弓对着贺兰叱奴。贺兰看见了孙牧野，四目遥对，他大声叫道：“孙牧野！降我！给你最后一次机会！”孙牧野以右手扶弓，左手张弦，瞄准贺兰。贺兰敏锐地盯着他的手，挑衅道：“左手不行，换右手！”孙牧野两指一放，羽箭离弦而出，一百步后，箭尾轻颤，箭头偏了，贺兰纹风不动，长箭从左肩一尺远的地方飞了过去。项兵发出哂笑。贺兰将马鞭一指，下令：“攻寨！”

项兵把一行行战车推了上来，扔下壕沟。这是最后一战了，项军再不顾惜，一切家当都往壕沟里填，倾土扬尘，铿铿锵锵，沸天震地。焉兵以箭阻挡，只是箭矢所剩无多，士兵们射得十分谨慎，不敢轻易浪费。天上箭网结不成，地上项兵越发胆壮，不过死了四五十个，便将五尺深的壕沟填平了。一个百夫长对贺兰耳语：“咱们也用火攻，以牙还牙。”贺兰一想有理，叫道：“跳荡营！火攻！把人烧出来！”

一丛丛茅草被点燃了，三百个跳荡兵抱着茅草，踏过壕沟，从各处向营寨攻去。贺兰盯着孙牧野，他依然在放箭，似乎渐渐找到了左手射击的准头，三箭俱未放空，三个项兵倒下了，几十个项兵补上前，继续冲。贺兰纵马扬鞭，叫道：“我们的箭呢？弓箭手呢？”语声落，近千条弓弦“咯吱咯吱”地绷开了，贺兰高声下令：“对准上面！放！”长箭刷刷飞了过去，渐有焉兵摔下营墙。项兵离营寨只有五十步了，焉兵呼叱声大了，彼此鼓劲：“射！再射！”孙牧野与几个弓手皆开始三箭齐发，一次射杀二三个，项兵死伤渐多，茅草掉了，火星点点，风吹即散，火种开始在黄沙地上蔓延。不多时，八九十个项兵或死或伤，余下的被堵在离营墙二十步远的地方，被密箭射得不能抬头。壕沟外，几队骑兵忽然打马上来，叫道：“拿盾去！”奋力扬手，成十成百的坚盾在空中飞了半圈，落在跳荡兵的身后。一个负伤的项兵捡起铜盾，再向营墙猛冲，焉兵纷纷叫：“射他！射他！”三个弓手同时从三面射箭，那项兵挡住了正面一箭，左右手臂皆被射中，他强忍着剧痛飞扑到墙下，把茅草塞到栅栏间，一缕热火缠住了干燥的木栏。两个焉兵赶下来，隔着栅栏刺去矛去，矛头扎进项兵的颈窝，那项兵双手抱着长矛，看着火蛇越缠越高，放声大笑。焉兵急忙扑火。项军忽然擂起战鼓，上百支箭又飞来了，不但有木箭，还有火箭，照夜如昼。地上，又有五百跳荡兵举着燃薪而来，越过同伴的尸首继续前冲。孙牧野还在三箭三箭地放，直至一瞬间，弓弦“啪”的一声断了。他探手在怀里找弦，眼看着一支火箭疾来，钉在栏杆上，一个焉兵忙拔出来，徒手朝地上密密匝匝的项兵掷去——他的弓也断了。约二十个项兵冲到了辕门下，把一簇簇火茅草向木门点去。

红灿灿的火开始在营墙十多处燃烧，黑烟升起来了。一个焉兵被箭射中，栽下高墙，栽进项兵群里，几把弯刀同时向他砍去。乔恩宝找到孙牧野，对他摇头，又听“轰”的一声，一根柱子被烧断了，营墙塌了一片。项军齐呼：“攻！攻！攻！”步骑兵一起迈过壕沟，向营寨围来。孙牧野扔了断弓，捡起长枪，道：“往营里走。”焉兵们便随他下了营墙，往大营深处撤去。

营寨里，错落分布着近百座军帐，焉兵们穿行其中，寻找最后的能战之地，忽然一人抓住孙牧野的手臂，他转头一看，是米元杰。元杰湿润的眼睛看着他，低声道：“西北边有个侧门，那边人少，你从那边走，你能冲出去。”孙牧野也看他。元杰道：“唐珝他们一定在来的路上。你去接他，我们先顶着。”

又一声巨响震耳欲聋，辕门坍塌了，厚重的木板坠落地上，砸得大地一颤，西项步骑乱糟糟冲进了营寨。米元杰用力把孙牧野一拽，催道：“你快走！”项兵越来越近了，口中大呼小叫：“孙牧野呢？”“米元杰！先杀米元杰！”米元杰“唰”地拔出弯刀，叫道：“有种便来！”一转身向东北方跑去。焉兵全向孙牧野道：“孙将军先走！”说完，纷纷追着米元杰去了。乔恩宝一把拉住孙牧野，沉声道：“我们走。”孙牧野一脸浑浊的汗水，看着将士们的背影不响。乔恩宝发力拉他，说道：“我们先找到唐珝，再回来！唐珝一定在路上！”孙牧野便随着他的力道向西北去。转过几座帐篷，忽然喧哗声大了，无数项兵在吼：“杀叛徒！杀米元杰！”马蹄声、脚步声全往东北涌去。孙牧野挣脱了乔恩宝的手。乔恩宝急道：“你先走！”孙牧野道：“不能扔下他们。”乔恩宝还要再说，孙牧野已转身往回走了，乔恩宝看他越走越远，忽然泪如泉涌。眼见影子就要消失，他一边拭泪，一边追了上去。

米元杰和二百焉兵拼命地奔跑，影子在一座座帐篷间闪动，一队项骑先发现了，高叫：“焉贼都在这里！来！”狂追不止。看见焉兵们绕过了马厩，项骑紧跟着绕过去，骤然几道白光迎面扫来，战马收势不及，挨上了陌刀，一杆杆马腿像竹子一样断了，项兵摔在地上，焉兵的刀追砍下来，项兵一面挡，一面叫：“快来！”一队队项兵闻声循迹而至，成百成十的队伍，自北、自西、自南包抄过来，无处不是人喧马嘶，无处不是刀光剑影，焉兵一面战，一面往东退却，项兵越死越多，但包围圈越缩越小，最后，只余一百焉兵退到了大营最东边，一道燃烧的长墙横在面前，身后，鬣狗一样的项兵密密麻麻地围了上来，嘈嘈喳喳不休。贺兰叱奴纵马上前，叫道：“米元杰，你还不降？你当真想死？”米元杰手举弯刀，厉声喝道：“杀项贼！”贺兰马鞭一指，三十多重骑挺着长矛上去，一跃而入，又扫又挑，拼杀了几回合，剩十多骑退了回去；又五十多轻骑从阵前掠过，对着焉兵一阵箭洗，焉兵们冒着箭矢斩马杀兵；而后几百步兵上来，轮番用刀、矛、长箭乱攻，剥皮一般，剥了一层又一层。没过多久，焉兵只剩五十多人了，米元杰无奈率众向南突去。南边三十多个弓手抬起弩机，六寸长的短箭尖啸而出，元杰认出是毒箭，忙叫："躲开！躲开！"箭太密了，谁也躲不开，当先十多个焉兵全中了箭，米元杰的右臂被刺中，一丝酥麻的痛升了上来。火墙烧到现在，再也撑不住了，轰然垮下来，无数碎屑火星飞舞，又有三百项兵来了，躲在滚滚黑烟里，向焉兵发出最后一轮攻击。七个人围住了元杰，三人在前，用弯刀佯攻，一人绕到身后，以长矛扫下盘，元杰挡住了三刀，却被长矛绊倒了，摔在地上，三把弯刀立刻劈下来，元杰奋然大吼，一面跃起，一面左击右挡，那三只手几乎同时断了，刀落地，人惊呼，四个项兵紧接上来，继续围杀。

贺兰叱奴一直在旁观，他的目光看遍了还在拼斗的脸，也看遍了地上死去的脸，突然问："孙牧野呢？"话音未落，右手边十步外，一柄弯刀飞旋过来，直直对准他的脖子。贺兰猝不及防，下意识往左一偏，不巧马也在动，他便坠落地上，那瞬间，看见两人纵入战阵。卫兵们赶忙扶起贺兰。贺兰盯着那两人看，都戴着项兵的头盔，一人左手的长枪却红缨如火，霎时明白了。

还有两个项兵在与元杰对战。一人用矛刺他胸膛，一人用弯刀扎他腹部，元杰徒手抓住矛头，用另一刀格住弯刀，那长矛往后扯，扯得他一个踉跄，同时那柄弯刀往上走，欲钩他的脖子，元杰眼看着白刃来了，不免绝望大吼，忽然一人抢上来，横刀劈掉了弯刀，反手把那项兵抹了脖子，元杰定睛一看，是乔恩宝，再看后面那人，一枪挑翻了长矛兵，正是孙牧野。元杰心中一酸，叫道："你回来做什么！"毒性终于发作了，他两眼一花，向下倒去，乔恩宝忙将他抱住，仅剩的十来个焉兵走到孙牧野身边，孙牧野转身看向贺兰。

贺兰举起马鞭，下令暂缓进攻。他走出阵列，走到离孙牧野十步远的地方，傲然道："既然已经逃了，又为何回来？"孙牧野不语。

贺兰道："十二对三千，胜败已定！你纵有三头六臂，也没法子。"孙牧野依然不语。

贺兰道："现在你还可以降。你降了，我就不杀你。"孙牧野不应，也不动。

贺兰抬头看天，想了一会儿，对他道："我听说你成家了，有妻儿了？"孙牧野点了点头。

贺兰道："你要为他们想想。你若死了，他们怎么办？"

孙牧野凝目看着贺兰，良久，问道："我若降了，他们怎么办？"

贺兰的脸色一变，道："那就没法了。"说毕开始后退，孙牧野忽然足尖一点，踢起地上一支毒箭，直冲贺兰面门，贺兰早防着了，右手弯刀一扬，箭在半空断成两半。他不再后退，立定了，看着孙牧野眈眈不响。众项兵忽然激动万分，个个以刀柄触地，一起一落，整齐律动，口中齐唤：“叱奴！叱奴！上、上、上！”

贺兰叱奴打量孙牧野。他的脸颊有一道伤，右肩留着一支箭头，持枪的左臂渗血一尺多长，右臂藏在身后，左腿被砍了两刀，身体不由自主地歪向右边。贺兰慢慢上前，说道：“再来一次，单对单。”孙牧野用枪尾点了一下地，当是回应。贺兰把双刀呈斜十字护在胸前，端详孙牧野的枪。红缨枪长一丈一，只要近到六步之内，枪抡不开，弯刀便可以大展威力了。他抬步向孙牧野走去，孙牧野猜到了他的心思，开始主动后退，要把两人的距离控制在六步之外。退着退着，他的脚后跟触到了一片铁甲，知道后面是同伴的遗体，便不再动步，反手一枪刺出，贺兰已算到了他此刻要出手，看准枪往右边来，遂向左一闪，步伐如风，欺到四步之内，项兵们大叫：“杀！”贺兰舞起双刀向孙牧野砍去，孙牧野往后跃起，单手收回长枪再出，落地之时，枪尖点了两次，扫开了双刀。贺兰不待他站稳，再闪身上前，这次只有三步远，面对孙牧野，他右刀劈左腕，左刀劈右肩，志在必得，可孙牧野身影一晃，偏从两刀之间掠进来，刹那间，两人只有一步之遥，孙牧野抬起右肘在他脸上一击，在贺兰出刀之前退了出去，转眼又在六步之外。

项兵们都安静了。贺兰被这一肘打得脸面尽失，喘了几口粗气，说道：“你在耍我。”孙牧野用疑问的眼神看他。贺兰道：“说什么我不在赫连淞之下，你是为了骗我跟你单对单。”远处项兵叫道：“叱奴回来！我们杀！”贺兰吐了一口水，喝道：“单对单！”本已在上弦的项兵们只得住手。孙牧野看着贺兰的眼神，背脊暗自收紧，握着长枪的左手绷出青筋，又退了一步。贺兰扔了一把刀，只留右手一把，一面用衣袖拭血，一面向孙牧野走近，身形松散，门户大开。孙牧野挑起长绝枪，直袭贺兰的咽喉，贺兰竖刀一拦，“铛”的一声，火星四溅，枪尖偏了，孙牧野再出一枪，刺他握刀的手腕，贺兰手转刀移，绕着枪尖走了一圈，削落了一缕红缨，孙牧野顺势攻他右肩，刺进一寸，贺兰猛地上前劈他面门，孙牧野后退一步，收枪再出，刺贺兰前胸，枪尖从铁铠甲片之间进去，镶在了胸骨中，一瞬间，贺兰握住了枪身，孙牧野一收不回、二收不回，贺兰道：“你没力气了！”他扬刀往枪身一砍，长绝枪断了，孙牧野握着半截枪杆退了半步，正踩在一具绵软的尸体上，立足不稳，摔了下去，贺兰如鹰一般飞了下来，见孙牧野左手把残枪刺出，遂以右手捉枪，以左手出刀，弯刀稳稳地向孙牧野心窝凿去。飞落在孙牧野身上的一瞬间，刀尖触到了裂开的甲衣，突然，孙牧野右手扬了起来，手中一把匕首在闪光，来势又疾又烈，贺兰刹那间明白了什么。此时此刻，弯刀或许该回防，或许该继续进攻，他来不及思量了，心一横，厉声叫道：“满门忠烈！”手未停，刀尖钻进了孙牧野心口，匕首也划破了他的喉，两股鲜血一起洒出，与纷纷扬扬的灰烬同归于空。

短暂的僵寂之后，项兵爆发出震天动地的怒吼，全往这边扑来，剩下十个焉兵全挡了上去。乔恩宝放声大哭，跌跌撞撞地扑向孙牧野，护在他的身上。十多把愤怒的弯刀砍下来了，砍在他的后脑上、后颈上、脊背上，收回去、再砍、再收、再砍，不知多少项兵轮番上来，砍了多少刀。无数只手上来拖乔恩宝，骂他、踹他，他不知道疼痛，只是嚎啕着，紧抱孙牧野，保护他的头和身子，到死也没有放开。

4

曙光从长河的尽头蒸起来了，天下一白。唐珝和三千焉兵赶到辕门下，看见了被填平的壕沟，满坡的项兵尸身，被焚毁的辕门和营墙。空濛濛了无人声。众人悄悄下了马，往辕门里走去。大营里，满是横七竖八的尸体、纵横交错的血迹。几乎每一个兵倒下的方向都是朝东北，唐珝便往东北去。一路走，一路数，大约一千多项兵死在了这条路上。走到头了，残缺的营墙下，最后一群焉兵牺牲在一起。唐珝先去拨开那些项兵的尸身，发现了贺兰叱奴，一支匕首还插在他的脖子上，于是往他身边看，看见一个焉兵伏在另一个身上，这焉兵的后背已经被捣碎了，可半边侧脸太熟悉了，是乔恩宝。唐珝轻轻将他抱开，便看见了沉睡的孙牧野，全身三十余处血痕，都凝固了。

三千焉兵都来了，肃立四周，万籁俱寂。忽然，身后响起一声虎啸，众人连忙让开。唐珝定了定神，回首望去，一虎二人就在不远处。豆蔻抱着孙幺，怔怔地望着地上，静然不动。星官儿先走过来，走到孙牧野身边，嗅他的脸，用虎掌拨他的手，孙牧野却不应它。星官儿愣了愣神，突然向着四周咆哮，向唐珝、向三千将士、向死去的焉兵项兵，满是敌意地、怒不可遏地咆哮，一声一声，久久不息。唐珝和将士们只能听着。终于，它的嗓子哑了，再也吼不出来了，便呜咽一声，卧到孙牧野身边，轻轻舔舐他的伤口。它原该带着孙牧野回家乡的，可它也老了、累了。没过多久，它把头偎在孙牧野的头边，也闭上了眼。

豆蔻终于抱着孙幺走了过来。孙幺不明白发生了什么，他看了看周围站着的、睡着的陌生人，看了看一动不动的星官儿，向阿娘道："找阿爹呀。"他们从白草村来到落日峡，每日每夜，阿娘都在说："我们是去找阿爹。"他便深深地知道"找阿爹"这件事。豆蔻带着孙幺走到孙牧野身边，轻声道："阿爹睡着了。"孙幺便要挣脱母亲的怀抱下去。豆蔻把他放在孙牧野身边，他看了很久，似乎才认出来，欣欣然一笑，用小手去触碰孙牧野的脸，轻轻柔柔地拍着，呢呢喃喃地哄着，抬头向阿娘道："阿爹睡着了。”豆蔻俯下身去，轻吻孙牧野的脸，把头枕在他的胸膛，寻觅他的心跳，寻不着。孙幺发觉有些异常，便小心地唤：“阿娘？”豆蔻将孙幺抱起，道：“不要吵阿爹。阿爹累了，咱们让他好好睡觉。”孙幺便道：“阿爹累了呀，好好睡觉。”

豆蔻最后看了孙牧野一眼，毅然抱着孙幺起身而去。唐珝看她走远，忍不住叫道：“小阿妹！”

豆蔻回身看他。

唐珝道：“跟我回开元城。”

豆蔻动了动唇，似乎要说话，可三千里的雨雪路程，她走得太累了，累得什么也不想说了，便只是摇摇头，转身而去。唐珝再也不能挽留，眼睁睁看着她和孙幺出了辕门，隐约向南方去了。

5

仲春时节，明幽随一支伤军先回了开元城。与将卒们分离后，她独自来到崇仁街佩鱼巷。天将晚，唐府檐下的灯笼却无人点燃，朱门深闭。一队持刀禁卫守在门边，神态肃穆，见有陌生人来，便增了几分警觉之色。

明幽倦意深沉，就在府门对面席地坐了，痴然望着正门、府墙和墙头的杏花乱影，谁也不知她在想些什么，她自己也不知道。有个禁卫觉得奇怪，便想下来询问，另一个拉住了他，在他耳边悄言几句，他便回了队列。

忽而，侧门“吱”的一声响了，明幽浑身一紧，忙向那边看去。门开了小半，半个人影出现在门后，却是唐晋。明幽忙站了起来。唐晋向她躬身行礼，微笑道：“夫人。”明幽正待开口，唐晋又道：“二郎在半语楼上看见夫人来了。”明幽问：“他……他还好不好？”唐晋稍一沉默，道：“二郎请夫人回去。不要再来。”明幽戚然道：“让他来见一见我。”唐晋决然道：“夫人请回。”

两个禁卫走过来，挡住二人的视线，一个朝唐晋摇手，一个向明幽示意走开。唐晋在门后再向明幽深深一揖，旋即关上了门。明幽身子颓然向后，倚在了墙壁上。她抬头，看得见高高的流瓦，看得见府内杂乱的花叶，却怎么也看不见半语楼。二郎为何就能看见她呢？为何如此不公平。禁卫终于向她走来，要她离开。巷子外边，一个细细的声音唤道：“阿娘！”

明幽忙转头，看见唐瞳语和明心来了，她急忙跑过去，把女儿拥在怀里，洒泪道：“好丫头，乖丫头，阿娘真想你，日日夜夜都在想你。”瞳语道：“哥哥说阿娘这几天要回来，我们天天来这里等。我们接阿娘回家。”明幽再往唐府看了一眼，便一手牵着瞳语，一手揽着明心往巷外而去。一路问道：“你们这段日子过得好不好？”瞳语道：“舅舅没了。”明幽问：“怎么？”明心道：“那夜父亲受了剑伤，第二天下午便去世了。”明幽不语。瞳语道：“阿娘，老夫人一直病着，前日医师说是……是‘弥留’。哥哥说，老夫人是因为想阿娘。是不是真的？”明幽沉默很久，道：“对，老夫人想阿娘了。母亲都会想孩子的。”她带着兄妹两个，往明家的方向走去。

6

月上柳梢时，一辆宫车开进佩鱼巷，徐徐停在唐府门前。恩和公主从车上下来，手里提着一个食盒。这是她第一次来唐家，抬头看时，门上朱漆已褪色，兽环略显斑驳，似乎很久无人居住和出入了。她想起自己在少女时节，曾爱过一个如锡如璧的少年，连带爱过他的姓氏、他的家门。在她的想象中，唐府应是高门崇丽，车马云集，英贤济济，子弟盈堂，断不该是如此孤凉的模样——假如当年，唐瑜未拒国婚，今日又会是何种景象？恩和不愿细想。

骁禁卫打开府门，恩和提着食盒走了进去。独行于潭府之中，处处峻宇重楼，却不见一奴一婢，未免有些诡异之感。穿过两重庭院，方见水仙花丛中，有一人弯着腰，正用竹剪修枝叶，听见脚步声，他回过头来，却是唐晋。唐晋看见恩和，淡淡一笑，伏首长拜道：“不知贵客降临，有失远迎，伏乞恕罪。”恩和笑问：“唐相公何在？”唐晋道：“二郎在半语楼，恭候殿下多日了。”恩和想了一想，又笑道：“我不知道半语楼在何处。”唐晋便起身，引着恩和往半语楼而去。

到了楼外，先见幽竹芊芊，掩映雕栏，翠叶之间，一人临栏袖手而立，西望月明，身形闲逸，仿佛超然物外。唐晋领着恩和到了楼下，便只请恩和上楼，自己退了出去，候在竹林边。

恩和有意放重脚步，慢慢上了楼梯。走完最后一步，望月之人方回过头来。或许因为浴着月华，他的神情也十分清冷。恩和先道：“唐相公，向来可好？”唐瑜道：“感承殿下垂念。”说着，过来点亮了桌上桂烛，面西而坐。恩和也走过来，坐在对面，打开食盒，从中取出一壶酒、一只金樽。她一面斟酒，一面说道：“我去纪叟酒坊时，他们正要打烊。我说沽酒，纪家小郎便问，是不是唐二郎要的。他说，除了唐二郎，京城里再无人爱纪家酒了。小郎说，过一阵子，他们要搬回老家润州去了。”

斟满后，恩和把金樽推到唐瑜面前。寒月入酒，流光似溢。恩和道：“唐相公与世久违了，外间的事，想必还不知道？”

唐瑜便问：“燕州战事如何？”

恩和道："铁羌城收复了。唐将军与三千将士正在回京的路上。"

夜色皎然，唐瑜的眉在清辉中舒展开了，目中露出恬淡笑意，又问："牧野将军呢？"

恩和停顿了一阵，方道："牧野将军忠烈千古。"

唐瑜一怔，随后一声叹息。他看向金樽。无人品尝，琼液便凝成了霜。恩和目视着他，抬手示意，唐瑜便拿起金樽，浅饮一口。

恩和忽然问道："唐相公知不知道，铁羌城是如何破的？"

唐瑜似乎有些走神，听如此问了，便道："殿下请讲。"

恩和道："一个女子杀死了项王，点燃了整座铁羌城。"

唐瑜只是点头。

恩和道："这女子，世人都说，她和唐家兄弟都有纠葛。她把灾祸从开元带去了铁羌。"

唐瑜大为一震，猛然抬头看恩和，眼里全是诧异和惊疑。苏叶，他早在一年前便送她回东沅了，她早该乘船经白鸾江至松隐江，回到自己的家了，怎会出现在铁羌城？何处出了错？她怎能杀死项王？她这一年经历了什么？无数个假设从心里闪过，可唐瑜知道，自己永远也找不到答案了。恩和看着唐瑜莫测的神情，问道："唐相公惋惜她？"

唐瑜低下头看那金樽，半晌道："她不该生于乱世，该生于盛世。"忽又一笑，"一切众生，都该生于太平之世。"言毕，拿起金樽，饮去一半。

恩和道："相公想要太平，那为何谋反？"

唐瑜道："为征人归乡，为朝野泰宁，为文武之道复兴。"

恩和把这话品了一品，笑道："修儿要登极了，我会让他记住唐相公的话。"

唐瑜问："宰相何人？"

恩和道："御史大夫顾临。"

唐瑜又问："宇文家无恙？袁家无恙？"

恩和淡淡道："皆夷三族。"

唐瑜变色动容，默然片刻，自取酒壶，将金樽斟满。

恩和听着水滴入樽之声，道："唐相公也是罪及三族的，可这段日子，我把唐家族人清点了一遍，竟不知还能罪谁。兴狩初年，唐公身败后，亲支离散，久绝往来；唯唐之盈仍重骨肉，可将军已为国殉难，我不能再为难他的家人；唐珝是同胞兄弟，却早与相公反目成仇、形如参商；相公本有妻女，偏妻女已归母家，信断音绝。细想一想，权倾朝野的唐相公，其实已是孤家寡人了。"

唐瑜唯颔首而已。

恩和忽道："贤伉俪相离，是因那东沅女子，可唐二夫人为何会与她同去铁羌城？"

唐瑜讶然。他依旧什么也不知道。明幽和苏叶竟然重逢了。恍然间，他的眼前出现两个遥远的、纤小的身影，她们相携而行，走过万水千山，走过雨雪风霜，而后，明幽回来了。唐瑜陡然醒悟，今日明幽为何会出现在家门口。他望了两载春秋，总算把她望来了。她和苏叶共度了无数个日日夜夜，苏叶一定把有些事和她说明白了。唐瑜想，自己应该是得到明幽的谅解了。想着想着，他轻轻笑了，微一低头，一颗珠玉坠入金樽，荡起微小的涟漪。

恩和看着唐瑜，不知为何，泪水也如丝淌下，问道："唐相公，倘若能回到二十年前，你要迎谁进此家门？是明家女，还是卫家女？"

唐瑜双手捧起金樽，微笑道："升明十一年中秋，青岳宴于天问楼，唐瑜在赴宴途中，忽然忆起纪叟家酒，便在十字路口转了向，去了城西甜水巷。唐瑜是世间失途之客，迷行错步，负尽亲友，唯当年一念顿起，得三生之幸，虽九死未悔。"

恩和听不明白这话，却渐渐收去了泪。唐瑜痛饮入喉，末了，坦然将空樽向恩和一照，放回桌上。明月从杯中消逝了。恩和叹息着起了身，道："唐相公早些安歇。"唐瑜不答，恩和缓步下了楼。

唐晋一直守在竹林下，待恩和从身边过去了，他才悄步走上半语楼。唐瑜依然坐着，看着袖上的什么东西。唐晋小心翼翼地过去，见是一只黑翅金尾的断弦蝶，粘在唐瑜佛青色的袍上，双翅微颤。唐瑜用手虚拂，锦蝶一动未动。唐晋跪在他身边，含泪笑道："二郎身上有兰芷之香，它舍不得离开。"唐瑜摇首道："不是，它是飞不动了。"唐晋默然。唐瑜道："它累了，想要休息了。"遂转头向唐晋笑道，"我也累了。"唐晋闻言大恸，忍不住伏地而泣。唐瑜起身道："我去伶玦轩休息了。余下的事，便拜托你了。"唐晋不住地顿首。唐瑜徐徐向楼下走去。

7

以黑色凤凰石筑造的止狩台，在未离原之心，在天下之中。焉高祖定鼎之初，为绵国祚、宁万邦、通宇宙，征发工匠二十万筑此台，十年始成。南北一千三百步，东西一千六百步，高十九丈，有阶九十九级。高台之上，左立宗庙，右立社稷，中立明堂。明堂前，有铜鼎十三座，布局形如大焉十三州。唐珝一步步往上走，走完最后一级，眼前是宏阔的广场，文武百官罗列数千，锦绣交错，朱紫相辉。见了唐珝，百官齐行长揖。唐珝下意识回头看，身后却无一人。再转过头来，见明堂檐下站着一个少年，衮冕之服，九旒之冠。

一行宫人笑盈盈地趋步而来，请唐珝上前受册，唐珝便随他们去了。到了白玉阶陛下，唐玥向天子行臣礼。赞礼官展开制书，开始抑扬顿挫地念。唐玥读的那些书又不够用了，他听不懂那些骈句，那些“之乎者也”，只隐约听见很多地名：坠雁关，玉犀川，古琉城，白鸢江，桑梓津，竹枝城，亥鬼谷，马援庙，苗王城，十字关，念波城，雪鸡河，风沙堡，落日峡，铁羌城。他还听见很多人的名字，凌公良，百里旗，王虎，丛皂，白满，恶冲，唐之盈，田永欢，卢尚武，殷虚，孙牧野。唐玥垂首听着，泪一颗颗掉在地上。不知几时，四周安静了，一只手扶住了他的左臂。唐玥抬头，对上年轻天子清濯而威严的眼。天子把册封制书递过来，唐玥双手承之。宫人们齐声贺喜，口里说着“恭喜前将军”。

册封礼毕，唐玥走到止狩台的边缘，向下俯瞰。随他归来的战士们还守在台下。天高地远，袤原无边，三千个伤痕累累的人站在下面，像一株株随风飘摇的野草，脆弱无声。

8

黄昏，唐玥独自乘马进了京城。甜瓜已经是识途的老马了，它驮着唐玥，慢慢往家的方向走去。在它还是小马驹的时候，便被商人从万里之外的突厥带来了开元城；当它学会奔跑后，它时常驮着小主人在城里狂奔，在一百零八条街巷中横冲直撞，街坊骂声越大，越是得意扬扬；主人长大后，它随他渡江过河，翻山越岭，南征北战，跋涉冲锋。现在，它老了，跑不动了，只能这样缓慢地走。

玄武大道上，百姓们似乎都认识唐玥，都看着他笑，可唐玥一个熟面孔也没找到。他在开元城里出生长大，着实认识好些人、熟悉好些地方。这条街哪家汤饼做得好，哪家胡姬最会唱，哪家的狗十分威猛，哪家两口子天天吵架，他一清二楚，可现在，街似乎不是原来的街了。原先卖锦衣的店，换了卖卤鸭的招牌；燕三家的风筝做得好，他先前年年来买，为何也关张了，门锁着，一个褪了色的螃蟹风筝被扔在屋顶；总是坐在书肆门口看书的戴老夫子不见了，一个小学童牵着父亲的手从门里哭着出来；花店的小姑娘倒还在，却已经是三个孩子的母亲了，孩子们在花盆间乱窜，她大声喝骂着，唐玥走出去老远都还听得见。

出了玄武大道，到了崇仁街，唐玥忽然想起，自己每次从远方回来，唐二总会在家门口等他的。从前他没往心里去，总以为是那一刻，唐二碰巧也在，如今想想，哪能次次都碰巧呢？唐二分明是等了很久，才把自己等到。那么，今日呢？

甜瓜还在稳稳地走，马铃儿轻盈盈地响，唐玥看见了佩鱼巷口的桂花树，再转过这个巷口，便能看见家门了。